LES SOUPIRS DU VENT
est le quatre cent trente et unième livre
publié par Les éditions JCL inc.

Catalogage avant publication de Bibliothèque et Archives nationales du Québec et Bibliothèque et Archives Canada

Dupuy, Marie-Bernadette, 1952-

Les soupirs du vent

Suite de: Le rossignol de Val-Jalbert.

ISBN 978-2-89431-431-9

I. Titre.

PQ2664.U693S68 2010 843'.914 C2010-941666-X

Édition originale: septembre 2010
Première réimpression: novembre 2010

Les Soupirs du vent

Les éditions JCL inc.
930, rue Jacques-Cartier Est, Chicoutimi (Québec) G7H 7K9
Tél. : (418) 696-0536 – Téléc. : (418) 696-3132 – www.jcl.qc.ca
ISBN 978-2-89431-431-9

MARIE-BERNADETTE DUPUY

Les Soupirs du vent

ROMAN

LES ÉDITIONS JCL

DE LA MÊME AUTEURE :

Les Fiancés du Rhin, roman, Chicoutimi, Éditions JCL, 2010, 790 p.

Les Ravages de la passion, tome V, roman, Chicoutimi, Éditions JCL, 2010, 638 p.
La Grotte aux fées, tome IV, roman, Chicoutimi, Éditions JCL, 2009, 650 p.
Les Tristes Noces, tome III, roman, Chicoutimi, Éditions JCL, 2008, 646 p.
Le Chemin des falaises, tome II, roman, Chicoutimi, Éditions JCL, 2007, 634 p.
Le Moulin du loup, tome I, roman, Chicoutimi, Éditions JCL, 2007, 564 p.

Le Rossignol de Val-Jalbert, tome II, roman, Chicoutimi, Éditions JCL, 2009, 792 p.
L'Enfant des neiges, tome I, roman, Chicoutimi, Éditions JCL, 2008, 656 p.

Le Val de l'espoir, roman, Chicoutimi, Éditions JCL, 2007, 416 p.

Le Cachot de Hautefaille, roman, Chicoutimi, Éditions JCL, 2006, 320 p.

La Demoiselle des Bories, tome II, roman, Chicoutimi, Éditions JCL, 2005, 606 p.
L'Orpheline du Bois des Loups, tome I, roman, Chicoutimi, Éditions JCL, 2002, 379 p.

Le Refuge aux roses, roman, Chicoutimi, Éditions JCL, 2005, 200 p.

Le Chant de l'Océan, roman, Chicoutimi, Éditions JCL, 2004, 434 p.

Les Enfants du Pas du Loup, roman, Chicoutimi, Éditions JCL, 2004, 250 p.

L'Amour écorché, roman, Chicoutimi, Éditions JCL, 2003, 284 p.

Nous reconnaissons l'aide financière du gouvernement du Canada par l'entremise du Fonds du livre du Canada pour nos activités d'édition. Nous bénéficions également du soutien de la SODEC et, enfin, nous tenons à remercier le Conseil des Arts du Canada pour l'aide accordée à notre programme de publication.

Gouvernement du Québec – Programme de crédit d'impôt pour l'édition de livres – Gestion SODEC

À mon adorable petit-fils,
Louis-Gaspard Dupuy, enfant de la lumière et de l'amour.

Au fil de cette belle histoire, Louis-Gaspard, j'ai voulu faire revivre un village abandonné, loin, très loin de notre France, dans un magnifique pays de neige où chante la cascade de la Ouiatchouan, si chère au cœur de mon héroïne, Marie-Hermine.

Note de l'auteure

Au fil des pages qui naissent sous ma plume, je reste de plus en plus fidèle à mes personnages, que je n'ai pas envie d'abandonner en chemin.

Il m'arrive de séjourner au Québec, sans jamais oublier une halte à Val-Jalbert. Ce lieu chargé de poésie et d'histoire a capturé une partie de mon cœur; là-bas, je sens vibrer un passé toujours riche en anecdotes, en témoignages. L'époque choisie, soit l'hiver 1939 et l'été 1940, est lourde de signification. Le monde entier entre en guerre, sans se faire encore une juste idée des conséquences multiples de ce bouleversement.

Peut-être plus intimiste, ce troisième tome au parfum de neige met en scène une vie quotidienne parfois très mouvementée.

Des menaces planent, l'amour abat ses cartes, Hermine, le Rossignol de Val-Jalbert, devient par la force des choses une femme déterminée, prête à lutter pour ceux qu'elle chérit.

J'espère de tout mon cœur recevoir encore beaucoup d'encouragements de la part de ceux qui me supplient sans cesse d'écrire une suite; ainsi, je pourrai envisager avec joie de continuer cette belle aventure.

Merci à vous, chers lecteurs.

M.-B. D.

Table des matières

1
Les larmes du rossignol

Bord de la Péribonka, samedi 2 décembre 1939

Depuis le lever du jour, il neigeait à gros flocons. Un profond silence régnait dans l'ancienne cabane de Tala, transformée au fil des années en une confortable maison dont les planches dégageaient encore un léger parfum de résine. Debout devant une des fenêtres, Hermine fixait sans vraiment le voir ce paysage hivernal qu'elle connaissait par cœur. Tout était blanc, uniformément blanc.

Pour la troisième fois, la jeune femme poussa une plainte de bête meurtrie en se cognant le front sur la cloison toute proche. Elle luttait contre le besoin irrésistible de donner un violent coup de tête contre la vitre, pour se blesser, pour souffrir dans son corps et non plus dans son âme.

—Non, non! Je ne veux pas! gémit-elle. Mon bébé, mon amour, mon tout-petit...

L'effroyable image qui la tourmentait la majeure partie du temps reprit possession de son esprit. Sans cesse, elle revoyait le berceau où gisait son fils, âgé de trois semaines, un tout petit garçon inerte, figé dans un sommeil éternel.

—Mon Victor, il n'avait rien fait de mal pourtant! dit-elle encore tout bas avec une expression égarée. Pourquoi Dieu a-t-il puni mon petit ange? Il n'avait rien fait! Pourquoi me l'a-t-il repris? Je ne peux pas accepter ça...

L'enfant était mort le 15 novembre et Hermine ne se remettait pas de cette perte, car elle se jugeait responsable de la tragédie. Ses lourds cheveux blonds épars sur ses épaules, livide et amaigrie, elle se balançait d'avant en arrière et se cognait à nouveau le front contre le bois de la cloison.

« Nous étions trop heureux, voilà! songea-t-elle pleine de remords. C'est ma faute! J'ai péché par vanité, j'ai délaissé mon rôle de mère pour courir après la gloire! Je ne me le pardonnerai jamais. Une femme digne de ce nom se ménage, lorsqu'elle est enceinte, mais moi, j'ai voyagé, j'ai accepté tous les contrats. Toshan m'avait mise en garde, pourtant! »

La seule pensée de son mari lui arracha un cri d'accablement. Il n'était pas encore de retour et son absence achevait de la torturer. Agitée de frissons nerveux, Hermine se plongea dans une foule de souvenirs qu'elle chérissait jusqu'à présent.

« Oh oui, nous avons eu notre temps de bonheur sur cette terre! pensa-t-elle. Il y aura bientôt cinq ans, je suis repartie pour Québec après avoir passé quelques jours ici avec Toshan. C'était en janvier 1935. Mon Dieu, quelle aventure! J'avais réussi à rejoindre mon bien-aimé pour passer Noël avec lui[1]! Les enfants étaient chez maman, à Val-Jalbert. Nous étions tous les deux, loin de tout, loin du monde, seuls et ravis de l'être. Des heures paradisiaques à se réfugier au creux de notre lit, sous les fourrures, comme des Indiens. Nos nuits ont été si belles, à cette époque! Ensuite, j'ai joué *Faust*, au Capitole[2], et jamais je n'avais aussi bien chanté, riche de cette immense joie partagée. »

Soudain, des rires d'enfants et la voix grondeuse de Madeleine, la nourrice, la tirèrent de sa songerie. La jeune Indienne montagnaise avait fort à faire pour divertir et éduquer les jumelles, Marie et

---

1. Voir tome 2, *Le Rossignol de Val-Jalbert.* Hermine et Toshan étant en froid depuis plusieurs mois, la jeune femme avait décidé de le rejoindre pour se réconcilier avec lui.
2. Théâtre de Québec où Hermine a fait ses débuts d'artiste lyrique. L'établissement faisait aussi office de cinéma.

Laurence, qui fêteraient bientôt leurs six ans. Elles étaient de tempérament très différent. Laurence, d'un caractère calme et pondéré, pouvait passer des heures à dessiner ou à peindre. Elle était douce et craintive. Mais il fallait toujours plus de mouvement à l'impétueuse Marie. Aussi préférait-elle, malgré le lien indéfectible qui l'unissait à sa sœur, une bonne bataille de boules de neige à des exercices de coloriage. Malgré ses boucles claires, un sang sauvage courait dans ses veines: le sang montagnais.

Mukki, quant à lui était devenu un beau petit garçon de sept ans qui se montrait souvent espiègle et désobéissant[3].

« Madeleine a eu aussi un immense chagrin, se dit encore Hermine. Mais elle est tellement pieuse qu'elle a su trouver l'apaisement. Sa foi semble la protéger de tout et lui donne le courage d'aimer mes filles autant qu'elle aimait la sienne. »

Madeleine, dont le nom indien était Sokanon[4], n'avait pas pris le voile chez les sœurs de Notre-Dame-du-Bon-Conseil de Chicoutimi. La jeune femme avait confié sa fille de dix-huit mois aux religieuses, certaine de devenir novice rapidement. Mais sa rencontre avec Hermine avait bouleversé ses projets. Après avoir allaité pendant deux ans Marie et Laurence, Madeleine ne se décidait pas à s'en séparer. De plus, elle avait l'impression de connaître enfin une vie de famille paisible, entre la maison de Laura Chardin à Val-Jalbert et la cabane au bord de la rivière Péribonka. Il avait été question un moment de reprendre sa fillette, mais la petite avait succombé à une méningite.

3. Mukki signifie *L'enfant*. Le nom de baptême du premier fils de Toshan et d'Hermine est Jocelyn, en hommage au père d'Hermine, Jocelyn Chardin.

4. Prénom féminin signifiant *Pluie*, en algonquin, langue souche de la langue montagnaise.

—C'est la volonté de Dieu! avait sangloté la jeune nourrice. Mon enfant sera un ange du ciel pour qui je prierai matin et soir.

Depuis ce deuil, Madeleine reportait tout son amour maternel sur les jumelles, qui le lui rendaient bien. Hermine s'en chagrinait souvent, mais elle n'avait guère le choix, en raison des nombreux engagements que son impresario, Octave Duplessis, signait pour elle.

«J'ai tué mon fils, j'ai tué Victor! se lamenta-t-elle en jetant un regard torturé sur les rideaux de neige qui s'épaississaient. Ce médecin, à Montréal, m'avait mise en garde, mais je ne l'ai pas écouté. Il m'avait recommandé de me reposer, d'arrêter de chanter.»

Hermine se cacha le visage entre les mains. Elle maudissait sa célébrité et ses succès. Le Canada s'enorgueillissait pourtant de posséder un trésor que l'Europe lui enviait déjà. Sur des centaines d'affiches, son surnom avait fleuri, gage de salles combles: le Rossignol des neiges. Les magazines et les journaux vantaient la limpidité et la beauté de sa voix, sa blondeur sensuelle, le pouvoir de ses grands yeux bleus, sa carnation laiteuse mais chaude, son teint un peu mat. Laura, en mère très fière de sa fille, collectionnait les articles, les coupures de presse, les revues où la beauté de la jeune chanteuse était reconnue et son talent glorifié.

«Cela ne m'empêchait pas de vivre à ma guise, avant, songea encore Hermine. Toshan me laissait enfin libre de partir, lui qui avait tout fait pour que je renonce à ma carrière. Il avait enfin compris l'importance qu'avait mon art, il avait admis que je ne pouvais pas vivre sans chanter. Lui qui avait menacé de me quitter si je me retrouvais sur scène un jour! C'était comme un miracle, ce revirement. Il voulait que je sois heureuse, il prétendait même savourer l'attente. Il disait aussi qu'un oiseau chanteur ne peut pas se satisfaire d'une cage, même dorée! »

Pendant ces quatre dernières années, en effet, Toshan, son mari, né d'un père irlandais et d'une mère indienne, avait soutenu sa jeune et ravissante épouse dans sa vocation d'artiste lyrique. Il y avait mis une seule condition, qu'elle passe l'hiver auprès de lui et de leurs trois enfants, ici, dans la cabane qu'il agrandissait et aménageait de ses mains avec une sorte de passion. Hermine respectait sa promesse. Elle rentrait au bercail à la mi-octobre en compagnie de sa joyeuse escorte féminine composée de Madeleine, des jumelles et aussi de Charlotte, sa maquilleuse et habilleuse attitrée. La jeune fille, âgée de vingt ans, aimait cette existence agitée, d'un hôtel de luxe à l'autre, d'un théâtre à l'autre. Mais elle prisait moins les longs mois de froidure dans cette maison isolée, perdue au milieu des bois.

Ce lieu auquel on accédait par une piste forestière, situé à quelques heures de marche du village de Péribonka, appartenait à Toshan et il comptait en faire un petit domaine accueillant pour sa famille. C'était sa terre, l'héritage d'Henri Delbeau, le chercheur d'or taillé en colosse que la rivière avait emporté et noyé. Toshan était ravi de voir son fils Mukki gambader dans la clairière au printemps. Il lui avait appris à fabriquer un arc et des flèches et il l'emmenait dans les bois pour l'initier au pistage du gibier. Quand il partait à la chasse armé de son fusil, l'enfant le suivait, très fier de l'escorter.

—Oh oui, nous avons connu un bonheur sans nuages! soupira Hermine, toujours perdue dans ses pensées.

Elle tenait un journal de bord pendant ses tournées et se comparait par jeu à un capitaine menant sa troupe.

« Tous les rôles dont je rêvais, je les ai eus, se dit-elle en frémissant. Madame Butterfly, au

Metropolitan Opera de New York[5]. Doux Jésus, la salle était gigantesque et le public se pressait. J'avais le trac. J'ai cru m'évanouir. »

Plus récemment, au mois d'avril 1939, la jeune femme avait chanté de nouveau dans l'immense cité américaine, à l'occasion de l'Exposition universelle. Devant une foule enthousiaste, elle avait entonné :

Ô Canada!
Terre de nos aïeux,
Ton front est ceint de fleurons glorieux...

C'était la chanson qui représentait le mieux son pays, l'air cher au cœur de tous ses compatriotes[6].

—Je n'aurais jamais dû accepter ce contrat-là! gémit-elle tout haut. J'ai quitté Toshan plus tôt que prévu, sans savoir que j'étais enceinte. Ensuite, j'ai continué à voyager et voilà, voilà...

Hermine martela à pleines mains la fenêtre, mais les vitres résistèrent. Folle de douleur, elle poussa une plainte plus forte que les précédentes. Madeleine accourut. C'était une très jeune femme de petite taille, assez corpulente. Vêtue d'une robe grise à col blanc et d'un tablier impeccable, elle attachait ses nattes noires en couronne autour de son front.

—Je t'en prie, Kanti[7], ne pleure pas! Tu fais peur aux petites!

---

5. Le premier bâtiment, conçu par J. Cleaveland Cady et inauguré le 23 octobre 1883, se trouvait le long de Broadway, entre la 39e et la 45e rue. Il fut endommagé par un incendie en 1892, puis, après réparation, il fut utilisé jusqu'en 1966.

6. Musique du compositeur québécois Calixa Lavallée (1842-1891), texte de Sir Adolphe-Basile Routhier (1839-1920), *Ô Canada* est chanté pour la première fois en 1880 lors des festivités de la Saint-Jean dans la province de Québec. Cette chanson très populaire, souvent adaptée en anglais, est devenue l'hymne national canadien le 1er juillet 1980.

7. Kanti signifie *Celle qui chante.* Madeleine a surnommé ainsi Hermine.

—Ne m'appelle pas comme ça! protesta la jeune femme. Tu entends? Plus jamais! Je ne chanterai plus jamais. J'ai tué mon bébé! Tala et Odina[8] me l'ont dit et redit, l'enfant était trop chétif dès la naissance. Et si j'avais accouché dans une ville, pas ici comme une sauvage, peut-être qu'il serait encore vivant, mon petit Victor. Madeleine, il était si mignon! Minuscule, mais si mignon! Je l'aimais, comprends-tu? Il s'est accroché à sa pauvre vie bien fragile jusqu'au bout. Il m'avait même souri, tout faible qu'il était! Vous me répétez qu'on ne pouvait pas le sauver, mais je n'en sais rien, je n'en saurai jamais rien! En plus, il n'y avait personne à son enterrement, juste Toshan et moi. Mes parents n'ont même pas fait l'effort de venir, parce que Louis était souffrant. Mireille aurait pu le garder! Tu ne crois pas, Madeleine?

La nourrice la serra dans ses bras en secouant doucement la tête.

—Hermine, tu me fais beaucoup de peine! Je t'en prie, ne t'accuse pas, tu n'es pas coupable. Grand-mère Odina, qui est pleine d'expérience, t'a expliqué qu'un bébé est toujours fragile. On ne peut pas être sûr de le voir grandir. Tu as eu de la chance, Mukki est robuste, les jumelles aussi. Mais Victor n'avait pas la force de poursuivre le chemin près de toi. Il est au ciel avec ma petite à moi. Dieu les a accueillis dans son paradis.

— Ce sont des mots, rien que des mots, Madeleine! Je ne sais même plus si je crois en Dieu. Il m'a pris mon bébé, tu entends? Il m'a pris mon bébé!

Avec des gestes très attentionnés, Madeleine conduisit Hermine jusqu'à une banquette en bois garnie de coussins, près de la cheminée. Elle obligea la jeune femme à s'asseoir.

—Je vais te préparer une tisane, ça te réconfor-

---

8. Odina est la grand-mère de Toshan, la mère de Tala. Voir tome 1, *L'Enfant des neiges*.

tera, lui dit-elle. Tu es glacée, ma pauvre Hermine. Chauffe tes mains!

—Rien ne me réchauffera. Depuis que Victor est enterré au cimetière de Péribonka, je suis transie. Mon pauvre petit bébé! Et maintenant le gel durcit la terre autour de lui, la neige recouvre sa tombe. C'était tellement douloureux, Madeleine! Je n'ai que vingt-quatre ans et je n'ai pas été capable de mettre au monde un bébé en bonne santé.

Hermine sentit qu'on lui caressait l'épaule. Elle aperçut son fils Mukki, l'air grave. Le garçonnet, très brun, le teint doré, la fixait de ses yeux sombres, où elle discerna une vive anxiété.

—Maman, ne pleure plus, dit-il tristement. Papa va revenir; il te consolera.

Laurence et Marie approchaient elles aussi, tout à fait mignonnes avec leurs prunelles d'un bleu limpide, leurs joues roses et leurs boucles châtain clair agrémentées d'un ruban rose. Les fillettes portaient un tablier en cotonnade fleurie sur une robe en laine grise. Elles semblaient très inquiètes, mais moins que Mukki.

—Hermine, rassure tes enfants! lui conseilla Madeleine. Ils sont là, bien vivants. Ils ont besoin de leur maman.

La jeune nourrice indienne ponctua ces paroles d'un tendre sourire vibrant de compassion. Elle rayonnait de bonté.

—Tu es comme ma sœur, Hermine. Je veux que tu guérisses. Au printemps, j'aimerais t'amener prier au pied de la statue de Kateri Tekakwitha[9], à la basilique Sainte-Anne-de-Beaupré. Ce n'est pas loin de la ville de Québec. Je l'ai vue, moi, avant de

9. Bienheureuse Kateri Tekakwitha (Tekakwitha: *Celle qui avance en hésitant* en langue iroquoise) (1650-1680) est née sur le bord de la rivière Mohawk, aujourd'hui dans l'État de New York. Elle est la première Amérindienne d'Amérique du Nord à avoir été béatifiée.

me marier, et il s'est passé un phénomène singulier. J'avais déjà la foi en notre seigneur Jésus, mais là j'ai eu le désir de consacrer ma vie à Dieu. Hélas, ma famille en a décidé autrement. Mais je suis certaine, Hermine, que si tu pouvais contempler le visage de Kateri, tu reprendrais courage. C'était une Indienne iroquoise; elle avait presque perdu la vue, comme Charlotte petite fille. Les pères jésuites ont accepté qu'elle devienne religieuse. Cela se passait il y a presque trois cents ans, à l'époque du règne de Louis XIV en France.

L'exaltation de Madeleine émut Hermine.

—Nous irons, si cela te fait plaisir, soupira-t-elle.

—Ce n'est pas pour mon plaisir, protesta Madeleine, mais pour soigner ta blessure. Ton cœur saigne tellement, Hermine.

Laurence s'avança et observa attentivement le corsage de sa mère, comme si elle cherchait des traces de sang. Mukki, lui, se nicha contre le sein maternel. Le garçonnet était tourmenté. Son père ne revenait pas et sa mère pleurait sans discontinuer.

— Maman, déclara-t-il enfin, il faut appeler Kiona!

La sonorité même de ce prénom fit tressaillir Hermine. Elle lança un coup d'œil impatient vers la porte, mais se ravisa.

—Non, elle pourrait prendre froid. Laissons-la bien au chaud avec Tala, dit-elle. Madeleine fait des crêpes pour le goûter.

« Kiona! pensa Hermine avec un petit soupir. Même Mukki a remarqué le don singulier de cette petite fille de cinq ans et demi. Je me souviens, quand j'ai fait sa connaissance, elle n'avait que six mois. Pourtant, j'ai tout de suite ressenti envers elle une attirance irrésistible, l'envie insolite de ne plus la quitter. Je ne savais pas, alors, que c'était ma demi-sœur née des amours coupables de mon père et de Tala, la mère de mon mari. Mais je m'en moque, de ça. Heureusement, Kiona existe. Elle nous offre sa douceur, sa lumière... Oh oui, j'ai besoin de voir Kiona! Elle est la seule à pouvoir me secourir, j'en suis sûre! »

Mukki, l'air renfrogné, se mit à jouer avec une balle en cuir. Il aurait bien aimé traverser la clairière pour aller frapper chez sa grand-mère et ramener Kiona sur son dos. Il aurait imité un cheval au galop et la fillette aurait ri aux éclats, de ce rire qui chassait les ombres de son cœur.

Bientôt, l'odeur engageante de la graisse chaude et de la pâte en train de cuire en grésillant fit écho aux crépitements du feu. Les jumelles pépiaient en chantonnant une comptine. Elles faisaient déambuler sur la table des petites figurines en bois peint, un cadeau de Toshan.

«Je ne dois pas imposer mes souffrances à mes enfants, mais je n'ai pas la force de dissimuler, pensa la jeune femme. Si seulement Charlotte était là! Elle me manque tellement, elle aussi! Au moins, maman aura de l'aide cet hiver. Et puis, je ne suis pas naïve à ce point: ma Lolotte espère croiser Simon le plus souvent possible... »

La jeune fille vouait depuis toujours un tendre sentiment au fils aîné des Marois, la famille qui avait en partie élevé Hermine à Val-Jalbert. Simon, à vingt-cinq ans, était encore célibataire, ce qui rassurait Charlotte, certaine d'arriver à ses fins. Elle l'épouserait.

« Comme nous sommes loin de mon village! s'attrista Hermine en silence. Que fait maman, à cette heure? Elle m'écrit rarement; Louis l'accapare tellement. Papa en est gâteux, il paraît. Louis, mon petit frère, je le vois si peu. »

Elle dut retenir ses larmes. À son deuil s'ajoutait un autre souci, larvé, angoissant. Le chancelier Hitler avait allumé un feu destructeur qui s'étendait au monde entier. La guerre était déclarée. D'après les journaux, le Canada se mobilisait aussi et des troupes partiraient prochainement vers l'Europe.

—Je dois sortir! s'exclama-t-elle soudain en se

levant de sa chaise. Madeleine, fais manger les enfants, je reviens vite. Je ne me sens pas bien du tout.

Hermine chaussa des bottes fourrées et enfila un épais manteau. Elle se rua dehors, courant comme une folle. Les alentours de la cabane avaient changé. Un enclos grillagé était destiné aux chiens de Toshan, qui se déplaçait en traîneau. Sa mère Tala habitait une petite cabane à une soixantaine de mètres de la clairière. La jeune femme se précipita dans cette direction.

—Kiona! Aide-moi! haleta-t-elle en marchant, de la neige fraîche à mi-mollet. J'ai peur, tellement peur! Kiona, ma petite sœur chérie, aide-moi!

Jamais elle ne s'autorisait à appeler la fillette ainsi. Il fallait sa solitude sous la pluie drue de flocons et la complicité du vent pour qu'elle ose prononcer le mot *sœur*. La filiation de Kiona devait rester secrète, Laura Chardin l'avait exigé. L'enfant ne saurait jamais qu'elle était du même sang qu'Hermine et qu'elle avait un demi-frère de son âge, le petit Louis Chardin.

—Kiona, Tala? appela Hermine en frappant à la porte de la cabane.

Sa belle-mère ouvrit aussitôt. Son beau visage aux traits un peu hautains, encadré de deux tresses grisonnantes, tressaillit devant le triste spectacle qu'offrait la visiteuse. Mais elle l'accueillit d'un sourire en lui prenant la main.

—Calme-toi, nous sommes là, Hermine! la rassura-t-elle.

La jeune femme jeta un regard désolé dans la pièce, qui lui parut terriblement vide, malgré le feu qui ronflait dans l'âtre de la cheminée en galets et le décor bariolé cher à Tala.

—Où est-elle? demanda-t-elle d'un ton angoissé. Où est Kiona?

—Cherche-la! répondit Tala.

Une tenture voilait le recoin où était dressé un lit. Hermine s'en approcha et l'écarta doucement.

La fillette était là, assise sur une épaisse fourrure d'ours. Une veilleuse à huile dispensait une faible clarté dorée. Et, dans cette lumière tamisée, Kiona rayonnait comme une vivante statue d'or pur. Elle jouait avec une poupée confectionnée par Tala. À cinq ans et demi, c'était une enfant précoce, d'une rare intelligence. Elle parlait beaucoup mieux que les jumelles, ses aînées de trois mois. Son teint couleur de miel sauvage et ses deux nattes d'un blond roux captaient le moindre reflet de la flamme. Les premiers mois de sa vie, la fillette avait eu les cheveux bruns, mais peu à peu elle avait blondi, ce qui avait amusé et intrigué Hermine, Toshan et Tala.

Vêtue d'une tunique en peau de cerf brodée de perles blanches, la petite leva vers Hermine ses beaux yeux pleins de tendresse dont l'iris hésitait entre le vert et l'or.

—Mine! s'exclama-t-elle. Je finissais mon jeu et j'allais venir t'embrasser.

—Ne te dérange pas, ma belle chérie, répliqua la jeune femme. Tu es bien au chaud, ici.

Kiona la fixa longuement, puis elle se leva. Une fois debout sur le lit, elle marcha vers Hermine et se jeta à son cou. Ses bras menus se firent câlins, apaisants.

—Tu es encore triste, Mine!

—Oui, et j'avais besoin de te voir, ma chérie!

L'enfant relâcha son étreinte et dévisagea celle qu'elle surnommait Mine ou Mimine, selon son humeur. Après l'avoir examinée de la tête aux pieds, elle commença à lui caresser les joues et le front. Elle lissa sa chevelure constellée de flocons. Enfin, elle se blottit à nouveau contre elle.

—Ma Kiona, je t'aime tant! dit Hermine tendrement. Je me sens déjà mieux, près de toi...

—Je t'aime très fort, assura la fillette. Ne pleure pas!

Tala se servit du café, sa boisson favorite,

tout en les écoutant avec un air préoccupé. Son existence actuelle lui convenait, mais l'attitude de sa belle-fille l'inquiétait un peu. Depuis la mort de Victor, un bébé chétif, Hermine ne témoignait d'intérêt qu'à Kiona, délaissant ses propres enfants. Toshan l'avait constaté également et cela le désolait.

—Hermine, lui demanda-t-elle avec mansuétude, veux-tu boire quelque chose de chaud? Viens près du feu, j'ai à te parler.

La jeune femme s'apprêtait à porter Kiona jusqu'à la cheminée, mais Tala protesta.

—Laisse-la jouer, c'est préférable.

Elles s'installèrent sur la pierre de l'âtre. Le vent se levait et des rafales agitèrent le toit de bardeaux. La conversation se fit sur le ton de la confidence, à voix basse. Elles ne voulaient pas être entendues de Kiona, qui avait repris son jeu et chantonnait.

—Hermine, je sais que tu souffres, mais tu dois te raisonner. Madeleine m'a raconté ce matin que tu gémis la nuit, que tu appelles Victor, et avant-hier cela a réveillé Laurence. Pourtant, tu es une personne équilibrée et courageuse! Tu ne crains pas d'affronter les foules, de voyager la moitié de l'année sans ton mari.

—Ce n'est pas comparable, Tala. J'ai perdu mon bébé…

—Tu n'es pas la première ni la dernière à supporter ce genre de deuil. Combien de mères dans ce pays ont vu s'éteindre un nouveau-né et l'ont mis en terre! Pense à tes enfants! Ne retiens pas l'âme de Victor dans ton foyer, je t'en prie! Tu dois être forte, car nous ignorons de quoi sera fait l'avenir. Toshan pense que le monde entier va entrer en guerre. Avec tous ces engins que les hommes blancs construisent, il y aura des choses abominables. Leurs avions, leurs chars d'assaut et ces bateaux qui ressemblent à des monstres de ferraille… Je suis bien contente de vivre dans cette région reculée, crois-moi. Le progrès me fait peur. Et ton chagrin m'effraie tout autant.

En d'autres circonstances, le discours véhément de Tala aurait attendri Hermine. Mais elle demeura tendue et grave.

—Tala, personne ne semble comprendre ma douleur! rétorqua-t-elle. Toshan désirait si fort un autre enfant! Et moi, je n'avais signé aucun contrat pour l'an prochain. J'aurais pu choyer mon bébé, le voir s'épanouir. Tu es une mère, toi aussi, tu imagines sûrement ce que j'endure.

—Mais oui, je conçois ta souffrance. Seulement, je voudrais que tu t'endurcisses et que tu te prépares à d'autres épreuves. La vie n'est pas un long fleuve tranquille. Quand tu seras loin d'ici, tu ne pourras pas quémander du réconfort à Kiona.

Hermine eut un geste d'impatience. Elle ne voyait pas très bien où Tala voulait en venir.

—Mais j'aime Kiona. Où est le mal? s'insurgea-t-elle. C'est ma...

—Tais-toi! coupa l'Indienne.

« C'est ma sœur! ajouta la jeune femme en pensée. Et personne ne m'éloignera d'elle. Personne, jamais! »

Après un temps de silence, Hermine fit une timide requête.

—Est-ce que je peux emmener Kiona manger à la maison? Il doit rester des crêpes. Mukki et les filles joueront avec elle...

—Non! répliqua Tala. Pas aujourd'hui, pas trop souvent! Ce n'est pas bon pour Kiona de s'accoutumer à la compagnie de tes enfants, puisque vous repartez ensuite pendant plus de six mois. La dernière fois que vous êtes partis, elle était triste. As-tu déjà vu un nuage qui voile le soleil? Aussitôt, le monde devient gris et terne. Je ne veux pas que ma petite souffre de votre absence!

—Mais nous n'allons pas repartir avant le mois d'avril! s'insurgea Hermine. Le soir de Noël, j'espère que tu viendras souper avec nous. Je n'ai guère envie de m'amuser, mais je ferai un effort pour les enfants.

Tala resta silencieuse en grattant les braises du foyer à l'aide d'un tisonnier.

—Oui, nous viendrons, soupira-t-elle. Même si je ne suis pas vraiment à mon aise. Toshan a travaillé dur pour aménager votre logement, mais je ne m'y reconnais plus. Deux chambres supplémentaires et cette réserve qui regorge de provisions...

La jeune femme approuva d'un air las. Tala n'aimait pas les changements. Cependant, tout ce que le couple avait entrepris s'avérait nécessaire afin de passer l'hiver dans ces solitudes enneigées.

—Il fallait bien s'organiser! rétorqua-t-elle en fixant sa belle-mère. Je gagne de l'argent durant l'été. Autant vivre confortablement. Je voulais une maison bien chauffée et de quoi nourrir ma famille pendant plusieurs mois. Et ce n'est pas ma faute si tu t'obstines à habiter ici, dans cette cabane minuscule, à l'écart de nous.

Tala eut un léger sourire. Elle avait provoqué sciemment Hermine pour la tirer de sa mélancolie.

—Enfin, tu sors de ton chagrin, déclara-t-elle. Hermine, que puis-je dire encore qui te mettrait en colère? La colère est saine, tu as le droit de te révolter contre l'épreuve que tu subis, mais pas de perdre tes forces. Maintenant, je te conseille de rentrer chez toi. Toshan ne va pas tarder.

Kiona abandonna sa cachette derrière la tenture et vint se blottir contre Hermine.

—Tu me chantes une chanson? demanda la fillette d'un ton réjoui.

—Oh non, pas aujourd'hui, excuse-moi, ma chérie! répliqua-t-elle. Je n'ai pas le cœur à chanter. Mais bientôt, c'est promis, je reprendrai ma petite classe. Après le premier de l'An.

—Voilà une très bonne nouvelle! approuva Tala. Tu aurais fait une excellente maîtresse d'école.

L'Indienne hocha la tête d'un air pensif. L'année précédente, sa belle-fille avait mis à profit leur hivernage pour improviser deux heures de classe tous les après-midi. Elle enseignait l'alphabet à ses jumelles et apprenait à Mukki le calcul, ainsi que quelques bases d'histoire et de géographie. L'idée lui était venue en discutant avec l'institutrice de Val-Jalbert, lors d'un de ses séjours dans son cher village abandonné. La jeune femme s'était montrée ravie d'instruire ses propres enfants et Kiona dès qu'elle en aurait l'âge. Elle avait acheté des ardoises, des craies, de quoi dessiner et peindre, ainsi que des livres illustrés pour enfants. Souvent aussi, Hermine leur chantait *À la claire fontaine* ou bien *Ô Canada* qu'ils reprenaient tant bien que mal de leurs voix flûtées.

Le printemps dernier, Kiona avait suivi avec intérêt les leçons. Tala avait été assez fière d'apprendre que sa fille se montrait particulièrement douée, qu'elle savait déjà ses lettres sur le bout des doigts et ses chiffres également.

—Peut-être que je chanterai, l'an prochain! dit affectueusement la jeune femme en embrassant Kiona. Tu peux retourner jouer, ma petite chérie, je reviendrai demain. Chaque fois que je te vois, j'ai un peu moins de chagrin.

Kiona lui caressa la joue.

—Ne pleure plus, Mimine! Ton bébé, c'est devenu un ange. Madeleine me l'a dit et moi, j'aime bien les anges. Et je suis là, moi!

Ces paroles singulières dans la bouche d'une enfant si jeune troublèrent Hermine. Il y avait une vague note autoritaire, pleine de tendresse cependant. Kiona semblait consciente de son pouvoir de combattre la souffrance morale.

—Bien sûr que tu es là! affirma la jeune femme. Je me souviens, quand tu as été malade et que Tala t'a conduite à l'hôpital de Roberval. Tu n'avais que neuf mois, mais tu m'as redonné courage et espérance. Tu es mon trésor, ma Kiona!

Sur ces mots et en évitant le regard de sa bellemère qui n'appréciait pas trop ce genre de propos enflammés, Hermine se leva et se prépara à partir.

—Eh bien, à demain! dit-elle.

Des aboiements de chiens retentirent dehors. Une voix d'homme domina le vacarme, exhortant les bêtes à ralentir.

—C'est Toshan! s'écria Tala. Va vite accueillir ton époux!

Une fois sortie de chez sa belle-mère, cependant, Hermine ne se précipita pas vers la remise où son mari abritait le traîneau. Elle savait qu'il devait ôter les harnachements des chiens, les enfermer dans l'enclos grillagé qu'il avait installé et équipé d'une grande niche. Et il y avait autre chose. Elle croyait que Toshan la jugeait responsable de la mort de Victor. Il l'avait assurée du contraire, mais elle n'en démordait pas. Face à lui, elle avait une attitude embarrassée et n'osait même pas lui témoigner de l'affection. Là encore, elle décida de l'attendre dans la maison et non de le rejoindre comme elle l'aurait fait avant le décès de leur bébé.

—Papa est de retour, annonça-t-elle à Mukki, qui jouait aux billes devant la cheminée où ronflait un gros poêle en fonte.

—J'suis sûr qu'il m'a rapporté des boules de gomme! se réjouit le garçonnet. Il m'avait promis!

—Nous verrons bien! répondit-elle, attendrie par son enthousiasme.

En dépit de son appréhension au sujet de Toshan, elle se sentait mieux. Kiona avait encore réussi à adoucir sa peine. Afin de s'assurer que son mari trouverait un décor agréable, elle fit le tour de la pièce principale du regard. Tout était satisfaisant. Le long des murs en planches peintes d'un blanc ivoire s'alignaient des étagères garnies d'une bande de tissu brodé à motifs de feuillages verts et rouges. Un buffet en épinette, surmonté d'un vaisselier, se dressait en face des deux fenêtres aux rideaux en dentelle. Le plancher soigneusement poncé était en partie dissimulé par un grand tapis bariolé. Un fumet avenant se dégageait d'une marmite posée au coin du fourneau. Madeleine avait préparé la soupe préférée d'Hermine, une recette bien connue des ménagères québécoises, à base de pommes de terre, d'oignons, de maïs et d'un morceau de jambon. L'odeur seule était déjà revigorante.

« Nous étions si heureux, avant ce drame! déplora à nouveau la jeune femme en pensée. Et nous serions au paradis si Victor dormait dans son berceau, bien vivant! »

Elle plia une serviette de table et redressa une branche de houx ornée de petites baies rouges lustrées et brillantes que Tala lui avait rapportée d'une promenade en forêt. Sa belle-mère avait eu soin de préciser à quel point une telle trouvaille était rare, le houx poussant rarement dans la région.

Toshan allait entrer d'un instant à l'autre et sa nervosité allait croissant. Marie et Laurence accoururent, tenant chacune une poupée à la main. Tala avait confectionné ces jolis jouets en utilisant de la peau de cerf, des chutes de lainage et des perles colorées.

—Papa est là? interrogea Laurence. J'ai entendu les chiens.

—Oui, il est là, répliqua Hermine le plus calmement possible.

Comme en écho, des bruits de chaussures que l'on tapait contre les marches pour les débarrasser de la neige s'élevèrent. Les trois enfants se ruèrent vers la porte quand elle s'ouvrit à la volée.

—Papa! s'écria joyeusement Marie, la plus indisciplinée des jumelles.

Réfugiée près du poêle, Hermine observa son beau Toshan. Les années passaient, mais elle éprouvait toujours en le voyant un trouble incontrôlable. Le souvenir de leur rencontre s'imposa à elle. C'était dix ans auparavant, près du magasin général de Val-Jalbert, qui faisait aussi office de restaurant et d'hôtel.

«Je revenais de chez Mélanie Douné, cette charmante dame qu'on surnommait la veuve Douné! Je descendais la rue Saint-Georges et j'ai entendu siffler. J'ai avancé jusqu'à la patinoire, derrière l'hôtel, et j'ai vu un homme qui se livrait à de savantes évolutions sur la glace. Il sifflait *À la claire fontaine*. Il m'a vue et nous avons discuté. Il m'a prise pour une enfant, mais je lui ai dit que j'avais quatorze ans, bientôt quinze! Et moi, je l'ai trouvé merveilleusement beau. Mon cœur battait la chamade, comme ce soir! »

Les enfants s'accrochaient en riant à la lourde veste en fourrure de leur père. Toshan les embrassa tour à tour.

—Laissez-moi au moins retirer mon blouson! protesta-t-il. Qu'est-ce que ça sent bon! Je parie que nous avons de la bonne soupe, ce soir.

À trente ans, c'était un très bel homme, robuste mais mince et musculeux. Il avait hérité de son métissage un teint cuivré et des traits réguliers. Fidèle à ses origines montagnaises, il portait ses cheveux noirs coupés aux épaules. Mais sa carrure et sa haute taille trahissaient le sang irlandais de son père Henri Delbeau.

—Bonsoir, mon amour! lança-t-il en souriant à la jeune femme. Tu as meilleure mine; tant mieux!

Il s'approcha, posa ses mains autour de sa taille et effleura son front d'un léger baiser.

—Je suis désolé d'être en retard, mais je devais obtenir des renseignements importants à Péribonka. Et j'ai une faim de loup! En parlant de loup, Mukki, sais-tu que j'en ai croisé une bande qui rôdait le long de la piste? Le chef de la meute était tout noir, avec des yeux jaunes!

Le petit garçon parut enchanté. Il secoua la manche de son père.

—Raconte! J'aurais tant voulu le voir, moi aussi, ce loup noir! déplora-t-il. Toi aussi, maman, ça t'aurait plu?

Hermine acquiesça faiblement. Elle se dégagea avec délicatesse des mains de son mari.

—Quels renseignements cherchais-tu? demanda-t-elle, intriguée.

—Nous en parlerons plus tard, après le souper! trancha-t-il. Marie, Laurence, mettez la table! Vous êtes de grandes filles à présent; il faut aider Madeleine et maman.

Toshan sembla anormalement doux et attentionné à Hermine, lui qui pouvait se montrer sévère, vite agacé par les pitreries des enfants. Elle en éprouva une faible satisfaction.

«Au fond, peut-être qu'il ne m'en veut pas, songea-t-elle. Tala et Madeleine avaient raison, il souffre autant que moi, mais il ne montre pas son chagrin. C'est vrai que bien des femmes ont perdu des nourrissons. Maman, notamment. Elle m'a dit à quel point c'était douloureux. Elle a eu ce petit garçon, Georges, avec Franck Charlebois. Il était mort à la naissance... Ce doit être différent, on n'a pas le temps de s'attacher. Victor m'avait fait un sourire, le pauvre angelot!»

Elle dut se faire violence pour ne pas éclater en sanglots. Pendant le repas, Toshan lui parut préoccupé, même s'il répondait aux bavardages de Mukki et des jumelles. Madeleine avait préparé un ragoût de son invention, à base de pois, de fèves et de lard salé, mais agrémenté de pommes de terre.

—J'étais chez Tala quand tu es arrivé, dit Hermine entre deux bouchées qu'elle absorbait péniblement. J'avais besoin des sourires de Kiona. Mukki lui-même me l'a conseillé.

—Oui, maman était très triste, elle pleurait, elle poussait de petits gémissements! renchérit le garçonnet. Je lui ai dit d'aller voir Kiona.

— Tu as eu raison, mon garçon, approuva Toshan d'un ton neutre.

Il aimait beaucoup la fillette, sa demi-sœur, mais sans lui accorder un intérêt particulier. Jamais il ne parvenait à oublier en sa présence qu'elle était l'enfant de son beau-père Jocelyn Chardin. Kiona le liait à Hermine d'une façon dont il se serait vraiment passé.

Tout avait commencé quand Jocelyn, que tous pensaient mort depuis des années, était réapparu. Atteint de phtisie, il n'avait pas osé se manifester auprès de Laura, son épouse légitime, encore moins se présenter à Hermine lorsqu'il l'avait écoutée chanter au sanatorium de Lac-Édouard. Désespéré de renoncer à sa famille par souci de la protéger, Chardin avait repris son errance, qui l'avait mené dans les bras de Tala. La belle Indienne, veuve depuis longtemps, avait décidé de sauver cet homme qu'elle sentait menacé de mort. Kiona était née de leur brève liaison.

Désormais, tout semblait être rentré dans l'ordre. Laura et Jocelyn élevaient leur fils Louis, du même âge que la fillette, et le secret devait rester bien gardé.

Toshan s'était résigné à cette situation après en avoir terriblement souffert. Il refusait néanmoins de retourner à Val-Jalbert, et depuis presque cinq ans il n'avait pas revu ses beaux-parents.

— Mes enfants, il est l'heure d'aller au lit! annonça-t-il après le dessert. Madeleine, emmène-les, je te prie.

Hermine se retrouva seule avec Toshan. Il l'entraîna aussitôt dans leur chambre.

— Nous devons avoir une discussion très grave, ma petite femme coquillage! commença-t-il.

Ce qualificatif était en principe réservé à leurs moments les plus intimes. Surprise, Hermine tressaillit.

— Qu'est-ce que tu as, Toshan? interrogea-t-elle. J'ai beau être malheureuse et trop souvent dans mes pensées, j'ai remarqué que tu étais préoccupé, ce soir. Tu as eu des ennuis à Péribonka?

—Pas du tout, j'ai su ce que je voulais savoir! Hermine, ma chérie, je suis désolé de te dire ça sans te ménager, mais je pars après-demain pour la Citadelle, à Québec. Je me suis porté volontaire pour entrer dans l'armée, le Royal 22e Régiment. Dans ce camp, les engagés bénéficient d'un entraînement militaire. Des troupes canadiennes sont déjà en route pour l'Europe; je compte me battre, moi aussi. Une guerre mondiale s'amorce; je ne vais pas me terrer ici comme un lâche! Je n'agis pas inconsidérément; j'ai beaucoup réfléchi avant de prendre ma décision.

La jeune femme ne pouvait pas concevoir ce qu'elle venait d'entendre. Cela avait tout d'un cauchemar, d'une scène ridicule. Elle sentit ses jambes flageoler et s'assit au bord du lit. Son cœur cognait follement, alors qu'une petite voix intérieure lui répétait qu'elle ne rêvait pas. Toshan alluma une cigarette en lui tournant le dos.

—Pourquoi dis-tu des stupidités? répliqua-t-elle. Toi, tu t'es engagé? Tu nous laisserais seuls, les enfants et moi? Et ta mère? Mais, Toshan, tu n'es pas sérieux! Ta vie est ici, près de nous!

—Je suis très sérieux, et ce n'est pas de gaîté de cœur que j'ai fait ce choix! coupa-t-il. Je suis même allé jusqu'à Roberval, avant-hier, et j'ai pu parler à d'anciens collègues du moulin de Riverbend[10]. Ils sont bien informés, grâce à *La Presse*. Nous étions déjà ici, à la fin de l'été, quand l'Angleterre et la France ont proclamé l'état de guerre. Mais, Hermine, réveille-toi! As-tu oublié que le 3 septembre 1939 un sous-marin allemand a torpillé l'*Athenia*, ce navire britannique qui se dirigeait vers Montréal avec à son bord un millier

10. Le moulin à papier de Riverbend faisait partie de la localité d'Alma, au Lac-Saint-Jean, et appartenait à la compagnie Price.

de passagers et trois cents membres d'équipage? Il y a eu cent vingt-huit morts, dont quatre Canadiens. Cette guerre sera impitoyable. Hitler a mis le feu aux poudres, et j'ai appris qu'il incluait dans sa politique la persécution des Juifs. Alors, je n'ai plus hésité. Nous, les Indiens, nous avons été spoliés, humiliés, et je ne supporte pas que l'on s'attaque à un peuple, à une religion, sous le prétexte qu'elle est différente de celle du plus grand nombre. En résumé, je pars! J'ai pris mes dispositions pour toi et les petits. Vous irez à Val-Jalbert, chez Laura. Je lui ai téléphoné et elle est enchantée. Pierre viendra vous chercher d'ici trois ou quatre jours. Il a racheté l'autoneige de Rudel, ce brave gars de Péribonka. Tala fera ce qu'elle voudra. Je suppose qu'elle ne quittera pas cet endroit. Elle n'est plus seule, maintenant. Il y a Kiona.

Déjà cruellement blessée par la mort de son bébé, Hermine céda à la panique. Elle se releva et courut vers son mari. Ses doigts agrippèrent la chemise en laine de Toshan, à hauteur du col et elle le secoua, le visage crispé par une terreur atroce.

—Non, Toshan! Tu n'as pas le droit, pas en ce moment! Je sais que j'ai eu tort de donner des récitals enceinte, que j'ai tué notre fils en voyageant aussi souvent, mais ne t'enfuis pas, ne m'abandonne pas! Aie pitié! Tu n'aurais pas eu l'idée de partir à la guerre si Victor était là, si je le faisais téter. Tu me quittes parce que tu me détestes. Mais avoue donc!

La jeune femme sanglota, le front appuyé contre la poitrine de Toshan. Il l'étreignit, désarçonné par sa réaction.

—Ma chérie, comment peux-tu croire ça? Je tiens à défendre une cause que j'estime juste, l'oppression des peuples, et toi tu penses que je te fuis! Non et non, Hermine! Si Victor était vivant, si tu n'avais pas ce grand chagrin en toi, je m'en irais quand même, mais je m'en irais moins préoccupé à ton sujet. Pardonne ma franchise et, je t'en prie, arrête de penser que notre enfant est mort à cause de toi. Je fais confiance à grand-mère Odina, ce petit était condamné à peine venu au monde. Nous aurons un autre bébé à mon retour.

—Et si tu ne reviens pas? dit-elle. C'est loin, l'Europe, et la guerre me terrorise. J'ai tellement peur de vivre sans toi! Toshan, personne ne comprend combien je souffre. Vous me dites tous d'oublier Victor, que c'était son destin. Mais j'étais fière et heureuse de te donner un autre fils après des années à prendre nos précautions. Je l'aimais déjà. Mes bras sont vides, alors que j'ai envie de lui donner le sein et de l'embrasser. Et toi, mon mari, toi qui prétends m'aimer, tu t'en vas à la guerre!

Elle s'écarta de lui et s'allongea à plat ventre sur le lit, agitée de violents sanglots. Toshan se reprochait d'avoir été aussi direct. Il se coucha près de sa femme et lui caressa les cheveux.

—Je suis désolé, j'ai eu tort de t'annoncer ça aussi brutalement, mais j'étais tellement embarrassé! Tu me connais, j'ai préféré te dire tout de suite ce qui se passait. Le chagrin que j'allais te causer me rendait malade à l'avance. Tu es déjà si triste...

—Oui, je suis triste, affreusement triste! répondit-elle en se redressant sur un coude. Et toi, tu décides de toute une organisation sans même me consulter. Tu vas jusqu'à téléphoner à maman, à qui tu n'as pas adressé la parole depuis des années. Elle a dû tomber des nues! Mais je n'ai pas envie de partir pour Val-Jalbert, je voulais fêter Noël ici, avec les enfants et toi. Tu m'as trahie, Toshan! Tu devais couper un sapin dans la forêt, la semaine prochaine, et l'idée de décorer l'arbre avec les petits m'apaisait. Je t'en supplie, ne t'en va pas! J'ai besoin de toi! Nous venons de perdre notre bébé et on dirait que tu t'en moques! Aie pitié, ne me quitte pas!

Elle le dévisageait avec un air enfantin, ses beaux yeux bleus inondés de larmes. Sa bouche au dessin parfait, aux lèvres charnues, tremblait comme celle d'une fillette apeurée. Il aurait fallu un cœur de pierre pour ne pas être attendri.

—Hermine, ma chérie, gémit-il, j'ai beaucoup de peine moi aussi, pour Victor, mais je m'efforce de la surmonter, cette peine, et de prouver mon amour à Mukki, à Marie et à Laurence. Ils sont là, eux, ils s'inquiètent de te voir si différente, si vulnérable. Je me suis engagé pour leur avenir, pour participer à un combat que j'estime juste. Viens dans mes bras, nous n'avons que deux nuits à passer ensemble. Il ne faut pas les gâcher en pleurant et en se chamaillant. Mon amour, tu m'as tant manqué!

Toshan chercha ses lèvres en effleurant de sa main la courbe de ses hanches. Il faisait allusion au dernier mois de grossesse, pendant lequel Hermine avait refusé de se donner à lui et aux semaines qui avaient suivi la naissance du bébé. Il savait qu'elle pouvait désormais répondre à son désir, mais elle le repoussait avec détermination. Là encore, la jeune femme s'écarta de lui.

—Non, je ne peux pas! s'écria-t-elle. Toshan, dis-moi que tout ceci est faux, que tu ne pars pas! Je n'aurai pas la force de vivre sans toi. Nous avons dormi des mois ensemble dans ce lit et, dès que je me réveillais, je te regardais pour m'assurer que tu étais bien là, à mes côtés. Et, d'un coup, tu vas disparaître! Nous avons été si souvent séparés... quand tu travaillais au moulin de Riverbend ou bien à Val-d'Or. Je n'ai signé aucun contrat pour l'année 1940 afin de la passer avec toi et notre bébé. Et tu t'en vas au bout du monde...

De nouveaux sanglots l'empêchèrent d'en dire plus. Toshan l'enlaça et l'attira contre lui. Il se sentait impuissant en face de cette immense détresse.

—Ma chérie, je ne peux plus revenir en arrière, lui confia-t-il à l'oreille. Voudrais-tu d'un homme sans honneur? Déjà, tu m'entretiens la plupart du temps. Tu gagnes plus d'argent que je n'en gagnerai jamais. J'ai accepté la situation parce que je t'aime. Et, si j'ai agrandi la cabane de mes parents pour en faire une vraie maison, c'était pour avoir un rôle ici.

—Je sais, concéda-t-elle, mais nous étions heureux malgré tout. Toshan, je ne supporterai pas de te perdre. Mon Dieu, si tu mourais... Je ne pourrais plus vivre, je le sens, là, en moi.

Hermine le dévisagea avec une passion proche du délire. Elle toucha son front, sa bouche, son cou...

—Si tu savais combien je t'aime! dit-elle en lui accordant enfin un baiser.

C'était une soif d'oubli qui la poussait vers lui. Elle voulait effacer l'épreuve qu'ils avaient traversée, chasser le spectre de la guerre. Toshan s'enflamma immédiatement, prenant conscience à son tour qu'il risquait de ne jamais la revoir. Cependant, il gardait la maîtrise de lui-même afin de ne pas l'effaroucher. Elle eut un léger mouvement de recul quand il déboutonna son gilet de laine pour se pencher sur ses beaux seins ronds et les caresser d'une main audacieuse. Hermine pensa très vite qu'elle aurait dû allaiter son bébé, si le destin n'en avait pas décidé autrement, mais une onde de plaisir la submergea en retrouvant le contact de la peau mate et chaude de Toshan. Déjà, il était torse nu et se débarrassait de son pantalon. Entre rires et larmes, elle ôta sa jupe et se colla à lui.

—Mon amour! gémit-elle. Mon bel amour! Serre-moi fort, je suis si bien dans tes bras! Si bien, il n'y a que toi, que toi, je t'aime tellement!

Il répondit d'un petit cri étouffé, grisé par son total abandon. Ses doigts agacèrent les jarretelles qui retenaient ses bas de soie, puis s'attardèrent en bas de son ventre de femme, encore bombé et doux.

—Hermine, moi aussi je t'aime, si tu savais à quel point! dit-il tout bas. Tu es mon épouse, mon bien le plus précieux.

Incapable de se contenir davantage, pressé de la posséder enfin, Toshan la pénétra avec lenteur, tandis qu'elle exhalait un gémissement d'extase. Une folie sensuelle s'empara d'elle. Elle le griffa et le mordilla. Lui, attentif à la montée de leur jouissance, redoubla de tendresse, de science amoureuse. Ils ne firent bientôt plus qu'un, haletants, leurs jeunes chairs en délire. Sa nudité exaltait Hermine, qui oubliait toute pudeur et poussait de petits cris sourds. Lorsque son mari voulut se retirer d'elle pour éviter une autre grossesse, elle l'en empêcha.

—Non, reste, je veux un enfant de toi qui sera fort et que la mort ne me prendra pas! expliqua-t-elle.

Il céda à sa volonté, d'autant plus excité. Quelques minutes plus tard, ils gisaient sur le lit, dans la pénombre rose et or dispensée par la lucarne rougeoyante du poêle. Le grand corps brun de Toshan contrastait avec les pâleurs charmantes des formes douces d'Hermine. Elle demeura alanguie contre lui, une jambe en travers des cuisses de son époux. Son regard bleu, encore voilé par un paroxysme de jouissance, se riva à un détail du plafond en belles planches d'épinette.

—Mon amour, dit-elle tendrement, je suis si bien, là, avec toi. Je t'en supplie, ne pars pas! Ou attends un peu. Cette guerre ne va pas durer. Je suis mal informée, mais je crois que rien ne t'oblige à t'enrôler. De plus, tu es père de famille. J'ai eu le temps d'en discuter un peu avec maman, à Val-Jalbert, quand je lui ai rendu visite. Nous allons passer un merveilleux hiver avec nos enfants. Et, l'année qui vient, je ne bougerai pas d'ici. Tu parlais de Pierre Thibaut, tout à l'heure. Je parie qu'il ne s'engagera pas, lui, puisqu'il a quatre enfants. La preuve, tu voulais qu'il s'occupe de nous conduire à Val-Jalbert. Toshan, je te l'assure, je ne me séparerai pas de toi. Laisse les hommes blancs faire la guerre entre eux; toi, tu appartiens à cette terre, à la forêt, à notre pays de neige. Tu m'entends, mon amour?

N'obtenant pas réponse, Hermine se releva un peu. Son mari dormait profondément.

« Il était fourbu, songea-t-elle. J'ai du mal à imaginer tous les kilomètres qu'il peut faire en traîneau. À l'auberge, il ne se repose pas vraiment parce que je ne suis pas près de lui. Il me l'a dit, déjà. »

Elle le contempla, détournée du souvenir déchirant de Victor par la magie de l'étreinte passionnée qu'ils venaient de vivre. L'idée de ne plus partager ses nuits avec Toshan lui brisa le cœur.

— Je ferai tout pour te garder, mon chéri! balbutia-t-elle. Peut-être que je t'ai fait fuir, avec mon chagrin de mère, mais à présent je ne veux qu'une chose : te retenir chez nous. Je ferai tant et si bien que tu ne pourras pas t'éloigner.

Sur ces mots chuchotés, Hermine remonta les couvertures sur eux et ferma les yeux.

« La guerre! pensa-t-elle. Je la conçois comme un monstre impitoyable qui vole les hommes à leurs épouses, une bête fauve avide de sang, de malheur. Quand j'étais petite, c'était aussi la guerre en Europe et dans le monde entier. Et il y a eu l'épidémie de grippe espagnole à cause des soldats qui revenaient malades chez eux. Ma chère sœur Sainte-Madeleine en est morte. J'ai eu tant de peine! C'était un ange placé sur mon chemin; elle voulait m'adopter. Et pendant des années j'ai mis son portrait sur ma table de chevet et je lui racontais tout ce qui m'arrivait en l'appelant maman... Cette seconde guerre ne me prendra pas mon mari, mon bel amour! »

Forte de sa résolution, elle s'endormit à son tour, une main posée sur la poitrine lisse et chaude de Toshan. Mais, au milieu de la nuit, celui-ci se réveilla. En la trouvant nue, alanguie par le sommeil, il ne put pas résister à la tentation de la caresser. Il la réveilla avec de menus baisers sur ses épaules rondes et sur ses lèvres. Somnolente, elle répondit cependant à son désir. De vagues pensées la traversèrent.

« Dehors, il neige, nous sommes tous les deux bien au chaud dans notre lit. C'est mon amour, mon mari. Qu'il est doux et tendre! Rien d'autre ne compte, que le présent... »

Toshan la couvrit de son grand corps fin et musclé. Elle referma ses bras autour de ses reins quand il la fit sienne à nouveau. Ils glissèrent dans la volupté, entre rêve et réalité, bouche contre bouche. Ce fut bref, mais ils en retirèrent une sensation intense de communion spirituelle et charnelle. Hermine se rendormit, lasse, mais tout le corps palpitant d'un délicieux bien-être. Peu de temps après, le jeune homme se releva pour remettre du bois dans les poêles de la maison. Plus amoureux que jamais, il était taraudé par le doute.

« Et si j'avais tort de partir? s'interrogea-t-il, assis devant la cheminée de la pièce principale. Je brandis ma décision, je clame ma détermination, mais Hermine et les enfants vont terriblement me manquer; comme je vais leur manquer. Ma femme... elle est douce, ardente. En restant avec elle, je saurai la guérir de sa peine. »

Il alluma une cigarette et se servit un verre de vin. L'aube le surprit ainsi, pelotonné dans une couverture et perdu dans ses pensées. Quelqu'un frappa à la porte. Tala entra dès qu'il ôta le verrou. Elle portait Kiona dans ses bras. Toutes deux étaient constellées de gros flocons duveteux.

—Tu es bien matinale, maman! s'étonna-t-il.

Toshan alla s'habiller. Ce faisant, il réveilla Hermine. Elle se remémora en quelques secondes les événements de la veille, leur discussion houleuse, ses larmes et le plaisir retrouvé.

—Où vas-tu? demanda-t-elle, tourmentée.

—Ma mère est là. Je vais lui préparer du café. Ce

n'est pas dans ses habitudes de venir si tôt, mais il y a sûrement une bonne raison.

Elle approuva, aussi surprise que lui.

—J'arrive! s'écria-t-elle. Kiona sera contente de me voir.

Il lui fallut peu de temps pour se vêtir. Elle optait de plus en plus souvent pour un pantalon en jersey très chaud, un pull en laine et des bottes fourrées, même quand elle ne sortait pas. Ses cheveux d'un blond un peu plus pâle qu'à son adolescence étaient attachés sur sa nuque et attiraient la lumière. Elle s'empressa de suivre son mari.

—Bonjour, Hermine! déclara Tala d'un ton grave. Je disais à Toshan que je devais lui parler. J'ai fait un rêve, cette nuit, un très mauvais rêve!

Kiona se jeta dans les bras de la jeune femme qui la souleva et la câlina à son aise. La fillette semblait ravie de leur rendre visite.

—Mine, je te prie, je pourrais avoir du *cocoa*[11]? dit-elle avec un large sourire.

—Oui, avec des biscuits! répliqua Hermine. Nous allons attendre un peu, Mukki va se réveiller. Et les jumelles aussi. Vous prendrez le petit-déjeuner ensemble.

Tala retint un soupir d'exaspération.

—Toshan, coupa-t-elle, tu dois me promettre une chose, mon fils! Ne pars pas à la guerre, cette guerre abominable que les Blancs ont déclarée. Dans mon rêve, je voyais des scènes monstrueuses, c'était le chaos, la pire des abominations. J'ai pris peur et je suis vite venue. Promets-moi que tu ne quitteras pas la terre de tes ancêtres, je t'en supplie!

Les paroles de Tala causèrent un choc à Hermine. Elle songea encore une fois que sa belle-mère devait posséder une sorte de don mystérieux ou avoir des prémonitions par le biais des rêves. Toshan, agité,

---

11. Terme anglais désignant une boisson à base de chocolat en poudre, préparée avec de l'eau bouillante.

faillit se brûler avec l'eau bouillante qu'il versait sur la poudre de café.

—Non, maman, je ne peux pas te promettre ça! avoua-t-il. Je me suis engagé avant-hier; je pars demain pour Québec. Je l'ai annoncé à Hermine hier soir.

L'Indienne laissa échapper une longue lamentation. Kiona s'inquiéta et se percha sur les genoux maternels.

—Mon fils, reprit Tala, qu'as-tu à faire des conflits que les Blancs ont l'art de provoquer? Tu es un Montagnais, de la nation du Porc-épic qui vivait depuis des siècles sur les bords de la rivière Métabetchouane. Pourquoi irais-tu risquer ta précieuse vie pour ceux qui nous ont presque tout pris?

Hermine eut un mouvement de tête approbateur. Tala était de son côté et cela comptait.

—Je l'ai imploré de rester ici, ajouta-t-elle, mais il refuse!

Le jeune Métis s'assit à la table, devant les tasses qu'il avait disposées. Il regrettait maintenant sa décision, mais il aurait été déshonoré de capituler sous l'emprise des deux femmes qui comptaient le plus pour lui.

—Maman, le sang irlandais coule aussi dans mes veines! décréta-t-il sèchement. Je ne suis pas qu'un Indien, une partie de mes ancêtres a vécu en Europe. Crois-tu que j'ai pu oublier mon père, Henri Delbeau? C'était un bon père, tu le sais. Il m'a enseigné tout ce qu'il pouvait durant mon enfance, la chasse, le dressage des chiens de traîneau, le travail du bois... Je tiens à lui faire honneur, oui, à demeurer fidèle à sa mémoire! Et tu n'es pas au courant comme je le suis de ce qui se passe en Europe. Hitler ne peut pas triompher. C'est un être malsain, une sorte de démon, à mes yeux. Il persécute un peuple. En Allemagne, les Juifs ont vu leurs biens confisqués, leurs magasins détruits ou réquisitionnés. Ils n'ont plus le droit d'exercer leur profession, plus aucun droit civique non plus. Certains se sont déjà réfugiés aux États-Unis. Je veux me battre avec ceux qui combattent Hitler! Que ce soit clair! Et ni toi ni Hermine ne m'en empêcherez! Pourtant, je vous aime...

—Et tes enfants? le coupa Tala, les traits impassibles.

—Mes enfants? Pour eux aussi je dois me battre. Ils ont le droit d'avoir un avenir paisible, dans ce pays où ils grandissent. Quand Mukki sera devenu un homme à son tour, je voudrais qu'on lui dise du bien de moi, pas que j'étais un lâche, si par malheur je mourais.

C'en était trop pour Hermine. Elle se mit à pleurer, debout derrière son mari. Comme il se retournait, elle l'enlaça, comme si elle pouvait le retenir prisonnier de ses bras, de son amour.

—Toshan, reste avec moi, ne pars pas! gémit-elle.

Kiona assistait à la scène, muette d'émotion. La fillette avait compris l'essentiel. Toshan allait partir très loin et Hermine était malheureuse. Retenant ses larmes, elle fixait surtout la jeune femme, secouée par de gros sanglots. L'irruption de Madeleine, en robe grise et châle beige, un bonnet blanc sur ses cheveux noirs, fit diversion. Mukki apparut sur les talons de la nourrice. Il était en pyjama, tout ébouriffé.

—Grand-mère! claironna-t-il. Que je suis content! B'jour, Kiona!

Tala paraissait complètement désemparée. Elle embrassa le petit garçon avant de lancer:

—Mes petits, allez dans la chambre dire bonjour à Marie et à Laurence! Nous vous appellerons pour le *cocoa*. Jouez un peu, en attendant.

Ils obéirent. Seul Mukki riait et gambadait en tenant Kiona par la main. La fillette avait un air préoccupé, mais cela ne dura pas. Les jumelles l'accueillirent en criant de joie.

—Mon Dieu! soupira Madeleine, écoutez ces enfants! Leur bonheur innocent nous console et nous charme. Je suis navrée, mais j'ai entendu votre discussion. Toshan, mon cher cousin, je prierai de toute mon âme pour que tu nous reviennes sain et sauf. Oh oui, je prierai Jésus et la Sainte Vierge, et aussi Kateri Tekakwitha, celle qui avance en hésitant, une Indienne comme nous. Aie confiance!

—Merci, cousine! dit-il gentiment. Veille bien sur ma famille. Hermine et les petits vont passer l'hiver à Val-Jalbert. Pierre Thibaut les conduira là-bas. Je n'aurai pas l'esprit tranquille en sachant trois femmes seules ici avec quatre petits. Maman, que veux-tu faire?

—Rester ici avec la petite, affirma Tala d'un ton boudeur.

—Alors, installe-toi dans notre maison. C'est plus confortable. Tu auras suffisamment de provisions pour Kiona et toi.

Hermine renifla, mortifiée par l'évidence. Son mari ne changerait plus d'avis. Tala le comprit elle aussi. Furieuse contre son fils, elle le foudroya d'un regard noir.

—J'hivernerai dans ma cabane! trancha-t-elle. La solitude ne m'effraie pas, ni le froid, ni la faim. Ce qui me terrifie, c'est ton entêtement à courir vers la mort, Toshan Clément Delbeau!

Sa voix tremblait. Très digne, elle but une gorgée de café. Le silence se fit pesant.

—Si c'est la volonté de mon mari, déclara alors Hermine, j'irai à Val-Jalbert. Mais je t'en supplie, Tala, laisse-moi emmener Kiona, au moins pour qu'elle fête Noël là-bas. J'ai l'impression que tout sera moins pénible avec elle à mes côtés. Tala, je te demande un grand sacrifice, j'en suis consciente, mais accepte, je t'en prie! Elle sera heureuse en compagnie de mes enfants.

—Jamais! rétorqua l'Indienne. D'abord, c'est impossible, tu sais très bien pourquoi. Ensuite, je ne me séparerai pas de ma fille. N'insiste pas! Malgré toute l'affection que j'ai pour toi, Hermine, c'est non. Kiona ne mettra pas les pieds à Val-Jalbert! Jamais!

C'était irrévocable. La jeune femme se leva et se réfugia dans sa chambre. Elle n'avait jamais été aussi malheureuse de sa vie.

2
Le sourire de Kiona

Bord de la rivière Péribonka,
dimanche 3 décembre 1939

Hermine demeura enfermée dans sa chambre pour réfléchir, ce qui lui demandait un effort douloureux, tant elle était désespérée. Les cloisons de la maison étant assez minces, pour permettre à la chaleur de se propager d'une pièce à l'autre, la voix de Toshan lui parvenait. Son mari continuait à discuter âprement avec Tala.

« Ils peuvent se chamailler encore des heures, cela ne changera rien, se lamentait-elle en silence. C'est trop tard, notre destin est écrit. Combien de femmes dans tout le Canada sont dans le même état que moi, à pleurer le départ de leur mari, de leurs fils ou de leurs frères? Je ne dois pas être la seule, mon Dieu, ça non! Je ne comprends pas! Au nom de quoi les hommes doivent-ils s'en aller du jour au lendemain? La guerre! Je la maudis, la guerre! Et si Toshan meurt? Non, non, il ne peut pas mourir, non... »

On gratta à sa porte. Cela ressemblait au bruit que feraient des griffes de chat. La jeune femme se leva de son lit et alla ouvrir. Kiona se tenait devant elle.

—Entre vite! dit-elle.

Le visage meurtri et les paupières rougies d'Hermine en disaient long sur la crise de larmes qui l'avait terrassée.

—Je le savais, que tu pleurais! balbutia la fillette.

—Et tu es vite venue me voir! Tu es gentille,

ma petite chérie! Oui, je suis bien triste parce que Toshan va partir très loin, dans un autre pays où il y a la guerre, expliqua-t-elle.

Kiona se posta près du poêle, comme si elle avait froid.

—Dis, Mine, pourquoi je ne dois jamais mettre les pieds à Val-Jalbert? interrogea l'enfant d'un air préoccupé. C'est ton village à toi, hein? J'ai entendu maman le dire, pendant que je jouais avec Mukki.

Déconcertée par la question, Hermine attira la fillette dans ses bras.

—Ta mère n'aime pas les villes ni mon village, assura-t-elle tout bas. Je connais Tala depuis la naissance de Mukki et je peux te dire qu'elle préfère habiter au fond des bois. Et puis sais-tu qu'il n'y a presque plus personne, à Val-Jalbert? Quand j'avais ton âge, c'était une cité ouvrière très active, avec des centaines d'habitants; à présent ce n'est pas très gai! Ne t'en fais pas, rien n'est plus beau que notre forêt, notre clairière et notre rivière. Nous sommes chez nous, ici.

—Mais tu voulais m'emmener là-bas, insista la petite. Moi, ça me plairait! Mukki m'a dit que sa grand-mère Laura décore un grand sapin avec des lumières sur les branches et des boules en verre qui brillent.

La jeune femme ne savait plus comment se tirer de ce mauvais pas. Elle était au courant du pacte conclu entre sa mère, Laura, et Tala l'Indienne. La fille adultérine de Jocelyn Chardin ne devait pas approcher de Val-Jalbert. Elle regretta soudain d'avoir mis le feu aux poudres en soumettant à Tala une demande aussi insensée.

« Mon Dieu que je suis sotte! songea-t-elle. Maintenant, Kiona a perdu son beau sourire radieux. Par ma faute! Elle n'a jamais vu d'arbre de Noël. À chaque fête de fin d'année, Tala l'emmène chez Odina. »

—Ne sois pas triste, ma chérie! déclara-t-elle

d'un ton conciliant. Peut-être que tu verras un sapin de Noël quand même, l'an prochain? Je voulais en faire un, ici, et tu en aurais profité. Hélas, nous ne serons pas là.

—Je sais, Mukki me l'a dit, soupira Kiona. Je retourne jouer. Écoute... Marie et Laurence m'appellent.

Hermine contempla, chagrinée, la gracieuse silhouette de sa demi-sœur qui marchait sans bruit vers la porte. Ses courtes nattes mordorées s'accordaient à sa tunique en peau de cerf et à son pantalon brodé de perles rouges et bleues. La jeune femme la suivit. Elle éprouva un soulagement enfantin en se retrouvant dans la grande chambre réservée à la nourrice et aux trois enfants. C'était un univers coloré, accueillant. Sur le plancher étaient disposés d'épais tapis en laine tissée, jonchés de jouets divers. Les petits lits, garnis d'une moustiquaire l'été et d'un rideau de coton l'hiver, entouraient celui de Madeleine, à peine plus imposant. La jeune Indienne avait accroché un crucifix et une image pieuse sur la cloison.

Mukki se rua vers Hermine.

—Maman, c'est bien vrai qu'on va partir chez grand-mère Laura? J'ai entendu papa le dire tout à l'heure. Il parlait fort; je n'ai pas fait exprès d'écouter.

—Oui, c'est vrai, nous sommes obligés d'aller habiter à Val-Jalbert à cause de la guerre, avoua-t-elle. Amusez-vous encore un peu tous les quatre, je reviens vous chercher pour le petit-déjeuner.

Elle rejoignit son mari, Tala et Madeleine qui étaient attablés dans la pièce principale. Toshan leur expliquait pourquoi il devait d'abord se rendre à la Citadelle.

—Je ne sais pas encore quand je partirai pour l'Europe, ni comment. Nous voyagerons en avion ou en bateau. J'essaierai de vous donner des nouvelles tant que je serai au Canada.

—Si je n'ai pas de nouvelles de toi, coupa la jeune femme en l'enlaçant, j'irai en Europe, moi aussi, pour te chercher... Au moins, si je suis à Val-Jalbert, tu pourras me téléphoner. Je t'enverrai de l'argent; je vais m'en occuper à Roberval.

—Tu comprends enfin ma décision? J'en suis heureux, Hermine. Nous n'avons plus qu'une chose à faire, profiter de cette dernière journée tous ensemble. Je voudrais emporter de bons souvenirs!

Toshan appuya ces mots d'un regard explicite. Tala approuva d'un mouvement de tête; Madeleine se signa et se leva pour prendre des bols sur une étagère. Tout était dit. Elle se souciait à présent des enfants, qui devaient être affamés.

Blottie contre son mari, Hermine perçut le tremblement de son corps d'homme. Il était ému, angoissé, et elle en fut bouleversée.

«Je dois le soutenir! songea-t-elle. Je me suis plainte, j'ai protesté, mais moi, je resterai à l'abri, dans ma famille. Lui, il sera seul, loin de ceux qu'il aime. Il s'impose un énorme sacrifice: il n'est vraiment heureux qu'ici, sur sa terre, dans la forêt. Toshan agit par sens de l'honneur, au nom de la justice et de la liberté.»

—Je suis fière de toi! affirma-t-elle en le fixant avec passion. Pardonne-moi de t'avoir accablé de reproches. Les femmes ont le bon rôle, elles ne partent pas à la guerre...

—Détrompe-toi! répliqua-t-il sur un ton amer. Gracianne s'est engagée. Elle doit déjà être en Europe.

—Gracianne? s'étonna Hermine. Mon Dieu, la pauvre!

Elle revit la prévenante jeune fille qui l'avait aidée quatre ans auparavant. Gracianne était serveuse à l'auberge qui donnait sur le quai du village de Péribonka.

«J'étais arrivée la veille de Noël 1934 et j'avais l'idée fixe de retrouver Toshan ici, se souvint-elle. Gracianne m'a présenté son frère Rudel, qui possédait une autoneige. Et, juste avant de partir dans la nuit, j'ai chanté à l'église pour les protégés des frères de Saint-François-Régis. Elle était éblouie et je lui avais promis de revenir, ce que j'ai fait. Nous étions amies... »

—Mais pourquoi? interrogea-t-elle à voix haute.

—Je ne l'ai pas vue en personne, précisa Toshan, c'est son patron qui m'a annoncé la nouvelle. Son frère, Rudel, s'est engagé aussi en confiant son fils à l'établissement des frères. C'est pour cette raison que Pierre a pu lui racheter son autoneige. Gracianne n'avait pas de fiancé ni d'amoureux; elle a choisi de se rendre utile.

Dès qu'il se tut, Madeleine appela les enfants, car leur *cocoa* était prêt. Tala sortit en claquant la porte. L'Indienne, envahie par une colère impuissante, fit quelques pas autour des bâtiments, se moquant bien de la neige qui s'agrippait à ses cheveux et à son manteau. Elle se sentait perdue, confrontée à un abîme effrayant. Cet interminable hiver à passer seule à l'orée de la forêt, sans la présence rassurante de son fils, sans les rires et les jeux de ses petits-enfants, ne lui disait rien qui vaille. La femme craignait surtout pour la sécurité de sa petite. Serait-elle assez forte pour la défendre éventuellement de rôdeurs ou de trappeurs malveillants. Et que ferait-elle si Kiona était malade, loin de tout comme elles étaient?

« Qu'est-ce que j'ai? s'inquiétait-elle. J'aimais tant la solitude, avant... Mais à présent j'ai peur, j'ai si peur! Et si Toshan ne revenait pas! Tant qu'il s'en allait pour travailler, même à l'autre bout du pays, j'étais sûre de le revoir, mais là! Il va traverser l'océan, se retrouver en terre étrangère! »

Tala se représentait l'océan comme un lac Saint-Jean des milliers de fois plus grand et elle n'avait pas vraiment tort. Mais elle connaissait bien le tour du lac, ses rives et ses villages. La France, l'Angleterre, cette Allemagne d'où était parti l'incendie dévastateur qui avait pour nom la guerre, elle en ignorait tout et n'avait aucune envie d'en apprendre quelque chose. Des larmes perlaient à ses cils et embuaient ses yeux noirs.

« Pourquoi ce malheur nous frappe-t-il? pensa-t-elle en s'abritant dans la remise à bois. Je voudrais tant qu'Henri ne soit pas mort, que je puisse compter sur sa force, dormir près de lui! Et l'autre, cet ingrat! Jocelyn Chardin... Je l'ai tant aimé, tant et tant! J'étais heureuse avec lui, les quelques jours où nos chemins se sont croisés. Je n'aurai plus personne pour me défendre! »

Le cœur serré, elle ferma les yeux. Le souvenir ardent des nuits dans les bras de Jocelyn lui revint. Cet homme avait su susciter en elle un plaisir nouveau, différent de celui que lui donnait son mari.

—Et maintenant, j'ai Kiona, ma petite fille de lumière! Il m'a laissé un beau cadeau, mais elle ne saura jamais qu'il est son père.

—Tala, qu'est-ce que tu as? interrogea Hermine qui venait d'entrer à son tour dans la remise.

—J'essaie de calmer l'épouvante qui m'envahit à l'idée de savoir mon fils de l'autre côté de l'océan, répondit-elle. Toshan est la chair de ma chair! Que deviendra-t-il, si loin de nous?

Attendrie, la jeune femme s'approcha de sa belle-mère. Elle l'aurait volontiers consolée, mais entre elles la pudeur et la réserve étaient de mise.

—Tala, j'éprouve le même sentiment de panique! Mais nous ne pouvons pas l'empêcher d'agir selon sa conscience. Par pitié, écoute-moi! Je t'ai suivie parce que j'ai une proposition à te faire.

Hermine craignait d'être rabrouée immédiatement. Ce ne fut pas le cas.

—Parle toujours... soupira l'Indienne.

—J'ai été stupide de vouloir emmener Kiona à Val-Jalbert et je t'en demande pardon. Mais je pourrais louer une maison à Roberval, celle du fils de Mélanie Douné. La malheureuse est décédée l'an dernier à l'hôpital. Ses enfants ont déménagé. Ils se sont établis à Desbiens, à quelques kilomètres de Chambord. Ils cherchaient un locataire sérieux au début de l'automne et ils ont confié les clefs à la mairie. Imagine un peu, Tala, comme vous seriez bien installées, Kiona et toi. Je vous rendrais visite souvent. Cela me tranquilliserait. Réfléchis, je t'en prie. Je paierai tous les frais! Il faut bien que mon talent serve à rendre heureux ceux que j'aime.

La jeune femme fixait Tala de son doux regard bleu avec une expression impatiente, pleine d'espoir.

—Personne à Val-Jalbert ne saura que vous habitez Roberval pendant l'hiver. Et quand bien même cela serait, quelle importance! Maman n'a pas tous les droits! Tu peux vivre où tu veux!

—J'accepte! répondit Tala après avoir réfléchi silencieusement quelques minutes. Ce que tu m'offres est une réponse à ce qui me tourmentait. Je redoutais des mois d'isolement, autant pour moi que pour Kiona. Elle sera contente. Je céderai aux coutumes des Blancs pour ma fille, pour revoir son sourire. Je décorerai un petit sapin. Je ne crois pas en votre Dieu Jésus-Christ, mais Henri me racontait souvent les prodiges relatés dans le Nouveau Testament. Ce sont de belles histoires qui ont tourné la tête de Madeleine. Il faudra faire attention! Je ne veux pas que Kiona, elle aussi, devienne pieuse à la façon des Blancs. Déjà le prêtre l'a baptisée alors qu'elle n'était pas en âge de choisir sa religion. Cela m'a déplu!

—Peu importe, les dieux de tes ancêtres et mon Dieu d'amour ont protégé Kiona. Elle est bénie, je le sens au fond de moi. Oh! Tala, que je suis soulagée! Je m'occuperai bien de vous, je viendrai à cheval te donner des nouvelles de Toshan dès que j'en aurai.

Les traits tirés, l'Indienne approuva d'un air fatigué.

—Dans ce cas, Hermine, nous avons du travail aujourd'hui. Il faut préparer vos bagages, trier les provisions et bien fermer toutes les portes. Je partirai demain avec mon fils, en traîneau. Il y a de la place pour Kiona et moi. Il nous déposera à Roberval. Mais où vais-je loger en attendant ton arrivée?

—Prends une chambre à la maison de pension. J'ai de l'argent ici, je t'en donnerai, expliqua la jeune femme.

Elle tremblait de nervosité et d'exaltation. Une petite voix intérieure lui chuchotait qu'elle serait apaisée de se retrouver à Val-Jalbert, dans la belle demeure de sa mère. Elle retrouverait Betty Marois, leur voisine, qui l'avait pratiquement élevée, et ses enfants, Simon, Armand, Edmond, la benjamine Marie, sans oublier Charlotte.

«Et mes parents, mon petit frère Louis qui m'appelle Mine, lui aussi, comme Kiona! pensa-t-elle. Matin et soir, je n'aurai qu'à tendre l'oreille pour percevoir la chanson de la cascade, la plainte de ma rivière, la Ouiatchouan! Même si l'emprise du gel la fait taire, je pourrai me rassasier de sa beauté, dans sa robe de glace et de givre!»

La jeune femme se dit encore que rien cependant ne lui ferait oublier l'absence de son mari. Tala lui tapota l'épaule en affirmant:

—Nous devons avoir foi en Toshan, Hermine! Il reviendra.

—Mais oui, il reviendra, j'en suis certaine! Ce n'est qu'un hiver de plus. Au printemps, nous serons tous réunis ici. J'aime cet endroit, mes enfants aussi. Viens, Tala, tu as raison, nous avons du travail.

Toshan cacha mal son irritation quand il apprit la décision de sa mère.

—Tu as beaucoup changé, maman! ironisa-t-il. Comment supporteras-tu la ville et le bruit? Je croyais que tu jugerais nécessaire de garder nos biens, d'hiverner dans ta cabane! As-tu songé à l'accueil qu'on te réservera à Roberval? Une Indienne et sa fille métissée de Blanc?

—Tais-toi, mon fils! protesta-t-elle. Tu devrais crier encore plus fort. Je veux vraiment que Kiona t'entende et me pose d'autres questions sur sa famille! Elle est très intelligente, autant qu'une fillette de sept ans. Ne la blesse pas, je t'en supplie.

Le jeune homme eut un sourire amer et rétorqua:

—Ce qui la blessera, je le sais! Les moqueries des gens à cause de son accoutrement ou de la couleur de ses cheveux qui confirment son métissage. J'ai enduré ça partout où je passais et encore, j'étais capable de me défendre! Mais une gamine de cinq ans? Elle souffrira et ne pourra pas répondre à ceux qui la regarderont comme une bête curieuse.

—Tu te trompes, Toshan, dit Hermine tout bas. Personne ne résistera au sourire de Kiona.

—Que tu es naïve, ma pauvre chérie! soupira-t-il.

La discussion en resta là, car les enfants arrivaient en courant dans la pièce. Tala attira sa fille sur ses genoux.

—Sois sage, Kiona, et écoute-moi! Nous allons passer les mois d'hiver à Roberval, dans une maison. Hermine pourra venir nous voir souvent. Es-tu contente?

—Oui, maman! affirma la fillette. Mais tu ne seras pas triste, toi, de ne plus avoir la forêt et la rivière? Mine dit que tu n'aimes pas la ville.

Tala lui caressa le front, émue par sa gentillesse.

—Je ne serai pas triste, je te le promets. Maintenant, viens, nous rentrons chez nous.

Hermine les accompagna jusqu'à la porte. Madeleine s'activait déjà, regroupant les jouets et remplissant une malle de linge.

—Heureusement que tu es là! déclara la jeune femme. Je t'aiderai tout à l'heure; je voudrais consacrer le maximum de temps à Toshan.

—C'est une bonne chose. Mon cousin a sûrement besoin de toi, approuva la nourrice. Va vite.

—Merci, Madeleine!

Toshan s'était enfermé dans la chambre. Assis près du poêle, à même le plancher, il fumait une cigarette.

—Oh non, s'écria-t-elle, pas ça!

Il s'était coupé les cheveux. Cela le changeait tellement que la jeune femme se mit à pleurer.

—Je te reconnais à peine, gémit-elle. J'aimais tant tes beaux cheveux! Mais qu'est-ce qui t'a pris?

—Les soldats ne portent pas une tignasse de sauvage, répliqua-t-il sur un ton ironique. Je veux joindre le Royal 22e Régiment sous une apparence ordinaire!

Hermine le sentit profondément ébranlé par son propre geste. Toshan venait de renoncer à sa longue chevelure qui signait son appartenance au peuple indien. Ce n'était pas la première fois, cependant. Elle le revit dans le canyon de la rivière Ouiatchouan, un beau jour de juillet, en 1930. Il avait surgi des bois, selon son habitude, tandis qu'elle se promenait avec Charlotte, qui était quasiment aveugle à cette époque.

«Je désespérais de le revoir et, tout à coup, il était devant moi, encore plus beau que dans mon souvenir. Mais les cheveux courts! Comme je lui en avais fait la remarque, il m'avait répondu qu'il ne trouvait pas de job avec ses cheveux longs, qu'il avait donc adopté la coiffure des bûcherons. Ensuite, il s'est occupé de Charlotte avec tant de sollicitude que je l'ai aimé davantage encore, alors que je le connaissais si peu.»

—Je ne te plais plus? demanda-t-il en souriant.

C'était un sourire timide, presque craintif. Hermine se jeta dans ses bras.

—Même chauve, tu me plairais! répliqua-t-elle avec ferveur. Mais je n'étais pas pressée de te voir perdre tes beaux cheveux. Mon amour, mon bel amour, je ne peux pas imaginer ma vie sans toi! Je t'en prie, sois prudent, ne mets pas ta vie en danger.

—Un soldat n'a pas le choix, Hermine. Pense à moi de toute ton âme, je le sentirai et rien ne m'atteindra!

Éperdus de passion, ils se berçaient tous deux de chimères. Elle le guida vers le lit. Il ne résista pas, mais, dès qu'ils furent allongés, il entreprit de la déshabiller.

—Je veux te voir toute nue pour graver chaque parcelle de toi dans mon esprit, dans mon cœur. Tes belles cuisses, ton ventre, tes seins... tes magnifiques seins! Et ces genoux ronds, si doux, tes pieds... et ton cou, tes cheveux!

Il ponctuait chaque mot d'un baiser enflammé, comme un homme affamé devant un festin. Hermine se laissait admirer et caresser, mais elle gardait les yeux ouverts pour s'imprégner elle aussi de la vision du corps de Toshan.

« Il est tellement beau! pensa-t-elle. Un véritable athlète, une superbe statue de cuivre, mais vivante, chaude, aux muscles fins. Mon bel amour, mon époux bien-aimé... »

Malade de désir et de plaisir anticipé, elle poussa une plainte vite étouffée par les lèvres brûlantes de Toshan.

—Je vais me torturer en t'imaginant avec d'autres hommes! dit-il soudain. Je ne te parle pas d'infidélité, tu en es incapable, mais tu es si belle que tu provoques la convoitise. Si tu retournes chanter à Québec, ton impresario, Duplessis, peut profiter de la situation.

—Mais non, Octave n'est qu'un ami! assura-t-elle.

L'ami en question lui avait volé un baiser, un soir avant d'entrer en scène; cependant, la jeune femme n'y accordait plus aucune importance. Le milieu du spectacle permettait une familiarité qui, certes, aurait pu choquer les gens de la bonne société, ainsi que les Marois, leurs voisins de Val-Jalbert, dont les principes étaient assez stricts.

Comme s'il lisait dans ses pensées, Toshan ajouta:

—Je me méfie aussi de Simon! Il t'a toujours trouvée à son goût. Et il n'a pas de blonde.

—Tu es ridicule! le sermonna Hermine. Je considère Simon comme mon frère. Nous avons grandi ensemble. Et ma petite Charlotte est amoureuse de lui. S'il me tournait autour, je saurais le remettre à sa place. De toute façon, il a dû s'engager, puisqu'il est célibataire.

—Tel que je connais Simon, je n'en suis pas certain! fit remarquer Toshan.

—Tu n'étais pas contraint de me quitter! déplora-t-elle à nouveau. En plus, tu commences à être jaloux, alors que je suis là, malade d'amour pour toi.

Du bout d'un doigt, elle caressa son torse avant de suivre les lignes de son visage. Il soupira et la fixa d'un air triste.

—Ma petite femme coquillage, jure-moi que tu ne me tromperas pas! Sinon, à mon retour, je tuerai mon rival et finirai mes jours en prison.

—Je te promets d'être sage, répliqua-t-elle. Je serai tellement occupée à Val-Jalbert, entre Betty et maman, les enfants et les visites à Roberval pour m'assurer que ta mère et Kiona n'ont besoin de rien! J'ai plein de projets distrayants, mais tu me manqueras terriblement. Un jour, tu m'as dit que la surface de la terre était sillonnée par des chemins invisibles qui nous menaient là où nous devions aller. Fais en sorte de ne pas t'égarer et de vite revenir vers moi, mon amour!

Il l'embrassa sur le front et lissa sa somptueuse chevelure blonde d'une main caressante.

—Qui pourrait ne pas revenir vers toi? dit-il. Il faudra m'écrire, ma chérie, et m'envoyer des photographies des enfants. Veille bien sur Mukki.

Il est turbulent, désobéissant, et il a besoin de fermeté. Jocelyn saura sûrement s'y prendre avec lui. En décidant que tu serais mieux à Val-Jalbert, chez tes parents, j'ai mis mon orgueil de côté. Mais de savoir mon fils soumis à l'autorité de ton père ne me plaît guère.

—Ne t'inquiète pas! répondit Hermine d'un ton rassurant.

Elle n'osa pas lui dire qu'il aurait pu éviter cette situation en demeurant ici, sur sa terre et en famille.

—Jure-moi d'être fidèle et patiente! Jure-moi de ne pas te remarier si je suis porté disparu! ajouta-t-il gravement. Disparu, ça ne veut pas dire que je suis mort. Attends-moi longtemps! La force de mon amour me ramènera vers toi.

Elle le fit taire en se jetant à son cou. Ils s'embrassèrent avidement, fascinés par le bonheur infini qui les envahissait au contact l'un de l'autre. La même soif de jouissance les emporta vers cet univers magique des amants où plus rien n'existe, ni chagrin, ni guerre, où seuls comptent l'être aimé, sa peau, son corps et le plaisir partagé jusqu'à l'épuisement.

Ce jour-là, le couple échangea bien des confidences, bien des promesses passionnées. Jamais Toshan et Hermine n'avaient atteint un tel degré de tendre complicité et de franchise. Ils en étaient éblouis, certains d'être deux âmes sœurs que rien ne pouvait séparer.

À cinq heures de l'après-midi, Madeleine se manifesta en frappant deux petits coups timides à la porte de la chambre.

—Hermine, Toshan, les enfants vous réclament! dit-elle assez fort pour être entendue.

La nourrice n'osa pas ajouter que Tala et Kiona étaient là avec leurs maigres bagages, la fillette ayant insisté pour passer la nuit chez son frère. Hermine sortit la première, sa magnifique chevelure attachée à la hâte sur la nuque, les yeux cernés, les lèvres gonflées par les baisers. Elle avait enfilé un gros gilet de laine sur une robe d'intérieur.

—Je suis navrée, Madeleine, je t'ai laissé tout le travail! dit-elle aussitôt.

Gênée, Madeleine évita de la regarder. La jeune Indienne n'était pas entrée au couvent, mais elle demeurait pieuse et déterminée à pratiquer la chasteté sa vie durant.

—Ce n'est pas grave, répliqua-t-elle. Les malles sont faites. J'ai dû raisonner les enfants, ils voulaient emporter tous leurs jouets.

—Où sont-ils? s'étonna Hermine. La maison est bien calme.

—Je les ai envoyés jouer dehors. Il ne fait pas très froid et il ne neige plus. Ils s'amusent dans la clairière. Je les sens perturbés par tous ces bouleversements!

—Sans doute, mais à leur âge ils ne comprennent pas encore la gravité des choses. Du moins, je l'espère.

Hermine se reprocha aussitôt d'avoir parlé ainsi. Madeleine disait vrai: Mukki montrait une perspicacité surprenante pour un garçon de sept ans et Kiona savait à coup sûr quand un adulte souffrait. Les jumelles semblaient davantage indifférentes, mais cela ne prouvait rien. Elles tenaient parfois des propos étranges qui témoignaient de leur faculté d'observation.

Debout près de la cheminée de la pièce principale, Tala dévisagea sa belle-fille avec acuité. Elle eut une petite moue de réprobation qui n'était en fait qu'un pincement de jalousie.

«J'ai peut-être accepté de loger à Roberval dans l'espoir de croiser au moins une fois Jocelyn! J'avais affirmé à Laura Chardin que je n'avais plus aucun sentiment pour son mari, mais c'est faux!» songea-t-elle, furieuse contre elle-même et cet amour absurde dont elle s'était crue libérée.

—J'espère que je ne dérange pas, Hermine! dit-elle à voix haute. J'ai fermé ma cabane et le feu est éteint. C'est bien triste, d'abandonner ces lieux qui nous appartiennent! Ailleurs, je ne serai qu'une Indienne à ta charge!

—Oh non, Tala! Ne dis pas ça! déplora la jeune femme. Tu es ma belle-mère, un membre de ma famille. J'estime normal de subvenir à tes besoins, puisque ton fils part à la guerre. Je t'en prie, ne te pose pas de questions inutiles et n'aie pas de regrets! Tu as bien fait de venir nous retrouver. Nous allons souper tous ensemble et il faudra garder précieusement le souvenir de cette dernière soirée ici. J'avais tant de chagrin pour mon bébé que j'en oubliais le reste du monde. Je n'ai plus le choix. Je dois être courageuse, sinon Toshan s'en ira tourmenté, affaibli par ma propre faiblesse.

Secondée par Madeleine, Hermine s'efforça de donner au repas du soir un air de fête. Elle mit la table avec soin et déboucha du vin, un cru de qualité dont elle avait acheté plusieurs bouteilles lors de son dernier séjour à Québec, en vue des grandes occasions. C'était son impresario français, Octave Duplessis[12], qui lui avait fait découvrir les vins de son pays, que la jeune femme appréciait.

De meilleure humeur, Tala fit griller des saucisses sur les braises. Des haricots mijotaient, agrémentés de lard fumé. Les enfants, qui avaient beaucoup joué dehors, bâillaient de fatigue.

« Mon Dieu, pensait la jeune femme en les observant, dire que dès demain soir tout aura changé! »

Toshan était sorti nourrir les chiens. Il revint en trombe, l'air préoccupé.

—Ce n'était pas très prudent de laisser les petits à l'extérieur, déclara-t-il. Des loups rôdaient près de l'enclos! Et le vent s'est levé. Je crains une tempête, la première tempête!

---

12. Octave Duplessis est l'impresario d'Hermine dans le tome 2, *Le Rossignol de Val-Jalbert.*

Il eut à peine le temps de finir sa phrase. La maison fut prise d'assaut par des rafales d'une violence inouïe. Une pluie cinglante de flocons gelés frappa le toit.

—Écoutez ça! s'écria le jeune Métis. Je ne me trompais pas, c'est une grosse tempête. Je me demande si nous pourrons partir demain matin, maman!

Kiona fixa Toshan d'un air singulier, où un sourire le disputait à la compassion. Hermine surprit ce regard d'enfant pénétrant, déterminé et plein de tendresse. Une folle pensée la traversa.

« C'est Kiona, oui c'est elle qui a provoqué la tempête pour retenir Toshan ici, près de moi! Elle a eu pitié de mes larmes! »

Immédiatement, elle se reprocha de céder à ce genre d'idées excentriques.

«Je suis stupide! Depuis quand une fillette de cinq ans et demi a-t-elle le pouvoir de commander la nature, de déclencher des tempêtes? Je déraisonne! C'est la saison, le rude hiver québécois s'annonce avec grand fracas. »

Laurence, la plus peureuse des jumelles, se mit à pleurer en se précipitant dans les bras de la nourrice. Tala hocha la tête.

—Rien n'annonçait une tempête! fit-elle remarquer. Sans doute, la terre se révolte contre la bêtise des Blancs qui ne songent qu'à se détruire avec des engins de mort!

—Je t'en prie, Tala, coupa Hermine, n'effraie pas davantage les enfants! Il vaudrait mieux les coucher de bonne heure. N'est-ce pas, mes chéris, vous serez bien à l'abri et bien au chaud dans vos lits!

Mukki s'était réfugié sur les genoux de son père. Des chocs sourds ébranlaient la maison entièrement construite en bois.

—Papa, interrogea-t-il, crois-tu que les loups nous guettaient pendant la bataille de boules de neige?

—Mais non, les chiens auraient aboyé! certifia

Toshan. Les loups ne sont pas méchants, mon fils! Allez, va manger. Maman dit vrai, vous serez mieux au lit.

Malgré les épais rideaux et les cloisons doubles, un air glacial circulait au ras du plancher. Hermine frissonna, transie. Elle se rapprocha de la cheminée en imaginant l'immense paysage qui les cernait en proie à la fureur des éléments. Elle se sentit toute petite, vulnérable, et déplora à nouveau le départ de son mari.

Ils soupèrent en silence. La tempête faisait un tel vacarme qu'il était quasiment impossible de discuter. Madeleine s'empressa de conduire les enfants dans leur chambre dès qu'ils furent rassasiés. Tala retint Kiona quelques instants pour lui dire à l'oreille des paroles de réconfort.

—Tu vas dormir avec Laurence et Marie, mais je ne serai pas loin!

—Je n'ai pas peur, maman! répondit doucement la petite. Pas peur du tout!

Kiona échappa aux bras de sa mère et quémanda un baiser à Hermine qui, attendrie, la souleva.

—Je vais te porter jusqu'au lit, ma chérie! affirma-t-elle tendrement.

Tenir la fillette contre elle lui procurait toujours une joie très douce. Mais avant d'entrer dans la chambre, Kiona balbutia:

—Tu es contente, Mine?

—Contente d'être avec toi, oui! répondit-elle, cependant un peu déconcertée.

—Demain, on fera des beignes! ajouta l'étrange enfant.

La jeune femme fronça les sourcils. Ces mots semblaient indiquer qu'ils ne se mettraient pas en route le lendemain. Quelqu'un d'autre, sans doute, n'aurait pas tenu compte de ces paroles de la part d'une fillette.

—Peut-être que tu as raison, hasarda Hermine avec un petit sourire.

Mardi 5 décembre 1939

Kiona ne s'était pas trompée. Toshan avait dû renoncer à partir, la veille, car la tempête avait redoublé de violence. Madeleine avait fait des beignes et chacun avait profité pleinement de ce délai accordé par les éléments en furie. Mais cela changea les plans du futur soldat. Il s'en expliquait ce mardi matin à Tala.

—Maman, je vais partir seul aujourd'hui en traîneau. Il n'y a plus de danger, le blizzard s'est calmé. Tu n'auras qu'à faire le trajet avec Hermine et les enfants. Pierre Thibaut n'aura aucune difficulté à vous loger tous dans l'autoneige. Moi, je me charge d'emporter la plus grosse malle de ma femme. Je la déposerai à la maison de pension où tu logeras. Tu tiens toujours à passer l'hiver à Roberval?

—Oui, mon fils! trancha l'Indienne.

Ce fut enfin le moment tant redouté de la séparation pour le jeune couple. Toshan entraîna Hermine dans leur chambre pour un ultime tête-à-tête. Elle était si bouleversée qu'elle éclata en sanglots. Il l'attira contre lui, plein de compassion.

—Ma chérie, je t'inflige un dur sacrifice! Ma mère dit vrai, rien ne me forçait à m'enrôler. J'ai trois enfants et une épouse. Je ne peux pas t'expliquer mieux que je ne l'ai fait ma décision. Je dois défendre les valeurs qui me sont chères. Souviens-toi quand ton tuteur, Joseph Marois, m'a traité avec mépris, il y a dix ans. C'était à la cabane à sucre, sur les hauteurs de Val-Jalbert. Pour lui, je n'étais qu'un sale Indien, un type louche qui cherchait un mauvais coup à faire, même si j'étais baptisé et que je portais le nom de mon père.

—Mais il a changé d'attitude à ton égard, depuis, coupa Hermine. Les gens se méfient, au début, ensuite, dès qu'ils connaissent mieux une personne, ils font la part des choses.

—La part des choses! tempêta-t-il soudain.

Comme ton père! Il ne s'est pas encombré de principes en couchant avec ma mère! Ce n'était qu'une Indienne. Je veux démontrer à tous qu'un Métis a autant de courage qu'un Blanc, qu'il n'a pas peur de se battre.

Elle approuva d'un air résigné, alors qu'au fond elle pensait qu'il exagérait. Dans le pays, personne ne doutait de la valeur morale de Toshan Clément Delbeau.

—Agis selon ta conscience, finit-elle par dire. Je t'attendrai. Et tu n'as pas à t'inquiéter pour nous. Tala sera en sécurité à Roberval. Je lui rendrai visite le plus souvent possible, comme je le lui ai promis. Elle ne manquera de rien.

Toshan lui donna un baiser passionné.

—Sois forte, ma chérie! Je penserai à toi chaque jour, chaque soir.

Hermine approuva avec un pauvre petit sourire. Elle se rafraîchit le visage dans leur cabinet de toilette, puis l'accompagna jusqu'au perron. Là, elle fit preuve d'un courage exemplaire, surtout dans le but de ne pas impressionner les petits avec trop de larmes et de lamentations.

—Reviens-nous vite, chuchota-t-elle à l'oreille de Toshan qui enfilait ses mitaines.

—Rien ne m'empêchera de vous retrouver, répondit-il en l'embrassant sur le front. Donne le bonjour à mon ami Pierre, quand il viendra vous chercher.

Les chiens s'impatientaient. Le beau Métis étreignit tour à tour Mukki, Marie et Laurence, avant de caresser la joue de Kiona. Madeleine semblait prier du bout des lèvres.

—Au revoir, cousine! dit-il. Je te confie ce que j'ai de plus précieux, ma famille.

—Dieu veillera sur nous, affirma la gouvernante.

Le traîneau s'éloigna. Les trois femmes se regardèrent. Elles étaient seules dans le désert blanc avec quatre enfants.

—J'espère que Pierre ne tardera pas! soupira Hermine en refermant la porte. La piste doit être difficilement praticable, à cause de la tempête.

Deux jours s'écoulèrent, interminables. Il régnait dans la maison une atmosphère particulière, liée à cette impression que l'ordre établi et les gestes quotidiens étaient suspendus par l'imminence du départ. Le second soir, à la nuit tombée, trois coups violents firent trembler la porte principale.

—C'est sûrement monsieur Thibaut! s'écria Madeleine qui pétrissait de la pâte à pain.

—Oui, ça ne peut être que lui, renchérit Hermine en se levant pour ouvrir. Elle déposa le livre qu'elle tenait à la main et se dirigea sans hâte vers le tambour[13] que son mari avait construit.

« Ce sera bien agréable d'avoir la compagnie de Pierre, songeait-elle. Peut-être qu'il a croisé Toshan! J'aurai des nouvelles... »

Elle tira le lourd battant, certaine de voir le visage avenant de leur ami. Mais aucune silhouette ne se dressait sur le seuil. Elle reçut une grêle de flocons, tandis qu'un froid glacial la pénétrait.

—Il n'y a personne! déclara-t-elle bien fort. Je ne suis pas folle, j'ai entendu trois coups! Vous aussi?

Elle s'adressait à Tala et à Madeleine qui opinèrent du même air surpris.

—Dans ce cas, referme vite! lui cria sa bellemère. Je n'aime pas ça du tout!

Hermine avança d'un pas pour scruter l'espace dégagé qui s'étendait autour de leur maison.

—C'est bizarre! dit la jeune femme. Je devine des empreintes de raquettes. Mais si c'était Pierre, il ne serait pas loin!

Elle appela plusieurs fois, puis, dépitée, se retourna et remarqua alors une feuille de papier

13. Sorte de sas situé devant la porte d'une habitation servant à empêcher le vent, la neige et le froid d'y pénétrer.

fichée dans le bois de la porte à l'aide d'un couteau, du côté extérieur. Elle s'en empara, intriguée, avant de refermer et de pousser le verrou. Le tambour était éclairé par une lampe à pétrole. La jeune femme put lire aussitôt le message écrit sur le morceau de papier.

—Vengeance! dit Hermine effarée. Mais... pourquoi?

Les lettres tracées à l'encre noire dansaient devant ses yeux. Elle répéta tout bas:

—Vengeance!

Tala s'était approchée. Elle perçut les paroles de sa belle-fille et recula précipitamment. Une poigne d'acier lui broyait le cœur. Le souffle coupé, elle retourna s'asseoir à la table, prise de vertige.

« Encore ce mot! » pensa l'Indienne.

Elle avait trouvé une semaine auparavant un message similaire, glissé sous sa porte. Une peur irraisonnée lui taraudait les entrailles depuis cette sinistre trouvaille, la rendant morose, lui mettant les nerfs à vif. Elle n'avait rien dit à Toshan: cela l'aurait obligée à avouer un secret qu'elle croyait ne partager qu'avec Laura et Jocelyn Chardin.

—Qu'est-ce que ça signifie? s'exclama Hermine. Qui est venu jusqu'ici accrocher ce torchon à notre porte? C'est une histoire de fous! Je ne comprends pas. Il faut chercher qui aurait quelque chose à nous reprocher. Vengeance! Mais pourquoi?

Tala se leva avec brusquerie en lui faisant signe de se taire. Elle était figée, sur le qui-vive, les traits tendus.

—Il y a un bruit étrange, dehors! chuchota Madeleine en se signant. On dirait quelque chose qui craque ou un hurlement.

Toutes trois écoutèrent en retenant leur souffle. Un grondement s'élevait, prenait de l'ampleur, comme au début d'une tempête.

Hermine se décida à écarter un pan de rideau. Ce fut suffisant. Elle découvrit un spectacle hallucinant. Des reflets orange éclairaient le paysage balayé de bourrasques de neige, et au sifflement du vent se mêlait le ronflement redoutable d'un énorme brasier. La clarté de l'incendie dissipait les ténèbres. La cabane que Toshan avait construite pour Tala et Kiona flambait.

—Doux Jésus! dit-elle à voix basse.

Tala comprit tout de suite qu'il se passait un événement grave. Elle vint coller son nez au carreau.

—Quelqu'un a mis le feu! dit l'Indienne. Sûrement celui qui réclame vengeance. Elle aurait été consommée, cette vengeance, si j'étais restée là-bas avec Kiona.

—Ce n'est pas possible! protesta la jeune femme. Il s'agit d'un accident. Nous n'avons pas d'ennemis. C'est ridicule de penser à un geste criminel!

—Le poêle est éteint depuis trois jours et j'avais vidé les braises du foyer! affirma Tala.

—Tu as pu oublier une lampe à pétrole! s'obstina Hermine qui niait l'évidence.

—Que fais-tu de ce morceau de papier? dit encore sa belle-mère. Il a servi à nous prévenir, afin que nous assistions au spectacle!

—Dieu du ciel! gémit Madeleine qui les avait écoutées discuter et qui s'empressa de les rejoindre. Ma tante, que se passe-t-il?

—On a voulu nous tuer, Kiona et moi! répondit Tala d'une voix faible, craignant d'être entendue des enfants. La cabane brûle! Un beau feu de joie par cette nuit de malheur!

La nourrice se signa de nouveau. Dans le silence qui régnait, Hermine fit un constat atterrant.

« Si je n'avais pas proposé à Tala de venir loger à Roberval avec Kiona, songea-t-elle terrifiée, elles seraient toutes les deux la proie des flammes. Nous soupons plus tard que ma belle-mère et elle couche Kiona bien plus tôt que mes petits. Mon Dieu, qui a pu faire ça? Peut-être qu'elles auraient eu le temps de sortir! Nous ne le saurons jamais. Kiona et Tala brûlées vives... Non, Dieu n'aurait pas permis une monstruosité pareille. Ma Kiona, si pure, si belle. »

Tremblante d'émotion, elle se réfugia dans les bras de Madeleine qui l'étreignit tendrement.

—J'ai tellement peur! avoua-t-elle. Nous sommes seules ici avec les enfants! Toshan aurait dû nous laisser un des chiens, le vieux Duke! Et si ces gens mettaient le feu à notre maison? Nous n'avons aucun moyen d'appeler du secours!

Tala n'était plus que l'ombre d'elle-même. Assise sur un tabouret, le dos voûté, elle avait l'air d'une vieille femme. Un pli amer marquait les coins de sa bouche d'ordinaire boudeuse, au dessin sensuel.

—Je crois que vous ne risquez rien, Madeleine, les petits et toi! dit-elle d'un ton qui se voulait assuré.

L'Indienne devait mentir. Elle en éprouvait la nécessité absolue, incapable de dévoiler à cet instant une page tragique de sa jeunesse.

—C'est à moi qu'on veut du mal! ajouta-t-elle. Cet été, j'ai éconduit un homme de mon peuple qui avait l'obsession de me prendre pour épouse. Je l'ai insulté parce qu'il me manquait de respect. Il a juré de se venger. Mais ce n'est pas un assassin. Il a dû attendre que je sois chez vous pour incendier la cabane. Par chance, j'ai emporté ce que j'avais de plus précieux! Et seul un Indien peut se montrer aussi discret et rapide. Sans compter que les Montagnais se moquent des gros vents et de la neige.

Hermine fronça les sourcils. Elle jugeait la version de sa belle-mère peu plausible. Tala était encore une belle femme, mais elle ne l'imaginait pas capable de déchaîner les passions. Sans vouloir la vexer, elle s'insurgea :

—Enfin, c'est stupide! Ne me raconte pas qu'un homme te harcèle au point de détruire ton logement. Il boit, ce bozo?

—Bien sûr! confirma Tala. C'est un ivrogne de

la pire espèce. Il a dû s'assurer la complicité de ses amis. Je serai plus tranquille à Roberval.

—Il faudra porter plainte au poste de police, une fois là-bas! dit Hermine avec véhémence. Ce genre d'individu mérite de croupir en prison. Si tu dis la vérité...

Personne n'avait entendu Kiona s'approcher. Elle dardait son regard d'or brun sur sa mère. Elle se jeta à son cou.

—Ne sois pas triste, maman! dit-elle. Je suis là, moi.

Hermine fondit de tendresse en observant l'enfant en chemise de nuit de lainage rose, pieds nus, qui étreignait Tala de toutes ses forces.

—Ma fille, répondit l'Indienne, j'ai bien fait de céder à ton caprice. Tu voulais tant dormir dans cette maison avec Mukki et les jumelles! Peut-être que tu nous as sauvé la vie. Notre cabane a pris feu.

Ces paroles énoncées sur un ton bas et affectueux pénétrèrent l'esprit d'Hermine. Une nouvelle idée un peu fantasque s'imposa à elle. Kiona aurait pressenti un danger et aurait forcé Tala à quitter la cabane.

Madeleine annonça qu'elle allait faire du café.

—Il faudra quand même veiller toute la nuit, ajouta-t-elle. Ma tante, voulez-vous un verre d'alcool? Du caribou que j'ai préparé?

—Non, je ne veux rien! répondit Tala. Et toi, Kiona, retourne te coucher. Ne t'inquiète pas, demain soir à la même heure nous serons loin. Pierre Thibaut devrait finir par arriver...

Kiona s'en alla, mais elle se retourna à l'entrée de la chambre et jeta un coup d'œil à Hermine. La jeune femme la rejoignit.

—Je vais te border, ma chérie, lui dit-elle. Ne faisons pas de bruit. Marie et Laurence dorment déjà.

—Pas moi! fit la voix fluette de Mukki. J'ai peur des loups, maman! Je suis bien content, moi, d'habiter chez grand-mère Laura. Y a pas de loups, à Val-Jalbert!

La jeune femme se pencha sur son fils en souriant.

—N'aie pas peur, Mukki! Madeleine a allumé la veilleuse et il ne fait pas noir du tout. Et, crois-moi, les loups ne te feront jamais de mal si tu nous obéis et que tu ne vas pas jouer dans la forêt quand nous te le défendons. Mais tu te trompes, il y a parfois des loups à Val-Jalbert!

Kiona, qui disposait d'un lit d'appoint près de celui du petit garçon, remonta ses couvertures jusqu'au menton.

—Raconte, Mine! dit-elle avec un large sourire.

Hermine décida de consacrer un peu de temps aux deux enfants. Cela l'aiderait à oublier quelques instants son angoisse.

—Eh bien, les loups approchaient souvent de Val-Jalbert quand j'étais petite. Simon Marois, qui était mon camarade de jeux, m'a même emmenée les écouter hurler à la lune, un soir. Nous n'avions pas le droit de sortir, mais nous avons désobéi. J'ai beaucoup aimé le chant des loups... Un autre soir d'hiver, la veille de Noël, des loups ont rôdé autour de la maison de ma mère. Ils avaient faim et, je vous assure, ils m'ont inspiré de la pitié, pas de la peur, tant ils étaient maigres. Nous sommes vite rentrés à l'abri, car la gouvernante, Mireille, était effrayée.

—Mireille, elle est gentille! ajouta Mukki en bâillant. Elle nous fait des caramels et des gros gâteaux!

—Je la verrai, Mireille? demanda Kiona d'un air intéressé. Dis, Mine!

—Nous en reparlerons! trancha la jeune femme. Il est tard. Maintenant, dormez, mes chéris.

Elle embrassa son fils, puis Kiona dont elle caressa les cheveux soyeux. La petite fille lui saisit la main.

—Mine! Je voudrais te dire un secret!

—Je t'écoute!

—Je le savais, moi, que notre cabane brûlerait! J'avais fait un rêve et maman m'a dit que les rêves sont très importants.

Le cœur de la jeune femme se mit à cogner à grands coups dans sa poitrine. Elle attribuait déjà à la petite fille un don particulier, celui de consoler, d'apaiser. Kiona pouvait avoir aussi des prémonitions, comme Tala qui ne s'en cachait pas

—Et la tempête? Tu le savais qu'elle viendrait, l'autre soir?

—J'ai prié le grand Esprit pour qu'elle vienne, assura l'enfant. Je le prie tous les jours! C'était pour t'empêcher de pleurer, pour que Toshan reste encore un peu avec toi.

Hermine se redressa, médusée. Elle eut l'impression singulière d'être entraînée dans un monde parallèle où basculaient les certitudes qu'elle avait depuis sa propre enfance. Un monde réconfortant où une âme innocente obtenait ce qu'elle désirait.

«Je suis vraiment trop crédule! se reprocha-t-elle. C'est de la folie, je dois cesser de voir en Kiona une sorte de fée, de créature surnaturelle. C'est une fillette de cinq ans, adorable, drôle, fascinante, mais rien d'autre.»

—Je te remercie, ma petite chérie! dit-elle tendrement en évitant de poser d'autres questions. Dors bien, tu es fatiguée, tes paupières se ferment.

Elle tira la porte derrière elle et se dirigea vers la grande pièce. Madeleine et Tala discutaient à voix basse, en langue montagnaise. Elles se turent dès qu'elles virent Hermine. Une bonne odeur de café chaud émanait d'une cruche en métal émaillé.

La jeune femme s'assit près du poêle, encore ébranlée par les déclarations de Kiona. Les deux Indiennes la regardèrent en silence.

—Veux-tu du café? lui proposa enfin Madeleine. Tu es toute pâle!

—Oui, j'en ai bien besoin! avoua Hermine. Je suis

bouleversée par le drame qui nous frappe. Ce papier où le mot vengeance est écrit, la cabane détruite! Toshan avait mis tant de soin à la construire l'été précédent! Il n'en restera que des cendres. Tala, sois franche, es-tu au courant des rêves de ta fille? Kiona m'a confié qu'elle avait rêvé de l'incendie de votre cabane!

Tala parut très intriguée.

—Vraiment? dit-elle, pensive. Dans ce cas, pourquoi ne m'en a-t-elle pas parlé? Le grand Esprit se sert de notre sommeil pour nous transmettre des messages, mais elle est bien jeune! Je crains que ce ne soit de la fabulation. Kiona m'entend souvent raconter mes rêves et elle a voulu m'imiter.

—Tala, Kiona n'a pas l'habitude de mentir! reprit Hermine. Elle prétend aussi prier le grand Esprit.

—Le grand Esprit qui a créé les arbres, les rivières et les bêtes de la forêt, répliqua l'Indienne avec respect. Tout ce qui vit, s'agite et meurt sur la terre avant de renaître...

Madeleine approuva en hochant la tête. Malgré sa foi intense, elle gardait intact le souvenir des enseignements reçus dans son enfance de la bouche de ses parents. Hermine lui trouva un air mystérieux, ainsi qu'à Tala.

—Mais vous avez éteint les lampes à pétrole! s'étonna-t-elle. Qu'il fait sombre!

—Une bougie suffit à nous éclairer! coupa sa belle-mère.

La jeune femme éprouva une soudaine irritation. En de telles circonstances, la pénombre l'oppressait. Et le bref discours de Tala sur le grand Esprit ne lui apportait aucune réponse, aucune solution à l'énigme que représentait Kiona.

«Je suis sûre que cette enfant a reçu des dons, se disait-elle. Au nom de quelle loi céleste? Pourquoi elle, une fillette née d'une liaison de hasard, pas très morale au demeurant? Que ce soit le grand Esprit ou notre Dieu de bonté qui l'inspire, le fait est là. Je ne devrais même pas douter. Kiona avait rêvé de l'incendie et elle a provoqué une tempête pour que je sois encore une journée près de mon mari... Non, je m'emballe! Elle a pu mentir pour l'incendie et les tempêtes sont fréquentes au début de l'hiver. »

Troublée, elle jeta un regard de côté à Tala qui fixait avec un air énigmatique les flammèches de la cheminée. L'Indienne était plongée dans de lugubres souvenirs. Elle était bien plus jeune, et un homme blanc l'avait violée. Un chercheur d'or, comme son mari Henri Delbeau, jaloux des terres que l'Irlandais avait achetées. Elle avait tu sa honte, son dégoût, son humiliation. Même une fois vengée, elle avait mis des mois à se remettre des ignobles gestes de son agresseur. Son frère Mahikan[14] avait tué le coupable et l'avait enterré près d'un baraquement vétuste où se terraient Jocelyn et Laura Chardin.

« Hermine et Toshan n'étaient que de tout petits enfants, à cette époque, songea-t-elle en tremblant de rage impuissante. Même les bras d'Henri n'arrivaient plus à me donner du bonheur. Il a fallu Jocelyn pour que je redécouvre l'ivresse de la chair. Et si je l'ai rencontré, c'est à cause de la tombe du mauvais homme. Une tombe qui a dû disparaître. Jocelyn croyait que c'était celle de Laura, et Laura était certaine que son mari y reposait. Oui, mon frère Mahikan m'a vengée, mais qui réclame vengeance aujourd'hui? Qui? J'ai la certitude qu'on veut me faire payer la mort de cette brute! »

Tala avait peur et la peur affaiblit les plus vaillants. Jamais elle n'avait connu ce sentiment proche de la panique, car son propre sort ne la tracassait guère. Désormais, c'était différent. On pouvait s'en prendre à Kiona. Si le sourire de sa fille se ternissait, s'il ne fleurissait plus sur sa bouche

---

14. Prénom indien signifiant *Loup*.

rose, le peuple montagnais en souffrirait. Et bien d'autres aussi.

« Quand j'habiterai à Roberval, je ne sortirai pas, je resterai à l'abri avec Kiona, se promit-elle. Je serai invisible, une ombre parmi les Blancs. On ne fera pas de mal à mon enfant chérie! »

Les trois femmes gardèrent le silence un long moment, chacune perdue dans ses pensées. Cela ne les empêchait pas de guetter le moindre bruit insolite, tout en percevant le ronflement continu du brasier, à l'extérieur.

— Heureusement, Toshan a laissé son fusil de chasse! déclara enfin Hermine. Je n'hésiterai pas à m'en servir, si nécessaire. Dieu du ciel, c'est affreux, je crois entendre sans cesse des pas sur le perron! Tala, si vraiment un homme de ton peuple réclame vengeance, il peut très bien essayer d'entrer ici et s'en prendre à toi aussi bien qu'à nous! Il faut être lucide. Celui ou ceux qui ont mis le feu à ta cabane savent forcément que Toshan est parti.

Sa voix tremblait. Elle se représentait les vastes étendues de forêt qui les cernaient, la piste enneigée, leur terrible isolement. Et, dans la chambre voisine, quatre enfants innocents qu'elles devaient protéger. Ses compagnes la virent se lever, décrocher l'arme fixée à la cloison et l'examiner.

— Le fusil est chargé! déclara-t-elle. Toshan m'a appris à tirer.

Elle s'approcha ainsi équipée de la fenêtre et écarta un peu le rideau. Malgré la neige qui ruisselait, elle distingua une masse rougeoyante. C'était tout ce qui restait de la cabane.

— Ne te montre pas! s'écria Tala, une note de terreur dans la voix.

En rabattant le tissu, la jeune femme considéra sa belle-mère avec perplexité.

— Tu prétendais il y a un instant que je ne risquais rien! dit-elle.

— Je ne sais plus, ma fille, soupira l'Indienne, je ne sais plus...

Madeleine décida de vérifier que la maison était bien close. Une des chambres, celle qu'occupait Tala, communiquait avec une petite pièce où étaient stockées des marchandises utilisées au quotidien. La nourrice fut vite de retour.

— Personne ne peut entrer, à moins de défoncer les portes à coups de hache! décréta-t-elle.

Hermine la remercia d'un sourire amer. Un étrange cheminement se faisait dans son esprit. Maintenant qu'elle était confrontée à une menace bien réelle, son chagrin et la faiblesse qui en découlait cédaient la place à une détermination toute nouvelle. Il était vrai qu'elle avait perdu un bébé de trois semaines, mais, en l'absence de Toshan, il lui revenait de veiller sur Mukki, Laurence, Marie et Kiona. Avec eux, elle avait eu le temps de tisser des liens que plus rien n'altérerait. Ces enfants étaient infiniment précieux et aucun malheur ne devait les atteindre. Sa peur, même, reflua.

— Madeleine, va te reposer un peu, dit-elle en s'asseyant dans le fauteuil à bascule, le fusil sur ses genoux. Je ne fermerai pas l'œil de la nuit.

— Moi non plus! assura Tala.

Une fois seules, elles n'échangèrent pas un mot. L'Indienne s'interrogeait, rongée par la crainte de mettre sa famille en danger.

« Et si je disais la vérité sur mon passé à Hermine! Elle comprendrait mieux ce que je ressens... Mais dans ce cas, mon fils sera au courant un jour ou l'autre et je ne le veux pas. Non, j'aurais trop honte, bien trop honte! »

La jeune femme, elle, se perdait en conjectures. Successivement, elle imagina qu'on en voulait à son mari dont l'aisance financière, à cause de sa carrière de chanteuse, faisait souvent grincer les dents des envieux.

« Peut-être que Toshan s'est mis à jouer aux cartes, quand il dort à l'auberge de Péribonka. Et s'il avait accumulé des dettes? Non, ça ne lui ressemble pas », pensait-elle, toujours sur le qui-vive.

Mais hormis les sifflements du vent, aucun bruit ne

lui parvenait. Tala aussi tendait l'oreille. Elle demanda enfin d'un ton pénétré :

— Est-ce que tu m'en veux, ma chère fille? Tu ne m'adresses plus la parole.

— J'en veux au monde entier! trancha Hermine. Toshan à peine parti, un mystérieux ennemi vient réclamer vengeance. Et j'ai du mal à croire qu'un homme éconduit soit capable de commettre un acte aussi aberrant que celui d'incendier ta cabane! Quand on aime quelqu'un, on ne cherche pas à le tuer, mais à lui plaire.

— Tu n'as pas assez vécu, petite, pour connaître toutes les noirceurs de l'âme humaine! répliqua sa belle-mère, tu es encore bien jeune.

Elles demeurèrent silencieuses, de chaque côté d'un mur invisible édifié par le mensonge et la méfiance.

*

À la même heure, Toshan était assis dans un wagon du train qui le conduisait à Québec. Son bonnet de laine enfoncé jusqu'au milieu du front, il gardait les yeux fermés, sans chercher à lier connaissance avec ses voisins de compartiment. Parfois, il passait une main sur sa nuque, déconcerté par ses cheveux courts. Chaque fois qu'il avait sacrifié ses longues mèches noires, c'était dans l'espoir de se concilier les bonnes grâces des Blancs, comme Tala appelait toujours tous ceux qui n'avaient pas de sang indien dans les veines. Cela n'avait pas changé grand-chose. Il se demanda comment les autres soldats le considéreraient, puis il haussa les épaules.

« Je me fais facilement des *chums*! songea-t-il. Et ce n'est pas vraiment important. Je veux me battre au nom de la justice, je veux protéger ma terre et ma famille. »

Une déchirante tristesse l'envahit. Il était seul. La nuit tombait sur le paysage et sur ce train qui l'emmenait loin de ceux qu'il chérissait. Toshan prit son portefeuille et en sortit une de ses photographies favorites. Le cliché représentait Hermine en robe d'été, assise sur un banc de la terrasse Dufferin, promenade chère au cœur des Québécois dominée par l'imposant Château Frontenac. Mukki tenait sa mère par le cou; Marie et Laurence étaient debout, sur la droite.

« Mon fils pourrait passer pour un pur Montagnais, mais mes filles ont hérité de leurs ancêtres nordiques, de leurs yeux clairs et de leur teint laiteux... Comment aurait été Victor? pensa-t-il encore, également atteint dans sa chair par le décès de leur dernier-né. Mes enfants, c'est pour vous que je me suis engagé et pour prouver à ma petite femme coquillage que je ne renierai jamais ma filiation irlandaise. »

Toshan se croyait à l'abri du manque, mais il aurait donné cher pour tenir Hermine contre lui, pour l'embrasser et entendre sa voix.

Comme tant d'autres hommes dans le monde entier, la guerre venait de le happer, de l'emporter vers l'inconnu et peut-être vers la mort.

3
Retour à Val-Jalbert

Bord de la rivière Péribonka,
jeudi 7 décembre 1939

Hermine s'était endormie dans le fauteuil à bascule, les mains posées sur le fusil de son mari. Des coups énergiques à la porte principale la firent sursauter. Elle devina la lumière du jour derrière les épais rideaux.

—Ohé! Debout, mesdames! C'est Pierre!

Tala, qui somnolait également sur la banquette longeant un des murs, se leva avec un petit cri.

—Pierre! Dieu merci, Pierre est là! s'écria la jeune femme. C'est bien sa voix!

Elle courut ouvrir, sans lâcher l'arme. Leur ami de longue date, blond, trapu et la mine joviale, ouvrit des yeux inquiets.

—En voilà des manières de m'accueillir, Mimine! lança-t-il. Pose donc ce fusil, un accident est si vite arrivé!

Elle était tellement soulagée de le voir qu'une boule d'émotion lui noua la gorge. D'une voix tendue, elle s'expliqua tout de suite.

—Pardonne-moi, Pierre! Si tu savais la nuit que nous avons passée! Entre, je vais faire du café frais.

Le jeune homme tapa ses grosses chaussures engluées de neige contre le seuil et ôta sa casquette à oreillettes.

—Bonjour, madame Delbeau! s'exclama-t-il en saluant Tala. Dites, j'ai vu ce qui reste de votre cabane... Qu'est-ce qui s'est passé? Elle a pris feu... Ah, chez nous, les incendies sont le prix à payer!

Plus il fait froid, plus on se chauffe et il suffit de peu pour que tout flambe!

—Oh non, ce n'est pas ça, Pierre! coupa Hermine. Assieds-toi, je vais te raconter.

Quand Pierre Thibaut eut écouté le récit de la jeune femme, il jura entre ses dents, un juron on ne peut plus sincère.

—Et moi qui ai croisé Toshan mardi, sur le quai de Péribonka, dit-il en faisant la moue. Il était loin de se douter que vous auriez des soucis pareils! Ton mari semblait avoir le diable à ses trousses, Mimine! La glace n'était pas encore très sûre et c'était risqué de traverser. Il a filé quand même, parce qu'il prétend connaître le meilleur itinéraire dans ces cas-là.

—Pourvu qu'il ne lui soit rien arrivé! dit-elle dans un soupir.

—Ne t'inquiète pas, un attelage comme celui de Toshan, ce n'est pas très lourd! la tranquillisa Pierre Thibaut. Moi, je ne passerais pas encore en autoneige, mais ton mari sait ce qu'il fait. J'ai eu du mal à suivre la piste, même si elle a été élargie l'été dernier. À coup sûr, le drôle qui a mis le feu à la cabane, il s'est déplacé en raquettes. Dommage qu'il ait neigé durant la nuit, j'aurais pu inspecter les environs et trouver des empreintes… Dès que vous serez à Roberval, il faudra en parler au chef de la police. Ce n'était guère prudent de laisser trois femmes et quatre petits icitte, sans défense!

Pierre fit la moue. Le joli garçon blond qui avait donné son premier baiser au Rossignol de Val-Jalbert était devenu un homme vigoureux de trente et un ans, barbu et moustachu. De taille moyenne, il avait cependant la réputation de posséder une force musculaire peu commune. Toshan estimait que leur ami devait cet atout à ses nombreuses activités. Pierre Thibaut, fin bricoleur et économe, avait acheté un bateau qui lui servait à transporter des voyageurs l'été, d'une rive à l'autre du lac

Saint-Jean. L'hiver, il proposait aussi ses services, soit avec son chariot à patins tiré par un cheval, soit plus récemment avec l'autoneige qu'il avait rachetée à Rudel. Les rentrées d'argent qu'il en tirait s'ajoutaient au salaire qu'il touchait au moulin de Riverbend. Il tenait à bien gagner sa vie, ayant déjà quatre enfants à charge.

—Toshan n'avait pas le choix, déclara Hermine sans grande conviction. Il devait prendre le train pour Québec.

—Est-ce que je me suis engagé, moi? dit Pierre. J'ai un foyer et une famille à nourrir! Alors leur guerre, là-bas, en Europe, elle ne me concerne pas. Je lui en ai pourtant touché deux mots, à Toshan, mais il m'a répondu qu'il avait tout prévu pour votre sécurité. Le résultat est là... On vous menace dès qu'il a le dos tourné.

Tala fronça les sourcils, sans se mêler à la conversation, et sortit de la pièce. Hermine regrettait à présent de s'être confiée à leur ami.

—Le plus important est de partir! coupa-t-elle. J'ai hâte de me retrouver à Roberval. Ma belle-mère y logera cet hiver. Je suis bien contente, je pourrai voir Kiona plus souvent! Elle ira à l'école, aussi. Si tu savais comme elle s'intéresse aux lettres et aux chiffres.

—Dis-moi, tu m'as l'air très attachée à cette fillette, Hermine, ça se sent dans ta façon de parler d'elle. Mais peux-tu me dire quel avenir aura ce bout de chou? bougonna-t-il. Une Métisse qui n'a même pas de père légitime!

La remarque choqua Hermine qui ne supportait pas qu'on s'attaque à Kiona. Elle posa la cafetière sur la table.

—Sers-toi, dit-elle. Je vais réveiller les enfants. Madeleine a déjà bouclé les valises. Nous serons vite prêtes.

—Je ne suis pas pressé, fit-il remarquer, mais autant ne pas traîner... Vous serez un peu à l'étroit, avec les bagages. Je ne devais pas emmener madame Delbeau et la petite. Toshan aurait pu m'avertir.

— Nous nous serrerons! affirma Hermine, énervée.

Elle craignait de perdre patience si Pierre continuait à critiquer Toshan ouvertement.

Une heure plus tard, ils étaient tous dehors. Mukki observait l'autoneige avec intérêt. Madeleine, debout à ses côtés, rajustait le bonnet de laine de Laurence. La fillette, le nez et les joues rouges dans le froid, trépignait d'impatience.

— Je veux voir grand-mère Laura, répétait-elle.

— Moi aussi, intervint Marie. Qu'est-ce qu'on attend pour partir?

— La bonne blague! s'exclama Pierre. Je suis en train de charger vos bagages et ce n'est pas une mince affaire. Allez, grimpez donc la première, mademoiselle. On devrait être vers midi à l'auberge de Péribonka.

Hermine considérait d'un air mélancolique les débris noircis de la cabane de Tala. Puis elle regarda la maison soigneusement fermée.

« Quand reviendrai-je? se demanda-t-elle. J'ai l'impression d'abandonner mes meilleurs souvenirs, mes plus belles heures! Toshan, pourquoi nous astu quittés ainsi? Tu me manques déjà! Doux Jésus, faites que cette guerre ne dure pas! Tout était si parfait, chez nous! À présent, je me sens vraiment chez moi, là-bas, au bord de la rivière. Ce lieu représente tant pour nous! Mes parents y ont vécu quelques semaines, juste après m'avoir abandonnée sur le perron du couvent-école. Et Mukki y est né, ainsi que mon petit Victor. »

Sa souffrance s'était estompée, mais elle demeurait tapie au sein de son cœur de mère. Séparée de son mari, Hermine se sentait plus vulnérable qu'elle ne l'aurait voulu.

— En route! s'écria-t-elle, comme si elle s'empressait de tourner une des pages de son histoire.

Pierre la fit asseoir à ses côtés. Malgré le grondement assourdissant du moteur, il entreprit aussitôt de discuter.

—Nous n'avons pas pris le temps de placoter, ce matin! déplora-t-il. Je voudrais bien te donner des nouvelles de ma petite famille!

—Voilà une bonne idée, admit-elle.

Elle l'avait prié de ne pas faire allusion devant les enfants à l'incendie de la cabane, ni au sinistre avertissement placardé sur la porte. Le jeune homme respecta la consigne.

—Je ne suis pas malheureux en ménage, commença-t-il. Mais mon épouse se plaint parce que je ne suis jamais à la maison. Elle change pourtant de ton quand je rapporte une belle liasse de dollars. Mes petits sont ma priorité, je les veux correctement vêtus, bien éduqués. L'aînée, Aline, est entrée à l'école, elle connaît ses lettres sur le bout des doigts. Au moins, je ne risque pas d'être victime de la conscription avec mes quatre enfants. C'est bien Toshan d'avoir brûlé les étapes! Il ne tient pas en place, ton mari. Et il t'a laissée pourquoi? Il va le regretter, tu peux me croire. Le gros des troupes part pour l'Europe, mais il s'agit de soldats rompus au métier des armes. Ceux qui s'enrôlent au début de l'hiver, ils vont passer des mois à la Citadelle. Au pire, ils auront droit à une rude formation, un entraînement sur le terrain. Mais, avec la neige, je parie que les recrues auront tout loisir de jouer aux cartes...

Pierre hocha la tête. Hermine, troublée par ce qu'il venait de lui dire, se retourna. Madeleine posait des devinettes aux petits, excités par le voyage. Tala regardait obstinément le défilement des grands sapins poudrés de neige.

—Tu insinues que mon mari aurait pu attendre le printemps! murmura-t-elle. Ce n'est pas très gentil. Je suis déjà assez triste, Pierre.

—Je suis navré! dit-il d'un air penaud. J'aurais mieux fait de me taire.

Il la dévisagea un instant avec une expression singulière. Le silence se fit, pesant. Ce fut un soulagement pour la jeune femme d'atteindre enfin Péribonka. Avant d'entrer dans l'auberge, elle admira l'immensité du lac Saint-Jean, pris par les glaces, semblable à une plaine blanche, infinie. Mais elle voyait encore plus loin et se représentait son cher village fantôme, Val-Jalbert.

«J'espère que nous y serons ce soir! songea-t-elle. Je n'ai pas vu mes parents depuis la fin de l'été dernier.»

Ils se retrouvèrent tous attablés dans l'auberge. Un énorme fourneau maintenait une température agréable. Des senteurs mêlées de café chaud, de lard grillé et de légumes qui mijotaient flottaient dans l'air. Il y avait beaucoup de clients, en majorité des hommes. La plupart des discussions évoquaient la guerre. Des propos alarmants se propageaient d'un bout à l'autre de la salle. Hermine saisit au vol le nom d'Hitler à plusieurs reprises. Elle observa distraitement les gestes de la serveuse qui avait succédé à la sympathique Gracianne, puis elle aida Laurence à boire son lait chaud. Cela lui paraissait étrange d'être là, dans cette salle d'auberge, après avoir fréquenté les hôtels les plus luxueux du Québec et des États-Unis.

«Quelle est la véritable Hermine? s'interrogea-t-elle. L'artiste lyrique en robe de soirée que l'on salue bien bas, que l'on considère comme une princesse, ou celle qui peut conduire un attelage de chiens, perchée sur l'extrémité des patins, qui aime tant porter un pantalon, des bottes fourrées et un anorak?»

Pierre, lui, la dévisageait de nouveau. Il se disait que Toshan était un peu fou ou inconscient de quitter pour une durée indéterminée une femme aussi belle, d'une jeunesse éclatante. Il voyait bien le manège de certains clients qui l'admiraient sans aucune gêne.

—Au fait! s'écria-t-il à la fin du repas, sais-tu que ton mari m'a demandé de récupérer ses bêtes et son traîneau? Une fois arrivé à Roberval, il devait les confier à Gamelin pour que je les conduise ensuite à Val-Jalbert. Toshan pense que tu pourrais en avoir besoin.

Hermine répondit qu'elle l'ignorait. Toshan avait dû réfléchir et prendre cette décision au dernier moment. Elle se leva, pressée de sortir au grand air.

—Dépêchons-nous, c'est tellement enfumé ici... se plaignit-elle.

—Tu as raison, il ne faut pas traîner. Allez, on repart!

Mais l'autoneige ne fit qu'une dizaine de mètres avant de tomber en panne. Cela attira quelques curieux, chacun ayant un commentaire à faire sur l'engin.

—Rudel t'a roulé dans la farine, Pierre, ricana un vieil homme, une pipe entre les dents. Il t'a vendu un tas de ferraille...

Le patron de l'auberge vint aux nouvelles. Mukki en profita pour gambader sur le quai, beaucoup moins animé qu'en été. Une heure plus tard, il fallut se résigner. L'autoneige refusait de repartir.

—Autant dormir icitte, à Péribonka! déclara Pierre Thibaut en voyant le jour décliner. Si cette fichue mécanique a rendu l'âme, je vais me mettre en quête d'un autre moyen de transport. Ne m'attendez pas, j'en ai pour un moment.

Il s'éloigna le long de la rue principale, de son pas lent et régulier. Les enfants étaient dépités, sauf Kiona qui, blottie contre sa mère, se montrait d'une sagesse exemplaire. Tala, discrète, cachait mal sa contrariété. Elle ne cessait de scruter le faciès des individus qui déambulaient aux alentours.

—Que crains-tu? interrogea Hermine tout bas.

—Je ne me sens pas en sécurité! répliqua l'Indienne. Si je trouvais quelqu'un pour me conduire avant la nuit à Roberval, cela me rassurerait. Oh, la chance est avec moi...

Tala s'élança vers un homme coiffé d'un bonnet en laine rouge, vêtu d'une grosse veste en drap de laine. Tous deux discutèrent un court moment.

—Mais qui est-ce? demanda la jeune femme à Madeleine.

—Je crois qu'il s'agit d'Ovide Lafleur. Il est instituteur. Ma tante le connaît bien; il consacre ses vacances à instruire les enfants montagnais. Viens, allons le saluer. Mais il est très timide. Autant que moi.

Elles n'eurent pas l'occasion d'avancer. Tala revenait, escortée du fameux Ovide Lafleur. Hermine aperçut entre le bord du bonnet et l'écharpe remontée sous le nez deux yeux d'un vert très rare, pareil à celui des jeunes feuilles que le soleil illumine.

—Ma belle-fille, celle qui chante! dit l'Indienne avec un brin de fierté. Hermine, Ovide peut m'emmener en traîneau. Il va à Roberval. Je suis enfin soulagée.

—Bonsoir, madame! déclara l'homme sans oser la regarder bien en face. Je suis heureux de faire votre connaissance. Je suis content de te revoir, Madeleine!

Hermine ne put s'empêcher de sourire, touchée d'avoir vu s'empourprer le teint pâle du jeune homme.

—Je vous remercie de rendre ce service à ma belle-mère, dit-elle gentiment. Nous sommes dans l'embarras, à cause d'une autoneige récalcitrante.

Ovide hocha la tête et se chargea précipitamment de la mallette en osier de Tala. Kiona souleva le sac en peau de cerf qui contenait sa poupée et du linge.

—Au revoir, Mine! s'écria joyeusement la fillette. Je serai en ville avant toi!

—Oui, ma chérie! répliqua Hermine en l'embrassant. Mais demain, je te ferai visiter les boutiques du boulevard Saint-Joseph.

Quelques minutes plus tard, le traîneau d'Ovide Lafleur filait sur le lac.

— Nous devrions rentrer à l'auberge et demander des chambres, comme l'a conseillé Pierre! gémit Madeleine en frissonnant.

— Tu as raison, concéda Hermine. Décidément, rien ne se passe comme prévu. Au moins, Tala est entre bonnes mains. Ce garçon m'a l'air sérieux et bien élevé.

— Ce garçon, oui... pouffa la nourrice. Il a cinq ans de plus que toi! Tu as dit ça comme si tu étais une respectable vieille dame.

Cet accès de gaîté, bien rare chez Madeleine, détendit la jeune femme qui poussa sa petite troupe vers la porte de l'établissement. La serveuse leur proposa une pièce assez confortable, dotée de deux lits. Hermine commanda des repas chauds. Elle fit d'abord souper les enfants qui ne tardèrent pas à s'endormir.

—J'ai de très bons souvenirs de cet endroit! avoua-t-elle à son amie, tout en se délectant d'un bouillon de légumes agrémenté de fèves. Quand nous nous sommes mariés, Toshan et moi, nous étions en quelque sorte des fugitifs, puisque j'avais quitté Val-Jalbert à la sauvette pour échapper à l'autorité de mon tuteur, Joseph Marois. Après la cérémonie à l'ermitage Saint-Antoine, près de Lac-Bouchette, nous avons longé les rives du lac en traîneau et c'est dans cette auberge que nous avons enfin partagé un vrai bon lit. Et le matin, par la fenêtre, j'ai vu mon mari qui jasait avec deux jolies filles. Mon Dieu, j'étais malade de jalousie!

—J'ignore vraiment ce que l'on ressent quand on est jaloux, lui confia Madeleine d'un ton réservé. Je n'aimais pas mon mari ni ce qu'il m'obligeait à faire, le soir.

La jeune Indienne évoquait rarement cette période de sa vie. Touchée par cette marque de confiance, Hermine lui prit la main.

—Je t'ai détournée de ta vocation religieuse, Madeleine. J'en ai honte parfois. Je sais combien tu es pieuse et à quel point tu respectes ton vœu de chasteté. Depuis que tu es à mon service, il ne t'est jamais venu à l'esprit que tu pourrais tomber amoureuse un jour?

—J'aime Dieu de tout mon être! répondit la nourrice. C'est un époux à ma convenance. Mais il y a des hommes agréables à fréquenter. Par exemple, Pierre Thibaut est très gentil et drôle.

—Oui, il est honnête, travailleur et serviable! Toshan a beaucoup d'estime pour lui.

Sa voix avait faibli en prononçant le prénom de son mari. Elle soupira. Ce fut au tour de Madeleine de lui étreindre la main.

—Courage, Hermine, mon cousin possède la force de l'ours, la ruse du renard et l'intelligence du loup! Il nous reviendra!

—Je l'espère! répliqua la jeune femme. Mais je ne peux pas m'empêcher de penser qu'il aurait pu rester près de moi et des enfants. Pierre a dit vrai sur ce point. Toshan pouvait attendre le printemps et passer l'hiver avec nous. Au fond, je suis en colère et très triste.

—Tu te sentiras mieux à Val-Jalbert auprès de tes parents et de tes amis. Charlotte va sauter de joie en te revoyant.

Elles se couchèrent dans le même lit et bavardèrent encore longtemps. Mais Hermine eut du mal à s'endormir. Ses pensées allaient vers Toshan, qui se trouvait si loin d'elle, à Québec, au cœur de la nuit glacée. Elle songea à Kiona. La fillette qu'elle chérissait devait être à Roberval, de l'autre côté du lac.

« Comme elle me manque! s'avoua-t-elle. Son sourire, son regard, sa tendresse... Je voudrais tant pouvoir crier au monde entier qu'elle est ma sœur, ma précieuse petite sœur! »

Le visage rond et cuivré de Kiona lui apparut,

lumineux, enjôleur. Cette vision fugitive dissipa l'obscurité de la pièce et apaisa ses nerfs torturés par tous les bouleversements endurés depuis une semaine.

« Pour toi, Kiona, je chanterai à Noël, dans une église ou ailleurs, n'importe où! Juste pour toi, ma Kiona! » se promit-elle.

*

Le lendemain matin, Pierre Thibaut installa Hermine, Madeleine et les enfants dans un solide traîneau tiré par un gros cheval gris. C'était ce qu'il avait déniché de plus confortable dans le village.

—Je suis bien désolé, dit-il à la jeune femme, mais je dois rester pour réparer cette sacrée machine. Un ami va vous emmener. Il m'a dit qu'il avait fait votre connaissance... Ovide.

—Ovide Lafleur! s'étonna Hermine. Pierre, c'est impossible. Il a conduit Tala et Kiona jusqu'à Roberval hier, en fin de journée.

—Et alors? s'exclama-t-il en riant. Aurais-tu oublié que dans notre pays, les hommes dignes de ce nom ne sont pas des paresseux! Ni nos chiens... Mimine, j'aurais bien aimé t'accompagner, mais cet arrangement me fait gagner du temps. Ovide est un bon *chum*, je l'ai dédommagé.

Pierre la fixa intensément. Il s'enhardit à lui prendre la main. Elle ne vit là qu'un geste amical.

—Fais attention à toi et à tes petits! dit-il. Et va déposer une plainte au bureau de police. Cette histoire de vengeance me tracasse...

—Moi aussi, affirma-t-elle. Merci, Pierre, et à la revoyure! Tu seras toujours bien reçu à Val-Jalbert.

Ovide Lafleur approchait. Le ciel s'était dégagé. Le jeune instituteur ne portait plus son bonnet de laine rouge. Le vent jouait dans la couronne de légères boucles châtain qui entouraient un visage aux traits agréables.

—Bonjour, mesdames! dit-il en souriant. Bonjour, les enfants!

Pierre fit quelques recommandations à son ami qui se perchait sur le siège avant du traîneau et ils se mirent enfin en chemin.

Assise aux côtés d'Ovide Lafleur, Hermine, vaguement intimidée elle aussi, s'absorba dans la contemplation du paysage enneigé, dont elle ne se lassait pas. Le froid était intense, mais très vite le soleil irisa d'or pur la vaste étendue gelée, nappée de neige. Sur les pentes des montagnes, les sapins et les épinettes resplendissaient, tel un décor de carte de vœux semée de paillettes. C'était un paysage éblouissant, enchanteur.

—Il faut longer le lac, déclara tout à coup le jeune homme. En cette saison, c'est encore le moyen le plus sûr de se rendre à Roberval, avec ce genre de véhicule. Mais ce n'est pas le plus rapide. Je suis désolé, madame!

—Je vous fais confiance! répondit Hermine avec gentillesse. Les petits sont ravis de l'aventure. L'essentiel est d'arriver à Val-Jalbert avant Noël!

Elle plaisantait. Ovide le comprit. Il osa la regarder et se détourna bien vite. Jamais il n'avait vu une femme aussi belle. Quelques secondes lui avaient suffi pour garder la vision de ses grands yeux d'azur, de sa blondeur, de sa bouche d'un rose exquis.

—Comme ça, j'ai l'honneur de côtoyer une chanteuse célèbre! claironna-t-il. J'avais entendu parler de vous, mais je ne croyais pas que je me retrouverais assis dans une charrette avec Hermine Delbeau! La vie réserve de ces surprises...

—Je suis une personne ordinaire! coupa-t-elle. Le bon Dieu a eu la bonté de m'accorder une jolie voix, je serais ingrate de ne pas en faire profiter les autres. Et, pour être sincère, je me sens mieux ici, dans le pays du Lac-Saint-Jean, mon cher pays. J'ai donné un récital à New York et cette ville m'a effrayée. Il y a bien trop de monde, et les immeubles donnent le vertige!

—Tout de même, ce doit être intéressant, de voyager aussi loin! Moi, je fais des milles et des milles autour du lac ou sur le lac.

—J'ai pu le constater, coupa-t-elle aimablement. Je ne m'attendais pas à vous revoir ce matin. Mais c'est une bonne surprise.

Hermine se sentit gênée par ses propres paroles. Elle dut s'avouer que la compagnie d'Ovide la reposait de celle, plus pesante, de Pierre Thibaut. Craignant d'être mal comprise, elle s'empressa de rectifier:

—Pierre est un excellent ami, mais il est très bavard, et si nous avions pris l'autoneige, avec le bruit du moteur qui est affreux... En fait, je voulais dire que je préfère les chevaux, même si c'est moins rapide...

Elle s'embrouillait. Surpris de la sentir un peu perdue, Ovide changea de sujet.

—Vous comptez séjourner tout l'hiver à Val-Jalbert? demanda-t-il.

—Oui, mes parents habitent là-bas. Mon mari s'est engagé et il redoutait de me savoir seule au fond des bois avec nos petits et leur nourrice. C'est une sage décision, n'est-ce pas? Beaucoup de gens, même des femmes, entrent dans l'armée à cause de la guerre.

C'était plus fort qu'elle. Hermine éprouvait le besoin de justifier le départ de Toshan, qu'elle ressentait comme un abandon inexplicable. Si Ovide Lafleur lui tenait les mêmes propos que Pierre, cela la conforterait dans la rancœur qui l'envahissait lorsqu'elle évoquait la décision de son bien-aimé.

—Chacun est libre de ses choix, répliqua-t-il. J'estime que mes actions ici sont aussi valables que l'apprentissage du maniement des armes. Personnellement, je suis un pacifiste. D'où ma volonté d'instruire les enfants de la nation montagnaise afin de leur offrir un avenir meilleur. Quand on sait lire, on multiplie ses chances. C'est mon modeste combat. Trop de petits Indiens sont arrachés à leur famille et mis en pensionnat. Ils souffrent cruellement, dans ces établissements.

Hermine était stupéfaite. Elle avait remarqué l'élocution soignée d'Ovide, qui avait très peu l'accent du pays. Sa profession de foi la bouleversait.

—Je vous admire! avoua-t-elle.

—Je confie rarement mes idées. Mais vous, c'est différent. Je suppose que vous êtes à même de les comprendre, puisque vous avez épousé un Métis et que vous témoignez une vive affection à la fille illégitime de Tala. Cela dit, qui résisterait au charme de Kiona?

S'il avait voulu s'attirer les bonnes grâces de la jeune femme, Ovide Lafleur n'aurait pas pu trouver mieux. Hermine, rayonnante, lui adressa un sourire éblouissant.

—En fait, vous en savez beaucoup sur moi! dit-elle tout bas. Oui, j'aime Kiona comme si elle était mon enfant. Elle a grandi auprès des miens. Et, je l'admets, j'ai dû batailler, moi aussi, pour me marier avec celui que j'aimais.

Madeleine, installée à l'arrière avec Mukki et les jumelles, décida de faire chanter les trois petits. Leurs voix frêles entonnèrent *Pommes de rainette, pommes d'api*. Puis ce fut:

Nous n'irons plus au bois.
Nous n'irons plus au bois,
Les lauriers sont coupés!
La belle que voilà
Ira les ramasser…
Entrez dans la danse…

Ovide osa regarder Hermine bien en face. Il décréta alors, avec un éclat de malice dans ses prunelles vertes:

—On dirait le chœur des anges!

Ces simples mots eurent l'effet d'un baume sur les tourments cachés de la jeune femme. Une pensée incongrue dont elle fut honteuse immédiatement la traversa.

«Peut-être que j'aurais été plus heureuse avec un homme comme Ovide! Il semble si calme, un peu poète et très patient.»

En somme, Ovide était le contraire de Toshan. Hermine se fustigea intérieurement.

«Mon Dieu! Mon amour vient de s'en aller et déjà je le compare à un autre! Lui qui avait peur que je lui sois infidèle. Mais non, apprécier quelqu'un de correct n'est pas tromper. Ciel, que je suis sotte, parfois!»

Cependant, elle se promit d'être plus réservée à l'avenir. Madeleine s'en mêla quand les enfants se turent.

—Hermine, tu pourrais chanter à ton tour! implora-t-elle. Le rossignol rentre au nid, comme vient de dire Mukki! Nous serions bien contents de t'écouter.

—Le rossignol? s'étonna Ovide.

—On m'a surnommée ainsi, à mes débuts! Le Rossignol de Val-Jalbert! expliqua-t-elle avec un air gêné. Mais je n'ai pas le cœur à chanter, Madeleine.

Après un court silence, Ovide hasarda:

—Cela pourrait vous consoler! Il paraît que les artistes, même quand ils sont tristes, doivent chanter ou jouer la comédie pour oublier ce qui les préoccupe.

—Rien ne me fera oublier la mort de mon fils dernier-né, il y a un mois maintenant! répondit-elle. Et puis il y a trop de vent. Je dois protéger ma gorge, c'est mon gagne-pain. Je suis navrée...

—On doit trouver dans nos épreuves la force de continuer tête haute! assura le jeune homme. Ma femme a mis au monde des jumeaux, en avril 1938. Ils étaient prématurés et ils n'ont pas survécu. Depuis, ma pauvre Catherine est quasiment impotente. Heureusement, ma mère s'occupe d'elle pendant mes absences. J'en aurai pas d'autres. C'est pour ça que j'ai décidé de me dévouer pour ceux qui sont vivants.

—Oh, je suis vraiment désolée! balbutia Hermine.

Tout le reste du trajet, ils discutèrent sans conviction, en prenant soin d'énoncer des banalités sur le climat et les écoles du pays. Quelques kilomètres avant Roberval, la jeune femme se décida à citer les opéras qu'elle avait préféré interpréter.

—Mon rôle de Marguerite, dans *Faust*, demeure mon plus beau souvenir! conclut-elle. Lizzie, la régisseuse, répétait à l'envi que j'étais la première soprano à ne pas porter de perruque pour ce rôle et que, pour une fois, Marguerite arborait de véritables nattes blondes.

Ovide Lafleur rit de bon cœur.

Roberval, vendredi 8 décembre 1939

—Enfin Roberval! soupira Hermine, transie malgré sa lourde veste de fourrure, sa toque, ses mitaines et son écharpe. Elle avait l'impression que son visage était figé par le vent glacé qui déferlait du Nord. La vision du port, des toitures alignées et des cheminées d'où s'élevaient des panaches de fumée grise la réconfortait.

Le traîneau longeait le boulevard Saint-Joseph. Un attelage de chiens de traîneau le dépassa, mené par un colosse coiffé d'un bonnet en castor. Devant la vitrine d'un magasin, deux jeunes filles bavardaient. L'éclairage public jetait des reflets joyeux sur le sol tapissé de neige verglacée.

—Ralentissez, je vous prie. Nous descendons ici, à la maison de pension! s'écria Hermine.

Ovide arrêta le cheval. Il sauta au sol et déchargea les bagages. Mukki, Marie et Laurence eurent droit à une petite caresse sur la joue.

—Je crois que la moindre des choses, c'est de

vous offrir une chambre pour cette nuit! déclara la jeune femme.

—Non, ne vous donnez pas cette peine! protesta Ovide. Pierre m'a indiqué chez qui je pouvais loger et aussi abriter le cheval. Je retournerai à Péribonka demain.

Il s'inquiéta soudain.

—Comment irez-vous à Val-Jalbert?

— Mon père viendra nous chercher. Eh bien, au revoir et encore merci...

—Tout le plaisir a été pour moi, affirma-t-il.

Elle ajouta avec chaleur:

—Je vous souhaite du courage pour le retour!

Une vingtaine de minutes plus tard, les deux voyageuses prenaient possession d'une vaste pièce où ronflait un gros poêle en fonte. Madeleine entreprit de changer les enfants de vêtements après un brin de toilette. Hermine s'empressa d'aller frapper à la porte de Tala, installée au même étage. La patronne de l'établissement lui avait confirmé la présence de sa belle-mère et de la fillette.

« Tous ces changements me semblent étranges! pensa-t-elle en guettant un bruit de pas de l'autre côté de la porte. J'espère que Tala et Kiona ne souffriront pas trop du dépaysement. Elles n'ont pas l'habitude de vivre dans une ville, même s'il s'agit d'une petite ville tranquille... »

Tala lui ouvrit avec une mine soulagée. Pour un peu, elle se serait jetée dans les bras de sa belle-fille.

—Entre vite, Hermine! J'avais hâte de te voir. Je n'aime pas trop cette maison de pension.

L'Indienne ne paraissait pas à sa place dans le décor douillet et impersonnel de la chambre. Elle s'était habillée d'une robe grise très stricte et surtout très démodée, lui arrivant aux chevilles.

—Ne me regarde pas comme ça! dit-elle sèchement à la jeune femme. Toshan m'a recommandé de porter ce genre de vêtements. J'obéis à mon fils.

Kiona était postée devant la fenêtre. Elle se retourna et regarda Hermine d'un air grave. Celle-ci perçut une sorte de détresse dans le regard d'ordinaire si joyeux de la petite fille.

—Vous serez mieux toutes les deux dans une vraie maison. Je reviendrai dès lundi pour louer celle de la famille Douné. Kiona, tu ne viens pas m'embrasser?

L'enfant approcha à pas mesurés. Elle saisit la main de la jeune femme et y frotta sa joue.

—Tout est nouveau pour toi, ma chérie! fit remarquer Hermine. Tu t'habitueras. Tala, est-ce que tu regrettes d'avoir suivi mon conseil?

—Mais non, ma fille, je ne regrette rien, surtout après ce qui s'est passé! Je me demande comment occuper mes journées durant l'hiver. Je n'ai pas osé sortir aujourd'hui. Kiona voulait se promener, mais j'ai refusé.

Hermine approuva en silence. Elle n'avait qu'une envie: avaler un bouillon et se coucher, mais il lui appartenait de soutenir Tala.

—Tu te feras à cette existence, assura-t-elle en pensant le contraire. Ce soir, nous allons souper ensemble, dans ma chambre. Je vais aller acheter des gâteaux et de la charcuterie en ville. Si tu me le permets, je peux emmener Kiona. Mukki et les jumelles doivent déjà être en pyjama, ils ont eu froid durant le trajet. J'ai cru que nous n'arriverions jamais!

La jeune femme raconta brièvement leur voyage. L'Indienne s'était assise près du poêle et hochait la tête d'un air pensif.

— Ovide Lafleur est un homme de cœur! dit-elle. Ils sont si rares!

—Mine, je voudrais marcher dans la rue, réclama la fillette.

—Amène-la! soupira Tala. Elle a besoin de se dégourdir les jambes. Mais...

—Mais quoi?

—Si tu pouvais lui prêter des vêtements, au moins un manteau appartenant à une de tes filles. Elles font la même taille. Ce serait préférable. Comprends-tu pourquoi?

Les prunelles noires de Tala étincelaient, explicites. Il y avait de la peur dans ce regard fixe et volontaire. Comme Kiona courait chercher sa poupée, Hermine s'approcha de sa belle-mère et dit tout bas:

—Tu crains ceux qui réclament vengeance, ceux qui ont mis le feu à ta cabane?

—Ils ont pu me suivre, répondit Tala à mi-voix. Si par malheur ils s'en prenaient à mon enfant... J'ai eu le temps de réfléchir, enfermée ici. Je ne suis pas plus en sécurité à Roberval qu'au bord de la Péribonka! J'aurais dû me réfugier chez les miens, dans les montagnes.

—Je pense que tu ne cours aucun danger dans cette ville! la rassura Hermine. Mais je ferai mon possible pour protéger Kiona. Repose-toi, Tala. Je viendrai te prévenir quand nous serons de retour.

La jeune femme quitta la chambre, escortée de la fillette. Elle aurait donné cher pour rétablir l'harmonie sur terre d'un coup de baguette magique.

« Si seulement les choses n'étaient pas aussi complexes! se disait-elle. Il y a cette guerre qui m'a volé Toshan et cette menace qui défigure Tala, qui la fait ressembler à une bête traquée. Et Kiona, ma fleur de lumière, je n'aurai jamais le droit de la présenter comme ma sœur, ma merveilleuse petite sœur! » Il n'y avait qu'une solution, se résigner.

Madeleine fit de son mieux pour habiller d'une autre manière la petite fille. C'était sans compter avec Mukki et les jumelles. Bien que fatigués, les trois enfants supplièrent leur mère de les amener aussi.

—Non et non! tempêta Hermine. Vous n'avez pas besoin de sortir. Kiona ne s'est jamais promenée dans une ville! Elle est restée enfermée depuis hier soir. Soyez sages, si vous voulez que le père Noël vous apporte des jouets à Val-Jalbert.

—Qui c'est, le père Noël? demanda Kiona, très intriguée.

—Je t'en parlerai une autre fois, je te le promets, coupa la jeune femme. Dépêchons-nous.

Elle étudia la tenue de la fillette. Dans la redingote en drap de laine bleu de Marie, chaussée des bottines en cuir de Laurence, un bonnet en laine rose dissimulant ses cheveux cuivrés, elle aurait pu ressembler à n'importe quelle petite Québécoise si son teint n'avait pas été aussi doré et éclatant. Hermine noua autour de son cou l'écharpe assortie au bonnet.

—C'est parfait! déclara-t-elle. Viens vite, ma chérie.

Elle éprouva une joie timide à marcher le long du boulevard Saint-Joseph en tenant bien serrée la menotte gantée de Kiona. Se détachant sur le ciel d'une magnifique nuance orangée, le clocher de l'église Saint-Jean-de-Brébeuf[15] attira son attention.

—Veux-tu voir une église? proposa-t-elle à la petite. Celle où j'ai chanté il y a des années, avant la naissance de Mukki.

—Oui, Mine, je veux bien.

L'enfant paraissait s'émerveiller de tout ce qu'elle découvrait. La masse imposante de l'église la déconcerta.

—C'est une très grande maison, s'écria-t-elle. C'est là qu'habite ton Dieu?

—Pas vraiment, mais les gens d'ici viennent le prier à l'intérieur de l'église. Un jour, nous

---

15. Église dont la construction commença le 15 mars 1930 sur le boulevard Saint-Joseph. Son nom vient de la canonisation des martyrs canadiens, dont le père Jean de Brébeuf, le 29 juin 1930. De style gothique, elle mesure 47,25 m de longueur et 16,8 m de largeur. Le premier curé en fut le père Georges-Eugène Tremblay, nommé le 24 août 1930 par l'évêque de Chicoutimi.

entrerons et nous allumerons un cierge. C'est une grande chandelle qui diffuse une très douce lumière.

Le passage à la boucherie séduisit davantage Kiona qui n'avait encore jamais vu autant de marchandises étalées en pleine lumière électrique. Hermine acheta du jambon fumé et du pâté de lapin. Elles se dirigèrent ensuite vers la pâtisserie, non loin du Château Roberval dont la façade monumentale arracha un bref cri d'admiration à la fillette.

—J'ai chanté pour les clients de cet hôtel, quand j'avais quinze ans! lui confia la jeune femme. J'étais tremblante de peur à l'idée d'oublier les paroles des chansons.

—Tu as chanté partout? répliqua Kiona.

—Pas encore! dit Hermine en riant.

Son angoisse se dissipait, son chagrin pesait moins sur son cœur. Les commerçants l'avaient servie avec une expression un peu incrédule. La vendeuse de la pâtisserie avait même osé lui demander si elle était bien Hermine Delbeau, la cantatrice à la voix d'or, une enfant du pays. Au fond, c'était réconfortant d'être reconnue, saluée avec respect.

« Si je présente Tala et Kiona à tous ceux qui se félicitent de mon retour ici, elles seront mieux considérées. En tout cas, jusqu'à présent, personne n'a regardé ma petite compagne d'un œil inquisiteur. Le boucher m'a même dit que ma fille était mon portrait craché! »

Perdue dans ses pensées, la jeune femme faillit heurter un homme de haute taille, assez distingué. Elle marmonnait des excuses, quand celui-ci poussa un cri de joie.

—Hermine! Ca, alors, tu aurais pu téléphoner à maman! Je t'attends depuis deux jours.

C'était Jocelyn Chardin, grand, mince mais robuste, toujours barbu, la moustache bien taillée. Ses yeux bruns brillaient de satisfaction. Il embrassa sa fille sur les deux joues, des bises sonores qui trahissaient son émotion.

—Papa! s'exclama Hermine. Comme je suis heureuse! Je ne savais pas que tu serais à Roberval ce soir!

—Laura était si impatiente de t'accueillir qu'elle m'a obligé à séjourner à l'hôtel pour que je ne manque pas ton arrivée. J'avais pour mission de guetter le lac Saint-Jean et tous les chemins alentour.

La jeune femme était au bord des larmes, sincèrement bouleversée de revoir son père et d'entendre les intonations graves et chaudes de sa voix. Il la dévisageait, envahi par un immense bonheur qui adoucissait ses traits burinés par de longues années d'errance. C'était un homme de cinquante-sept ans, très séduisant, au sourire rare mais communicatif.

—Tu as très bonne mine! remarqua-t-elle.

—Je suis bien soigné par ta mère et Mireille me gave comme si elle voulait m'engraisser! dit-il, tout joyeux.

Intimidée, Kiona s'était cachée derrière Hermine. Jocelyn se pencha sur la fillette.

—Alors! dit-il d'un ton faussement sévère. Qui a peur de son grand-père? Laurence ou Marie? Je parie que c'est Laurence; Marie serait plus hardie!

Le cœur de la jeune femme battait la chamade. Elle n'avait pas prévu cette rencontre et se trouvait à présent au pied du mur.

—Ni l'une ni l'autre, papa! Mes filles sont restées avec leur nourrice. C'est Kiona!

—Kiona! répéta Jocelyn, embarrassé. Et elle est déjà aussi grande que ça?

La répartie un peu sotte trahissait son trouble. Il n'avait vu l'enfant que lorsqu'elle était bébé; elle avait tout juste neuf mois. Hermine poussa la petite en avant.

—Kiona, ce monsieur est mon père! dit-elle simplement.

—Bonsoir, monsieur! lança Kiona d'une voix limpide.

La lumière d'un lampadaire faisait ressortir son teint doré et une mèche de cheveux couleur de miel. Elle dévisagea Jocelyn et lui adressa un large sourire confiant, tandis que ses yeux brillaient d'un éclat étrange.

—Mon Dieu! s'exclama-t-il, incapable de répondre au salut de l'enfant.

Il demeura un long moment totalement fasciné par Kiona, puis il se redressa et détourna la tête, comme s'il cherchait de l'aide alentour, dans la rue presque déserte à cette heure. Hermine imaginait très bien l'émotion qui devait terrasser son père, confronté à sa fille illégitime, conçue une de ces tièdes nuits de juin où il avait partagé la couche de Tala.

—Que fait-elle ici? interrogea-t-il enfin très bas, sur un ton angoissé. Hermine, j'espère que tu n'as pas agi inconsidérément?

—Je t'expliquerai, dit-elle à mi-voix. Ma belle-mère a des ennuis, elle va passer l'hiver à Roberval. Nous avons pris des chambres à la maison de pension, mais lundi je reviendrai pour lui trouver un logement plus approprié.

—Il ne manquait plus que ça! pesta Jocelyn. Quel désastre! Comme si la guerre ne suffisait pas à tout mettre à l'envers... Allons, marchons un peu!

Kiona reprit la main d'Hermine et suivit sagement le pas des deux adultes. La petite fille jetait des regards curieux sur cet homme qui lui paraissait gigantesque, et dont elle ressentait le malaise.

—Nous en parlerons demain, à Val-Jalbert, papa, coupa la jeune femme. Ce soir, je soupe avec Tala, Madeleine et les petits.

—J'aurais été content de t'inviter au restaurant du Château Roberval où j'ai une chambre. Laura a insisté malgré la dépense. Elle voulait absolument que je séjourne dans cet hôtel. Tu devines pourquoi?

Elle t'a écoutée chanter dans la salle à manger, à tes débuts.

—Oui, quand je l'appelais encore la dame en noir, sans me douter qu'il s'agissait de ma mère, soupira Hermine. Mon Dieu, j'ai l'impression que tout ceci date d'une centaine d'années! J'étais si timide, malade de trac! J'ai toujours le trac, cependant. Sur ce point, je n'ai pas changé.

Kiona n'avait encore jamais entendu ce mot. Elle serra plus fort les doigts de la jeune femme en demandant :

—Mine, c'est quoi, le trac?

—Oh! Ma chérie, comment te dire? Cela ressemble à de la peur, mais pas la peur qu'on a des loups ou des tempêtes ni la peur d'être grondée quand on fait une bêtise. C'est une peur bizarre que j'éprouve avant de chanter sur une scène, en public. Une fois, j'ai cru m'évanouir, mais Charlotte m'a donné de l'eau glacée à boire et j'ai tenu bon. On a mal au ventre et le cœur bat très vite.

Jocelyn profita de la discussion pour étudier le visage de Kiona, la ligne de ses sourcils, le dessin de ses lèvres.

« Qu'elle est jolie! pensait-il. Ma fille, c'est ma fille, et je découvre seulement ce soir le son de sa voix et son beau regard. De qui tient-elle ces yeux-là? Ils semblent clairs, verts peut-être, ou gris. Et elle m'a l'air très intelligente! »

Il en conçut une sorte de fierté secrète, tout en cédant à un chagrin fait de frustration. Le destin ou le diable avait tiré les ficelles pour qu'il se retrouve dans cet imbroglio inextricable.

«J'ai promis à Laura d'éviter cette enfant innocente et, si je la rencontrais, de ne rien montrer à son égard, ni intérêt, ni tendresse, songea-t-il avec amertume. Mais là, déjà, j'ai envie de la prendre dans mes bras, de la cajoler! Je n'ai pas pu voir grandir Hermine; maintenant je dois me priver de ma seconde fille. Je ne peux pas me voiler la face éternellement! Kiona est de mon sang, et je ne demande qu'à l'aimer. »

Il se consola un peu en pensant à son petit Louis, qui avait le même âge que Kiona, à quatre mois près. Le garçonnet lui témoignait une vive affection et comblait son cœur de père. Mais il aurait volontiers élevé la fillette dont, sans en avoir bien conscience, il subissait le charme inné. Le charme et autre chose de beaucoup plus subtil, un pouvoir en devenir, encore hésitant.

—Je vous raccompagne, proposa-t-il d'un ton enjoué. Je ne veux pas contrecarrer ce projet de souper entre femmes! De mon côté, je vais vite téléphoner à Laura, lui dire que tu es saine et sauve, bien arrivée à Roberval.

—Tu embrasseras bien maman de ma part, dit Hermine. J'ai grand besoin de réconfort, papa. Le départ de Toshan m'a anéantie, sans compter la perte de mon petit Victor!

—Je sais, ma chérie, répliqua doucement Jocelyn. Crois-moi, nous étions de tout cœur avec toi. Comme nous te l'avons dit dans notre lettre, c'était difficile de venir aux obsèques; Louis avait de la fièvre et Laura ne voulait pas le quitter. Il devait rester au chaud. J'aurais pu me déplacer, mais ton télégramme était explicite: ton mari n'avait guère envie de me voir à l'enterrement.

La jeune femme lui fit signe de se taire, à cause de Kiona. La petite observait les manœuvres d'un camion dont les roues étaient équipées de chaînes, au bout de la rue. Lorsqu'ils parvinrent devant la porte de la maison de pension, Hermine prit congé de son père, mais il la fixa avec incrédulité.

—Tu me quittes bien vite! Nous n'avons pas parlé, tous les deux! déplora-t-il.

—Nous aurons tout l'hiver pour le faire, papa. Tu peux embrasser Kiona, tu ne la verras pas demain matin.

Il eut un mouvement de recul.

—Non, à quoi bon? maugréa-t-il. Fais-la donc rentrer au chaud et reviens un instant. Je t'en prie, Hermine! Et toi, petite, je te dis au revoir, ajouta-t-il plus fort. Sois bien sage, surtout!

—Tu me déçois, papa! dit la jeune femme à voix basse. Kiona, ma chérie, entre et attends-moi dans le couloir, près du poêle. Je n'en ai pas pour longtemps. Ton parrain est pressé, ce soir!

—Mon parrain? répéta la fillette d'un air surpris. Qu'est-ce que ça veut dire, parrain?

—Quand tu étais bébé, tu as souffert d'une grave maladie et un prêtre de notre église est venu te baptiser. Il te fallait un parrain, quelqu'un qui s'engageait à veiller sur toi ainsi qu'à ton éducation chrétienne, à te témoigner aussi de l'affection et de l'intérêt. Mon père, qui se trouvait à ton chevet, a accepté ce rôle. C'est ton parrain devant notre Dieu.

—Hermine, tais-toi donc! implora Jocelyn.

Kiona hésitait, déconcertée par la tension qui régnait entre sa Mine et ce grand monsieur aux traits pâles.

Elle entreprit enfin d'ouvrir la lourde porte de la pension, non sans jeter un regard interrogateur à son prétendu parrain. Ce dernier parut hésiter, puis il s'avança vers l'enfant. Doucement, il posa une main sur son épaule, avant de l'embrasser sur les deux joues. Ses lèvres tremblaient.

—Rentre vite! Nous nous reverrons, lui dit-il doucement.

Kiona approuva d'un petit signe du menton. Elle se glissa prestement à l'intérieur. Jocelyn se mit à marcher autour d'Hermine, en proie à une sorte d'exaltation inattendue.

—J'ai été pris au dépourvu, quand tu m'as annoncé que c'était elle! se défendit-il. Tu as bien fait de me secouer, ma chérie! Au début, en apprenant que Tala et la petite seraient à Roberval jusqu'au printemps, j'ai cédé à la panique. Tu connais ta mère! Si elle découvre la situation, elle en fera un drame!

— C'est ridicule, papa! Je préviendrai maman moi-même. Le pays ne lui appartient pas. Tala et Kiona ont le droit d'habiter Roberval. Et toi, tu n'as pas honte? Une enfant si douce, si gentille! Tu qualifies sa présence de désastre, alors que c'est la guerre en Europe, que mon mari s'est engagé et que je ne le reverrai peut-être plus jamais! Je croyais que dans votre accord tu pouvais voir Kiona et t'en occuper, à la condition d'agir en bon parrain. J'ai tenu à te le rappeler devant elle, tu es son parrain! Bravo, tu as agi en mauvais chrétien, ce soir. Et ce n'est pas ces timides baisers larmoyants que tu t'es obligé à lui donner qui rattrapent tes torts. Je suis déçue, papa, tellement déçue!

Son accès de colère libérait Hermine de la pénible tension accumulée les jours précédents. Pris de remords, Jocelyn s'immobilisa.

—Excuse-moi, je deviens fou, dit-il en se tenant la tête. J'ai pris peur. Pardonne-moi! J'ai eu un choc en revoyant cette petite. Elle est si belle, n'est-ce pas?

—Elle est bien plus que ça! précisa la jeune femme. Sans Kiona, le monde serait terne et lugubre, du moins pour moi. Papa, j'espérais naïvement que tu serais content de pouvoir l'embrasser, la connaître un peu. Mais non...

—Tu te trompes, Hermine! coupa Jocelyn. Je croyais sottement que Tala ne quitterait jamais ses forêts et je m'étais résigné à vivre séparé de cette enfant. Te rends-tu compte? Je ne l'avais pas vue depuis cinq ans! Il y a de quoi être déboussolé! Cela m'arrangeait, au fond, puisque je respectais sans effort la promesse faite à Laura! Mais je lui parlerai dès demain. Aie confiance, j'ai la ferme intention de passer du temps avec Kiona. Je viendrai vous chercher demain matin.

—Bonne nuit, papa! dit-elle d'une voix radoucie.

Jocelyn lui décocha un regard plus volontaire. Il s'éloigna à grands pas. Hermine tremblait à son tour de nervosité en rejoignant Kiona, docilement assise sur une chaise près du poêle. La fillette avait ôté son bonnet et son écharpe. Elle semblait chantonner tout bas.

—Me voici, ma chérie, dit la jeune femme d'un air faussement joyeux. Montons vite toutes ces bonnes choses dans une des chambres!

—Oui, Mine! répondit Kiona en se levant. Dis, pourquoi ton père, il a le trac?

Sidérée, Hermine eut du mal à trouver une répartie. Elle finit par en sourire.

—Mon père a le trac? s'étonna-t-elle. Je ne pense pas!

—Tu m'as dit que c'était une peur étrange. Eh bien, le monsieur avait peur... Peur de moi!

—Oh, ma petite chérie, tu confonds tout! lui dit-elle avec un grand sourire. Mon père ne sait pas s'y prendre avec les enfants. Il est très gentil, mais un peu ronchon. Et il a fini par t'embrasser et je parie que sa barbe t'a piqué le bout du nez!

« Il faut en rire! pensa Hermine. Kiona ne doit rien deviner, ne rien savoir, sinon elle souffrirait. Comme elle est très intuitive, je suis certaine qu'elle a perçu la gêne de papa. »

Kiona n'insista pas. Elle monta l'escalier derrière la jeune femme en réfléchissant, la mine grave. Mukki lui répétait que son grand-père de Val-Jalbert le faisait sauter sur ses genoux en imitant le galop d'un cheval et qu'il jouait avec les jumelles, qu'il leur fabriquait des jouets en bois. Ce monsieur était le grand-père en question. Celui qu'elle surnommait dans sa tête « le grand monsieur noir » savait donc s'y prendre avec les enfants. La fillette en déduisit qu'Hermine lui mentait.

« Mais pourquoi? » s'interrogea-t-elle.

Tala apprit seulement après le souper que Jocelyn Chardin avait revu Kiona. Les quatre petits dormaient; Madeleine aussi. Hermine avait évité de lui décrire en détail le comportement de son père.

—Sois tranquille, Tala! conclut-elle. Papa a enfin décidé de faire la connaissance de Kiona. Elle sait seulement qu'il est son parrain, même si cela ne signifie rien pour elle. Durant l'hiver, les occasions ne manqueront pas.

Mais, à sa grande surprise, l'Indienne protesta.

—Non, ne fais pas ça! protesta-t-elle. Hermine, c'est trop tôt, bien trop tôt. Je t'en prie. J'ai changé d'avis. Je crois que ma fille n'a pas besoin d'un père de ce genre. Ni d'un parrain, car pour moi ce baptême que l'on m'a imposé ne compte pas plus que le mien. J'avais accepté les sacrements d'un prêtre pour satisfaire Henri. Il y tenait, il voulait m'épouser devant son Dieu.

Tala semblait au supplice, ce qui intrigua Hermine. Elle la regarda avec compassion.

—Et que répondras-tu à Kiona quand elle te demandera qui est son père? demanda la jeune femme. C'est une enfant si fine de jugement! On dirait parfois qu'elle lit à travers nous.

Un rictus sévère au coin des lèvres, l'Indienne déclara tout bas:

—Je lui ai déjà expliqué que son père était mort, qu'elle ne le verrait jamais! Je l'ai dépeint sous les traits de mon frère Mahikan, dont l'âme loyale nous protège toutes les deux.

—Elle ne croira pas cette histoire très longtemps!

—Ne lui prête pas tant de pouvoir de divination! coupa Tala. Ce n'est qu'une petite fille qui aime jouer et gambader.

—Peut-être...

Toutes les deux savaient très bien que c'était faux, mais cette constatation mit fin à la conversation.

Val-Jalbert, samedi 9 décembre 1939

Hermine regarda sa montre-bracelet. Il était quinze heures, mais il faisait déjà très sombre. Le ciel bas et maussade laissait présager de nouvelles chutes de neige. La jeune femme venait d'apercevoir le clocheton du couvent-école. Comme à chacun de ses retours à Val-Jalbert, une vive émotion la submergea.

«Je rentre chez moi, dans mon village, songea-t-elle. Tout est en place, rien ne change... Demain, j'emmènerai les enfants admirer la cascade, ma superbe cascade. Je leur ferai écouter le chant furieux de la Ouiatchouan.»

Pourtant, l'ancienne cité ouvrière, modèle de modernisme à sa création, ressemblait plus que jamais à un lieu abandonné des hommes. Les maisons s'alignaient le long de la rue Saint-Georges, aussi déserte que la rue Sainte-Anne ou la rue Saint-Joseph. Mais une cheminée fumait abondamment, celle des Marois.

«Je suis bien contente, au fond, de passer l'hiver ici! pensa-t-elle. Betty m'a écrit des lettres si bienveillantes! Je l'ai trop négligée lors de mes derniers séjours, toujours très brefs.»

Son père roulait au ralenti, à présent, pour longer la rue Saint-Georges. La neige crissait sous les pneus équipés de solides chaînes. Malgré ce léger bruit, Hermine crut entendre de la musique.

—Cela doit provenir du couvent-école, se dit-elle tout bas. Mais non, il est définitivement fermé, depuis six ans.

Elle perçut ensuite une rumeur confuse, comme si des gens parlaient entre eux. Jocelyn, en apparence imperturbable, riait dans sa barbe.

—Peut-être que j'ai la berlue, dit-il. Regarde un peu là-bas! Je parie qu'ils attendent quelqu'un, mais qui?

Une dizaine de personnes chaudement vêtues trépignaient au milieu de l'allée enneigée menant à la belle demeure de Laura Chardin. Au-dessus de l'attroupement, une banderole frémissait au vent. Hermine déchiffra l'inscription qu'elle portait.

« Bienvenue au Rossignol de Val-Jalbert! »

Ses yeux se remplirent de larmes. Sous le vaste auvent de la maison de sa mère chatoyaient de petites lampes multicolores. Au même instant, elle reconnut la musique. C'était l'ouverture de *La Bohème*, l'opéra de Puccini.

—Tu es notre enfant prodige, commenta son père. Tout le monde a tenu à te préparer un accueil chaleureux!

On l'applaudissait, on l'acclamait. La vue brouillée, Hermine distingua le visage de la gouvernante, Mireille, coiffée de son éternel casque de cheveux argentés, puis elle vit les traits harmonieux d'Élisabeth Marois. Joseph, son époux, lui entourait les épaules d'un bras protecteur. Il y avait aussi leurs trois fils, Simon, l'aîné, Armand, le cadet, et le benjamin, Édouard. Leur fille, Marie, du même âge que Mukki, brandissait fièrement un bouquet de fleurs aux couleurs lumineuses.

—Oh non! s'exclama Hermine. Il ne fallait pas!

Laura sanglotait sous l'œil compatissant du maire de Val-Jalbert et d'un colosse roux, Onésime Lapointe, accompagné de sa femme Yvette. Mukki sautillait, ivre de joie de se retrouver là, ébloui par la musique, les lumières, les rires et les cris.

Intimidée, Madeleine n'osait pas s'approcher. Elle observa à distance Hermine qui s'avançait vers ses parents et ses amis. L'institutrice, entourée de ses élèves, poussa vite devant celle-ci un garçon de dix ans environ qui tenait une feuille de papier à la main. Tout de suite, il déclama son discours, appris par cœur, mais dont il craignait d'oublier un mot.

—Cher rossignol, nous sommes tous très heureux de vous recevoir à Val-Jalbert, où vous avez grandi. C'est ici que vous avez chanté pour la première fois de votre voix d'or qui enchante désormais... un large public, au Canada et aux États-Unis. En ces temps... troublés, nous espérons que vous trouverez ici... un refuge sûr et paisible!

L'enfant avait bredouillé à plusieurs reprises, mais il fut chaleureusement applaudi, surtout par sa mère, l'épouse d'un agriculteur voisin.

—Merci, merci de tout cœur! déclara Hermine. Je suis très émue, c'est si touchant...

Laura se précipita et l'étreignit de toutes ses forces. Ses boucles blond platine étaient couvertes d'un chapeau très distingué. Elle portait un manteau de fourrure, arborait un maquillage soigné et sentait délicieusement bon.

—Ma fille adorée, mon idole, dit-elle à l'oreille de la jeune femme, quel bonheur de te serrer contre moi! Tu as vraiment été surprise, je l'ai vu à ton air. C'était mon idée. Et ton père n'a rien dit! J'avais peur qu'il dévoile mon petit secret.

—Maman, ce n'était pas la peine de vous donner tant de mal! répliqua Hermine.

La première émotion passée, elle déplorait cette arrivée en fanfare, la jugeant peu appropriée aux circonstances. Les hommes partaient à la guerre et elle était en deuil de Victor. Mais Laura jubilait, fidèle à elle-même.

—J'ai préparé un bon goûter! dit Mireille en tapotant discrètement le dos de la jeune chanteuse. Des beignes, des crêpes, des gâteaux aux fruits confits, du café et du thé. Il faut entrer au chaud, à présent.

Hermine embrassa avec enthousiasme la gouvernante, qu'elle considérait comme sa grand-mère. Tout en essuyant ses larmes, elle chercha une silhouette familière parmi la foule.

—Maman, où est Charlotte? s'écria-t-elle. Je me disais bien qu'il manquait quelqu'un d'important.

—Ne t'inquiète pas, elle ne va pas tarder, la rassura Laura. Charlotte a décroché un emploi à Chambord-Jonction, près de la gare. Un collègue la raccompagne en autoneige. Elle était bien vexée de ne pas être là pour ton arrivée!

—Un travail le dimanche? s'étonna Hermine.

—Elle est serveuse dans un restaurant, précisa Mireille.

Laura fut alors assaillie par les jumelles. Ce fut encore des exclamations.

—Qu'elles ont grandi depuis cet été! Doux Jésus! Qu'elles sont mignonnes!

Jocelyn semblait préoccupé. Il s'arrangea pour escorter Hermine jusqu'au perron de la maison.

—Tes filles vont sûrement dire à Laura que Kiona se trouve à Roberval. Leur as-tu fait la leçon, au moins? Ta mère est si contente, il ne faudrait pas gâcher son plaisir! Je t'ai promis d'en discuter avec elle, mais au bon moment, pas maintenant.

—Papa, je ne compte pas enseigner le mensonge à mes enfants, rétorqua-t-elle. Les enfants vont jouer entre eux et profiter du goûter. De toute façon, ce soir, après le souper, si tu ne le fais pas, je mettrai moi-même maman au courant.

Jocelyn répéta d'un ton grave qu'il s'en chargerait. Mais il avait encore contrarié Hermine. Cependant, quand la jeune femme pénétra dans le salon aux larges proportions où trônait un magnifique sapin de Noël, sa mauvaise humeur s'envola. Il régnait là une telle harmonie, un tel luxe aussi, en accord avec une profusion de décorations scintillantes, qu'il se dégageait de l'ensemble un charme envoûtant.

« Doux Jésus! songea-t-elle. Maman a fait en sorte que je sois émerveillée et je le suis... Tant de beauté! Mes petits vont être au paradis. »

Laura avait encore dépensé sans compter. Hermine nota qu'il y avait de nouveaux rideaux, doublés et confectionnés dans un tissu splendide, d'un rouge profond. Un lustre à pendeloques de cristal chatoyait, reflétant les lumières multicolores du sapin.

«Je me demande s'il y a une autre maison aussi rutilante dans la région du Lac-Saint-Jean à l'occasion de Noël », se dit encore Hermine.

Elle vit Mukki s'asseoir sur le tapis en laine,

au pied de l'arbre. Le garçonnet se plongea dans la contemplation des menus objets en verrerie dorée suspendus aux branches: des oiseaux, des étoiles, des boules étincelantes en partie givrées de paillettes et des guirlandes.

« Comme je voudrais que Kiona soit ici, près de moi, et jouisse de tout ceci! » déplora la jeune chanteuse dans le secret de son cœur.

Une grande table couverte d'une nappe blanche était garnie de plats en argent regorgeant de pâtisseries et de biscuits. Après avoir lissé son tablier impeccable, Mireille se mit en devoir de servir du champagne à chaque invité. Malgré les sermons de Jocelyn, Laura faisait venir de France ce vin subtil, dont les fines bulles et la saveur fruitée l'enchantaient. Une fois encore, Hermine s'étonna des folles dépenses de sa mère.

« Maman a pris des habitudes de luxe, du temps où elle était l'épouse de Franck Charlebois. Je ne sais pas à combien s'élevait la fortune de cet homme, mais elle me semble inépuisable. Il faut dire que l'usine de Montréal, en dépit de la crise, continue à rapporter des bénéfices », pensa-t-elle.

—Mimine, comme tu es sérieuse, ma jolie! fit une voix douce aux intonations familières.

Élisabeth Marois se tenait à ses côtés, ronde et rieuse comme à son habitude. Ses cheveux châtain blond étaient toujours frisés, mais plus courts que jadis. À quarante-deux ans, elle demeurait ravissante. Hermine la regarda avec tendresse. Cette femme lui avait servi de mère durant des années.

—Ma chère Betty, s'exclama-t-elle, que je suis heureuse de te retrouver! Le temps passe, mais dès que je te vois je me sens en sécurité, comme la petite fille de jadis que tu savais si bien câliner et réconforter. Je m'installe à Val-Jalbert pour l'hiver et cette fois, promis, nous aurons l'occasion de bavarder au coin du feu. Je te rendrai visite si souvent que tu en auras vite assez.

—Oh non, aucun risque! protesta Betty en souriant. Mimine, je partage ta peine. C'est terrible de perdre un bébé. J'ai tellement pleuré quand Laura m'a appris la mauvaise nouvelle! Et maintenant, ton mari s'est engagé... Je te plains de tout cœur.

Hermine fut réconfortée par la compassion de son ancienne gardienne. Au moins, Betty ne craignait pas de dire ce qu'elle pensait ni ce qu'elle éprouvait.

—Merci, j'ai bien besoin de soutien, ces temps-ci!

Elles auraient continué à discuter, mais Simon les rejoignit, une coupe de champagne à la main. Joseph, son père, le suivait de près. Les deux hommes, de même stature, se ressemblaient beaucoup. Tous deux étaient bruns et avaient des yeux sombres au milieu d'un teint hâlé. Mais l'aîné des Marois avait hérité de sa mère des traits plus doux et un sourire enjôleur.

—Alors, Mimine, s'écria-t-il, tu as quitté ta cabane au fond des bois pour revenir chez nous, icitte? Ravi de te savoir de retour au pays!

—Ma cabane est devenue une maison très confortable! rétorqua-t-elle du ton le plus enjoué possible. Toshan a fait des merveilles.

—Hormis sa folie de s'enrôler alors qu'il a trois enfants, coupa Simon. Si j'avais une famille à nourrir, personne ne me ferait partir à la guerre! Je vais épouser la première blonde qui passe, moi, pour éviter ça.

—Veux-tu te taire? Tu devrais avoir honte, Simon! rugit Joseph Marois. Tu l'entends, Mimine, mon fils n'a pas envie de se battre! Si j'avais l'âge, je ne tiendrais pas ce genre de discours; je me serais enrôlé, comme Toshan, un homme digne de ce nom.

Simon esquissa une grimace de mécontentement et s'éloigna. Mortifiée, Betty poussa un léger soupir.

—J'aurais préféré que mon mari ait les idées de Simon, fit remarquer Hermine. Mais j'ai une satisfaction, Joseph. Vous semblez apprécier Toshan à sa juste valeur, après l'avoir si mal jugé les premiers temps.

L'ouvrier gratta sa barbe grisonnante en décochant un regard gêné à la jeune femme. Il s'était violemment opposé, neuf ans auparavant, à leur amour naissant. Pour lui, un Indien montagnais métissé ne pouvait pas être un individu honnête.

—C'est du passé, Mimine! s'excusa-t-il. Tout le monde peut se tromper, moi le premier. J'ai un sale caractère, je ne dirai pas le contraire. Mais j'ai changé.

Laura se glissa parmi eux et prit Hermine par l'épaule. Elle avait écouté la conversation et comptait y mettre fin.

—Mes amis, dit-elle aimablement, il faut goûter aux délices qu'a préparées Mireille. Ne restez pas à l'écart. Je vous enlève ma fille, je ne l'ai pas vue depuis le mois de juin!

La jeune femme se laissa entraîner par sa mère qui la conduisit jusqu'à Louis, son petit frère. Il avait le même âge que Kiona, à trois mois près. C'était un bel enfant, grand et bien bâti pour un garçon de cinq ans. Des mèches ondulées d'un châtain clair auréolaient un visage régulier, gracieux, éclairé par de grands yeux bruns. Bizarrement, il était très intimidé en présence de sa sœur, dont il entendait souvent parler en termes élogieux à la table familiale.

—Louis, tu reconnais Hermine? interrogea Laura.

—Bonsoir, Louis! dit la jeune femme à mi-voix afin de ne pas l'effaroucher davantage. Tu vas pouvoir t'amuser avec Mukki, Marie et Laurence.

Le petit hocha la tête et courut aussitôt vers Mukki, à qui il vouait une sorte d'idolâtrie naïve.

—Ah, ma chérie, soupira Jocelyn qui les avait rejointes, quelle joie de t'avoir tout l'hiver! Mais je sens bien que tu es triste et cela me tracasse. Ne t'inquiète pas. S'il le faut, nous irons à Québec et tu pourras voir Toshan. Nos soldats ne partiront pas pour l'Europe avant le printemps.

—Sans doute! répliqua-t-elle d'un ton rêveur.

Une animation de ruche régnait dans le grand salon. Hermine céda peu à peu à la liesse générale, sollicitée tour à tour par le maire, l'institutrice, les écoliers et sa propre famille. Elle embrassa Edmond Marois, un solide adolescent de quatorze ans.

—Ed, comme tu as grandi! s'étonna-t-elle.

—Oui, Mimine! bredouilla-t-il, rougissant. Toi, tu es toujours aussi belle!

—Quelle galanterie! Et toi, Armand? Mais tu dois dépasser Simon en taille!

—Sûr que je le dépasse! se vanta le jeune homme. En malice aussi, mais ça, tu le sais depuis longtemps!

Armand arborait une moustache blonde et des cheveux très ras et frisés, un héritage maternel. Il travaillait depuis l'âge de treize ans pour Laura à l'entretien du jardin et de la maison. Aujourd'hui, du haut de ses vingt et un ans, il posait sur Hermine un regard de séducteur qui l'agaçait un peu. Elle était lasse et alla s'asseoir près du poêle en fonte. Laura s'empressa de lui tenir compagnie.

—Es-tu contente, ma chérie? lui demanda-t-elle sur le ton de la confidence. Je voulais tant te prouver à quel point tu es importante pour nous, pour les gens de Val-Jalbert!

—Maman, c'est très gentil! répondit la jeune femme. C'était une belle surprise, mais je suis fatiguée.

Tout de suite, Laura s'alarma.

—Ma petite fête ne te convient pas? Tu es la gloire locale, une étoile dans notre ciel, Hermine. Et je pensais que cela apaiserait ton chagrin, que tu oublierais un peu ton deuil et le départ de ton mari. Il n'est question que de la guerre. Partout. Je me disais qu'il fallait célébrer l'art, la musique et ton talent.

Hermine scruta les prunelles limpides de sa

mère, bleues comme les siennes. Elle y devina une sincère détresse et une infinie compassion. Laura avait tenté de jouer les bonnes fées, celles qui d'un coup de baguette magique sèment des paillettes et des lumières, ou font surgir un festin.

— Ma chère maman, pardonne-moi, je suis très nerveuse en ce moment. J'ai dû suivre les consignes de Toshan, alors que je m'apprêtais à hiverner là-bas. Mais rassure-toi, je suis soulagée d'être avec vous tous.

La voix du rossignol tremblait; les larmes n'étaient pas loin. Si Hermine avait été seule avec sa mère, elle se serait jetée dans ses bras pour sangloter. Accoutumée à maîtriser ses émotions, elle résista et se contenta de caresser le poignet de Laura.

— Il y a autre chose, maman! Nous nous sommes retrouvées seules, ma belle-mère, Madeleine et moi, avec les petits; Toshan était parti avant nous. Et un soir, quelqu'un a placardé un message sur notre porte, à l'aide d'un couteau. Il y avait écrit *vengeance*! Cinq minutes plus tard, la cabane toute neuve de Tala flamblait. C'était affreux. Dieu merci, elles n'étaient pas à l'intérieur! Tu comprendras pourquoi je vais les installer à Roberval pour l'hiver. Je compte louer la maison des Douné.

Laura resta d'abord bouche bée. Enfin, elle s'exclama:

— Mais c'est épouvantable!

Hermine se demanda un court instant à quoi sa mère faisait allusion. Elle se reprocha tout de suite de l'avoir mal jugée.

— Tu as eu raison, ma pauvre chérie! affirma Laura sur le ton de la confidence. Il y a des circonstances où des décisions s'imposent. Ton père est-il au courant?

— Il a vu Kiona hier soir, devant la maison de pension, avoua la jeune femme. Mais il ignore ce qui s'est passé. J'ai évoqué des soucis qu'aurait Tala. Il devait t'en parler, mais j'ai préféré le faire.

Tu t'es donné tant de mal que je ne voulais pas te sembler ingrate avec mes pauvres nerfs à vif.

— Nous en discuterons plus tard! trancha Laura. Nos invités prennent congé.

Le grand salon se vidait peu à peu. Hermine, soulagée de s'être confiée, s'amusa à observer les quatre enfants qui riaient en se poursuivant autour du sapin. Mireille les houspillait sans conviction; elle se réjouissait de les voir réunis sous le toit de sa patronne.

— Nous les coucherons tôt! soupira la gouvernante. Madame et monsieur aimeraient souper tranquilles.

Elle avait à peine terminé sa phrase qu'une frêle jeune fille arriva dans la pièce, en manteau de laine rouge à capuchon. Les cheveux coupés aux épaules, très brune et menue, elle était d'une joliesse exquise avec de grands yeux couleur noisette.

— Mimine! cria-t-elle. Doux Jésus! Que je suis heureuse!

— Charlotte! Ma Lolotte! Mon Dieu, que tu es belle!

Hermine se leva pour étreindre sa protégée, sa meilleure amie, sa sœur de cœur.

— Je croyais que tu n'arriverais jamais! déplora-t-elle. Tu m'as tellement manqué!

— On se rattrapera, affirma Charlotte en serrant très fort la jeune femme. Je suis en congé pour deux jours. Quand j'ai informé mon patron que je connaissais personnellement le Rossignol de Val-Jalbert, la célèbre chanteuse Hermine Delbeau, il était époustouflé.

Cette fois, Hermine s'abandonna et pleura sans bruit. Malgré toute sa peine, ses angoisses, elle était revenue à Val-Jalbert, son village fantôme bercé par le chant grondeur de la Ouiatchouan. Un bonheur farouche l'envahissait. Elle sut qu'elle se battrait de son côté, avec ses fragiles armes de femme, pour veiller sur ceux qu'elle aimait.

4
La loi du silence

Val-Jalbert, samedi 9 décembre 1939

Débordante d'énergie, Mireille jubilait. Le souper qu'elle allait servir serait le premier d'une longue série dans la grande maison cernée par la neige et balayée par les grands vents de l'hiver. La belle demeure qui avait abrité le surintendant Joseph-Aldolphe Lapointe[16] et sa famille, du temps de l'âge d'or de Val-Jalbert, signait un nouveau pacte avec les poêles ronflants, les lourdes tentures tirées devant les fenêtres et les rires d'enfants. Rien ne plaisait davantage à la joviale gouvernante, prête à faire des prouesses culinaires, surtout pendant la période des Fêtes.

Seule dans la cuisine, elle en dansait sur place : des petits pas sautillants, assortis d'un déhanchement qui aurait choqué les dames honorables de Roberval.

—Notre Mimine est de retour! claironna-t-elle en liant une sauce. Et ma petite Charlotte a deux jours de congé!

Des bruits de voix lui parvenaient du salon. Des pas résonnaient à l'étage; sans doute Madeleine qui reprenait possession de la nursery.

—Moi, j'aime quand y a du mouvement, de l'ambiance! dit encore Mireille à ses casseroles.

---

16. Le surintendant Joseph-Adolphe Lapointe quitta son poste en novembre 1926. La Compagnie de pulpe de Chicoutimi lui avait fait construire en 1919 une superbe demeure sur la rue St-Georges. On peut observer les ruines de cette résidence dans le sous-bois près du couvent-école.

Peut-être qu'il y a la guerre là-bas, en Europe, mais icitte, à Val-Jalbert, ce sera la paix.

Hermine et Charlotte pénétrèrent dans la cuisine au même instant, se tenant par le bras. L'une était blonde, gracieuse, en robe d'intérieur bleue; la seconde, radieuse, en jupe grise et corsage blanc, avait ses cheveux bruns retenus en arrière par des peignes. Elles étaient ravissantes à voir.

—Eh bien, j'ai de la visite! se réjouit la gouvernante. Madame a besoin de quelque chose?

—Non, Mireille, dit Hermine. Nous avions envie d'être un peu avec toi. J'adore te surprendre en plein travail. Est-ce que tu écoutes toujours les disques de La Bolduc?

—Bien sûr! s'enflamma Mireille. Simon m'en a acheté deux nouveaux l'an dernier, à Chicoutimi. Ceux qu'elle a enregistrés en 1936. Ah! *Les Colons canadiens*, celle-là, je la connais par cœur... *En voyageant en auto dans la province d'Ontario, j'ai écrit quelques refrains pour vous mettre le cœur en train, laissez-moi vous dire d'abord que j'ai fait bien des efforts...*

Une main sur la poitrine, la brave sexagénaire se donnait à fond à la chanson et son accent n'avait rien à envier à celui de la célèbre Bolduc. Chaque mot se faisait savoureux.

Charlotte éclata de rire nerveusement; elle ne s'attendait pas à avoir la primeur d'une telle interprétation. Mireille posa la cuillère en bois qui lui servait à tourner sa sauce et reprit son souffle.

—Ce que je préfère, c'est la suite! Vous parlez d'une femme, elle n'a pas froid aux yeux, de chanter ça en public!

—De chanter quoi? questionna Hermine.

—*Un p'tit conseil en passant, je m'adresse aux habitants! Apprenez à vos enfants de respecter les parents! Moi, j'suis une bonne Canadienne, car j'en ai eu une douzaine!*

Hermine s'efforça de sourire, mais cette douzaine d'enfants la ramenait à son chagrin. Elle pensa à son bébé qui gisait sous terre de l'autre côté du lac Saint-Jean.

— Il faut croire que je ne serai jamais une bonne Canadienne! soupira-t-elle. Je ne la connaissais pas, cette chanson.

Charlotte lui caressa le dos dans l'espoir de la réconforter. Mireille comprit soudain sa bévue et poussa une exclamation désolée.

— Ma pauvre mignonne, que je suis niaiseuse! Doux Jésus, il faudrait me couper la langue, je crois bien! Tu es toute triste et moi, je te rajoute de la peine. Viens t'asseoir, Hermine! Tu vas boire un verre de caribou, je le prépare moi-même au goût de monsieur, avec du bon whisky. Du caribou de luxe. Tout est luxueux icitte, mais ça ne rend pas forcément heureux.

Plus petite que la jeune chanteuse, plus dodue aussi, Mireille la poussa vers une chaise. Elle lui effleura le front d'un geste affectueux.

— Comment j'ai pu être oublieuse à ce point? se reprocha la gouvernante. Moi qui ai tant prié pour ton petit Victor, quand j'ai appris la nouvelle.

— Laisse, ce n'est pas grave, protesta Hermine. Nous vivons de telle sorte que les événements perdent de leur force, à cause de la distance et de la lenteur des courriers.

— C'est vrai, ça, remarqua Charlotte. D'habitude, je passe l'hiver avec toi, Mimine, et moi aussi, quand j'ai su, j'ai bien regretté d'être restée à Val-Jalbert. Je n'étais pas près de toi et des enfants pour t'aider à surmonter cette épreuve.

Hermine approuva d'un signe de tête. Elle se sentait très abattue. La nuit était tombée. L'étau autour de son cœur de mère et de femme se resserrait. Dans ces moments-là, au bord de la Péribonka, elle pouvait courir chez Tala et puiser dans le sourire de Kiona un précieux réconfort. La fillette lui manquait déjà.

« Personne ne sait qui est vraiment Kiona, excepté

mes parents... songea-t-elle. Même Charlotte, qui a partagé notre quotidien, croit qu'il s'agit d'une orpheline recueillie par Tala. Mireille ignore jusqu'à cette fable. Et personne non plus ne s'étonne de l'attitude de Toshan. Il n'a pas mis les pieds à Val-Jalbert depuis la naissance de Kiona; je séjourne seule ici durant l'été. Pourtant, on ne m'a jamais interrogée à ce sujet. Ni Betty ni Mireille, pas même Simon. Maman a dû inventer une explication qui l'arrangeait. »

Comme si elle suivait le cours de ses pensées, la gouvernante osa une question.

—Et ton mari? Il paraît qu'il s'est engagé? Qu'il est parti pour Québec, enfin à la Citadelle?

—Oui, hélas! répondit Hermine en goûtant précautionneusement à son verre de caribou, qu'elle observait auparavant d'un air hésitant, car elle n'en avait jamais bu. Je m'étais organisée pour ne plus le quitter, je prévoyais de longs mois en famille, et il y a eu cette guerre, ainsi que la mort de Victor! Il ne faut jamais avoir confiance en l'avenir... J'étais bien naïve.

Charlotte et Mireille échangèrent un regard apitoyé. À cet instant précis, elles percevaient toutes les deux l'extrême fragilité de la jeune femme, sans pouvoir soupçonner qu'elle souffrait en particulier de la loi du silence instaurée par Laura.

—Ce qui est dommage, renchérit la gouvernante, c'est cette brouille entre ton mari et tes parents. Madame m'en a touché quelques mots. A-t-on idée de bouder pendant des mois, qui finissent par se transformer en années? Toshan a trop de fierté. Il devrait penser à toi, ma petite. Enfin, le plus important, c'est qu'il t'ait permis de chanter, de faire carrière.

—Je n'ai plus du tout envie de chanter! déplora Hermine. Et je ne veux plus de caribou, c'est bien trop fort pour moi.

—Je suis sûre que tu retourneras sur scène, dit

Charlotte d'un air convaincu. Sinon, je serai au chômage, moi, ta maquilleuse!

L'irruption de Laura mit fin à leur discussion. La maîtresse des lieux jeta un œil intrigué sur le verre vide et le visage livide de sa fille.

—Tu as eu un appel téléphonique, ma chérie! dit-elle à Hermine. L'opératrice m'a communiqué un numéro où tu peux joindre Toshan.

—Mon Dieu, merci! s'exclama la jeune femme en bondissant de son siège et en se précipitant vers le bureau où était installé l'appareil.

—Ils s'aiment, ces deux-là! commenta Mireille, gênée par l'expression sévère de sa patronne.

Les bras croisés sur ses seins menus, Charlotte se plongea dans ses pensées. Elle était rentrée trop tard pour croiser Simon et, vibrante d'une passion contenue, elle ferma les yeux quelques secondes. Elle se jugeait prête pour le mariage. Cependant, le jeune homme ne lui témoignait qu'une amitié fraternelle. Il la complimentait souvent sur sa manière de se coiffer ou de s'habiller, bavardait avec elle s'il en avait l'occasion, mais ses attentions s'arrêtaient là. La jeune fille n'avait qu'une crainte: le fils aîné des Marois pouvait renoncer au célibat sur un coup de cœur pour une belle inconnue.

La voix sèche de Laura la tira de ses songes.

—Dis-moi, Charlotte, si tu allais aider Madeleine à baigner les jumelles? Elles sont vraiment turbulentes, ce soir. Et toi, Mireille, dépêche-toi un peu. Monsieur est affamé. Il n'a pas beaucoup mangé, au goûter.

Sur ces mots, elle ressortit et se heurta presque à Hermine.

—Maman, je n'ai pas pu avoir Toshan. Je ferai une nouvelle tentative tout à l'heure.

Les prunelles bleu pâle de Laura s'adoucirent. Elle attira sa fille contre elle.

—Ne t'inquiète pas, tu le reverras vite, ton bel amour! Mon Dieu! Nous n'avions pas besoin de tous ces bouleversements. Sais-tu que Hans Zahle est parti lui aussi? La guerre, encore la guerre. Il paraît qu'au nord de l'Europe, en Finlande notamment, la situation est dramatique.

—Tu l'as revu? interrogea tout bas la jeune femme.

—Non, il m'a écrit de Chicoutimi. Une lettre émouvante où il me souhaite d'être heureuse et où il t'adresse toute son affection. Il suit de loin ta carrière et il t'admire.

—Pauvre Hans! balbutia Hermine. Je ne l'imagine pas en soldat. C'est un artiste, un excellent musicien.

L'image du pianiste s'imposa à elle. Il l'avait accompagnée lors de ses débuts au Château Roberval, timide et discret, son regard d'un bleu terne vague derrière ses lunettes. D'origine danoise, il aimait sa terre d'adoption, le Québec.

—J'ai failli l'épouser! ajouta-t-elle. Et toi aussi, maman! J'espère qu'il sera épargné. Je lui dois beaucoup.

—Surtout, n'en parle pas à ton père! s'empressa de dire Laura. Il est d'une jalousie...

« Le silence, toujours le silence! Les secrets! » pensa Hermine.

Elle ajouta à voix haute :

—Papa est en mesure de comprendre, quand même! Hans a eu raison de te prévenir de son départ. Dans certains cas, la jalousie n'est pas de mise. Cela en devient absurde! Vous êtes quittes, puisqu'il a eu une liaison avec Tala!

—Chut! fit sa mère, affolée. Mais qu'est-ce qui te prend de parler de ça ici, chez nous? Ma chérie, ne mets pas le feu aux poudres! Je suis très heureuse avec Jocelyn et notre petit Louis. Je ne pensais pas avoir droit à une vie de famille aussi paisible. Alors, j'évite tous les sujets à risques.

—Vous avez tort, papa et toi! trancha Hermine, excédée. La franchise se révèle souvent bénéfique.

Tout à l'heure, je réfléchissais et j'ai constaté que personne ne m'a demandé, ces quatre dernières années, pourquoi Toshan ne mettait plus les pieds à Val-Jalbert, chez ses beaux-parents. On dirait que c'est un fait acquis, normal. Alors que tout le monde devrait s'en étonner.

—Il est hors de question que la véritable cause soit connue de nos amis et voisins! s'indigna sa mère.

—Qu'est-ce que tu as donné comme explication, maman? Je te rappelle que papa est le parrain de sa fille illégitime! Et j'espère que, les semaines qui viennent, il aura le droit de la voir quand il le désirera.

—Tais-toi! Je réglerai ça avec ton père!

Jocelyn approcha au même instant, un journal à la main, ses lunettes sur le bout du nez.

—Mon épouse adorée et ma fille bien-aimée! s'exclama-t-il. Que complotez-vous dans le couloir?

—Nous parlions du souper, se hâta de répondre Laura. Mireille voudrait servir très tôt, vu que nous sommes tous fatigués. Quelle journée! Je t'assure, Hermine, cette petite fête en ton honneur nous a donné bien du travail. Le plus compliqué, c'était la musique. Le maire a bricolé une sorte de haut-parleur avec l'aide de Simon. Mais quelle réussite!

La jeune femme fut désemparée devant le spectacle de ses parents, qui se tenaient l'un contre l'autre, l'air serein. Elle se représenta leurs soirées dans la superbe demeure, sans aucun souci financier, choyés par Mireille, comblés par leur fils, l'enfant de leur amour renaissant.

« Au fond, je ne peux pas leur en vouloir, songea-t-elle. Ils ont tellement souffert d'être séparés durant des années! Ils n'ont pas envie de gâcher ce bonheur si durement acquis. »

Charlotte était montée rejoindre Madeleine et des rires enjoués retentissaient à l'étage. La sonnerie métallique du téléphone sembla y faire écho.

—C'est peut-être Toshan! s'écria Hermine.

Quelques minutes plus tard, son mari lui soufflait des mots tendres à l'oreille, grâce à l'ingéniosité des hommes qui avaient inventé le téléphone. Hermine se surprit à caresser l'appareil en bakélite noire, tandis qu'elle savourait la voix grave de son amour, mêlée à un concert pénible de grésillements.

—Ma petite femme coquillage, j'avais hâte de te parler. Je suis à la Citadelle, ce n'est pas très loin du Capitole! J'ai retrouvé un collègue du moulin de Riverbend, un gars d'Alma. Et Gamelin, mon adversaire à la course de traîneau, se trouve dans le même régiment. Nous étions heureux comme des gosses d'être ensemble.

Hermine répondit d'un hoquet. Elle pleurait, terrassée par l'inéluctable. Toshan était soldat, il ne la prendrait pas dans ses bras avant des mois.

—Tu me manques tant, déjà! se lamenta-t-elle.

—Toi aussi tu me manquais quand tu partais pour chanter d'un bout à l'autre du Canada ou à New York! dit-il. Je m'occupais en pensant à toi. Tu dois être forte, Hermine, pour nous deux, pour nos enfants. Comment vont-ils?

—Très bien. Un peu dissipés, mais c'est l'excitation due au changement. Ne t'inquiète pas, je veille sur eux. Fais bien attention à toi. Je t'aime tant, mon amour!

—Je t'aime aussi, ma chérie, mais je dois raccrocher.

Toshan lui donna rapidement une adresse où elle pouvait écrire, que la jeune femme nota à la hâte sur une feuille. Ses doigts tremblaient et les larmes ruisselaient le long de son nez et de ses joues. Un déclic significatif avait mis fin à leur dialogue.

« Il ne m'a même pas demandé des nouvelles de sa mère et de Kiona! déplora-t-elle. Et je n'ai pas pu lui raconter ce qui s'est passé, juste après son départ. Il a raccroché si vite... Je ferais mieux de lui écrire, je pourrais lui expliquer... Désormais, je dois me satisfaire de quelques paroles de temps en temps. Et quand il sera en Europe, ce sera bien pire. »

La jeune femme quitta le bureau d'une démarche vacillante. Elle ne rejoignit pas ses parents, assis dans le salon, mais elle monta discrètement dans sa chambre. Là, elle s'allongea sur le lit et sanglota encore, incapable d'accepter l'évidence.

— Que cette guerre s'arrête vite! gémit-elle. Je ne veux pas qu'il y ait la guerre, je voudrais que Toshan revienne. Mon Dieu, par pitié, rendez-le-moi!

Elle avait fait la même prière quelques jours plus tôt, implorant les puissances divines de lui redonner son petit Victor. C'était inutile, elle le savait bien.

— Kiona, implora-t-elle, ma petite sœur de lumière, Kiona, j'ai tellement besoin de toi! Maintenant, immédiatement!

Hermine cacha son visage au creux de son oreiller, éperdue de chagrin. Elle mordit le tissu afin d'étouffer un cri de pure douleur. Les ténèbres l'engloutissaient et derrière ses paupières closes il y avait le noir, le néant. Plus rien n'avait d'importance. Un malheur sans nom la dévorait.

— Kiona! Viens à mon secours! supplia-t-elle.

Soudain, l'enfant lui apparut, auréolée de clarté. La vision dissipait la terrifiante obscurité. Kiona souriait, avec ses joues bien rondes, son étrange chevelure de soleil couchant d'un blond roux et ses magnifiques prunelles dorées. « Mine, ne pleure pas, Mine, je suis là! »

La voix chantonnait dans l'esprit d'Hermine, si proche, si douce que la jeune femme se redressa, certaine de découvrir la fillette à ses côtés. Mais elle était seule.

— Qu'est-ce que ça signifie? s'interrogea-t-elle. J'ai eu l'impression que Kiona était près de moi. Sa voix me paraissait toute proche, comme si elle me parlait tout bas à l'oreille. Est-ce que c'est un rêve? Mais non, je ne dormais pas!

Les battements de son cœur s'apaisèrent et la souffrance reflua. La précieuse vision lui laissait un goût de tendresse et d'infinie consolation. Elle renonça à chercher une explication, comme baignée de béatitude.

Madeleine frappa presque aussitôt à la porte en appelant sur un ton soucieux.

—Entre! lui dit Hermine

—Tu pleurais! observa la nourrice avec une expression de profonde compassion. J'aimerais tant t'aider à supporter cette épreuve, ma chère Kanti.

Cette fois, Hermine ne protesta pas en entendant le surnom qu'affectionnait Madeleine.

—Peut-être que je devrais chanter? avança-t-elle d'un air hébété. Qui sait? Je me refuse la seule chose qui me fait du bien.

—Alors chante, répliqua la jeune Indienne. Lève-toi, prends ma main. Et chante si tu en éprouves le désir.

Toujours tremblante, Hermine obéit et, soutenue par Madeleine, marcha jusqu'à la fenêtre dont elle écarta les rideaux de velours rose. Dehors, il neigeait. Les flocons voltigeaient dans le halo de clarté du lampadaire dressé au milieu de l'allée. On apercevait le couvent-école, au clocheton chapeauté de blanc.

—Je suis de retour à Val-Jalbert! bredouilla-t-elle. N'est-ce pas, Madeleine? Ici, on pratique la loi du silence, et cela m'étouffe. Mon Dieu, comme je voudrais briser ce silence!

—Eh bien, chante, insista la nourrice. Ta voix est si belle, si pure, qu'elle sera plus forte que ce silence qui te rend malade. Chante, Kanti!

Hermine saisit le dossier d'une chaise et respira à fond. Elle fixa un point invisible de la pièce et entrouvrit la bouche.

Contre son gré, elle entonna pourtant le début

de la célèbre aria de *Madame Butterfly*. D'abord, on aurait dit une plainte chuchotée, mais très vite les notes fusèrent et s'élevèrent, cristallines, splendides.

Sur la mer calmée,
Un jour, une fumée
Montera comme un blanc panache!
Et c'est un beau navire qui, faisant relâche,
Entre dans la rade...

Madeleine ferma les yeux, tout entière parcourue de frissons. La voix d'or du Rossignol de Val-Jalbert faisait vibrer l'air tiède, de plus en plus haute, puissante, mélodieuse. Dans la chambre voisine, Charlotte écoutait en retenant son souffle; les enfants aussi, éblouis. De sa cuisine, Mireille avait entendu également et avait cessé tout net de fredonner le refrain des *Colons canadiens*. À l'instar d'une foule de ses compatriotes, la gouvernante adorait La Bolduc, mais Hermine lui avait donné le goût de l'opéra. Laura et Jocelyn s'étaient dirigés vers le bas de l'escalier, intrigués, puis ravis.

La jeune chanteuse ne se souciait pas de son public. Elle était Butterfly, la douce Japonaise guettant chaque jour le bateau qui lui ramènerait son amour. Cet homme parti au loin, c'était un peu Toshan et le dernier couplet de l'aria lui arracha des intonations d'une sincérité absolue.

... et pour ne pas mourir de joie.
Et lui, le cœur en peine,
M'appelant, redira: "Petite femme aimée,
Au parfum de verveine"
Doux noms auxquels je suis accoutumée
Tout cela adviendra,
Je te l'assure! Sois désormais sans crainte! Moi,
Du profond de l'âme, j'ai foi.

L'interprétation exigeait une vraie prouesse vocale, le mot *foi* obligeant une soprano à atteindre des aigus redoutables. Hermine y parvint sans problème, malgré les semaines passées sans travailler sa voix. Madeleine, enthousiaste, eut du mal à ne pas applaudir.

—Mon Dieu, c'était sublime, déclara-t-elle tout bas. Quel don prodigieux tu as reçu! Vois un peu, c'est moi qui pleure à présent.

—Je me sens mieux! admit simplement Hermine. Ce n'est pas raisonnable de chanter ainsi sans avoir échauffé ma voix, mais tant pis, ça m'a fait du bien. Demain, j'irai à Roberval. Je dois trouver un logement agréable pour Tala et Kiona. Descendons, Madeleine.

Sur le palier, elle se trouva nez à nez avec Charlotte, entourée des enfants. Mukki se jeta sur sa mère et l'étreignit de toutes ses forces. Louis souriait aux anges, Marie et Laurence étaient radieuses.

—Bravo, maman! s'écria Marie. Chante encore, je t'en prie.

—Mes petits chéris, dit doucement Hermine, venez, il faut souper. Je chanterai demain soir, si vous avez été sages...

Val-Jalbert, dimanche 10 décembre 1939

Laura avait réussi à entraîner Jocelyn dans leur chambre, après le repas de midi. Ils s'autorisaient souvent une courte sieste, mais ce n'était pas à l'ordre du jour.

—Jocelyn, commença-t-elle sur un ton mielleux, depuis hier tu joues les patriarches comblés par une demeure bien remplie et j'en suis ravie. Je pensais néanmoins que tu prendrais la peine de m'annoncer quelque chose d'assez important, du moins à mes yeux!

—Ah! fit-il. Hermine s'en est chargée, il me semble. Dans ce cas, je n'ai rien à ajouter. Oui, Tala et Kiona sont à Roberval. Ce n'est pas encore une affaire d'État, je crois.

—La cause qui les a poussées à se réfugier en ville est plus préoccupante! affirma Laura avec la jubilation d'en savoir davantage que son mari. Hier, notre fille était très affectée et je l'ai laissée en paix. Et puis elle a chanté. Mon Dieu, quel bonheur de l'écouter!

Méfiant, Jocelyn se cala dans un fauteuil, jaugeant son adversaire. Elle lui débita rapidement les événements, les bras croisés sur sa poitrine.

—La cabane incendiée, un message avec le mot *vengeance*! répéta Jocelyn. Hermine aurait dû me dire ça vendredi soir, quand je l'ai rencontrée sur le boulevard Saint-Joseph. Nous serions allés ensemble au poste de police. Quelle histoire insensée!

—En effet! dit encore Laura. Mais à présent, Tala et sa petite sont en sécurité. Mais je tiens à te rappeler nos accords. Dorénavant, je t'interdis de mettre les pieds à Roberval. Si tu vois souvent l'enfant, tu t'attacheras à elle. Je ne le supporterai pas, tu entends? Nous avons Louis à chérir! J'ai beau me raisonner, je suis jalouse, jalouse de Tala et de Kiona!

Exaspérée, elle était au bord des larmes. Jocelyn se leva et vint l'enlacer.

—Laura, ma chérie, je suis navré, mais cette fois, je ne te céderai pas! Je me suis senti le plus misérable des hommes, sur ce trottoir de Roberval. Kiona me dévisageait avec un air angélique, toute gaie de se promener avec Hermine, et j'ai d'abord refusé de l'embrasser, moi qui suis capable de bécoter Lambert, le fils d'Onésime. J'ai suffisamment fui, dans ma vie! J'ai abandonné notre fille sur le perron du couvent-école et je me suis caché des années, croyant être responsable de ta mort. Officiellement, je suis le parrain de Kiona. Je tiens à respecter cet engagement.

Sidérée, Laura fit non de la tête.

—Jocelyn, il n'en est pas question! aboya-t-elle.

—Cela ne te dérange pas d'aimer un lâche? lança-t-il entre ses dents. Kiona n'a pas demandé à naître. Elle est innocente et n'a pas à souffrir de tes caprices, de nos caprices à tous! Et je n'ai pas à lui faire payer mes erreurs.

Il tremblait d'indignation, ce qui impressionna Laura. Elle l'avait rarement vu aussi bouleversé. Mais, d'une nature emportée, elle s'obstina.

—Tu me déclares la guerre? Très bien. Dans ce cas, tu ne me toucheras plus! Même au lit! Tant que tu verras Kiona ou Tala, je te refuserai tout! As-tu bien compris? Et n'ébruite pas cette discussion. Cela ne regarde personne d'autre que nous deux. Tâche d'être discret, aussi. Je ne plaisante pas. Les gens jasent pour un rien, à Roberval ou ici! Qu'ils prennent donc cette enfant pour ta filleule jusqu'à la fin des temps!

Sur ces mots, Laura sortit sans même claquer la porte.

« Pauvre de moi! » songea Jocelyn.

Mais il était content de lui.

*

Hermine s'était reposée la plus grande partie de la journée, mais, avant le repas du soir, fidèle à sa promesse, elle interpréta deux airs d'opéra, à la joie générale.

Mireille la couvait d'un regard pétri d'admiration.

—Merci, ma petite Hermine, dit-elle, très émue. C'est un beau cadeau de t'entendre. Tu devrais enregistrer des disques, toi aussi, comme La Bolduc. Je m'endormirais en les écoutant.

—Voilà une idée qui mérite réflexion! renchérit Jocelyn. Tu n'as pas eu de proposition en ce sens, ma chérie?

—Non! répondit-elle par lassitude.

Pourtant, Octave Duplessis avait eu pour projet,

au début de l'été, de la présenter au directeur d'une firme de disques. Hermine avait décliné son offre, se sachant enceinte.

«J'aurais dû en refuser bien d'autres! pensa-t-elle. J'ai sacrifié l'enfant que je portais. Il est né trop faible.»

La gouvernante servit une savoureuse soupe aux fèves, puis une énorme omelette aux pommes de terre. Au dessert, elle apporta une superbe tarte aux noix de pécan nappée de sirop d'érable.

—C'était la pâtisserie que je réussissais le mieux, au couvent-école! se souvint Hermine, assez silencieuse jusque-là. Sœur Victorienne m'avait appris sa recette. Un soir, j'en avais laissé brûler une, car je rêvassais.

—Et à quoi rêvais-tu? interrogea Laura un peu trop gaiement.

—Je venais de rencontrer Toshan derrière le magasin général. Il patinait en sifflant *À la claire fontaine* et je ne pouvais pas détacher les yeux de sa silhouette, si vive, si gracieuse. Je suis restée immobile à l'admirer et il a fini par me remarquer. Il s'est approché et je l'ai trouvé très beau. J'étais incapable de m'éloigner de lui. Ensuite, nous avons discuté. J'étais troublée d'adresser la parole à un inconnu. Je désobéissais à la mère supérieure et à Betty, mais c'était si exaltant! Environ dix ans plus tard, je me retrouve mère de ses enfants et il est parti. Toshan part toujours; je devrais être habituée.

Un lourd silence suivit ces paroles. Jocelyn prit la main de sa fille et la serra doucement.

—Courage, ma chérie, lui dit-il. Toshan reviendra. Je lis les journaux. Cette guerre ne durera peut-être pas longtemps.

—La Première Guerre mondiale a duré plus de quatre ans, papa! rétorqua la jeune femme. Et depuis, bien des choses ont changé, les armes, les moyens de communication, les techniques de combat...

—Il faut garder espoir! coupa Laura. Madeleine, emmène les enfants au lit. Mireille, nous prendrons la tisane au salon. Hermine, tu sembles épuisée, viens t'allonger sur le sofa. Nous bavarderons.

—Je préfère monter me coucher, maman, répondit-elle. Je passerai vous embrasser.

Dès que ses parents furent sortis de la salle à manger, Hermine prit Charlotte à part.

—Peux-tu me rendre un service? lui demanda-t-elle.

—Bien sûr!

—Il faudrait que tu ailles chez les Marois. J'aurais besoin de Chinook demain matin, et du traîneau. Je dois me rendre à Roberval. Ils ont toujours Chinook? J'espère que ce cheval vivra assez vieux pour que je puisse promener Mukki sur son dos!

—Mais oui, Chinook est en pleine forme; monsieur Marois l'attelle régulièrement. J'y cours, Mimine! Mais ton père aurait pu te conduire en voiture... ou Simon, et tu m'aurais emmenée!

Le ravissant minois de Charlotte s'éclairait d'un espoir assez explicite. Attendrie, Hermine lui caressa la joue.

—Désolée, tu ne peux pas m'accompagner cette fois. J'ai des affaires à régler.

La jeune fille acquiesça docilement. Elle mit son manteau, chaussa des bottillons fourrés et couvrit ses cheveux d'un bonnet en laine blanche. Elle verrait sûrement Simon Marois et cela seul importait. La chance lui sourit. En arrivant devant la maison de leurs voisins et amis, elle aperçut de la lumière dans le bâtiment servant d'écurie. Quelqu'un sifflait à l'intérieur. Charlotte s'approcha.

—Bonsoir, Simon! dit-elle doucement.

—Miss Charlotte! s'esclaffa le jeune homme. Tu es couverte de neige! Ça tombe dru, maintenant! Nous aurons une belle bordée demain matin. Qu'est-ce que tu fais dehors à cette heure?

—Je suis en mission! plaisanta-t-elle. Hermine

voudrait vous emprunter le cheval et le traîneau demain matin.

—Le rossignol vient juste d'arriver et déjà il veut s'échapper de sa cage dorée? ironisa-t-il. Faut poser la question à mon père, ce n'est pas moi le patron, icitte!

—J'ai le temps, alors!

Charlotte s'assit sur une caisse pour suivre des yeux chaque geste du jeune homme. Il distribuait du foin au cheval et à la vache.

—Tu diras à Mimine, reprit-il, qu'elle ferait bien de faire ses adieux à notre vieille Eugénie. Cette pauvre vache, papa a décrété qu'il la vendrait au boucher le printemps prochain après vingt ans de bons et loyaux services.

Simon gratta la grosse bête entre les oreilles, d'un air triste. La jeune fille le contemplait amoureusement. Elle ne lui trouvait aucun défaut, même ainsi, en bottes de caoutchouc et pantalon usé, une casquette enfoncée jusqu'aux sourcils.

—Tu es si gentil! bredouilla-t-elle sans réfléchir.

—Ben voyons donc! Gentil avec les vaches et les chevaux, ça oui! Mais dès que je fréquente une fille, je suis grognon et elle s'enfuit. Pourtant, je ferais bien de me marier, si jamais le gouvernement vote la conscription, à cause de la guerre.

Simon vint s'accroupir près de Charlotte. Il se roula une cigarette et l'alluma.

«Et si tu m'épousais! pensait-elle. Je t'en prie, ouvre les yeux, j'ai vingt ans et je me languis de toi.»

—Je ne suis pas un bon parti, poursuivit le jeune homme. Mes fiancées successives l'ont vite compris. Je n'ai pas de logement personnel et ce ne serait pas très plaisant pour ma femme de cohabiter avec les parents, mes frères et ma petite sœur. Et puis je suis dépensier. Je gagne peu et je gaspille mon argent.

—Quand on aime vraiment, on s'accommode de tout! répliqua Charlotte.

Simon était si proche d'elle. Elle observa une

veine qui battait à sa tempe, avec l'envie d'y poser ses lèvres. Son cœur battait la chamade. Elle se jeta à l'eau, les joues rouges de confusion.

—Si tu tiens tant à te marier, tu n'as qu'à m'épouser, moi... suggéra-t-elle d'une toute petite voix.

C'était une déclaration insolite dans la bouche d'une jeune fille sérieuse. Simon se leva brusquement, très embarrassé.

—Ben voyons donc! s'écria-t-il pour la seconde fois. Et alors, Charlotte, aurais-tu bu trop de caribou, ce soir?

Il la dévisageait. Elle soutint l'examen, la tête tendue vers lui. Il lut dans son regard brun, brillant d'émotion, ce qu'elle avait su cacher des années. Troublé, il recula.

—Oh! Miss, à quoi joues-tu? lança-t-il.

—Je ne joue pas, Simon! Quand j'étais fillette, je suis tombée en amour avec toi et ça n'a pas changé.

—Non, non et non! coupa-t-il. Ce n'est pas possible, Charlotte! Je ne veux pas te faire de peine, mais je ne pourrai jamais me marier avec toi. Je t'ai connue toute petite, presque aveugle. Tu as grandi chez moi, la plupart du temps. Je te considère comme ma sœur. J'éprouve une grande affection pour toi, rien d'autre. Sais-tu, l'amour, ça ne se commande pas. Tu es jolie, ça oui, et instruite, travailleuse, mais...

Tous les rêves de la jeune fille volaient en éclats. Elle avait honte, en plus, d'avoir dévoilé ses sentiments. Il fallait sauver la mise. Alors que les larmes piquaient ses yeux, elle éclata de rire.

—Je t'ai bien eu! dit-elle. Tu m'as vraiment crue, Simon? Je voulais te montrer que j'étais une bonne comédienne. C'est normal, à force d'assister aux représentations d'Hermine, j'ai appris à faire semblant. Si tu voyais plus de films, aussi! Moi, à Québec, j'allais souvent au cinéma. L'après-midi, au Capitole, il y a une séance. Je ne te ferai plus de blagues. À la revoyure! Je vais parler à ton père, pour le cheval.

Elle se leva rapidement à son tour et lui tourna le dos. Elle s'éloigna, humiliée, blessée dans son orgueil et son amour. Mais Simon la rattrapa au pas de course et l'arrêta en la prenant par l'épaule.

—J'attellerai Chinook demain matin, à la première heure; tu le diras à Hermine! dit-il. Papa sera d'accord, à condition qu'elle lui remette une petite somme. Et je vais te donner un conseil. Tu devrais mieux regarder Armand. Mon frère en pince pour toi et il se désespère parce que tu ne fais pas attention à lui. Il a ton âge et c'est un brave gars.

La jeune fille ne daigna même pas répondre. Elle gravit vivement les marches du perron nappées de neige et frappa à la porte des Marois. Élisabeth lui cria d'entrer. Elle était assise dans un fauteuil à bascule et elle tricotait, les jambes couvertes d'un plaid en laine.

—Bonsoir, Charlotte! Il n'y a rien de grave chez Laura?

—Non, je venais de la part d'Hermine. Joseph n'est pas là?

—Il dort déjà! Tout le monde est couché, sauf Simon qui s'occupe des bêtes.

Charlotte réitéra sa demande, l'air distrait. Elle avait habité occasionnellement cette maison et elle contemplait le décor familier d'un œil rêveur.

—Jo n'y verra pas d'inconvénient, répondit Betty. Je m'en porte garante. Bien sûr, il espérera un billet ou deux, histoire de s'estimer dédommagé. Mon mari ne change pas avec l'âge. Un sou est un sou. Veux-tu boire un *cocoa* avec moi, Charlotte?

—Non, merci, Betty. Je ferais mieux de rentrer, Mimine doit attendre la réponse. Je repasserai demain; je suis en congé.

La jeune fille était à peine sortie que Simon entra à son tour par la porte de derrière, qui communiquait avec la cour et les bâtiments. Sa mère le couva d'un regard tendre.

—Tu as manqué Charlotte de peu, lui dit-elle. Je lui ai proposé un *cocoa,* mais elle a filé.

—Je vais nous en préparer. J'aime bien quand on est tous les deux, maman.

Betty observa attentivement son fils aîné qui lui paraissait préoccupé. Elle posa son ouvrage.

—Qu'est-ce que tu as? interrogea-t-elle.

—Rien de grave, maman. Ces temps-ci, je ne suis pas tranquille à cause de la guerre. Je n'ai pas envie d'être soldat. Papa me traite de lâche, mais j'ai le droit d'avoir mes idées. Quand je vois toutes les terres d'icitte à l'abandon, ça me met en rogne. Je voudrais m'établir pour de bon, arrêter de chercher des jobs à droite et à gauche.

—Tu devrais surtout te marier bien vite! coupa sa mère. Pourquoi tu n'épouserais pas Charlotte? Je ne suis pas aveugle, cette petite t'aime, Simon. Je m'en suis aperçue depuis longtemps. Elle cherche la moindre occasion de te voir et de te parler.

Le jeune homme haussa les épaules. Il n'avait pas dit à Betty que Charlotte était allée le trouver dans l'écurie. Il garda ce détail pour lui.

—Maman, elle n'est pas mon genre! trancha-t-il. Si je me marie, je voudrais une belle fille, bien plantée, qui m'apporte quelque chose aussi. De la terre ou un logement. Je vis chez vous, je ne me vois pas avoir femme et enfants dans ces conditions.

Betty secoua la tête. Elle ne comprenait pas pourquoi Simon, un beau garçon, robuste et dur au travail, était encore célibataire.

—Charlotte est sérieuse, instruite et intelligente, ajouta-t-elle. Elle te chérira. Et puis tu n'es pas au courant? Son frère, Onésime, il va lui laisser la maison des Lapointe, au bord de la route régionale. Yvette attend un bébé, ils vont s'installer dans l'autre maison, celle du vieux charron, puisqu'il est mort l'an dernier. Il paraît que c'est plus grand. Mais l'autre maison, où ils habitaient jusqu'à présent, il y a deux prés qui en dépendent et une grande remise à bois.

L'information fit réfléchir Simon. Après avoir servi sa mère, il s'attabla devant un bol de breuvage.

—Charlotte, c'est comme ma petite sœur, dit-il encore. En plus, Armand l'adore. Il m'en voudra trop, mon frère!

La jolie Élisabeth, qui s'était mariée à seize ans, fixa son fils d'un air très doux.

—Le plus important dans une union, Simon, c'est la bonne amitié du couple. Le respect qu'on a pour l'autre. Charlotte ferait une gentille épouse, fidèle, sage et attentionnée. Le grand amour, je ne sais pas si ça existe, sauf dans les romans.

Embarrassé, il s'absorba dans l'examen de l'horloge murale. Simon savait que sa mère n'avait pas toujours été heureuse en ménage, Joseph Marois se montrant coléreux, avare, violent quand il avait bu un coup de trop. Puis il s'imagina au lit avec Charlotte, l'initiant au plaisir de la chair, et cela le rebuta.

—On verra bien ce que nous réserve l'avenir, finit-il par dire. Après tout, tu as raison, pourquoi pas Charlotte? Tu crois vraiment qu'elle m'aime?

—J'en suis sûre! C'est toi qu'elle attend, sinon elle serait déjà mariée à un autre.

Tout songeur, Simon alluma une cigarette. Il commença à envisager la possibilité d'épouser Charlotte, flatté d'être aimé et intéressé par la maison et les prés. Ce n'était pas méchant de sa part. Il ne se plaisait qu'à Val-Jalbert et il cherchait comment y demeurer encore de longues années.

Val-Jalbert, le lendemain matin,
lundi 11 décembre 1939

Hermine s'était levée très tôt. Elle espérait partir sans attirer l'attention de sa mère. Mireille lui servit du café et des tranches de brioche.

—Où vas-tu courir, de si bon matin? questionna la gouvernante. Madame ne sera pas contente; tu viens juste d'arriver.

—J'ai des choses à régler à Roberval. Je n'ai pas pu m'en occuper samedi, il était trop tard.

—Et tu comptes y aller à pied? Doux Jésus, onze kilomètres et avec la neige fraîche, tu vas mettre au moins trois heures!

—Mireille, je ne suis pas idiote! Je prends le cheval des Marois et leur traîneau. Charlotte les a prévenus hier soir. Cela me remontera le moral, une promenade en solitaire. Tu expliqueras tout à maman.

Debout devant le fourneau, la gouvernante maugréa.

—Je suis complice de toutes tes sottises, Hermine! dit-elle. C'était pareil à Noël 1934 quand tu as décidé de rejoindre seule ton mari dans sa cabane au fond des bois. J'ai dû te préparer des provisions, une bouteille thermos, et ensuite madame a passé ses nerfs sur moi parce que je t'avais laissée faire. Là encore, j'aurai droit à des reproches. Et pourquoi tu ne demandes pas à ton père de te conduire en automobile?

—Je préfère mener mon brave Chinook, comme avant. Et, dans le traîneau des Marois, je me prendrai un peu pour le père Noël.

—Ah, j'ai compris, tu veux acheter des cadeaux pour les enfants!

Hermine entendait du bruit à l'étage. De crainte de voir sa mère ou son père descendre, elle s'empressa de finir sa tasse de café et courut dans le vestibule enfiler sa veste et ses bottes. Mais Laura, en chaussons, la surprit au moment où elle ouvrait la porte.

—Ma chérie! Mais enfin, où vas-tu? Je me faisais un plaisir de prendre le petit-déjeuner avec toi! Ton père dort encore; nous aurions pu bavarder.

—Je suis navrée, maman, j'avais prévu dès

samedi aller à Roberval aujourd'hui. Je dois passer à la banque. Je t'en prie, ne me retarde pas. Je me suis arrangée avec Jo, je prends le cheval. J'ai tout expliqué à Mireille. Cela me fera du bien d'être seule. Regarde, il n'y a pas un nuage. La balade va être magnifique. Le soleil sur la neige, le ciel d'azur, tout sera sublime. Je pourrai m'entraîner à chanter et je vous ferai un autre petit récital ce soir.

—Alors, emmène-moi, protesta Laura. Je serai vite prête. Nous déjeunerons au restaurant; ce sera amusant!

—Non, je regrette, Charlotte aussi voulait m'accompagner et j'ai refusé. J'ai besoin de solitude.

La jeune femme embrassa sa mère et s'en alla. Médusée, Laura ne put rien faire pour la retenir.

«Je suppose qu'elle va rendre visite à Kiona! rumina-t-elle. Tant que ce n'est pas Jocelyn qui se précipite là-bas...»

Le paysage était d'une réelle magnificence. La route, immaculée, s'étendait entre des bosquets d'arbustes parés de neige fraîche, légère et cotonneuse. La lumière vive du matin faisait scintiller chaque détail. Hermine éprouvait une joie enfantine à tenir les longues rênes de l'attelage entre ses doigts. Des grelots étaient attachés de chaque côté de l'ancienne calèche transformée en traîneau par Joseph Marois. Le doux tintement des petites clochettes de cuivre résonnait dans l'air vif.

Chinook, tout fringant, trottait avec entrain. Il l'avait saluée d'un doux hennissement quand elle s'était approchée de lui, avant le départ.

—Il ne t'a pas oubliée! avait assuré Simon.

Pour la jeune femme, cela avait été infiniment réconfortant de caresser le beau cheval à la robe rousse et de percevoir la confiance qu'il avait en elle.

—Va, mon Chinook! s'écria-t-elle, va. Comme on est bien, tous les deux!

Elle savourait pleinement ces instants de totale liberté avec, en perspective, la promesse de revoir Kiona.

—Allez, trotte, mon Chinook! Je suis pressée!

La nature alentour était étrangement silencieuse. Il n'y avait âme qui vive à cette heure matinale. Hermine s'abandonna à une foule de pensées diverses. Elle décida de ne plus céder au chagrin tant qu'elle aurait des nouvelles de Toshan et de consacrer beaucoup de temps à ses enfants et à Charlotte. Mais elle pensa aussitôt à Kiona et cela lui rappela ce qui s'était passé le samedi soir.

«J'étais si malheureuse et je l'ai vue! Elle semblait réelle, sa voix, je l'ai vraiment entendue! C'est bizarre, inexplicable. Qui est cette enfant? Une fée? Un ange venu sur terre pour nous consoler?»

Deux kilomètres avant Roberval, un orignal traversa la route d'un pas rapide, sa lourde tête dressée supportant vaillamment le poids de ses larges bois. Chinook, surpris, s'ébroua et fit un écart. Le cheval n'était pas peureux, mais son instinct lui dictait la prudence.

—Sage, mon Chinook, il est déjà loin, le rassura Hermine. Va, va! Va vite, mon Chinook!

Elle arriva un peu plus tard à Roberval. Le cheval, habitué à rester docilement à l'arrêt, la vit disparaître à l'intérieur de la mairie, une élégante et imposante bâtisse en brique rouge.

Après un échange de paroles avec la secrétaire et un appel téléphonique interminable au fils de la défunte Mélanie Douné, Hermine ressortit avec la clef de la maison située sur l'avenue Sainte-Angèle, où elle comptait installer sa belle-mère et Kiona. Tala la reçut avec un soulagement indéniable. L'Indienne semblait démoralisée et mal à l'aise.

—Hermine, je regrette d'être venue à Roberval, déclara-t-elle presque aussitôt. Cette ville, je ne m'y plais pas. Si encore j'osais sortir dans les rues! Mais j'ai peur!

—Mais pourquoi? Il ne faut pas! Enfin, Tala, sois courageuse! Tu ne risques rien.

La jeune femme n'avait d'yeux que pour Kiona qui jouait avec sa poupée, assise sur le grand lit. La fillette lui souriait, sans se précipiter vers elle, cependant.

—Je lui ai recommandé de nous laisser discuter un peu, précisa Tala. Elle a pris l'habitude de te sauter au cou et ensuite tu ne m'écoutes plus.

Hermine eut un geste d'exaspération. Ce fut elle qui rejoignit l'enfant et l'embrassa sur le front et sur ses joues rondes et dorées comme du pain d'épice.

—Tu ne t'es pas trop ennuyée, ma Kiona? questionna-t-elle tendrement.

—Non, maman m'a raconté des légendes de notre peuple, répliqua la petite fille.

—Regarde, j'ai la clef de votre maison! Nous allons manger là-bas toutes les trois et cet après-midi je t'emmènerai avec moi. Nous irons acheter du pain à la boulangerie Cossette et de quoi broder au magasin *Les Quatre Saisons*. C'est une mercerie. Je sais que ta maman aime bien coudre.

Tala était allée dans le cabinet de toilette se laver le visage et les mains. Hermine y entra aussi.

—J'ai une question à te poser, Tala, dit-elle à voix basse. Que faisait Kiona avant-hier soir, samedi, vers dix-neuf heures?

—Elle dormait! répliqua sa belle-mère. Je la couche tôt, tu le sais.

—Il s'est produit une chose singulière, commença Hermine. J'avais encore une crise de désespoir, je sanglotais dans ma chambre, sur mon lit. Je te l'avoue, j'ai appelé Kiona au secours et elle m'est apparue, tellement réelle! Elle m'a parlé, elle m'a dit de ne pas pleurer, qu'elle était là. C'était comme une hallucination, mais j'ai été apaisée.

L'Indienne hocha la tête d'un air grave, tout en fixant son image dans le miroir suspendu au-dessus du lavabo.

—Cela n'a rien de surprenant! dit-elle à mi-voix. Mon grand-père, qui était un shaman très puissant, avait ce don de rendre visite à ceux qui imploraient son aide. Un jour, alors que je souffrais dans ma chair et dans mon honneur, je l'ai invoqué. Et je l'ai vu dans la remise à bois de notre cabane. Il m'a dit: « Tu seras vengée, Tala! » Cela m'a consolée.

Stupéfaite, Hermine ne sut que répondre. Elle ignorait que sa belle-mère lui révélait une infime partie de son lourd secret. Tala avait vécu cette expérience après avoir été violée.

—Ainsi, cela ne t'étonne pas, toi? bredouilla-t-elle. Tala, c'est un phénomène incompréhensible!

—Pourquoi chercher toujours des explications? L'esprit a des pouvoirs mystérieux. Nous, les Indiens, nous acceptons ces manifestations. Kiona n'a pas dû se rendre compte de ce qui se passait et, à l'avenir, Hermine, ne l'appelle pas au secours. Je t'en supplie! Ce n'est qu'une enfant; épargne-la! Ton chagrin peut la blesser, lui nuire.

La jeune femme eut une expression accablée, terrifiée à l'idée d'avoir pu choquer l'enfant.

—Je suis navrée, Tala! Je te promets de faire attention, de me maîtriser. Kiona m'est si précieuse, je ne veux surtout pas la perturber.

—Dans ce cas, sois forte, tourne-toi vers ta famille si tu as besoin de consolation.

Tala lui adressa un regard noir, implacable. Hermine recula, comme sous l'effet d'une gifle.

L'Indienne rassembla ses affaires et boucla d'un lien en cuir le paquetage de fourrures qu'elle avait emporté. Kiona observait les deux femmes d'un air serein. La fillette avait l'âme en paix et le cœur en fête. Elle se souvenait d'un rêve délicieux où elle avait volé dans le ciel étoilé jusqu'à une belle et grande maison. Là, elle avait pu réconforter Hermine qui pleurait. Et une sensation merveilleuse lui restait de ce rêve.

L'humeur maussade de Tala s'estompa dès

qu'elle foula le plancher de sa nouvelle maison. L'épouse du troisième fils de la défunte Mélanie Douné était une ménagère scrupuleuse. Désertés au milieu de l'été, les lieux avaient bonne allure et la propreté y régnait. Il ne restait guère de mobilier, hormis la cuisinière à bois, une table et un lit double dans une des chambres.

—Nous allons acheter tout ce qui vous manque, dit Hermine du ton le plus enjoué possible. Par chance, il y a de la literie dans le placard du palier qui sent bon la lessive. Il faudra un lit d'enfant pour Kiona, des chaises, enfin plein de choses. Je vais allumer du feu. Tu as vu, Tala, dans la cour? La remise à bois est bien garnie.

—Cela va te coûter bien cher! remarqua l'Indienne.

—Ne te préoccupe pas de ça, coupa la jeune femme. Depuis cinq ans, j'ai pu économiser. Ne crois pas que je me repose sur cet argent. J'ai fait des dons à certaines institutions. Toshan pensait, comme moi, que c'était injuste de si bien gagner sa vie en temps de crise économique. Il me disait qu'à Chicoutimi, en 1935, une grande partie de la population subsistait grâce aux mesures de secours offertes par les différentes instances gouvernementales. J'ai souvent chanté gratuitement dans les orphelinats et les hôpitaux. Enfin, parlons d'autre chose! Tu n'as pas à te tracasser pour les dépenses que je fais. Je dormirai mal si vous n'êtes pas correctement logées.

Kiona gambadait de la cuisine au salon en traversant le couloir qui menait aussi dans la cour. La fillette semblait toute gaie à l'idée d'avoir une maison bien à elle.

—Mine, tu amèneras Mukki et les jumelles, un jour! Maman fera des crêpes. Dis, ils viendront ici? implora-t-elle avec un sourire rayonnant. Est-ce que les lampes marchent?

L'enfant désignait les ampoules électriques.

Hermine actionna un des interrupteurs en bakélite marron pour vérifier si tout fonctionnait.

—Eh oui, ma chérie, mais ne joue pas trop avec, comme à la pension, hier! Les ampoules sont fragiles.

—D'accord, Mine!

Tala jetait des coups d'œil satisfaits autour d'elle. Le feu dégageait déjà son odeur caractéristique, symbole du foyer accueillant, des repas qui mijoteraient là.

—Il y a quelques assiettes et des couverts dans le placard d'angle! dit-elle à Hermine. J'aurais besoin d'une marmite.

—Tu auras le nécessaire! promit la jeune femme. Et tu vas nous accompagner, Tala. Les commerçants de Roberval sauront ainsi que tu es ma belle-mère et ils te traiteront bien, ensuite. Je suis une personnalité de la région, autant en profiter! Les gens savent que j'ai épousé un Métis; ils connaissent Toshan, pour la plupart. Je tiens à ce que tu n'aies pas peur de sortir. Et je viendrai très souvent, je t'assure.

Hermine avait une expression déterminée. Ses beaux yeux bleus pétillaient et sa bouche rose tendre souriait malgré elle. Tala fut soulagée.

—Si cela te fait du bien de veiller sur moi et mon enfant, alors n'écoute pas mes récriminations de sauvageonne! dit-elle. Je vais m'accoutumer à la ville.

—Mais c'est une petite ville! ajouta Hermine. Si tu voyais Québec, ou Montréal! Le tramway, le Château Frontenac et toutes ces maisons!

—Roberval me suffira comme expérience! plaisanta Tala.

Elles refermèrent la maison et partirent faire la tournée des boutiques. Kiona portait à nouveau ses vêtements d'Indienne et cela lui allait beaucoup mieux, selon la jeune femme. La couleur de la peau de cerf se mariait bien avec son teint de miel et ses cheveux mordorés. Tala, quant à elle, portait un manteau de drap brun sur sa tunique brodée de perles. Elle avait noué un foulard sur ses nattes attachées ensemble sur la nuque.

—Il ne fait pas encore très froid! déclara Hermine une fois dans la rue.

Kiona se posta près de Chinook. Elle ne paraissait guère effrayée par la grande taille du cheval. Elle l'avait déjà caressé au sortir de la pension, mais elle recommença en riant de joie. Tala observait l'animal avec une telle attention que cela intrigua Hermine. Elle s'aperçut alors que Chinook avait fermé les yeux et paraissait dormir, ses naseaux appuyés contre la poitrine de l'enfant.

—Kiona, s'écria-t-elle, viens, monte vite! Tu n'es pas pressée de visiter les magasins?

La fillette fit une dernière caresse au chanfrein du cheval et accourut.

—Chinook a l'air de bien t'aimer! constata la jeune femme.

—Il est triste! répliqua Kiona.

Hermine vouait une certaine affection aux animaux, aux chiens de son mari, notamment le vieux Duke, qu'elle connaissait depuis des années, mais elle n'avait jamais songé à attribuer ce genre de sentiments à une bête.

—Je pense que tu te trompes, ma chérie! dit-elle. Chinook reçoit de bons soins, il a une écurie confortable, du foin et du grain. Ses maîtres sont gentils avec lui.

—Il est triste, Mine! s'obstina la petite. Mais je ne sais pas pourquoi.

Kiona se percha sur le siège arrière, à côté de sa mère qui gardait le silence. Les paroles de la fillette semèrent le doute dans l'esprit d'Hermine.

« Peut-être qu'elle nous écoute discuter de son don, de ses pouvoirs! se disait-elle. Si elle tente de consoler un cheval, c'est forcément par jeu. C'est donc que nous lui montons la tête. Moi la première. Depuis la mort de Victor, je n'ai pas arrêté de cajoler Kiona, de lui dire que ses sourires et sa tendresse m'apportaient un précieux réconfort. La pauvre chérie est-elle vraiment capable de faire des miracles? Tala a raison, je dois changer d'attitude, la considérer comme une enfant ordinaire. Enfin, ma petite sœur, une exquise petite sœur très belle, un rayon de soleil, rien d'autre... »

Bien décidée à ne plus céder à de folles imaginations, Hermine guida son attelage vers le boulevard Saint-Joseph, où se trouvaient la plupart des commerces. Elle récitait en son for intérieur la liste de ses achats.

« Des torchons, une marmite, des provisions, farine, sucre, sel, des conserves aussi, des rideaux, au moins huit paires; je crois qu'il reste des tringles. »

Son passage attirait l'attention. Les grelots tintaient et on observait cette belle fille dont la chevelure blonde s'échappait d'un bonnet blanc. Une vieille femme en train de jaser avec une de ses voisines la reconnut.

— Regardez donc, c'est la chanteuse! Le Rossignol de Val-Jalbert! Son mari est métis. Je vous parie qu'elle promène sa belle-mère. C'est une Indienne, derrière elle! Je n'ai pas la berlue.

Il s'agissait de Berthe, la tante de Gamelin. Hermine avait assisté en sa compagnie à la course de chiens de traîneau qu'avait disputée Toshan six ans auparavant, au mois de janvier 1933.

— Elle a fait du chemin, Hermine Delbeau, reprit la vieille Berthe, mais elle n'a pas l'air d'être fière! Y en a qui rouleraient en automobile de luxe, avec un chauffeur.

— Hermine avait conscience des regards qui la suivaient. Elle arrêta le traîneau devant le magasin *Les Quatre Saisons*. Avant de payer le nombre considérable d'articles qu'elle avait choisis, elle présenta Tala à la patronne de l'établissement.

— C'est ma belle-mère, Rolande Delbeau. Elle va passer l'hiver à Roberval avec sa fille.

La commerçante, qui avait également reconnu Hermine, se montra très aimable. Le même scénario se reproduisit chez le boulanger Cossette et chez le boucher Gagnon.

—Que ces gens sont gentils, une fois que tu m'as présentée à eux! soupira Tala. Tu es rusée, ma fille. Je te remercie, je crois que je pourrai désormais faire quelques courses toute seule.

—Il est l'heure de déjeuner! constata la jeune femme. Retournons chez vous, sur l'avenue Sainte-Angèle. Je donnerai son avoine à Chinook. Cet après-midi, j'irai à la banque et au bureau de poste. Ce sont deux sœurs qui le tiennent. On les surnomme les sœurs Garant! Une autre fois, tu viendras avec moi, Tala.

Elles prirent un repas froid avant d'étrenner la bouilloire en cuivre pour préparer du thé. Hermine avait déniché dans une autre remise deux bancs délavés par l'humidité.

—Ce sera mieux que rien. Nous avons commandé six chaises au menuisier. Elles seront livrées en fin de semaine.

L'Indienne ne pouvait qu'approuver, un peu étourdie par tous ces allers-retours et ces rencontres avec des étrangers qu'elle n'aurait jamais abordés en d'autres circonstances. Mais Kiona avait mangé de bon appétit et elle paraissait s'amuser de toute cette effervescence.

Vers treize heures, Hermine repartit en direction de la banque. Bizarrement, elle se sentait libérée du violent chagrin dans lequel elle se débattait depuis des semaines.

«Cela me fait du bien de bouger, de voir de nouveaux visages ou des visages familiers, songea-t-elle. Je dois être forte, on ne cesse de me le répéter. Tiens, quand j'y pense, même Ovide Lafleur m'a exhortée au courage! Au fond, j'ai préféré sa réaction à une compassion qui n'aurait pas été sincère... Je vais essayer de me rendre utile au cours de ce long hiver sans Toshan. Je lui écrirai chaque soir le récit de ma journée; cela m'aidera. J'aurai l'impression d'être un peu auprès de lui! »

Le gérant de la banque, monsieur Cloutier, la reçut avec une extrême amabilité. Laura avait ouvert un compte chez lui et il pouvait se féliciter d'avoir deux clientes aux revenus très confortables. La jeune femme régla certains points en témoignant d'une aisance qui en imposait, puis elle retira de l'argent. Mais si elle souriait et discutait sur un ton un brin mondain, son esprit lui renvoyait l'image d'une petite orpheline recueillie par les religieuses du couvent-école. Grâce au don extraordinaire que le ciel lui avait accordé, Hermine était devenue une personnalité, elle, l'enfant trouvée un soir d'hiver. Aujourd'hui, la jeune femme gérait une fortune encore modeste, mais une fortune quand même.

Perdue dans ses rêveries, elle quitta l'établissement en se disant qu'elle pourrait à présent, si elle le souhaitait, loger au Château Roberval et, assise à une table de la vaste salle du restaurant, écouter les artistes qui s'y produisaient au fil des saisons.

« Non! pensa-t-elle. J'en serais incapable! Cela serait trop étrange, d'avoir été l'adolescente timide qui s'habillait dans les vestiaires des cuisines, à qui le cuistot proposait du millet en plaisantant à cause de mon surnom, le Rossignol des neiges! Et me retrouver de l'autre côté, être jugée par les grooms et les serveurs comme une riche touriste, je ne pourrais pas. J'appartiens à mon village fantôme, à ma maison nichée au fond des bois, au bord de la Péribonka... »

5
Le temps des mystères

Roberval, même jour, lundi 11 décembre 1939

Perdue dans ses pensées, Hermine se dirigeait vers Chinook qui l'attendait sagement sur le bord de la chaussée enneigée, lorsqu'elle croisa deux religieuses en longue robe noire, coiffées d'un voile blanc. L'une d'elles était sûrement âgée, car elle s'appuyait sur une canne. Son mince visage sillonné de rides parut familier à la jeune femme. Elle avait l'intime conviction de le connaître. Ce fut à cet instant que l'autre sœur virevolta et poussa un cri étouffé.

—Seigneur! Soyez béni! Mais c'est notre petite Hermine!

—Sœur Victorienne! Quelle surprise! s'exclama-t-elle.

L'ancienne converse du couvent-école lui prit les mains en la fixant d'un air extasié, les yeux embués de larmes.

—Ma chère enfant, si tu savais comme j'ai prié pour toi depuis nos retrouvailles au sanatorium de Lac-Édouard! Je n'avais guère été tendre avec toi, à cette époque.

Bouleversée, Hermine faillit se mettre à pleurer. Les traits poupins de la converse évoquaient tant de souvenirs! Mais l'autre religieuse lui faisait face avec une expression perspicace. Son regard gris étincelait derrière ses lunettes à double foyer.

—Ainsi, Notre-Seigneur Jésus-Christ m'a accordé le bonheur de te revoir sur cette terre, Marie-Hermine! dit-elle d'une voix ferme.

La jeune femme approuva en silence. Sœur Victorienne prit les devants.

—Est-ce que tu reconnais sœur Sainte-Apolline? Elle était la supérieure du couvent-école à l'époque où nous t'avons trouvée sur le perron, dans ton ballot de fourrures.

—Sœur Sainte-Apolline! répéta Hermine. Eh oui, bien sûr. Mon Dieu, j'avais sept ans quand vous avez quitté Val-Jalbert et sœur Sainte-Bénédicte vous a remplacée. Je suis tellement surprise et ravie...

De taille moyenne, Hermine dépassait cependant les deux sœurs. Elle les aurait volontiers embrassées, tant elle était heureuse de les revoir, mais elle se retint, sachant que les religieuses ne prisaient pas ce genre de démonstration d'affection.

—J'ai longuement raconté à sœur Sainte-Apolline dans quelles circonstances je t'ai revue au sanatorium de Lac-Édouard, quand le train pour Québec est tombé en panne. Elle s'est réjouie que tu aies retrouvé ta mère! Je lui ai dit aussi que tu avais un fils.

—La famille s'est agrandie, depuis. J'ai eu le bonheur d'avoir des jumelles, Marie et Laurence. Elles auront bientôt six ans.

—Que de bonnes nouvelles! s'écria sœur Victorienne. De plus, tu es devenue célèbre. Tu n'as pas suivi mes conseils de renoncer à ta carrière de chanteuse. Il faut croire que Dieu voulait qu'il en soit ainsi!

—Tu chantais déjà si bien, en classe! reconnut l'ancienne mère supérieure. Je me rappelle avoir montré une certaine réticence à te pousser dans cette voie; ensuite, je t'ai encouragée.

—Je m'en souviens très bien! répliqua Hermine qui tentait d'estimer l'âge de sœur Sainte-Apolline.

Elle lui semblait encore énergique, malgré les atteintes de la vieillesse. Elle demanda, intriguée:

—Que faites-vous par ici, mes chères sœurs? J'aurai peut-être le plaisir de vous rencontrer à nouveau. Je passe l'hiver à Val-Jalbert. Mon mari s'est engagé dans l'armée. La guerre...

—Nous travaillons au sanatorium de Roberval, ma petite! répondit sœur Sainte-Apolline. Je suis préposée aux livres de comptes, au rez-de-chaussée qui est réservé à l'administration. Mes quatre-vingt-quatre ans ne m'autorisent pas à accepter une autre tâche et je le déplore. Enfin, tant que le Seigneur ne me rappellera pas à lui, je me rendrai utile. Marie-Hermine, je te revois toute petite, la nuit où nous avons cru te perdre. Tu avais la fièvre et je t'avais veillée. Nous pensions que tu étais atteinte de la variole. Dieu merci, ce n'était que la rougeole! Tu t'es bien vite rétablie, et c'était un grand bonheur de t'avoir avec nous. Si j'ai pensé dans un premier temps te confier à l'orphelinat de Chicoutimi, j'ai vite changé d'avis. Ah! Nous en aurions, des souvenirs à évoquer! Mais nous n'avons guère le temps. Nous avons rendu visite à l'épouse d'un de nos malades. La malheureuse habite rue Auger et elle a dû s'aliter hier. Nous craignons qu'elle soit atteinte, elle aussi. Nous devons rentrer au sanatorium, maintenant.

—Dans ce cas, je peux au moins vous y reconduire! proposa Hermine pleine de bonne volonté. Je suis équipée. Ce traîneau-là, attelé à un cheval, c'est mon moyen de locomotion. Comme ça, nous pourrons jaser encore un peu.

—Jaser! répéta sœur Victorienne en souriant. Tu n'as pas oublié les manières des dames de Val-Jalbert. Certes, elles jasaient à leur aise, quand leurs époux étaient à la pulperie. Pour ma part, je marche sans problème, mais, sœur Sainte-Apolline, vous serez peut-être soulagée de ménager votre hanche!

—Le médecin me conseille de faire de l'exercice, si je ne veux pas finir impotente! coupa la religieuse. Néanmoins, je ferai une exception.

Hermine devina que son âge lui pesait. Fillette, au couvent-école, elle la considérait comme une très vieille dame. Pourtant, selon ses calculs, sœur Sainte-Apolline n'avait alors qu'une soixantaine d'années. De tout son cœur, elle admirait ces saintes femmes qui se dévouaient leur vie durant pour les plus démunis, les plus malheureux. Elle les aida à s'installer sur la banquette arrière, tout en discutant.

—Ma mère m'a beaucoup parlé de la construction du sanatorium. L'établissement a ouvert l'an dernier, n'est-ce pas? Je l'ai aperçu de loin; c'est une construction imposante. Je sais aussi que cela n'a pas été facile de réaliser ce projet. Dieu merci, c'est chose faite.

—Oui, approuva sœur Victorienne, après bien des tracas et beaucoup de paperasserie, les Augustines-de-la-Miséricorde-de-Jésus ont eu gain de cause. La tuberculose demeure un fléau chez les plus défavorisés. Ici, à Roberval, le sanatorium est destiné en priorité aux malades pauvres. L'air est excellent.

Sur ces mots, la religieuse ouvrit un large cabas en cuir et en extirpa un calepin qu'elle ouvrit pour tendre à Hermine une coupure de presse.

—Tiens, lis ça! C'est un article paru dans *Le Colon*[17] il y a deux ans environ. Je l'ai découpé et je l'avais sur moi aujourd'hui. Je l'ai lu à cette femme dont nous te parlions pour la convaincre que son mari est on ne peut mieux soigné. Elle n'a pas pu lui rendre visite encore.

Hermine prit la coupure de presse et la parcourut avec un réel intérêt. Elle songeait à son père, qui avait guéri de façon presque miraculeuse de la terrible maladie.

« Avec ses ouvertures en pierre et ses murs en briques, elle sera encore imposante, cette construction, par ses formes modernes, variées et surtout

17. « Le sanatorium de Roberval », journal *Le Colon*, article du 14 octobre 1937.

pratiques. En effet, de nombreuses galeries, balcons superposés, de multiples fenêtres et des vitraux arrondis permettront, par les beaux jours, de jouir du soleil sans interruption depuis son lever jusqu'à son coucher... Sise à l'extrémité sud de la ville de Roberval, assez à proximité pour être à la portée des piétons et assez isolée pour jouir du calme désiré, la nouvelle construction s'élèvera dans un site enchanteur.

« D'un côté, ce sera l'enfilade des résidences et des monuments publics de la ville, s'allongeant vers le nord; à l'ouest, la vue des champs aux rectangles étendus en pente douce et limités par la ligne verte de la forêt inspirera l'idée de repos et de quiétude. Du côté sud, ce sera le pittoresque des montagnes de Val-Jalbert, et du côté est, le lac. La vue reposante de cette immensité bleue, l'intérêt toujours nouveau que suscite le soulèvement de ses eaux par les jours de grands vents et, comme une prière à l'Éternel, la longue clameur des vagues du large dans les nuits calmes après la tempête... »

—C'est très élogieux, vraiment! conclut-elle à la fin de sa lecture. Et poétique. Je suppose que la réalité est plus douloureuse.

—Tout est très bien organisé! affirma sœur Sainte-Apolline. Les religieuses qui travaillent là sont laborantines, diététiciennes ou infirmières. Les patients sont traités selon la gravité de leur état. Et ils bénéficient de la radio, puisque Radio-Canada émet depuis trois ans. L'administration, dont je fais partie, prévoit rendre la vie des pensionnaires plus distrayante. Nous avons envisagé des concerts et des récitals.

La jeune femme écoutait, prête à monter elle aussi dans le traîneau.

—Je pourrais venir chanter, proposa-t-elle. Bénévolement, bien sûr. Je serais si heureuse de me rendre utile!

Elle se souvenait de son récital improvisé à Lac-Édouard et elle avait envie de leur raconter comment un des patients de ce sanatorium, Elzéar Nolet, s'était révélé être en réalité son père, Jocelyn Chardin, qu'il avait retrouvé sa mère et que tous deux avaient repris la vie conjugale, à Val-Jalbert. Mais cela lui parut trop long et trop compliqué à expliquer.

—Utile! Ce n'est pas le mot, Hermine, protesta la converse. Mais quelle bonne idée! Nous mettrons ça en œuvre le plus tôt possible. C'est très gentil de ta part.

Chinook s'impatientait. Hermine grimpa à sa place et lança le cheval au petit trot. Les deux sœurs firent silence.

« Oui, songea Hermine, à Lac-Édouard, il y a six ans, papa était parmi les malades. La Providence l'a ensuite guidé vers Tala, qui l'a soigné. Et c'est ainsi que Kiona est née. » Ses pensées revenaient irrésistiblement à sa demi-sœur.

Sa rencontre avec les religieuses, témoins de son enfance, la bouleversait. Elle reconsidéra son jugement du matin. Kiona n'était pas simplement une petite fille comme les autres. Son sourire, à lui seul, tenait du divin.

Parvenue devant l'entrée du sanatorium, dont les proportions et l'allure générale ne démentaient pas l'article qu'elle venait de lire, la jeune femme éprouva le besoin de se confier aux deux sœurs, qu'elle aidait à descendre du traîneau.

—Je viendrai vous rendre visite, dit-elle. Nous n'avons pas pu bavarder du passé, de notre passé commun. Mais il y a une chose que je ne vous ai pas dite. J'ai perdu un bébé au mois de novembre. Cela m'a causé une peine horrible. Il se nommait Victor.

—C'est une lourde épreuve! compatit sœur Sainte-Apolline. Dieu a rappelé à lui ce petit ange. Nous prierons pour lui.

—Je vous remercie... Mais un autre ange a su

me consoler, une fillette que ma belle-mère, une Indienne montagnaise, a prise sous son aile!

Elle ne pouvait pas révéler la véritable identité de Kiona. Désolée de leur mentir, elle poursuivit:

—Kiona rayonne, il y a en elle une profonde sérénité, une douceur étrange. Je la chéris autant que mes enfants.

Sœur Sainte-Apolline fit la moue. Son regard gris fouilla celui de la jeune femme.

—Je suppose que c'est une petite Indienne! hasarda la religieuse. Dis-moi, cette fillette est-elle baptisée?

—Elle a reçu le baptême ici même, il y a cinq ans, à l'hôpital de Roberval, dit Hermine. Une bronchopneumonie a failli l'emporter, alors qu'elle était encore bébé.

—Peut-être est-ce une future recrue de Notre-Seigneur, comme le fut Kateri Tekakwitha! soupira la vieille religieuse.

—Ah! Kateri Tekakwitha! rétorqua Hermine. Ma nourrice, Madeleine, qui est baptisée elle aussi et très pieuse, m'en a beaucoup parlé. Qui sait ce que l'avenir réserve à ma petite Kiona... Mes chères sœurs, c'est une belle journée que nous avons, mais le soleil décline et il fait de plus en plus froid. Je ne voudrais pas que vous tombiez malades à cause de mes bavardages. Rentrez vite au chaud; nous nous reverrons. Je suis si émue de vous savoir à Roberval!

Sœur Victorienne, qui se sentait un peu lésée du fait de n'avoir pas pu placer un mot, tapota le poignet de son ancienne protégée.

—Je m'en réjouis également, ma chère enfant! Merci de nous avoir raccompagnées. Et à bientôt!

—Oui, à très bientôt! répéta Hermine en saluant avec respect sœur Sainte-Apolline.

Les deux religieuses s'éloignèrent dans l'allée enneigée, leurs voiles blancs nimbés par les derniers rayons du soleil. La jeune femme eut le cœur serré en les observant. Elles paraissaient toutes petites dans le vaste paysage immaculé qui servait de décor au sanatorium.

« Que Dieu vous garde! pria-t-elle en son for intérieur. Vous étiez ma famille, quand j'étais enfant! »

La jeune femme avait envie de pleurer. Mais elle devait se hâter, à présent, sinon il ferait nuit noire quand elle arriverait à Val-Jalbert.

Sur l'avenue Sainte-Angèle, Tala guettait son retour, debout derrière la fenêtre de la cuisine. Hermine s'empressa d'entrer. Il faisait bon à l'intérieur. Une soupe mijotait sur le poêle à bois. Assise au centre d'une épaisse peau d'ours, Kiona jouait avec sa poupée, dont elle se séparait rarement.

—Je suis navrée, j'ai mis longtemps, s'excusa-t-elle depuis le seuil. J'ai rencontré des religieuses que je connaissais... Alors, Tala, comment te sens-tu dans ta nouvelle maison?

L'Indienne resta silencieuse un moment. Elle parcourut de son regard sombre les murs de planches peintes en jaune et blanc, avant de fixer Kiona.

—Je m'accoutumerai, finit-elle par dire. C'était la meilleure solution.

Sans rien ajouter, elle tira le lourd rideau qu'elle avait installé à la fenêtre durant l'absence de la jeune femme, après quoi elle actionna l'interrupteur. Une douce clarté rendit la pièce plus chaleureuse.

—Je dois partir! dit Hermine. Mes parents s'inquiéteront si je tarde encore. Au revoir, Kiona!

Elle se pencha pour embrasser la fillette. Celle-ci en profita pour lui souffler à l'oreille :

—Ne pleure plus, Mine! J'ai rêvé que tu pleurais et je t'ai vite consolée, dans mon rêve. Mais tu es loin de moi, à Val-Jalbert.

Tala s'approcha, l'air soupçonneux.

—Qu'est-ce que tu dis, Kiona? interrogea-t-elle d'un ton inquiet. Pourquoi parlais-tu de Val-Jalbert?

—Elle se plaignait que j'habite aussi loin de vous deux, rien d'autre, assura Hermine, troublée par les propos de l'enfant.

« Avons-nous partagé le même rêve? » se demandait-elle.

Ce fut dans un étrange état d'exaltation que la jeune femme reprit le chemin de son village fantôme. Le crépuscule semait des ombres bleuâtres sous les arbres bordant la route tapissée de neige. Comme à l'aller, il n'y avait âme qui vive et le silence ouaté du soir oppressait un peu Hermine. Le tintement des grelots lui devint réconfortant, autant que le bruit feutré des sabots de Chinook. Le cheval s'ébrouait dès qu'elle lui parlait et cela ressemblait presque à une conversation.

—J'espère que nous ne croiserons pas d'orignal! disait-elle. Tu entends, Chinook, le vent se lève, on dirait des hurlements de loups! Mon Dieu, la prochaine fois que j'irai à Roberval, je rentrerai plus tôt.

Hermine avait l'esprit étonnamment léger. Elle ne pensait ni à Toshan ni au petit Victor. Des chansons résonnaient en elle, de grands airs d'opéra ou de simples ballades françaises. Elle avait la certitude qu'un ange était venu sur terre en la lumineuse personne de sa demi-sœur Kiona.

—Nous serons plus fortes que le malheur, à nous deux! cria-t-elle.

Le cheval lui répondit par un hennissement aigu. Amusée, Hermine se mit à chanter.

À la claire fontaine,
M'en allant promener,
J'ai trouvé l'eau si belle
Que je m'y suis baigné!
Il y a longtemps que je t'aime,
Jamais je ne t'oublierai...

C'était une des premières chansons qu'elle avait apprises, une douce complainte dont chaque mot éveillait des images de sa jeune existence.

—L'eau si belle, c'est celle de ma rivière, la

Ouiatchouan, une eau vive et limpide. Eh oui, je m'y suis baignée certains étés, dans le canyon, comme Toshan l'a fait un jour. Et il y a longtemps que je l'aime, mon Toshan.

Elle s'apprêtait à chanter encore quand les phares d'une automobile dissipèrent l'obscurité naissante. On aurait dit une paire d'yeux jaunes appartenant à un monstre vrombissant. Vite éblouie, la jeune femme crut tout de suite que ses parents venaient à sa rencontre ou qu'ils avaient envoyé Simon Marois afin de s'assurer qu'elle n'avait pas eu de problèmes. Mais le véhicule lui semblait plus gros que la voiture achetée par Laura. Le cheval s'immobilisa brusquement, ce qui la déséquilibra un peu. Elle cala ses pieds et crispa ses poings sur les rênes.

—Ne crains rien, Chinook, il y a de la place pour tout le monde! cria-t-elle à l'animal qui s'agitait.

Enfin, elle distingua les contours d'un petit camion peint en vert. Les pneus équipés de chaînes crissaient sur la neige battue.

—C'est peut-être Onésime! postula-t-elle à mi-voix, envahie par une vague appréhension. Non, je n'ai jamais vu ce camion-là dans le pays.

Elle tenta de guider le cheval vers la droite afin de libérer le passage. Mais il se produisit alors une chose insolite. Le conducteur du camion freina avant de placer son véhicule en travers de la route. Le moteur tournait; seuls les phares s'étaient éteints. Hermine se trouva bloquée.

« Qu'est-ce que ça signifie? se demanda-t-elle, franchement inquiète. Le chauffeur a dû perdre la maîtrise de son camion... »

Mais elle en doutait. Un mauvais pressentiment la saisissait. Elle regretta d'être seule en pleine nature, à la tombée de la nuit. Comme elle aurait voulu s'envoler vers Val-Jalbert et se réfugier dans le salon magnifique, près du poêle, dans la lumière chatoyante du sapin de Noël!

Un homme descendit du camion. Elle devina qu'un second personnage demeurait assis sur la banquette. L'individu s'approchait à pas lents. Il était trapu, robuste, engoncé dans une veste fourrée, le visage à moitié dissimulé par un bonnet et une écharpe. Elle distinguait surtout son regard, qui n'avait rien de bienveillant.

—Vous êtes bien Hermine Delbeau? interrogea-t-il d'un ton dur.

—Oui! Si vous avez un souci de mécanique, je ne peux guère vous aider, monsieur. Ma famille m'attend. Il faudrait que je puisse continuer mon chemin...

Son cœur battait si fort dans sa poitrine que sa voix tremblait. Elle se sentait fragile et vulnérable face à l'inconnu.

—Faudrait se parler un peu, ma toute belle! Je cherche votre mari, Toshan, et sa mère. On m'a dit à Péribonka que tout le monde avait fichu le camp de la cabane et traversé le lac.

Hermine hésitait quant à la réponse à donner.

—Qui êtes-vous? demanda-t-elle pour gagner du temps. Un collègue de mon mari?

—Mon nom ne vous dira rien, cingla-t-il. Je veux juste savoir où sont la mère et le fils Delbeau. Vous êtes sûrement au courant.

La jeune femme réfléchissait à toute vitesse.

« Il ment. S'il avait posé des questions aux gens de Péribonka, il saurait que Toshan s'est enrôlé. Et d'où vient-il? De Val-Jalbert? Dans ce cas, il sait où j'habite. »

Soudain, elle pensa au message sur la porte avec le mot *vengeance*, et à l'incendie de la cabane. Un frisson lui parcourut le dos. Elle devait, de plus, retenir Chinook qui, nerveux, voulait reculer.

—Je suis désolée, monsieur! déclara-t-elle d'un ton ferme. Mon mari a trouvé un job à Val-d'Or; il ne reviendra qu'à Noël. Quant à ma belle-mère, elle comptait passer les mois d'hiver chez un de ses parents. Nous nous sommes chicanées, toutes les deux; je ne peux pas vous dire chez qui elle séjourne.

L'homme savait sans aucun doute que Tala était une Indienne. Il pouvait donc supposer qu'elle se trouvait dans une des réserves montagnaises.

—Prenez-moi pas pour un imbécile! gronda-t-il. Je vous préviens, ma petite dame, vous aurez des ennuis si vous me racontez des sornettes. Je suis pas méchant, moi, mais j'en connais qui se contenteraient pas de votre réponse. Et je vous conseille de plus traîner toute seule le soir, jolie comme vous êtes! Ce serait dommage qu'il vous arrive malheur...

Hermine s'efforça de cacher la frayeur qui la submergeait. Elle toussota avant d'ajouter:

—Je vous ai dit la vérité. Et puis il commence à faire froid, je voudrais bien rentrer chez moi. Ce n'est pas correct de me barrer la route!

L'autre homme descendit du camion. Il tenait un fusil de chasse à la main. Cette fois, Hermine céda à la panique. Elle décida de lâcher les rênes de Chinook en espérant que le cheval foncerait dans les bois, sur leur droite. C'était dangereux, mais elle préférait endommager le traîneau des Marois plutôt que d'affronter ces étrangers à la mine patibulaire. Mais ni l'animal ni elle n'eurent le temps de faire quoi que ce soit. Le nouveau venu braqua son arme en vociférant:

—Que ça leur serve d'avertissement, aux Delbeau!

La jeune femme comprit trop tard qu'il visait le cheval. Le coup de feu éclata, assourdissant, stupéfiant.

—Non! hurla-t-elle, terrifiée. Non! Chinook!

Tout son instinct en éveil, le cheval s'était cabré. La balle lui érafla le poitrail. La détonation et la douleur achevèrent de l'affoler. Il s'élança vers l'avant dans un bond prodigieux et contourna le camion en cognant durement le traîneau contre un tronc d'arbre. Hermine fut projetée au sol. Elle entrevit le cheval qui s'éloignait au galop, toujours attelé.

« Merci, mon Dieu! pensa-t-elle. Chinook est vivant! »

Le drame s'était déroulé si vite qu'elle en était abasourdie. Qui pouvait en vouloir à Tala et à Toshan au point de tirer sur une bête innocente?

« Que vont-ils me faire, maintenant? » se demanda-t-elle, incapable de se relever.

Hermine gisait dans la neige et les deux hommes marchaient pesamment vers elle. Ils lui firent songer à des ours; ils étaient aussi lourds et épais que le plantigrade. Mais des ours l'auraient moins terrifiée. Une idée lui vint. Elle ferma vite les yeux, respirant à peine.

—Peut-être qu'elle s'est fracassé le crâne? pesta celui qui l'avait questionnée. On sera dans de beaux draps si elle est morte!

—Vaut mieux filer! On doit être demain matin du côté d'Alma. Laisse donc, elle a dû s'évanouir.

Totalement immobile, Hermine nota que les deux crapules avaient un accent saguenéen très prononcé. Ils étaient assurément du pays. Sa résistance nerveuse allait la trahir quand un second bruit de moteur résonna. Des phares dissipèrent à nouveau l'obscurité. Les hommes poussèrent un juron et firent demi-tour.

Un coup de klaxon retentit dans l'air glacé. N'y tenant plus, Hermine se redressa. Elle assista au départ du camion et à l'arrivée d'un véhicule qui se dirigeait vers Val-Jalbert. La jeune femme ne pouvait pas se tromper. C'était bien la vieille camionnette d'Onésime Lapointe, rafistolée, munie de patins à l'avant. Infiniment soulagée, elle se leva et courut en agitant les bras.

—Onésime, au secours! Onésime! s'égosilla-t-elle, secouée de gros sanglots.

L'instant d'après, le rude gaillard qui l'intimidait tant jadis la recevait contre lui. Il était descendu en toute hâte de son siège pour courir à sa rencontre.

—Ma pauvre Hermine, qu'est-ce que tu fabriques là? Que s'est-il passé?

—Les hommes, dans le camion, ils m'ont menacée! Ils ont tiré sur Chinook! Je t'en prie, ramène-moi! J'ai eu si peur!

Sans être porté sur la boisson autant que son défunt père, Onésime ne se déplaçait pas sans une petite bouteille de caribou. Il en fit boire une gorgée à la jeune femme. Parcourue de frissons, elle tenait difficilement sur ses jambes.

—Seigneur Jésus! bredouilla-t-il. Faudrait retourner à Roberval porter plainte à la police.

—Non, pas ce soir! gémit-elle. Je veux rentrer à la maison, je veux voir mes enfants. Et Chinook est blessé, j'en suis sûre. Il faut le chercher.

Interloqué, Onésime ne discuta plus. L'incident s'était produit à six kilomètres de Val-Jalbert. Une demi-heure plus tard, ils roulaient le long de la rue Saint-Georges. Hermine avait eu le temps de méditer sur le dramatique incident. Elle avait exposé les faits à son sauveur, mais en taisant certains points, comme l'interrogatoire concernant son mari et sa belle-mère.

Elle vit tout de suite un attroupement devant la maison des Marois. Laura et Jocelyn étaient là, près de Joseph qui gesticulait, l'air furieux. La jeune femme ouvrit la portière et sauta au sol.

—Hermine, ma chérie, Dieu merci, tu n'as rien! s'exclama sa mère en courant vers elle. Nous étions malades d'inquiétude. Simon a vu Chinook débouler au galop dans la rue. Il est venu nous prévenir aussitôt. En plus, le cheval est arrivé ici blessé au poitrail et le traîneau est hors d'usage.

—Ma petite fille chérie, s'écria Jocelyn en l'étreignant, tu as eu un accident? Dis-nous...

—Un accident qui te coûtera cher, Mimine!

vociféra Joseph Marois, bien connu pour son avarice. Tu as intérêt à me payer les dégâts!

Onésime approchait, l'air embarrassé. Il gratta sa barbe rousse, croyant utile de s'en mêler.

—Vous fâchez pas, m'sieur Marois! Je suis témoin dans cette affaire. Des individus malintentionnés ont cherché querelle à Hermine. Il y en a même un qui a tiré sur votre cheval. C'est pour ça qu'il s'est sauvé, pris de panique.

—Quoi? hurla Laura. Est-ce possible, une chose pareille? Tu ne dois plus sortir seule! Tu m'entends, Hermine? Mon Dieu, Jocelyn, va immédiatement téléphoner au poste de police de Roberval!

La jeune femme se dégagea des bras paternels et se dirigea vers l'écurie. Mais Simon en sortait et lui barra le passage avec un sourire apaisant.

—Chinook en est quitte pour une belle peur et une grosse estafilade qui guérira rapidement! Je viens de lui donner du foin et de l'eau tiède. Il s'est apaisé. Heureusement qu'un cheval retrouve toujours le chemin de son écurie! Qu'est-ce qui s'est passé? Tu es blanche comme un linge!

Élisabeth Marois approuva d'un air consterné. La fureur de son époux l'avait épuisée.

—Jo t'a traitée de tous les noms, ma pauvre Mimine! dit-elle. Mais, si des hommes t'ont agressée, tu n'es responsable de rien. Simon, sais-tu qu'un de ces types a sorti son fusil!

—Quoi? Comment ça? aboya Simon.

Sous l'œil inquisiteur de Laura, Hermine résuma la scène. En voyant son amie toute tremblante et qui avait du mal à s'exprimer tant elle avait la bouche sèche, Charlotte se rua dans la maison des Marois pour en rapporter un verre d'eau.

—Bois, Mimine, ça te fera du bien! dit-elle avec douceur.

Jocelyn discutait avec Onésime, à qui il promit deux dollars pour le remercier d'avoir raccompagné sa fille.

—Entre voisins, m'sieur Chardin, faut s'entraider, et j'aime pas qu'on s'en prenne à une femme. Mais c'est pas de refus; Yvette sera contente.

Sur ces mots, il prit congé. Laura invita tout le monde à venir chez elle.

—Il faut que la police enquête! déclara-t-elle. Tu vas mieux nous expliquer ce qui s'est passé, Hermine, mais quand nous serons au chaud. Venez, Jo, vous aussi, et Betty!

—Non, je vous remercie, dit Élisabeth. J'ai le repas à préparer. Je ne serai d'aucune utilité chez vous.

Avant de rentrer, elle embrassa néanmoins Hermine tendrement, à la façon d'une mère qui a tremblé pour son enfant, ce qui irrita Laura. Quant à la jeune femme, elle n'avait plus qu'une envie: se mettre au lit dans le décor douillet de sa chambre, entourée de ses trois enfants. Prise au piège de la fameuse loi du silence imposée par sa mère, elle aurait volontiers échappé à la conversation prévue, qui serait sans doute très animée.

Elle était à peine dans le salon que Mukki se jeta sur elle.

—Maman! Tu as mis longtemps! La prochaine fois, tu m'amènes.

La mine préoccupée, Mireille sortit de la cuisine, un torchon dans une main.

—Ah, te voilà! marmonna la gouvernante. Tu nous en fais voir, dis-moi. Quand Simon a frappé pour annoncer que tu avais dû avoir un accident, j'ai cru que mon cœur lâchait. Je ne pouvais même pas quitter mes fourneaux.

—Du calme! intima Laura, embellie par la colère.

Ses yeux clairs étincelaient et ses traits paraissaient sublimés. Elle avait une allure de reine, drapée dans un superbe châle en cachemire et vêtue d'une robe noire. Maintenant qu'elle avait imposé la chasteté à son mari, elle soignait davantage encore son apparence, dans l'espoir de le tourmenter.

—Toi, Mireille, sers-nous un vin chaud et ne lésine pas sur la cannelle et les écorces d'oranges confites. Jo, asseyez-vous, toi aussi, Simon. Charlotte, rends-toi utile, conduis Mukki à l'étage. Madeleine s'occupe de Louis et des jumelles. Ce garçon n'a rien à faire en bas.

—Mais, grand-mère! objecta l'enfant.

—Ne discute pas! trancha Laura. Tu n'as pas à entendre ce qui se dira ici.

Jocelyn faisait les cent pas devant le sapin de Noël en regardant sans cesse Hermine. Il lisait sans peine sur son joli visage les traces de la terreur qu'elle avait ressentie.

—Maintenant, ma chérie, raconte-nous ta mésaventure sans rien omettre! dit-il. Je veux que ces types soient punis.

—Je vous ai raconté l'essentiel, soupira-t-elle. Je suis partie de Roberval au coucher du soleil. À mi-chemin, j'ai vu le camion arriver. Le conducteur a braqué les roues de telle sorte que le véhicule s'est mis en travers de la route, devant moi. Durant une seconde, j'ai pensé qu'il s'agissait d'un simple dérapage. Mais un homme est descendu et il m'a importunée. Enfin, vous me comprenez!

Elle relata d'une voix faible certaines phrases équivoques sur sa prétendue beauté et le danger qu'elle courait à voyager seule.

—J'ai haussé le ton, poursuivit-elle, et le second personnage a bondi du camion, un fusil de chasse à la main. Il paraissait très irrité et il a tiré presque immédiatement sur Chinook! Ce pauvre cheval s'est affolé, il est parti au galop et je suis tombée. Dieu soit loué, Onésime Lapointe est arrivé à propos.

Tout en dégustant son verre de vin chaud, Joseph Marois leva une main sentencieuse :

—Ces gars avaient bu, ils étaient ivres. Tu as eu de la chance, Mimine, qu'ils s'en prennent au cheval et pas à toi! Tu dois une fière chandelle à Onésime.

—Je sais, reconnut-elle.

Elle était à bout de nerfs. Laura se lança dans un discours enflammé, prête à pourchasser les deux inconnus, à les écharper si nécessaire. Joseph et Simon élaboraient des hypothèses sur leur identité, accablant la jeune femme de questions sur le camion, sa couleur, la forme des phares... Charlotte vint à son secours.

—Hermine a besoin de repos! s'insurgea-t-elle. Vous pourriez parler toute la nuit que cela ne changerait rien. Viens, Mimine, je vais t'aider à te coucher et je te monterai un plateau au moment du souper.

—Oh oui, merci, ma Charlotte! J'en rêvais! affirma la jeune chanteuse, exténuée. J'ai l'impression d'être à Québec, quand tu veillais si bien sur moi, sur mon repos, après une répétition ou une représentation. Maman, papa, pardonnez-moi, je monte. Joseph, je suis désolée pour le traîneau; je vous rembourserai.

—Ne te soucie pas de ça, Mimine, coupa Simon. Je le réparerai.

Elle remercia encore. La discussion reprit, animée. Mais à l'étage tout était paisible. Hermine se glissa bientôt entre ses draps et sous de chaudes couvertures. Une sensation de sécurité, de réconfort enfantin, la submergea. Charlotte lui avait brossé les cheveux qui se répandaient sur l'oreiller, semblables à des rayons de soleil.

—Que c'est bon d'être là! constata-t-elle. Lolotte, veux-tu appeler les enfants et Madeleine?

—Si tu emploies encore ce surnom grotesque, je m'enfuis et tu t'endormiras le ventre vide! plaisanta la jeune fille. Mais c'est d'accord, je t'envoie les petits. Je redescends m'occuper de ton souper.

Quelques minutes plus tard, Mukki et les jumelles, suivis de Madeleine, entrèrent sur la pointe des pieds. On leur avait recommandé de ne pas faire trop de bruit.

—Tu es très fatiguée, maman? interrogea

Laurence, déjà en pyjama et les cheveux noués d'un ruban rose.

—Je peux venir dans ton lit? s'écria Marie, elle aussi en pyjama. Maman, dis oui!

—Venez tous les trois! répondit Hermine. Mes chéris...

Elle supposait avec justesse qu'ils ignoraient ce qui s'était passé. Mukki se lova contre elle, heureux de l'aubaine, tandis que les jumelles se chamaillaient, ne pouvant pas être toutes les deux près de leur mère. La jeune femme les calma.

—L'important, c'est d'être tous ensemble, au chaud. Dehors, il fait un froid terrible et le vent souffle, mais ici nous sommes à l'abri.

Cette phrase rassurante les fit taire. Madeleine observait ce charmant spectacle de son regard sombre plein de douceur. La nourrice s'était assise au bout du grand lit. Les trois enfants se mirent à bavarder. Ce furent de précieux moments, de ceux qui soignent la peur, le doute et le chagrin. Hermine en prit la mesure, encore choquée par les terrifiantes minutes qu'elle avait vécues sur la route, confrontée à la violence et à la haine.

Charlotte réapparut, encombrée d'un lourd plateau en bois verni. Elle annonça le menu d'une voix enjouée.

—De la soupe aux pois, des œufs au lard, du pain beurré, une pointe de tarte aux pommes meringuée! Les petits, votre grand-mère vous attend pour le repas. Filez!

Elle les escorta jusqu'au rez-de-chaussée. Madeleine n'avait pas bougé.

—Descends, toi aussi! lui dit Hermine.

Calée contre ses oreillers, elle examinait la délicieuse nourriture préparée par Mireille. La nourrice secoua la tête

—Dis-moi ce qui t'est vraiment arrivé! questionna-t-elle doucement. Charlotte m'a parlé de deux hommes et d'un coup de fusil!

—Je crois que j'ai eu affaire à ceux qui ont incendié la cabane de Tala, Madeleine, répondit-elle. Ils voulaient savoir où se trouvaient Toshan et sa mère. Et j'ai peur, à présent. Il faut prévenir Tala. Ces sales individus sont peut-être à Roberval. Je n'aurai jamais le courage de repartir demain! Nous devons trouver une solution le plus vite possible. Je dois mettre Charlotte au courant.

Une heure plus tard, c'était chose faite. Hermine raconta à la jeune fille comment était née Kiona et de qui, en lui expliquant la complexité de la situation actuelle. Elle lui dévoila également la vérité sur l'agression dont elle avait été victime. Charlotte écouta ce récit sans sourciller, avec un air sage de bonne élève.

Les enfants étant couchés, Madeleine avait repris sa place au bout du lit. La nourrice était vêtue de sa robe grise à col blanc. Ses nattes noires encadraient son gracieux visage aux pommettes rondes. Charlotte s'était assise près d'elle, en gilet de laine rouge, ses boucles brunes retenues par des peignes. Elles formaient un contraste surprenant, la première vêtue de façon démodée, dans une attitude posée et discrète, la seconde plus exubérante, habillée à la dernière mode et maquillée.

—Voilà, maintenant tu sais tout! conclut Hermine.

—Tu m'as dissimulé ça durant des années! lui reprocha Charlotte. J'aurais dû m'en douter. Je ne comprenais pas bien pourquoi Toshan ne venait plus jamais chez tes parents. Il avait raison, toute cette histoire est honteuse!

—Ne te vexe pas, je n'avais pas le choix, se défendit la jeune femme. Le plus important, maintenant, c'est de protéger Tala et Kiona de ces gens qui réclament vengeance. Ils ne reculent devant rien! La cabane brûlée, ce coup de fusil qui aurait pu tuer Chinook! Madeleine et toi, vous êtes mes amies, mes sœurs! J'ai besoin de votre aide et de votre soutien. Ce que j'ai vécu ce soir m'a bouleversée, je suis à bout! Je n'aurai pas la force ni le courage de repartir demain matin pour Roberval. Ma petite Charlotte, veux-tu y aller, toi? Tala te connaît bien, elle te fera confiance.

—J'irai, Mimine! Mais comment? s'inquiéta-t-elle. Je ferai n'importe quoi pour toi.

Hermine respira profondément. Son regard bleu brillait de volonté et un peu de rose lui était monté aux joues. Auréolée de sa chevelure blonde, elle resplendissait malgré la fatigue et la nervosité.

—Il faut demander à Simon de te conduire en ville avec la voiture. Nous trouverons bien un prétexte. Une fois à Roberval, fais-toi déposer sur l'avenue Saint-Georges et va à pied jusqu'à l'avenue Sainte-Angèle, au 28. Tu diras à Tala tout ce qui s'est passé et tu lui recommanderas bien de ne pas sortir pendant une semaine au moins. S'il lui manque quelque chose, va l'acheter.

—D'accord, Mimine, je ferai exactement comme ça! approuva Charlotte.

—Et je voudrais aussi qu'en chemin Simon coupe un petit sapin pour que Kiona ait un arbre de Noël! ajouta Hermine. Si tu pouvais emporter quelques décorations... Maman ne les utilise pas toutes. Je crois qu'il y en a dans un carton rangé sous l'escalier. J'espère que tu trouveras une de ces guirlandes électriques qui font un si bel effet. Mais ne dis rien de précis à Simon, promis?

—Il va sûrement se poser des questions! nota Madeleine.

—J'inventerai une fable! assura Charlotte, ravie de se trouver en tête-à-tête avec le jeune homme.

Même s'il affirmait la considérer comme une petite sœur, elle voyait là une nouvelle occasion de le persuader du contraire.

—J'ai tellement peur pour Tala et Kiona! se lamenta Hermine. Si seulement c'était possible de prévenir ma belle-mère dès ce soir! J'imagine le pire, que ces types vont découvrir où elle se cache. Et Toshan qui n'est pas là...

La jeune femme poussa un long soupir. Elle n'avait pas le droit de faiblir.

—Je retournerai à Roberval dès que je me sentirai mieux! ajouta-t-elle. Dis-le à Tala, Charlotte. Pour l'instant, j'ai besoin de me reposer, de passer une journée ou deux près des enfants, ici, en sécurité.

—Tu as subi un choc, dit doucement Madeleine. C'est normal de te ménager un peu.

—Tu te plaignais de l'absence de Toshan! déclara soudain Charlotte, mais il y a un homme qui devrait protéger Tala et Kiona à la place de ton mari. Je parle de ton père, Mimine. Mets-le au courant. Ce ne serait que justice.

—Oui! admit Hermine qui ignorait que c'était chose faite. Demain, pas ce soir!

Toutes trois discutèrent encore un bon moment. Vers minuit, Hermine se retrouva seule, ivre de sommeil. Elle se recroquevilla sous ses couvertures, pareille à une fillette malade et apeurée. La guerre grondait en Europe, au-delà de l'immense océan, mais une autre guerre plus sournoise, insidieuse, pétrie de mystères et de silence, semblait menacer le pays du Lac-Saint-Jean. Dehors, le gel pétrifiait la neige et capturait de ses griffes invisibles la moindre gouttelette d'eau sur les berges abruptes de la cascade, pour parer de cristallisations argentées brindilles d'herbe et rochers. Très loin dans les collines, un loup solitaire hurla. Personne ne l'entendit à Val-Jalbert, pas même Hermine. Elle s'était enfin endormie.

La Citadelle, Québec, le lendemain

Toshan entamait une autre journée de sa vie de soldat. Pour lui, c'était un univers nouveau, infiniment différent de tout ce qu'il avait connu jusqu'à présent. La Citadelle, située immédiatement à l'est de la ville, l'avait d'abord impressionné par sa position dominante et sa vue sur le Saint-Laurent. Ensuite, il s'était imaginé qu'il s'agissait d'un immense campement indien, des Indiens qui auraient construit de grandes huttes en pierre et qui porteraient un uniforme. Cela l'avait fait sourire non sans amertume, lui qui venait de sacrifier cette partie-là de ses origines.

Le Royal 22e Régiment d'infanterie était l'un des trois grands régiments du Canada, mais il avait la particularité d'être entièrement francophone.

—Et alors, Delbeau! Tu rêves à ta blonde? lui demanda Gamelin avec un clin d'œil.

—Peut-être! répliqua-t-il en allumant une cigarette. Qui ne pense pas à sa blonde, quand elle est belle comme la mienne? Et toi, tu ne regrettes pas ta décision?

—J'ai pas encore eu le temps de m'apitoyer sur mon sort, vu que je suis parti de mon plein gré, répliqua Gamelin.

Les deux hommes se sourirent. Jadis adversaires, ils avaient sympathisé grâce aux souvenirs qu'ils partageaient et à leur appartenance au pays du Lac-Saint-Jean. Ils se turent, chacun pénétré du bouleversement qui frappait leur existence.

« Hermine, ma chérie, se disait Toshan, comme tu avais une petite voix au téléphone, l'autre soir! J'ai senti à quel point c'était dur pour toi, notre séparation. Mais je ne pouvais pas faire autrement... »

Avec un bref soupir, le soldat Delbeau leva la tête vers le ciel gris. Il s'imagina tout là-haut, à bord d'un avion. Si cela s'avérait possible après les semaines d'entraînement, Toshan souhaitait intégrer la compagnie parachutiste. Il continuait à observer la course des nuages quand on le bouscula d'un rude coup de coude dans le dos.

—Hé, toi, le basané, c'est pas le moment de bayer aux corneilles! brailla un homme qui portait le même uniforme que lui, sans aucun galon. S'agit pas de s'engager pour manger à sa faim et voler les gars au poker... T'es un Indien, c'est ça?

—Désolé si ça te dérange! répliqua Toshan d'un ton mordant. Indien ou pas, j'ai toujours mangé à ma faim.

Gamelin guettait la suite de l'incident, prêt à défendre celui qu'il considérait désormais comme son ami. Il n'interviendrait qu'en cas de force majeure, sachant que Toshan était orgueilleux et qu'il pouvait lui reprocher d'être venu à son aide.

—Tu as intérêt à filer doux, espèce de bozo! susurra le soldat. J'habitais près de Pointe-Bleue[18]; les Montagnais, je les connais. Toujours ivres et avides de faire main basse sur ce qui ne leur appartient pas!

Sans plus réfléchir, Toshan cogna. Il ne supportait plus le rictus méprisant qui enlaidissait encore son agresseur.

—Tiens, je te rappelle que ce pays appartenait à mes ancêtres! éructa-t-il. Ne te mets plus jamais en travers de mon chemin!

L'homme saignait du nez. Il cracha aux pieds de Toshan et s'éloigna sous les sifflements moqueurs de Gamelin.

—Tu viens de te faire un ennemi, Delbeau! marmonna celui-ci.

—Je sais!

Val-Jalbert, même jour

Dans la belle demeure des Chardin, un mot d'ordre régna dès le matin. Il fallait rendre la journée agréable à Hermine. Mireille se mit à pétrir de la pâte à beignes, pendant que Laura cherchait des revues susceptibles de divertir sa fille. Madeleine décida de faire la lecture aux quatre enfants, afin qu'ils se tiennent tranquilles. Jocelyn, lui, téléphona au poste de police à la première heure. Enfermé dans le bureau, il détailla l'incident de la veille. Ce

18. Aujourd'hui Mashteuiatsh.

fut tout naturellement qu'il monta ensuite relater la conversation à la jeune femme.

—Bonjour, ma chérie! Comment te sens-tu?

Il s'assura d'un coup d'œil qu'elle avait terminé son petit-déjeuner. Il fut tranquillisé de la voir confortablement installée dans son lit, dans la chambre bien chauffée.

—Je me sens bien, papa, dit-elle en souriant. Assieds-toi, je suis contente d'avoir de la compagnie, surtout la tienne.

—C'est gentil, ça! répliqua Jocelyn.

Il approcha une chaise de la table de chevet et débarrassa Hermine du plateau qui l'encombrait.

—La police m'a promis d'enquêter sur ces individus, commença-t-il, mais il faudrait aller faire une déposition. Ce n'est pas urgent. Je leur ai précisé que tu n'étais pas en état de te déplacer. Au fait, sais-tu pourquoi Charlotte a réquisitionné la voiture? Simon et elle sont partis au lever du jour. Ces deux-là, nous finirons par les marier... Quant à Laura, elle a décidé de t'apporter une pile de magazines et de journaux. Elle est abonnée à la moitié des parutions françaises réservées aux femmes et à d'autres revues. Pour l'instant, elle fait une sélection. Tu n'auras pas le loisir de te lever, si tu lis un dixième de tout ça. Et c'est tant mieux, nous voulons te choyer aujourd'hui.

La jeune femme aurait volontiers cédé à la tentation de se taire et de se laisser dorloter par les uns et les autres.

« Ce serait si bon de vivre au moins une journée sans aucun souci, sans aucune crainte pour ceux que j'aime! songea-t-elle. Mais c'est impossible. »

—Est-ce que ça va? s'enquit Jocelyn. Tu m'as l'air préoccupée?

—Papa, dit-elle très bas, je n'ai pas eu le temps de te parler depuis samedi; pourtant, c'est absolument nécessaire! Quand je t'ai rencontré à Roberval, je t'ai dit que Tala avait eu des ennuis, et...

—Ne te fatigue pas, ma chérie, Laura m'a expliqué ce qui s'est passé. Tu as jugé bon de lui parler, alors que je comptais tenir ma promesse. Cela n'a pas d'importance. J'ai l'intention de veiller sur Kiona et sur Tala.

—Et maman n'a pas crié au scandale? s'étonna Hermine.

—Non, elle s'est inclinée devant les circonstances! mentit Jocelyn.

—Dans ce cas, autant te dire que j'ai envoyé Charlotte avertir Tala, précisa-t-elle, en lui recommandant de mentir à Simon sur le but réel de leur expédition.

Son père demeura silencieux, se contentant de passer une main tremblante sur ses cheveux grisonnants. Cela lui parut singulier. Jocelyn aurait dû être sidéré, se lancer dans une série d'hypothèses et l'interroger davantage. Mais il lui présentait un visage aux traits tendus.

—Tu as peur pour Kiona? questionna-t-elle.

—Bien sûr! admit-il. Encore plus que tu l'imagines!

Cette réponse intrigua Hermine. Elle comprit très vite que son père savait quelque chose.

—Papa! Qu'est-ce qu'il y a? Tu connais ces hommes?

—Non, non! Dieu m'en garde! Ma chérie, j'avais promis le secret à Tala, mais je l'ai déjà trahie, puisque j'ai dû tout révéler à ta mère quand j'ai appris la naissance de Kiona. Écoute, cela remonte à plus de vingt-cinq ans, je crois. N'importe quel imbécile ferait le rapprochement. Je suis quand même logique, donc je crois être dans le vrai...

—Papa, dépêche-toi! supplia Hermine. Tu en as trop dit ou pas assez! Comment ça, maman est au courant? Et puis j'en ai assez des secrets et des mensonges! Vous voyez le résultat? J'ai failli en mourir, hier soir!

—Tu as raison, ma chérie. Écoute-moi.

Ce fut au tour de Jocelyn de se lancer dans un

rapide récit. Il confia à sa fille le malheur qui avait marqué Tala dans sa chair et son âme.

—Un chercheur d'or, ennemi juré de son époux Henri Delbeau, l'a violée en la menaçant d'un couteau. Cela s'est passé peu de temps avant que nous arrivions chez eux, Laura et moi. Je m'en fichais bien, à l'époque, de cette Indienne à la mine grave et hostile. Ta mère semblait à l'agonie, rongée par la fièvre, et nous venions de t'abandonner sur le perron du couvent-école. Tala était persécutée par cet homme. Elle a demandé à son frère Mahikan de venger son honneur bafoué. Le coupable a payé sa faute; il a été tué et enterré. C'est sur sa tombe, ma pauvre chérie, que tu as porté des fleurs, l'été suivant ton mariage, en croyant que c'était moi, ton père, qui gisait là. Je suis certain que ce chercheur d'or avait de la famille. Un fils, un frère... Et ils réclament vengeance!

Hermine tombait des nues. Elle ressentait aussi une profonde compassion pour sa belle-mère, tout en comprenant mieux sa haine vis-à-vis des Blancs.

« Mais cela ne l'a pas empêchée d'aimer papa! » pensa-t-elle en silence.

—Pourquoi ces gens auraient-ils patienté des années avant de vouloir se venger? ajouta-t-elle à voix haute.

—Peut-être qu'ils ont appris la vérité récemment. Je ne sais pas comment, ni ne sais pourquoi ils ont tant attendu! dit Jocelyn. En tout cas, nous devons redoubler de prudence, surtout toi. Tu ne sortiras plus jamais seule; je t'accompagnerai. Tu as fait au mieux, Hermine, pour protéger Kiona et Tala, et je t'en remercie.

La jeune femme remarqua qu'il avait mis le prénom de la fillette en premier.

—Rien ne doit atteindre Kiona! répliqua-t-elle. Papa, c'est ma sœur, c'est ta fille. Ne l'oublie jamais!

Laura entra au même instant sans avoir frappé. Elle les toisa d'un œil soupçonneux.

—De quoi parliez-vous? De Kiona, bien sûr!

Hermine se prépara à livrer bataille. Un feu sacré la rendait forte. Cette fois, elle ne céderait pas à la loi du silence. Elle adorait sa mère, mais elle avait du mal à supporter sa mauvaise foi et ses crises d'autorité.

— Maman, ma petite sœur est en danger! dit-elle sur un ton froid. Comme je l'étais hier soir. Je viens d'en discuter avec papa. Et si tu avais réfléchi un peu, tu serais arrivée à la même conclusion, puisque tu n'ignores rien du passé de Tala. Tant pis si cela te dérange, mais Kiona ne s'est pas volatilisée, durant ces cinq années. J'ai passé trois hivers auprès de Toshan, au bord de la Péribonka. Mon mari a travaillé dur pour nous construire une maison confortable, très spacieuse, et il a bâti aussi pour sa mère et Kiona une jolie cabane. Par conséquent, cette enfant a grandi dans notre voisinage immédiat. Et sais-tu ce qui me brise le cœur? J'oblige Mukki et les jumelles à mentir à cause de toi, de ton intransigeance. Mes trois petits ne doivent pas prononcer le nom de Kiona, pas une seule fois en ta présence! Cela ne peut plus durer, maman, je suis désolée!

Haletante, elle retenait des larmes d'exaspération. Laura le constata et changea d'attitude aussitôt.

— Tu aurais dû faire cette mise au point bien avant, ma chérie! dit-elle doucement. Je n'avais pas pris conscience de tout ça. Je croyais que Tala séjournait ailleurs, le plus souvent près des siens.

— Dans une réserve indienne, dis-le! tempêta Hermine. Mais passons! Le plus grave, ce sont ces deux hommes qui rôdent. La police doit les arrêter et les mettre en prison. Nous devons nous organiser et être sur nos gardes constamment.

Une main posée sur son cœur, Laura frissonna. Elle ne feignait pas. Confrontée dans le passé au milieu sordide de la prostitution, elle estimait le danger à sa juste importance.

— Les crapules sont légion! déclara-t-elle enfin. Quand le vice ou la corruption ont souillé une âme, on peut craindre le pire. La preuve, un de tes agresseurs a tiré sans hésiter sur le cheval, au risque de te blesser. Qu'ils aient bu ou non, leur comportement est ignoble. Mon Dieu, j'en suis malade! J'en ai enduré, des épreuves, dans ma vie! Souvent, on me juge dure, égoïste, fantasque, mais c'est mon instinct qui me guide. Je ne veux plus souffrir, je ne veux plus jamais être pauvre, misérable, livrée à la volonté d'autrui. J'étais si heureuse de vivre dans ce village abandonné, dans cette belle demeure, avec notre Louis! On ne me volera pas ce que j'ai acquis. Nous allons nous battre! Ma chérie, pour toi, j'accepterai tout. Nous aurions pu te perdre hier soir. Pour toi, je saurai faire une croix sur ma jalousie, et sur ma sottise aussi. Viens dans mes bras!

La jeune femme se blottit contre sa mère qui lui caressa les cheveux.

—Ce n'est guère le moment de se déchirer ou de tricher, tu as raison, concéda Laura. Le monde entier semble pris de folie. Et cette journée se déroulera comme prévu. Mireille fera des beignes saupoudrés de sucre et tu liras les revues que je t'ai préparées. Je crois que tu serais mieux dans le salon, sur le sofa. Le sapin est si beau, cette année, avec les nouvelles décorations que j'ai achetées! Et tu pourras écouter des disques et voir les enfants s'amuser. Avec Louis et mes petits-enfants, tu es ce que j'ai de plus précieux sur terre. Un trésor que personne ne me ravira! Je me félicite, à ce propos, d'avoir gardé le revolver de Franck Charlebois et des balles.

—Quoi? s'écria Jocelyn. Tu as une arme?

—Oui, répondit-elle en se levant brusquement, et je saurai m'en servir, s'il le faut.

Laura affichait un air farouche, toute menue dans sa robe d'intérieur en velours rouge, ses boucles blond platine maintenues en arrière par un bandeau. Jocelyn, en l'admirant, songeait que sa femme était de la race des pionnières, et il ne l'en aima que plus.

6
Apparitions

Roberval, même jour, mardi 12 décembre 1939

Simon déposa Charlotte à l'intersection des avenues Saint-Georges et Sainte-Angèle. Le jeune homme avait roulé doucement de Val-Jalbert à Roberval, car un léger verglas était tombé pendant la nuit sur la route enneigée.

—Je te reprends à midi devant l'église? lui demanda-t-il avec un grand sourire. Ne me fais pas trop attendre. Tu ne m'as même pas dit pourquoi c'était si urgent que je te conduise à Roberval...

—Nous avons parlé d'autre chose! fit-elle remarquer en riant. Je dois rendre un service à Hermine que je ne pouvais pas lui refuser. Elle est tellement choquée par ce qui vient de lui arriver. J'en ai pour la matinée, pas plus.

Sans couper le moteur, Simon descendit et prit dans le coffre de la voiture un petit sapin qu'il avait coupé à la sortie du village, dès leur départ.

—Tu ne veux vraiment pas me dire pour qui c'est, cet arbre?

—Je remplace Hermine dans ses bonnes œuvres, Simon. Je te raconterai au retour. Cela nous occupera, si on ne sait plus quoi se dire.

Il n'insista pas; au fond cela lui était indifférent. Mais il observa la jeune fille de la tête aux pieds. Elle portait un manteau cintré en drap de laine rouge, ceinturé à la taille. Ses cheveux bruns, joliment ondulés, dépassaient d'un bonnet blanc.

—Tu es rudement mignonne! s'écria-t-il. C'est un plaisir de te servir de chauffeur. Je vais me promener sur le boulevard Saint-Joseph; je croiserai peut-être un de mes chums!

Charlotte ajusta ses mitaines et s'empara du sapin. Elle saisit de l'autre main la sacoche en cuir contenant les décorations de Noël qu'elle avait prises chez Laura.

—À la revoyure, Simon! claironna-t-elle. Bonjour à tes fameux chums, si tu en croises par ce froid-là!

Elle s'éloigna en lui souriant à son tour, de toutes ses petites dents perlées.

«Je crois bien que je vais la marier! pensa le jeune homme. Peut-être qu'une fois que je serai avec elle, les choses seront plus faciles.»

Il fut le premier surpris par sa réflexion.

Tala n'ouvrit pas tout de suite à Charlotte. Il fallut que la visiteuse décline son identité à voix basse.

—Je viens de la part d'Hermine. Tala, ne craignez rien, je vous expliquerai.

L'Indienne en déduisit qu'il y avait un problème, sans en deviner la gravité. Elle entrebâilla à peine le battant en bois peint. La vue du sapin la tranquillisa.

—Entre, Charlotte! dit-elle à mi-voix. Kiona dort encore. Il est très tôt. Veux-tu du café? Je viens de le faire. Hermine t'a donc dit que j'habitais là?

—Oui, elle a des sérieuses raisons de m'avoir envoyée chez vous, Tala.

La jeune fille raconta toute l'histoire avec le plus de tact possible. Malgré son teint de pain brûlé, l'Indienne devint blême. Elle jeta des regards alarmés vers la fenêtre, puis sur Charlotte.

—Je suis désolée! soupira-t-elle. Heureusement, Hermine s'en est sortie saine et sauve. Tu lui diras comme je pense à elle et la trouve courageuse. Tu sais également de qui Kiona est l'enfant. Je le regrette; j'ai l'impression d'être traînée dans la boue. Mais ces hommes qui veulent se venger, que feront-ils ensuite?

—Hélas, nous l'ignorons, rétorqua Charlotte.

Pour cette raison, Hermine vous demande de ne pas sortir pendant une semaine, de ne pas vous montrer. Elle a subi un rude choc, mais elle ira mieux très bientôt et vous rendra visite. En attendant, je suis chargée de jouer la commissionnaire, si vous avez besoin de provisions. Mais si je dois sortir, auparavant je voudrais installer l'arbre de Noël. Kiona aura la surprise.

Tala perçut dans le ton un peu léger de la jeune fille une certaine indifférence, comme de l'impatience aussi.

—Je vais t'aider, lui dit-elle. C'est très gentil. Kiona sera si contente!

Charlotte dénicha dans le grenier un seau en fer. Elle le remplit de vieux journaux qu'elle froissa pour y caler le tronc de son mieux. Après une brève discussion, elles dressèrent le sapin dans la cuisine, où il faisait bien chaud en permanence.

—Je préfère cette pièce, dit l'Indienne. Il reste un poêle dans le salon, mais je ne veux pas l'allumer, cela gaspillerait du bois. Et ici, c'est plus gai!

Elles n'entendirent pas Kiona approcher sur la pointe des pieds, occupées qu'elles étaient à suspendre les boules de verre et les guirlandes scintillantes. La fillette poussa un cri de joie en reconnaissant celle qui avait déjà partagé de longs mois d'hiver avec sa mère et elle, au bord de la Péribonka. Pour Mukki, les jumelles et Kiona, Charlotte était une sorte de grande sœur dévouée, affectionnée et irremplaçable.

—Bonjour, Charlotte! Oh, maman, c'est mon arbre de Noël! Hermine m'avait promis que j'en aurais un!

Elle courut vers la jeune fille et noua ses bras menus autour de sa taille. De nature câline et affectueuse, elle ferma les yeux, en extase.

—Bonjour, ma petite Kiona! s'exclama Charlotte. Je n'ai pas eu le temps de tout suspendre. Veux-tu terminer avec moi?

— Oui, oui! s'écria la petite.

Enfin, ce fut le moment magique de brancher la guirlande d'ampoules électriques aux couleurs chatoyantes. Laura en avait acheté plusieurs par correspondance à une firme américaine. Elle jugeait cela moderne, féerique et surtout moins dangereux que les petites chandelles sur pinces qu'on employait alors dans la plupart des foyers.

— Que c'est beau! s'extasia Kiona. Maman, je peux m'asseoir là, près de mon arbre?

Tala déroula la peau d'ours devant le sapin rutilant.

— Je t'apporte un bol de *cocoa* et une tranche de pain beurrée.

Avec des gestes affectueux, l'Indienne enveloppa sa fille d'une couverture.

— Tu n'es même pas habillée, coquine! lui dit-elle tendrement.

Charlotte les laissa ainsi, émue par l'amour infini de Tala pour son enfant. Elle sortit de la maison en scrutant les alentours. Elle ne vit aucun camion, aucune silhouette suspecte. La neige verglacée valait une patinoire, aussi fit-elle très attention à ne pas tomber. Mais elle avait des ailes, transportée de bonheur grâce à Simon. Le jeune homme avait changé.

« Il m'a fait des compliments et il m'a souri plusieurs fois en me regardant droit dans les yeux! Peut-être bien qu'il est tombé en amour avec moi, d'un seul coup! Tant mieux! Merci, mon Dieu, merci! »

En achetant le nécessaire sur l'avenue Saint-Georges, Charlotte espéra voir Simon traîner dans les parages, mais il n'était pas là. Elle s'empressa de retourner chez Tala, car il était presque midi. L'Indienne ouvrit immédiatement.

— Tu n'as pas été suivie? interrogea-t-elle à voix basse.

— Non, rassurez-vous! Ces gens malintentionnés ne me connaissent pas, il n'y a pas de danger de ce côté.

La jeune fille déposa sur la table deux sacs de farine d'un kilo chacun, une bouteille de lait et un gros morceau de lard salé. Kiona était toujours assise sur la peau d'ours, au pied de l'arbre, mais elle portait ses vêtements indiens.

—Vous n'avez vraiment besoin de rien d'autre, Tala? s'alarma-t-elle. Hermine a insisté: vous ne devez pas sortir de cette maison et bien tirer les rideaux le soir.

—Cela sera suffisant. Il me reste des pâtes alimentaires, du riz et du fromage. Sais-tu ce qui me manque le plus, Charlotte? Les chiens, oui, les chiens de mon fils. Ils grognaient si un corbeau survolait la clairière, ils aboyaient dès qu'une bête sauvage rôdait. Je ne me sens pas en sécurité dans cette ville, mais ne le dis pas à Hermine. Elle a agi au mieux.

—Assurément. Elle vous a trouvé un logement propre et coquet. Vous habitez une rue bien éclairée, à distance raisonnable du boulevard Saint-Joseph où se trouve le poste de police. Si vous êtes prudente, ceux qui vous veulent du mal ne vous trouveront pas ici! Tala, je ne peux pas m'attarder! Avez-vous un message pour Hermine?

—Dis-lui que je la remercie et que je suis vraiment désolée. Je peux imaginer la terreur qu'elle a éprouvée, livrée à la violence de ce genre d'individus. Dis-lui aussi que je ferai ce qu'elle me conseillera. Je te remercie également, Charlotte, d'être venue de si bonne heure, par ce froid. Il a gelé dur cette nuit. Mais ma fille est heureuse, au chaud. Je peux lui préparer des repas. Je n'ai besoin de rien, sauf de savoir Kiona heureuse.

—Oh oui, je suis heureuse, maman! s'exclama la fillette.

—Tu en as tout l'air! renchérit Charlotte. On dirait un angelot en contemplation.

Kiona ne tourna même pas la tête. Elle ne pouvait pas détacher les yeux de son arbre de Noël, scintillant de mille reflets dorés grâce aux boules de verre pailletées et aux petites ampoules colorées dont la douce clarté illuminait les épines de l'arbre au parfum de forêt. Éblouie, l'enfant serrait sa poupée dans ses bras comme pour lui faire partager la vision magique.

Tala alla ranger le lait et le lard dans le salon où il faisait très frais, le fameux salon qui, pour la plupart des familles du pays, servait uniquement à recevoir la famille à l'occasion des Fêtes ou d'une cérémonie, ou encore le curé lors de sa visite paroissiale. Le fils de Mélanie Douné avait laissé là un vieux buffet, un fauteuil élimé, dépouillé des garnitures en dentelle qui cachait son usure, ainsi qu'un poêle.

Charlotte se pencha pour embrasser Kiona tendrement.

—Au revoir, je m'en vais! Je dirai à Mimine combien tu es contente! Elle viendra vite te voir et admirer ton arbre.

La fillette cligna les paupières comme si elle était fatiguée, puis elle énonça très bas:

—Tout à l'heure, pendant que tu étais en ville, je t'ai vue. Tu avais une belle robe blanche et un voile sur les cheveux. Je crois que tu vas te marier bientôt, Charlotte. Avec le garçon qui a coupé mon arbre dans le bois.

—Qu'est-ce que tu as dis? lança la jeune fille. Kiona, comment est-ce possible? Comment sais-tu que j'étais avec un garçon ce matin! Et où m'as-tu vue? En rêve?

—Mais non! Je t'ai vue. Comme ça!

Kiona baissa la tête et berça sa poupée. Elle n'aurait pas dû parler à Charlotte.

—Je voulais te faire plaisir! ajouta-t-elle d'une voix presque inaudible. Et toi, tu te fâches! Je t'en prie, ne dis rien à maman.

Charlotte se méprit sur les propos de l'étrange fillette.

—Tu as inventé ça pour que je sois contente, dit-elle. Mais je ne me fâche pas.

Elle était troublée, cependant. Elle caressa les cheveux d'or de l'enfant en lui disant doucement :

— Hermine prétend que tu as le don de consoler les gens. Nous verrons bien si j'épouserai ce garçon. Si cela arrivait, je serais enchantée.

Tala revenait. Charlotte la salua et sortit, l'esprit et le cœur en pleine confusion. Au fond, elle avait envie de croire Kiona.

À peine eut-elle mis les pieds sur le boulevard Saint-Joseph que Simon lui apparut. Appuyé contre la voiture des Chardin, il fumait une cigarette.

— Eh bien, jolie demoiselle, s'exclama-t-il, vous en avez mis, du temps! Je serai bientôt transformé en statue de glace. Sans blague, Charlotte, est-ce que je peux t'inviter au restaurant? Je suis affamé et ça me ferait plaisir de jaser avec toi.

— Je te suivrais sur la lune, s'il le fallait! répondit-elle. Mais comme j'ai une faim de loup moi aussi, je suis d'accord pour le restaurant. Et je te prends le bras, sinon je vais tomber!

La jeune fille était au paradis. Si elle jouait la désinvolture et la camaraderie, elle percevait dans tout son corps vierge l'appel impérieux du désir, du seul fait du contact de ses doigts gantés sur la manche de Simon.

— J'en fais, des envieux! balbutia-t-il à son oreille.

— Flatteur! répliqua-t-elle.

Mais elle rougissait de fierté et d'espérance. Ses prières semblaient enfin exaucées.

« Et si ma petite Kiona avait vraiment vu notre mariage, ce serait merveilleux, se dit-elle, secrètement ravie. Je l'aime tant, mon Simon! »

Val-Jalbert, même jour

Il était quatre heures de l'après-midi. Le crépuscule ne tarderait pas à bleuir les fenêtres. Allongée sur le sofa, Hermine feuilletait les revues que sa mère avait disposées près d'elle, sur un guéridon. Mireille allait servir le goûter, cela se devinait à la bonne odeur des beignes en train de frire. Ce serait la fin de cette précieuse tranquillité dont jouissait la jeune femme. Madeleine gardait les quatre enfants à l'étage, dans la nursery; Laura et Jocelyn étaient montés dans leur chambre. Le feu craquait dans le gros poêle en fonte noire et le sapin embaumait.

« Comme je serais heureuse si je n'avais pas tous ces soucis en tête! déplora Hermine. Et Charlotte qui ne rentre pas! Je pensais qu'elle serait là pour déjeuner. »

Le retard de la jeune fille l'inquiétait. Elle l'imagina aux prises avec les ignobles personnages qui l'avaient terrorisée, la veille.

—Je suis folle! dit-elle à mi-voix. Ils ne l'ont jamais vue et de toute façon elle est avec Simon.

Mais plus elle réfléchissait, plus elle prenait peur. Ces deux hommes semblaient revenir de Val-Jalbert, puisqu'ils roulaient sur la route régionale.

« Ils ont pu se garer autour du village et rôder à pied! Peut-être qu'ils épiaient la maison. Ils savaient qui j'étais! Ils se sont donc renseignés. Dans ce cas, ils ont vu Charlotte et les Marois. Nous sommes si peu nombreux à vivre ici. »

Ce fut en vain qu'Hermine tenta de chasser ces pensées angoissantes. Vite, elle regarda une à une les fenêtres.

—Si les chiens de Toshan étaient là, dans l'enclos, ils nous préviendraient si quelqu'un approchait... Que fait Pierre? Il devait nous les ramener.

Elle frissonna, soudain glacée. L'image de son mari l'avait traversée, tel qu'il était le jour des adieux, sur le perron de leur maison. Si beau et fier, anxieux aussi à l'idée de la quitter.

« Toshan, mon amour, tu me manques! »

La gouvernante fit son entrée au même moment. Elle portait un grand plateau. Une table était dressée près du sapin illuminé. Laura avait souhaité pouvoir prendre les petits-déjeuners et les goûters dans le salon.

—Mireille, je t'en prie, peux-tu tirer les rideaux? demanda Hermine. Ne crois pas que je joue les paresseuses, mais j'ai mal au dos à cause de ma chute d'hier. Je n'ai rien dit à maman, elle ferait venir un médecin.

—Et elle aurait raison, coupa la gouvernante. Tu as pu te fêler un os. Si je tenais ces bandits! Et ces messieurs de la police, ils ne sont pas encore venus enquêter.

—Papa ira demain à Roberval. Je l'accompagnerai sans doute.

Tout en bougonnant, Mireille répartit les tasses, les petites assiettes, la théière et le pot à lait.

—Je tire les rideaux, ensuite j'apporte les beignes tout chauds. Repose-toi, Hermine.

—Charlotte devrait être arrivée! s'inquiéta la jeune femme. Elle aurait pu téléphoner, au moins.

—Tu l'envoies je ne sais où avec l'élu de son cœur et tu espères qu'elle ne traînera pas en chemin! s'exclama la gouvernante avec un clin d'œil complice. Ben voyons donc! Es-tu niaiseuse?

Sur ces mots, Mireille retourna dans la cuisine de son pas énergique. Hermine esquissa un faible sourire. Niaise, elle l'était de moins en moins, la vie se chargeant de lui faire subir diverses épreuves. Une cavalcade dans l'escalier la fit sursauter. Mukki déboula dans le salon en courant. Le petit garçon, grand et fort pour ses sept ans, se jeta littéralement sur sa mère. Il avait une expression d'intense excitation.

—Maman, viens vite! Kiona est là! Dans la nursery! Elle a dit qu'elle voulait jouer avec nous, mais si grand-mère la voit, elle se fâchera. Tu nous as dit qu'il ne fallait pas parler de Kiona à grand-mère, tu t'en souviens?

—Comment ça, Kiona est là? balbutia-t-elle, abasourdie. Enfin, c'est aberrant, Mukki! Je l'aurais vue entrer et longer le couloir. Je n'ai pas bougé du sofa.

En quelques secondes, la jeune femme élabora une théorie rationnelle. Charlotte avait pu ramener l'enfant et la faire passer par la petite porte de la remise à bois qui communiquait avec l'arrière-cuisine servant de vaste garde-manger. Mais les portes du salon étaient vitrées et donnaient sur le bas de l'escalier.

—Qu'est-ce que tu racontes? Si tu te moques de moi, ce n'est pas bien.

Cependant, elle se leva précipitamment. Mukki insista:

—Les jumelles et moi, on a vu Kiona! Viens vite, maman!

—Et Madeleine, qu'a dit Madeleine?

—Elle était partie accompagner Louis à la toilette!

Le cœur d'Hermine battait à se rompre. Elle grimpa les marches dans un état d'émoi presque douloureux. Dans la nursery, elle ne trouva que Marie et Laurence en train de jouer avec leurs poupées de chiffon. La jeune femme regarda partout sans apercevoir la petite Indienne qu'elle chérissait.

Mukki paraissait déconcerté. Il marcha vers la penderie et ouvrit les portes du placard.

—Kiona n'est plus là? demanda-t-il à ses sœurs.

—Maintenant, ça suffit! dit sèchement Hermine. C'est un jeu stupide, de mentir, d'inventer des choses pareilles. Kiona n'a pas pu venir seule jusqu'ici, ni entrer dans la maison! Mukki, tu mériterais une punition.

Animée d'un étrange pressentiment, elle ne parvenait pas à parler calmement.

—Mais, maman, je dis la vérité! D'abord, je suis pas un menteur. Laurence et Marie l'ont vue aussi, Kiona!

—Oui, renchérit Marie. Même que Kiona voulait jouer avec nous; elle nous l'a dit.

—C'est vrai, maman chérie! ajouta Laurence, la plus douce du trio. Mais après, elle a disparu.

La jeune femme entendit la voix de sa mère qui parlait avec Madeleine sur le palier. Elle avait peu de temps et se mit à réfléchir très rapidement. Ses enfants avaient peut-être été victimes de la même hallucination qu'elle, le soir où Kiona lui était apparue pour la consoler. Très bas, d'un ton pressant, elle les questionna:

—Est-ce que l'un de vous pleurait ou était triste? Je vous en prie, dites-moi ce qui s'est vraiment passé! Vite, grand-mère risque de nous rejoindre. Je préfère ne pas lui raconter vos sottises, elle ne serait pas contente.

Mukki secoua la tête avec un air renfrogné. Marie et Laurence se regardèrent, hésitantes. Hermine remarqua alors que son fils fixait les jumelles avec une expression menaçante.

—Je vous préviens, dit-elle à mi-voix. Si vous me cachez une grave bêtise, je l'écrirai à votre père. Et il sera déçu, car il vous a demandé d'être sages et obéissants pendant son absence.

Laurence se leva alors du petit fauteuil en osier où elle était assise. Ravissante dans sa robe de velours bleu ciel, ses boucles châtain clair dansant sur ses épaules, la fillette se dirigea vers le lit de son frère et tira un coin de l'édredon. Hermine retint un cri de surprise. Un revolver noir gisait sur la couverture de laine blanche.

—Dieu, d'où sort cette arme? paniqua-t-elle.

—Mukki l'a prise dans l'armoire de grand-mère! avoua Laurence. Il voulait jouer au policier avec...

La jeune femme s'empara du revolver précautionneusement, ne sachant pas s'il était chargé ou non. Elle éprouva alors une telle peur rétrospective, une telle colère aussi, qu'elle attrapa son fils par l'oreille et le secoua.

—Tu as perdu l'esprit, Mukki? C'est très dangereux, ce genre d'objet! Tu aurais pu blesser ou tuer une de tes sœurs! On vous surveille mal, ici.

Elle n'avait pas pu s'empêcher de crier. Laura fit irruption, tenant Louis par la main, suivie de Madeleine.

—Hermine, pourquoi es-tu montée? s'étonna-t-elle. Tu devais te reposer. Et tu en fais, un tapage! Qu'est-ce qui se passe... Doux Jésus, mon revolver!

Pâle d'émotion, Laura inspecta la pièce d'un coup d'œil terrifié, comme si une horde de bandits s'y dissimulait, prête à les attaquer.

—Maman, Mukki a volé cette arme dans ta chambre! J'ai entendu une des petites crier et je suis vite montée voir ce qui se passait! mentit-elle. Et toi, Madeleine, je ne te félicite pas! Nous avons échappé à une tragédie. Mon Dieu, si mon fils avait causé la mort d'une des jumelles, ou celle de Louis, comment aurais-je pu te le pardonner?

Épouvantée, la nourrice se signa. Jamais Hermine ne lui avait parlé de cette voix dure. Laura n'en menait pas large, elle non plus.

—Sois prudente, ma chérie, recommanda-t-elle, le revolver est chargé. Je n'aurais pas pu dormir cette nuit sans mon arme à portée de la main. Et toi, Mukki, tu mérites une sévère correction.

Laura retint Louis contre elle; Madeleine se glissa à petits pas près des jumelles. Marie pleurait en silence, alors que Laurence retenait ses larmes.

—Mukki n'est pas le plus coupable, trancha Hermine. Il faut être complètement irresponsable pour laisser une arme chargée dans une maison où il y a quatre enfants de cet âge. Par chance, ou par miracle, l'accident a été évité.

Elle se tut, désemparée. Le mot miracle sonnait juste.

« Pourquoi les enfants ont-ils vu Kiona et, surtout, quand l'ont-ils vue? s'interrogeait-elle. Et si elle leur était apparue au bon moment, pour obliger Mukki à cacher le revolver sous l'édredon! Non, je deviens folle! Comment serait-ce possible? »

Sa mère lui prit précautionneusement l'arme des mains. Avec des gestes sûrs, elle la vida de ses balles qu'elle garda au creux de sa paume.

—Je vais ranger tout ceci, précisa-t-elle. Je vous

interdis, les petits, de toucher à ce revolver. Le premier que je vois entrer dans ma chambre n'aura pas de cadeau sous le sapin. Vous êtes trop grands pour croire à la légende du père Noël; vous savez très bien d'où viennent les jouets que vous avez demandés. Tu as compris, Mukki?

—Oui, grand-mère! Je savais pas, moi, que c'était un vrai!

Madeleine priait à mi-voix. Sans doute s'accablait-elle de reproches devant son confesseur suprême, ce Dieu des Blancs à qui elle vouait un culte passionné.

—Je voudrais rester seule avec mes enfants, dit Hermine. Le goûter est servi. Maman, emmène Louis; descends, toi aussi, Madeleine.

Elle fut obéie immédiatement. Dès que la porte se referma, la jeune femme attira son fils dans ses bras.

—Je suis très fâchée, Mukki, mais tu es un bon petit garçon. Je crois que tu ne recommenceras pas à prendre des choses qui ne t'appartiennent pas et dont tu ignores le fonctionnement. Ce revolver contenait des balles, et ces balles peuvent blesser, tuer la personne qui les reçoit. Papa t'emmène souvent à la chasse, pourtant. Tu aurais dû comparer le revolver au fusil de ton père et en déduire que c'est dangereux. Les animaux ou les oiseaux que vous rapportez, ils saignent, ils sont inertes, privés de vie. Marie ou Laurence auraient pu être dans le même état!

Le garçonnet éclata en gros sanglots de honte. Il se jeta au cou de sa mère et l'étreignit.

—Pardon, maman, je te demande pardon! J'ai menti, je savais que c'était un vrai revolver. Mais je voulais pouvoir te protéger, parce que des hommes t'ont attaquée hier et qu'ils ont failli tuer Chinook! Grand-père et monsieur Marois en parlaient à midi, sur le perron. Moi, je jouais aux billes dans le couloir et je les ai entendus.

Hermine serra Mukki sur son cœur. Elle avait vécu cette journée coupée de ses enfants et de ses parents, mais les langues devaient aller bon train dans le village, chez leurs rares voisins.

—Mukki, mon enfant chéri, je te pardonne, dit-elle avec mansuétude. Mais peux-tu me raconter à quel moment tu as vu Kiona, tout à l'heure? Cette fois, ne mens pas! C'est très important pour moi.

—Quand je faisais semblant de tirer, maman! répondit-il. Je visais la penderie, et puis Laurence a éclaté de rire. Kiona était devant moi, là, près de la fenêtre. J'ai vite caché le revolver. J'étais trop heureux de la voir! Ça ne m'amusait plus, de viser...

La jeune femme s'abandonna au profond bouleversement que provoquait en elle le récit de son fils. La bouche sèche, les tempes bourdonnantes, elle renonça à interroger les jumelles.

«Mon Dieu! pensa-t-elle, si j'avais entendu un coup de feu retentir depuis le salon, si j'avais découvert une de mes petites blessée ou morte, c'est ma vie entière qui aurait été détruite. Toshan m'aurait haïe, reniée. Je n'ai plus le droit de douter, Kiona a perçu le danger et elle est apparue ici, dans la nursery. Mais par quel prodige? Tala prétend que les sorciers indiens peuvent rendre visite à ceux qui implorent leur aide... Cela signifierait que cette petite fille possède déjà des dons hors du commun? Mais Mukki n'a pas appelé Kiona, les jumelles non plus. Ils ont dû être très surpris de la voir apparaître, puis disparaître», pensa-t-elle.

Un détail la frappa. Les trois enfants ne semblaient pas tellement surpris que la fillette se soit volatilisée.

—Marie, Laurence, avança-t-elle avec douceur, où est Kiona à présent? Est-ce que vous l'avez vue partir, sortir de la nursery?

—Oui, rétorqua Laurence. Elle a suivi Mukki quand il est descendu en courant pour te prévenir. Là, par la porte!

—Bien, nous en discuterons plus tard, soupira Hermine, de plus en plus troublée. Venez, les beignes de Mireille vont refroidir. Et pas un mot à vos grands-parents. C'est moi qui leur expliquerai la visite de Kiona après le goûter.

Toute la famille se rassembla autour de la table dressée près de l'arbre de Noël. Mis au courant de l'incident, Jocelyn affichait une mine sévère. Il foudroya d'un regard noir le malheureux Mukki.

—Au fait, ma chérie, déclara Laura, Charlotte est de retour. Si tu as hâte de lui parler, va dans la cuisine. Je lui ai demandé d'apporter le sirop d'érable. Mireille a encore oublié de nous le donner. Je m'occupe des enfants et ils n'ont pas intérêt à broncher.

Hermine comprit le message et remercia sa mère d'un grand sourire. Au moins, Laura faisait des efforts. Elle devait se douter de sa hâte d'avoir des nouvelles de Tala et de Kiona. D'ailleurs, Charlotte guettait l'arrivée de son amie.

—Tu en as mis du temps, la sermonna-t-elle d'emblée. Tu pars au petit jour et tu me laisses dans l'angoisse jusqu'au soir. Il fait nuit, Charlotte! Décidément, tout va de travers...

—Excuse-moi, Mimine! dit la jeune fille, confuse. Simon m'a invitée au restaurant, puis nous nous sommes promenés autour de l'église Saint-Jean-de-Brébeuf. Il faisait très froid, mais le ciel était clair! Mais quand même, vers trois heures, j'étais gelée et nous avons bu un café en ville. J'étais si heureuse! Depuis le temps que je rêvais de vivre des moments pareils!

L'expression radieuse de Charlotte témoignait de son bonheur tout neuf.

—Mimine, lança-t-elle. Il veut se fiancer avec moi! Au printemps, ou avant!

—Ben voyons donc! marmonna Mireille. En voilà un qui avait intérêt à se déclarer.

Mais Hermine n'était pas d'humeur à se réjouir.

—Je te félicite! C'est ce que tu voulais depuis toujours, n'est-ce pas? Seulement je ne t'ai pas envoyée à Roberval dans ce but. Je voulais savoir autre chose, moi. Comment va Tala? Et Kiona?

—J'ai fait tout ce que tu m'as dit, Mimine. La petite a son arbre bien décoré et Tala ne manque de rien. J'ai acheté de la farine, du lard et du lait.

—Dans ce cas, tu aurais dû téléphoner du bureau de poste! La prochaine fois, penses-y! fulmina la jeune femme.

—La prochaine fois, tu n'auras qu'à y aller toi-même! rétorqua Charlotte, mortifiée. Toujours à me gronder comme si j'avais douze ans... J'ai bien de la misère à endurer ça!

La gouvernante empoigna une louche en fer émaillé et tambourina sur le couvercle d'une marmite, également en fer. Cela ressemblait au bruit d'un gong.

—Mes petites dames, sortez de ma cuisine, vous me chauffez les oreilles! s'écria-t-elle. Vous réglerez vos comptes le ventre plein. Les beignes chauds de Mireille, ça se respecte!

Hermine sortit la première, Charlotte sur ses talons. Une heure plus tard, elles étaient réconciliées. Il avait suffi pour cela de quelques paroles affectueuses échangées après le goûter et d'excuses mutuelles, dans la douce luminosité du sapin de Noël.

—J'ai eu tort de te parler sur ce ton! avait reconnu Hermine. J'étais à bout de nerfs; je te dirai pourquoi ce soir, dans ma chambre. Je suis si contente pour toi! Simon sera un bon mari et je pense qu'il te rendra heureuse.

Charlotte avait adopté le ton de la confidence.

—Je suis navrée, Mimine, j'aurais dû téléphoner, tu as raison. Mais j'ai vécu les plus belles heures de ma vie, aujourd'hui. J'avais des ailes, je me sentais jolie et j'ai oublié le reste du monde... Je n'avais jamais été vraiment seule avec Simon.

Il est attentionné, drôle, gentil. Je l'aime encore plus!

Jocelyn, lui, ne décolérait pas. Il avait durement réprimandé Mukki en le menaçant d'une punition. Le petit Louis était venu au secours de son neveu, qui était aussi son aîné de deux ans. Ce fait avait déjà donné naissance à de gentilles plaisanteries, car il était assez rare de voir un oncle plus jeune qu'un neveu.

—Papa, déclara soudain le garçonnet, faut me punir aussi, j'ai dit à Mukki où maman cachait son revolver. C'est pas juste!

Jocelyn choyait son fils à l'extrême. Une fois encore, il fit montre de partialité.

—Tu n'es coupable en rien, Louis. Ne t'en mêle pas.

—Là, tu exagères, Jocelyn! s'offusqua Laura. Si Louis a dévoilé à Mukki l'endroit où je rangeais cette arme, il a mal agi. D'une part, ça nous prouve qu'il fouille dans nos affaires et qu'il nous épie. Ce sont de vilains défauts, la curiosité et l'indiscrétion! Ajoutons la sottise, car ces deux garnements devraient savoir à quel point c'était dangereux. Je propose de confisquer leurs sacs de billes. En outre, qu'ils aillent au lit sans souper.

Madeleine poussa un faible gémissement. La nourrice allait plaider la cause des deux enfants, mais Hermine lui fit signe de se taire.

—Je suis d'accord avec ma mère! annonça-t-elle. Et ils vont aller se coucher maintenant. Le goûter était tellement copieux qu'ils ne souffriront pas de la faim. Et plus de bêtises. Je viendrai vous embrasser. Madeleine, emmène-les et ne les quitte pas des yeux.

Toujours confuse, la jeune Indienne approuva à mi-voix. Elle conduisit Mukki et Louis vers le couloir. Laurence et Marie se firent toutes petites, de peur d'être envoyées au lit également. Les adultes ne leur prêtant plus attention, elles se rassurèrent.

Charlotte monta se changer dans sa chambre en chantonnant le refrain d'*À la claire fontaine*:

—*Il y a longtemps que je t'aime. Jamais je ne t'oublierai!*

—Cette demoiselle est bien joyeuse! remarqua Laura.

—Simon s'est déclaré! indiqua Hermine. Elle attendait ça depuis toujours. J'espère que la guerre ne coupera pas court à leur amour.

—Si je voulais me faire l'avocat du diable, coupa Jocelyn, je dirais le contraire. Charlotte sera vite mariée, puisque Simon Marois n'a pas l'intention de se retrouver soldat.

—Oh, Papa, tu es bien dur! déplora sa fille. Tu manques tellement de romantisme!

Il haussa les épaules, sûr de son fait. Laura se mit au piano et joua maladroitement un morceau réservé aux débutants. Hermine reprit sa place sur le sofa et s'enveloppa d'un châle. Elle éprouvait une exaltation étrange; elle était obsédée par Kiona.

«Les enfants ne mentaient pas en affirmant qu'ils l'avaient vue. Certes, il peut s'agir d'une hallucination collective, mais j'ai la conviction qu'elle leur est apparue au moment voulu. Et si une enfant de cinq ans a le pouvoir de se rendre d'un endroit à un autre, cela me prouve que l'univers est encore plus énigmatique que je le croyais, qu'il se produit des miracles, des phénomènes inexplicables.»

Tout en s'extasiant, elle avait le vertige. Pour elle, le don de Kiona consistait en la capacité de rendre visite à ceux qu'elle aimait pour les consoler ou les protéger, et cela tenait du divin.

«Un ange est parmi nous! se dit-elle encore. Un ange en vêtements de peau de cerf ornés de franges, une fée toute dorée.»

C'était réconfortant de considérer les choses sous cet angle. Mais elle nota un fait étonnant.

«Quand ces deux hommes m'ont agressée,

Kiona n'est pas venue à mon secours! Peut-être que je ne courais aucun risque. »

Elle avait hâte de revoir sa sœur pour la toucher, la câliner, s'assurer qu'elle était bien réelle.

—Demain! se promit-elle tout bas. Demain, je repars pour Roberval. Je me suis bien assez reposée.

Mais le destin en décida autrement. Au froid polaire succéda pendant la nuit une violente tempête de neige. Au matin, Val-Jalbert semblait englouti. Jocelyn fut incapable de démarrer la voiture, pas plus que Simon et Joseph Marois, appelés en renfort. Le traîneau était inutilisable et Onésime Lapointe refusa tout net de jouer les chauffeurs quand Charlotte alla solliciter son aide.

—Mais ça n'a pas de bon sens de vouloir bouger par un temps pareil! Je te dis que nous aurons encore de grosses bordées de neige d'icitte à ce soir. Yvette est malade, en plus; je dois garder le petit.

—Je peux le garder, moi! rétorqua la jeune fille. Monsieur Chardin et Mimine doivent aller faire leur déposition au poste de police.

—Je dis non et c'est non! J'en ai par-dessus la tête de ces histoires. Je suis pas leur domestique, aux Chardin!

Hermine dut se résigner. Elle occupa son temps à lire, confinée au salon. Il neigea sans interruption, du matin au soir. Les enfants finirent par s'ennuyer.

—Tu devrais leur faire l'école, suggéra Madeleine, comme tu le faisais l'hiver, là-bas...

La nourrice avait prononcé les deux derniers mots avec une note mélancolique. Elle préférait sans doute habiter au fond des bois, loin des regards froids de Laura et des rebuffades de Mireille, qui n'aimait pas voir une Indienne dans sa cuisine. Cependant, Noël approchant, chacun fit des efforts de bonne entente.

—Tu as raison! répliqua la jeune femme. Cet après-midi, je leur donnerai une leçon de calcul et je leur apprendrai une chanson. Quelle excellente idée!

Sous ses airs enjoués, elle dissimulait une lancinante souffrance morale, celle d'être séparée de son mari. Toshan ne lui écrivait pas, ne téléphonait pas non plus. Elle l'imaginait en uniforme, les cheveux ras, à des centaines de kilomètres, dans la Citadelle de Québec.

Elle avait commencé une lettre, mais ne réussissait pas à la terminer. La suggestion de Madeleine lui parut le meilleur moyen de lutter contre la mélancolie. La nursery, que Laura continuait à surnommer ainsi même s'il n'y avait plus d'enfants en bas âge, servit de salle de classe. Hermine fit asseoir ses quatre élèves sur le tapis. Elle avait coiffé ses cheveux en chignon et portait une robe en lainage bleu foncé.

—Je suis bien content, maman, que tu nous fasses l'école! déclara Mukki.

—Moi aussi, mon chéri, je suis contente! avoua-t-elle. Et je vais vous dire mon idée. Après la leçon de calcul, je vais vous apprendre une chanson que vous chanterez le soir de Noël. Cela fera plaisir à tout le monde.

Les jumelles battirent des mains, aux anges. Madeleine avait le même air impatient que les deux fillettes. Hermine prit place sur une chaise. Encore une fois, elle regretta l'absence de Kiona.

« Moi qui voulais l'inscrire à l'école primaire de Roberval! songea-t-elle. Avec ces deux odieux individus dans la nature, je ne peux pas prendre ce risque! Si la police les arrêtait, ce serait différent. Tala pourrait mener une existence normale. »

—Aujourd'hui, nous allons réciter les chiffres et les nombres jusqu'à 20, indiqua-t-elle. Ensuite, je vous apprendrai une opération bien utile, l'addition. Toi, Mukki, écoute bien. Après les Fêtes, tu iras en classe ici, à Val-Jalbert.

La jeune femme ne disposait pas d'un tableau

noir, mais elle employa une grande feuille de papier, ainsi que des boutons. Joignant le geste à la parole, elle assemblait les menus objets selon les besoins du calcul. La pièce résonna bientôt de voix enfantines, qui récitaient: « Deux et deux font quatre, trois et trois font six. » Les enfants s'excitèrent un peu; Mukki fit tomber quelques boutons.

—Si vous voulez apprendre la chanson, soyez sages! gronda-t-elle. Maintenant, vous allez faire un dessin. Je voudrais que vous dessiniez un ange, tel que vous vous le représentez.

Louis, qui allait souvent à la messe avec ses parents, trépigna de joie. Il se souvenait très bien d'une statue d'ange posée sur l'autel de l'église Saint-Jean-de-Brébeuf. Hermine observa avec tendresse son petit frère qui commençait à tracer une silhouette informe. Il s'appliquait, la langue un peu tirée, le souffle court. Marie et Laurence, elles, chuchotaient et pouffaient. Elles passaient six mois de l'année au fond des bois, au cœur d'un paysage sauvage où il y avait peu de lieux de culte. Cependant, elles avaient déjà vu des images d'ange.

Madeleine prit une feuille et un crayon, elle aussi, et s'essaya à dessiner, joyeuse comme une fillette.

Hermine alla se poster près de la fenêtre, soudain pensive. Il tombait des nuées de gros flocons duveteux. Le vent avait faibli, mais il soufflait en rafales capricieuses.

« Charlotte est quand même partie travailler à Chambord! se dit-elle. Elle est logée, heureusement. Onésime a fini par démarrer son camion, pour éviter que sa sœur perde son emploi. Quand je pense que ma Lolotte va se marier! Il faudrait que j'en discute avec Simon. Je me demande bien pourquoi il s'est décidé si vite! »

Elle céda à la nostalgie et se revit jeune fille, pleine d'une douce espérance. Il s'était écoulé huit ans depuis son mariage avec Toshan, mais cela lui semblait une éternité. Elle eut envie de revenir en arrière, d'éprouver à nouveau les premiers battements d'un cœur vierge, de découvrir le plaisir avec gêne, puis émerveillement.

—Maman, j'ai fini! claironna Mukki.

Il courut lui porter un affreux gribouillage dans lequel on pouvait deviner des ailes.

—Tu ne t'es pas appliqué, mon chéri, commenta-t-elle. Louis, montre-moi ton dessin.

Ce n'était guère plus concluant, mais au moins l'ange avait une vague forme humaine, des traits ondulés en guise de chevelure et, là encore, une paire d'ailes approximative. Marie n'avait pas fait mieux. Quant à Laurence, qui avait un vrai engouement pour le dessin, elle avait réussi une silhouette assez harmonieuse.

—Vous ferez des progrès, dit-elle avec bienveillance. Vous dessinerez chaque jour. Demain, ce sera un cheval.

—Non, une automobile! protesta Louis.

—On apprend la chanson, maintenant! implora Marie.

—Oui, vous pouvez vous lever, répondit Hermine qui regardait le dessin de Madeleine. L'exécution assez simple ne manquait pas d'aisance.

—Tu es ma meilleure élève dans ce domaine, reconnut-elle. Avec Laurence!

—Oh, moi, ça ne compte pas, dit la nourrice d'un air gêné. Mais cela me plaît.

—Dans ce cas, dessine autant que tu veux, Madeleine.

Sur ces mots, Hermine fit aligner les quatre enfants. Elle s'aperçut de sa propre impatience à chanter et s'en émut. « Parfois, je voudrais très vite remonter sur scène, avoir le trac, et me donner tout entière à mon art! se dit-elle. Ce n'est pas de l'ambition, c'est une réelle nécessité... »

—Maman, chante! supplia Laurence en souriant.

—Oui, bien sûr! Écoutez bien, car ensuite vous répéterez avec moi.

Elle entonna un de ses cantiques préférés. Sa voix d'une rare pureté sembla emplir l'espace de la nursery, limpide, d'abord retenue, puis prenant de l'ampleur sur le deuxième couplet. Le mot *Noël* résonna sur une note cristalline. La jeune femme fixait en chantant le crucifix suspendu au-dessus de la porte.

Trois anges sont venus ce soir
M'apporter de bien belles choses
L'un d'eux avait un encensoir
L'autre avait un chapeau de roses
Et le troisième avait en main une robe toute fleurie
De perles d'or et de jasmin
Comme en a madame Marie.
Noël! Noël! Nous venons du ciel
T'apporter ce que tu désires
Car le bon Dieu au fond du ciel bleu
Est chagrin lorsque tu soupires.
Veux-tu le bel encensoir d'or
Ou la rose éclose en couronne[19] ?

Au moment où Hermine prononçait « la rose éclose en couronne », elle baissa les yeux et vit distinctement Kiona, debout derrière les quatre enfants. La fillette avait sa tunique en peau de cerf, brodée de perles rouges et bleues, frangée sur les manches. Ses cheveux blond roux étaient soigneusement nattés. Elle avait une expression de profond ravissement et le regard brillant de bonheur.

Cela lui causa un tel choc qu'elle se tut quelques secondes, ne sachant pas ce qu'elle devait faire. Mais elle conclut que la petite l'écoutait et, dominant son trouble, elle fit l'effort de continuer.

---

19. Cantique de Noël du XIXe siècle, de l'Irlandaise Augusta Holme.

Veux-tu la robe ou bien encore un collier
Où l'argent fleuronne,
Veux-tu des fruits de paradis
Ou du blé des célestes granges
Ou comme les bergers jadis
Veux-tu voir Jésus dans ses langes?

Elle connaissait si bien le cantique que cela ne l'empêcha pas de s'interroger sur ce qu'elle voyait, Kiona, bien réelle, dorée et rayonnante.

«Je dois m'approcher, lui parler, la toucher! Est-ce une image? Une hallucination? Ah, je me languis d'elle!»

Hermine reprit le refrain en fermant les yeux quelques secondes, sa résistance nerveuse soumise à rude épreuve. Quand elle les rouvrit, Kiona avait disparu.

—Oh non! gémit-elle.

Madeleine se précipita vers la jeune femme et l'entoura d'un bras protecteur. La nourrice lui dit doucement à l'oreille:

—As-tu vu ce que j'ai vu? Elle était là! Kiona... Est-ce que j'ai rêvé éveillée?

—Tu l'as vue aussi? balbutia Hermine. Ce n'est donc pas une hallucination. Nous ne serions pas deux à l'avoir aperçue au même moment.

Mukki se chamaillait avec Louis, qui se moquait de son dessin. Les jumelles commençaient à fredonner «trois anges, trois anges» en riant.

—Bon, ça suffit! décida leur mère. Descendez tous les quatre, nous apprendrons la chanson demain. Je suis fatiguée!

Elle les surveilla pendant qu'ils dévalaient l'escalier. Laura et Jocelyn étaient dans le salon. Ils accueillirent les petits en les réprimandant.

Hermine dévisagea Madeleine avec insistance.

—Dieu du ciel, tu l'as vue toi aussi! Je peux te raconter ce qui s'est passé l'autre jour, quand Mukki a dérobé le revolver. Je gardais ça pour moi, de crainte qu'on me prenne pour une folle! Je l'avais vue avant, le soir où je pleurais tant.

Une fois mise au courant des trois apparitions de Kiona, la nourrice demeura silencieuse, comme frappée d'une stupeur sacrée. Elle osait à peine regarder Hermine.

—Dis-moi ce que cela signifie, Madeleine? Tala n'a pas été surprise outre mesure. Elle m'a expliqué que les sorciers de votre peuple pouvaient se déplacer ainsi! Mais c'est impossible, admets-le.

—L'esprit est plus puissant que le corps! rétorqua enfin la jeune Indienne. Et Kiona n'est pas une fillette ordinaire, ça non! Deux fois, elle est venue dans le but de protéger, de consoler, mais aujourd'hui... Je crois qu'elle était là pour se distraire.

Hermine secoua la tête. Elle n'en pouvait plus de douter ou d'imaginer une manifestation divine.

—Souvent, je la compare à un ange! ajouta-t-elle. Cependant, j'hésite entre un bonheur inouï et une sorte de peur instinctive, la peur qu'on ressent devant l'inconnu, le mystère suprême! Cette fois, il ne faisait pas nuit, je n'étais pas en larmes, je n'ai donc pas rêvé son apparition! Mais comment fait-elle? Il neige tant!

Madeleine eut un sourire apitoyé. Elle étreignit les mains de son amie.

—J'accepte plus facilement que toi ce genre de choses, même si je n'en avais jamais été témoin. Pour les Indiens, le monde est un vaste mystère en lui-même, dont nous ignorons les secrets. Un grand esprit guide nos actes! Kiona obéit peut-être à une loi qui la dépasse. Et, à mon avis, la neige n'est pas un obstacle... Ne pleure pas, il faut se réjouir de ses facultés.

—Je ne peux pas encore, coupa la jeune femme en essuyant ses larmes. Je voudrais prévenir Tala. Elle m'avait demandé de ne pas appeler Kiona, de la laisser tranquille. Le soir où j'étais si triste, c'est vrai, j'ai prononcé son nom, je l'ai appelée au secours. Depuis, je fais des efforts, je la chasse de mes pensées afin de respecter la volonté de sa mère. Mais cela ne change rien. Demain, j'irai à Roberval, en raquettes, s'il le faut!

La nourrice n'eut pas le temps de répondre. Un concert d'aboiements retentissait dehors, devant la maison. Le cœur d'Hermine se serra. Avant, elle aurait cru au retour de Toshan, mais son mari était loin.

—C'est Pierre Thibaut! s'écria Madeleine qui avait regardé par la fenêtre. Il ramène les chiens et le traîneau de Toshan! Mais il y a deux attelages. Quelqu'un a dû l'accompagner... Je crois reconnaître Ovide Lafleur!

—Viens, Madeleine, allons les saluer. Ils arrivent à point. Demain, si personne ne peut me conduire en ville, je prendrai le traîneau.

La jeune femme éprouvait une légère satisfaction à l'idée de revoir cet instituteur qui lui avait été si sympathique. Elle se sentait aussi infiniment soulagée de retrouver les chiens de son mari. Pouvoir caresser le vieux Duke ou bien le beau Kute, un husky aux yeux d'azur, c'était un peu se rapprocher de Toshan.

Elle s'emmitoufla dans un châle en protégeant aussi ses cheveux et chaussa des bottes fourrées. Madeleine l'imita. Au moment où elles ouvraient la porte donnant sur le perron, Mukki les bouscula. Le petit garçon, en chaussons, tête nue, se rua vers le premier traîneau pour se jeter contre Duke. L'enfant avait lié une solide amitié avec la grande bête aux allures de loup.

—Duke, mon Duke! répétait-il.

—Doux Jésus, s'exclama Hermine attendrie, Mukki, on ne sort pas dans cette tenue! Tu vas prendre froid. Va t'équiper et reviens vite. Préviens grand-père aussi.

L'enfant n'avait jamais obéi aussi vite.

—Bonjour, mesdames, claironna Pierre en soulevant sa casquette à oreillettes. Ce n'était pas facile d'arriver icitte! Il y a eu de grosses bordées de neige. Mais j'avais promis de ramener les chiens; c'est chose faite!

Hermine salua Pierre avec une amabilité dénuée de chaleur. Les critiques qu'il avait exprimées sur la conduite de Toshan pesaient encore sur son cœur. Mais elle adressa un grand sourire à Ovide, qui se tenait en retrait.

—Il faut enfermer les chiens dans leur enclos et les nourrir, dit-elle. Et quand ce sera fait, messieurs, vous viendrez boire un bon café. Mireille aura sûrement des biscuits à vous offrir.

La jeune femme alla caresser Duke, puis Kute. Les autres bêtes la reconnurent et aboyèrent pour la saluer. En quelques secondes, elle fut saupoudrée de flocons. Madeleine se tenait à ses côtés, son regard noir fixé sur Pierre.

—Mon chum Ovide m'a accompagné. Il me ramènera chez moi ensuite, expliqua Pierre. Et, pour être franc, je suis sûr qu'il espérait revoir le Rossignol de Val-Jalbert. C'est que tu es une vraie vedette. Ce gars-là ne s'est pas encore remis d'avoir placoté avec toi de Péribonka à Roberval.

Pierre éclata d'un rire un peu lourd, mais Ovide piqua du nez, la face cramoisie.

—Ne l'écoutez pas, s'exclama Hermine. Pierre est taquin, comme d'habitude.

Elle escorta les visiteurs jusqu'au chenil. Jocelyn les rejoignit, précédé de Mukki. Une fois débarrassé de son harnais, Duke se précipita vers l'abri dressé au milieu de l'enclos grillagé.

—Il a de la mémoire, ce vieux Duke! fit remarquer Pierre.

—Oui, après cinq ans, il n'a pas hésité une seconde, ajouta Jocelyn. Mireille prépare une pâtée pour les chiens, je vais leur donner de l'eau.

On discuta encore de la tempête de ces derniers

jours, qui en annonçait sans doute d'autres, ainsi que de la guerre. Hermine préféra rentrer seconder la gouvernante. Mais Madeleine s'attarda, sous le prétexte de surveiller Mukki.

—Je ne veux pas qu'il fasse de bêtises, prétexta-t-elle.

Un quart d'heure plus tard, Pierre et Ovide pénétraient dans le salon, bien gênés d'être en grosses chaussures. Toujours distinguée et gracieuse, Laura les reçut avec amabilité. Le jeune instituteur jetait des coups d'œil fascinés sur le cadre luxueux qui l'entourait. Il n'avait jamais vu tant de belles choses réunies dans une même pièce.

—On se croirait dans un décor de cinéma, dit-il, encombré de ses mitaines et de sa casquette qu'il avait ôtées.

Flattée, Laura éclata de rire, avant d'observer Ovide avec compassion. Il lui parut émacié, sous une couronne de boucles assorties à sa moustache, d'un châtain doré. Son regard vert, comme affolé, dénotait une nature réservée. Elle ne soupçonna pas un instant qu'il était mal à l'aise de se retrouver en présence d'Hermine.

« J'aurais été comme lui, jadis, si j'étais entrée dans ce genre de maison, songea-t-elle. Ma famille était si pauvre, en Belgique! Ce sont les caprices du destin. J'ai épousé Franck Charlebois, quand j'étais amnésique, et j'ai hérité de sa fortune après son décès. »

Cette pensée la rendit encore plus douce. Elle guida le jeune homme vers une chaise.

—Installez-vous, nous allons manger tous ensemble, en bonne amitié, dit-elle. Savez-vous, Ovide, qu'à votre âge j'étais serveuse dans une auberge de Trois-Rivières et que je dormais sur une paillasse? La roue tourne. Dans vingt ans, vous serez peut-être un acteur célèbre ou un industriel renommé!

—Laura, ça n'intéresse pas ce garçon, coupa Jocelyn. D'où êtes-vous, Ovide?

—J'ai grandi près de Desbiens, répondit le jeune

homme. Mon père travaillait dans une scierie au bord de la rivière Métabetchouane. Je me plaisais bien, là-bas. Nous étions logés pas loin du trou de la Fée[20].

Les enfants étaient présents. Ils ouvrirent de grands yeux interloqués en entendant ces derniers mots.

—Le trou de la Fée? répéta Hermine. Mais qu'est-ce que c'est?

—Une caverne, ma chérie, intervint Jocelyn. Je suis déjà allé du côté de Desbiens. C'est un endroit magnifique, plus sauvage que Val-Jalbert. Et la caverne est assez profonde. Difficile d'accès, également. Je n'ai pas essayé de la visiter.

L'arrivée de Mireille, chargée de deux plats garnis de crêpes roulées et nappées de sirop d'érable, mit fin à la conversation. Hermine apprécia beaucoup cet intermède qui, sans lui faire oublier la mystérieuse apparition de Kiona, en estompa le contrecoup. Elle déplora seulement l'attitude taciturne d'Ovide. Il s'était montré éloquent en sa seule compagnie, pendant le voyage en traîneau, mais là, il se contentait d'écouter les uns et les autres, sans lui accorder d'attention particulière. Bizarrement, cela la vexait.

«Je devrais m'en moquer, se reprocha-t-elle. Il faut croire que j'ai besoin de plaire, moi aussi. Enfin, pas à tout le monde... Les compliments de Pierre m'embarrassent et quand il me dévisage c'est encore pire. Mais Ovide Lafleur est différent. J'ai si rarement rencontré des hommes comme lui. J'ai l'impression que nous avons les mêmes idées.»

Perdue dans ses pensées, elle ne remarqua pas que l'instituteur la regardait. Il admirait très discrètement son profil délicat et le battement de ses cils blonds. Laura s'en aperçut-elle?

---

20. Site naturel se trouvant à Desbiens, aujourd'hui aménagé pour les visites.

—Où habitez-vous, maintenant, Ovide? lui demanda-t-elle avec autorité.

—Une fois veuve, ma mère s'est établie à Sainte-Hedwidge. Elle nous loge, mon épouse et moi.

—Ah! Vous êtes marié? insista Laura. Bien sûr, c'est le lot commun, à votre âge.

Hermine soupira, agacée. Pour éviter un interrogatoire en règle au jeune homme, elle se leva brusquement.

—Ovide, quand vous avez eu la gentillesse de nous conduire à Roberval, mon amie Madeleine m'a proposé de chanter et j'ai refusé. Mais je tiens à vous interpréter quelque chose aujourd'hui, en guise de remerciement. C'est pour toi aussi, Pierre.

Elle avait ajouté ces derniers mots afin de donner le change, car, au fond, elle ne désirait chanter que pour Ovide. C'était une manière de lui prouver son talent et sa volonté d'oublier ses peines, au nom de l'art.

—De l'opéra, alors? s'exclama Jocelyn. *Lakmé*...

Hermine hésitait quand Ovide s'enhardit à suggérer un titre.

—Connaissez-vous *La Paloma*[21], madame? Cette chanson m'a toujours profondément ému.

—C'est un excellent choix, convint Hermine.

La paloma adieu, adieu c'est toi que j'aime
Ma vie s'en va mais n'aie pas trop de peine
Oh mon amour adieu!

La voix de la jeune femme s'éleva, limpide, d'une pureté absolue. Elle mettait dans chaque mot une note déchirante, s'appropriant le chagrin qu'exprimaient les paroles. Mais étrangement,

21. *La Paloma* (La colombe) est une chanson composée par l'Espagnol Sebastian Iradier vers 1863. Son rythme, celui de la habanera, la caractérise. C'est une des chansons les plus enregistrées au monde.

l'image de Toshan ne s'imposa pas à elle, malgré les larmes qui perlaient à ses yeux. C'était en songeant à tous les malheureux de la terre qu'elle se tut, après le dernier couplet.

Mireille ne put s'empêcher d'applaudir, ainsi que Jocelyn. Les enfants firent de même.

—Merci, dit simplement Ovide.

Ses prunelles vertes en disaient beaucoup plus long, Hermine en fut consciente. Elle reprit sa place, troublée, en notant par ailleurs que Madeleine s'était assise près de Pierre et ne pouvait s'empêcher de le regarder.

—Eh bien, il est temps de se remettre en route, dit ce dernier. Madame Laura, monsieur Jocelyn, à la revoyure!

Ovide Lafleur, lui, serra avec une telle nervosité la main d'Hermine qu'elle en eut le rouge aux joues. Dès que les jeunes gens furent sortis, elle entraîna Madeleine à l'écart, près d'une fenêtre. La nourrice semblait morose, ce qui confirmait ses doutes.

—Madeleine, tu n'aurais pas un petit secret? lui demanda-t-elle tout bas.

—Mais non! Pourquoi dis-tu ça?

—Je t'ai trouvée différente, tout à l'heure! Enfin, je peux me tromper, mais tu semblais en admiration devant Pierre.

—C'est faux! rétorqua vivement Madeleine en prenant la fuite.

Son attitude venait de démontrer à Hermine qu'elle avait vu juste. Elle suivit son amie à l'étage et l'obligea à entrer dans sa propre chambre.

—Madeleine, tu es mon amie. Tu n'as pas à avoir honte d'être troublée par un homme. En plus, je me sens responsable de ta situation. C'est à cause de moi que tu as renoncé à ta vocation religieuse. En vivant à mes côtés, tu es forcément confrontée au monde. Et si tu désirais te remarier, ce ne serait pas un crime non plus. Mais pas avec Pierre, qui a une bonne épouse et déjà quatre enfants.

La jeune Indienne avait croisé les bras sur sa poitrine, le dos courbé comme sous un poids d'un fardeau invisible. Elle faisait peine à voir.

—Je n'ai foi qu'en Notre-Seigneur Jésus-Christ! assura-t-elle. Aucun homme ne me séduira. Et je sais bien que Pierre a une épouse et des enfants.

De grosses larmes coulaient sur ses joues. Apitoyée, Hermine l'attira contre elle.

—Tu l'aimes un peu, n'aie pas honte de l'avouer! lui dit-elle à l'oreille. Ma pauvre petite amie, on tombe souvent en amour sans le vouloir.

—Il faudra me conduire à l'église; je me confesserai. Ce n'est qu'une illusion, l'amour terrestre! Et Pierre, il ne regarde que toi, il boit tes paroles. Comme Ovide Lafleur... Pourtant, il est marié lui aussi. Oh, Hermine, pardonne-moi de te dire ça! Maintenant, tu vas me mépriser. Pardonne-moi!

Elle se dégagea de l'étreinte de la jeune femme pour pleurer à son aise.

—Pierre? s'étonna-t-elle. C'est toi qui te trompes, Madeleine. C'est l'ami de Toshan. Et Ovide aussi. Si je t'écoutais, je deviendrais orgueilleuse.

Malgré cette déclaration, elle dut admettre que Pierre se comportait parfois de façon ambiguë. C'était aussi le premier garçon à l'avoir embrassée sur les lèvres, une dizaine d'années auparavant. Elle ne pouvait nier non plus la manière explicite dont Ovide l'avait regardée, sans oublier sa poignée de main bien audacieuse.

—Nous ne les reverrons pas de l'hiver, dit-elle à voix haute comme pour se rassurer elle-même. Madeleine, je t'en prie, ne te rends pas malade. Tu iras te confesser et, de mon côté, je tiendrai Pierre à distance, s'il repasse par Val-Jalbert. C'est un homme marié et tu dois te raisonner. Et je suis certaine d'une chose, il n'a que de l'amitié pour moi. Rien d'autre. Ne sois pas triste; tu n'as pas trahi ta foi!

—Oh, si, se lamenta la nourrice. J'ai honte! J'ai

pris goût à cette vie dorée que tu m'as offerte, les beaux hôtels, les bons repas, les sorties en ville. Si je n'étais pas autant attachée à toi et à tes enfants, j'entrerais vite au couvent.

—Et ce ne serait pas honnête de ta part, car tu ne ferais que fuir le problème. Madeleine chérie, tu es comme une sœur, je n'aurais plus aucun courage sans toi. Je suis séparée de Toshan pour je ne sais combien de mois. Ne me quitte pas, toi aussi. Si tu veux, demain tu viendras avec moi à Roberval et tu pourras te confesser à l'église Notre-Dame, qui n'est pas loin de l'avenue Sainte-Angèle.

La jeune Indienne secoua la tête tristement.

—Non, tu ne peux pas m'amener. Les hommes qui cherchent Tala me connaissent peut-être. S'ils me voyaient avec toi, nous serions en danger; Tala et Kiona aussi.

Hermine haussa les épaules. Elle en avait assez de trembler, d'avoir peur. Soudain joyeuse, elle prit Madeleine par les épaules.

—Prenons le risque! rétorqua-t-elle. Et j'ai assez porté de costumes sur scène, pour changer ton apparence. Un peu de fantaisie et tu ne seras plus la même. Allons, sèche tes larmes...

La fébrilité et l'enthousiasme d'Hermine étaient contagieux. Comme deux adolescentes éprises d'aventure, elles finirent par rire de leur plan extravagant. Le soir, Jocelyn voulut contrarier leur projet.

—Demain, je te conduis à Roberval, ma fille, dit-il. Le chef de police s'impatiente; il veut notre déposition. Nous mettrons le temps qu'il faudra. La route sera sans doute mauvaise, avec toute cette neige, mais nous irons. J'en profiterai pour rendre visite à ma petite filleule. Crois-tu qu'un livre d'images plairait à Kiona?

Il provoquait clairement Laura qui fit la moue. Ce qu'elle redoutait le plus allait donc se produire. Mais elle saurait punir son mari.

—Je suis navrée, papa, mais c'est impossible,

répliqua Hermine. Je pars à l'aube en traîneau avec Madeleine et mes chiens. Le chef de police n'a pas besoin de toi. Et, ne craignez rien, un ange me protège...

C'était dit d'un ton ferme et autoritaire. Jocelyn céda, mais il paraissait sincèrement contrarié. Laura retint un sourire de triomphe. Ni l'un ni l'autre ne s'interrogèrent sur l'ange dont parlait leur fille.

7
Du côté de Roberval

Val-Jalbert, demeure des Chardin, même soir

Hermine avait pris la résolution de se rendre seule avec Madeleine à Roberval. C'était sans compter sur Mireille qui avait coutume d'écouter les discussions, au gré de ses déambulations de la cuisine à la salle à manger. Excédée par la capitulation immédiate de ses patrons, la gouvernante se planta près de la table, les poings sur les hanches.

—Je me mêle de ce qui ne me regarde pas, commença-t-elle, mais je voudrais bien comprendre pourquoi, madame, vous laisseriez votre fille tenter une expédition aussi périlleuse! Il y a une semaine que ces bandits l'ont agressée sur la route et on dirait que c'est oublié! Moi, je trouve ça stupide, avec tout le respect que je vous dois!

—Mais, enfin, Mireille, s'écria Laura, effectivement, ce ne sont pas vos affaires!

—Ah! rétorqua la gouvernante. Eh bien, si, c'est mes affaires! J'ai connu Hermine quand elle avait quinze ans, une jolie demoiselle dévouée, gentille comme tout, et depuis je l'aime autant que si elle était ma petite-fille. Fichez-moi à la porte si vous voulez, mais je vous dis qu'elle ne doit pas faire tous ces milles sans la protection d'un homme, que ce soit monsieur ou un des fils Marois.

Jocelyn approuva en hochant la tête. Hermine ne s'attendait pas à l'intervention de Mireille.

—Enfin, Mireille, on ne peut pas vivre dans la peur! répliqua la jeune femme. Il fera jour et j'aurai les chiens.

—Un chien harnaché, attaché au traîneau, ne pourra guère te défendre, ma pauvre petite! s'emporta la gouvernante. Je sens que de mauvaises choses sont en marche. Tout va de travers, ces temps-ci. Ces individus essaient de tuer Chinook, Mukki joue avec une arme chargée, et il n'a jamais autant neigé à cette période de l'année. Le diable rôde, voilà ce que je dis!

Madeleine se signa, affolée par ces paroles. Les enfants lancèrent des regards inquiets autour d'eux.

—Ne raconte pas de sornettes! coupa Laura d'un ton dur. J'admets que tu as raison sur un point, Mireille. Hermine ne doit pas partir sans protection. J'ai une idée. Nous les suivrons en voiture, Jocelyn. Onésime a fait le trajet hier, avec son camion équipé de patins. Je ne sais pas comment cette machine reste assemblée, mais nous pourrons rouler dans ses traces. Et nous prendrons le train pour Chicoutimi. Je ferai quelques achats…

—Laura, protesta Jocelyn, d'abord, comment t'arranges-tu pour être au courant des déplacements d'Onésime? Ensuite, pourquoi aller jusqu'à Chicoutimi? Il y a des commerces, à Roberval!

—Je n'y trouve pas souvent ce que je désire, répliqua-t-elle. Nous amènerons Louis. N'est-ce pas, mon petit chéri, que cela te plairait un beau voyage avec papa et maman?

Hermine était déconcertée. Cela contrariait encore plus son plan.

—Mais, maman, qui gardera mes enfants, dans ce cas? Et le soir, personne ne nous protégera pendant le trajet du retour?

—Madeleine n'a qu'à s'en occuper; c'est son rôle, après tout. Je ne vois pas pourquoi elle aurait besoin de se promener en ville! Pour le retour, je vais m'arranger pour que tu aies une escorte. Je paierai le prix, s'il le faut.

Ulcérée, la jeune femme se leva de table. Elle

jeta sa serviette entre les plats et recula pour mieux toiser sa mère.

—Madeleine est ma cousine par alliance. Ce n'est pas une domestique. Elle a le droit de sortir un peu de cette maison. Faites à votre idée, papa et toi, mais je m'en tiens à ma décision.

Elle se précipita dans le couloir, prit un manteau à une patère et chaussa des bottes. Quelques secondes plus tard, elle claquait la porte et descendait les marches du perron. Elle fut soulagée de se retrouver seule dehors.

« Guerre ou pas, j'aurais dû rester chez moi, là-bas, dans la forêt, se disait-elle. J'ai passé l'âge d'être traitée comme une enfant. Maman est exaspérante, à la fin! »

Le ciel était pur et dégagé, piqueté d'étoiles argentées. La neige fraîche, dense, d'une blancheur immaculée, crissait sous ses pas. Il faisait très froid, mais cela ne dérangeait pas Hermine. Elle éprouvait une satisfaction farouche en marchant vers le couvent-école, les yeux rivés à la colonne de fumée qui s'élevait de la cheminée des Marois.

«J'aurais dû montrer le couvent-école à Ovide, pensa-t-elle encore. Le bâtiment est tellement majestueux, et les sœurs étaient de si bonnes enseignantes! Joseph Marois n'avait pas tort, lui qui me conseillait parfois de me faire institutrice. C'est un beau métier. »

La jeune femme s'immobilisa quelques secondes, tétanisée. Elle venait à nouveau de s'imaginer seule avec Ovide, discutant avec lui.

« Qu'est-ce qui m'arrive? s'alarma-t-elle. Il me plaît, voilà! Non, il pourrait me plaire dans une autre vie, si je n'étais pas mariée à un homme que j'adore, si, si... Ce doit être sa délicatesse qui me charme. Il souhaitait m'entendre chanter *La Paloma*, une chanson toute triste, très douce... Au fond, je ne fais rien de mal. J'ai quand même le droit d'apprécier quelqu'un! »

Elle reprit sa marche d'un pas décidé, chassant un vague sentiment de culpabilité.

« Betty ne doit pas être couchée, elle veille souvent, le soir. Ma chère Betty! Je dois tenir ma promesse et lui consacrer plus de temps. Je suis sûre qu'elle sera enchantée de garder Mukki et les jumelles. »

Il y avait bien de la lumière derrière les rideaux et même l'ombre d'une silhouette féminine. Élisabeth ouvrit tout de suite.

—Entre vite, Mimine. Je t'ai vue arriver, j'allais monter me coucher et, tu me connais, je jetais un dernier coup d'œil devant chez nous. C'est une habitude qui remonte loin, quand je guettais le retour de Jo. Qu'est-ce que tu fais dehors si tard? Tout le monde dort, icitte.

—Sauf toi, ma Betty.

—Tout à l'heure, je tricotais près du fourneau; ça me permet de réfléchir aux tâches du lendemain!

Rien ne changeait vraiment chez les Marois. Hermine se crut revenue des années plus tôt, lorsqu'elle disposait du salon, aménagé en chambre pour son confort. Le calendrier mural, l'horloge, le fauteuil à bascule se trouvaient à l'endroit exact où ils étaient jadis.

—J'ai un service à te demander, Betty, dit-elle à voix basse. Est-ce que tu pourrais garder Mukki et les jumelles demain? Mireille te les amènera après leur petit-déjeuner.

—Mais avec plaisir! Je serais même ravie, ça oui. Et Marie, donc, qui se plaignait de ne pas pouvoir jouer avec ton fils. Je t'assure que cela ne me dérange pas du tout. Ils pourront faire une bataille de boules de neige, s'il ne gèle pas trop fort durant la nuit.

Hermine expliqua brièvement les raisons de sa démarche. Elle trouva en Betty une oreille compatissante.

—Je pense comme Mireille, ajouta-t-elle. Je suis prête à garder tes enfants deux jours si nécessaire, à condition que tu ne fasses pas le trajet jusqu'à

Roberval seule. Nous avons eu si peur pour toi, Mimine! Veux-tu une tasse de thé? J'en ai préparé et il est encore chaud. On pourra jaser un peu...

—Oh oui, merci!

Renouant avec leur ancienne complicité, elles s'assirent face à face et bavardèrent à mi-voix.

—Je ne suis pas toujours à mon aise chez maman, déclara la jeune femme. Je l'aime, mais elle me couve trop. Et c'est une femme autoritaire. Pourtant, je compte bien bouger, cet hiver. Déjà, je donnerai un récital au sanatorium de Roberval. Sais-tu que j'ai revu la première mère supérieure du couvent-école, sœur Sainte-Apolline? Et la converse, sœur Victorienne. J'étais très émue, je me sentais une fillette devant elles.

Betty écoutait, rêveuse, envahie par une douce nostalgie.

—J'ai été bien chanceuse d'être ta gardienne, Mimine. Tu ne t'es jamais plainte, même si parfois tu travaillais dur... Au fait, Charlotte a dû t'annoncer la bonne nouvelle! Elle va se fiancer avec Simon. Il était grand temps qu'il se décide, notre aîné. Te souviens-tu du nombre de blondes qu'il a fréquentées? Et ça finissait toujours de la même manière, quelque chose n'allait pas chez la demoiselle. Je crois que Charlotte le rendra heureux. Moi, je l'aime beaucoup, cette jolie petite. Une fille sérieuse et instruite. Je lui ai ouvert les yeux, à mon Simon.

—Comment ça? s'étonna Hermine.

—Je lui ai fait valoir les qualités de Charlotte et la sincérité de son amour. En plus, son frère lui laisse la maison des Lapointe. Onésime et Yvette s'installent dans le logement du charron, le père d'Yvette. Je l'ai dit à Simon. Lui qui souhaite demeurer à Val-Jalbert, il aura deux beaux terrains à exploiter.

—Je l'ignorais! fit remarquer la jeune femme.

Elle revit Charlotte transportée de bonheur, lui annonçant ses prochaines fiançailles.

« Et moi, uniquement préoccupée de Tala et de Kiona, je l'ai rabrouée, pensa-t-elle un peu honteuse. Nous en avons parlé, un peu plus tard, mais je n'ai posé aucune question sur le lieu où ils habiteraient, ni de quoi ils vivraient. »

— Dis-moi, Mimine, poursuivit Betty. Quand Charlotte sera mariée, elle ne t'accompagnera plus à Québec ni dans tes autres déplacements. Je sais que tu l'engages comme maquilleuse, mais ce ne sera plus possible. Je serai bientôt grand-mère, à mon avis.

— Nous verrons; ils ne sont pas encore mariés, dit Hermine. Et, avec la guerre, on ne peut pas faire trop de projets d'avenir. Mon impresario, Octave Duplessis, ne se manifeste plus. Il a dû rentrer en France.

— Tu as raison, nous verrons bien! Mais j'y pense, puisque tu vas à Roberval demain, pourrais-tu me rapporter du ruban rouge? Va de ma part *Au Bon Marché*, chez madame Thérèse, la mercière. Elle est tellement gentille, cette femme! Quand j'ai la chance d'aller en ville, elle prend toujours le temps de discuter avec moi et avec ses autres clientes.

— Je te l'offre, Betty, en dédommagement! J'espère que mes enfants seront sages. N'hésite pas à les gronder, s'ils te font des difficultés!

Elles rirent tout bas. Hermine prit congé en remerciant encore Betty qu'elle embrassa affectueusement. Mais, une fois seule dans la rue Saint-Georges, elle quitta son air enjoué pour prendre une mine soucieuse. Un sentiment indéfinissable la perturbait et cela concernait Charlotte.

« Je connais bien Simon. Cela lui ressemble de choisir l'intérêt à défaut de l'amour. Quand même, ce serait bien déloyal! Je l'obligerai à me dire la vérité. S'il fait souffrir, ma Lolotte, il aura affaire à moi. »

La jeune femme conclut qu'elle n'aurait guère de temps de s'apitoyer sur son propre sort. Madeleine semblait amoureuse de Pierre; Charlotte caressait peut-être un avenir de pacotille. Elle-même se surprenait à rêvasser d'un presque inconnu aux yeux verts. Accablée par ce constat, elle longea l'allée menant à la maison de Laura. Les chiens aboyèrent dans l'enclos, au bruit de ses pas.

—Sage, Duke, c'est moi! leur dit-elle affectueusement. Moi, la solitaire!

La Citadelle, lundi 18 décembre 1939

Il neigeait. Toshan tendit la main et cueillit au vol quelques flocons qui fondirent au creux de sa paume. Paupières mi-closes, une cigarette à la bouche, le beau Métis se revit au plus profond de sa forêt natale, ces jours d'hiver où, équipé de raquettes, il partait à la chasse. La vie militaire n'avait pas encore pu effacer en lui son besoin de liberté, de grands espaces, de silence et de solitude. Le plus pénible à son goût, c'était la promiscuité avec les autres soldats. Hormis durant les heures consacrées à l'entraînement, et qui n'étaient pas des parties de plaisir en raison du froid et des exercices demandés, il supportait mal ce brouhaha presque constant causé par des dizaines d'hommes rassemblés qui riaient, criaient, toussaient ou discutaient tard le soir.

Afin de rester fidèle à son engagement, Toshan repoussait toute nostalgie. Il n'avait pas encore écrit à Hermine, mais la jeune femme ne quittait guère ses pensées.

« Que fait-elle, maintenant? s'interrogea-t-il en silence. Je suis rassuré de la savoir à Val-Jalbert, près de ses parents, de Betty et de Charlotte. Telle que je la connais, elle doit pleurer le matin en se réveillant, puis se reprocher d'être si faible. »

L'éloignement le rendait sentimental. Par orgueil viril, il cachait soigneusement sa tristesse, mais la veille un incident l'avait obligé à divulguer une partie de sa vie privée et il en était exaspéré. Gamelin, incorrigible bavard, avait répandu le bruit que le soldat Delbeau était le mari d'une célèbre chanteuse, surnommée le Rossignol des neiges, chez eux, au pays du Lac-Saint-Jean. Un des officiers s'était enquis de l'identité de la chanteuse en question.

— C'est Hermine Delbeau, avait reconnu Toshan.

— Vraiment, vous êtes son époux? J'ai eu le bonheur de l'entendre chanter dans *La Traviata*, il y a deux ans de cela, au Capitole. Quelle voix remarquable! J'étais avec ma mère et ma femme et elles ont été conquises. Croyez-vous que je pourrais obtenir un autographe sur une photographie?

Bien embarrassé, Toshan avait répondu qu'il le demanderait à Hermine dans un courrier. L'officier semblait aux anges, même s'il avait étudié avec un brin d'étonnement ce bel homme dont le métissage était indéniable. En son for intérieur, il en avait déduit que les vedettes devaient avoir une existence plus insolite, plus passionnée que le commun des mortels. Il l'avait salué et s'était éloigné, l'air satisfait.

Mais les témoins de la discussion, Gamelin et deux autres soldats, n'avaient pas résisté au plaisir de taquiner Toshan.

— Fais-moi cette lettre au plus sacrant, Delbeau! avait ordonné Gamelin en roulant des yeux autoritaires. M'sieur le gradé veut son autographe. Hé, les gars, si vous pouviez voir sa blonde, c'est une beauté. Faut espérer qu'elle va pas chanter de plaisir sans toi, maintenant que tu as fait la sottise de t'enrôler!

— Tais-toi donc, avait grondé Toshan. Tu n'es qu'un envieux, parce que toi, vu ta trogne d'orignal, tu n'as jamais eu de blonde; ça se sait au pays...

La réplique du soldat Delbeau avait provoqué un grand éclat de rire moqueur. Ce soir-là, Toshan s'était attiré l'admiration et le respect de ses camarades de garnison. Mais Charles Laflèche, originaire de Trois-Rivières, avait trouvé là un motif supplémentaire d'exécrer le jeune Métis, à qui il devait un hématome le long du nez, ainsi qu'une coupure mal cicatrisée à la lèvre supérieure. Ce matin-là, un quart d'heure avant l'entraînement, il se félicita de voir Toshan seul devant la porte du bâtiment abritant les chambrées des nouvelles recrues.

—Alors, le basané, tu crois que tu vas te la couler douce, à présent? ironisa-t-il en lui décochant une bourrade. Tout ça parce que tu as marié une pas grand-chose! Je vais te dire, Delbeau, les bonnes femmes qui jouent la comédie et qui poussent la chansonnette, ce sont des putes. Maquillées, les nichons à l'air et...

Toshan agrippa son adversaire par le col de sa veste. Ils étaient de la même taille et ils se toisèrent avec une expression de haine viscérale.

—Ose répéter ce que tu viens de cracher, espèce de salaud! menaça Toshan. Insulte-moi si tu veux, mais ne t'avise pas de dire du mal de mon épouse, sinon...

—Sinon quoi? interrogea l'autre. Tu te plains à m'sieur l'officier?

—Sinon je t'étrangle une nuit et je raconte que tu t'es pendu. Je ne blague pas. Tu devrais le savoir qu'un sauvage de Montagnais est capable du pire.

Sur ces mots, il donna un grand coup de tête dans le front de Laflèche qui poussa un cri de douleur. Il dévisagea Toshan d'un air effrayé, à cause de ce regard noir de fureur qui confirmait les menaces prononcées.

—J'vais me plaindre au caporal! bredouilla-t-il.

—Ne te gêne pas, surtout! renchérit le soldat Delbeau avec un sourire de fauve. Un type qui ne supporte pas la vie militaire, personne ne s'étonnera qu'il se suicide!

Charles Laflèche recula, terrorisé. Il avait toujours pensé que les Indiens étaient des démons. Il venait d'en avoir la preuve. Mais après cette mise au point, Toshan n'eut plus affaire à lui.

Roberval, même jour, lundi 18 décembre 1939

En arrêtant son traîneau sur l'avenue Sainte-Angèle, devant la maison où logeait sa belle-mère, Hermine constata à un discret mouvement des rideaux qu'on l'avait vue et entendue arriver. De plus, Duke aboyait avec insistance.

—Sage, Duke, pesta-t-elle. Moi qui voulais être discrète!

— Tu n'as pas à t'inquiéter, dit tout bas Madeleine. Un attelage de six bêtes n'est pas vraiment rare, dans le pays.

Les deux jeunes femmes échangèrent un regard complice. Elles étaient difficilement reconnaissables. Chacune portait une veste à large capuche qui dissimulait leurs cheveux, eux-mêmes enfouis dans un bonnet. Une écharpe cachait la moitié de leur visage. De loin, on pouvait les prendre pour des adolescents à cause de leurs pantalons.

—Je vais conduire les chiens dans l'arrière-cour, dit Hermine. Tala ouvrira la porte. Entre vite, je vous rejoins.

Madeleine ne se fit pas prier. Au moment où elle disparaissait à l'intérieur, une grosse voiture noire remonta la voie tapissée de neige gelée. C'était l'automobile des Chardin.

Laura et Jocelyn avaient escorté le traîneau jusqu'à Roberval. Rassurés sur le sort d'Hermine, qui venait de leur adresser un petit signe de la main, ils roulaient maintenant au ralenti en direction de l'avenue Saint-Georges pour gagner la gare. Louis était sagement assis sur la banquette arrière. Le petit garçon, très gai durant le trajet, venait d'être troublé par la vision fugitive d'une fillette derrière la vitre d'une fenêtre. Il faillit le dire à ses parents, mais ceux-ci se querellaient au sujet des horaires du train pour Chicoutimi. Louis garda le silence, envahi par un tranquille bonheur. Il se demandait si ce n'était pas un ange qui lui était apparu, car cette fillette semblait faite de lumière. Ses cheveux et sa peau étaient dorés et son sourire le poursuivait. Pas un instant il n'associa la merveilleuse enfant à une certaine Kiona dont il avait entendu parler par Mukki et les jumelles.

—J'ai vu un ange! balbutia-t-il.

Ni Laura ni Jocelyn ne firent attention, Louis ayant l'habitude de marmonner des phrases ou des bribes de comptine.

Pendant ce temps, Hermine ordonnait à son attelage de ne pas bouger. Les chiens, accoutumés à cet ordre, se couchèrent aussitôt dans l'arrière-cour, au soleil, dans l'épaisse couche de neige.

—C'est bien! dit-elle en souriant de satisfaction. Vous êtes de braves bêtes, vraiment!

La jeune femme se faufila dans la maison par la remise à bois, dont la porte venait de s'entrebâiller. Tala l'attendait dans la pénombre du bâtiment où des cordes de bûches s'alignaient jusqu'à mi-hauteur.

—Hermine! J'avais hâte de te revoir! s'écria l'Indienne d'un ton sincèrement ému. Et je voudrais discuter un peu avec toi, sans témoin. Je suis bien peinée de t'avoir causé des ennuis, crois-moi. Madeleine est auprès de Kiona; nous avons quelques minutes.

—Tala, je crois deviner de quoi tu veux me parler. Mon père m'a dit la vérité. Je sais ce que tu as enduré quand tu n'étais qu'une jeune femme sans défense et maintenant je te comprends mieux. Je t'ai parfois trouvée dure, distante, injuste vis-à-vis de nous, les Blancs, mais c'était normal. Tu as dû tellement souffrir... Le viol est un acte odieux. L'autre soir, quand cet homme tournait autour de moi, j'ai eu très peur. Il me disait « ma toute belle », et je n'aimais pas ce qu'il y avait dans ses yeux. Je te plains de tout cœur. Je comprends que tu aies eu envie de te venger!

L'Indienne fixa un point invisible, le regard voilé de larmes.

—Ce n'était même pas une envie, mais une

nécessité, sinon je n'aurais pas pu continuer à vivre. J'ai dû taire ma honte et mon humiliation. J'ai réussi à oublier, au fil des années, et pourtant le feu mauvais se rallume, ma soif de vengeance me revient en pleine face. Le cercle, toujours la loi du cercle[22]! J'ai été vengée et maintenant d'autres réclament vengeance. Petite, je suis presque soulagée que tu connaisses mon secret, mais je t'en prie, Toshan ne doit rien savoir! Il ne m'a pas encore pardonné, pour ton père, je le sens. Mon fils n'est plus le même avec moi. S'il apprend ce qui a bouleversé mon existence et la perturbe encore, ce sera bien pire.

—Et si comme moi il était consterné, plein de compassion? S'il te pardonnait pour de bon tes erreurs? Déjà, il devrait être averti de ce qui nous menace. Ce n'est pas le cas. Je lui avais tout raconté dans une lettre que je n'ai pas envoyée, de peur de l'inquiéter. Je ne veux pas qu'il se sente coupable d'être parti. Une autre chose m'inquiète. Comment ces deux hommes m'ont-ils reconnue? Comment ont-ils su, vingt-cinq ans plus tard, que tu étais responsable de la mort de ce chercheur d'or, ce monstre qui t'a violentée? On dirait qu'ils sont bien informés, pour mettre le feu à ta cabane et me croiser ensuite sur la route de Val-Jalbert! Je vais ce matin au poste de police donner leur signalement, du moins ce que j'en ai vu.

L'Indienne secoua la tête tristement. Elle prit la main de sa belle-fille.

—Ne parle pas de moi et de Toshan! Charlotte m'a dit que ces hommes me cherchent. Mon frère Mahikan a tiré sur celui qui m'avait déshonorée, mais il est mort; je suis la seule coupable de ce meurtre, à présent. Je t'assure, Hermine, aux yeux

22. Chez les Indiens de plusieurs nations, le cercle est la forme géometrique qui dirige l'univers et ils y attachent une grande importance.

des Blancs, je ne suis qu'une criminelle, bonne pour la prison. Ne cite pas mon nom, ne dis pas la vraie cause de ton agression. Je te demande pardon d'avance pour ce que je vais dire, mais je n'ai pas confiance en la justice des Blancs vis-à-vis des Indiens, qui sont l'objet de tant de préjugés.

—Je te promets de faire au mieux.

—Non, que feras-tu face au chef de la police? s'alarma sa belle-mère. Ils ne mettront jamais la main sur ces hommes, qui doivent être des coureurs des bois expérimentés. Et si cela arrivait, ces brutes pourraient me dénoncer.

—Tu as raison, hélas! concéda Hermine qui n'avait pas pensé à cette éventualité. Maintenant, je ne sais plus quoi faire.

—Viens, petite, il fait froid dans la remise. Je vais te préparer du café.

—Attends! dit fébrilement la jeune femme. Moi aussi j'ai besoin de te poser une question, seule à seule. Que faisait Kiona mercredi après-midi, quand il a tant neigé? Vers trois heures? T'en souviens-tu? Et hier, vers quatre heures? C'est important pour moi!

—Kiona dormait! répliqua Tala d'un air intrigué. Ici, en ville, comme elle ne sort pas, elle joue sur la peau d'ours, au pied de l'arbre de Noël. Souvent, je la retrouve allongée, endormie. Il fait bien chaud; Kiona m'a confié qu'elle se sentait comme dans un nid. Pourquoi est-ce si important?

—Elle dormait... répéta Hermine. Tala, j'étais pressée de te dire ce qui se passe. Kiona, enfin, quelque chose d'elle, se déplace. Hier, je l'ai nettement vue dans la nursery, quand je chantais. Elle écoutait, debout derrière les enfants. Madeleine l'a vue aussi. Et mercredi, Kiona a empêché Mukki de provoquer un épouvantable accident. Il avait dérobé le revolver de ma mère et il aurait pu blesser ou tuer une des petites. Mukki a caché l'arme pour descendre me dire que Kiona était là et souhaitait jouer avec eux. Je n'en ai parlé à personne, excepté à Madeleine. On me croirait folle.

—Ah! fit simplement l'Indienne.

—Aurais-tu une explication? insista Hermine, déroutée par cette brève exclamation.

—Pas plus que je peux expliquer pourquoi le soleil brille, pourquoi les eaux du lac gèlent chaque hiver, pourquoi les oiseaux chantent, dit Tala d'une voix douce. Qui a la réponse? Les gens de science font des discours, écrivent des livres pour expliquer comment fonctionne le monde, mais ils ignorent pourquoi il fonctionne. Un arbre paraît mort, en cette saison; au mois de mai il se couvrira de jeunes feuilles vertes ou de fleurs. Cela aussi ne s'explique pas. Kiona a le pouvoir de voyager d'une façon qui nous est inconnue. De la part d'un shaman âgé, plein de sagesse et d'expérience, je conçois ce genre de prodiges, mais mon enfant est si petite; ça ne me plaît pas...

Hermine frissonna. Toshan, à l'époque de leurs premières rencontres, évoquait souvent les esprits peuplant la nature, le ciel et la terre. Son mari avait adopté les croyances ancestrales des Indiens montagnais et ne voyait rien de vraiment insolite dans des manifestations qui auraient stupéfié les Blancs.

—Mais c'est prodigieux! affirma-t-elle. Tala, imagines-tu ce que je ressens, dans ces moments-là? J'ai l'impression de rêver! Es-tu sûre qu'il n'y a pas de danger pour elle?

—Je pense que non, lui confia sa belle-mère. Viens donc, tu grelottes. Kiona doit s'impatienter.

« C'est tout! songea Hermine, dépitée. La discussion n'ira pas plus loin! Il ne faut pas s'interroger davantage sur une sorte de miracle... »

L'instant suivant, elle découvrait le sapin de Noël et Kiona se jetait dans ses bras.

—Mine! Que tu es drôle, avec ces habits! Madeleine aussi, elle avait trop chaud; je l'ai aidée à les enlever.

La nourrice approuva d'un sourire aimable. Ses longues nattes noires étaient attachées ensemble dans le dos. Elle avait quand même une allure étrange, en pantalon, sa poitrine un peu lourde moulée par un gilet en laine.

—Donne ton écharpe, Mine! claironna Kiona. Regarde mon arbre de Noël! Charlotte l'a bien décoré.

Hermine avait devant elle une fillette de cinq ans et demi, joyeuse, bruyante, qui gesticulait et gambadait autour du sapin. Une adorable enfant, vêtue en petite Indienne, un peu différente en somme de la Kiona plus réservée et silencieuse des apparitions.

«Ou de mes hallucinations! se dit la jeune femme. Non, je ne peux plus douter, ce ne sont pas des hallucinations, puisque Mukki, Marie, Laurence et Madeleine l'ont vue également!»

Madeleine déballait deux parts de gâteau aux fruits confits que Mireille leur avait données comme provisions de route. Débarrassée de son accoutrement, Hermine venait de s'asseoir sur la peau d'ours. Du bout des doigts, elle lissa sa superbe chevelure blonde libérée du bonnet en laine.

—Que tu es belle, Mine! chantonna Kiona. Dis, je pourrai aller dans la cour caresser les chiens?

—Pas encore! répondit-elle à regret. Tu es mieux ici, à l'abri.

Tala poussa un soupir. Cela lui coûtait d'enfermer sa fille, qui avait grandi en toute liberté.

—Sois patiente, Kiona! dit-elle. Donne plutôt des tasses à nos invitées.

La petite se précipita vers le placard et sortit la vaisselle demandée. Hermine observait la façon dont sa belle-mère s'était installée. La famille Douné aurait poussé les hauts cris: leur ancienne cuisine ressemblait à une cabane de trappeur. Tala avait descendu un matelas qu'elle avait recouvert de couvertures bariolées et de peaux de loup, et qui voisinait maintenant avec le poêle. Elle avait suspendu devant une fenêtre un capteur de rêves, c'est-à-dire un de ces cercles faits en osier sur lesquels étaient tissés des fils évoquant une toile d'araignée. Des plumes de chouettes ornaient le tout. Toshan prétendait que cela attrapait les cauchemars et favorisait le sommeil des enfants.

—En fait, Tala, tu n'utilises qu'une pièce, constata la jeune femme.

—Oui, cela me suffit. Je n'ai jamais compris pourquoi les Blancs construisent des maisons aussi grandes. C'est plus facile de chauffer ainsi. Kiona et moi, nous nous sentons mieux.

—Fais à ton idée, tu es chez toi.

Madeleine vint s'asseoir à son tour sur la peau d'ours. Elles burent leur café près du sapin. Cela ravissait Kiona, qui se mit à jouer avec une balle en tissu bourrée de son.

—J'espère que vous reviendrez souvent, dit Tala en les rejoignant. Sais-tu, Hermine, que cet arbre illuminé devient un ami pour moi aussi? Le soir, j'éteins la lampe du plafond; il n'y a que ces petites ampoules de couleur et la lucarne du poêle, et c'est très joli. C'est une coutume singulière, mais je l'apprécie.

—Cela nous vient des pays du nord de l'Europe, expliqua la jeune femme. Autant te le dire tout de suite, Tala, j'ai appris à ma mère que tu habitais Roberval avec Kiona, pour l'hiver. J'ai obtenu également que mon père tienne son rôle de parrain et veille sur vous, le cas échéant. La situation exige de trouver des arrangements en oubliant le passé. Ce matin, mes parents m'ont escortée en voiture.

Hermine parlait très bas pour ne pas être entendue de la fillette qui paraissait absorbée par son jeu. Elle ajouta d'un ton neutre :

—Ils sont partis en train pour Chicoutimi. Maman avait des achats à faire, sûrement des cadeaux de Noël. Ils vont dormir deux nuits là-bas.

—Quelle stupidité! décréta l'Indienne entre ses

dents. Et ce soir, qui vous protégera? Qui garde tes enfants?

—Ne crains rien, ma mère a tout prévu et organisé en quelques minutes. Betty, ma voisine, s'occupe des petits. Son fils aîné, Simon Marois, travaille depuis un mois à la fabrique de fromage de la rue Gagné. Il dort souvent à la maison de pension, mais ce soir il prendra l'automobile de mes parents et nous suivra. En plus, lui et son frère Armand seront logés à la maison. J'en connais une qui va être ravie! C'est Charlotte. Simon et elle sont fiancés ou presque.

—Bien, ta mère a pris une sage décision, soupira Tala. Laura est une femme forte et fière. Et toi, Madeleine, pourquoi as-tu accompagné Hermine?

—Je voudrais aller à l'église me confesser, balbutia la nourrice d'une voix timide.

Tala haussa les épaules, la mine méprisante, mais elle ne fit aucun commentaire. Hermine se leva, rappelée à ses obligations par la réponse de Madeleine.

—Je vais te conduire à l'église Notre-Dame! dit-elle à son amie. Nous reviendrons à midi, Tala. Je te rapporte de la viande et des pâtisseries.

—Est-ce que je peux venir? implora Kiona en posant sa balle. Mine, amène-moi!

—Je ne peux pas, ma Kiona! déplora la jeune femme. Une autre fois… Aie confiance, ma chérie.

L'enfant hocha la tête. Elle attrapa sa poupée et s'allongea sur la peau d'ours. Ce spectacle apitoya Hermine, mais elle n'avait pas le choix.

Cependant, un peu plus tard, après avoir déposé Madeleine, de nouveau emmitouflée et méconnaissable, devant l'église, une idée lui vint.

—La meilleure idée du monde! déclara-t-elle en dirigeant son attelage vers le sanatorium de Roberval.

Sœur Sainte-Apolline reçut Hermine dans un grand bureau pourvu de deux fenêtres donnant sur le lac pris par les glaces. La vieille religieuse, assise devant un registre, accorda un sourire embarrassé à sa visiteuse.

—Bonjour, Marie-Hermine. C'est très aimable à toi de me rendre visite, mais tu aurais dû prévenir. Je n'ai guère de temps à t'accorder.

—Je ne serai pas longue, ma sœur. J'ai profité d'une sortie en ville pour vous voir. Cela m'a permis de visiter une partie de l'établissement. Ce sanatorium est remarquable, moderne et très bien exposé.

Derrière ses lunettes, le regard gris de sœur Sainte-Apolline exprima une vive satisfaction.

—En fait, je voulais arrêter une date avec vous pour le récital dont nous avons parlé lundi dernier. J'ai pensé au 30 décembre ou au 2 janvier, si vous n'avez rien de prévu.

—Le 30 décembre conviendrait mieux, ma chère enfant. Je te remercie d'offrir un peu de ta personne à nos malades. Et je serai heureuse de t'écouter. Tu as dû progresser.

Le mot fit sourire Hermine. Elle avisa une chaise et y prit place, ce qui sembla surprendre la religieuse.

—As-tu besoin de renseignements supplémentaires? questionna-t-elle. Dans ce cas, il faut t'adresser au secrétariat.

—Non, ma sœur, je voudrais vous révéler quelque chose qui me préoccupe beaucoup!

—Je t'écoute...

—Voilà! Il s'agit d'une fillette de cinq ans et demi dont je vous ai parlé lors de notre première rencontre. Vraiment, elle m'est très chère. Cette enfant passe l'hiver ici, à Roberval, mais trois fois elle m'est apparue à Val-Jalbert.

La jeune femme préférait taire la parenté qui l'unissait à Kiona. C'était trop compliqué et, surtout, cela aurait choqué sœur Sainte-Apolline.

—Ces apparitions sont d'une netteté étonnante, et chaque fois je suis bien éveillée. Ma nourrice l'a vue elle aussi, et mes enfants. Cela se produit quand je suis triste, que je pleure l'absence de mon mari ou la mort de mon bébé... ou quand il y a un danger!

—Ce que tu viens de me décrire pourrait ressembler à un cas de bilocation, affirma la sœur avec un air méfiant. Notre église admet l'existence de ce phénomène, mais en nous invitant à la plus grande prudence, étant donné qu'il peut être la manifestation du mal autant que du bien.

—Bilocation! répéta Hermine. J'ignorais ce terme.

—Il signifie être à deux endroits en même temps. Il y a eu des exemples par le passé, comme celui d'Agnès de Jésus[23], au dix-septième siècle, qui avait rendu visite à un prêtre français, Jean-Jacques Olier[24]. La sainte femme paraissait morte, plongée du moins dans un profond sommeil, mais, lui, il l'a vue pendant qu'il faisait une retraite à Saint-Lazare. Et je pourrais te citer aussi le cas d'Alphonse de Liguori[25] qui affirmait être allé assister à Rome le pape Clément XIV sur son lit de mort alors qu'il était resté au palais épiscopal avec son vicaire général. Cela se passait en 1774. « Vous pensiez que je dormais, a-t-il dit plus tard, mais non, j'étais allé assister le pape qui vient de mourir. » On apprit quelques jours plus tard que le pape était mort, en effet, ce jour-là, à cette heure-là.

Sœur Sainte-Apolline se signa. Hermine se sentit

---

23. Agnès Galand, en religion Agnès de Jésus, dite Agnès de Langeac (1602-1634), était une moniale dominicaine réputée pour sa charité et ses vertus.

24. Jean-Jacques Olier de Verneuil (1608-1657) était un prêtre français du diocèse de Paris. Il a contribué à l'évangélisation des Indiens du Canada.

25. Alphonse de Liguori embrassa l'état ecclésiastique à vingt-sept ans et évangélisa les pauvres des campagnes. Il fonda la congrégation du Très Saint Rédempteur, dont les membres sont appelés Rédemptoristes.

glacée. Pouvait-on comparer la radieuse petite Kiona à ces adultes, des religieux de surcroît?

—De plus, Kiona est très intelligente! ajouta la jeune femme qui tenait à se justifier.

—Le diable aussi est infiniment rusé! rétorqua sœur Sainte-Apolline d'un ton froid. Je ne suis pas habilitée à te renseigner, Marie-Hermine, bien que j'aie beaucoup étudié l'histoire sainte. Mais une fillette de cinq ans est une proie facile pour le démon et toi aussi. Tu évolues dans un univers factice, celui du théâtre. Tu t'es enrichie en interprétant des personnages plus ou moins respectables. Je te recommande de retrouver une foi solide et d'assister à la messe. Il est de notoriété publique dans la région que tu ne fréquentes plus l'église.

—Ce n'est pas toujours facile, au fond des bois, de se rendre à l'office, mais je demeure fidèle à la parole divine! protesta la jeune femme. Et si vous rencontriez Kiona, vous verriez qu'elle ressemble à un ange du ciel!

—Tu devrais confier tes observations au curé de l'église Notre-Dame. Il aura peut-être des réponses à te donner. Néanmoins, je te conseillerais de placer rapidement cette enfant dans une école religieuse. Kiona, ce n'est pas un prénom chrétien!

Hermine se leva, mi-furieuse, mi-anxieuse.

—Ma sœur, peu importe son nom, Kiona dépérirait loin des siens, loin de ses forêts. Je suis nerveuse et épuisée en ce moment. Il se peut que j'aie eu des hallucinations. Pardonnez-moi, vous devez me juger bien crédule...

La jeune femme s'empêtrait dans ses excuses, tant elle avait hâte de se retrouver à l'air libre, de fuir les yeux perspicaces de la vieille religieuse.

«Jamais je n'aurais dû parler de ma Kiona! Jamais! se reprocha-t-elle en quittant le sanatorium. Sœur Sainte-Apolline ne peut pas comprendre qui elle est vraiment. Comme si le diable avait quelque chose à voir là-dedans! Kiona est un ange... Mon ange!»

Elle sortit très contrariée de l'établissement en oubliant de placer son écharpe sur son nez. Un homme remontait l'allée, vêtu d'un manteau brun en drap de laine, un chapeau de feutre dissimulant ses traits. Hermine ne lui accorda aucune attention spéciale, mais il lui fit un signe de la main et elle reconnut avec étonnement Ovide Lafleur. Parvenu à sa hauteur, il la salua d'un petit signe de tête.

—Bonjour, madame! dit-il d'un ton grave.

—Bonjour. Vous êtes bien élégant! Sans votre geste, j'aurais passé mon chemin, croyant avoir affaire à un docteur.

—Vous plaisantez, j'espère! répliqua-t-il. Manteau et chapeau sont usés jusqu'à la trame. Mais je dois être correct, une dame aisée de la ville m'a demandé de donner des leçons à son fils qui est hospitalisé ici. Un malheureux adolescent de quatorze ans, atteint de la phtisie. Vous avez quelqu'un de malade, je suppose, à qui vous rendiez visite?

Hermine ne répondit pas tout de suite, surprise d'éprouver une telle satisfaction en le revoyant.

« C'est quasiment un étranger, pourtant j'ai envie de me confier à lui, songea-t-elle. Tout me paraît simple en sa présence. Et il a vraiment des yeux étranges... »

—Je n'avais pas prévu passer au sanatorium aujourd'hui, s'entendit-elle répondre à voix haute. Le hasard fait bien les choses, car le jour où vous êtes venu à Val-Jalbert avec Pierre j'ai manqué à mes devoirs d'hôtesse. J'aurais dû vous montrer le couvent-école où j'ai reçu l'enseignement des sœurs de Notre-Dame-du-Bon-Conseil.

—Vous êtes charmante! dit-il très bas, non sans rougir.

Cela attendrit la jeune femme. Certes, ce n'était pas Toshan, avec son teint mat et cuivré, qui trahirait ainsi ses émotions.

—Merci! J'en doute un peu, vu mon accoutrement. Ce matin, moi aussi, je me suis déplacée en traîneau. Mon mari m'a appris à mener un attelage de six chiens.

Ovide pensait qu'elle serait belle dans n'importe quelle tenue. Il regarda sa montre et soupira.

—Je dois vous laisser, madame, dit-il. Mes amitiés à vos parents.

—La prochaine fois, appelez-moi Hermine! murmura-t-elle en souriant. Nous avons presque le même âge et je ne vous donne pas du monsieur.

Il s'illumina d'une expression ravie. Sans être beau, le jeune instituteur dégageait une séduction inconsciente.

—Avant de nous quitter, ajouta-t-elle, puis-je vous poser une question?

—Bien sûr!

—Est-ce que vous connaissez le phénomène de bilocation? hasarda-t-elle. Une religieuse qui travaille ici m'a appris ce mot.

Ovide Lafleur la fixa d'un air désemparé. Il haussa les épaules.

—Se trouver en deux endroits en même temps, répliqua-t-il. Chez les Indiens, ceux qui ont ce don extraordinaire s'attirent le plus grand respect. Je n'en ai jamais été témoin, mais il paraît que c'est possible. Pourquoi vous intéressez-vous à ça?

—Nous en reparlerons. Je ne veux pas vous retarder, dit-elle en manière d'excuse. Moi aussi, je suis attendue.

Il n'insista pas et s'éloigna sans hâte, emportant comme un cadeau la promesse tacite qu'ils se reverraient.

—Au revoir, Hermine! lança-t-il cependant.

—Au revoir, Ovide!

La jeune femme descendit l'allée en courant. Elle se sentait légère et joyeuse, à présent. Son humeur changea quand elle retrouva Madeleine à l'intérieur de l'église Notre-Dame. La nourrice l'attendait près du bénitier. Elle avait les yeux rouges.

—Tu as pleuré? Mon amie chérie, dis-moi ce qu'il y a?

—Je suis triste, c'est tout! avoua Madeleine avec un soupir. Le curé m'a conseillé de me marier. Il prétend que je commettrais un grave péché en restant sans mari. On peut aimer un homme sans vouloir être dans son lit, il me semble... Sortons, je te prie. Il faut encore acheter des gâteaux et de la viande.

Elles se hâtèrent de faire les courses prévues. Les commerçants reconnurent Hermine, malgré son accoutrement que le froid et son moyen de locomotion justifiaient. Mais, à l'extérieur, leur camouflage fonctionnait à merveille. Personne ne leur prêtait attention, sur l'avenue Saint-Georges.

—Je me déguiserai toujours comme ça, conclut Hermine. Capuchon, bonnet, écharpe sur le nez. Au moins, on ne cherche pas à jaser avec moi!

La nourrice lui étreignit le poignet avec brusquerie.

—Sommes-nous idiotes, quand même! Les chiens! Ces hommes qui t'ont agressée peuvent très bien connaître les chiens de Toshan, s'ils nous épiaient depuis un certain temps. Le vieux Duke, il se remarque, on dirait un véritable loup. Quant à Kute, il est très beau, c'est une bête de prix, un husky pure race.

—Oui, tu as raison, mon père l'a offert à Toshan il y a six ans. Le patron de l'auberge, à Péribonka, nous a même dit un jour qu'il y avait peu de chiens aux yeux bleus dans la région.

Elles prirent peur, tout à coup. Hermine faillit en oublier les rubans de couleur que lui avait demandés Betty. Elle s'obligea à un dernier arrêt devant la mercerie de madame Thérèse, *Au Bon Marché.*

—Ne bouge pas du traîneau, Madeleine, je fais le plus vite possible.

—Cache bien ton visage, lui conseilla la nourrice.

La mercière, une gracieuse personne aux cheveux noirs et aux yeux très bleus, lui adressa un grand sourire. Elle dit ensuite à sa cliente avec un petit air entendu :

— Vous êtes le célèbre Rossignol de Val-Jalbert! Je vous ai entendue chanter à vos débuts, au Château Roberval. On ne peut pas oublier vos beaux yeux et votre timbre de voix.

— Oui, c'est bien moi et, comme vous le voyez je protège soigneusement ma gorge. Merci, madame!

Non sans remarquer un début de grossesse chez madame Thérèse, elle s'empressa de payer avant de prendre littéralement la fuite. Elle ne respira à son aise qu'en entrant à nouveau chez Tala. Sa belle-mère l'accueillit avec un sourire attendri qui s'effaça aussitôt devant l'air préoccupé de la jeune femme.

— Qu'est-ce que tu as, petite? s'empressa-t-elle de demander tout bas.

— Tala, maintenant, j'ai l'impression que nous sommes en danger partout. J'ai renoncé à faire une déposition au chef de la police, mais je crois que c'est une grave erreur. Je ne peux pas vivre ainsi, dans l'anxiété constante.

Les trois femmes n'avaient pas pris garde à Kiona, assise près de l'arbre de Noël. La fillette se leva et vint saisir la main d'Hermine.

— Il n'y a pas de danger, Mine! déclara-t-elle d'une voix assurée.

— Pourquoi dis-tu ça? coupa sa mère. Retourne jouer, ma fille bien-aimée. N'assombris pas ta jeune âme avec nos soucis.

Encore une fois, Hermine put comparer la différence inouïe qui existait entre les méthodes d'éducation des Indiens et celles des Blancs, des gens du pays, notamment. Elle en conclut que cela rendait peut-être les enfants plus intelligents, plus libres de s'exprimer que le rigorisme de parents sévères.

— Mais Mine a peur, Madeleine a peur! s'écria Kiona qui était toujours calme, d'ordinaire. Moi, je dis qu'elles doivent pas avoir peur. Il y a pas de danger.

Kiona parlait couramment le français, mais elle butait encore sur quelques particularités de la prononciation. Le contraste en devenait saisissant, entre sa voix fluette et sa maîtrise précoce du vocabulaire.

—Moi, je te crois, dit Hermine. Si tu le dis, je n'ai plus peur du tout.

—Moi non plus, soupira Madeleine. Et ce que nous redoutons est peut-être loin, très loin.

La nourrice n'osait pas évoquer les hommes qui s'en étaient pris à Hermine et au cheval. Pourtant, elle était sûre que Kiona avait compris l'essentiel en écoutant des bribes de conversation.

—Dans ce cas, si nous passions un bon moment ensemble! proposa Tala. Je suppose que je n'aurai plus de visite avant plusieurs jours. Aussi, ne gâchons pas ce repas qui nous réunit.

L'Indienne semblait sereine. Elle raviva le feu de la cuisinière et mit la viande de bœuf à griller dans une poêle déjà chaude et enduite de graisse.

« Elle croit elle aussi que Kiona dit la vérité, sinon elle n'aurait pas cette expression tranquille, songea Hermine. Peut-être que je m'affole pour rien, que ces individus abjects ne reviendront pas avant le printemps. Quand même, l'un d'eux a tiré sur Chinook. Ils sont déterminés et je ne dois pas prendre leurs menaces à la légère... Si je ne raconte pas ce qui est arrivé à la police, il me faudrait au moins de l'aide. Tant pis, je vais mettre Simon au courant en lui faisant jurer de ne pas trahir Tala. Il sera de bon conseil... »

La jeune femme se perdit dans ses pensées où, contre son gré, trottait le souvenir tout récent de sa rencontre avec Ovide. Kiona l'observait de son regard doré, intense et perspicace. Hermine finit par se tourner vers la fillette.

—Ma chérie, dit-elle à mi-voix, pourquoi me fixes-tu comme ça?

—Pour m'amuser, répondit Kiona d'un ton cependant assez sérieux.

Tala avait préparé des pommes de terre sautées servant de garniture à des morceaux de viande cuits à point. Toutes les quatre mangèrent de bon appétit. Mais la petite fille continuait son manège, quittant rarement Hermine des yeux. La jeune femme se souvint alors de l'idée qu'elle avait eue le matin même en partant au sanatorium. Néanmoins, elle eut du mal à la soumettre à sa belle-mère.

—Tala, je voudrais te demander une chose, commença-t-elle. Je crois que tu vas refuser tout net. Pourtant, cela me ferait un réel plaisir. Ce serait mon plus beau cadeau de Noël depuis des années.

—Est-ce que je possède une chose aussi précieuse? répliqua l'Indienne, intriguée.

—Sans doute, et cela te privera beaucoup de t'en séparer, précisa Hermine, très embarrassée.

Kiona retenait son souffle. Madeleine s'en aperçut et hocha la tête, comprenant déjà où voulait en venir son amie.

—Tala, je t'en prie, laisse-moi amener Kiona à Val-Jalbert! dit enfin la jeune femme d'un trait. Cela ne pose aucun problème, mes parents et Louis sont absents pendant deux jours. Nous reviendrons le matin de leur retour. Je lui avais promis de lui faire visiter mon village. Elle pourra jouer avec Mukki et les jumelles! Ce n'est pas gentil de ma part, car toi, tu seras seule, mais il n'y aura peut-être pas d'autres occasions. J'ai eu cette idée ce matin, quand elle nous a suppliées de la laisser sortir voir les chiens.

L'Indienne leva une main apaisante. Son beau visage restait impassible, avec une nuance de sourire.

—Ne t'épuise pas à plaider ta cause, petite, j'accepte, dit-elle enfin. Je ne trahis en rien la promesse faite à Laura, et Kiona a besoin de grand air, d'espace.

« La promesse faite à maman! pensa Hermine. Elle concerne surtout Louis, qui ne doit jamais connaître sa demi-sœur! Au fond, je crois que

Tala se réjouit de savoir sa fille sous le toit des Chardin… »

Elle ne se trompait guère. Sa belle-mère éprouvait une amère satisfaction à la perspective de jouer ce petit tour à Laura et à Jocelyn.

—Mais ce ne sera pas un secret, ajouta alors la jeune femme. J'en ai assez du silence et des mensonges. Mes parents ont admis mon point de vue. Et toi, ma Kiona, es-tu contente? Tu as entendu, tu vas venir avec moi à Val-Jalbert, dans mon village!

La joie de la fillette était si intense qu'elle ne put dire un mot. Son joli visage au teint de miel sauvage s'illumina d'un sourire si extraordinaire que Madeleine se signa, au bord des larmes.

—Merci, Tala, je suis follement heureuse! s'écria Hermine.

Pour la première fois, elle embrassa sa bellemère sur les deux joues en l'étreignant de toutes ses forces. L'Indienne, surprise, se plia de bon gré à cet accès d'affection.

—Tu n'es qu'une enfant, toi aussi, lança-t-elle. Une grande enfant qui a le droit d'être consolée. Mais soyez prudentes, je voudrais que vous partiez bien avant la nuit. À quelle heure finit de travailler ce Simon qui doit vous escorter en voiture?

—Bientôt, Tala! Il a comme consigne de passer dans l'avenue Sainte-Angèle en roulant doucement. Et, à mon avis, Simon ne pourra pas s'empêcher de klaxonner. Nous le rattraperons ensuite.

Kiona retrouva l'usage de la parole. Elle se jeta au cou d'Hermine.

—Merci, Mine, tu es tellement gentille! Et toi, maman, tu n'es pas triste, au moins? Je reviendrai vite! Je peux prendre ma poupée et ma balle?

—Mais oui, répondit Tala. Il faut t'habiller chaudement.

—Mine, je vais voir la dame qui fait la cuisine? Et la cascade toute gelée?

La fillette avait si souvent entendu Hermine

parler de Mireille aux cheveux argentés, de son village, de la chute d'eau de la rivière Ouiatchouan, qu'elle tremblait d'excitation.

« Si sœur Sainte-Apolline la voyait maintenant, elle n'évoquerait pas le diable, songea la jeune femme. Ce n'est qu'une petite fille, toute contente de m'accompagner, de retrouver ses camarades de jeu! »

Kiona se mit à gambader dans la pièce. Tala débarrassa la table et Madeleine fit la vaisselle. Les trois femmes bavardèrent sans aborder ce qui les tourmentait vraiment. Il fut question de la guerre en Europe et du temps capricieux qui alternait de fortes chutes de neige et de belles journées ensoleillées mais froides. Vers trois heures, déjà équipée pour le trajet, Hermine sortit nourrir les chiens. Elle doutait encore de l'accord spontané de sa belle-mère. De retour dans la cuisine, elle lui demanda à l'oreille :

— Tu me promets que tu ne seras pas trop triste, sans ta fille, ni trop solitaire? Je ne t'ai même pas offert de venir, toi aussi. Je me suis dit que tu n'y tenais pas.

— Et c'est vrai, avoua l'Indienne. Je n'ai pas envie de revoir ton village où j'ai souffert dans mon cœur et ma chair.

Elle faisait allusion à ce Noël de 1933 où, enceinte, elle avait frappé chez Laura Chardin en compagnie de Madeleine. Les jumelles venaient de naître. Tala voulait revoir l'homme qu'elle avait aimé, mais Hermine, qui ignorait tout de cette liaison, lui avait vite annoncé que sa mère attendait un bébé. Cela avait été le coup de grâce à ses maigres espoirs. Brisée, humiliée, dépitée, Tala s'était enfuie en implorant l'aide de Toshan. De là datait une situation complexe, le jeune Métis ayant résolu de ne plus remettre les pieds chez ses beaux-parents, ni à Val-Jalbert.

— Que feras-tu le soir? insista Hermine, prise de remords.

— Je vais me reposer, petite, rétorqua l'Indienne.

Dormir bien au chaud, et lire, grâce à toi. Te souviens-tu de ce bel été où tu m'as enseigné l'alphabet et la manière de déchiffrer les lettres? J'ai un peu de mal, mais je lis. Cela me prend du temps. Je t'ai emprunté un roman, *Maria Chapdelaine*. Je l'aime bien, ce livre-là. Et je regarderai l'arbre de Noël de Kiona.

La jeune femme approuva, très émue.

—Je l'ai lu deux fois, dit-elle. Je suis ravie qu'il te plaise.

—C'est très important de savoir lire! renchérit sa belle-mère.

Hermine eut envie de rendre hommage à l'engagement d'Ovide auprès des enfants indiens, cantonnés dans les réserves. Tala paraissait apprécier le jeune instituteur; cela aurait été tout naturel d'évoquer ce sujet-là. Mais elle se tut et la raison même de son silence la tracassa.

« Mon Dieu! J'ai besoin de parler de lui! Qu'est-ce qui m'arrive? Tout à l'heure, devant le sanatorium, je me suis montrée bien trop familière! Toshan est absent depuis à peine deux semaines, et je promets à un autre homme de le revoir. Oui, c'est ce que j'ai fait! »

Elle devint écarlate et s'empressa d'ouvrir sa veste fourrée.

— Il fait très chaud, chez toi, Tala!

Postée près de la fenêtre et fin prête pour le départ, Kiona annonça soudain qu'une automobile noire passait au ralenti devant la maison. Hermine écarta le rideau d'un centimètre et scruta les traits du jeune homme assis au volant.

—Voilà Simon! dit-elle. Tala, nous devons partir. Je te remercie encore. Reste ici, à l'abri. Tu ne risques rien.

—Je n'ai pas l'intention de sortir, petite. Veille bien sur Kiona.

—Au revoir, maman! balbutia la fillette en se blottissant contre Tala.

Celle-ci ne soupçonna pas les efforts de l'étrange enfant pour retenir les mots qui lui venaient aux lèvres presque en dépit d'elle-même. Elle ne le faisait pas exprès. Des visions passaient devant ses yeux, ouverts ou fermés. Des images de joie ou de chagrin, des scènes fugaces et mystérieuses.

Kiona essayait en vain de ne rien voir. Pour cela, elle jouait beaucoup avec sa poupée, ou bien elle se concentrait sur les choses réelles : son merveilleux sapin de Noël, le beau cheval nommé Chinook, le visage si doux de sa Mine. Mais cela ne la protégeait pas toujours.

—Allons-y! s'écria Hermine. En route, ma chérie! Rabaisse bien ta capuche sur ton nez et enfile tes mitaines. Les chiens vont courir à toute allure, le vent te glacera les joues et le front.

Le ciel se couvrait au-dessus des toitures de Roberval. Des nuages d'un blanc sale. Madeleine s'installa dans le traîneau et cala la fillette sur ses genoux. Tala assista au départ depuis l'entrebâillement de la porte de la remise à bois.

—File, Duke! Va, va!

Le vieux chien de tête ne se fit pas prier. Debout à l'extrémité des patins, les mains cramponnées aux poignées, la jeune femme se sentait capable de tous les défis. Elle se concentra sur le plaisir de la course.

« Toshan, mon amour, appela-t-elle dans le secret de son cœur, tu serais fier de moi si tu me voyais. Grâce à toi, je sais mener un attelage et garder l'équilibre. Malgré les embûches... »

Le traîneau avait franchi en force un banc de neige, ce qui justifiait cette dernière pensée. Kiona riait aux éclats. Madeleine avait poussé un bref cri effrayé.

—Tout va bien, s'exclama Hermine. Regardez, Simon nous attend. C'est la route régionale. File, Duke, file! Droit vers Val-Jalbert!

Le jeune homme se laissa distancer, puis il reprit sa lente avance. Ce genre d'emploi lui convenait, en supplément de sa place à la fromagerie. Laura avait déboursé dix dollars pour être certaine de ses bons et loyaux services.

—La vie est belle! claironna-t-il. Tabarnouche, Mimine devrait ménager ses bêtes! Ma parole, on dirait qu'elle a le diable à ses trousses, mais ce n'est que moi...

Hermine fit une halte à mi-parcours pour laisser les chiens souffler un peu. Kiona sauta du traîneau et courut dans la neige qui recouvrait le sous-bois. La fillette distribua des caresses amicales à deux ou trois petits sapins.

—Ce sont des arbres de Noël, eux aussi, cria-t-elle, mais ils n'ont pas de lampes ni de décorations. Je les aime beaucoup.

Simon s'était arrêté également. Sans couper le moteur, il sortit de la voiture et alluma une cigarette. Il rejoignit la jeune femme de son pas nonchalant.

—D'où sort cette drôle d'enfant? demanda-t-il à mi-voix. C'est une Indienne, non, une Métisse; des Indiens roux, je n'en ai encore jamais vu.

—Kiona n'est pas rousse! rectifia Hermine. Elle a les cheveux d'un blond ravissant, très rare, je te l'accorde. Ce soir, tu en sauras plus long, mais en attendant je te présente la demi-sœur de Toshan.

Elle savait qu'en étant au courant de ce fait Simon témoignerait plus de respect et d'intérêt à la petite fille; il considérait Toshan comme son meilleur ami.

—Sa demi-sœur? s'étonna le jeune homme. Mais sa mère est veuve et non remariée, je crois!

—Oh! là! là! J'ai l'impression d'entendre ton père, épris de bonnes mœurs et de valeurs morales! déplora-t-elle. Simon, on peut avoir un bébé sans être mariée.

Il lui jeta un coup d'œil plein de perplexité. Kiona revenait vers eux, une boule de neige entre les mains.

—Bonjour, monsieur! dit-elle gaiement.

—Bonjour, m'selle! plaisanta Simon. Je suis le chum de ton frère Toshan. Comme ça, tu es invitée à Val-Jalbert?

—Oui, répliqua la fillette en baissant subitement la tête.

Elle le reconnaissait, pour avoir rêvé de lui et de Charlotte. Déconcertée, Kiona remonta sur le traîneau et se pelotonna dans les bras de Madeleine.

«Qu'est-ce qu'elle a? se demanda Hermine. Kiona venait vers Simon avec beau sourire et elle s'est assombrie subitement... Peut-être qu'elle est intimidée?»

—Autant nous remettre en route! déclara-t-elle. Simon, merci d'être là. Cela me rassure vraiment.

—Content de rendre service! répliqua-t-il. Et je suis armé!

—Quoi? dit-elle d'un ton inquiet.

—Ta mère m'a confié son revolver, il est caché dans la boîte à gants de l'automobile. Alors tu peux jouer les *mushers*[26] à ta guise, Mimine! Je frime, hein... C'est toi qui m'as appris le mot.

—Et je l'ai appris de mon impresario, Octave Duplessis, dont je n'ai aucune nouvelle, hélas! déplora la jeune femme. Mais maman a perdu la tête, franchement. Quoi qu'il arrive, n'utilise pas cette arme, voyons. Nous ne sommes pas au cinéma, dans un western!

Hermine reprit sa place derrière le traîneau. Elle avait perdu un peu de sa gaîté et de son entrain.

«J'ai peut-être eu tort d'amener Kiona, songea-t-elle. Maintenant, je serai bien obligée de la présenter à tous ceux qui la verront et je ne pourrai pas cacher son lien de parenté avec Tala et Toshan. Pas question de mentir davantage, hormis au sujet de son père, qui est aussi le mien...»

Plus que jamais, Kiona lui apparaissait comme

---

26. Mot anglais désignant le conducteur d'un attelage de chiens de traîneau.

une énigme vivante, alors même qu'elle passait à côté de certaines manifestations des dons que la fillette ne maîtrisait pas encore.

Le reste du trajet se fit en silence. Hermine entra dans son cher village fantôme avant la nuit. Rue Saint-Georges, un charmant spectacle les attendait. Marie, la benjamine des Marois, Mukki et les jumelles s'étaient lancés dans une bataille de boules de neige. Chaudement vêtus, les quatre enfants s'en donnaient à cœur joie sous la surveillance de Betty, elle aussi emmitouflée. Les projectiles volaient, frappant au hasard.

La jeune femme aperçut son fils dissimulé derrière l'angle d'une maison, qui visait Marie Marois. Laurence, perchée sur le perron de la maison déserte des Dupré, les anciens locataires, venait de toucher la seconde Marie, sa sœur.

—Stop, Duke! s'écria Hermine.

Elle n'eut pas le temps d'en dire plus, atteinte à l'épaule par une grosse boule de neige jetée habilement d'une palissade à demi écroulée. Le visage hilare d'Edmond Marois lui apparut.

—Touché, Mimine! fanfaronna-t-il.

L'adolescent, âgé de quatorze ans et demi, riait aux éclats. C'était lui qui ressemblait le plus à Betty. De sa mère, il avait les traits fins, les frisettes blondes et la douceur aimable.

—Tu vas voir si je ne te rends pas la pareille, Ed, s'exclama-t-elle. Pour un futur séminariste, quelle honte! S'en prendre à une faible créature comme moi!

À la profonde satisfaction de ses parents, Edmond se destinait à la prêtrise. Excellent élève au collège Notre-Dame de Roberval, il semblait sincère dans sa vocation religieuse. Le directeur de l'établissement, le père Philémon Trudeau[27], ne

27. Personnage réel, directeur du collège Notre-Dame de 1939 à 1945.

tarissait pas d'éloges à son sujet. Hermine savait tout ça grâce aux bavardages de Mireille.

Pour l'instant, l'adolescent courait derrière Laurence qui poussait des cris perçants. Kiona assistait à ce remue-ménage en plein air avec circonspection. La fillette avait déjà cru reconnaître le clocheton du couvent-école, si souvent décrit par Hermine, et la jolie Betty.

—Kiona! s'égosilla soudain Mukki en l'apercevant. Marie, Laurence, Kiona est là! Dans le traîneau!

La jeune femme renonça à entrer dans la bataille. Les enfants, heureux de la revoir, cessèrent d'eux-mêmes leur jeu. Betty s'approcha.

—Quelle belle journée nous avons eue! dit-elle à Hermine. Un franc soleil. Les bancs de neige ont un peu dégelé et ces petits garnements en ont profité pour faire les fous.

Elle parlait en examinant Kiona d'un regard curieux. Joseph Marois sortit de chez lui sans dépasser son perron.

—Bonsoir, Mimine! lança-t-il. Tiens, Simon conduit la voiture de tes parents? Où sont-ils?

—Partis à Chicoutimi, Jo, rétorqua-t-elle en le saluant d'un geste amical. Betty, voici tes rubans. Tu avais raison, la mercière, madame Thérèse, est très aimable. Elle m'a reconnue malgré mon écharpe et mon bonnet. Le froid tombe, je vais vite ramener les petits à la maison. Jo, Betty, je vous présente Kiona, la sœur de mon mari.

—J'ignorais que ta belle-mère s'était remariée! s'étonna Betty. Quel âge a cette mignonne?

—Cinq ans, bientôt six. Elle rêvait de visiter Val-Jalbert. Encore merci d'avoir gardé mes enfants. Demain, venez manger, cela me fera bien plaisir. Mireille nous préparera des beignes.

Pendant la conversation, Kiona était demeurée blottie contre Madeleine, qui n'avait pas jugé bon de descendre du traîneau. La nourrice sentait la fillette mal à l'aise, effarouchée. Mais Mukki s'installa près d'elles, vite imité par les jumelles.

—Kiona, je suis très heureux de te revoir, affirma le garçon. Tu vas dormir chez nous. Tu verras le chenil et les niches que grand-père a construites; maman va nous y amener.

—Oui! balbutia-t-elle.

—Et je te prêterai ma poupée en porcelaine, renchérit Laurence. Grand-mère me l'a offerte pour mon anniversaire.

Hermine guida l'attelage jusqu'à la belle demeure devenue le fief de Laura Chardin, son refuge loin du monde. Kiona découvrit la vaste construction en pierres et en bois, avec ses deux étages et sa toiture à plusieurs pans. Sous le vaste auvent étaient suspendues des lanternes allumées. Des branches de sapin ornées de rubans rouges décoraient la balustrade. Déjà, le couvent-école lui avait paru imposant, immense.

—Que c'est beau, ici! confia-t-elle à Madeleine.

Armand Marois déboula de l'arrière de la maison, coiffé d'une casquette à oreillettes et sanglé dans un manteau en gros drap de laine. Le robuste jeune homme, âgé de vingt et un ans, continuait à travailler pour les Chardin, malgré l'emploi à mi-temps qu'il avait trouvé du côté de Chambord. L'hiver, notamment, il s'occupait du chauffage, du déneigement de l'allée et de multiples autres travaux. Le chômage sévissait encore et le moindre apport d'argent était le bienvenu.

—Bonsoir, la compagnie! hurla-t-il, une gomme à mâcher déformant une de ses joues. Mimine, je peux dételer les chiens et les nourrir. Je leur ai mis de l'eau tiède dans le chenil.

—Très bien, répondit-elle, je te remercie, Armand.

La jeune femme ne parvenait pas à apprécier le garçon, qui était le plus souvent froid et moqueur. Pourtant, elle l'avait vu grandir et avait même veillé souvent sur lui afin d'épauler Betty, débordée par la tenue de son foyer.

Les Marois restaient fidèles à un mode de vie qui datait de l'âge d'or de Val-Jalbert. Joseph avait pu acheter son logement et il entendait y mourir. Cela impliquait pour lui de subvenir aux besoins de sa famille. Aussi engraissait-il un cochon chaque année; il avait des poules et faisait en sorte que la vieille vache Eugénie vêle au printemps. Son potager fournissait des légumes à foison, que la famille consommait frais et dont elle mettait le surplus en conserve. L'ancien ouvrier en tirait une grande fierté.

—Viens, ma Kiona! dit tendrement Hermine en prenant la main de sa protégée. Tu es glacée, ma chérie. Tu n'as plus du tout l'air heureuse d'être venue!

—Mais si, Mine, répliqua la fillette en la suivant docilement.

La jeune femme songea que c'était la première fois que Tala et Kiona se séparaient.

—Ta mère te manque? demanda-t-elle.

—Non, Mine!

Mukki les bouscula et ouvrit la porte. Il appela Mireille à tue-tête. Elle se précipita dans le large couloir agrémenté de miroirs et de tableaux.

—Oh! s'écria-t-elle. Qui est cette jolie demoiselle? Bonsoir, ma petite!

La gouvernante observait les vêtements de la nouvelle venue, confectionnés en peau de cerf, hormis la veste fourrée en peau de castor. Des coquillages colorés ornaient la tunique frangée et ses bottes à lanières. Elle effleura de l'index les longues nattes d'un blond mordoré.

—Je parie que tu te nommes Kiona, dit-elle enfin. Moi, c'est Mireille!

Le casque de mèches argentées luisait sous la lampe; la face ronde et bienveillante de la gouvernante aurait inspiré confiance à n'importe quel enfant.

—Mine parle tout le temps de toi, affirma Kiona.

Un magnifique sourire accompagnait ces mots. Mireille en fut troublée, puis bouleversée. Elle se pencha et embrassa la petite invitée.

—Tu me plais, toi! Je crois que je vais te servir un bon gros goûter, ainsi qu'à vous, les enfants. Allez, tout le monde au salon.

Kiona semblait avoir retrouvé sa joie du départ. Mukki l'entraîna vers le majestueux sapin illuminé. Les jumelles se mêlèrent à la cavalcade. Des éclats de rire retentirent. Mireille, elle, fixa Hermine d'un air inquisiteur.

—Tu as ramené icitte la fille de ton père! chuchota-t-elle. Je n'ai jamais été dupe.

—Je m'en doutais, avoua la jeune femme. Ne cherche pas à comprendre, Mireille... Ce soir, c'est la fête! Retourne à ton fourneau, il y aura du monde au souper!

Hermine effleura la joue de la gouvernante d'une main affectueuse. Mireille leva les bras au ciel. Mais, au fond, elle jubilait.

8
Les larmes d'un ange

Val-Jalbert, même soir, lundi 18 décembre 1939

Malgré une journée bien remplie, Hermine débordait d'énergie. Après le goûter, elle décida d'assister Madeleine dans ses fonctions de nourrice. Certes, le terme ne convenait plus en raison de l'âge des enfants, mais avec le temps cette appellation était restée. La jeune Indienne passait la majeure partie de son temps à s'occuper des jumelles. Elle les avait allaitées durant dix-huit mois, s'était levée la nuit quand elles pleuraient et, maintenant, elle leur apprenait à coudre, à broder et à faire mille autres choses encore. Un lien très fort unissait Madeleine à Marie et à Laurence. Les fillettes lui vouaient un amour inconditionnel, ce qui avait souvent chagriné leur mère. Peut-être que cette réciprocité entre Madeleine et les jumelles était à l'origine de la profonde affection qu'Hermine ressentait pour Kiona.

—Maintenant, c'est l'heure de faire un brin de toilette et de changer de vêtements! décréta-t-elle. Tout le monde à l'étage! J'aiderai Madeleine à vous préparer pour le repas. Nous avons des invités, Simon et Armand. Et Charlotte sera de retour.

Mukki et ses sœurs obéirent immédiatement, ravis à la perspective d'un souper animé. Seule Kiona resta assise, les yeux rivés au sapin de Noël éblouissant qui se dressait dans un angle du salon.

—Viens, ma chérie! lui dit tendrement Hermine. Je vais te montrer ma chambre. Tu dormiras avec moi.

—Je la connais, ta chambre! répondit la petite d'une voix limpide.

La jeune femme s'assura que Madeleine et les enfants étaient bien sortis de la pièce. Elle dévisagea alors sa demi-sœur avec un air très doux.

—En es-tu bien sûre? demanda-t-elle à la fillette. De quelle couleur sont mes rideaux? Et le coussin au bout de mon lit?

—C'était pour jouer, rétorqua alors Kiona. Je ne la connais pas, puisque je suis jamais venue dans ton village! Mais j'ai pas envie de me laver, je suis pas sale.

—Je le sais bien! Je parlais de brosser tes cheveux et de mettre des habits secs. Tes bas de pantalon sont trempés à cause de la neige. Je voulais te prêter une robe de Laurence et de jolies chaussures.

La proposition sembla séduire Kiona qui se leva, un vague sourire sur les lèvres. Son visage reprenant soudain une expression sérieuse, elle dit tout bas :

—Dans un rêve, je t'ai vue pleurer. Ton oreiller était bordé de dentelles, comme celui que tu as dans l'autre maison, la maison de la forêt.

Hermine écoutait attentivement. En emmenant Kiona à Val-Jalbert, elle n'avait pas eu l'intention de la questionner sur ses apparitions dans cette maison, mais l'occasion se présentait maintenant.

—Si tu veux, nous allons en discuter dans ma chambre. Viens vite, ma chérie.

La fillette la suivit en marchant lentement, trop lentement. Elle effleura d'un doigt le napperon du guéridon et caressa le dossier d'un fauteuil.

—Mais qu'est-ce qui ne va pas, Kiona? s'étonna Hermine. Tout à l'heure, tu paraissais très heureuse; tu as joué aux osselets avec Mukki, sur le tapis. Avant le souper, nous mettrons un disque de chansons de Noël. J'espérais tant te faire plaisir! On dirait que tu boudes!

—Je suis un peu triste, Mine! répliqua pensivement la petite. Je peux pas te dire pourquoi!

Avec stupeur, Hermine vit de grosses larmes couler sur les joues de l'enfant. Elle la souleva du sol et la serra contre son cœur.

—Ma pauvre chérie, je ne t'ai jamais vue pleurer! Enfin, qu'est-ce que tu as?

Sans relâcher son étreinte, elle la monta jusqu'au palier. Kiona reniflait, décontenancée par ces mystérieuses larmes qui brouillaient sa vue et la rendaient vulnérable.

—Voici ma chambre! annonça la jeune femme. Personne ne t'entendra si tu m'expliques pourquoi tu es triste.

La petite fille jeta un coup d'œil autour d'elle, éblouie par la clarté rose de la lampe de chevet, ainsi que par l'abondance de tissus fleuris et de coussins de satin. Les meubles sculptés lui semblèrent ravissants, peints d'une couleur tendre, un blanc rosé. Hermine la déposa au bord du lit, au milieu d'un gros édredon rouge.

—Est-ce que tu te plairas ici? lui demanda-t-elle.

—Oui, Mine! Tout est très beau!

La jeune femme s'assit à son tour. Elle faisait un louable effort pour rester souriante, alors qu'elle était démunie devant ce chagrin enfantin dont elle redoutait la cause.

—J'ai voulu te rendre heureuse et tu as pleuré, ma Kiona! soupira-t-elle. Dis-moi ce qui te préoccupe.

—Ce n'est pas ta faute, Mine! Mais je vois des choses et ça me rend triste...

—Est-ce que ta mère le sait? s'enquit prudemment Hermine.

—Non, personne le sait!

—Quel genre de choses vois-tu? Tu les vois en rêve, quand tu dors?

Pour détendre la fillette, elle défit ses tresses et commença à brosser sa chevelure d'or roux.

—Mine, tu crois que si je fais des prières comme Madeleine, ça s'arrêtera?

—Peut-être, mais tu ne m'as pas répondu, ma

chérie! Quelles choses te rendent triste et que vois-tu de si terrible?

Une inexplicable pudeur interdisait à la jeune femme de raconter à Kiona ce qui s'était passé dans cette maison même.

« Et si elle n'en avait aucun souvenir! songeait-elle. Je peux la perturber en lui expliquant que je l'ai aperçue deux fois, que Madeleine, Mukki et les jumelles aussi l'ont vue. Je ne dois pas la brusquer, surtout pas. »

Elle continua à lisser tendrement la chevelure drue et soyeuse de Kiona qui marmonna de façon presque inaudible :

—Je suis souvent fatiguée, Mine, et quand je m'endors, je rêve. Je te l'ai déjà dit, je t'ai vue pleurer sur ton lit et je voulais te consoler. Une autre fois, Mukki faisait une bêtise et je l'ai appelé. Si tu savais comme j'ai eu peur!

—Je conviens que c'est un peu triste, tout ça! Mais tu n'as pas rêvé que tu m'écoutais chanter un cantique de Noël?

—Si, répliqua la petite fille.

Bouleversée, Hermine la prit dans ses bras et la berça. Elle aurait tant aimé la réconforter. Pour cela, il aurait fallu comprendre l'origine de ce phénomène vraiment ahurissant. Apparemment, Kiona rêvait et, pendant son sommeil, son image se déplaçait dans l'espace. Elle lui dit avec sollicitude :

—Je suis sûre que tu vois aussi de jolies choses, Kiona! Cherche bien!

—Oui... Charlotte en robe blanche, dans un jardin. Il y a de l'herbe très verte et des fleurs. Elle se marie avec le grand garçon, celui qui conduisait la voiture! balbutia la fillette.

—Ma chérie, ta mère pense que tu as beaucoup de dons. Les dons sont des cadeaux que Dieu nous fait à la naissance, le dieu des Indiens, ou bien celui des Blancs. Mais tu es très jeune et je me doute que tu n'as pas envie de voir tout ça! Dans ce que tu m'as raconté, il n'y a rien de triste, pas au point de pleurer!

—Je vois aussi des choses quand je ne dors pas! avoua Kiona. La maison, celle-ci, je l'ai vue toute sombre, abandonnée. Les murs étaient tombés. Ça m'a fait pleurer!

Cette fois, la jeune femme scruta sa demi-sœur avec une infinie compassion. Elle la plaignait, renonçant à trouver des explications.

« Si Mukki ou les jumelles étaient victimes de ce genre de manifestations surnaturelles, j'en serais malade! pensa-t-elle. Kiona ne doit rien comprendre, si elle a des visions. »

—Ma petite chérie, commença-t-elle, ne t'inquiète pas. Je crois qu'il existe des personnes comme toi qui voient des images de l'avenir. Demain, nous nous promènerons dans Val-Jalbert, et je te montrerai des maisons dont le toit s'est écroulé sous le poids de la neige ou qui ont brûlé. Mon village est pratiquement désert; aussi les tempêtes de l'hiver, la pluie et le gel détériorent peu à peu les constructions. Mes parents ne resteront peut-être pas longtemps ici. Mais ce soir nous allons nous amuser malgré tout.

Une heure plus tard, Hermine et Madeleine redescendirent au salon, suivies par quatre enfants en tenues impeccables. Les frimousses luisaient de propreté et les cheveux étaient bien coiffés. Marie et Laurence portaient une robe en velours à col blanc d'un modèle identique mais d'une couleur différente; l'une était bleue, l'autre rose. Mukki arborait une chemise blanche, un gilet et un pantalon neuf en tweed. Kiona lui tenait la main, rayonnante. Sa chevelure d'or ruisselait sur ses frêles épaules. Après bien des essayages, Hermine avait choisi pour sa demi-sœur une robe en lainage vert, ornée de broderies rouges aux poignets et sur le plastron. Ainsi vêtue, la fillette évoquait ces fées de la forêt qui s'habillent de feuilles et de mousse. Les chaussures la gênant, elle avait remis ses bottes.

—Maintenant, mes chéris, il faut que vous soyez sages! déclara Hermine. Pas de chahut ni de cris! Vous allez écouter un disque, celui que grand-mère a acheté pour Noël.

La jeune femme avait observé Kiona dans la nursery. Entre Marie et Laurence qui lui déballaient leurs plus beaux jouets, la fillette avait vite cédé à la gaîté ambiante. Quant à Mukki, très attaché à Kiona, il cherchait tous les moyens de lui faire plaisir. Là encore, il lui apportait un livre d'images, son préféré. Le calme s'installa, au grand soulagement des deux amies.

Madeleine prit place sur le sofa et Hermine s'assit à ses côtés.

—Ils semblent heureux de se retrouver ensemble, nota la nourrice.

—Oui, et ils sont adorables. Je leur ai promis qu'ils se coucheraient plus tard que d'habitude. Si maman savait que je bouscule l'ordre établi! Elle ne va pas tarder à téléphoner. Je crois que j'attendrai son retour pour lui dire que j'ai invité Kiona ici, sous son toit.

De l'électrophone s'éleva un chœur de voix enfantines qui entonnait un cantique célèbre, *Mon beau sapin*[28].

Mon beau sapin, roi des forêts
Que j'aime ta verdure
Quand par l'hiver, bois et guérets
Sont dépouillés de leurs attraits
Mon beau sapin, roi des forêts
Tu gardes ta parure
Toi que Noël planta chez nous
Au saint Anniversaire
Joli sapin, comme ils sont doux,

---

28. D'après *O Tannenbaum* de Ernst Anschütz (1824).

Et tes bonbons, et tes joujoux
Toi que Noël planta chez nous
Par les mains de ma mère

Penchée sur les pages d'un livre illustré, Kiona se redressa et tendit l'oreille avec un sourire ébloui. Elle se leva et courut vers Hermine.

—Mine, qu'est-ce que c'est, le saint Anniversaire? demanda-t-elle. J'aime tant cette chanson!

—Le saint Anniversaire, c'est Noël, la naissance de Jésus-Christ. Le Messie, notre Sauveur. Comment te répondre? Ta mère prie le grand Esprit qui anime les arbres, l'eau des rivières, les créatures de la terre. Beaucoup de gens prient Jésus-Christ.

Madeleine, d'un ton plein de respect, entreprit de raconter à Kiona la Nativité, à Bethléem. Le disque fit résonner peu de temps après les premiers accords de *Il est né, le divin enfant*[29].

—Je comprends un peu! dit la petite fille avec sérieux. Jésus est venu pour sauver tout le monde. Alors, moi aussi, Mine?

—Toi aussi, ma chérie, affirma Hermine en songeant que sœur Sainte-Apolline serait satisfaite de l'intérêt de Kiona pour la religion catholique.

Un hurlement de souffrance brisa la douce atmosphère qui régnait dans le salon. Mireille avait poussé un cri strident:

—Doux Jésus! Que j'ai mal!

Hermine se précipita dans la cuisine, escortée des enfants et de Madeleine. La gouvernante se tenait pliée en deux, la main gauche entourée d'un torchon.

—Fallait pas vous déranger! gémit-elle. Ce n'est rien de grave.

—Qu'est-ce qui t'est arrivé, Mireille? s'alarma Mukki. Il y a de l'eau partout.

29. Un des chants les plus célèbres du répertoire français, qui a été publié pour la première fois en 1874 dans un recueil intitulé *Airs de Noël lorrains*.

—Du bon bouillon de poule, plutôt, se lamenta-t-elle. Je ne sais pas comment j'ai réussi ce tour-là, mais j'ai renversé la marmite.

—Et tu t'es brûlée! conclut Hermine. Fais voir!

—Non, je n'ai pas grand-chose. Si quelqu'un pouvait remplir une bassine de neige, je plongerais ma main dedans. C'était le remède de ma grand-mère contre les brûlures.

Madeleine s'apprêtait à s'acquitter de cette mission quand Armand Marois entra par la porte située derrière la maison, qui communiquait avec la remise à bois. Le jeune homme salua en soulevant d'un doigt sa casquette.

—Armand, peux-tu ressortir et rapporter un récipient plein de neige? demanda Hermine. Mireille s'est brûlée.

—Je m'en charge!

Ce fut fait rapidement. La gouvernante se déclara soulagée après quelques minutes de ce traitement sommaire. Elle était vexée, comme prise en défaut dans ses capacités à gérer son domaine, la cuisine et le service.

—Décampez tous, que je termine mon ouvrage! bougonna-t-elle. Je n'ai plus mal. Le bouillon est fichu, mais je vais préparer autre chose.

—Je dresserai la table, assura Madeleine. Cela vous aidera un peu.

Connaissant la fierté paysanne de Mireille, Hermine préféra obtempérer. Entourée des enfants, elle longeait le couloir quand Charlotte et Simon frappèrent à la porte principale donnant sur le perron. Madeleine alla ouvrir en tournant le verrou.

—Lolotte! claironna Mukki.

La jeune fille distribua quelques bises rapides aux petits et remarqua ainsi la présence de Kiona.

—Que tu es élégante! dit-elle à la petite. Je savais que tu serais là, grâce à mon fiancé qui est venu me chercher à Chambord et qui m'a parlé de toi.

—Eh oui, c'est mon invitée, dit Hermine. Bonsoir, Simon! Pardon, j'aurais dû dire, bonsoir, les fiancés! Cela devient officiel...

Charlotte éclata de rire. Elle rayonnait, ivre d'un bonheur longtemps espéré. Depuis que Simon avait clairement exprimé sa volonté de l'épouser, elle vivait sur un nuage.

—Ce soir, je suis la maîtresse des lieux, puisque mes parents et Louis sont à Chicoutimi, précisa Hermine.

—Simon m'a dit ça aussi! rétorqua la jeune fille. Je suis ravie, moi, qu'on soit entre jeunes.

Armand se joignit à eux. Une conversation animée s'engagea, avec en musique de fond les comptines que fredonnaient les jumelles. Personne ne vit Kiona s'éloigner sans bruit et se faufiler dans la cuisine. Elle y surprit Mireille en train de se moucher, les yeux noyés de larmes.

—C'est Hermine qui t'envoie? s'enquit la gouvernante un peu rudement, contrariée d'être dérangée.

—Non! Je voulais te consoler!

—Et comment savais-tu que je pleurais comme une vieille sotte que je suis? Ce n'est pas bien d'espionner les gens!

Kiona ne se laissa pas impressionner. Elle s'approcha de Mireille et la dévisagea en silence, d'un regard doré plein d'une infinie bonté.

—Ne te fais pas de tracas pour moi! protesta la femme en s'asseyant sur un tabouret. Quand on souffre dans son corps, bien souvent le cœur s'en mêle. Cette brûlure m'élance encore, alors, va comprendre pourquoi, je me suis sentie toute triste. Je suis native de Tadoussac[30], moi, et à ton âge je n'avais qu'une

30. Tadoussac est le premier établissement français nord-américain. On y installe tout d'abord, durant les premières années de la colonisation, un poste de traite des fourrures. Le village de Tadoussac est reconnu comme le plus vieux du Québec. Il a célébré son 400e anniversaire en 2000.

peur : quitter mon village. Je me plaisais, là-bas. L'été, je guettais le passage des gros bateaux qui allaient remonter le Saguenay ou poursuivre leur route vers Québec. Mais c'est bien loin, le temps de mon enfance. Mes parents sont au cimetière, et j'ai passé la plus grande partie de ma vie à Montréal. Souvent, j'aimerais retourner à Tadoussac... Tout ça remonte en moi et je verse ma larme.

—Je t'aime beaucoup, Mireille! décréta Kiona avec conviction.

—Balivernes! Je suis une étrangère pour toi! On n'aime pas une personne qu'on ne connaît pas! trancha la domestique, attendrie cependant par la déclaration de la fillette.

—Mine dit toujours que tu es très gentille, que tu es un peu sa grand-mère.

Touchée, Mireille approuva d'un léger signe de tête. Elle fixa Kiona avec insistance. L'enfant se mit à sourire de façon si charmante et si tendre que la gouvernante éprouva un étrange sentiment d'apaisement. Elle chercha quelque chose à dire pour briser le charme, mais aucune plaisanterie ne put franchir ses lèvres.

—Peut-être que tu y retourneras, à Tadoussac! dit enfin Kiona d'une petite voix.

—Peut-être, qui sait! rétorqua Mireille. Tu es une drôle de petite bonne femme, toi... et belle comme le soleil!

Kiona ressortit de la pièce. La gouvernante regrettait de ne pas l'avoir embrassée.

« Je ferai des caramels au sirop d'érable, demain! pensa-t-elle. Et des crêpes... »

Mireille prouvait son attachement à ses proches en redoublant de compétence et d'énergie en cuisine. Ragaillardie, elle sifflota un refrain de sa chère Bolduc. Sa tristesse s'était envolée.

Madeleine bavardait avec Armand, tout en disposant les couverts sur la table. Quant aux enfants, ils jouaient aux osselets sur le somptueux tapis près de l'arbre de Noël. Charlotte annonça qu'elle montait dans sa chambre se faire une beauté. Tout de suite, les jumelles délaissèrent leur frère et proposèrent à la jeune fille de l'accompagner. Elle était devenue très coquette et disposait d'un stock impressionnant de fards, de parfums bon marché et de bijoux de pacotille. Marie et Laurence adoraient fouiner dans ce joyeux fatras.

—Viens avec nous, Kiona, dit Charlotte. Je suis sûre que tu ne connais pas encore toute la maison, notamment ma chambre. Viens!

Avec une mine ravie, la fillette accepta aussitôt. Hermine en profita pour attirer Simon à l'écart, dans le bureau de sa mère.

—Simon, j'ai vraiment besoin de toi! commença la jeune femme. Je te considère comme le grand frère que je n'ai pas eu, vu que nous avons été élevés ensemble. D'abord, promets-moi de garder le secret sur ce que je vais t'apprendre. Tes parents et Armand ne doivent rien soupçonner, mais, rassure-toi, Charlotte est dans la confidence.

—Tu m'inquiètes, Mimine! C'est si grave que ça?

Elle le regarda un moment avant de répondre avec l'expression d'une personne qui évalue les capacités d'un futur associé.

—Oui, c'est très grave et je ne peux pas compter sur Toshan, hélas! Je n'ai même pas posté la lettre où je le mettais au courant de la situation, afin de ne pas l'inquiéter. Tu te souviens de ces deux hommes qui m'ont agressée lundi dernier?

—Comment j'aurais pu oublier ça? protesta-t-il. J'ai eu peur pour deux jolies bestioles que j'aime bien, Chinook et toi, Mimine!

Simon plaisantait pour détendre l'atmosphère. Hermine lui décocha un coup de coude; c'était sa manière de se défendre quand ils étaient enfants.

—Es-tu idiot! Un beau gars comme toi, bientôt marié, me traiter de jolie bestiole! lança-t-elle. Il n'y a pas moyen d'être sérieux avec toi, Simon.

—Tu me trouves beau? s'exclama-t-il, faussement extasié.

Elle éclata de rire. Il aurait fallu être difficile pour ne pas admettre le physique avantageux de cet athlète aux cheveux très bruns un peu ondulés et aux traits réguliers.

—Ton père aussi devait être beau, dans sa jeunesse, ajouta-t-elle. Mais toi, tu as un air plus doux et les yeux plus grands... Mais assez placoté, Simon. Ces hommes, ils ne m'ont pas cherché querelle par hasard. Ils en avaient après Toshan et ma belle-mère, à cause d'une histoire qui remonte à loin.

D'une voix basse, persuasive, la jeune femme lui résuma toute la situation.

—Tabarnouche! jura-t-il entre ses dents, une fois qu'elle eut terminé. Si j'avais pu imaginer une chose pareille! Et je suis bien d'accord, tu ne peux pas tout dire au chef de la police; ta belle-mère aurait des ennuis.

—Sans doute bien pire que des ennuis, Simon! Une Indienne qui a commandité un crime, même vingt-cinq ans plus tard, ils la jetteront en prison.

—Ce n'est pas prouvé! rétorqua Simon. Ces gars-là sont en faute eux aussi. Incendier une cabane, au risque de brûler vifs les occupants, braquer un fusil dans ta direction et tirer sur un cheval, ils ne sont certainement pas du genre à se plaindre à la police. Et ça date, la mort de ce chercheur d'or... Mimine, en quoi puis-je t'aider?

Simon ne plaisantait ni ne jurait plus. Il avait compris que la situation n'était pas simple.

—J'ai encore un bon pécule à la banque, répondit Hermine. Plus qu'assez pour tenir jusqu'à l'été prochain. Je n'ai pas signé de contrats ni d'engagements, mais je vais accepter toutes les propositions. Tout travail mérite salaire, me répétait mon impresario. Je voudrais te payer pour que tu enquêtes sur ces deux hommes. Je peux te décrire leur camion, leur allure et leur taille approximative. Ils avaient un accent très prononcé. Ils sont du pays. Je t'en prie, fais-le pour moi! Pour Toshan... Tu dis souvent que c'est ton ami!

Elle avait touché un point sensible. Simon alluma une cigarette, pensif. Il retournait dans sa tête les révélations que la jeune femme lui avait faites et cela changeait sa perception de la famille Chardin. Laura lui paraissait héroïque, de tolérer encore la présence de Jocelyn, qui avait bien baissé dans son estime. Hermine s'était vue obligée de révéler ce secret-là aussi.

—Je n'en reviens pas! lança-t-il, éberlué. Kiona est ta demi-sœur et celle de Toshan. Je n'avais aucun doute, moi, en coupant ce petit sapin. Charlotte n'a pas vendu la mèche. Mais c'est bien que Tala habite Roberval. Elle y est davantage en sécurité qu'au fond des bois, seule avec la petite. Mimine, je suis d'accord. Ce ne sera pas facile, puisque j'ai pris cet emploi à la fabrique de fromages, mais si je change d'horaire avec un collègue je pourrai sans doute dégager un peu de temps libre. Il me faudrait un véhicule capable de rouler n'importe où, que je puisse me déplacer assez rapidement. Une autoneige ou un engin comme celui d'Onésime, équipé de patins à l'avant.

—Onésime a toujours besoin d'argent; il nous louera sa machine. Je te remercie, Simon! Si tu peux identifier ces hommes, nous aurons un début de piste.

—Je ferai de mon mieux, mais je ne sais pas si je pourrai vraiment t'aider!

—Il me faudrait au moins des noms! insista Hermine.

—Du côté de Péribonka, j'ai des chances d'apprendre quelque chose. Je commencerai par là. Ensuite, en traînant dans les villages sur la rive ouest du lac, je pourrai peut-être voir le camion. Après, j'irai vers Chambord et Desbiens.

Hermine approuva, rassérénée. Elle décrivit le camion et les deux inconnus avec le plus de détails possible. On frappa deux petits coups à la porte. Charlotte entra sans attendre de réponse.

La jeune fille resplendissait, vêtue d'une robe rouge ornée de strass. Le tissu soyeux moulait sa poitrine un peu forte pour sa silhouette menue. Ses jambes fines étaient gainées par des bas de soie et sa chevelure bouclée était retenue par un bandeau emperlé.

—Qu'est-ce que vous complotez, vous deux? demanda-t-elle.

—Je demandais à Simon de m'aider. Je me suis dit qu'il avait peut-être une chance de découvrir qui sont mes agresseurs, expliqua Hermine. Il sait la vérité, maintenant. Je préfère éviter de tout dire à la police, à cause de Tala.

—Bien sûr, je comprends, coupa Charlotte qui affichait un air navré. J'ai hâte que ce problème soit derrière nous. Je n'ai pas envie que Simon prenne trop de risques.

—Encore une qui fera de moi un coq en pâte! rétorqua le jeune homme avec une pointe d'agacement.

Hermine devina la contrariété de Charlotte, mais elle n'avait pas le choix.

—Enfin, changeons de sujet, proposa-t-elle. Dis-moi, Lolotte, est-ce que Kiona s'est amusée? Elle ne t'a pas parue triste ou soucieuse?

—Pas du tout, rétorqua la jeune fille. Mes pots de fard et mes bâtons de rouge l'ont fascinée. Et si tu avais vu ça! Laurence a voulu maquiller Marie et elle l'a badigeonnée de poudre de riz. Mais, par pitié, ne m'appelle plus Lolotte!

—Désolée, je ferai attention, promit Hermine.

Les trois jeunes gens regagnèrent le salon en bavardant. Mireille, sa main blessée enveloppée d'un bandage, vérifiait l'agencement des couverts. Madeleine fit s'asseoir les enfants en leur recommandant d'être raisonnables et polis.

—Vous devez être très sages jusqu'à Noël! disait la nourrice.

Chaque soir, elle leur demandait une courte prière, juste avant le repas. Intriguée, Kiona écouta Mukki et les jumelles réciter le bénédicité. Elle essaya de répéter les mots dont elle se souvenait.

—Je peux te l'apprendre, Kiona, proposa Madeleine. Je pense que ma tante n'appréciera pas, mais tu pourras prier en silence.

—Oh oui, s'il te plaît, apprends-moi! s'écria la fillette.

—Décidément, lança Armand avec une grimace moqueuse, les Indiennes ont un penchant pour la religion, icitte!

—Ne sois pas désobligeant, dit Hermine d'un ton sévère. J'ai envie de passer une bonne soirée. Alors, fais un effort.

—Si on n'a même plus le droit de rigoler! rétorqua le jeune homme, vexé. Je me coucherai sitôt ma soupe avalée!

Armand était né avec un caractère ombrageux et envieux. Il avait hérité à coup sûr de son père, Joseph Marois, un homme réputé pour ses sautes d'humeur. Cela ôtait toute séduction à ce joli garçon dont rêvaient cependant bien des filles de Roberval.

Charlotte dit tout bas quelque chose à l'oreille de Simon. Les fiancés pouffèrent, ce qui exaspéra Armand.

—Vous devriez vous tenir un peu mieux devant les enfants, vous deux! maugréa-t-il. Fiancés, ça ne veut pas dire mariés! On ne peut pas tout se permettre!

—Oh, le jaloux! ironisa Charlotte qui détestait cordialement son futur beau-frère.

Hermine toussota avec exagération afin de ramener le calme. Elle prit place à la table, auréolée de sa chevelure blonde, son teint laiteux mis en valeur par un gilet de laine noire au décolleté troublant. Un collier de perles soulignait la finesse de son cou gracieux. Chacun des convives l'admirait à sa façon.

«Je me souviens, quand mon père voulait nous marier, elle et moi! se disait Simon. J'ai refusé, mais je me demande si je n'aurais pas été heureux avec elle. Mimine, elle a bien peu de défauts.»

Mireille apporta une soupière en porcelaine contenant un potage improvisé à base de bouillons en cubes et de vermicelle.

« Que maman est belle! pensait Mukki. Quand je serai grand et fort comme Simon, c'est moi qui la protégerai! »

« Ce n'est qu'une prétentieuse, au fond, Mimine! fulminait Armand. Je fais le domestique pour sa mère, mais chez nous elle lavait mon linge! Si elle me parle encore sur ce ton, je le lui ferai regretter... »

Charlotte aussi contemplait son amie, sa sœur de cœur. La jeune fille n'oublierait jamais leur rencontre.

«J'avais neuf ans et demi, et je m'étais égarée dans le couvent-école parce que je n'y voyais presque plus rien. J'ai même cassé un cadre, sur une table de chevet. Je n'étais pas fière de moi. J'ai ensuite entendu une voix très mélodieuse, celle du Rossignol de Val-Jalbert... Elle m'a pris la main et durant des mois elle a veillé sur moi. Ma chère Hermine! Elle ne se maquille jamais, ce n'est pas nécessaire avec ses beaux yeux bleus. Sauf pour la scène.»

Quant à Kiona, elle savourait la soupe, après avoir étudié la physionomie de ceux qui l'entouraient. La fillette respirait à son aise, car elle n'avait pas eu une seule vision.

« C'est grâce à Jésus! Je suis bien contente d'être là, avec Mine qui est si jolie! Et cette nuit je dors dans son lit. Elle m'a promis de me chanter une berceuse. J'en ai, de la chance... »

Le plat de résistance suscita une exclamation ravie. Mireille avait servi une tourtière dodue, dorée à point, au parfum alléchant. La pâte renfermait des pommes de terre en petits dés, des oignons, du bœuf, du porc et du lard. Kiona attendit le retour de la gouvernante pour dire qu'elle n'avait jamais mangé une aussi bonne nourriture.

—J'ai préparé un dessert encore meilleur en ton honneur! répliqua Mireille, flattée. Une tarte à la farlouche[31], un vrai régal! C'est la première fois que tu viens dans cette maison; il faut fêter ça.

—Non, c'est pas la première fois! démentit Laurence tout haut. L'autre jour, Kiona était dans la nursery. Hein, Marie?

—Oui, mais elle est repartie tout de suite, ajouta sa jumelle.

Hermine baissa la tête, terriblement embarrassée. Elle n'avait parlé des mystérieuses apparitions de sa demi-sœur ni à Simon, ni même à Charlotte, et encore moins à la gouvernante, qui poussa un cri scandalisé :

—Vous n'avez pas honte, de raconter des stupidités? Si j'avais débité des mensonges à table, quand j'avais votre âge, mon père m'aurait sévèrement punie. Tu as entendu tes filles, Hermine? Gronde-les! Déjà, Mukki aurait mérité une punition, pour avoir touché au revolver de madame.

La gouvernante s'éloigna en bougonnant :

—Ces enfants sont des petits vlimeux!

Mais Charlotte se montra curieuse. Elle dévisagea tour à tour les trois fillettes et finit par interroger Laurence.

—Pourquoi inventes-tu ça? Kiona n'est jamais venue chez nous, tu le sais bien.

—Si, elle est venue! insista la petite.

—Bon, pas la peine d'en faire un drame! dit Hermine. On dirait que tout le monde se ligue pour m'empêcher de passer une soirée reposante et divertissante... Les enfants sont excités à l'approche

31. Tarte à base de mélasse, de cassonade et de raisins secs.

des Fêtes et ils font les intéressants. Et Laurence a peut-être cru voir Kiona, car elle avait envie de jouer avec elle.

—Tu crois qu'il s'agissait d'une hallucination? lança Simon. Marie prétend que c'est vrai. Ou bien elle ne veut pas avouer que sa sœur est une menteuse!

—Mais ça existe, les hallucinations collectives! renchérit Charlotte. Je l'ai lu dans une revue... N'en parlons plus. Mimine a raison, nous lui gâchons sa soirée.

Kiona ne levait pas le nez de son assiette, comme si le sujet ne la concernait pas. Pourtant, elle était la plus étonnée. Fine, d'une intelligence déjà exceptionnelle, elle préféra se taire. Envahie par un malaise indéfinissable, proche de la peur, elle songeait: « Ce n'était donc pas en rêve, que je suis allée dans la nursery et que j'ai vu Marie et Laurence. En plus, tout était semblable, les dessins du papier sur les murs, la couleur de la peinture et aussi le placard. Et Mukki tenait un revolver. »

Hermine s'aperçut de son trouble. Elle avait pris soin de ne pas évoquer les apparitions de sa demi-sœur, mais les indiscrétions étaient venues d'ailleurs, sans qu'elle y puisse quoi que ce soit. Vite, elle se leva.

—En attendant le dessert, je vais vous mettre de la musique! Maman a acheté de nouveaux disques cet été, lorsqu'elle m'a rejointe à New York. Connaissez-vous le célèbre Duke Ellington? C'est un compositeur de jazz, un musicien remarquable. Il a vendu beaucoup de disques, malgré la crise. On l'entend sans cesse à la radio, aussi. Et il a joué dans plusieurs films.

—Bien sûr, que je le connais! dit Simon. Est-ce que tu l'as rencontré, à New York, Mimine?

—Non, hélas! Mais j'ai pris goût au jazz, et au swing qui est très dansant.

Quelques secondes plus tard, l'orchestre de

Duke Ellington jouait *Caravan*. La gouvernante réapparut, chargée d'un plat rond contenant une tarte à la farlouche encore fumante. C'était une des pâtisseries favorites d'Hermine, une pâte brisée nappée de crème à la cassonade.

—Oh, merci, Mireille! s'écria-t-elle. Nous allons être obligés de boire un verre de vin de bleuets pour accompagner le dessert. Pas de caribou ce soir, ça manque de raffinement.

—Écoutez-la! ironisa Armand. Il faudrait du champagne français à la chanteuse!

—Elle aurait bien le droit! protesta Charlotte. Et du champagne, nous en buvons souvent à Québec. Monsieur Duplessis en rapporte de France. C'est très bon.

Madeleine découpait la tarte. La nourrice fit dix pointes, afin d'en offrir une à la gouvernante.

—Restez un peu avec nous, Mireille! dit-elle aimablement. Pour le dessert et le vin de bleuets.

—Avec cette musique de sauvages qui me brise les tympans, non merci! s'indigna la domestique. Et puis, j'ai du travail. Si Hermine interprétait un air d'opéra, peut-être que je vous tiendrais compagnie, mais elle préfère mettre des disques.

—Tu exagères! s'exclama la jeune femme. Qui écoute La Bolduc jusqu'à minuit et dès son réveil? Et je veux bien chanter. Je sais même des chansons en anglais maintenant. J'ai appris *Over the Rainbow*, que Judy Garland a enregistrée l'année dernière. C'est dans le film *Le Magicien d'Oz*, qui est passé au Capitole. Je suis sûre qu'elle vous plaira...

Hermine arrêta le disque de Duke Ellington et, debout près du sapin de Noël rutilant, entonna d'une voix douce :

Somewhere over the rainbow
Way up high
And the dreams that you dreamed of
Once in a lullaby

Ce fut un enchantement pour son auditoire. Le timbre pur et limpide du Rossignol de Val-Jalbert conférait à la mélodieuse ballade une touche presque céleste. Mireille s'était assise, en extase. Kiona se balançait sur sa chaise, bouche bée, éblouie. Jamais la fillette n'oublierait cet instant, entre l'arbre illuminé au parfum de forêt, la saveur de la tarte fondante et sucrée et les mots mystérieux de la chanson au rythme envoûtant. Mais Hermine se tut, l'air rêveur, et le sortilège se brisa.

—C'était très joli, maman, commenta Mukki, mais on ne comprend pas les paroles.

—Je peux te dire l'essentiel, mon chéri. L'héroïne du *Magicien d'Oz* est une adolescente. Elle rêve de s'échapper vers un monde plus gai, loin de la pluie, vers un pays plein de couleurs, d'où le titre qui signifie *Sous l'arc-en-ciel.*

—Moi, ça m'a donné envie de pleurer, dit Charlotte. Si on mettait un disque de charleston? Laura en a un. Je vais danser; toi aussi, Simon?

—Je connais à peine les pas de la valse! Le charleston, je n'y arriverai jamais! soupira le jeune homme.

Hermine s'empressa de répondre au souhait de son amie, encore émue par l'expression qu'avait eue Kiona pendant la chanson. Radieuse, Charlotte se leva et fit une démonstration de ses talents. Les genoux légèrement fléchis, les pieds tournés vers l'intérieur, elle faisait passer le poids de son corps d'une jambe à l'autre. Les jumelles coururent l'imiter, tandis que les spectateurs occasionnels frappaient des mains.

—Si madame voyait ça! déplora Mireille. Enfin, il faut bien que jeunesse se passe, comme on dit.

Malgré sa remarque désobligeante, elle ne bougea pas, très vite gagnée par les joyeux accords. Armand rejoignit Charlotte et, tous les deux face à face, ils dansèrent de plus belle. Hermine riait tout bas, prodigieusement amusée par les déhanchements des jeunes gens.

—Une valse, Mimine! réclama Simon. Mon frère me nargue? Je vais lui montrer de quoi je suis capable!

Bientôt Armand faisait valser Hermine, tandis que Charlotte tournait dans les bras de son fiancé. Mukki supplia Mireille de danser avec lui. La gouvernante, rayonnante, accorda quelques pas à son petit cavalier. Kiona souriait, comblée. Elle s'imprégnait de la joie ambiante et de l'harmonie des lieux.

« Mon Dieu, pardonnez-nous! pria Hermine silencieusement. C'est si bon d'oublier le froid, la peur et la solitude! Demain, je penserai à mon mari devenu soldat, à la guerre, à ces hommes avides de vengeance, mais pas ce soir, non, pas ce soir. »

Encore une fois, bicn malgré elle, l'image d'Ovide Lafleur s'imposa à elle, celle où il avait eu cet air ébloui parce qu'elle lui permettait de l'appeler par son prénom.

Madeleine assistait aux évolutions des danseurs, assise près de Kiona. La nourrice jugeait cette animation divertissante, mais quand Simon l'invita elle refusa, effarée.

—Non, non! affirma-t-elle. Je fais pénitence.

Il n'insista pas, arborant néanmoins une mine faussement vexée. La jeune Indienne se confondit en excuses, même si elle n'était pas dupe de la petite comédie de Simon.

—Je crois qu'il est temps de chanter un cantique! déclara alors Hermine. Tous ensemble! Venez, les enfants!

Comme un chef d'orchestre, elle leva les bras et battit la mesure. Sa voix limpide s'éleva :

Gloria in excelsis Deo
Les anges dans nos campagnes
Ont entonné des chants joyeux
Et l'écho de nos montagnes
Redit ce chant mélodieux
Gloria, gloria...

Mukki et les jumelles hésitaient à chanter, mais Simon, Armand et Charlotte, qui connaissaient les paroles sur le bout des doigts, se mirent à accompagner Hermine. Mireille se joignit à eux et son timbre grave s'accorda parfaitement à cette chorale improvisée. Madeleine se décida à répéter un gloria discret.

Kiona avait quitté la table pour s'asseoir au bord du sofa. Elle se sentait fatiguée et ses paupières se fermaient contre sa volonté. Vaillamment, elle lutta pour ne pas s'allonger et s'endormir. Une vision traversa son esprit, fulgurante, si effroyable que son petit cœur se serra d'un coup: un homme tenait un fusil et visait son cousin Chogan[32], qui avait le visage ensanglanté. La scène se passait à la clarté d'un feu de bois, au sein d'une nuit noire.

« Non, non! supplia Kiona. Non! »

À près de cinquante kilomètres de là, dans un campement, au moment d'appuyer sur la gâchette de son arme, un certain Zacharie Bouchard vit une fillette agiter les bras devant lui. Dans la lumière des flammes, elle paraissait faite d'or pur, de ses cheveux ondulés que le vent agitait à sa peau légèrement cuivrée. Elle portait une robe verte et hurlait, les yeux effarés: « Non! »

—Torrieux[33], j'comprends rien! bredouilla-t-il.

Ce n'était pas son intention de blesser une enfant. Interloqué, il baissa son fusil. Chogan en profita pour lui asséner un rude coup de poing en pleine face et il se fondit dans la nuit, aussi rapide et silencieux qu'un loup.

—Kiona! s'affola Hermine. Mon Dieu, Kiona, on dirait qu'elle a perdu connaissance.

La jeune femme se précipita vers sa demi-sœur, ainsi que Charlotte et Madeleine. Les jumelles,

---

32. Chogan signifie *Oiseau noir* en langue algonquienne, souche de la langue des Montagnais.

33. Juron venant de l'expression *tort à Dieu.*

apeurées, n'osaient pas approcher du sofa. Mukki se blottit contre Mireille.

—Ne crains rien, mon garçon, le rassura la gouvernante, et laisse-moi m'occuper de la petite.

En larmes, Hermine caressait le front de Kiona et embrassait ses joues. La fillette était inanimée et glacée.

—Mais qu'est-ce qu'elle a? s'écria-t-elle. Simon, téléphone au médecin de Roberval, par pitié!

—Kiona n'a peut-être pas l'habitude de manger autant et de si bonnes choses! observa Charlotte. J'ai déjà eu une indigestion; on se sent vraiment mal.

—Place, place! tonna Mireille qui avait attrapé une bouteille d'eau-de-vie dans le buffet réservé aux liqueurs. Hermine, ne t'affole pas, aide-moi à la faire boire. Voilà... Un peu d'eau fraîche, coupée de vin de bleuets.

La gouvernante frictionna ensuite le cou et les tempes de la fillette avec un carré de linge imbibé d'alcool, puis elle lui tapota les joues.

—Ma mignonne, reviens avec nous! Elle a eu un choc, à mon avis!

—Mais quel choc? s'étonna Hermine. Nous chantions tous ensemble un cantique! Nous étions joyeux!

—Un curé verrait ça, il dirait qu'elle est tombée en pâmoison parce qu'elle ne supporte pas les chants religieux! avança Armand, non sans ironie.

—Tais-toi donc, maudit niaiseux! tempêta Simon. Tu trouves ça drôle, que la petite soit malade? Retourne donc chez les parents! Je n'ai pas besoin de toi pour protéger ces femmes!

Heureusement, Kiona revint à elle. Elle jeta un coup d'œil terrifié sur ceux qui l'entouraient.

—Mine, balbutia-t-elle, mon cousin Chogan a failli mourir!

La jeune femme étreignit l'enfant et fit signe aux autres de s'écarter. Elle avait compris. Kiona avait vu quelque chose d'horrible.

—Vous l'intimidez, dit Hermine d'un ton ferme. Je dois la réconforter. Elle a fait un cauchemar pendant son malaise. Je vais monter la mettre au lit.

Charlotte et les deux frères Marois obéirent, entraînant aussi les jumelles. Mireille se pencha et déposa un baiser sonore sur le front de Kiona.

—Pauvre petit ange! soupira la gouvernante. Elle n'a pas l'air fragile, pourtant! Je lui prépare une bouillotte; ça lui fera du bien.

La jeune femme souleva sa demi-sœur et la porta à l'étage, escortée par Madeleine qui semblait bouleversée. Dès qu'elles furent dans la chambre, elles purent parler à leur aise.

—Mon frère Chogan a failli mourir? Pourquoi? interrogea tout bas la nourrice d'un air terrifié. Kiona, je t'en supplie, dis-moi ce que tu as vu?

—Elle est exténuée. Laisse-la reprendre ses esprits! recommanda Hermine. Peut-être même qu'elle s'est déplacée... qu'elle est apparue à quelqu'un, ailleurs!

—Un homme allait tirer sur mon cousin Chogan! dit Kiona d'un ton apeuré. Moi, je ne voulais pas et je l'en ai empêché.

—Comme tu as empêché Mukki de tirer sur les jumelles? demanda Hermine. Ma chérie, tu sais que ce ne sont pas des rêves, n'est-ce pas?

La petite acquiesça d'un signe de tête. Elle ajouta:

—Je ne sais pas ce qui se passe, Mine. J'avais tellement envie de dormir, et puis j'ai vu l'homme au fusil et Chogan. Je crois que je suis allée là-bas, oui!

—Ma Kiona, repose-toi! dit doucement la jeune femme en lui ôtant ses bottes et en l'allongeant entre les draps. Tu es à l'abri, ici.

On frappa. C'était Mireille qui apportait la bouillotte et une tasse de *cocoa* fumant.

—De quoi la réconforter, dit la gouvernante. Tu es bien installée, ma belle! Madeleine, Charlotte te fait dire qu'elle se charge de coucher les enfants.

La nourrice remercia, totalement absorbée par le souci qu'elle avait de son frère. Il avait été le seul à la défendre, quand leurs parents avaient décidé de la marier à un homme qui lui déplaisait. Elle en avait conçu un profond dégoût pour les ébats sexuels et un attachement indéfectible à Chogan.

—Je descends, il faut débarrasser la table, bougonna Mireille, qui devinait qu'elle dérangeait les deux jeunes femmes, surtout Madeleine, dont l'émoi était perceptible.

—Je dois partir tout de suite, Hermine, dit la nourrice après le départ de Mireille. Ce que Kiona vient de voir a dû arriver ce soir, il y a quelques minutes. Mon frère est en danger. Il a besoin de moi, je le sens. Cet homme qui voulait tirer sur lui, c'est sûrement le même qui a fait feu sur Chinook!

Hermine était effarée. Madeleine ne l'avait jamais quittée depuis des années et elle ne l'imaginait pas en train de parcourir des kilomètres sans aucune protection masculine.

—Tu ne peux pas t'en aller maintenant! objecta-t-elle. Pas cette nuit, toute seule! Et où irais-tu? On ne sait rien du lieu où se trouvait Chogan.

Kiona aurait voulu se redresser, mais elle savourait le confort du lit, les pieds au chaud sur la bouillotte.

—Il y avait un feu et de grands arbres, dit-elle cependant.

—Un feu, des arbres! répéta Hermine. Tu pourrais explorer tout le Québec et en voir des centaines, des milliers, des feux avec des arbres.

Madeleine secoua la tête, les traits tendus par sa détermination farouche et sa colère. Elle n'était plus la même.

—Le don de Kiona est rare et précieux, Hermine! Elle est issue d'une lignée de shamans et je lui fais confiance. Je pense aussi que Chogan a dû affronter cet homme non loin des baraquements où il habite avec sa famille. Je connais le chemin. Une fois parvenue à Péribonka, je marcherai le temps qu'il faudra. Je veux avoir la certitude que Chogan va bien, qu'il n'est pas blessé. Et je lui expliquerai la situation. Peut-être même qu'il connaît les ennemis de Tala, tes ennemis.

La soirée commencée gaiement, poursuivie dans la joie et la musique, se transformait en cauchemar pour Hermine. Elle prit Madeleine par l'épaule et l'attira près d'elle.

—Sois raisonnable, attends au moins demain matin! Simon pourra te conduire à Roberval. Comme ça tu préviendras Tala. Il fait très froid, cette nuit, ce serait de la folie de te mettre en route. Et s'il neigeait je te dirais la même chose.

—Prête-moi le traîneau de Toshan; les chiens sont disciplinés. Je me débrouillerai. La lune est ronde, je serai de l'autre côté du lac à l'aube. Hermine, grâce à toi, je n'ai plus souffert de la faim et du froid, j'ai un foyer et je vous aime, toi et tes enfants. Mais je suis une Indienne; la nuit et le gel ne me font pas peur. La mort de mon frère, si. Ce serait une partie de moi que je perdrais à jamais.

La jeune chanteuse en aurait pleuré. Elle ne pouvait pas accepter.

—Si tu t'en allais dans ces conditions et qu'il t'arrivait malheur, je m'en voudrais ma vie durant! protesta-t-elle. Je ne t'aurais pas protégée de ta folie, Madeleine!

Hermine ne doutait pas de la véracité des paroles de Kiona, mais elle prétendit le contraire dans l'espoir de retenir son amie.

—Kiona a très bien pu s'assoupir et faire un cauchemar! Et toi, tu veux courir des risques insensés à cause d'un mauvais rêve!

—Mine, je n'ai pas rêvé! dit la petite fille. Quand j'ai vu mon cousin qui allait mourir, je me suis retrouvée là-bas. J'ai senti l'odeur du feu, et l'homme a dit: « Torrieux, j'comprends rien! »

Élevée par Tala dans la solitude des bois, au

bord de la rivière Péribonka, Kiona ne pouvait pas inventer ce détail. Même si elle avait entendu par hasard ce juron propre au pays, aurait-elle eu l'à-propos de le citer dans le cas présent?

—Tu partiras, Madeleine! concéda la jeune femme. Mais en traîneau, équipée, avec des provisions et quelqu'un pour t'accompagner. Et au lever du jour, pas avant!

—D'accord, approuva la nourrice. Je te remercie.

—Toi, ma Kiona, reste bien au chaud! soupira Hermine. Je reviens vite et je te chanterai une berceuse.

—Celle de l'arc-en-ciel? implora la fillette.

—Oui, d'accord. Madeleine, veille sur elle.

Hermine dévala l'escalier. Elle s'apprêtait à exiger de Simon un pénible sacrifice. Attablé dans le salon, le jeune homme sirotait un verre de vin.

—Où est Armand? s'inquiéta-t-elle.

—Il a filé chez nous; je le supportais plus! Charlotte couche les petits.

—Simon, tu vas toucher ton premier salaire! ajouta-t-elle. Demain matin, je voudrais que tu conduises Madeleine chez les siens, dans la forêt, au nord de Péribonka. Avec le traîneau. Au retour, tu pourras dormir à notre maison. La piste passe à côté. C'est aussi un immense service que tu me rendras. Je t'expliquerai plus tard. Nous y passerions la nuit, autrement.

—C'est en rapport avec la crise de la petite? insinua-t-il. Elle a parlé de Chogan! Qui est-ce?

—Le frère de Madeleine! Simon, les Indiens attachent une grande importance aux rêves. Que ce soit vrai ou faux, Kiona prétend que Chogan est en danger et Madeleine tient mordicus à aller le rejoindre. Si je ne l'aide pas, elle est capable de faire des milles à pied. Et d'en mourir.

—Quoi? Tu veux que je parte demain matin? tonna-t-il. Tout ça parce qu'une fillette a rêvé? Ce n'est pas sérieux, Mimine?

—Je t'en prie, Simon! Ce sera pour toi une belle occasion de passer à Péribonka. Tu feras d'une pierre deux coups.

—Et mon patron, il va en penser quoi? se récria-t-il. Je travaille demain matin et je devais passer le reste de la journée avec Charlotte.

—Je lui téléphonerai, ma mère est une de ses meilleures clientes. Si je lui explique que nous, les Chardin, nous avons des soucis et que tu nous rends service, il comprendra.

—Ou il me mettra dehors. Ce ne sont pas les chômeurs qui manquent! Je serai vite remplacé.

—Simon, je ferai en sorte que tu gardes ton emploi. Et ta fiancée ne boudera pas, je m'en charge! En plus, je vais te donner de l'argent tout de suite; tu peux en avoir besoin. Mais considère ça comme une prime, qui s'ajoute à ce que je te verserai par la suite.

Hermine remonta. Mukki et les jumelles dormaient déjà sous l'œil attendri de Charlotte.

—Est-ce que Kiona va mieux? interrogea la jeune fille.

—Oui, elle m'attend! Charlotte, j'ai une mauvaise nouvelle pour toi.

En quelques mots, elle lui annonça le départ de Simon et de Madeleine, à l'aube.

—Tu plaisantes? coupa la jeune femme. J'étais tellement heureuse ce soir, de passer l'après-midi avec lui! Betty m'avait invitée à manger. Et ça ne me plaît pas, qu'il soit tout seul avec Madeleine. Tu aimerais ça, toi, Mimine, imaginer Toshan avec une autre fille pendant des heures?

—Je suis navrée, mais c'est très important. Ne sois pas jalouse en plus, Madeleine ne pense qu'à retrouver son frère vivant. Et elle ne s'intéresse pas aux hommes, tu le sais bien après toutes ces années à la côtoyer! Va donc vite rejoindre Simon au salon; personne ne vous dérangera.

Sans donner à Charlotte l'occasion de récriminer

davantage, Hermine retourna auprès de Kiona. Madeleine lui céda la place. Après l'avoir remerciée une fois encore, elle sortit de la pièce.

—Mine, tu chantes? J'ai sommeil.

La jeune femme s'allongea et prit l'enfant dans ses bras. Elle fredonna la chanson de l'arc-en-ciel à mi-voix, pénétrée d'un respect sacré pour cet étrange petit ange que le destin avait placé sur son chemin.

«Je ne saurai sans doute jamais par quel miracle tu voyages dans l'espace pour sauver ceux que tu aimes, mais je serai toujours là pour toi, ma Kiona chérie. Dors en paix, dors...»

9
Avant Noël

Val-Jalbert, mardi 19 décembre 1939, le lendemain

—Ils sont partis, dit Hermine. Mon Dieu, j'espère que Madeleine a pris la bonne résolution! Comme elle va me manquer!

La jeune femme se tenait sur le perron de la maison en manteau de fourrure, chaussée de bottes fourrées. Ses magnifiques cheveux blonds, pas encore coiffés, voletaient au vent. Elle gardait les yeux fixés dans la direction prise par Madeleine et Simon. Au loin, les aboiements des chiens retentissaient.

—Je suis là, moi! la rassura Charlotte. Aujourd'hui et demain matin. Je t'aiderai à garder les enfants.

—Oh! Ils seront raisonnables, de peur de ne pas avoir de cadeaux sous le sapin de Noël. Je suis navrée de te priver de ton fiancé. Mais j'aime Madeleine comme une sœur et elle était malade d'angoisse au sujet de son frère.

—Viens, rentrons au chaud! Tu ne les feras pas revenir en gelant sur place. Ils ont de la chance, le ciel est dégagé.

Hermine éclata en sanglots en retrouvant l'harmonie et la bienfaisante tiédeur du grand salon. Le contraste avec la douce soirée de la veille lui semblait intolérable.

—Excuse-moi, Charlotte! dit-elle à mi-voix. Je pleure bêtement. Pourtant, ce n'est pas moi qui vais parcourir des milles par ce froid. Nous sommes bien à l'abri, dans une splendide demeure, et j'ose m'apitoyer sur mon sort. Où sont les petits? Sans Madeleine, je t'avoue que je suis perdue. Elle veille sur les enfants depuis des années.

—Ils prennent leur petit-déjeuner dans la cuisine. Mireille leur a préparé de la soupane. Je te l'ai déjà dit tout à l'heure.

—Je n'ai pas dû écouter, soupira Hermine en haussant les épaules.

Elle avait tenu à harnacher les chiens de son mari elle-même, en caressant surtout Duke, le meneur, pour qui elle avait un vif attachement. De même, elle avait installé Madeleine sur le traîneau en s'assurant que son amie indienne ne manque de rien: couvertures, provisions de route et une bouteille thermos remplie de thé brûlant faisaient partie de ses bagages. Simon, chaudement équipé et la mine grave, avait tout d'un coureur des bois. Barbu et moustachu, il portait une grosse veste écossaise et une casquette à oreillettes qui dissimulait ses cheveux bruns.

—J'espère qu'ils n'auront pas d'ennuis en chemin! ajouta la jeune femme en s'asseyant près de l'énorme poêle en fonte.

L'odeur familière du feu de bois la réconfortait. En pantalon de jersey et gilet de laine, Charlotte déambulait dans la pièce.

—Hermine, je peux te révéler quelque chose? demanda-t-elle enfin.

—Oui, naturellement, ma Lolotte... pardon, ma Charlotte.

La jeune fille vint s'agenouiller sur le tapis, l'air préoccupé. Elle hésita un bon moment avant de parler.

—J'ai fait une sottise, cette nuit! avoua-t-elle. J'ai rejoint Simon dans la chambre où il dormait et là, là...

—Ne me dis pas que tu as...? s'indigna Hermine. Toi, si sérieuse, si sage!

—Nous allons nous marier. Je me disais que ce

n'était pas grave. Un peu plus tôt, un peu plus tard, quelle importance? Mais rassure-toi, il ne s'est rien passé. Simon m'a sermonnée. Il était presque furieux!

—Heureusement que c'est un honnête homme! fit remarquer la jeune femme. Tu as dû le scandaliser avec tes manières! Je te rappelle que vous n'êtes que fiancés, que le mariage est prévu au printemps. Imagine un peu, si tu tombais enceinte! Les gens auraient une belle opinion de toi!

—Qui le saurait? ironisa Charlotte. Nous aurions avancé la date du mariage, voilà.

—C'est ce que tu voulais?

—Sans doute, j'ai tellement peur qu'il change d'avis! Dès qu'il me croise, Armand me lance à la figure que Simon n'a jamais épousé personne, malgré le nombre de blondes qu'il a eues. Parfois, je doute de ses sentiments. Comment était Toshan, avec toi, à l'époque de vos fiançailles?

—Tu sais très bien que nous n'avons pas été fiancés! Je t'ai raconté souvent la façon dont je me suis enfuie de Val-Jalbert pour pouvoir me marier avec lui, à l'ermitage Saint-Antoine.

Hermine ferma les yeux un instant. Elle se revit neuf ans auparavant, toute jeune, à peine sortie de l'adolescence et folle d'amour pour le beau Métis qui hantait ses pensées. Ils avaient parcouru le pays au cœur de l'hiver, en traîneau, et c'était Duke le chien de tête. «J'étais tellement heureuse d'être libre, se souvint-elle, mais j'avais peur aussi de la nuit de noces. Elle s'est déroulée auprès des mélèzes, à la clarté d'un feu superbe.»

—Toshan se montrait très amoureux, dit-elle d'une voix douce. Chacun de ses baisers me grisait. Cependant, je ne me serais jamais donnée à lui avant le mariage.

—Il t'embrassait sur la bouche? questionna la jeune fille. Simon se contente de petites bises sur les joues. Il craint d'aller trop loin s'il se permettait davantage.

Hermine prit les mains de Charlotte et la dévisagea tendrement.

—Il y a une raison à cela. Simon a été éduqué chez les Marois, une famille que tu connais bien, puisque Betty t'a recueillie quelques mois. Ils sont très pieux, soucieux des bonnes mœurs et des convenances. Toshan, lui, n'a pas les mêmes valeurs. Je crois qu'il m'a épousée à l'église pour me faire plaisir, sinon il aurait célébré notre union dans l'eau d'une rivière ou sur la mousse des bois, en invoquant la nature, la mère nourricière des hommes et des bêtes.

Cette explication parut réconforter Charlotte qui s'illumina d'un sourire rêveur.

—Au fond, il n'est pas si coureur que le prétendait Betty. Je suis bien sotte! Simon me respecte et moi je gâche tout en le provoquant. Désormais, je ferai attention et j'attendrai d'avoir la bague au doigt!

—Ma petite folle, ce n'est pas toujours facile pour un homme de résister quand la femme qu'il aime se glisse la nuit dans sa chambre! nota Hermine. Simon a dû faire un terrible effort pour te repousser. Je ne l'en admire que plus.

Elles avaient rarement eu ce genre de conversation et toutes deux l'auraient volontiers poursuivie, mais les enfants firent irruption dans le salon. Kiona tenait la main de Laurence et riait aux éclats. Elle ressemblait ainsi à n'importe quelle fillette de son âge.

—Maman, s'écria Mukki, Mireille a dit qu'il ferait encore soleil cet après-midi. On va pouvoir se promener.

—Oui, mon chéri, je vous ai promis une grande balade. Nous allons faire visiter Val-Jalbert à Kiona.

—Maman, pourquoi Madeleine est partie? interrogea Marie. Elle nous a embrassés dans nos lits pour nous dire au revoir, mais moi, je veux qu'elle revienne.

Hermine fronça les sourcils en prenant une expression sévère, ce qui lui arrivait rarement.

—Parle sur un autre ton, Marie! D'abord, on ne dit pas « je veux », mais « je voudrais »! Et ne tape pas du pied, je te prie. Madeleine avait besoin de voir une personne de sa famille et Simon l'y a conduite en traîneau.

—Mais elle reviendra quand, maman? insista Laurence avec une mine affligée.

—Je l'ignore, trancha la jeune femme d'un ton péremptoire.

Les jumelles n'osèrent plus poser de questions. Hermine songea que l'absence de leur nourrice lui permettrait peut-être de se rapprocher de ses filles. « Elles sont habituées à vivre sans moi, se dit-elle attristée, mais elles n'ont jamais été séparées de Madeleine, même pas une journée. Je suis sûre qu'elles l'aiment bien plus que moi! »

Kiona lui effleura le poignet du bout de l'index afin d'attirer son attention.

—Mine, tu me montreras la cascade? implora-t-elle d'une petite voix. Celle de la Ouiatchouan toute belle, qui chante même en hiver? Et la grande usine qui a fermé?

—Tu verras tout ce dont je t'ai parlé, ma chérie! assura la jeune femme. Nous partirons après le repas de midi et nous rentrerons pour le goûter. D'accord?

Elle acquiesça d'un cri enthousiaste. La journée s'annonçait bien.

« Je leur raconterai la vie d'avant, se promit-elle, celle du temps où la belle cité ouvrière de Val-Jalbert était une véritable ruche, joyeuse et active. Pour eux, je ferai revivre ceux qui ont dû s'en aller d'ici, le cœur en peine... »

Quelques minutes plus tard, la sonnerie métallique du téléphone retentit dans la maison. Hermine se précipita pour répondre, avec l'espoir insensé qu'il s'agît de Toshan. C'était bien lui. Elle en trembla de joie.

—Mon amour, enfin! s'écria-t-elle. Je suis si

contente de t'entendre. Comment vas-tu? Est-ce qu'il fait très froid, à Québec? Ici, nous avons une belle journée ensoleillée.

Un sanglot sec lui coupa la parole. Toshan ne s'en aperçut pas et il s'empressa de répondre.

— Le froid, je ne le sens pas, mais tu me manques tant, ma chérie, et les enfants aussi. Je me dépense comme un fou pour m'endormir harassé. L'entraînement est beaucoup plus dur que je ne le pensais. Tu peux être fière de ton mari, je suis un des plus résistants. Nous devons pouvoir affronter toutes les situations, ramper avec un chargement, pratiquer le combat au corps à corps, au couteau, et savoir utiliser différentes armes à feu. Il aura fallu que je m'engage pour découvrir les progrès dans ce domaine. Et les avions, Hermine, si tu voyais ces avions!

Elle écoutait en hochant la tête, avec l'étrange impression que son mari se trouvait sur une autre planète, dans un monde à l'opposé du sien.

— Moi, dit-elle dès qu'il se tut, je veille sur les enfants, je leur apprends des chants de Noël et nous allons faire une grande promenade dans le village et...

— Embrasse-les bien fort de ma part! la coupa Toshan. Je suis sûr que tu t'en occupes très bien. Excuse-moi, mais j'ai quelque chose d'assez urgent à te demander. Si tu pouvais m'envoyer une photographie de toi, en costume de scène, et la dédicacer à Jeanne et à Amélie. Ce sont l'épouse et la mère d'un des officiers de la compagnie d'infanterie, enfin, ma compagnie. Elles t'ont vue dans un opéra, au Capitole. J'aurai vite de l'avancement, grâce à toi. Dès que je dis que tu es ma femme, j'ai droit à des sourires et à des compliments.

Il plaisanta:

— Décroche un rôle dans un film et je deviens colonel! Cela dit, j'ai dû esquinter un individu, Charles Laflèche, qui ne supportait pas la couleur de ma peau ni le prestige dont je jouissais.

Attendrie, Hermine promit de vite poster une lettre. Elle s'apprêtait à lui dire que ses parents étaient absents et que Kiona était à Val-Jalbert, mais Toshan écourta leur conversation.

—Je suis désolé, ma chérie, je dois raccrocher. Je te rappelle dès que possible.

Elle avait distingué, en bruit de fond, des exclamations et des rires. Toshan ne devait pas être seul, ce qui expliquait qu'il était avare en mots d'amour.

—Au revoir! balbutia-t-elle. Je t'aime, je t'aime tant!

Un déclic lui répondit. Au bord des larmes, mais heureuse cependant, Hermine rejoignit les enfants dans le salon. «J'ai failli raconter ce qui m'est arrivé, mais c'est mieux ainsi! Toshan ne peut pas me venir en aide, de toute façon. Je me battrai sans lui, et pour lui...»

Val-Jalbert, même jour, début de l'après-midi

Hermine s'était habillée de façon pratique et confortable: un anorak à capuche, un pantalon chaud et des bottes fourrées. Elle s'assurait à présent que les enfants étaient également au chaud.

—Il faut prendre des raquettes, leur dit-elle en souriant. Il n'y a pas trop de neige, mais les rues du village ne sont plus du tout déblayées. À certains endroits, nous aurons peut-être du mal à marcher. Mukki, prends un bonnet, le vent est froid. Laurence, enfile tes mitaines, et plus vite que ça!

Kiona attendait sagement, assise sur une chaise de la nursery. La fillette portait ses vêtements de petite Indienne. Elle avait insisté pour les remettre.

— Maman a cousu des amulettes à l'intérieur de la veste, Mine, avait-elle expliqué. Ce sont des objets qui me protègent. Je ne dois pas sortir sans eux.

—Je comprends, ma chérie, avait dit Hermine. Ne t'inquiète pas, je te trouve très jolie comme ça.

L'absence de Madeleine se faisait sentir. La nourrice savait se montrer autoritaire et intransigeante lors des séances de toilette et d'habillage. Mais Hermine n'entendait pas se laisser déborder. Elle examina une dernière fois la tenue des enfants et s'estima satisfaite.

—En route, mes petits lutins! s'écria-t-elle.

—Maman, je suis trop grand pour être ton lutin! protesta Mukki.

—D'accord, monsieur Jocelyn Delbeau! plaisanta-t-elle. Tu n'as pas oublié que tu t'appelles aussi Jocelyn, comme grand-père?

Mukki approuva d'un air fiérot. Mireille accourut, les joues roses, une expression soucieuse sur le visage.

—Faites bien attention, vous tous! N'entrez pas dans les maisons du plateau, recommanda la gouvernante. Les tempêtes de neige ont endommagé les toitures et c'est très dangereux! Si seulement Charlotte avait pu vous accompagner! Mais elle est déjà repartie à Chambord!

—Je n'ai pas besoin de Charlotte pour une promenade, Mireille, et je ne suis pas stupide au point de nous exposer au danger! coupa Hermine. Nous longerons les rues jusqu'à la pulperie. Il n'est pas question de visiter ces vieux logements. Prépare-nous un bon goûter, je te promets que nous reviendrons indemnes.

La joyeuse petite troupe se retrouva enfin sur le perron. Un franc soleil irradiait le paysage enneigé en le parsemant d'une nuée de paillettes argentées. Le froid était sec, mais il donnait une impression d'extrême pureté, en harmonie avec la superbe lumière hivernale.

—D'abord, nous allons saluer le couvent-école, décréta Hermine. C'est une très belle construction.

La jeune femme n'avait pas encore raconté à ses enfants les pages sombres de ses premières années. Quand elle évoquait ce temps-là, elle citait surtout les souvenirs agréables. Mais, une fois devant le large perron protégé par quatre imposantes colonnes qui soutenaient un balcon lui aussi à colonnades, elle décida de leur révéler une partie de la vérité.

—Grand-mère et grand-père avaient de graves ennuis, lorsque j'étais un bébé d'un an! commença-t-elle. Aussi m'ont-ils confiée aux religieuses qui géraient cet établissement. En plus, j'étais malade; les sœurs m'ont soignée. On peut dire que le couvent-école est la maison où j'ai grandi. Dès l'âge de six ans, il m'arrivait de chanter pendant la récréation, debout sur un tabouret.

—Qu'est-ce que tu chantais, Mine? questionna Kiona.

—Des comptines, *Auprès de ma blonde*, *À la claire fontaine*, ou *J'ai du bon tabac dans ma tabatière* et *Alouette, gentille alouette*. Mes camarades étaient ravies et m'applaudissaient, mais la mère supérieure nous sermonnait, si elle nous surprenait. Un peu plus tard, j'ai appris l'*Ave Maria*.

—Et où était ta chambre? interrogea Marie.

—Je logeais à l'étage, mais je n'avais pas de chambre, juste un petit lit près de celui de sœur Victorienne, la converse. Une converse veille aux repas et au ménage. Regardez, voici la fenêtre d'où je contemplais le paysage, été comme hiver, celle de gauche. Et figurez-vous qu'il y avait une chapelle à l'intérieur, au premier étage. J'aimais y aller prier, seule, en cachette, et au mois de mai les sœurs me confiaient la tâche de cueillir des bouquets pour fleurir l'autel. Je puis me vanter d'être une des rares pensionnaires du couvent-école à en connaître tous les recoins. Je suis même allée dans le clocheton, un matin, pour admirer le village d'en haut. Venez, remontons la rue Saint-Georges.

La jeune femme tenait les jumelles par la main, tandis que Mukki avait pris celle de Kiona. Ils passèrent ainsi sous les fenêtres des Marois. Betty sortit immédiatement, sans doute dans l'espoir de jaser un peu.

—Et alors, on part se promener! s'exclama-t-elle. Vous avez bien raison, il fait beau. Cela ne durera pas, Joseph me le répétait au réveil.

— Nous pouvons amener Marie, proposa Hermine.

— Ah, ce ne sera pas possible! Ma petite est partie avec Jo et Armand rendre visite à la famille du côté de Chambord. Je suis toute seule et j'en profite pour faire du rangement. Je ne vous retarde pas davantage.

Hermine la salua avec un sourire affectueux. Cependant, en repartant, elle ne put s'empêcher d'éprouver une sensation étrange, comme si Betty n'était pas du tout à son aise et craignait même d'être dérangée. Quelques mètres plus loin, elle n'y pensait plus, distraite par Mukki qui lui demandait pourquoi on donnait des noms aux rues.

— Afin de se repérer, mon chéri, répondit-elle. Le facteur et les visiteurs doivent pouvoir trouver une adresse. Même à Roberval. La rue Saint-Georges a été baptisée ainsi en l'honneur du curé Joseph-Georges Paradis, qui fut le premier curé de Val-Jalbert, et la rue Labrecque, en hommage à monseigneur Michel-Thomas Labrecque, évêque de Chicoutimi.

— On dirait que tu nous fais la classe! fit remarquer Laurence.

— Et ce n'est pas terminé! s'écria la jeune femme en riant. Vous aurez un cours d'histoire sur Val-Jalbert. Nous sommes donc rue Saint-Georges qui était une des plus fréquentées, grâce aux commerces. Tenez, voici le bureau de poste, qui est toujours ouvert. Juste en face, vous voyez le magasin général. Ce bâtiment, à côté, abritait la boucherie, tenue par Léonidas Paradis[34]. Betty m'envoyait acheter un morceau de bœuf chaque samedi, qu'elle cuisinait le dimanche.

Kiona observa avec intérêt la façade imposante du magasin général, aux fenêtres et portes bien closes.

— Au rez-de-chaussée se trouvait une épicerie

34. Personnage réel. Il était boucher à Val-Jalbert dans les années 1920.

où on pouvait acheter tout le nécessaire pour les ménagères! poursuivit Hermine. Mais, à l'étage, les messieurs disposaient d'une salle de jeux où ils disputaient des parties de cartes. Au second étage, il y avait des chambres d'hôtel, une vingtaine. J'aimais beaucoup venir ici faire des courses pour Betty ou pour les sœurs. J'admirais la quincaillerie toute neuve et brillante suspendue aux étagères et les bocaux contenant les confiseries. Je n'osais pas en acheter, même si j'avais une pièce à dépenser.

Au moment où la jeune femme évoquait ce détail de son enfance, des doigts menus étreignirent les siens à travers le lainage des mitaines. C'était Kiona.

—Depuis, tu as gagné beaucoup d'argent et tu peux manger tous les bonbons que tu veux! conclut la fillette avec un sourire malicieux.

—Oui, tu as raison, concéda Hermine... Derrière le magasin se trouvait la patinoire où j'ai vu Toshan pour la première fois.

—Ce serait bien si papa faisait la promenade avec nous, soupira Mukki.

—Je sais, mon chéri, reconnut la jeune femme. Un jour, peut-être...

L'alignement des maisons désertes, au toit couvert de neige, dont les cheminées ne fumeraient plus jamais, parut soudain affligeant à Hermine. Elle s'empressa de reprendre la marche. Les raquettes faisaient un léger bruit qui ponctuait leurs pas.

—Mélanie Douné habitait ici, poursuivit la jeune femme devant un logement pareil aux autres. Je lui apportais des sachets de tisane que préparait une des religieuses. Et cette pauvre dame voulait toujours que je lui chante *Un Canadien errant*[35].

—Oh, chante-la, cette chanson, maman, je t'en prie! implora Laurence.

---

35. Chanson folklorique écrite en 1842 par Antoine Gérin-Lajoie (1824-1882), avocat et journaliste. Elle a connu un grand succès populaire au Canada.

—D'accord! approuva-t-elle.

Sa voix s'éleva, douce, encore basse, puis devint plus forte, d'une limpidité inouïe.

Un Canadien errant, banni de ses foyers,
Parcourait en pleurant des pays étrangers.
Un jour, triste et pensif, assis au bord des flots,
Au courant fugitif il adressa ces mots :
« Si tu vois mon pays, mon pays malheureux
Va, dis à mes amis que je me souviens d'eux. »

—C'est tellement beau, maman, quand tu chantes! s'extasia Mukki, son regard noir brillant de joie.

—Je l'aime, cette chanson, affirma Marie d'un ton rêveur.

Hermine n'avait pas interprété tous les couplets. Elle tendait l'oreille, attentive, dans son désir de distinguer le grondement sourd de la chute d'eau. Il n'avait pas encore gelé assez fort pour emprisonner la Ouiatchouan d'une gangue de glace et la cascade poursuivait sa folle descente vers le lac Saint-Jean. Mais, auparavant, la jeune femme tenait à parcourir les environs de la pulperie.

—Regardez, mes chéris, là-haut, on appelait cet endroit le plateau ou la haute-ville. Les maisons ont été construites quand la fabrique tournait à plein rendement et que la population de Val-Jalbert ne cessait d'augmenter.

Mukki s'était perché en équilibre instable sur un appareil en fer peint émergeant de la neige.

—Et ça, qu'est-ce que c'est? demanda Kiona.

—Une borne-fontaine! expliqua Hermine. Les gens pouvaient prendre de l'eau. Si vous aviez vu le village, avant! Les jardins étaient splendides, il y avait des fleurs grimpantes, des potagers bien entretenus... Chaque famille possédait un cochon et des volailles, certaines possédaient une vache ou un cheval. Et le soir de Noël, tout le monde se rendait à l'église pour la messe.

—Mais, maman, elle n'est plus là, l'église! dit Laurence, consternée.

—Non, hélas, elle a été démolie il y a sept ans, ma chérie! répliqua Hermine.

Les enfants se turent, impressionnés. Ils observèrent toutes ces maisons fermées qui ressemblaient presque à des jouets géants, abandonnés là, au sein d'un immense paysage immaculé.

La jeune femme n'ajouta rien, étrangement émue. La balade l'attristait plus qu'elle ne la réjouissait. Une foule d'images l'assaillaient, lui rappelant l'allure de Val-Jalbert du temps de son activité de ruche, de sa chaleureuse ambiance de fructueuse cité ouvrière d'une rare modernité.

—Ah, voici la rue Sainte-Anne, dit-elle un peu plus loin. Ainsi nommée en hommage à la bonne sainte Anne. Un monsieur Stanislas Gagnon y avait ouvert une épicerie. Elle est fermée depuis peu. Et cette belle maison, c'était celle du contremaître! Il pouvait surveiller la pulperie de ses fenêtres. Sur cette grande esplanade, bien éclairée le soir, il y avait des parties de croquet ou de tennis.

Mukki s'élança en courant vers les vestiges du hangar qui abritait naguère la gare et le quai de chargement. Le garçonnet jetait des coups d'œil fascinés vers les bâtiments de l'ancienne usine, édifiés au pied d'un impressionnant escarpement rocheux. Kiona, elle, ne voyait plus que la chute d'eau de la Ouiatchouan.

—Mine, c'est la rivière qui chante! s'exclama-t-elle.

—Oui, Kiona! Nous irons l'admirer de plus près, sois patiente! lui dit gentiment Hermine.

La fillette retint son souffle, éperdue de bonheur. Malgré la distance, elle apercevait déjà des milliers d'éclaboussures irisées par le soleil, dont les rayons faisaient scintiller les fantasques dentelles de givre bordant la chute d'eau.

Les jumelles avaient déjà vu la cascade et ne

s'en souciaient guère. Elles se précipitèrent sur les traces de leur frère pour explorer les alentours de la fabrique. Hermine se hâta de les rattraper.

—Ne vous dispersez pas! hurla-t-elle. Il peut y avoir des morceaux de ferraille ou des souches cachés par la neige. Et ne touchez à rien. Ce n'est pas un terrain de jeux, ici! Si vous ne m'écoutez pas, nous rentrons tout de suite... Joseph Marois travaille encore à l'entretien de l'usine, qui est presque devenue un musée.

Les trois petits revinrent en riant.

—Des dizaines d'ouvriers se relayaient jour et nuit pour assurer le fonctionnement de la pulperie, poursuivit leur mère. Mukki, là où tu t'es aventuré, des hommes arrimaient les wagons où s'entassaient les ballots de pulpe, qui étaient ensuite acheminés vers le reste du pays et même en Europe. Il fallait aussi entretenir la dynamo qui distribuait de l'électricité, dont nous profitons encore, et chacun assumait une tâche, le nettoyage des machines, le graissage des presses hydrauliques. Tout à l'heure, nous sommes passés devant la maison de la famille Thibaut, oui, les parents de Pierre Thibaut, notre ami. Si vous aviez vu comme son père était malheureux de quitter le village!

Bouleversée, la jeune femme se tut un instant. Devait-elle dire à ses enfants joyeux que Céline Thibaut, la mère de Pierre, comptait parmi les victimes de la grippe espagnole? Une sinistre épidémie avait frappé la région du Lac-Saint-Jean, en 1918, emportant aussi la douce Jeanne, sa fille. «Je n'avais que quatre ans, mais je garde intacte l'horreur de cette période, songea-t-elle. Ma chère sœur Sainte-Madeleine est morte, elle qui voulait m'adopter... »

Kiona lui saisit alors le poignet. La fillette, blême, avait les yeux écarquillés.

—Qu'est-ce que tu as, ma chérie? s'inquiéta Hermine.

—Rien, rien! bredouilla-t-elle en souriant d'un air surpris.

—Mais si, tu as quelque chose, dis-moi!

Elle se pencha et fixa la petite avec insistance, comme si elle craignait de la voir s'évanouir ou pleurer à nouveau.

—Il n'est pas si triste que ça, ton village! balbutia Kiona. J'ai vu des gens...

Hermine l'encouragea à continuer d'un regard suppliant. Mukki et ses sœurs en profitèrent pour ôter leurs raquettes en se chamaillant.

—J'ai vu des gens! reprit Kiona à mi-voix. Mais c'était l'été, il y avait des arbres et de l'herbe bien verte. Des dames en longues robes noires, avec un voile blanc sur la tête et une croix sur la poitrine, une croix comme celle qui est accrochée au-dessus du lit de Madeleine, dans la nursery. Il y avait d'autres dames en jolies toilettes, avec des jupes très longues aussi et des chapeaux de paille. Et le magasin général était ouvert. C'était si gai, Mine, si beau ce que j'ai vu!

—Mon Dieu! répliqua doucement la jeune femme, tu as peut-être assisté à une scène du passé, à l'époque où l'usine était en activité. Tu n'as pas inventé tout ceci pour me faire plaisir?

Elle ne pouvait s'empêcher de douter. La fillette avait des pouvoirs mystérieux, mais elle demeurait une enfant capable d'imaginer certaines choses, par jeu ou par besoin d'enjoliver la réalité.

—Mine, pourquoi tu ne me crois pas? J'ai vu ces gens, les maisons avec des rideaux, tout ce que je t'ai dit...

—Je veux bien te croire, ma chérie! soupira Hermine. Mais c'est tellement surprenant, ce que tu me racontes.

Kiona hocha la tête. Elle se tourna alors vers la cascade avec une expression de vénération sacrée.

—La Ouiatchouan sera toujours là, elle! décréta la petite fille. Même dans très longtemps.

—C'est évident! répliqua Hermine. Ma Kiona, je te plains. Si tu as souvent des visions, cela doit te faire peur.

—Non, je n'ai pas trop peur! affirma-t-elle.

Mukki appela sa mère en riant. Il avait entraîné les jumelles vers la berge de la rivière.

—Oh non! protesta la jeune femme. En plus, vous n'avez pas de raquettes. Et si vous alliez glisser dans l'eau!

Elle se rua dans leur direction, submergée par une appréhension légitime. Kiona la suivit, beaucoup moins inquiète. Aucun danger immédiat ne menaçait ses amis. Mais le spectacle était grandiose. Le flot limpide jaillissait en grondant entre des escarpements rocheux semés de frêles épinettes et d'arbustes nappés de glace. La Ouiatchouan ressemblait à une créature surnaturelle qui dévalait au galop les collines, comme pour échapper à l'emprise du froid.

Hermine frissonna, frappée par l'haleine glaciale de la rivière.

—Le soleil va disparaître et nous serons transis! s'écria-t-elle. Reculez, mes petits! Mukki, tu seras puni!

—Non, Mine, ne le punis pas, plaida Kiona. Il a voulu dire bonjour à la cascade. Je suis si heureuse, moi, de la voir! On dirait qu'elle tombe du ciel! Mine, je voudrais monter tout là-haut.

—Pas aujourd'hui, Kiona! objecta-t-elle. C'est plus facile et plus agréable en été. Je t'y amènerai une autre fois.

La jeune femme jeta un coup d'œil vers le Nord. Une barre de gros nuages gris fermait l'horizon. Une bourrasque de vent l'alarma.

—Il vaut mieux rentrer, décida-t-elle. Marie, Laurence, allez remettre vos raquettes; toi aussi, Mukki. Nous passerons par la rue Dubuc, ainsi nommée en hommage à monsieur Dubuc, qui dirigeait la compagnie de pulpe.

Les mots moururent sur ses lèvres. L'azur pâle de ce bel après-midi se dégradait rapidement.

—Pressons, les enfants, je crois qu'il va neiger avant la nuit. Kiona? Où est Kiona?

La fillette avait disparu. Hermine crut plonger en plein cauchemar tout éveillée. Le cœur battant la chamade, elle scruta les alentours, de plus en plus affolée.

—Kiona! hurla-t-elle. Enfin, c'est de la magie, elle était à côté de moi.

—Là-bas, maman, elle est là-bas! répondit Mukki en pointant l'index pour la montrer à sa mère.

L'étrange enfant chaussée de raquettes s'était faufilée avec une agilité remarquable en contrebas d'un amas de rochers pour se trouver au plus près de la rivière. Les bras levés, elle s'inclinait et se redressait, s'inclinait encore, comme si elle faisait la révérence à la majestueuse chute d'eau. Le souffle puissant du courant avait déjà humidifié ses vêtements en peau et ses cheveux.

Inquiète et furibonde, Hermine dut s'aventurer jusqu'à Kiona qui ne devait pas l'entendre, en raison du bruit que faisait la cascade.

—Mais qu'est-ce que tu fais? demanda-t-elle en la secouant par l'épaule. Tu es dans un tel état! Kiona, ça suffit!

—Mine, ne sois pas fâchée! s'exclama la fillette. Je prenais la force de la Ouiatchouan, je lui disais de nous protéger tous, maman, toi, Toshan, Madeleine, Mukki et les jumelles!

—Et moi je te dis que ce soir tu auras de la fièvre et le nez qui coule! coupa la jeune femme. On ne discute pas avec de l'eau ni avec de la glace!

Kiona se résigna et recula. Contrariée, Hermine choisit l'itinéraire le plus rapide pour regagner la maison de ses parents, qui lui semblait un havre de chaleur et de sécurité. «J'ai ressenti une telle panique en ne voyant plus Kiona! songeait-elle. Mon Dieu, quelle horreur! Mais le pire aurait pu arriver. Si par malheur elle avait glissé! Et Mukki, Marie, Laurence, ils ont désobéi eux aussi. Je dois être plus vigilante et plus sévère. »

Ils apercevaient la toiture de la demeure des Chardin quand les premiers flocons se mirent à voltiger dans l'air. Hermine accéléra l'allure.

—Filez! dit-elle aux quatre petits. Mireille doit guetter notre retour. Je m'arrête une minute chez Betty pour l'inviter à partager notre goûter, puisqu'elle est toute seule.

Il faisait très sombre. Chez les Marois, aucune lampe n'était allumée. La jeune femme contourna le logement principal et entra dans la cour, certaine de trouver sa voisine dans l'étable. Chinook la salua d'un hennissement sonore.

—Alors, mon brave cheval! Tu es remis de tes émotions? Pas moi, je tremble à la moindre occasion.

Elle caressa son poitrail et son encolure, évitant la plaie juste cicatrisée due au coup de fusil. Un bruit à l'extérieur attira son attention et elle vit nettement un homme sortir de la cuisine par la porte de derrière. Il portait un chapeau et une écharpe, si bien qu'elle ne put distinguer son visage. La jeune femme vit juste ses yeux, sombres et perçants. Il descendit les trois marches enneigées en regardant à droite et à gauche d'un air anxieux. À ses manières de malfaiteur, on comprenait qu'il agissait dans la plus grande discrétion. Il s'éloigna à grandes enjambées, sans aucun bruit.

« Mais qu'est-ce que ça signifie? s'interrogea Hermine. Mon Dieu, et si c'était un cambrioleur, un rôdeur qui aurait agressé Betty! »

Cependant, un malaise indéfinissable l'empêcha de se ruer au secours de son amie. Son existence mondaine dans les sphères artistiques de Québec l'avait accoutumée à bien des situations grivoises. Elle osa penser l'inconcevable.

« Et si Betty fréquentait un homme? se dit-elle.

Joseph n'est pas un mari très tendre ni facile à vivre! Non, je déraisonne. Pas Betty! C'est une femme pieuse, sérieuse, fidèle et dévouée. Vraiment, j'ai des idées saugrenues! »

Presque aussitôt, l'honorable épouse en personne sortit à son tour par la même porte. Les joues roses, enveloppée d'un châle en laine bariolée, elle s'approcha de l'étable en chantonnant :

Parlez-moi d'amour
Redites-moi des choses tendres
Votre beau discours
Mon cœur n'est pas las de l'entendre.

Hermine reconnut le refrain d'une chanson française qui avait eu un immense succès, *Parlez-moi d'amour*[36]. Elle eut l'impression qu'une chape de plomb s'abattait sur son crâne. Elle demeura près du cheval, rouge de confusion, dans l'incapacité de s'enfuir sans être découverte. Betty entra dans le bâtiment et l'aperçut. Son expression rêveuse céda la place à une grimace tourmentée.

—Mimine! Doux Jésus! s'exclama-t-elle. Que fabriques-tu, cachée là? Tu m'as fait peur!

La jolie Élisabeth Marois n'avait pas son intonation habituelle, douce et sereine. Sa voix tremblait. Sa chevelure frisée d'un blond pâle auréolait des traits sublimés par une sorte de fébrilité insolite.

—Eh bien, en passant, je suis venue constater comment se portait notre Chinook, répondit Hermine, malade de gêne. Je ne voulais pas te déranger, Betty, je m'en vais.

—Tu ne me déranges pas, je finissais de préparer le souper et, là, j'allais nourrir les bêtes... Pourquoi

---

36. Chanson écrite par Jean Lenoir en 1930, interprétée par Lucienne Boyer et qui eut un grand succès en France et dans le monde entier.

tu me fixes ainsi? Ah, je parie que tu as vu sortir quelqu'un par la porte de derrière?

—Eh bien, oui! bredouilla la jeune femme. J'étais inquiète, je craignais que tu aies des ennuis. Depuis que ces hommes m'ont agressée, je m'affole vite.

Betty donna de l'eau à la vache et au cheval. Malgré toute sa volonté, ses gestes trahissaient une vive nervosité.

—C'est un de mes cousins, Mimine. Il habite Saint-Félicien et il est venu me présenter ses vœux. Vois-tu, Joseph ne supporte pas ma parenté et il m'oblige à la tenir à l'écart de la maison. J'ai prévenu mon cousin hier que je serais seule aujourd'hui; il a pu me rendre visite.

—Joseph exagère, quand même! répliqua Hermine qui avait du mal à croire ces explications malhabiles. Et tu ne m'avais jamais parlé de ce cousin.

—Cela ne fait pas longtemps qu'il s'est installé à Saint-Félicien. Et on ne jase plus comme avant, nous deux. Tu n'es pas souvent icitte, Mimine!

—Tu as raison, ma Betty. Je voulais t'inviter à manger avec nous, précisément. Nous aurions l'occasion de placoter, comme dit Mireille.

—Une autre fois, rétorqua son amie. Joseph et Marie ne vont pas tarder. Surtout, n'en parle pas trop, de mon cousin!

—D'accord, bredouilla Hermine qui s'empressa de quitter les lieux, intimement persuadée que Betty lui mentait.

Elle en éprouva du chagrin et eut la regrettable impression que son univers quotidien n'en finissait pas de basculer dans le chaos. Ce fut un soulagement pour elle de retrouver les enfants attablés dans la cuisine sous la surveillance de la gouvernante. Une délicieuse odeur de sucre chaud flottait, mêlée à celle du thé au citron.

—Maman, Mireille a préparé des beignes et des brioches, lança Mukki. J'avais faim, moi!

—Madame a téléphoné, Hermine, dit Mireille. Tu l'as manquée de peu, c'était il y a une demi-heure environ. J'ai répondu, bien sûr. Ta mère semblait ravie de son petit séjour à Chicoutimi. Je lui ai simplement dit que tu étais en promenade avec les enfants.

—Merci, Mireille. Maman n'avait pas besoin d'en savoir davantage.

Kiona l'observa alors de son regard doré et perspicace. Hermine était triste, sans raison apparente. La fillette résista à l'envie de courir se blottir dans ses bras. Elle grignota sagement le beigne tiède que la gouvernante lui avait servi.

—Dis, maman, c'est bien demain que tu ramènes Kiona à Roberval? questionna Mukki. Pourquoi elle s'en va? Ce serait mieux que grand-mère et grand-père la connaissent.

—Tala n'a pas envie d'être séparée de sa fille plusieurs jours, trancha Hermine. Et tu fais bien de m'en parler; je dois demander à Onésime de nous conduire, puisque Simon a pris le traîneau.

Sur ces mots, elle s'enferma dans une songerie morose, sans même toucher au contenu de son assiette. Le comportement insolite de Betty et ses propos dépourvus de sincérité l'obsédaient tout en la troublant. « Mon Dieu, Betty ne s'abaisserait pas à entretenir une relation adultère! Je me fais des idées! Son histoire se tient, après tout, vu le mauvais caractère de Joseph. Il s'agit sûrement d'un cousin. Mais j'aurais dû lui demander pourquoi il sortait par la porte arrière de la cuisine! »

Une image inconvenante lui traversa l'esprit, celle d'un couple enlacé dans la pénombre, les corps à demi nus, mais la femme avait les traits de Betty et l'homme, c'était ce cousin au regard de fauve. Hermine, honteuse, perçut le bouleversement de ses sens et une onde chaude au creux de son ventre. Elle en déduisit qu'à son âge, ce n'était pas toujours bénéfique d'être privée de son mari.

Déjà, à Québec, cinq ans auparavant, les attentions marquées de son impresario lui avaient tourné la tête, au point qu'elle s'était laissé embrasser.

« Toshan, tu me manques, se dit-elle en fermant les yeux un instant. Mon bel amour, comme je voudrais me retrouver près de toi, bouche contre bouche... Tu avais peur que je te sois infidèle! Ça ne se produira pas, mais tu me manques... »

Mireille toussota, intriguée par l'air bizarre de la jeune femme qui sursauta.

—Eh bien, Hermine, bois au moins du thé, si tu n'as pas faim! la morigéna la gouvernante.

—Oui, oui! balbutia-t-elle, déconcertée.

Il y eut alors un temps de silence, que brisèrent deux coups frappés à la porte principale. Mireille alla ouvrir en bougonnant. Elle revint vite, suivie par Pierre Thibaut. Le jeune homme, sa casquette entre les mains, demeura sur le seuil de la cuisine, la mine embarrassée.

—Désolé de déranger! dit-il avec son bon sourire. Je dois te parler, Hermine.

La jeune femme se leva précipitamment et guida le visiteur jusqu'au salon.

—Qu'est-ce qui se passe, Pierre? demanda-t-elle. Pas une mauvaise nouvelle, au moins?

—Oui et non, coupa-t-il. J'ai un message pour toi de la part de ta belle-mère. Ce matin, de bonne heure, j'étais à Roberval et j'ai croisé Simon Marois, ton voisin. Il s'apprêtait à traverser le lac en traîneau avec Madeleine.

—Cela, je le sais! dit-elle. Elle devait se rendre dans sa famille.

Pierre approuva d'un signe de tête avant d'ajouter :

—Mais Tala, ta belle-mère, est partie avec eux. Elle te demande de garder Kiona pendant son absence.

—Quoi? Enfin, c'est absurde! Tala a perdu l'esprit.

Elle se mordilla les lèvres pour ne pas exprimer à voix haute ce qui la tourmentait et la jetait dans un état voisin de la panique. « Maman revient demain avec papa et Louis, songea-t-elle. Si elle trouve Kiona ici, ce sera terriblement gênant. »

—On dirait que ça te pose un problème, s'étonna Pierre. Pourtant un petit de plus à Noël, ça met de la joie dans une maison!

—Bien sûr! concéda-t-elle. Ne t'inquiète pas; je suis un peu surprise, voilà tout. Je te remercie d'avoir pris la peine de me prévenir. Cela a dû t'obliger à faire un détour!

—Je ferais bien d'autres détours pour le plaisir de te voir, Hermine! rétorqua Pierre en la fixant avec insistance.

Embarrassée, elle ne sut d'abord que répondre, puis elle choisit de plaisanter.

—Si ton épouse t'entendait, elle te tirerait l'oreille, espèce de flatteur! Viens boire une tasse de thé, il est encore chaud.

—Je préfère me remettre en chemin, répliqua-t-il. Et Toshan, est-ce qu'il t'a écrit?

—Pas encore, mais il m'a téléphoné en fin de matinée... Bon retour, Pierre! dit-elle d'un ton ferme. Je te raccompagne.

Le jeune homme refusa d'un geste. Il semblait très perturbé. Hermine n'eut même pas le temps de s'éloigner. Il la saisit par le poignet.

—Je suis sérieux, dit-il d'une voix rauque. Tu sais que tu me plaisais, jadis, et ça ne m'a jamais vraiment passé! Il y a dix ans, quand ma famille a quitté Val-Jalbert, je t'ai embrassée, tu t'en souviens? Ce n'était pas un jeu, déjà. Hermine, je pense à toi nuit et jour. Crois-moi, je n'en suis pas fier, mais je n'en dors plus.

Hormis le baiser que lui avait volé son impresario Octave Duplessis, incorrigible séducteur, la jeune chanteuse n'avait jamais été confrontée à ce genre de situation. Seul Toshan lui avait avoué ses sentiments et il était devenu son mari, le père de ses enfants. Cependant, elle était assez fine pour sentir que Pierre était sincère. Aussi, elle ne chercha pas à discuter du bien-fondé de sa déclaration.

—Tu me gênes beaucoup! avoua-t-elle. Tu dois te raisonner. De plus, Toshan est ton ami. Comment peux-tu le trahir ainsi?

—Je ne le trahis pas, nous n'avons rien fait de mal! objecta-t-il. De toute façon, il m'a déçu. Il n'aurait pas dû s'engager, lui qui avait la chance de vivre avec toi. Reconnais, Hermine, qu'il t'a abandonnée! Les gens jasaient, à Péribonka. La place de ton mari était à tes côtés. Il t'a laissée alors que vous avez trois petits à élever et que tu venais de perdre un bébé. Ce n'est pas bien de sa part, admets-le! Je ne suis pas le seul à penser ça.

Ces paroles réveillèrent une blessure à peine cicatrisée. Tremblante d'émotion, la jeune femme s'efforça de garder son calme.

—Pierre, cela ne te concerne pas! Même si Toshan avait mal agi, tu n'aurais pas à brandir cet argument pour le discréditer. Et, si tu tiens à le savoir, j'admire Toshan d'avoir eu le courage de s'enrôler. Il se battra pour des valeurs qui lui sont chères, l'égalité entre les hommes et la justice. Les Indiens de ce pays ont souffert par le passé et ils sont encore méprisés, traités comme des parias. Aussi, ne te fatigue pas à me tenir de beaux discours, j'adore mon mari. Maintenant, il vaut mieux que tu partes.

—Des femmes aveuglées par l'amour comme toi, y en a pas beaucoup, Hermine. Oui, je m'en vais! Mais réfléchis à ce que je t'ai dit.

—Et toi, Pierre, n'oublie pas l'alliance que tu portes et tes quatre enfants!

Le jeune homme hésita, puis il se précipita sur elle et l'enlaça. Comme un affamé, il enfouit son visage dans ses cheveux, avant de mordiller son cou.

—Mais tu es complètement fou! déclara-t-elle tout bas en le repoussant. Ne recommence jamais!

—Fais ta fière! Je suis sûr qu'avec d'autres, tu es moins farouche! Tu crois que je suis aveugle? La dernière fois que j'étais là, dans cette pièce, tu chantais en roucoulant pour Lafleur, un brave type, mais qui n'a pas de muscles, juste de la cervelle!

—Les muscles ne sont pas tout, mon pauvre Pierre. Et je t'interdis de proférer de telles sottises! Va-t'en! Tu devrais avoir honte!

Il sortit sans un mot, les traits durcis. Hermine s'assit sur le sofa, incapable de retourner à la cuisine. Son cœur cognait à grands coups. Elle avait défendu Toshan avec fougue, mais elle n'était pas loin de penser comme Pierre.

« Mon Dieu! Donnez-moi la force de ne pas douter! pria-t-elle. Je pense de plus en plus souvent à Ovide, je ne sais pas pourquoi. J'ai même rêvé de lui la nuit dernière! Pierre n'a pas été dupe, j'ai eu envie de chanter pour cet homme-là... Si par malheur je le croise à nouveau, je l'éviterai ou bien je serai distante et froide! Mais est-ce ma faute? Les épreuves se succèdent sans que j'aie l'occasion de me reposer, de reprendre confiance en l'avenir. Tala décide de suivre Madeleine je ne sais où! Moi, j'ai expédié Simon de l'autre côté du lac Saint-Jean, alors qu'il devait ramener mes parents de Roberval, demain soir. Et Kiona? Comment expliquer sa présence à maman? Betty pourrait peut-être l'accueillir... Non, je ne veux pas m'en séparer. »

Elle en était là de ses sombres méditations quand une bourrasque de vent ébranla la maison. La jeune femme se releva et se posta à la fenêtre la plus proche. Il neigeait à gros flocons.

—Mine? fit une petite voix douce.

—Kiona?

La fillette lui avait pris la main et caressait ses doigts. Hermine se pencha et déposa un baiser sur son front.

—Tu es triste, Mine? Moi aussi. Je me dis que

mon arbre de Noël est tout seul à Roberval, parce que maman n'y est plus.

—Dis donc, tu n'aurais pas écouté notre conversation, à Pierre et moi?

—Non, je mangeais mon goûter, et d'un coup il a fait tout noir et j'ai vu maman assise dans le traîneau avec Madeleine. Je le fais pas exprès, Mine!

Hermine souleva Kiona et la serra contre elle, le visage collé au sien. Elles demeurèrent ainsi, silencieuses mais apaisées.

« Ma sœur chérie, mon merveilleux petit ange, songeait la jeune femme, tant que tu seras près de moi, j'aurai tous les courages. »

*

La nuit tombait. Hermine feuilletait une revue, assise dans un fauteuil, entre le gros poêle en fonte et le sapin illuminé. Les enfants jouaient sur le tapis avec un nombre impressionnant de cubes en bois qui devenaient des constructions instables au gré de leur inspiration. L'électrophone diffusait des chants de Noël. Une savoureuse odeur de légumes en train de mijoter flottait dans la maison bien chaude. Dehors, il continuait à neiger. Cela n'avait pas cessé depuis la veille.

« Comme nous sommes tranquilles! » pensa la jeune femme.

Un tintamarre sur le perron vint rompre l'harmonie dont elle se délectait. Une galopade retentit aussitôt dans le couloir, assortie d'éclats de voix, et Louis arriva dans le salon, les joues rouges de froid, ses vêtements constellés de flocons.

—On est là! claironna le petit garçon. Mais le camion d'Onésime, il pouvait plus avancer. Onésime a dit plein de vilaines choses : « Mon ciboire de char repart pas! »

C'était très amusant d'entendre ces sacres typiques de la région du Lac-Saint-Jean dans la bouche d'un enfant, mais Hermine lui fit de gros yeux. Elle céda au même instant à une sorte de panique, car l'irruption de Louis en annonçait une autre. Cela ne manqua pas. Laura, en toque et manteau de fourrure, entra dans la pièce.

—J'attends tes explications, Hermine! s'écria-t-elle tout de suite. Quelle ineptie de nous envoyer Onésime Lapointe comme chauffeur! Son affreux camion a rendu l'âme, et nous avons marché au moins dix minutes, de la neige jusqu'aux mollets! Ton pauvre père est chargé comme un mulet. Où est Simon? Je l'avais payé d'avance pour le trajet du retour!

—Bonsoir, maman, répliqua Hermine en se jetant au cou de sa mère. J'ai fait au mieux, vous êtes à bon port, c'est l'essentiel!

Laura n'avait pas encore vu Kiona, mais Louis observait la petite fille avec stupéfaction. Il la reconnaissait pour avoir vu son beau visage lumineux derrière la vitre d'une maison de Roberval.

—T'es pas un ange, alors? balbutia-t-il en lui effleurant les cheveux.

Elle le fixait également avec un air fasciné. Laura, ivre de colère, ne prêtait aucune attention au groupe d'enfants, scrutant les traits d'Hermine comme pour y lire un aveu de mauvaise volonté.

—Maman, je vais te raconter ce qui s'est passé ici, dit la jeune femme d'un ton conciliant. Ne te mets pas dans un état pareil! Simon n'aurait pas pu emprunter la route régionale, il a trop neigé. Enlève ton manteau et, je t'en prie, calme-toi.

Jocelyn entra à son tour. Il avait eu soin de déposer dans le bureau les paquets qu'il avait transportés non sans peine.

—Quel soulagement d'être enfin à la maison! bougonna-t-il. Ce voyage à Chicoutimi était une belle sottise!

—Nous ne pouvons pas rester cloîtrés à Val-Jalbert toute l'année! rétorqua Laura en le foudroyant de ses prunelles limpides.

—Sans doute, mais dans ce cas il faut faire tes achats durant l'été, récrimina son mari. Pas en décembre!

—Bonsoir, papa, dit Hermine en embrassant son père.

Jocelyn l'étreignit affectueusement. Il n'aspirait qu'à enfiler ses chaussons d'intérieur et se reposer. Il constata avant sa femme la présence de Kiona.

—Mais, qu'est-ce que... s'écria-t-il.

Intriguée, Laura suivit son regard et aperçut une chevelure dorée et des vêtements en peau de cerf brodés de perles. Sidérée, elle crut d'abord à une sorte d'hallucination, puis elle déclara tout bas, sur un ton effrayant:

—Hermine, tu n'as quand même pas osé me faire ça?

La jeune femme remarqua deux choses assez rassurantes. D'une part, sa mère n'avait pas hésité à identifier la fillette comme étant Kiona; d'autre part, elle avait baissé la voix, sûrement afin d'éviter de faire un scandale.

—Papa et toi, venez dans le bureau, souffla-t-elle. J'ai à vous parler. Et soyez naturels, c'est la seule solution. Les petits n'ont pas à payer pour vos erreurs.

Ces mots coupaient court à la moindre protestation. Laura et Jocelyn ne discutèrent pas et accompagnèrent leur fille dans le bureau. Là, en quelques phrases, d'un ton énergique, Hermine leur résuma la situation. Elle fut néanmoins contrainte de mentir sur un point. Ne voulant pas encore révéler les dons hors du commun de Kiona, elle prétexta que Madeleine avait reçu un courrier, soi-disant en retard, lui annonçant que son frère était gravement malade.

—D'accord! répondit Laura entre ses dents, l'œil furibond. Tala a tenu à escorter sa nièce, et patati et patata, mais au départ, Hermine, tu as invité cette enfant chez moi en profitant de mon absence.

Tu savais pourtant que ta belle-mère avait promis: Louis et Kiona ne devaient jamais se rencontrer!

—Maman, tu arranges ça à ta guise! coupa la jeune femme. La condition était qu'ils ignorent leurs liens de parenté. Si tu te comportes normalement, il n'y a aucun risque, avoue-le!

Jocelyn n'eut pas le loisir d'intervenir. Laura pointa un index vengeur sur la poitrine de sa fille.

—Tu ne peux pas imaginer l'épreuve que tu m'imposes, Hermine! Je dois tolérer sous mon toit l'enfant d'un adultère, l'enfant d'une femme que je suis en droit de considérer comme une rivale! Certes, quand j'ai rendu visite à Tala il y a cinq ans, à l'hôpital de Roberval, nous nous sommes quittées en assez bons termes, mais il était clair que je n'aurais pas à supporter la vue de cette petite rouquine!

Cette fois, Jocelyn s'offusqua. Il toisa son épouse d'un œil outré.

—Kiona n'est pas une rouquine, elle a de magnifiques cheveux d'un blond roux, ce blond qu'on appelle vénitien. Laura, Hermine a raison. Si tu prends les choses simplement, il n'y aura aucune conséquence fâcheuse. Je suis bien content, moi, d'avoir la petite sous notre toit.

—Et je te demande pardon d'avoir pris l'initiative de l'inviter ici, maman, ajouta la jeune femme. Mais c'était une bonne occasion. Je lui avais dit qu'elle verrait Val-Jalbert et la chute d'eau de la Ouiatchouan...

—Est-ce qu'une enfant de cinq ans et demi se soucie de ce village désert et d'une cascade en partie gelée? Cela te faisait plaisir à toi seule, Hermine. Et tu te moquais bien de me contrarier. Je l'aurais su, de toute façon. Mireille n'aurait pas manqué de bavarder à ce sujet. Je suppose que tout le monde l'a vue, ta Kiona! Les Marois, les Lapointe...

—Je l'ai présentée comme la fille de Tala et la sœur de mon mari. Mais Simon connaît toute la vérité. Je n'avais pas le choix, je dois savoir qui sont mes agresseurs.

—Bravo! tempêta Laura. Il va tout raconter à ses parents!

—Simon sait garder un secret. Et puis, arrête de crier, maman! Si tu continues, les enfants seront vite au courant. N'en fais pas un drame! Kiona retournera auprès de sa mère dès que possible. Fais un effort, essaie de la traiter gentiment, qu'elle ne se pose pas trop de questions. En outre, papa te l'a dit, il se réjouit qu'elle soit là. Si tu l'aimes, accorde-lui ce bonheur sans l'accabler de tes récriminations!

Jocelyn crut bon d'insister d'un «bien dit» chaleureux.

—Toi, tu jubiles! lança son épouse durement. Tu te dis que tu pourras contempler à loisir le fruit de ta liaison avec une Indienne. Je crois que tu en profiteras mieux en couchant sur le sofa du salon!

—Laura chérie, s'insurgea-t-il, tu ne me chasseras pas du lit conjugal! J'ai été suffisamment vexé de faire chambre à part dans cet hôtel, à Chicoutimi.

Hermine avait la réputation d'être indulgente, patiente et d'un caractère aimable. Cependant, l'injustice la révoltait. Elle dévisagea sa mère :

—Tu me déçois, maman! Comment oses-tu traiter papa ainsi? Tu te permets de jouer les grandes dames outragées en effaçant ton passé, n'est-ce pas? Combien de fois devrai-je te rappeler à l'ordre, t'implorer d'être intègre et charitable? Et je te préviens: si jamais Kiona entend une remarque perfide, si elle se sent de trop ici, je m'en irai avec elle et les enfants fêter Noël au Château Roberval, quitte à dilapider mes économies!

Laura blêmit et se laissa choir sur une chaise. Elle avait les larmes aux yeux.

—Tu ne ferais pas ça, protesta-t-elle. J'ai fait le trajet jusqu'à Chicoutimi pour ton cadeau, oui, rien que pour toi. Et c'était pénible, tous ces milles en train. Je me réjouissais de passer ce Noël en famille!

—Eh bien, il n'en tient qu'à toi, maman! Et une dernière chose: nous serons en famille, même avec Kiona. C'est ma demi-sœur, la demi-sœur de Louis et de Toshan, la tante de Mukki et des jumelles!

Pour échapper à cette énumération, Laura se boucha les oreilles. Mais Mireille entra sans frapper, totalement affolée.

—Hermine, vite, Kiona s'est évanouie; elle est comme morte! Seigneur Jésus, aidez-nous! Monsieur, téléphonez donc au docteur de Roberval!

La jeune femme se rua vers le salon. Mukki, Marie, Laurence et Louis observaient avec effroi le corps inanimé de Kiona, étendu au pied du sapin.

—Ma chérie, mon petit ange! gémit Hermine en se jetant à genoux et en soulevant la tête de la fillette. Mukki, va chercher de l'eau et cours dire à grand-père de ne pas appeler le docteur. Kiona va se réveiller.

Laura se tenait à quelques pas, statufiée. Il fallut un bruit insolite répétitif pour la faire bouger. Louis, terrifié, claquait des dents. Il pensait vraiment que Kiona était morte sous ses yeux.

—Allons, allons, mon trésor! le rassura sa mère en l'attirant contre elle. N'aie pas peur, ce n'est rien, juste un malaise. Regarde. Mimine et Mukki la soignent.

Kiona clignait les paupières, ranimée par l'eau froide dont Hermine lui tamponnait le cou et les tempes. Elle reprit connaissance et se mit à pleurer.

—Mine, Mine! appela-t-elle.

—Je suis là, ma chérie, je vais te porter dans ma chambre.

Jocelyn, blafard, agitait les bras, totalement affolé. La gouvernante qui avait tout compris depuis longtemps le réconforta en lui tapotant l'épaule.

« Ce pauvre monsieur! Il se contient encore! pensait-elle. Il ferait mieux de jouer son rôle de père! »

—Mon Dieu, cette enfant me semble atteinte

d'une maladie nerveuse! dit Laura en ôtant ses gants en cuir. Mes amours, ne faites pas cette mine désolée, votre camarade se rétablira bien vite.

Les jumelles prirent Louis par la main pour l'emmener jouer, mais Mukki resta à la même place, pensif. Enfin, il fixa Laura avant de l'interroger:

—Es-tu fâchée, grand-mère? Maman nous avait défendu de te parler de Kiona, mais elle est chez toi, maintenant! Tu es en colère?

—Pas du tout, mon garçon, répliqua Jocelyn en s'asseyant sur le sofa, une main posée à l'emplacement de son cœur malmené. Grand-mère est fatiguée et surprise. Si tu nous disais plutôt ce que vous avez fait aujourd'hui?

Mukki, encore préoccupé, entreprit de raconter sans entrain leur longue promenade dans Val-Jalbert. Laura s'installa à bonne distance de son mari. Elle respirait mieux, car Kiona n'était plus dans son champ de vision. Mireille proposa du thé. Cela ressemblait à une accalmie au cœur d'une tempête.

À l'étage, Hermine ne parvenait pas à apaiser Kiona. La fillette hoquetait, les yeux écarquillés par la panique, la respiration sifflante.

—Ma chérie, je t'en supplie, dis-moi ce que tu as vu de si horrible! implora la jeune femme. Tu n'es pas en danger, tu es sur mon lit, bien à l'abri. Je ne te quitterai pas ce soir. Mireille nous montera notre repas. Parle, ma Kiona!

L'enfant fit de gros efforts pour maîtriser le tremblement convulsif de ses mâchoires. Elle bredouilla d'une voix plaintive en suffoquant:

—Ils ont tué Duke! Mine, je l'aimais Duke, et toi aussi, tu l'aimais. Pauvre Duke!

—Le chien de Toshan? Notre Duke? demanda Hermine qui, cependant, ne doutait pas de la réponse. Si Kiona avait réagi aussi violemment, c'était parce qu'elle avait vu une scène atroce. Elle entoura la petite de ses bras et la cajola, secouée à son tour par une crise de larmes.

—Personne d'autre n'est mort, ma chérie? demanda-t-elle bouleversée. Et qui a tué Duke?

—Un homme méchant. Il a tiré sur Duke! Le chien a hurlé et il est tombé dans la neige.

Kiona ne put en dire plus. Elle sanglotait trop fort. « Mon Dieu, protégez-nous, pria Hermine. Ce n'était qu'une bête, mais Toshan avait tant d'amitié pour Duke! Que veulent ces gens, à la fin? » Elle se sentit désespérément seule, privée de la protection de son mari, de la douceur de Madeleine et de la gaîté de Charlotte.

—Je veux ma maman! geignit Kiona.

—Elle reviendra bien vite, ma chérie, assura la jeune femme du ton le plus persuasif possible. Si tu as vu cette chose très triste, la mort de notre pauvre Duke, peut-être que Tala, elle, t'a aperçue.

—Peut-être! dit la fillette d'une voix mal assurée.

Hermine dévêtit Kiona et la coucha, le cœur brisé, les gestes malhabiles à force de nervosité. Soudain, elle eut une idée.

—Je t'avais acheté un cadeau à Québec pour te l'offrir à Noël, annonça-t-elle en fouillant le bas de son armoire. Je préfère te le donner ce soir.

Elle posa devant l'enfant un assez gros paquet en papier rose, enrubanné d'un galon doré. Tout en reniflant, Kiona déballa un magnifique ours en peluche.

—Oh! Qu'il est beau! s'extasia la petite. Et tout doux!

—Ses poils sont en mohair, une laine soyeuse. Regarde ses yeux et son nez; ils sont en verre... Il te tiendra compagnie jour et nuit. Te plaît-il?

—Oui, ça oui, il me plaît!

Kiona serra l'ours en peluche contre elle et frotta sa joue contre la fourrure beige.

—Et quel nom vas-tu choisir pour lui?

—Duky! Et je le garderai toujours, Mine! Merci, merci.

—Je suis heureuse que mon cadeau te fasse

plaisir! J'en ai acheté quatre autres, un peu plus petits : un marron pour Mukki, un gris et un beige pour les jumelles, et pour Louis j'ai pu en trouver un blanc. Ainsi, il y aura une grande famille d'ours en peluche ici, à Val-Jalbert!

—Louis m'a dit que tu étais sa grande sœur, lui dit Kiona. Il est gentil, il a caressé mes cheveux. Je voudrais tant que tu sois ma sœur, à moi aussi!

Hermine lutta de toutes ses forces pour ne pas avouer la vérité à la fillette. Ce n'était pas encore le moment, elle le sentait.

—Mais je suis l'épouse de ton frère; je suis quand même une sorte de sœur pour toi, affirma-t-elle entre rires et larmes. Ma petite, j'ai eu si peur pour toi. Je voudrais te libérer de ces images que tu vois. Je ne sais pas comment faire, hélas! Écoute-moi, je vais descendre quelques minutes dire à tout le monde que tu vas mieux et saluer mes parents. Ma mère veillera sur Mukki et les jumelles. Je serai de retour presque aussitôt, c'est promis!

Kiona hocha la tête en souriant et se pelotonna sous les couvertures, son ours niché au creux de l'oreiller. Hermine était à peine sortie de la chambre qu'elle dormait déjà.

10
Cohabitation

Val-Jalbert, demeure des Chardin, même soir, mardi 19 décembre 1939

Avant de rejoindre ses parents au rez-de-chaussée, Hermine fit une pause au milieu de l'escalier. Elle sécha ses larmes à l'aide d'un mouchoir et respira doucement et profondément pour maîtriser son émotion, comme son professeur de chant le lui avait appris à Québec. Partagée entre la peur et le chagrin, elle voulait surtout éviter de chagriner les enfants. « Noël approche, songea-t-elle, la poitrine serrée par l'angoisse. Ils ne doivent pas savoir que Duke a été tué. Mukki adorait ce chien. Mon Dieu, tant que ces salauds ne s'en prennent qu'à des bêtes, je tiendrai le coup, mais ils peuvent faire du mal à ceux que j'aime... »

Jocelyn gravit les quelques marches qui les séparaient. Il l'interrogea d'un regard anxieux.

—Tu venais prendre des nouvelles, papa? demanda-t-elle.

—Bien sûr, je suis très inquiet. Qu'est-ce qu'elle a? J'ai eu l'impression que tu n'étais pas vraiment étonnée.

—Kiona a eu le même genre de malaise, une sorte de syncope, le premier soir qu'elle a passé ici. Mais cela ne se produit pas par hasard, papa, et je voulais en discuter avec toi.

—Je vais me changer et je suis à toi! affirma-t-il.

Soulagée par l'attitude de son père, Hermine se décida à descendre les dernières marches. La gouvernante passait dans le vestibule.

—Mireille, tu me prépareras deux bols de soupe et un peu de viande froide; je prendrai mon repas là-haut; Kiona aussi. Je lui ai promis de ne pas la quitter.

La jeune femme entra enfin dans le salon. Louis était sur les genoux de sa mère. Il pleurait encore.

—Et voilà! bougonna Laura. Mon trésor est perturbé. Il n'arrête pas de répéter des stupidités.

—Quelles stupidités? s'informa Hermine en caressant la joue de son frère. Ne sois pas triste, Louis. Kiona va mieux.

—Des sottises comme «je ne veux pas que l'ange meure!» pesta Laura en lançant un coup d'œil furieux à sa fille. Un ange, et puis quoi encore? Ce n'est qu'une enfant mal soignée, de santé précaire depuis sa naissance et qu'il faudrait confier à une institution religieuse.

—Tu ferais mieux de te taire, maman! recommanda la jeune femme. Si tu savais la cause des évanouissements de Kiona, tu n'oserais plus dire un seul mot.

Hermine se pencha sur les jumelles qui se lançaient dans la reconstitution d'un casse-tête censé représenter un paysage de forêt boréale et ses animaux. Mukki, l'air désappointé, jetait en l'air ses osselets.

—Mes chéris, je dois retourner près de Kiona. Ce soir, vous souperez avec vos grands-parents et grand-mère vous couchera. Si je peux, je viendrai vous lire une histoire. En l'absence de Madeleine, vous devez être deux fois plus sages.

Elle reçut un acquiescement de la part de Marie et de Laurence, mais Mukki la dévisagea sans répondre. C'était un garçon sensible et intuitif.

—Pourquoi Kiona est tombée malade? finit-il par demander. Chez nous, au bord de la Péribonka, elle allait très bien.

—Je t'expliquerai un jour, mon chéri! répliqua tendrement Hermine. Mais sois tranquille, Dieu la protège, j'en ai la certitude. Louis a raison, Kiona est notre petit ange.

—Dieu nous protège tous! ajouta Laura sur un ton neutre. Quand nous sommes dans la peine, quand nous avons peur, il faut Le prier de toute son âme et Il nous entend.

Mukki se souviendrait bientôt des paroles de sa grand-mère et il y puiserait un peu de réconfort. Pour l'instant, il reprit son jeu sans poser d'autres questions. Hermine se torturait l'esprit à sa place.

« C'est vrai, Mukki a vu juste, jamais Kiona ne s'est évanouie auparavant, pensait-elle, effarée. Et jamais encore elle ne nous était apparue, même pendant nos séjours à Québec. On dirait qu'il y a quelque chose de nouveau ou de spécial, ici, qui la rend plus réceptive aux visions et aux prémonitions. Mais de quoi s'agit-il? » Sans plus accorder d'attention à Laura, Hermine regagna sa chambre, bien résolue à réfléchir au problème. Elle découvrit un tableau charmant, Kiona assoupie, la joue posée sur son ours en peluche. « Si je pouvais prendre une photographie! » se dit-elle.

La jeune femme possédait un petit appareil, mais il se trouvait dans le bureau de sa mère. De toute façon, elle ne pouvait faire de clichés qu'à l'extérieur, en plein jour.

« Peu importe, je n'oublierai pas comme tu es adorable ainsi, ma petite sœur... »

Perdue dans sa contemplation, elle ne prit pas garde au bruit de la porte qui s'ouvrait. Laura, qui avait confié les enfants à Mireille, entra à pas de loups.

—Hermine, dit-elle à mi-voix. Je veux que nous parlions, et tout de suite, puisque ta protégée dort. Viens dans la nursery. Ce ne sera pas long.

—D'accord, maman!

Elles se retrouvèrent face à face dans la douce clarté d'une veilleuse. Un joyeux fouillis régnait sur le tapis, mais ni l'une ni l'autre n'y fit attention.

—Hermine, je serai brève! commença Laura. Malgré toute ma bonne volonté, je refuse de garder Kiona durant le temps des Fêtes. J'ai eu une idée. Nous allons la placer chez Betty. Les Marois sont toujours contents de gagner quelques dollars et leur fille, Marie, aura une compagne de jeu. Ne fais pas ces yeux menaçants, je sais que la situation actuelle est complexe, que tu es bouleversée par le départ de ton mari et l'agression que tu as subie, sans compter la perte de ton bébé, ce pauvre Victor dont je n'ai même pas vu le visage. Tu peux me donner une foule d'arguments, je ne changerai pas d'avis! Admets que c'est blessant d'avoir l'enfant de Tala et de Jocelyn entre ces murs, sous le même toit que mon Louis! Comprends-moi, cela me rend trop malheureuse! Je n'ai pas ton âge, mais je suis très amoureuse de mon mari et la vue de Kiona me rappelle à chaque seconde qu'il a eu une liaison.

Un peu essoufflée, Laura se tut. Hermine en profita pour donner son opinion, d'une voix qui ne laissait aucun doute sur son exaspération.

—Maman, tu n'es qu'une égoïste! Tu m'entends? Une égoïste! Tu ne penses vraiment qu'à toi! Je t'ai tout pardonné, ainsi qu'à papa, même la façon dont vous m'avez abandonnée! Et maintenant, tu n'hésiterais pas à chasser de cette maison une petite fille innocente! Comment peux-tu faire porter à Kiona le poids de ta jalousie? Ou bien tu perds la mémoire. Papa ne t'a pas trompée. Quand il a connu Tala, tu allais épouser Hans Zahle! J'ai beau te le rappeler tous les quatre matins, tu fais semblant d'être la fidèle compagne de papa depuis toujours! Et puis, j'en ai assez. Kiona n'est qu'une fillette qui a besoin d'affection et de sécurité!

—Elle me fait peur, dit Laura.

—Tu l'as à peine vue, s'offusqua la jeune femme. Là, maman, tu exagères et ça me met hors de moi! En quoi peut-elle te faire peur, à son âge?

—Je n'en sais trop rien, mais Louis est déjà en

extase. Il croit que c'est un ange venu chez nous pour Noël! Et Jocelyn n'est plus le même, il me défie sans cesse. J'ai l'impression que cette petite va détruire mon foyer péniblement reconstruit. L'attachement qu'elle suscite n'est pas normal, je suis désolée de te le dire. Toi la première, tu ne t'en rends même pas compte, mais tu sembles aimer Kiona plus que tes propres enfants! Pour cette raison surtout, tu devrais avoir la clairvoyance de l'éloigner. Les jumelles le comprendront vite et Mukki le sait.

—Tais-toi, maman, par pitié! C'est ignoble, ce que tu me reproches! hurla presque Hermine.

La jeune femme s'emportait d'autant plus qu'elle se sentait coupable sur ce plan-là, effectivement. Mais elle se défendit d'un ton farouche:

—Tu mens. J'aime mes petits, je suis prête à mourir pour eux. Ce que j'éprouve pour Kiona est différent. Comme elle est différente de tous les autres enfants. J'avais l'intention de vous dire la vérité ce soir, seulement je ne peux plus, je dois la veiller.

Excédée, Laura leva les bras au ciel.

—Différente! Hormis son métissage, qu'a-t-elle donc de si extraordinaire? Je me souviens que, bébé, à l'hôpital, elle avait un joli sourire, mais bien des fillettes ont du charme.

—J'aimerais que tu acceptes de la regarder, de lui parler quand elle sera réveillée, rétorqua Hermine. Elle a beaucoup changé en cinq ans. Maman, si tu avais l'honnêteté de la juger à sa juste valeur, tu constaterais que Kiona est très précoce et d'une rare intelligence. Elle s'exprime parfaitement dans notre langue et en montagnais aussi. Il n'y a pas que ça... En tout cas, elle n'ira pas chez les Marois. Si tu t'obstines à la rejeter, Onésime me conduira à Roberval demain, vers midi, juste le temps de préparer une valise pour moi et les enfants. Tu n'es plus la mère tendre et généreuse qui m'a retrouvée et choyée, il y a neuf ans, la belle dame en noir du Château Roberval. Je suppose que tout cet argent que tu brasses t'a tourné la tête. Mon Dieu, tu es si riche, alors que notre pays se relève difficilement de cette terrible crise économique.

—Je ne vois pas le rapport, coupa Laura. Toi aussi tu disposes de revenus confortables. Ce n'est pas honteux d'être à l'aise et je te rappelle que je fais de mon mieux pour aider ceux qui n'ont pas eu ma chance.

La jeune femme approuva, non sans irritation. Sa mère se montrait charitable, elle ne pouvait le nier.

—Je sais, maman. Sans toi, Charlotte serait aveugle et tu as secouru des familles dans la misère. Mais je faisais allusion à une autre générosité, celle du cœur.

—Que veux-tu, je suis jalouse, voilà! trancha Laura. D'accord, j'accepte ce que tu m'as jeté à la figure, mais ne t'en va pas, Hermine! Tu ne peux pas priver les petits de la fête de Noël. Je vais faire des efforts, rien que pour toi, ma chérie, pour te prouver que je t'aime malgré tous mes défauts.

Laura se lança dans une série de justifications passionnées. Hermine l'écoutait, sachant par avance que sa mère capitulerait et viendrait l'embrasser, jusqu'à sa prochaine colère, jusqu'à une nouvelle et inévitable crise d'autorité, voire de despotisme.

Dans la chambre voisine, Louis s'approchait sans aucun bruit du lit où dormait Kiona. Il avait échappé à la surveillance de Mireille sous le prétexte d'aller à la toilette. Si on lui avait demandé pourquoi il devait absolument revoir la jolie petite fille aux cheveux dorés, il aurait été bien en peine de répondre. Personne ne lui avait encore expliqué qui elle était, d'où elle venait et pourquoi sa grande sœur Hermine semblait l'aimer aussi fort.

Pour le garçonnet, Kiona représentait un merveilleux mystère. Laura lui lisait souvent des contes de fées et, comme c'était un enfant rêveur et paisible, il mêlait le fantastique à la réalité.

—Je suis sûr, moi, que c'est un ange du père Noël, affirma-t-il doucement en contournant le grand lit.

La lampe de chevet à abat-jour de tissu rose dispensait une lumière tamisée, mais cela suffisait à faire briller la chevelure de Kiona, sa peau et ses longs cils. Louis découvrit aussi le splendide ours en peluche. La fillette avait l'air d'être dans un nid douillet et un léger sourire ourlait ses lèvres. Louis ignorait qu'on pouvait sourire pendant le sommeil. Il vit là un autre signe magique.

—Ange? appela-t-il très bas. Tu dors pour vrai?

S'enhardissant, il tendit la main et effleura la joue de Kiona. La peau lui parut chaude et soyeuse. Le petit garçon, en extase, toucha ensuite la fourrure de l'ours. Il aurait pu rester encore longtemps à contempler la fillette, mais Jocelyn entra à son tour.

—Louis, sors de là immédiatement! le réprimanda son père. Il ne faut pas la réveiller, elle est malade. Où est Hermine? Et maman?

—Je sais pas, papa!

Kiona ouvrit les yeux et se redressa sur un coude. Elle vit d'abord Louis, puis cet homme qui avait pour elle une stature de géant et qui était le grand-père de Mukki et des jumelles. Tous les deux l'observaient du même regard brun, très sombre. Si le petit garçon lui paraissait amical, Jocelyn l'effrayait.

—Où est Mine? fit-elle d'une voix faible. Je veux Mine!

—Ne t'inquiète pas, elle ne doit pas être très loin, assura Jocelyn le plus gentiment du monde. Je vais aller la chercher, ne crains rien. Comment te sens-tu?

—Je suis fatiguée, monsieur! répliqua à mi-voix la fillette sans pouvoir détacher ses prunelles dorées des yeux de celui qui s'approchait d'elle à pas feutrés.

Comme hypnotisé, il s'efforçait de capturer pour ne plus jamais l'oublier la radieuse image qu'offrait son enfant illégitime, toute en grâce enfantine et en douceur. En quelques secondes, Jocelyn comprit la fascination inouïe que Kiona exerçait sur Hermine.

— Ce que tu es belle! s'écria Louis.

Ils ignoraient que le cœur de la petite fille battait trop vite, que sa respiration s'entrecoupait, sa poitrine menue étreinte par des spasmes. Tout devint noir pour Kiona qui se rejeta en arrière avec un bref cri de terreur.

Hermine avait entendu, cependant. Elle arriva dans la pièce et se rua vers le lit.

— Qu'est-ce que tu lui as dit, papa? hurla-t-elle. Mon Dieu, j'avais promis de ne pas la quitter et je l'ai laissée seule... Louis, va retrouver les autres.

En pleurant de nervosité, la jeune femme mouilla un mouchoir d'eau fraîche, une carafe étant à disposition sur la table de chevet. Laura accourut également.

— Cette fois, je téléphone à un docteur, s'exclama-t-elle. Elle doit être hospitalisée. Imaginez un peu qu'elle soit contagieuse! Louis, descends! Jocelyn, emmène-le et demande à Mireille de le faire souper avec Mukki et les jumelles.

— Non, Laura, tu n'as qu'à t'en occuper! coupa son mari. Je reste là; c'est ma place, pas la tienne!

Hermine berçait Kiona dans ses bras, tout en lui bassinant le visage. Elle toisa ses parents d'un air exaspéré.

— Louis, descends et sois très sage. Préviens Mireille qu'elle doit veiller sur vous quatre, en bas. Maman, papa, je ne peux plus vous cacher la vérité. Vous allez m'écouter! Dès que Kiona aura repris connaissance...

Ce ne fut pas long. La fillette cligna les paupières, aperçut tout de suite Hermine et demeura pelotonnée contre elle.

— Ma petite chérie, dit alors doucement la jeune femme. Mon père et ma mère croient que tu as une maladie et ils ont peur pour toi. Aussi je préfère leur expliquer ce qui se passe! Est-ce que tu as vu quelque chose?

— Maman va bientôt rentrer à Roberval, balbutia

Kiona. Mais d'abord, elle soigne cousin Chogan! Il est vivant!

—C'est une bonne nouvelle! répliqua Hermine sans se soucier de l'expression interloquée de Jocelyn et de Laura.

—Que signifie ce conciliabule? interrogea celle-ci. Jocelyn, c'est parfaitement incompréhensible et ridicule!

Jocelyn Chardin poussa un gros soupir avant de s'asseoir au bout du lit. Il semblait moins étonné que son épouse. Hermine profita du silence pour se lancer dans un récit précis des phénomènes qu'elle avait constatés depuis que Kiona habitait Roberval. Elle décrivit les apparitions de la fillette, constatées aussi par Madeleine et les enfants, puis elle expliqua la véritable cause du départ de la nourrice.

—Mon Dieu! gémit Laura en s'affalant sur une chaise. D'une autre que toi, Hermine, je réfuterais tout. Mais tu as des accents d'une telle sincérité! Et tu en as parlé à une religieuse, l'ancienne mère supérieure du couvent-école, et cette sainte femme t'a cité des cas de bilocation répertoriés par l'Église... Seigneur, je suis sous le choc, vraiment sous le choc! Ainsi, tout à l'heure, elle a vu la mort de Duke! Pauvre bête!

—Maman, Kiona est bien réveillée; tu peux t'adresser à elle directement. En fait, certaines choses étranges se sont passées dans notre maison située au bord de la Péribonka, des sortes de prescience. Mais les manifestations de bilocation se sont surtout produites à Roberval et ici à Val-Jalbert! Auparavant, Kiona était seulement mon petit ange capable de me réconforter grâce à son beau sourire. Tala m'avait révélé que sa fille avait un don, celui d'apaiser, mais ce qui se produit maintenant n'a rien à voir avec ça!

—Qu'en penses-tu, Jocelyn? dit Laura, dubitative.

—Pour ma part, j'estime que nous sommes des

pions sur un échiquier, malmenés par le destin, et ce qui nous paraît hors norme devrait renforcer notre foi. Après tout, bien des prodiges sont contés dans la Bible et ses disciples ont vu Jésus-Christ marcher sur l'eau.

Sidérée, Hermine ouvrait de grands yeux. Laura n'osa pas se moquer des propos assez déconcertants de son mari.

—Vous savez que ma famille est très pieuse! reprit-il. Chez moi, on croyait au diable, aux sorciers, aux miracles, aussi. Les Chardin sont originaires du Poitou, en France. Le village où vivaient mes arrière-grands-parents dans leur jeunesse était situé près d'un immense marais sillonné de canaux. Un pays étrange où les anciens appréhendaient les sortilèges.

Laura frissonna, déroutée par la voix grave de Jocelyn qui évoquait ses ancêtres d'un ton lugubre.

—Jocelyn, à quoi bon nous raconter ça? objecta-t-elle. Et tu vas terrifier cette enfant qui n'a pas besoin d'être perturbée davantage!

—Les gens du Québec sont en grande partie issus d'émigrés. Mes aïeux se sont établis du côté de Trois-Rivières à la fin du dix-huitième siècle; cela date!

—Continue, papa! l'encouragea Hermine.

Kiona feignait l'indifférence. Elle jouait avec le ruban bleu qui ornait le cou de son ours en peluche. Pourtant, elle avait écouté Jocelyn attentivement et elle croyait percevoir le parfum âcre des fleurs des marécages.

—Le soir, à la veillée, mon père nous parlait souvent de ses grands-parents, qui avaient quitté leur maisonnette du marais poitevin pour traverser l'océan Atlantique et s'établir au Canada, ajouta Jocelyn. Tu dois comprendre, Kiona, que les grands-parents de mon père étaient ces fameux arrière-grands-parents qui avaient émigré. Et mon arrière-grand-mère s'appelait Aliette. Elle aussi avait des pressentiments et des visions de l'avenir. Elle connaissait les vertus des plantes, mais cela inquiétait les gens du pays et, le jour où elle a embarqué pour un monde nouveau, dans le port de La Rochelle, Aliette était rassurée. On ne la traiterait plus de sorcière. Mais elle avait promis à son époux de mener une vie ordinaire, ici, au Québec. Elle a travaillé dur et elle est devenue très pieuse, comme si elle demandait pardon à Dieu d'avoir cru en la nature pleine de secrets et de mystères. Je vous ai raconté ça pour vous prouver que le cas de Kiona n'est pas unique, loin de là!

Jocelyn se tut et hocha la tête. Pendant ce bref récit, ses traits s'étaient affermis et son regard n'avait pas quitté le visage de Kiona. Hermine trouva que son père semblait rajeuni, bizarrement soulagé.

—Papa, tu aurais pu nous dire tout ça bien avant! fit-elle remarquer. Cela me plaît de connaître un peu mes ancêtres. Quand Octave Duplessis me vante les beautés de la France, lui qui est natif de Brouage, cela me fait rêver. Je suis ravie d'être issue d'une souche poitevine.

—Brouage n'est guère éloigné du Poitou, je crois! répliqua Jocelyn.

Laura gardait le silence. Elle avait établi aussitôt la relation qui pouvait exister entre la fameuse Aliette et Kiona. Hermine venait de le comprendre à son tour.

« Quelle hérédité! songea-t-elle. Plus rien ne m'étonne, si Kiona a reçu à sa naissance les dons d'un shaman indien et d'une bonne sorcière française! » Une idée lui vint, tellement singulière qu'elle en frémit. « Et si le fait d'avoir rencontré son père avait tout déclenché? Dès le premier soir, à Roberval, Kiona a vu papa dans la rue. Et si c'était cela qui avait engendré des apparitions, des malaises et des visions successives? Comment avoir la réponse? Je ne peux que supposer qu'il y a un rapport, hélas! »

—Mine, j'ai très faim! se plaignit la fillette.

—Bien sûr, il doit être grand temps de souper! déplora la jeune femme. Mireille n'a pas pu nous monter un plateau, elle est avec les enfants. Papa, maman, pourriez-vous descendre? Je vous remercie de m'avoir écoutée sans pousser des cris d'incrédulité!

Laura eut un petit sourire perplexe et se leva, imitée par son mari. Hermine suivit ses parents jusqu'à la porte de la chambre. Sa mère s'engagea dans l'escalier sans faire de commentaires, ce qui était assez déconcertant de sa part. Jocelyn s'attarda.

—Il n'y a ni photographie ni portrait d'Aliette, dit-il sur un ton si bas que ses propos étaient presque inaudibles, mais j'ai toujours entendu dire qu'elle avait de magnifiques cheveux d'un blond roux et que son sourire réchauffait les cœurs en peine. La vie nous réserve de ces surprises!

Il lança un regard passionné vers le lit et sortit. Bouleversée par la confidence de son père, Hermine joignit les mains et, du bout des lèvres, fit une courte prière.

—Mon Dieu, aidez-moi! Libérez cette enfant! Je ne veux pas qu'elle souffre! Ce n'est qu'une toute petite fille!

—Mine? Est-ce que tu pries Jésus? questionna Kiona.

—Oui, je le supplie de te protéger, répondit-elle.

—Et il le fera?

—J'en suis sûre! déclara la jeune femme. Et pour commencer il va vite ramener ta maman à Roberval. Tu as besoin d'elle.

Kiona acquiesça avec un soupir de contentement. Cinq minutes plus tard, Mireille faisait irruption, chargée d'un plateau.

—Je ne peux pas être au four et au moulin, claironna la gouvernante, mais c'était prêt, votre souper. Du bouillon et deux grosses parts de tourtière. Du flan à la vanille aussi. Bon appétit, mesdames.

Le repas que prit Hermine ce soir-là en tête-à-tête avec Kiona deviendrait un précieux souvenir.

La neige s'amoncelait sur le village fantôme, mais dans la chambre il faisait chaud et la lumière rose embellissait encore la jeune femme et sa demi-sœur. Elles ne bavardaient guère, échangeant des sourires de satisfaction et de complicité.

Du rez-de-chaussée leur parvenaient l'écho des discussions, les éclats de rire de Louis et des jumelles, ainsi que la voix grondeuse de Jocelyn.

— N'aie pas peur, Mine! dit soudain Kiona. Maintenant, je ne serai plus malade. Mais j'ai sommeil.

— Alors, dors, ma chérie, dit tendrement Hermine. Je veille sur toi.

—Jésus aussi? souffla la fillette en bâillant.

—Jésus aussi et tous les anges du ciel! Et peut-être ma lointaine aïeule, Aliette, dont parlait mon père tout à l'heure. Dors, ma chérie.

Val-Jalbert, samedi 23 décembre 1939

Finalement, la cohabitation entre Laura et Kiona se passait assez bien, mais sous le signe de la méfiance mutuelle. La maîtresse de maison évitait soigneusement la fillette qui s'arrangeait pour ne pas se trouver sur son chemin.

Ce samedi après-midi, Edmond et Marie Marois avaient convié les cinq enfants à une grande bataille de boules de neige, le ciel s'étant dégagé. Hermine s'en était mêlée, ainsi que Charlotte, en congé jusqu'au 26 décembre. La présence de la jeune fille, qui avait tout de suite remplacé Madeleine dans ses fonctions, avait contribué à détendre l'ambiance familiale.

Jocelyn et Laura jouissaient du salon pour eux seuls, car Betty avait invité toute la petite troupe à manger.

— Tu avoueras que ce n'est pas si pénible d'héberger la petite durant quelques jours! avança Jocelyn. Elle n'a pas eu d'autres malaises, donc pas d'autres visions. Je te remercie, Laura, d'être aussi conciliante.

—Je me suis inclinée devant la fatalité, mon cher, rétorqua-t-elle. Et notre fille m'a accablée de tant de reproches blessants que j'ai baissé les bras. Quel caractère elle a! Par chance, Louis commence à considérer Kiona comme une enfant tout à fait normale. Si seulement Hermine acceptait de lui enlever ses vêtements en peau, de l'habiller de façon décente, ce serait encore mieux.

—Quelle importance cela a-t-il! bougonna son mari. Tala a cousu des amulettes protectrices dans sa tunique; il vaut mieux les lui laisser. Avec tout ce que nous avons appris, je deviens un adepte du surnaturel.

—Jocelyn, enfin! Tu finiras par te ridiculiser! Même si tu avais une arrière-grand-mère soupçonnée de sorcellerie! Je ne sais plus à quel saint me vouer! Hermine et toi, vous devriez lire davantage d'ouvrages scientifiques. Les savants contestent ces phénomènes.

Laura brodait un napperon afin de s'occuper les mains. Jocelyn tendit vers elle l'ouvrage qu'il parcourait.

—Ce livre est constitué de revues religieuses reliées, dit-il. Je l'ai déniché dans la bibliothèque de ton bureau. L'as-tu acheté ou bien vient-il de la maison Charlebois, à Montréal? En tout cas, il traite de certaines manifestations paranormales. Je viens de lire un article captivant sur le *padre* Pio. Ce prêtre a sauvé la vie d'un général pendant la guerre, en 1917. Le militaire, limogé à la suite d'une défaite, voulait se suicider, mais un moine capucin l'en a empêché[37]. Puis il est reparti aussi vite qu'il était apparu. Je te résume l'histoire... Plus tard, ce général a reconnu ce moine en la personne du *padre* Pio, sur une

---

37. Fait authentique. *Padre Pio* est le surnom d'un capucin et prêtre italien né Francesco Forgione (1887-1968), à Pietrelcina en Italie. Il fut connu pour être le premier prêtre et l'un des rares hommes à qui l'on attribue des stigmates. Il a été canonisé par l'Église catholique en 2002, sous le nom de saint Pio de Pietrelcina.

photographie. C'est sans doute un cas de bilocation, ce qui rend crédible le récit d'Hermine.

—Oh! J'en ai assez! protesta Laura. Tu te rengorges comme un paon à l'idée d'avoir mis au monde une sorte de future sainte ou de future sorcière! Tu te moques d'être condamné à la chasteté! Je croyais te punir, mais non, même pas! Moi, cela ne me dit rien qui vaille, vos histoires! Je suis bien contente que notre petit Louis n'ait aucun don spécial. Je n'ai pas eu le bonheur de voir grandir Hermine et je veux profiter de mon fils. Quand il crie ou qu'il fait des bêtises, je suis ravie, parce que c'est un enfant ordinaire, un enfant qui ne fait pas peur. Reconnais au moins que Kiona a un drôle de regard. Parfois, j'ai l'impression qu'un loup m'observe!

—Seigneur, Laura, ne dis pas de bêtises! soupira Jocelyn. Et, je t'en prie, parle moins fort, Mireille a l'ouïe fine. Je n'aime pas ce terme de sorcière, d'ailleurs. Mon arrière-grand-mère était plutôt une voyante.

—De mieux en mieux! maugréa Laura. Oh, écoute! Des chiens aboient. C'est peut-être Simon qui est de retour. Si c'est lui, nous allons vérifier tout de suite une chose.

—Laquelle? s'étonna-t-il.

—Eh bien, Duke! Le chien a été abattu, paraît-il. Si nous le revoyons dans le chenil d'ici quelques minutes, nous aurons la preuve que Kiona raconte des sornettes.

Elle n'était pas la seule à tenir ce raisonnement. Devant la maison des Marois, entourées des enfants, Hermine et Charlotte assistaient à l'arrivée de Simon, debout à l'extrémité du traîneau. Un husky aux yeux bleus et au masque noir et blanc menait la course. Il s'agissait de Kute, le superbe animal offert par Jocelyn à Toshan six ans auparavant, à l'occasion de Noël. Duke manquait.

Le jeune homme eut droit à un véritable comité d'accueil. Betty sortit à son tour, heureuse de retrouver son fils aîné. Hermine remarqua qu'il n'y avait aucun passager avec lui et elle dut cacher sa déception.

«J'ai eu tort de croire au retour de Madeleine! se dit-elle. Peut-être qu'elle ne reviendra jamais, qu'elle restera près des siens!»

—Salut, la compagnie! s'écria Simon. Stop, Kute!

L'attelage s'immobilisa. Ivre de joie, Charlotte s'élança vers son fiancé. En tenue adaptée à une bataille de boules de neige, pantalon chaud et gros gilet de laine, elle s'empressa de déposer un baiser sur la joue du jeune homme. Cela fit sourire Betty.

—J'apporte des nouvelles fraîches pour Mimine! déclara-t-il. Mais d'abord, je boirais bien une tasse de thé!

—Entre vite, alors! intervint sa mère.

Kiona descendit les marches du perron et marcha vers Kute. Mukki la suivit. Marie Marois et les jumelles entrèrent dans la maison où elles ne tardèrent pas à jouer à la poupée.

—Où est Duke? questionna le petit garçon, inquiet.

—Il est mort! répondit la fillette. Ne sois pas triste, Mukki, je te prêterai mon ours en peluche; je l'ai appelé Duky!

—Et comment tu le sais, qu'il est mort? demanda-t-il, interloqué.

—Je l'ai vu en rêve, dit Kiona dans un souffle. Toshan avait dit qu'il était vieux, tu te souviens! On n'y peut rien, c'est comme ça.

Mukki renifla, bouleversé. Son père lui manquait, il venait d'en prendre conscience du haut de ses sept ans. Sans un mot de plus, il courut rejoindre sa mère et se blottit contre elle. Hermine l'embrassa sur le front.

—M'man, tu le savais, que Duke était mort! Papa sera triste de ne pas le trouver quand il reviendra de la guerre.

—Simon me l'a annoncé, dit-elle doucement. Ne pleure pas, mon chéri.

La jeune femme brûlait d'entendre ce que Simon avait à lui dire, mais elle ne voulait pas avoir une discussion devant les enfants. Betty le comprit et les invita tous dans le salon.

—Au pied de mon sapin de Noël, il y a des caramels que j'ai faits hier soir, dit-elle. Venez, je vous permets de les goûter.

Hermine se rapprocha aussitôt de Simon. Il avait un air serein dont elle s'étonna un peu.

—Hormis cette pauvre bête qui a écopé d'une balle, Mimine, les nouvelles sont bonnes. J'ai le nom de tes agresseurs, Zacharie Bouchard, une ignoble crapule qui a un fort penchant pour la bouteille, et Napoléon Tremblay. Bouchard n'hésite pas à se servir de son fusil de chasse.

—C'est déjà un précieux renseignement. Et Madeleine, et Tala, où sont-elles? s'inquiéta la jeune femme.

—J'ai déposé Tala sur l'avenue Sainte-Angèle en lui faisant la promesse de vous ramener, Kiona, les enfants et toi. Je ne peux rien te confier de plus, Mimine, mais ta belle-mère insiste. Tu dois passer la veille de Noël à Roberval. Ta Madeleine, elle est restée au chevet de son frère. Chogan est blessé, mais rien de grave.

Hermine cacha son visage entre ses mains. Jamais elle ne s'était sentie aussi seule, aussi démunie, malgré la présence rassurante de Simon et la proximité de ses parents.

—C'est impossible! répondit-elle. Si j'abandonne maman pendant les Fêtes, elle ne me le pardonnera jamais. Que Tala souhaite récupérer sa fille, je l'admets, mais pourquoi dois-je y aller moi aussi avec les petits?

Simon garda une mine impassible, puis il eut un geste évasif.

—Mimine, ta belle-mère en sait plus que moi! J'étais à l'auberge de Péribonka quand tout ça est arrivé.

—Mais quoi? Qu'est-ce qui est arrivé? interrogea-t-elle, prête à taper du pied d'exaspération. Viens, allons dans l'écurie. Betty ne tiendra pas longtemps les petits tranquilles. Et Kiona? Où est-elle? Je ne l'ai pas vue entrer!

La jeune femme se précipita à la fenêtre. Ce qu'elle vit la tranquillisa. Charlotte et Kiona faisaient un bonhomme de neige, près du traîneau, sous le regard bleu et protecteur du husky.

—Dépêchons-nous! s'écria-t-elle. Je ne peux plus attendre. Tu dois tout me raconter.

Ils furent vite dans le bâtiment où régnait une tiédeur relative grâce à la vache et au cheval, dont la litière dégageait une odeur un peu forte, mais infiniment familière à tous les deux.

—Je vais tenter d'être bref! commença Simon. Une chance que je ne suis pas marié à une Indienne. Dès que nous avons atteint le quai de Péribonka, Tala et ta nourrice m'ont obligé à leur confier le traîneau. Ta belle-mère m'a signifié que cette affaire ne me regardait pas, que je ne devais pas me hasarder plus loin chez les siens. Nous ne sommes pourtant plus en conflit, les Montagnais et nous! J'ai cédé, mais j'avais la rage au ventre, car je m'étais engagé vis-à-vis de toi. Heureusement, j'ai rencontré à l'auberge un vieux pêcheur, un Métis lui aussi. Je lui ai offert à boire, un bon caribou, et après deux ou trois verres il m'a lâché ce qu'il savait sur l'incendie de la cabane. « C'est ce niaiseux de Zacharie Bouchard, qui a fait le coup! a-t-il avoué en me fixant. Et son complice, Napoléon Tremblay. Ils en ont après la famille Delbeau. »

Hermine écoutait, bouche bée, en imaginant parfaitement la scène.

—Une histoire de vengeance, comme on vous l'avait dit par le message sur votre porte! Et tu avais raison, Tremblay est le fils du chercheur d'or qui a violé Tala.

Simon se mordit les lèvres au mot violé, qu'il avait rarement prononcé aussi franchement. Ce terme levait le voile sur un acte ignoble, dont la sonorité éveillait en lui des images crues, abjectes.

—Désolé, Mimine! lança-t-il. Moi, si on touchait aux femmes que j'aime de cette façon-là, je réglerais son compte au coupable. Ma mère, ma petite sœur, toi... Charlotte... Quand je pense que le vieux Lapointe voulait abuser d'elle, fillette, de sa propre enfant! Personne ne l'a pleuré, celui-là!

—Ensuite, Simon! implora Hermine, que la digression agaçait.

—Ensuite, j'ai essayé d'en apprendre davantage, mais je n'ai su qu'une chose : Bouchard et Tremblay ne tiennent pas à mêler la police à leur plan. Ils veulent juste faire payer Tala et Toshan. Je crois qu'ils ont de gros soucis d'argent et ils savent que tu es riche.

—Bien sûr, soupira la jeune femme. Excepté quelques privilégiés dont nous faisons partie, mes parents et moi, depuis la crise qui a frappé le pays, la misère pousse certains hommes à des actes absurdes. Mais ce n'est pas une raison suffisante pour tirer sur un cheval ou un pauvre chien innocent! Qui a tué Duke, Simon?

—Tala affirme que c'est Zacharie Bouchard. Ta belle-mère m'a raconté ce qui s'est passé quand elle m'a rejoint à Péribonka. Les deux gars étaient ivres. Ils s'en sont pris à Chogan, qu'ils avaient fini par retrouver, mais les chiens étaient dételés et Duke les a attaqués, Kute aussi, pour défendre Madeleine qui s'interposait. Tala t'expliquerait mieux que moi, mais on aurait dit qu'elle avait le diable à ses trousses. Nous avons dû repartir à toute vitesse vers Roberval. Et là, pareillement, elle m'a expédié avec ordre de te ramener, et les enfants aussi. Pour moi, pas de souci. On peut se mettre en chemin demain matin.

—Eh bien, si je veux des précisions, je n'ai pas le choix! soupira Hermine. Je vais devoir annoncer ça à maman et je pense que ce sera pire qu'une grosse tempête de neige!

Val-Jalbert, le lendemain,
dimanche 24 décembre 1939

Laura n'avait pas poussé les hauts cris, ni pleuré, ni gémi. Très calme, elle s'était même occupée de choisir parmi ses abondantes réserves de quoi composer un excellent repas de fête. Déconcertée par le calme olympien de sa patronne, Mireille avait garni deux paniers d'appétissantes victuailles.

La gouvernante avait néanmoins exprimé son opinion à Charlotte, qui l'aidait à emballer certaines provisions.

—Madame marcherait sur les mains pour ne plus avoir la petite Indienne dans les pattes! Et Hermine a pris du caractère; elle tient tête à sa mère. Doux Jésus, j'aurai moins de travail et je ne m'en plaindrai pas. Sans Madeleine, j'ai souvent les cinq petits sur le dos, moi!

La jeune fille approuva en riant. Elle jubilait. Simon faisait l'aller-retour à Roberval. Il l'avait invitée à souper dans sa famille. Ensuite, ils iraient tous ensemble à la messe de minuit, à Roberval.

—Laura et monsieur Jocelyn sont bien gentils de prêter leur voiture à Joseph, dit-elle après un soupir de béatitude.

—Il y en aura, de la circulation, sur la route, qui est pourtant bien enneigée! dit Mireille. Bon, je vérifie encore une fois mes paniers. Les bocaux de foie gras... Dis donc, un beau cadeau! Quand je pense que madame les fait venir de France et que c'est hors de prix... Le gâteau aux fruits confits, deux bouteilles de bon vin, des bocaux de haricots, du pain d'épices et du caviar! Tu te rends compte, Charlotte, à notre époque! Il y a la guerre, les Québécois sont en majorité dans la misère et madame commande du caviar! La belle-mère d'Hermine va se régaler. Je parie qu'elle n'a jamais mangé ce genre de choses. Du grand luxe!

—Et toi, Mireille? s'enquit la jeune fille. Tu en as goûté?

— Manger des œufs de poisson qu'on a sortis de leur ventre? Doux Jésus, je préfère le lard et les pois!

Dans le salon, Hermine ne se préoccupait pas des provisions qu'elle emporterait. C'était un véritable déménagement qu'orchestrait Laura.

— Il vous faut deux autres matelas, puisque Tala n'en possède qu'un, disait sa mère. Et des couvertures. Je ne veux pas que mes petits-enfants souffrent du froid la nuit de Noël. Onésime est bien brave de faire le voyage un jour pareil, mais je l'ai payé largement. Il en profitera pour acheter un cadeau de plus à son fils.

— Maman, je suis navrée de mettre la maison sens dessus dessous aujourd'hui! déplora Hermine. Nous aurions campé dans la cuisine de Tala et, pour la nourriture, j'avais le temps d'aller à la boucherie.

Visiblement réjouie, Laura fit non d'un signe de tête. Jocelyn assistait au branle-bas de combat, l'air morose.

« Dieu du ciel, songeait-il. Ma femme se couperait en deux pour être débarrassée de Kiona avant ce soir. Nous allons passer la veillée de Noël seuls avec notre petit Louis, et tant pis pour la messe! »

— Maman, tu es sûre que tu n'es pas furieuse, en réalité? demanda à nouveau Hermine. Tu me promets que plus tard tu ne me reprocheras pas de vous avoir laissés un soir de fête?

— Ma chérie, cela ne me dérange pas, la coupa Laura. J'ai tout arrangé, je ne vais pas te le répéter sans cesse. Nous ferons un délicieux souper le 31 décembre, et je t'offrirai tes cadeaux à ce moment-là. Comme tu disposes de deux moyens de locomotion, le traîneau et le camion d'Onésime, tu peux emporter les paquets des enfants.

Mukki, Kiona, Marie et Laurence, ainsi que Louis, jouaient dans la nursery. Ils étaient très excités à l'idée de cette expédition imprévue.

— Et c'est tout à fait normal que tu réveillonnes avec ta belle-mère! renchérit Laura.

— Tu sais, Noël ne signifie rien pour les Indiens, fit remarquer la jeune femme.

— Mais Tala est baptisée, il me semble; elle n'a qu'à se forcer un peu. De plus, tu peux chanter à l'église. Les fidèles de Roberval en seront ravis.

Hermine prit sa mère dans ses bras et lui donna un léger baiser sur la joue.

— Maman, nous avions renoncé à ce projet, mais j'admets que je suis heureuse de chanter quand même. J'espère que Tala acceptera de sortir. En tout cas, les enfants viendront.

— Attention à ce Zacharie Bouchard qui a la gâchette facile! la mit en garde Jocelyn. Nous avons son nom. S'il craint la police, il ne perd rien pour attendre. Que tu le veuilles ou non, il faut envoyer cet homme et son acolyte en prison.

— Nous verrons ça, papa, soupira Hermine. Pour l'instant, n'ébruitez pas ce que Simon m'a dit.

Une sorte de géant tapa ses galoches dans le couloir. Barbu à souhait, taillé en colosse, emmitouflé dans une grosse veste fourrée et coiffé d'un bonnet, Onésime Lapointe pointa son long nez à l'entrée du salon.

— Madame Chardin, je suis prêt! Faudrait y aller, il s'est remis à neiger et ça tombe dru. On fait comme prévu. J'embarque les matelas, les affaires qui sont sur le perron, la valise et les trois enfants.

— Tout à fait, approuva Laura.

— Simon et moi, nous vous précédons en traîneau, ajouta Hermine. Je garde Kiona avec moi. Nous arriverons sans doute avant vous; les chiens sont en pleine forme[38]. Kute est un très bon meneur.

38. Il y a 11 kilomètres entre Val-Jalbert et Roberval. Des chiens de traîneau voyageront jusqu'à une moyenne d'environ 30 km/h sur des trajets d'une quarantaine de kilomètres. Sur des distances plus longues, la vitesse moyenne baisse aux alentours de 16 à 22 km/h. Même dans de mauvaises conditions, ces chiens peuvent toujours tenir une moyenne de 10 km/h.

Tout se déroula au mieux. Simon avait harnaché les chiens et il se présenta devant la maison dans un concert d'aboiements. Jocelyn embrassa sa fille avec tendresse.

—Je te souhaite un bon Noël, ma chérie, dit-il tendrement. Toi qui craignais de décevoir ta mère... Elle est aux anges!

—Pour ma part, cela m'amuse de souper à Roberval chez Tala. Ainsi, tout le monde est content. Kiona est folle d'impatience, Tala lui a beaucoup manqué, je crois.

Hermine se trompait sur un point. Son frère Louis était malheureux. Ses camarades de jeux le quittaient avant la distribution des cadeaux. Laura avait beau lui assurer que le père Noël passerait pour lui seul, le garçonnet ne la croyait pas. Mukki l'avait éclairé à ce sujet l'été précédent. Le gentil bonhomme vêtu de rouge, à la barbe blanche, n'existait pas. Mais ce n'était pas le pire. Kiona s'en allait.

—Moi, je veux partir avec vous à Roberval, déclara-t-il, au bord des larmes.

—Maman nous appelle, s'écria Laurence. On revient vite, Louis, pour le premier de l'An.

Son ours en peluche serré contre son cœur, Kiona considéra Louis avec compassion. Elle éprouvait à l'égard du petit garçon une tendresse instinctive. Ils avaient joué et vécu ensemble sans vraiment communiquer. Là, émue par son chagrin, elle marcha vers lui, l'observa de près en souriant et finit par l'embrasser sur la joue.

—Au revoir! dit-elle avec un air très doux. Ne sois pas triste!

Louis la contempla, ébahi. Il fouilla sa poche de pantalon et en extirpa six billes d'agate multicolores.

—Je te les donne, Kiona! Les perds pas! Ce sont mes plus belles billes!

—Merci, répondit-elle gravement. Je ne les perdrai pas, je te le promets, Louis.

La fillette quitta la nursery sans se retourner.

Mukki avait suivi Kiona. Il fit ses adieux à Laura en affirmant avec un air grave :

—Je reviens vite, grand-mère! Louis doit pleurer; tu devrais aller le consoler.

—J'y vais de ce pas, Mukki! répliqua-t-elle. Et sois très sage avec ta maman.

Mireille et Charlotte assistèrent au départ, ainsi que Jocelyn. Hermine s'installa dans le traîneau, en anorak à capuche, pantalon de laine et bottes fourrées. Simon s'était campé sur le bout des patins. Les chiens paraissaient fébriles. Ils humaient le vent, grondaient et montraient leurs crocs.

—En route! cria le jeune homme. Allez, Kute, file!

Il neigeait, une neige légère et clairsemée. Le froid était rigoureux, mais ces enfants du Lac-Saint-Jean en avaient enduré de bien pires. Onésime laissa l'attelage prendre de l'avance, le temps de vérifier le niveau d'huile de son moteur. Charlotte s'aventura près du véhicule. Elle évitait son frère, en règle générale, mais elle était si heureuse que ses anciennes préventions tombaient en miettes.

—Je te souhaite un bon Noël, Onésime! dit-elle. Moi, je soupe chez les Marois. Nous sommes fiancés, Simon et moi!

—Je le sais! remarqua-t-il d'une voix forte. Et je l'aime bien, ce garçon-là. Faudra que tu me rendes visite, début janvier, qu'on placote paperasses. Ensuite, Yvette et moi, on déménage et je te donnerai les clefs de la maison.

—Merci, l'arrangement me convient!

Elle se hissa sur la pointe des pieds et déposa un petit baiser sec sur la barbe de son frère. Il ronchonna, ne sachant pas exprimer son émotion d'une autre manière.

—Bon, je pars, moi aussi, ajouta-t-il. Prends soin de toi, Charlotte!

—Je n'y manquerai pas.

La jeune fille rentra en courant et claqua la

porte. Elle avait tout loisir de se faire une beauté en vue de la soirée.

Sur la route de Val-Jalbert à Roberval, même jour

Les chiens trottaient, la queue en panache. Assise sur le traîneau, Kiona blottie contre elle, Hermine profitait pleinement du paysage. Depuis son enfance, la jeune femme avait vu se succéder bien des hivers et la neige faisait partie intégrante de cette interminable saison froide qui semblait pétrifier toute forme de vie durant des mois. Mais ce n'était qu'une impression. Quand le gel sévissait, il demeurait toujours sous la glace un vaillant filet d'eau dont la course discrète subsistait jusqu'au printemps. Si certains animaux dormaient en attendant le retour d'un climat plus clément, orignaux, loups, lynx et cerfs continuaient à errer, en quête de nourriture.

Et la neige n'était jamais tout à fait la même. Hermine le constata ce jour-là où de gros flocons duveteux enveloppaient chaque détail d'une parure cotonneuse. Les branches des arbustes et la ramure des sapins bordant la route se nimbaient d'un blanc pur aux reflets bleuâtres.

— Simon! s'exclama-t-elle. As-tu remarqué comme la neige est belle, aujourd'hui? Un vrai décor de carte postale!

— Oh, Mimine, ce que tu es romantique! Je ne vois que de la neige, une bonne bordée de neige!

— Tu as raison, Mine, c'est magnifique, l'approuva cependant Kiona.

— Mais oui, ma chérie!

La jeune femme eut un sourire rêveur en contemplant à nouveau le ciel gris, ainsi que les sous-bois.

« Toshan m'a transmis son amour des forêts et de la nature, et cet air de liberté qu'on respire en traîneau, songea-t-elle. Je lui écrirai ce que je ressens, il sera fier de moi. Qui sait, au fil du temps, je deviendrai peut-être une Indienne, une Indienne blonde... »

L'idée l'amusa. Elle étreignit passionnément Kiona, comme pour lui faire partager son exaltation.

—Au fait, Mimine, lui cria Simon, tu avais peur que ta mère fasse tout un scandale parce que tu l'abandonnais, mais je n'ai pas entendu hurler ni vu voler des assiettes!

La jeune femme se retourna et adressa un large sourire à son *musher* occasionnel.

—Tu veux que je te dise, Simon? Je crois que maman était soulagée de me voir décamper. Ce n'est pas bon qu'il y ait deux maîtresses de maison sous un seul toit! Sans compter Mireille, qui aime gouverner elle aussi! Et moi, je suis ravie de passer la soirée de Noël chez Tala!

Hermine s'apprêtait à bavarder encore, mais Kiona lui saisit la main.

—Regarde, Mine, là-bas. Des loups!

—Où?

—Là! précisa la fillette en pointant un doigt à gauche de la route.

—Mais c'est vrai! bougonna Simon.

Kute avait senti l'odeur fauve des bêtes sauvages. Le poil hérissé, il se mit à courir en allongeant les foulées. Les quatre autres chiens suivirent le mouvement. Un frisson parcourut le dos de la jeune femme. Elle observa les trois bêtes sauvages, immobiles entre des troncs de sapin. Leurs yeux dorés fixaient le traîneau lancé en pleine course.

—Ils doivent chasser, nota Simon. Il y a des traces d'orignal dans la neige.

Kiona se dégagea de l'étreinte d'Hermine et se redressa. La fillette riait, comme fascinée par les loups.

—Ne gesticule pas! recommanda la jeune femme.

—Mais ils ne sont pas méchants! protesta la petite. Maman et Toshan aiment les loups, ils disent que ce sont nos frères, à nous les Indiens.

—Tais-toi donc! tempêta Simon. Allez, Kute, fonce!

Les chiens se mirent à japper, de plus en plus hérissés, tout en prenant encore de la vitesse. Les patins du traîneau crissaient sur la neige gelée, tandis que les grelots accrochés au dosseret tintaient follement. L'attelage passa à hauteur des loups. Peu de temps après ceux-ci bondirent en avant et se jetèrent à sa poursuite.

—Elles ne vont pas foutre le camp, ces sales bestioles! maugréa le jeune homme. Qu'est-ce qu'elles nous veulent?

—Je n'en sais rien, Simon! répondit Hermine qui luttait contre une peur naissante.

Elle se tut, angoissée, alors que sa mémoire lui renvoyait un doux souvenir de leur enfance, quand elle et Simon étaient partis en cachette, un soir de pleine lune, écouter le chœur des loups dans le grand silence de l'hiver.

—Ils ont faim! s'écria Kiona.

—Eh bien, qu'ils trouvent quelque chose à se mettre sous la dent! répliqua Simon. En décembre, le gibier ne manque pas.

Un vol de corbeaux survola la route en croassant, dans un concert de battements d'ailes. La fillette éclata de rire à nouveau, puis elle fouilla dans le panier en osier qui contenait un solide goûter.

—Mine, on n'a qu'à leur donner nos sandwiches, proposa-t-elle. C'est ce mot que ta mère a dit. Sandwiches! Celui-là, il y a du fromage et du beurre et l'autre, du pâté.

—Ma chérie, surtout reste assise, je n'ai pas envie que tu tombes du traîneau!

La jeune femme s'était installée de façon à surveiller les loups, ce dont Simon ne se privait pas, en position périlleuse, juché, les jambes écartées, sur l'extrémité des patins.

—Ils n'osent pas vraiment nous rattraper, mais ils sont derrière moi! Rien pour me stresser, quoi!

Sans attendre l'accord d'Hermine, Kiona jeta les fameux sandwiches sur le côté du traîneau. Le résultat fut efficace: les trois loups se disputèrent cette manne inattendue avant de l'engloutir rapidement. Cela avait suffi à les arrêter.

—C'est bon, ils font demi-tour, souffla Simon. Si Onésime nous talonne, ils vont vite filer en entendant le moteur du camion.

Hermine poussa un soupir de soulagement. Elle caressa les cheveux de Kiona.

—Tu as vu, ils avaient faim, les loups! dit l'enfant d'un air malicieux. Maintenant, ils vont pouvoir chasser l'orignal.

—Tu n'as pas eu peur du tout? demanda la jeune femme. C'est pourtant très rare que des loups suivent un attelage de chiens! Quand je raconterai ça à mon père, il ne me croira pas. Mais Simon est témoin.

—Oui, ne t'inquiète pas, Mimine, je ne vais pas te contredire! Ce soir, je raconterai à Charlotte que j'ai failli être dévoré!

Tous deux s'étonnèrent en silence de l'étrange incident, même s'ils prirent le parti d'en rire. Kiona fixa Hermine avec insistance. Dans la luminosité diffuse du paysage enneigé, le regard doré de la fillette évoquait irrésistiblement celui des loups.

« Mon Dieu, quel tour nous a joué le destin en faisant venir au monde une petite personne aussi peu commune? s'interrogea-t-elle. Entre l'hérédité de son arrière-grand-père shaman et de son arrière-grand-mère sorcière, Kiona est une énigme vivante. Peut-être que sœur Sainte-Apolline dit vrai, il vaudrait mieux la confier à une institution religieuse. »

Mais elle se reprocha aussitôt cette pensée. De plus, jamais Tala ne consentirait à se séparer de sa fille, encore moins pour lui imposer un pareil destin.

—J'aperçois le clocher de l'église Notre-Dame, s'égosilla Simon. Nous serons bientôt arrivés.

Déjà illuminée, la ville s'était parée d'un élégant tapis de neige fraîche et la danse des flocons se faisait plus fantasque à cause du vent qui soufflait sur l'immense lac gelé. Hermine éprouva une sensation de joie, proche de l'euphorie, qu'elle aurait été bien en peine d'expliquer.

—C'est Noël! Noël! répéta-t-elle en frémissant d'impatience.

Ce soir, elle chanterait de toute son âme pour ceux qu'elle aimait, pour ceux qui viendraient célébrer la naissance du Christ.

—Je suis sûre que mon arbre est toujours aussi beau, jubila Kiona. Je suis si heureuse, Mine, oui, si heureuse!

La jeune femme approuva distraitement. Elle avait hâte de se réchauffer dans la petite maison de l'avenue Sainte-Angèle, entourée de ses enfants. Pour ne pas s'attrister en vain, elle repoussa loin de son cœur la cruelle absence de Toshan, ainsi que ce vague espoir de croiser Ovide à la messe, dont elle ne pouvait se défaire totalement en dépit de ses résolutions de ne plus l'approcher.

11
Soir de fête

Roberval, dimanche 24 décembre 1939

Tala ouvrit grand la porte de la maison dès qu'elle entendit aboyer les chiens. Hermine la salua d'un geste de la main, mais Kiona sauta du traîneau et courut se jeter dans les bras de sa mère.

—Nous voici! s'exclama la jeune femme. Tu as réussi un exploit, Tala. Me faire quitter Val-Jalbert une veille de Noël! Les enfants ne vont pas tarder. Ils arrivent en camion avec notre voisin Onésime. Il y aura un vrai chargement à débarquer.

—Entre vite, ma fille! répliqua l'Indienne, et vous aussi, Simon. Nous sommes amis, désormais. J'ai du café au chaud.

—C'est bien aimable à vous, mais je n'ai pas le temps, affirma-t-il. J'ai promis à mes parents et à ma fiancée de faire l'aller-retour. Cela entraîne les chiens. D'ici à la fin de l'hiver, Hermine aura un attelage de compétition.

La jeune femme prit le panier et un sac en cuir contenant ses vêtements pour le soir. Elle embrassa Simon sur la joue.

—Au revoir et merci de m'avoir escortée encore une fois. Je téléphonerai du bureau de poste à maman pour lui dire le jour de mon retour.

Hermine nota alors l'expression sereine de Tala et son sourire radieux. La belle Indienne n'avait rien d'une femme qui venait d'affronter ses ennemis après un mystérieux périple.

—Viens que je t'embrasse! dit-elle à sa belle-fille. J'adopte les manières des Blancs, depuis que je te connais.

Sa belle-mère l'étreignit tendrement, ce qui surprit agréablement Hermine.

—Je suis contente d'être là, Tala! dit-elle en souriant.

—Et moi, je t'attendais avec impatience.

Après cet échange d'amabilité, elles regardèrent Simon s'éloigner, puis entrèrent dans la maison. Il faisait très chaud dans l'ancienne cuisine des Douné, où flottait un arôme exquis de ragoût brûlant. Kiona admirait son petit sapin illuminé.

—Maman m'a donné beaucoup de bonnes choses à manger, dit la jeune femme. J'espère que cela ne te vexe pas...

—Non, pas du tout. Hermine, j'aurai à te parler, mais plus tard! dit à mi-voix Tala en désignant sa fille d'un mouvement de la tête. Je suis désolée si je t'ai causé du souci en partant avec Madeleine. Est-ce que tout s'est bien passé à Val-Jalbert?

—Tu manquais beaucoup à Kiona. De cela aussi nous discuterons plus tard.

Un coup de klaxon retentit. Onésime Lapointe garait son camion devant la maison. Un couple du voisinage sortit pour assister au remue-ménage qui eut lieu. Ce fut d'abord la cavalcade des enfants. Mukki, Laurence et Marie se ruèrent vers leur grand-mère en poussant des cris ravis. Hermine, elle, aida Onésime à transporter dans le salon plusieurs paquets, une malle, deux lourds paniers, un tapis soigneusement roulé et deux matelas, ainsi que des couvertures, des draps et des coussins.

—Eh bien! constata Tala, nous serons à notre aise. Tant mieux!

L'Indienne paraissait enchantée. Elle offrit une tasse de café à Onésime, tout embarrassé de sa colossale personne. Il but lentement, en examinant d'un regard curieux l'aménagement de la pièce qui évoquait davantage l'intérieur d'un tipi qu'une cuisine d'honnête ménagère.

—Je m'en vais sur le boulevard Saint-Joseph, à présent, dit-il enfin. À votre service, mesdames!

Dès qu'il fut parti, Hermine se mit au travail. Elle tenait à installer ses enfants le mieux possible.

—Tala, je m'occupe d'allumer le poêle du salon. J'y dormirai avec Mukki et les jumelles. Tu as une grosse réserve de bois, autant en profiter.

Une fois encore, sa belle-mère approuva et lui prêta main-forte de bon cœur. Les quatre enfants bavardaient au pied de l'arbre de Noël, si bien que les deux femmes purent parler sans être entendues d'eux, tout en s'affairant.

—Kiona a eu des malaises, chez nous! expliqua Hermine. Elle perdait connaissance et se réveillait, bouleversée par une vision. Je sais que Zacharie Bouchard a tué notre brave Duke. Tala, dis-moi ce que tu sais.

—Pour le moment, nous pouvons être tranquilles, répondit l'Indienne. Le complice de Bouchard, Napoléon Tremblay, est blessé. Ces hommes sont rentrés dans leur famille pour le temps des Fêtes. Ils habitent au nord de Péribonka. Je sais qu'ils ont essayé de faire avouer à Chogan où je me trouvais, mais il aurait préféré mourir plutôt que de me trahir. Et mon neveu leur a échappé. Ensuite, cela a tourné au règlement de comptes, le soir où je suis arrivée au campement des miens en compagnie de Madeleine. Bouchard la menaçait, le chien a bondi sur lui et il a tiré. Deux de mes cousins l'ont mis hors d'état de nuire. Duke est mort. Mais je n'ai pas envie de penser à tout ça. Je leur ai fait croire que je repartais dans la forêt. Je crois qu'ils vont renoncer.

Hermine jugea le récit de Tala un peu embrouillé. Elle ne comprenait pas bien pourquoi sa belle-mère semblait prendre la situation à la légère.

—Je te fais confiance, soupira-t-elle. Moi aussi

je préfère mettre cette triste histoire de côté. C'est Noël! Regarde, j'ai caché les cadeaux des enfants sous ce drap.

Bientôt, le salon fut changé en une pièce douillette. Le poêle ronflait et les lits étaient faits. La jeune femme disposa sur un tabouret une petite lampe dont l'abat-jour rouge faisait bel effet.

—Viendras-tu à la messe, Tala? demanda Hermine. Tu pourras m'écouter chanter. J'ai téléphoné au curé. Je dois interpréter l'*Ave Maria* de Gounod et *Minuit, Chrétiens!*

—Cela dépend de l'heure de la messe! répliqua l'Indienne.

—Oh! Il s'agit de la première. Je ne veux pas faire veiller les enfants trop tard!

—Dans ce cas, je serai ravie de vous accompagner! Je suis baptisée et cela ne me dérange pas de suivre un office. Je le dois à la mémoire d'Henri. J'ai rêvé de lui, et ce rêve m'a apaisée.

« Décidément, Tala est d'excellente humeur! songea la jeune femme. J'avais oublié combien elle peut être charmante! »

Afin de préserver l'harmonie de cette journée et de la soirée à venir, Hermine renonça à aborder les sujets susceptibles de les chagriner l'une et l'autre.

« Demain, je dirai mon idée à Tala, en ce qui concerne mon père et Kiona. Et elle me donnera sûrement des précisions sur mes agresseurs, sinon elle n'aurait pas autant insisté pour que je vienne ici avec les petits. Oui, demain... Et il vaut mieux ne pas parler de Toshan; elle ne m'a même pas demandé s'il m'avait écrit ou appelé... »

Sa belle-mère la laissa seule, sous le prétexte d'aller calmer les enfants qui riaient aux éclats dans la cuisine.

—Je te rejoins, Tala. Dis-leur que je m'habille pour l'église...

La porte se referma. Assise sur un des matelas, Hermine céda brusquement à une crise de détresse.

Au lieu de sortir sa robe ou de brosser ses cheveux, elle dut contenir un flot de larmes.

« Toshan! Où es-tu, mon amour? Si loin, si silencieux! Mon Dieu, si la guerre n'avait pas été déclarée en Europe, si Victor avait survécu, ce soir nous serions là-bas, dans notre maison au fond des bois, tous réunis devant un grand sapin que tu aurais coupé pour nos enfants. Rien n'aurait changé, Madeleine serait là elle aussi, et toi, toi! Et je ne penserais pas à un autre homme! Quelqu'un de tellement différent de toi! Calme, dévoué, timide. Toi, mon chéri, tu ressembles à la Ouiatchouan, impétueux, toujours en mouvement, farouche, impossible à dominer. Si j'avais épousé un Ovide Lafleur, j'aurais peut-être moins souffert. »

Elle essuya ses yeux et ses joues en se remémorant le visage bien-aimé de son mari.

—Allons, allons! se reprocha-t-elle à mi-voix, je dois être forte et courageuse! Mukki, Laurence, Marie et Kiona ont droit à un doux et beau Noël.

Hermine se leva avec un soupir de dépit. Elle remit du bois dans le poêle et ôta son pantalon et ses gilets de laine. En sous-vêtements, elle enfila des bas et contempla la robe en velours noir qu'elle avait choisie. D'un geste irrité, elle défit son chignon et secoua sa somptueuse chevelure blonde.

«Je n'ai même pas répété! déplora-t-elle. J'ai encore un peu de temps... »

De la cuisine lui parvinrent des cris joyeux et la voix un peu rauque de Tala. Elle n'y prit pas garde, observant son visage dans un petit miroir de poche. On frappa à la porte.

—Personne n'entre! répondit-elle. Je ne suis vraiment pas présentable!

La poignée tourna quand même et le battant s'entrebâilla. Contrariée, Hermine chercha en vain quelque chose pour se couvrir.

—J'avais dit personne! protesta-t-elle. Mukki, si c'est toi, file, je ne suis pas encore habillée!

—C'est bien ce qui m'intéresse! fit une voix grave, infiniment familière à la jeune femme.

Elle ne pouvait pas y croire. Son cœur se mit à battre la chamade dans sa poitrine. Soudain, Toshan lui apparut. Il était là, devant elle, et un instant suffit à Hermine pour reprendre possession de ses traits hautains, de son regard sombre et ardent, de ses lèvres au dessin parfait. Tout fut balayé de ses doutes et de ses rancœurs.

—Toshan! Toi, ici! suffoqua-t-elle. Mais...

Il referma la porte d'une main et de l'autre il l'attira contre lui. Au contact de son corps, elle tressaillit de joie.

—Ma petite femme coquillage! lui dit-il à l'oreille en l'embrassant dans le cou. Hermine, ma chérie, mon épouse adorée!

Il l'enlaçait et la serrait de toutes ses forces. Elle se blottissait contre lui, éperdue d'un bonheur délirant, ne sachant que répéter:

—Toi, toi, enfin! Je n'en pouvais plus, je n'avais aucune nouvelle! Toshan, mon amour!

Il s'empara de sa bouche pour un interminable baiser. Quand il reprit son souffle, Hermine recula un peu, sans le lâcher cependant.

—Tu n'es pas en uniforme? remarqua-t-elle. Oh, tu as les cheveux courts; je n'y pensais plus. Que je suis sotte! As-tu vu les enfants?

—Une minute à peine, en leur faisant chut! dit-il. Ils vont s'impatienter, mais si tu restes à moitié nue, je ne pourrai pas retourner les voir! Hermine, que tu es belle! Depuis des jours, je vis dans un monde d'hommes, et je te retrouve avec ta chair nacrée, tes formes rondes et si douces, ta peau... le parfum de tes cheveux... Ma chérie!

Ils s'étreignirent de nouveau. Lorsque les mains de Toshan effleurèrent le dos de la jeune femme, elle frissonna de plaisir, avant d'être submergée par le désir, un désir primaire, d'une violence grisante. Elle aurait pu s'allonger à même le sol pour s'offrir immédiatement à son mari. Il perçut cet élan de passion et se dégagea.

—Ce soir, cette nuit! dit-il tout bas avec un sourire ébloui. Nous ne devons pas gâcher une minute du temps que nous pouvons passer ensemble. Habille-toi vite, sinon je vais perdre la tête pour de bon.

—Mais reste avec moi, alors! supplia-t-elle. Explique-moi par quel miracle tu es là, pour Noël! Ta mère a dû avoir un choc terrible quand tu es arrivé!

Elle parlait en enfilant sa robe. Toshan la contemplait d'un air très doux.

—Maman était prévenue, je lui ai envoyé un télégramme hier après-midi! Elle m'attendait.

La jeune femme brossait ses cheveux. Elle suspendit son geste pour s'écrier:

—Je comprends mieux pourquoi Tala était aussi gaie, aussi radieuse! C'est pour cette raison qu'elle m'a demandé de venir aussi précipitamment avec les enfants?

—Oui, tu as deviné. J'avais envie de te faire cette surprise.

—La plus merveilleuse des surprises! Mais je chante à l'église dans deux heures! Quel dommage! Je suis sûre que tu ne voudras pas m'accompagner.

—Ma petite femme coquillage, je ne te quitterai pas une seconde. Figure-toi que j'ai eu d'abord l'idée d'apparaître à la fin de la messe, comme ce soir de Noël, il y a huit ans, où tu avais chanté à l'église Saint-Jean-de-Brébeuf. Mais cela signifiait me priver de toi encore deux ou trois heures et c'était au-dessus de mes forces.

Hermine était presque prête. Elle se jeta à son cou et posa les mains sur les épaules de son mari.

—Jamais je n'oublierai ce Noël 1931, mon amour! dit-elle gravement. Joseph Marois s'était acoquiné avec le jardinier de maman, cet affreux Célestin qui a voulu te frapper avec une barre en fer. Et moi, je te retrouvais enfin, bien vivant, alors que je t'avais tant pleuré, te croyant mort. Nous nous sommes enfuis le lendemain.

—En traîneau! Et Duke semblait avoir des ailes, tellement il courait vite! ajouta Toshan que ces souvenirs bouleversaient.

« Mon Dieu, il faudra lui annoncer que son chien est mort, abattu par ce Zacharie Bouchard, pensa-t-elle. Pas tout de suite! Plus tard! Rien ne gâchera nos retrouvailles. »

Elle tourna sur elle-même, faisant voltiger l'ample jupe de velours noir de sa robe dont le corsage à épaulettes, selon la nouvelle mode, moulait son buste parfait.

—Est-ce que je te plais toujours? interrogea-t-elle sur un ton espiègle.

—Comme si tu ne le savais pas! Quand j'ai obtenu une permission, j'ai cru que mon cœur allait s'arrêter, tant j'étais heureux. Mais je te la dois, puisque c'est une permission exceptionnelle, accordée par cet officier qui t'a applaudie au Capitole de Québec. Tu as intérêt à me donner au plus vite une photographie de toi, dédicacée, que je lui rapporterai.

—Je n'ai même pas eu le temps de poster la lettre! Ni de l'écrire! avoua-t-elle. Et je t'en prie, ne parle plus de ton départ, je veux m'imaginer que tu es là pour des semaines, des mois!

Il l'étreignit, envahi par le même désir de la garder jusqu'à la fin de ses jours contre lui, de ne pas reprendre le train. Il s'étonnait un peu de la retrouver aussi vive et joyeuse, alors qu'il craignait de la découvrir morose et mélancolique.

—Cela t'a fait du bien de vivre à nouveau dans ton village fantôme, avança-t-il d'une voix câline. Tu avais besoin de repos, de sécurité. Souvent, à la garnison, j'essayais de me représenter ce que tu faisais à la même heure que moi et je me disais que tu lisais dans le salon de ta mère, à l'abri, au chaud, choyée par ta famille.

La jeune femme détourna la tête pour ne pas se trahir. Toshan ignorait encore tout du déferlement de haine que Tala et elle avaient dû affronter.

«Je ne lui révélerai rien sans l'accord de sa mère, se dit-elle. Nous lui raconterons nos soucis demain, pas maintenant! Il faudra aussi que je lui parle de Kiona, de ses apparitions et de ses visions. En somme, je pratique moi aussi la loi du silence! Toshan à qui j'ai juré fidélité en sait moins que moi sur le passé de sa mère, moins que mes parents...»

—Allez, dépêchons-nous! lui dit-il en la prenant par la taille.

Ils entrèrent ainsi dans la cuisine où ils furent accueillis par un concert de cris de frénésie. Mukki se rua vers son père et se blottit dans ses bras. Plus réservées, Laurence et Marie osaient à peine réclamer des baisers.

—Approchez, mes beautés! s'exclama Toshan. Ah! Vous portez la même robe! Je parie que votre grand-mère Laura s'amuse à vous coudre des vêtements identiques.

—Oh non, papa, elle les achète! Grand-mère Laura ne sait pas aussi bien coudre que grand-mère Tala.

Les fillettes coururent l'embrasser. Assise au pied de l'arbre de Noël, Kiona assistait à la scène. Elle tenait son ours en peluche contre son cœur. Hermine remarqua que sa demi-sœur fixait Toshan en souriant rêveusement.

«Peut-être qu'elle souffre de ne pas avoir de papa à chérir et à embrasser, songea la jeune femme. Mais c'est son frère; elle devrait lui manifester plus d'affection.»

Tala marcha à pas lents vers son fils. Il lui tendit les mains.

—Maman, tu es belle comme notre forêt en automne et je suis tellement heureux de te revoir! J'ai l'impression d'être absent depuis des années. Hum... ça sent bon. Je suis affamé.

—Assieds-toi, mon fils, je vais te servir du ragoût, celui que tu préfères, du bœuf, des pommes de terre et des oignons. Hermine nous a apporté de la nourriture, mais je lui laisse le soin de la cuisiner, je n'y connais rien.

Toshan jeta un coup d'œil circulaire sur la pièce. Il se sentait à son aise dans ce décor propre à Tala, à leur peuple.

—Et toi, Kiona, comment vas-tu? Cela t'amuse d'habiter une ville? demanda-t-il à l'enfant silencieuse.

—J'aime bien cette maison, mais je voudrais quand même m'en aller! déclara-t-elle sans hésiter.

Il prêta à peine attention à sa réponse, car Mukki hurlait qu'il pouvait réciter son alphabet sans se tromper et compter jusqu'à vingt.

—Grand-père Jocelyn m'a appris! assura le petit garçon. Et je nourris les chiens avec lui. Papa, Duke est mort!

Hermine et Tala échangèrent un regard préoccupé. Ému, Toshan les dévisagea tour à tour.

—De quoi est-il mort?

—De vieillesse! trancha l'Indienne. Ou d'une maladie qui couvait. Étant donné son âge, il n'a pas résisté.

—Pauvre vieux Duke! soupira-t-il, incapable de cacher son chagrin. Enfin, il a été vaillant, ce chien. J'avais peur de devoir l'achever, s'il déclinait.

—Les enfants, lavez-vous les mains, dit Hermine dans l'espoir de changer de sujet. Nous partons bientôt pour l'église et papa nous accompagne. Mange un peu, Toshan. J'ai oublié mon sac dans la chambre.

Elle était irritée. Mukki avait terni la délicieuse ambiance des premiers moments qu'ils passaient tous ensemble. Tala la rejoignit.

—Ma fille, Toshan n'a sûrement que deux ou trois jours de permission. Inutile de l'inquiéter en lui confiant nos tracas. Il n'y a plus de danger, je le ressens dans tout mon être. Je t'en prie, gardons le secret. Il faudra aussi transporter un des matelas à côté. Vous avez le droit d'être seuls, sans les petits. Je dormirai avec eux. C'est un soir de fête!

—D'accord! concéda Hermine. Cela risque de mettre Toshan en colère, quand il saura que nous lui mentons, que nous lui cachons cette navrante histoire, mais je comprends, Tala, et je partage ta décision. Ne crains rien.

—Je te remercie, ma fille bien-aimée.

—Tala, et si j'avais refusé de venir à Roberval, qu'aurais-tu fait? Il aurait pu y avoir une violente tempête qui m'aurait empêchée de prendre la route...

—J'avais une alliée dans la place, annonça l'Indienne. Ton amie Charlotte. Son fiancé, Simon, était avec moi ici quand j'ai reçu le télégramme. Je l'ai chargé de prévenir Charlotte, qui devait prévenir ta mère. J'avais la certitude que Laura, sachant Toshan à Roberval, faciliterait ton expédition et l'approuverait.

Stupéfaite, Hermine eut envie de rire. Laura et Tala, sans se parler et à distance, s'étaient alliées pour son bonheur à elle, celui de Toshan et celui des enfants. Tout s'éclairait, l'attitude de sa mère, les victuailles en abondance, la précipitation du départ...

—J'ai envie de crier au miracle! remarqua-t-elle enfin. Je me disais aussi que maman n'avait jamais été aussi accommodante. Surtout une veille de Noël! Ma chère Tala, merci, merci...

Elle prit sa belle-mère dans ses bras et déposa un léger baiser sur sa joue.

—Pour moi, Tala, c'est vraiment un soir de fête, une trêve sacrée! C'est Noël...

Roberval, dimanche 24 décembre 1939

La messe était terminée. Il y avait un grand rassemblement de fidèles dans l'église Saint-Jean-de-Brébeuf, brillamment éclairée en l'honneur de la Nativité, mais personne ne songeait à quitter son siège. La rumeur avait circulé, Hermine Delbeau, l'enfant de Val-Jalbert devenue une célébrité, allait chanter.

Assise près de Betty, Charlotte prit enfin le temps de chercher des visages connus parmi l'assemblée. Elle aperçut Thérèse Larouche, qui tenait la mercerie *Au Bon Marché,* accompagnée de son époux, Gérard. Le couple était très estimé des gens de Roberval. Puis elle reconnut la famille du forgeron Dufour, avec ses neufs enfants, et le boulanger Cossette, reconnu pour sa voix de ténor, qui était venu prêter main-forte à la chorale de la paroisse. Elle rencontra également une des anciennes fiancées de Simon, une certaine Catherine. La jeune fille baissa vite la tête. Joseph Marois, sur sa droite, observait son fils Edmond, qui gardait sur ses traits une touchante expression de piété. L'ancien ouvrier était assez fier de ce garçon-là, dont la vocation religieuse jetterait sur la famille un certain prestige, du moins, à son idée.

—Regarde, Betty, là-bas, au premier rang à droite, il y a Toshan et les enfants, dit Charlotte. Tala est venue aussi, mais ils sont arrivés en retard. Je les ai vus s'installer discrètement. Je n'osais pas te le dire.

—Tu es une cachottière, Charlotte, la houspilla Betty. J'aurais pu me réjouir pour Hermine si tu m'avais avertie que son mari avait obtenu une permission. J'irai leur parler à la sortie de l'église. Quel bel homme, ce Toshan, quand même!

—Ce n'est pas le lieu pour de pareils commentaires! objecta Joseph d'un ton sec. Tu me fais honte, Élisabeth!

Il l'appelait par son prénom lorsqu'il était furieux. Betty se tut, les joues roses et la mine gênée.

—Tu n'es pas obligé de parler aussi fort! lui reprocha-t-elle à son tour.

Dans un silence relatif, car beaucoup de gens discutaient tout bas, le curé fit une annonce avec un sourire débonnaire.

—Mes chers paroissiens, nous avons le bonheur d'accueillir ce soir une enfant du pays en la personne de madame Hermine Delbeau, dont le renom ne cesse de croître. Elle a gentiment consenti à chanter ici, pour nous tous, après ce premier office. En cette période troublée, la voix d'or du Rossignol de Val-Jalbert sera une précieuse consolation, n'en doutons pas.

D'une élégance très sobre dans sa robe de velours noir, Hermine se leva au même instant et marcha vers l'autel. Ses cheveux blonds chatoyaient. Elle adressa des sourires au hasard, sensible aux murmures flatteurs qui s'élevaient.

Après s'être inclinée avec grâce, elle se redressa. Un homme de Roberval s'avança, un violon à la main. Il se plaça derrière la jeune femme et joua les premières mesures de l'*Ave Maria* de Gounod. La voix pure d'Hermine entonna le cantique, d'abord doucement, comme une caresse cristalline, puis plus ample, d'une limpidité inouïe.

Toshan ferma les yeux, bouleversé. Il avait oublié la beauté infinie de cette voix-là, car il écoutait rarement son épouse chanter et il y avait bien longtemps qu'il ne l'avait entendue sous la voûte d'une église. Chaque note le faisait vibrer, éveillant en lui des images du passé.

« Le soir de notre mariage, à l'ermitage Saint-Antoine, Hermine avait chanté ainsi, avec passion, avec une ferveur merveilleuse, se souvint-il. Elle était si jeune, déjà si belle, une fleur d'hiver, neige et soleil, ma précieuse petite femme coquillage... »

Il n'était pas le seul à être touché. Jamais peut-être Hermine n'avait aussi parfaitement interprété l'*Ave Maria*. Betty sentit des larmes couler sur ses joues. Charlotte se tourna vers Simon, en quête d'un sourire, d'un regard attendri, mais son fiancé fixait la jeune chanteuse d'un air impassible.

Tala frissonna. La ferveur qui régnait autour d'elle la ramenait à sa découverte de la foi chrétienne, alors qu'elle n'était qu'une toute jeune Indienne. Henri Delbeau, avant de l'épouser, avait tenu à la savoir baptisée.

« C'était tellement nouveau pour moi, une église, et ce n'était qu'une chapelle dans un village perdu au fond des bois, mais les cierges, l'autel, les statues des saints, je n'y comprenais rien... pensait la mère de Toshan. Cependant, j'étais fière et heureuse de satisfaire l'homme qui me jurait protection et fidélité. »

Elle observa le fils né de cette union, Toshan Clément Delbeau, et son cœur de mère se serra. Elle l'aimait tant, mais savait qu'il pourrait lui en vouloir un jour, car elle lui avait menti à plusieurs reprises déjà.

D'un commun accord avec le curé, Hermine avait décidé de ne pas chanter *Minuit, Chrétiens*, mais *Adeste Fideles*[39], qu'elle préférait et qui convenait mieux à sa tessiture.

De nouveau, sa voix sublime retentit, puissante et légère à la fois. Le curé hocha la tête, confondu d'admiration. Mukki, Marie et Laurence demeuraient bouche bée. Ils écoutaient souvent leur mère chanter, mais c'était encore plus beau dans une église, avec le parfum de l'encens et les reflets des cierges sur les vitraux.

Kiona, imprégnée d'allégresse, avait l'impression de s'envoler. Toshan et Hermine étaient réunis, sa mère lui tenait la main, ce lieu empli d'inconnus lui paraissait hospitalier et chaleureux. La fillette portait une pèlerine en drap de laine brun, confectionnée par Tala pour dissimuler ses vêtements indiens. Le capuchon cachait ses cheveux flamboyants et, ainsi habillée, elle ne différait en rien des autres enfants de Roberval, hormis ceux qui étaient endimanchés.

Deux rangs derrière Kiona se tenait un homme en costume noir, chemise blanche et cravate éga-

39. Hymne chrétien chanté à Noël, attribué à saint Bonaventure. Céline Dion l'a enregistré en 1998.

lement noire. Il passait son temps à se retourner pour fixer d'un regard de fauve affamé le joli visage d'Élisabeth Marois. Son manège intrigua Armand, tout en l'amusant.

« Tiens, maman a tapé dans l'œil de ce type! Ce serait bien fait pour le père, qui est de plus en plus tannant. Mais je le connais, c'est un des techniciens de la base aérienne! se dit le jeune homme. Il en a de la chance! Si je pouvais travailler sur un des avions Curtis, moi aussi... »

Betty s'était aperçue de l'attention dont elle était l'objet. Les joues rouges, elle baissa le nez sur son missel et ne le releva plus. Elle s'avouait enfin, effarée, l'étendue de sa faute et songeait: «Je viens assister à la messe et demain, c'est Noël! Je devrais rentrer sous terre. J'ai attiré la honte sur ma famille. Jo a bien raison de me réprimander! Mon Dieu, je n'ose même plus vous prier, même si Jésus a pardonné à la femme adultère... »

Mais Hermine avait fini de chanter. Une petite fille, parmi les fidèles enthousiastes, se mit à applaudir. Mukki l'imita, puis les jumelles. Charlotte ne put se contenir. Et ce fut comme une vague, d'abord timide, puis plus déterminée d'applaudissements.

Le curé, embarrassé, frappa dans ses mains pour ramener le silence, mais il mit quelques minutes à y parvenir.

—Merci, madame! dit-il bien fort. Merci!

Hermine adressa un large sourire à son public de paroissiens et rejoignit Toshan. Il la regarda avec une expression d'amour si intense qu'elle faillit se jeter dans ses bras.

—Allons vite à la maison! fit-elle remarquer. Alors, Tala, cela t'a plu?

—Oh oui, ma fille! C'était sublime, en accord avec notre grande joie de ce soir de fête. Je n'oublierai jamais ces instants magnifiques que tu nous as offerts. Maintenant, rentrons.

Sur le parvis de l'église Saint-Jean-de-Brébeuf,

Hermine put embrasser Charlotte, qui avait un air chagriné. Simon, lui, se rua vers Toshan. Ils se donnèrent l'accolade, non sans émotion.

—Hé! Mon chum! s'écria-t-il. Je ne t'ai pas vu depuis deux ans au moins. La dernière fois, je vous avais rendu visite dans votre cabane au bord de la Péribonka. Tu n'es pas en uniforme?

—Non, Simon! J'ai tenu à voyager en civil, c'est plus discret! Et toi, quand vas-tu t'engager? La vie n'est pas si désagréable que ça, à la Citadelle. Et il y a pas mal de gars du pays, du moins les célibataires.

—Ce qui n'est pas mon cas! s'empressa de répliquer Simon. Charlotte et moi, nous allons nous marier. Je n'ai aucune envie de traverser l'océan Atlantique pour en découdre avec l'armée allemande. Je ne me sens pas concerné.

—Tu ne dirais pas ça si tu avais davantage de nouvelles de ce qui passe en Europe, Simon! coupa Toshan. Mais je ne suis pas recruteur; fais à ton idée.

À quelques pas de son mari, Hermine discutait avec Betty, qui semblait très nerveuse. Elle lui répondait en lançant des œillades affolées à droite et à gauche. Joseph la sermonna de nouveau :

—T'es-tu changée en girouette, ma pauvre Élisabeth? Qu'est-ce que tu as?

Au même moment, un homme de haute taille, coiffé d'un chapeau en feutre noir, bouscula l'ancien ouvrier. Il s'éloigna ensuite sans un mot d'excuse.

—La politesse ne l'étouffe pas, celui-là! tempêta Joseph. Je serais plus jeune d'une dizaine d'années, sortie de messe ou pas sortie de messe, je le rattraperais et je lui apprendrais les bonnes manières.

—Il n'a sans doute pas fait exprès, Jo! gémit Betty, le teint blême.

—Est-ce que tout va bien? lui demanda Hermine. On te dirait prête à t'évanouir, Betty?

La jeune femme était certaine d'avoir reconnu le prétendu cousin qui avait quitté la maison des Marois par l'arrière-cour. « Même stature, même façon de balancer ses épaules en marchant, même regard glacé! pensa-t-elle. Je crois qu'il est plus prudent de ne pas en parler! »

Comme pour lui donner raison, Betty la saisit par le poignet et l'implora avec des yeux éperdus de panique. C'était l'aveu muet de son mensonge.

—Eh bien, au revoir! dit Hermine. Il fait froid, bien plus froid que cet après-midi. Je vous souhaite un bon Noël en famille!

Elle n'avait qu'une hâte: regagner l'avenue Sainte-Angèle et refermer la porte sur son mari, les enfants et Tala. Et ce besoin d'intimité la rendit aveugle à de menus détails. Hermine ne vit pas l'expression angoissée de Simon, ni la moue furieuse de Joseph, ni le visage inquiet de Kiona, qui avait scruté ces trois personnes tour à tour.

—En route! dit-elle en riant. J'ai faim!

Emmitouflée dans un manteau cintré, la jeune femme rayonnait. Rien ne gâcherait les belles heures qui s'annonçaient. Elle s'étonnait seulement de s'être crue attirée par Ovide Lafleur.

«J'étais trop nerveuse, ces derniers jours. Seigneur! Comment ai-je pu une fraction de seconde le comparer à mon Toshan? » se dit-elle en se promettant de ne plus jamais céder à l'attrait factice de ce modeste mirage.

Val-Jalbert, même soir

Laura avait enfilé pour le souper une longue robe de soirée, achetée à Chicoutimi, un modèle très élégant dont la mousseline violette l'avait séduite. Louis, toujours boudeur, portait un costume en velours gris clair. Assis sur le sofa, le petit garçon bâillait déjà. Jocelyn était lui aussi en costume, les cheveux peignés et soigneusement rasé.

Il régnait une douce chaleur dans la grande

maison illuminée. Mireille avait dressé la table, trois couverts en tout, mais de l'argenterie et de la porcelaine fine.

—Quel calme exquis! fit remarquer Laura en fixant son reflet dans le miroir suspendu entre deux fenêtres.

—Veux-tu que je mette un disque? demanda Jocelyn. Une des nouveautés françaises que tu étais si pressée d'écouter?

—Non, ces disques-là sont pour Hermine.

—Je veux les chants de Noël, dit Louis. Le beau sapin et le divin enfant!

—En tout cas, ce n'est pas toi le divin enfant, ce soir! coupa son père. J'en ai assez de te voir avec cette mine fâchée. Maman et moi sommes très contents d'être avec toi. Alors, fais-nous un sourire!

Jocelyn pensait à Kiona, tout en caressant les cheveux châtain clair de son fils. La fillette lui manquait. Certes, il lui avait à peine adressé la parole, mais c'était déjà un immense bonheur de l'écouter et de la regarder. Laura s'approcha. Elle était d'une beauté étonnante, pour une femme de quarante-quatre ans. Des boucles d'oreilles en strass et un collier assorti faisaient paraître son teint encore plus lumineux. Ses boucles blond platine coupées court encadraient l'ovale de son visage où brillaient des prunelles de saphir.

—Tu es superbe, Laura!

—Merci, Jocelyn! Avec le temps, tu es de plus en plus galant!

Elle éclata de rire, flattée, heureuse de plaire à cet homme d'une séduction particulière, son homme.

—Si madame et monsieur le souhaitent, ils peuvent passer à table! claironna Mireille. Le potage est fin prêt...

Elle terminait sa phrase quand toutes les lampes et guirlandes électriques s'éteignirent. Sans la lucarne rougeoyante du poêle, l'obscurité aurait été complète.

—Que se passe-t-il? s'inquiéta Jocelyn. Il n'y a pourtant pas de tempête!

—Il faut des bougies, Mireille! s'écria Laura. Depuis que j'habite ici, je n'ai pas souvenir d'une panne d'électricité. Je n'aime pas ça du tout.

—Voyons, il y a forcément une explication! dit son mari.

—Maman, j'ai peur! se lamenta Louis, que l'obscurité oppressait.

La gouvernante craqua une allumette et enflamma la mèche d'une bougie. Laura prit son fils contre elle pour le réconforter.

—Regarde, Louis, voilà un peu de clarté. Mireille va allumer beaucoup de bougies.

—Et moi, je vais inspecter les plombs! annonça Jocelyn. Je ne m'y connais pas trop, mais Armand m'a montré comment ce bazar moderne fonctionne!

—Ah oui, moderne en effet! ajouta la gouvernante. C'est bien beau, leur courant électrique, les lampes partout, mais quand ça s'arrête on ne fait pas les malins...

Un semblant d'éclairage se rétablit grâce à une dizaine de chandelles en cire blanche. Réconforté, Louis contempla le sapin de Noël, dont les décorations dorées scintillaient d'une autre manière sous cette lumière différente.

—L'arbre est très joli encore! affirma-t-il. Maman, tu as vu, tout brille quand même!

Laura approuva en embrassant son fils. Elle retint son mari par la manche de son costume.

—Je t'en prie, reste avec nous! supplia-t-elle. Si c'était un piège, cette coupure de courant? Nous sommes seuls. Les Marois sont à Roberval. Ces hommes qui ont agressé Hermine, ils sont peut-être là, à rôder autour de la maison.

—Mais non, les chiens auraient aboyé. Laura, tu ne vas pas t'alarmer pour si peu. Je pense que la dynamo de l'usine, qui n'est pas de toute jeunesse, a rendu l'âme. Joseph réparera ça demain ou lundi.

Il serait même possible de réparer ce soir, si les Marois étaient de retour.

—Mon Dieu, nous n'allons pas passer le réveillon dans ces conditions! protesta-t-elle. Je n'ai vraiment pas de chance. Toshan revient précisément pour Noël, ce qui m'oblige à reporter mon repas de fête en famille, et maintenant il fait noir partout. C'est le bouquet!

Elle en aurait pleuré. Mais à sa déconvenue se mêlait une appréhension bien réelle qui la poussait à ne pas lâcher la manche de son mari.

—Reste! Si tu vas dans le cellier, quelqu'un peut t'assommer! dit-elle à mi-voix. Tu ferais mieux de monter et de prendre mon revolver.

Louis devina ce dernier mot. Il se cramponna à sa mère.

—Maman, j'ai peur! s'égosilla-t-il.

—Allons, allons, mon petit monsieur, s'exclama Mireille, il n'y a pas de quoi avoir peur. Viens donc allumer d'autres bougies dans la cuisine. Tu vas souper avec tes parents et, après le dessert, tu iras dormir. Demain matin, tu trouveras tes cadeaux au pied du sapin.

La gouvernante emmena l'enfant en le tenant par la main. Laura se mit à trembler.

—Jocelyn, je t'assure que ce n'est pas normal, ce qui arrive! Vérifie toutes les fenêtres et la porte principale, celle du cellier aussi. Je ne me sens pas en sécurité!

Attendri de la voir aussi vulnérable, il l'enlaça avec douceur. Du bout des lèvres, il effleura son front; à sa grande surprise, elle ne le repoussa pas.

—Laura chérie, tu me rappelles la jeune fille qui se réfugiait dans mes bras au moindre craquement dans les bois, dit-il d'un ton câlin. La peur du noir est vieille comme le monde, mais tu as connu des cabanes sans électricité, où nous logions la nuit sans autre lumière que celle de la truie garnie de braises.

—J'ai toujours eu la prescience du danger, répliqua-t-elle sur un ton sans appel.

Jocelyn secoua la tête et voulut s'écarter. Laura le retint de toutes ses forces.

—Sois raisonnable! dit-il. Je ne te quitte pas. Nous allons souper et ensuite j'irai voir si les Marois sont rentrés. Joseph et Armand ne refuseront pas de venir inspecter l'installation électrique. Es-tu d'accord?

—Oui, mais je voulais souper en musique. C'est impossible à présent.

—J'ai encore mon harmonica, ma Laura, celui dont je jouais le soir, à Trois-Rivières, dans notre chambre d'hôtel. Je l'ai gardé précieusement; il était lié à notre amour.

Elle eut un sourire exquis, les yeux emplis de larmes d'émotion. Jocelyn caressa ses épaules à travers la mousseline fine. Il lui demanda d'une voix feutrée:

—Respecteras-tu la trêve de Noël? C'est un supplice de dormir près de toi sans te toucher!

Laura chuchota un oui malicieux.

Roberval, avenue Sainte-Angèle, même soir

À peine arrivée dans la maison de l'avenue Sainte-Angèle, Hermine avait troqué son élégante robe de velours noir contre un ensemble plus simple en lainage bleu. Les cheveux détachés, elle avait aidé Tala à préparer un repas d'une grande fantaisie. Le ragoût à la mode indienne côtoyait des toasts de caviar, alors que le foie gras voisinait avec la tarte à la farlouche, préparée par Mireille le matin même.

Toshan avait déplacé un des matelas du salon pour l'installer dans la cuisine, près de celui où dormaient d'habitude Tala et Kiona.

—Je vais étendre une couverture par terre et nous mangerons tous ensemble! décida la jeune femme. Ce sera amusant, n'est-ce pas, les enfants?

—Oui, maman! s'écria Mukki. Tu veux bien, papa?

—Bien sûr, ça me convient! répliqua Toshan.

Il se laissait emporter par la joie communicative qui régnait sous ce modeste toit. Marie et Laurence s'assirent près de lui, une à sa gauche, la seconde à sa droite. Hermine contemplait le tableau en riant de plaisir.

—Maman nous a donné du champagne, mais nous ne sommes pas obligés d'en boire et nous avons du vin de bleuets que je préfère, dit-elle en posant deux bouteilles devant son mari.

—J'aimerais bien le goûter, affirma Tala. En l'honneur de mon fils!

Ils dégustèrent en silence le coûteux breuvage, chacun songeant à Laura d'une façon particulière.

« J'espère que maman n'est pas trop triste sans moi et les petits, se disait Hermine. Elle n'a pas hésité à se sacrifier pour mon bonheur. Chère maman, elle a des sautes d'humeur, mais un grand cœur! »

« Je n'ai rien contre ma belle-mère, pensait Toshan. On ne peut nier que c'est une femme de caractère et qu'elle est très humaine! Mais tant qu'elle vivra avec Chardin je n'aurai pas l'occasion de lui témoigner mon affection, qui est néanmoins sincère... »

« Laura, je bois à ta victoire! constatait Tala. Jocelyn ne m'oubliera jamais, grâce à Kiona, née de nos quelques jours d'amour! Tu es une épine dans ma chair, Laura, mais je te respecte malgré tout! »

Kiona berçait son ours en grignotant du gâteau. Depuis son retour à Roberval, près de sa mère, elle n'avait pas éprouvé la curieuse sensation de fatigue qui précédait les visions. Et pas de visions non plus. Cela la reposait. Elle avait envie d'être une fillette comme les autres.

Le repas terminé, Hermine mit les quatre enfants en pyjama. Ils s'endormirent baignés de béatitude, infiniment rassurés par la présence des trois adultes. Grisée par le vin de bleuets et le champagne, Tala parlait peu, toute rêveuse. Puis elle s'allongea près de Kiona et somnola.

Hermine rangea en silence le reste des victuailles, pendant que Toshan mettait du bois sec dans le poêle. Ils avaient hâte d'être seuls dans le salon et ils se souriaient sans cesse, se moquant de leur impatience.

—Je laisse le sapin de Noël allumé, dit doucement Toshan.

—Il faut apporter les cadeaux des enfants, lui répondit Hermine.

—Je le ferai plus tard; je n'ai pas sommeil, dit-il en la fixant.

—Alors, viens...

Elle lui tendit la main. Ils traversèrent le couloir glacial et s'enfermèrent dans la pièce voisine, bien moins chaude que la cuisine. Cela n'avait aucune importance.

—Mon amour, gémit la jeune femme, j'avais tant de questions à te poser sur ta vie à Québec, mais nous avons juste bavardé. Tala aussi n'a pas été très curieuse.

—Tant mieux! affirma-t-il. Le soldat Delbeau n'existe pas ce soir. Il n'y a que moi, Toshan, le Métis, le coureur des bois qui a épousé un beau rossignol.

Rayonnante, Hermine fit glisser sa jupe le long de ses cuisses, dévoilant ainsi la bande de peau nacrée entre son porte-jarretelles et le haut de ses bas. Elle ôta son gilet en secouant ses longs cheveux blonds. Toshan la prit par la taille et effleura ses hanches rondes.

—Ma chérie, mais tu frissonnes! Je vais te réchauffer!

Il la souleva et la porta jusqu'au matelas. Elle s'étira, lascive. Ce n'était plus le temps de la peur ni du chagrin. Même si elle l'avait voulu, Hermine n'aurait pas pu briser cet instant magique en réveillant de tristes souvenirs. Elle n'était qu'attente, que désir exacerbé par leur séparation.

—Je n'ai pas froid, dit-elle. Je suis trop heureuse que tu sois là! Je n'arrive pas à y croire vraiment.

Toshan s'allongea à côté d'elle et la contempla. Après un long silence ponctué de baisers, il constata :

—Je ne sais pas comment j'aurai le courage de repartir pour Québec. Ma chérie, tu es si belle, si douce, si tendre! J'étais fier de toi, à l'église, et je me disais: cette femme magnifique qui chante magnifiquement, c'est la mienne! Et je l'ai toujours négligée, délaissée dès que j'avais envie d'agir à ma guise. Hermine, je ne te mérite pas, au fond. J'ai même essayé de briser ta vocation d'artiste lyrique, par orgueil et par égoïsme.

—Mon amour, pourquoi faire ton *mea culpa* ce soir? protesta-t-elle. C'est Noël, nous sommes tous les deux et rien d'autre ne compte à mes yeux. Tu devais me réchauffer...

Il eut un sourire d'une infinie séduction et commença à la caresser, de la pointe des seins au ventre à peine bombé, dont la peau soyeuse reçut sa part de nouveaux baisers plus audacieux. Ses doigts s'égaraient sous la soie de la culotte bordée de dentelle, jouaient dans la toison blond foncé dont il appréciait le parfum délicat, ce qui le poussa à poser sa joue entre ses cuisses. La respiration de la jeune femme s'accéléra. Ses mains errèrent sur le dos de son mari, qui avait encore sa chemise. Tout bas, elle le supplia de se déshabiller.

—Moi aussi, je veux t'embrasser... partout, sentir ta chair toute chaude, dorée comme du bon pain. Toshan, je t'aime tant!

Il se leva précipitamment et se débarrassa de ses vêtements. Hermine le contempla sans gêne ni pudeur, bien différente dans son envie de le regarder de la toute jeune fille de leur nuit de noces, dans le cercle des mélèzes, huit ans auparavant.

L'instant suivant, le grand corps brun de Toshan couvrait celui de la jeune femme, laiteux et nacré. Il la pénétra aussitôt, mais avec délicatesse, par simple besoin d'être en elle, de guetter sur son beau visage les prémisses du plaisir.

Et il en fut ainsi presque la moitié de la nuit. Trois fois, ils partagèrent une extase éblouie en retenant des gémissements et des cris de joie. Ils ne pouvaient se rassasier l'un de l'autre. Enfin, vers deux heures du matin, Hermine se redressa sur un coude et dit à mi-voix :

—Il faut mettre les cadeaux des enfants sous le sapin! J'y vais seule, si tu es fatigué!

—Je ne suis pas fatigué du tout, répondit-il en bâillant.

—Repose-toi, mon bel amour! Je m'en occupe.

Enveloppée d'une robe de chambre en satin rose, elle s'acquitta de sa mission en deux voyages sur la pointe des pieds. Ensuite, elle se glissa dans le fouillis de draps et de couvertures que leurs ébats avaient créé. Toshan l'enlaça, nichant son front au creux de son épaule.

—Je comprends à présent qu'il n'y a rien de meilleur au monde que d'être au lit avec la femme qu'on aime corps et âme, dit-il. Peut-être que je le comprends trop tard. Je ne sais pas quand l'adjudant nous estimera suffisamment entraînés, mais des rumeurs circulent comme quoi on pourrait partir pour la France ou la Grande-Bretagne en avion. Un des bataillons ou plusieurs... Les premières troupes canadiennes sont arrivées en Europe le 18 décembre. Notre gouvernement a pris des mesures urgentes pour augmenter ses forces militaires. Et il y a des gars, là-bas, à la Citadelle, qui prétendent que la guerre relance l'industrie dans le pays, que les ressources nationales sont mobilisées pour l'effort de guerre. Ce conflit sera long et difficile, ce n'est un secret pour personne. Ma chérie, je crains de ne plus avoir de permission avant longtemps, très longtemps.

Hermine hocha la tête, résignée. Grâce à Jocelyn, fidèle lecteur de *La Presse,* elle suivait l'actualité et ne se faisait plus guère d'illusions. Toshan était soldat, il avait choisi sa voie.

—Ton chemin invisible s'écarte du mien! dit-elle, songeuse. Tu te souviens, lors de notre premier rendez-vous dans la prairie du moulin Ouellet, tu m'avais parlé des chemins invisibles que nous suivons et qui nous mènent là où nous devons être... J'y pense souvent, surtout quand nous sommes séparés. Que je sois à Québec ou à New York. Ou que tu sois à Val-d'Or ou dans tes chères forêts! Le seigneur des forêts en avion, en Europe... C'est notre amie Badette qui t'a surnommé ainsi, dès qu'elle t'a vu.

Toshan étouffa une plainte. Il craignait de s'être lourdement trompé en renonçant à sa vie de famille, sur ses terres au bord de la Péribonka. Il laissait seuls sa femme et ses trois enfants. Pourtant, il avait des devoirs envers eux, il le comprenait maintenant. Il se reprochait la soif de justice qui l'avait incité à s'engager. Il avait agi avec la fougue de sa jeunesse. Avait-il eu raison?

—Ne parlons pas de ça! décréta-t-il. Je reprends le train mercredi matin. Nous avons deux jours devant nous, lundi et mardi. Il ne faut pas les gâcher à nous lamenter. Je veux profiter de toi, de mes enfants et de ma mère.

Sa voix faiblissait; il somnolait. Hermine éteignit la lampe et étreignit son mari en couvrant ses joues et son front de baisers légers.

—Dors, mon amour! balbutia-t-elle. Je suis fière de toi. Que Dieu te protège...

Val-Jalbert, le lendemain, lundi 25 décembre 1939

Joseph Marois observait sa femme d'un œil méfiant. Depuis la veille, Betty se comportait comme une coupable et il se demandait bien pourquoi. Le souper, après la messe, s'était déroulé dans une ambiance pesante. Sans la bonne humeur d'Edmond, qui avait beaucoup parlé de sa vocation religieuse, et les plaisanteries de Charlotte, le repas n'aurait pas été des plus gais. Il y avait eu aussi la visite de leur voisin, Jocelyn, qui sollicitait de l'aide, l'installation électrique ne fonctionnant plus chez lui. L'ancien ouvrier avait vite trouvé la raison de la panne et procédé à la réparation.

En ce jour de Noël, Joseph ruminait une phrase insidieuse jetée avec désinvolture par Armand un quart d'heure plus tôt.

— Maman était très en beauté hier soir, à l'église! Je ne suis pas le seul à l'avoir remarqué.

La pointe de venin contenue dans ces derniers mots faisait lentement son effet.

« Armand n'a pas dit ça au hasard! songeait-il. Et Betty est devenue écarlate. Faut dire aussi qu'elle est plus coquette, ces temps-ci. »

Le repas de midi était servi. Marie, gracieuse fillette de huit ans, avait disposé sur la table une terrine en grès contenant des cretons et un saladier garni de chou rouge en vinaigrette. Une tourtière finissait de dorer au four.

Armand, déjà assis à sa place, alluma une cigarette. Joseph se leva, l'air hargneux.

— Ne fume pas maintenant, nous allons manger! rugit-il. Et regarde-moi en face, bien en face! Pourquoi as-tu dit ça sur ta mère? Ne me prends pas pour un niaiseux, explique-moi! Qui l'a remarquée?

Marie Marois, accoutumée aux colères soudaines de son père, se réfugia près du fourneau. Betty la tranquillisa d'une caresse sur les cheveux.

— C'était une blague, Jo! assura-t-elle. N'effraie pas la petite, c'est Noël!

— Tais-toi! tempêta son mari. Alors, Armand, je t'écoute!

Le jeune homme, d'un caractère futile et parfois sournois, ne pensa pas une seconde compromettre sa mère.

— Un mécano de la base aérienne louchait sur

elle, papa. Y a pas de quoi en faire tout un plat! répliqua-t-il en ricanant. Moi, ça m'a flatté, j'ai des chums dont les mères ne sont pas aussi jolies que la mienne.

—Tabarnak! jura Joseph.

Il se revit bousculé par un grand gaillard vêtu de noir à chapeau de feutre. Sur le moment, il avait jugé l'individu bien impoli, sans s'interroger sur son identité, mais à présent il se souvenait d'avoir vu cette silhouette quelque part.

—C'est un cousin, bredouilla Betty, les traits défaits par la peur. Oui, un de mes cousins qui a décroché un emploi à la base. Du côté de ma mère, Jo! Une branche de ma famille avec qui je suis en froid. Forcément, il a dû m'épier pendant la messe. Peut-être qu'il souhaite se réconcilier, cet homme-là!

Elle tentait d'affermir sa voix, de s'exprimer naturellement, mais ses yeux avaient un air affolé et sa bouche se crispait.

—Je savais qu'il s'était établi dans le pays! dit-elle encore. J'ai gardé ça pour moi, Joseph, parce que c'était sans intérêt. Moi, je ne tiens pas à renouer avec lui ni avec personne d'autre. Et puis tu n'as jamais apprécié mes parents.

—Tu ne m'as jamais fait de cachotteries par le passé! répondit son mari d'un ton froid. Comment il s'appelle, ce cousin?

—Paul Tremblay. Ah, voici les retardataires!

Charlotte, Simon et Edmond entraient, rieurs, leur manteau constellé de flocons. Il neigeait. Joseph décida d'éclaircir cette affaire plus tard. Malgré son tempérament bilieux, il tenait à respecter le temps des Fêtes.

—Nous sommes invités à manger chez Laura, cet après-midi! annonça Charlotte. Louis s'ennuie! Il t'a réclamée, Marie. Le pauvre, il paraît qu'il a eu très peur, hier soir, quand l'électricité a été coupée.

La jeune fille se lança dans un discours sur la contrariété de Laura et la profusion de bougies qu'avait utilisée Mireille. Avec ses boucles brunes et son charmant minois, elle apportait comme une bouffée de vent printanier dans la maison. Soulagée par sa présence, Betty sembla retrouver son calme. Mais ce n'était qu'en apparence.

« Seigneur, qu'est-ce que j'ai fait? priait-elle dans le silence affolé de son âme. Qu'est-ce que j'ai osé faire à Jo? Cela n'arrivera plus, plus jamais! Mon Dieu, pardonnez-moi! »

Mais une petite voix intérieure lui répétait que le malheur venait de s'abattre sur son foyer par sa faute. Agitée de remords, Élisabeth Marois s'apprêtait à vivre le pire des cauchemars.

Au bout de la rue Saint-Georges, chez Laura et Jocelyn Chardin, un petit garçon pleurait, assis sur le tapis de la nursery. Il tenait dans ses bras un ours en peluche au poil soyeux, d'un blanc de neige. C'était un des cadeaux qu'il avait reçus le matin même.

Deux fois, sa mère lui avait demandé de descendre, car c'était l'heure du déjeuner. Mais l'enfant n'avait pas faim. La grande maison lui paraissait vide et morne. La veille, il s'était couché le cœur gros et c'était son père qui l'avait consolé.

—Allons, mon chéri, Mukki, Marie et Laurence vont vite revenir et tu pourras jouer avec eux! avait dit Jocelyn.

—Et Kiona, elle va revenir aussi? avait interrogé Louis.

—Non, Kiona n'habite pas chez nous, mais tu la reverras très vite, sois tranquille. J'ai l'intention de l'inviter prochainement.

Louis n'en croyait rien. Son ange l'avait quitté en emportant les agates colorées qu'il lui avait offertes. Il se sentait perdu sans elle, sans son sourire, sans ses beaux yeux mordorés.

—Kiona! dit-il en reniflant. Kiona, reviens!

—Louis, dépêche-toi! cria Laura, sans doute prête à monter le chercher. Mireille a servi.

Il essuya ses joues d'une main et posa la peluche sur son lit. Soudain, il entendit le bruit d'une respiration. Intrigué, mais persuadé qu'il s'agissait de sa mère ou de son père, il baissa la tête afin de manifester qu'il boudait.

—Louis! fit une voix mélodieuse. Ne pleure pas, Louis!

Il releva le nez, suffoqué, tremblant de joie. Kiona se tenait devant lui, dans ses vêtements en peau de cerf, brodés de perles bleues. Elle avait les cheveux défaits, un peu ondulés, et elle souriait.

—Kiona, regarde, j'ai eu un ours en peluche! s'exclama-t-il. Alors, t'es revenue pour vrai? Papa disait que non, hier! Ce que je suis heureux!

—J'ai le même ours que toi, à Roberval, dit la fillette. Et maman m'a donné ce bracelet.

Louis aperçut au poignet de Kiona deux cercles d'or fin entrelacés qu'il fixa avec admiration.

—Je reviendrai souvent! dit doucement la voix.

Il n'y avait plus personne dans la nursery, mais la porte était restée ouverte. Un bruit de pas résonna le long du couloir et Laura apparut, la mine préoccupée.

—Mon petit chéri, tu ne vas pas te morfondre toute la journée ici! C'est Noël, Louis! J'ai invité les Marois pour que tu puisses jouer avec leur fille. Viens, trésor, ce n'est pas bien de pleurer en cachette. Je reconnais un enfant qui a pleuré, sais-tu?

—Je ne pleure plus, maman, déclara Louis, ébahi par ce qui venait de se passer. Kiona, elle aime pas que je pleure.

—Personne n'aime ça! rétorqua Laura, irritée.

Cependant, soucieuse de ménager la sensibilité de son fils, elle crut bon d'ajouter:

—Kiona a raison. C'est une enfant très gentille. Viens vite, papa est affamé.

Laura entraîna Louis sur le palier. Le petit garçon regardait autour de lui, impatient. Il scruta aussi le couloir du rez-de-chaussée, ainsi que le salon où la table était mise près du grand sapin illuminé. Kiona n'était pas là. Bizarrement, il renonça à interroger ses parents. Avec la foi naïve de ses cinq ans, il eut la certitude qu'il s'agissait d'un tour de magie.

« Kiona, elle est venue en secret rien que pour moi; pour personne d'autre! »

On lui avait raconté que les anges avaient des ailes de lumière. Il imagina Kiona s'envolant dans le ciel parsemé de flocons de neige. Cela lui suffisait comme explication. Il n'avait plus qu'à attendre son retour.

12
Triste retour

Roberval, mercredi 27 décembre 1939

—Mine chérie, le train va partir. Va, rentre à la maison, retourne près des enfants!

—Non, je veux rester avec toi jusqu'au dernier moment, gémit Hermine. Mon Dieu, tu vas tellement me manquer! J'aime bien quand tu m'appelles Mine, comme Kiona le fait. Toshan, je donnerais n'importe quoi pour te garder encore.

Il neigeait à gros flocons. Un vent glacial balayait le quai de la gare de Roberval. Toshan tenait sa femme par la taille, le plus près possible de lui. Il la sentait grelotter, malgré la chaude veste de fourrure qu'elle portait.

D'autres voyageurs se pressaient vers le convoi, montant au hasard dans un des wagons. Il y avait des « au revoir », des « adieu » et des gestes de la main. Hermine étreignit son mari de toutes ses forces, comme pour s'imprégner de lui, de sa présence.

—Nous avons été bien heureux, ces deux jours et ces nuits, lui dit-il à l'oreille. Courage, ma petite chérie, je reviendrai peut-être plus vite que prévu. Ne désespère pas! Occupe-toi bien des enfants, et continue à chanter!

Incapable d'accepter son départ, elle retenait de gros sanglots enfantins.

—Nous avons si peu discuté! bredouilla-t-elle. Je voulais te raconter tant de choses, et les heures ont filé!

Toshan approuva gravement en la contemplant avec passion. Hermine était si belle! Son teint laiteux était souligné par sa capuche bordée de fourrure noire. Le froid avivait le rose de ses lèvres, et ses yeux d'un bleu pur avaient une expression pathétique.

—Si je pouvais t'emmener! dit-il tendrement. Je te cacherais dans mon placard pendant l'entraînement et le soir je t'ouvrirais et je te glisserais dans mon lit de camp. Cela serait mon réconfort après tous ces exercices exténuants que nous faisons. Ramper dans la neige, courir, se battre au corps à corps, transporter des armes... Tu es bien mieux ici, avec les petits.

—Je sais, mon amour. Surtout, fais attention à toi et reviens-moi! Et n'oublie pas, je veux savoir quand tu partiras pour l'Europe.

La voix de la jeune femme se brisa. Elle souhaita un miracle et pensa, prise d'effroi: «Je voudrais que la locomotive tombe en panne, que la radio annonce la fin de la guerre... Ou bien que Toshan se casse une jambe, là, avant de monter dans le train! Mais qu'il reste avec moi, avec nous!»

Le chef de gare sifflait en agitant un drapeau. Toshan se dégagea des bras d'Hermine. Ils échangèrent un dernier baiser.

—Ce n'est qu'un au revoir, ma chérie! dit-il en reculant. Tu te souviens, tu m'as chanté ça un matin. Ne crains rien, tu seras dans mon cœur jusqu'à ma mort.

—Oh non, ne dis pas ça! s'écria-t-elle. Au revoir, mon amour, au revoir!

Le convoi s'ébranlait lentement. Toshan se précipita à une fenêtre pour faire signe à sa femme. Elle pleurait sans bruit, paralysée par son immense chagrin.

«Ce n'est qu'un au revoir, mon bel amour! songea-t-elle. Oui, nous avons été heureux! Tala et moi, nous avons pris soin de chasser le moindre petit nuage qui aurait pu t'inquiéter!»

Hermine sanglota sans retenue. Le train avançait

et son mari ne pouvait plus la voir. « Tu ignores le nom de celui qui a tué notre brave Duke, ce Zacharie Bouchard. Tu n'as pas soupçonné un instant ces jours d'épouvante que j'ai vécus après mon agression. Mais Tala a raison, c'est beaucoup mieux ainsi. Tu aurais été déchiré entre ton engagement dans l'armée et ton rôle de protecteur. »

Elle s'éloigna du quai à pas lents et se retrouva sans en avoir conscience sur le boulevard Saint-Joseph, sans cesser de ruminer ses pensées. « Le temps passait à une vitesse ahurissante. Nous étions si bien, tous réunis dans la cuisine à bavarder et à nous régaler des plats que préparait ta mère. Les enfants t'accaparaient, ce qui est normal. Vous avez fait une bataille de boules de neige, et hier nous nous sommes promenés tous ensemble au bord du lac. Et toi, mon amour, tu as fait des glissades sur la glace pour épater Mukki. Marie et Laurence applaudissaient, toutes fières de leur papa! Oui, ta mère a eu raison, à quoi bon ternir ta joie! Notre joie... »

Le soir, après le souper, le jeune couple jouissait d'une intimité délicieuse. Tala avait su préserver leur isolement. Souvent, Hermine avait eu la tentation de confier à Toshan ce qui la tourmentait, mais elle avait renoncé. « Quand même, j'ai pu te parler un peu de Kiona. Je t'ai raconté que je l'avais invitée à Val-Jalbert, mais rien d'autre! »

Tala en avait décidé ainsi. Il ne fallait pas mettre Toshan au courant des mystérieuses apparitions de Kiona et de ses malaises.

—Cela le troublerait trop, Hermine, avait assuré l'Indienne. Et nous serions obligées d'en dire davantage sur ces hommes qui veulent se venger.

L'esprit en effervescence, elle ne pleurait plus. Pourtant, en entrant dans la maison qui avait été le cadre de leurs retrouvailles et d'un doux soir de fête, sa gorge se serra. Mukki courut vers elle.

—Maman, ça y est? Papa a pris le train?

—Oui, mon petit chéri! dit-elle doucement en ôtant sa veste.

Marie et Laurence vinrent se blottir contre elle. Hermine en éprouva une réelle consolation. Ses adorables jumelles lui témoignaient de plus en plus de tendresse. Kiona approcha, l'air grave.

—Vous allez tous retourner à Val-Jalbert? demanda la fillette.

—Oui. Avant d'aller à la gare, je suis passée au bureau de poste et j'ai téléphoné à mes parents. Onésime Lapointe vient nous chercher en milieu de journée.

Tala tendit une tasse de thé à Hermine. L'Indienne avait perdu sa bonne humeur. Un pli amer marquait les coins de sa bouche.

—Ma fille, je sais que cela te contrariera, mais nous aussi nous partons, déclara-t-elle à la jeune femme. Kiona et moi! Cette ville n'est pas sûre pour nous deux. Je n'ai confiance qu'en la forêt. Je serai mieux dans ma famille montagnaise. Ne te vexe pas, tu as fait de ton mieux, mais Kiona sera plus en sécurité ailleurs!

—Où? coupa Hermine. Ailleurs! Quelle folie as-tu en tête? Ailleurs, cela ne veut rien dire! Au début du mois de janvier, alors que le froid va empirer? Tala, je t'en prie, ne t'en va pas!

Elle avait failli ajouter : « Ne me prends pas Kiona! »

—Je sais où me réfugier et je ne changerai pas d'avis. Ne me pose pas de questions. Je peux te dire une chose, loin de mes forêts, je deviens faible. Kiona aussi.

—Mine, ne sois pas fâchée, dit la petite d'un ton affectueux. Moi, je suis contente de partir d'ici. J'emmène Duky, mon ours en peluche, et les agates de Louis.

Hermine comprit que la trêve de Noël était bel et bien finie. Tala lui tapota l'épaule.

—Ne t'inquiète pas, je te donnerai des nouvelles! affirma sa belle-mère.

—Et comment?

—Je m'arrangerai!

—Et Toshan? S'il passe l'hiver à la Citadelle et qu'il obtient une autre permission, tu ne seras pas là pour lui! dit la jeune femme, tremblante d'indignation. Sans compter les dangers que va courir Kiona! Elle peut tomber malade, souffrir de la faim ou du froid!

—Tu te trompes, ma fille! Je suis une bonne mère; je pars pour la protéger.

Kiona eut alors un geste singulier. Elle se jeta sur Hermine et noua ses bras menus autour de son cou. Elle la fixa en souriant, de ce sourire lumineux qui la caractérisait.

« Mon Dieu, j'ai l'impression d'être l'enfant et elle l'adulte! » songea Hermine, désemparée par la force paisible qui émanait du regard de la fillette.

—Ne sois pas triste, Mine! Je dois m'en aller!

Ces derniers mots résonnèrent longtemps dans l'esprit d'Hermine. Triste, cependant, elle le fut infiniment en rangeant ses affaires, en bouclant son sac et pendant tout le trajet qui la conduisit à Val-Jalbert, dans la camionnette d'Onésime. Une image l'obsédait. Elle revoyait Kiona, qui lui envoyait des baisers invisibles du bout des doigts, derrière la fenêtre de la maison. Le même jour, la jeune femme avait dû se séparer de son mari et de sa petite sœur bien-aimée. Cela lui semblait d'une cruauté extrême.

Quand Laura et Jocelyn sortirent sur le perron, malgré les rafales et la neige cinglante, Hermine s'effondra en larmes dans les bras de son père.

—C'est trop dur! geignit-elle.

Les enfants se ruèrent dans le salon où Louis les accueillit avec des cris de joie. Mireille guettait le bon moment pour apporter un plat de beignes fumants.

—Rentre au chaud, ma pauvre chérie! dit Laura. Viens!

Ses parents la soutinrent avec douceur, désireux

de lui prouver leur compassion et leur amour. Et déjà, Hermine se sentait à l'abri, entourée des siens. Ici, elle pourrait sangloter, gémir ou dormir. C'était son nid, son asile.

Quelques kilomètres plus au Nord, Tala et Kiona étaient assises dans un train qui suivait une direction opposée à celle prise par Toshan. L'Indienne balayait d'un regard impassible le paysage blanc, voilé par les tourbillons de neige. La fillette, elle, gardait les yeux fermés. L'éloignement, les distances dont parlaient les gens et qu'ils notaient sur des cartes, cela ne l'importunait pas. Sa mère pouvait la conduire au bout du monde, Kiona savait désormais comment abolir l'espace parcouru. Il suffisait de le vouloir très fort, de guetter l'appel ténu de ceux qui avaient besoin d'elle et de penser à eux encore plus fort. Et rien ne l'empêcherait de les rejoindre.

Val-Jalbert, dimanche 31 décembre 1939

Hermine faisait bonne figure, et cela depuis son retour. Ses parents se félicitaient de la voir d'une humeur aussi égale, mais ils en ignoraient la véritable cause. Elle voulait préserver Kiona et, dans cet unique but, elle refusait de pleurer, de s'apitoyer sur son sort, tout en évitant soigneusement d'évoquer la fillette.

Chaque après-midi, elle répétait des airs d'opéra, enfermée dans sa chambre. L'exercice du chant la réconfortait et lui procurait une sorte de griserie. Les notes les plus hautes la libéraient des contingences terrestres. La maisonnée écoutait, ravie, les gammes et les arias favorites du rossignol, comme Jocelyn aimait à la surnommer encore.

La jeune femme avait décidé de s'astreindre à un travail quotidien, au cas où on lui proposerait des contrats au printemps. Malgré la sécurité que représentait la solide fortune de Laura, elle tenait à gagner sa vie. La guerre avait relancé l'usine de métallurgie que sa mère avait héritée de Franck

Charlebois. Ainsi, l'argent était moins que jamais un souci pour les Chardin.

Personne n'en aurait douté en visitant leur luxueuse demeure égarée dans la cité ouvrière désertée. Chaque année, Laura achetait de nouveaux bibelots et des meubles, ou changeait les lustres sans se séparer des anciens. Elle avait fait installer au fil des étés une salle de bain moderne et ajouté des lampes ici et là, au gré de son inspiration. C'était dans ce doux cocon que l'hiver s'écoulerait pour petits et grands.

Ce jour-là, Mireille préparait un souper de choix, secondée par Charlotte. Il faisait très chaud dans la cuisine et toutes deux regardaient souvent avec jubilation par la fenêtre. Il neigeait de nouveau.

— Si ça continue demain, nous serons englouties corps et biens, plaisanta la gouvernante. Heureusement, nous ne manquons de rien. Madame est prévoyante!

— Moi, ça me plaît, cette atmosphère, déclara Charlotte. Nous sommes bien à l'abri, à élaborer un bon menu, et ce soir mon fiancé est invité. Je suis tellement heureuse! Laura est une vraie mère pour moi, maintenant.

La jeune fille lissa à pleines mains son tablier en cotonnade fleurie et poussa un soupir de satisfaction. Elle était très séduisante avec ses boucles brunes, sa jolie poitrine, sa taille fine et sa vivacité charmante.

— C'est quand même surprenant, dit tout à coup Mireille. J'ai toujours cru que tu épouserais Armand Marois. Je sais que tu es tombée en amour depuis longtemps avec Simon, mais Armand, lui, il t'adore.

— Simon aussi m'adore! protesta la jeune femme en riant. Et puis tu n'y connais rien en amour! Tu répètes sans cesse que tu voulais rester célibataire.

— L'un n'empêche pas l'autre, Charlotte! Je ne suis ni aveugle ni sourde. Ce n'est pas un reproche, mais tu as gâché le caractère d'Armand en le traitant de haut. Tu ne lui as jamais donné sa chance.

Charlotte pinça les lèvres et se mit à pétrir plus fort la boule de pâte brisée destinée à la traditionnelle tourtière. Le bavardage de Mireille la contrariait. Elle déplorait le manque de passion de Simon. Il était respectueux, un peu trop à son goût. Elle rêvait de baisers passionnés, de désir contenu, mais n'avait droit qu'à des attentions banales, à quelques bises sur la joue.

—Regarde donc dehors! s'écria la gouvernante. Hermine et monsieur vont nourrir les chiens! Doux Jésus, ils sont déjà couverts de flocons. Mets de l'eau à bouillir, Lolotte, ils auront envie d'un thé bien chaud en rentrant.

—Ne m'appelle pas Lolotte, Mireille, j'en ai assez! Et ne placote plus sur Armand, sinon je t'abandonne à tes fourneaux.

—J'ai compris! grommela la gouvernante.

Équipés de raquettes, Hermine et Jocelyn avaient contourné la maison pour atteindre le chenil. Chacun portait une marmite en ferraille contenant de la viande tiède et du pain trempé. La jeune femme remarqua la première l'état d'épuisement de Kute, le superbe husky aux yeux bleus.

—Tu as vu comme il tremble, papa! Il faut l'obliger à se coucher dans une des niches.

—Cette race de chiens ne craint pas le froid ni les grosses bordées de neige! fit remarquer Jocelyn. Il a peut-être une maladie.

—Kute, mon beau! Kute! appela Hermine en ouvrant le portillon en grillage. Viens là, viens...

Mais l'animal rampa péniblement le plus loin possible de sa maîtresse. Quand elle s'approcha, il grogna en montrant les dents.

—Sors de là, ma chérie! lui conseilla Jocelyn. Une bête qui souffre peut devenir dangereuse. Il ira mieux demain! Laisse-moi y aller.

La jeune femme observa son père pendant qu'il distribuait les rations de pâtée et donnait de l'eau aux chiens. Elle lançait par moments des coups d'œil angoissés sur le vaste paysage alentour, où régnait un silence oppressant.

—Dépêche-toi, papa, dit-elle. J'ai à te parler.

Il referma l'enclos et la rejoignit.

—Allons dans la remise à bois, dit-il, comprenant qu'elle tenait à être seule avec lui.

Hermine paraissait très préoccupée. Elle prit la main de son père.

—Maman et toi vous m'avez trouvée très triste quand je suis revenue de Roberval. Bien sûr, c'était difficile de quitter Toshan, mais il y avait autre chose. Tala et Kiona sont parties elles aussi. Je ne sais pas où, ni pourquoi.

—Comment! En plein hiver! C'est de la folie, enfin! Et tu as laissé Tala emmener la petite? Tu aurais dû me le dire immédiatement, que je fasse le maximum pour raisonner cette femme! Reconnais que ma petite fille est déjà perturbée! Si cela continue ainsi, j'exigerai la garde de Kiona, je lui donnerai un prénom chrétien et elle ira à l'école. Je n'ai même pas eu l'occasion d'être seul avec elle, tes enfants l'accaparaient. Moi qui l'imaginais en sécurité dans une maison confortable!

Blême, Jocelyn secoua la tête. Hermine mesura alors l'amour qu'il avait pour sa fille illégitime, un amour bien réel.

—Je suis désolée, papa! répliqua-t-elle doucement. J'ai confiance en Tala. Elle veillera sur Kiona mieux que nous tous. Je pense aussi qu'elle voulait l'éloigner de toi. Durant les trois jours que j'ai passés à Roberval, Kiona n'a pas eu de visions ni de malaises. Je me suis même demandé si le fait de l'amener ici, à Val-Jalbert, sous le toit où tu vis, n'a pas provoqué tous ces phénomènes. Ne hausse pas les épaules! Ses apparitions se sont produites après votre rencontre sur le boulevard Saint-Joseph. Tu te souviens?

—Je ne suis pas gâteux! trancha Jocelyn. Je n'oublierai jamais l'instant où j'ai découvert ma fille de cinq ans et demi, que j'avais seulement vue bébé, à l'hôpital. Elle était tellement belle et lumineuse! Et ce regard intelligent qui me fouillait l'âme! Seigneur! Tala aurait pu attendre le printemps, mais non! Et tu vas continuer à payer le loyer au fils de Mélanie Douné?

—J'ai payé pour un an. Ce n'est pas cher et j'aurai un logement à Roberval, si par bonheur Toshan bénéficie d'une autre permission.

—C'est quand même de l'argent jeté en l'air! tempêta son père.

Ils discutèrent encore un moment avant de rentrer. Jocelyn était profondément contrarié. Laura s'en aperçut, mais elle ne l'interrogea pas.

—Le thé est servi! annonça-t-elle comme si c'était un événement. Et j'en profite, ma chérie, pour t'offrir ton cadeau de Noël!

—Pourquoi pas ce soir, au souper! s'étonna la jeune femme. Maman, qu'est-ce que c'est?

Marie et Laurence pouffaient, impatientes; Mukki et Louis sautillaient autour d'un paquet enrubanné, disposé sous le sapin.

—Ouvre vite! insista Laura. Je te raconterai ensuite comment j'ai réussi cet exploit. Et qui m'a aidée.

Hermine s'installa sur le sofa. La taille du paquet et son format lui faisaient songer à des disques. Elle déballa une pile de 78 tours. Les noms des chanteurs et chanteuses lui étaient totalement inconnus.

—Je te remercie, maman, mais...

—Ce cher Octave Duplessis me les a expédiés depuis la France! Ce sont des chansons françaises, des succès actuels! Ton impresario m'a téléphoné au début de l'automne; il venait d'arriver à Paris. Nous avons comploté ça tous les deux. Octave est fou d'admiration pour Édith Piaf! Il paraît qu'elle a une voix tout à fait exceptionnelle, une manière d'interpréter qui donne la chair de poule! Ma chérie, vite, il faut l'écouter! En France, les gens l'appellent la môme Piaf.

—Pourquoi? s'enquit Hermine, amusée.

—Octave m'a brièvement expliqué que c'était une chanteuse des rues, une femme toute petite, et qu'un piaf, en argot, c'est un moineau. Il y a un titre déjà très connu en France, *Mon légionnaire.*

—Notre rossignol québécois va découvrir comment chante un moineau parisien, affirma Jocelyn sur un ton malicieux.

La déclaration de son père fit sourire la jeune femme. Elle plaça elle-même le disque sur l'électrophone, impatiente de juger du talent de la môme Piaf. Tirée de sa cuisine par l'écho de la discussion, Mireille tendait l'oreille depuis le seuil de la pièce. Après les premiers accords de musique, une voix s'éleva et tous firent silence.

Il avait de grands yeux très clairs
Où parfois passaient des éclairs
Comme au ciel passent des orages.
Il était plein de tatouages
Que j'ai jamais très bien compris.
Son cou portait: « Pas vu, pas pris. »
Sur son cœur on lisait: « Personne. »
Sur son bras droit un mot: « Raisonne. »
J'sais pas son nom, je n'sais rien d'lui.
Il m'a aimée toute la nuit,
Mon légionnaire!
Et me laissant à mon destin...

Gênée par le texte de la chanson, à cause des enfants qui étaient très attentifs, Laura toussota. Mais Mireille se délectait, les yeux à demi fermés.

—Doux Jésus, cette femme! s'écria la gouvernante. Elle va détrôner ma Bolduc, du moins dans mon cœur!

Hermine n'exprima pas tout de suite son avis, malgré l'exaltation étrange et nouvelle qui lui venait et lui donnait envie de pleurer. Une autre chanson la stupéfia. Les paroles et le timbre de voix particulier de la chanteuse l'emportaient dans un univers nouveau. Il en allait de même pour ses parents, Mireille et les enfants. C'était *Les Mômes de la cloche.* Le premier couplet déçut Laura, mais le refrain la choqua.

C'est nous les mômes, les mômes de la cloche,
Clochards qui s'en vont sans un rond en poche.
C'est nous les paumées, les purées d'paumées
Qui sommes aimées un soir n'importe où.
Nous avons pourtant
Cœur pas exigeant
Mais personne n'en veut.
Eh ben tant pis pour eux.

— Ce n'est pas possible, arrête le disque, Hermine! Je croyais que c'étaient des chansons bien plus classiques! Déjà, je n'apprécie guère certaines paroles de La Bolduc, mais là, c'est un comble! Si je pouvais tirer les oreilles de Duplessis! Il m'a très mal conseillée.

—Je ne suis pas d'accord avec vous, madame, affirma Mireille. Moi, cette chanteuse française, je lui tire mon chapeau!

—Elle a une voix peu commune, remarqua Jocelyn. Mais je suis d'accord avec Laura, les textes sont singuliers.

Il désigna d'un regard les quatre enfants assis sur le tapis. Toujours silencieuse, Hermine choisit un autre disque.

—Jean Sablon[40]! dit-elle. Oh! Maman, merci! J'ai lu un article passionnant sur lui lors de mon dernier séjour à Québec. Tu te rends compte, il a chanté au Casino de Paris en 31 avec la célèbre Mistinguett et depuis deux ans il vit aux États-Unis. De plus, Jean

40. Jean Sablon (1906-1994), chanteur français, fit une carrière exceptionnelle. Il a vendu des millions de disques dans le monde entier. Il a fait notamment découvrir La Bolduc à Charles Trenet, qui lui a rendu hommage avec une chanson, *Dans les rues de Québec*, où il essaie de turluter comme la chanteuse.

Sablon a rencontré notre chère Bolduc à Montréal, parce qu'il l'appréciait beaucoup. J'adore cette chanson, écoutez...

Vous, qui passez sans me voir,
Sans même me dire bonsoir,
Donnez-moi un peu d'espoir, ce soir...
J'ai tant de peine,
Vous, dont je guette un regard.
Pour quelle raison, ce soir
Passez-vous sans me voir?

Cette fois, Laura eut un sourire comblé. Elle suivit le rythme de la musique, tandis que Mireille cédait au charme de la voix envoûtante de Jean Sablon, dont le disque eut le bonheur de séduire aussi Jocelyn. Tout le monde s'était confortablement installé, même la gouvernante.

Hermine mit ensuite un disque de Rina Ketty[41]. Elle connaissait de nom la chanteuse qui avait remporté un énorme succès en interprétant *J'attendrai.* Laura commenta:

—Octave m'a dit, toujours par téléphone, que la chanson *J'attendrai* est l'adaptation d'une chanson italienne, elle-même inspirée de l'aria de *Madame Butterfly*, celle que tu chantes si bien, quand cette pauvre petite Japonaise guette le retour de son soldat américain.

—Moi aussi, maintenant, j'attends mon soldat, fit remarquer doucement la jeune femme.

Mais la chanson commençait, portée par la voix douce, à l'accent plein de soleil, de Rina Ketty.

J'attendrai
Le jour et la nuit, j'attendrai toujours
Ton retour

41. De son vrai nom Cesarina Pichetto (1911-1996), chanteuse d'origine italienne rendue célèbre par le succès *J'attendrai.*

J'attendrai
Car l'oiseau qui s'enfuit vient chercher l'oubli
Dans son nid
Le temps passe et court
En battant tristement
Dans mon cœur si lourd
Et pourtant, j'attendrai
Ton retour...

Bouleversée, Hermine fondit en larmes. Marie et Laurence vinrent à petits pas se blottir contre leur mère, en lui caressant les cheveux pour la consoler. Mukki, pensif, ne bougea pas. Quant à Louis, il était en extase. Les paroles de la chanson avaient un sens précis pour lui. Il attendrait le retour de Kiona, comme sa grande sœur attendrait le retour de Toshan, son mari que le petit garçon n'avait jamais vu, mais dont il entendait souvent parler.

Cette fin d'après-midi musicale fut interrompue par l'arrivée de Charlotte.

—Où étais-tu passée, toi? s'étonna Mireille. Tu as filé dès que j'ai servi le thé!

—J'en ai profité pour rendre visite à Simon, dit la jeune fille avec cependant un air triste. C'est l'heure où il soigne les bêtes dans l'étable; ainsi, je ne dérange pas les Marois. J'aurais mieux fait de rester avec vous. Je monte dans ma chambre, je ne me sens pas très bien.

Hermine faillit la suivre, mais elle aurait froissé sa mère. Laura tenait entre ses mains un autre disque.

—Celui-là, ma chérie, tu vas l'adorer. Si Édith Piaf nous a déçus, ce ne sera pas le cas de Ninon Vallin, heureusement. C'est une soprano, une artiste lyrique. J'ai lu que *La Dernière Valse* était un petit chef-d'œuvre[42].

---

42. Eugénie Vallin-Pardo, dite Ninon Vallin (1886-1961), cantatrice française, soprano lyrique, qui fit une carrière internationale. Elle enregistra *La Dernière Valse* en 1937.

—Maman, intervint Hermine, ne sois pas si dure pour la môme Piaf. J'ai hâte d'écouter à nouveau cette femme prodigieuse. Je n'ai rien dit, tout à l'heure, parce que j'ai eu une sorte de révélation. Cette chanteuse a une voix unique qui vous touche en plein cœur. Elle ne triche pas, elle vit chaque mot qu'elle chante! Je pense qu'elle deviendra encore plus célèbre.

—Ah! fit Laura en ouvrant des yeux ébahis. Peut-être si elle trouve un répertoire moins vulgaire.

—Ce n'est pas vulgaire, mais populaire! coupa la jeune femme. Si tu avais entendu Octave Duplessis me parler de Paris et de certains de ses quartiers, tu comprendrais mieux. Nous écouterons Ninon Vallin ce soir. Je vais voir Charlotte, elle m'a paru très chagrinée.

—Oh, une querelle d'amoureux! fit remarquer Jocelyn. Le plus ennuyeux, c'est la manie de cette demoiselle de courir chez son fiancé sans se couvrir convenablement. Si elle tombe malade, il ne faudra pas chercher pourquoi. Elle n'avait qu'un châle sur le dos et des bottines. Même pour une courte distance, on doit s'équiper. Pareil pour vous, les enfants!

Mukki et Louis claironnèrent un oui poli. Hermine, pendant ce temps, grimpait l'escalier. Du couloir déjà, elle crut percevoir un bruit de sanglots. Elle trouva Charlotte allongée sur son lit et pleurant de toute son âme.

—Lolotte, qu'est-ce que tu as? demanda-t-elle en lui prenant la main.

—Ne m'appelle plus comme ça! Je ne suis plus une enfant et je voudrais bien qu'on me traite comme une femme.

Sur ces mots, la jeune fille se redressa et dévisagea Hermine d'un air égaré. Son visage meurtri laissait deviner une terrible détresse.

—Pardonne-moi, Charlotte! Je te promets de faire attention, à l'avenir. Dis-moi ce qu'il y a. Je n'aime pas te voir dans cet état. Simon est en cause?

—Oui! Mireille m'avait irritée en prétendant encore une fois que je ferais mieux d'épouser Armand. J'ai voulu voir Simon, mon fiancé, l'homme que j'aime, pour me rassurer. Il était dans l'étable et donnait du foin à Chinook. Il me plaît tellement. Je lui ai sauté au cou, je l'ai embrassé sur les lèvres, et... et... il m'a repoussée! Hermine, sois franche, est-ce que Toshan ferait ça?

—Il l'a fait, mais parce qu'il était en colère contre moi. Simon et toi, étiez-vous fâchés?

—Mais non, pas du tout! En plus, il m'a regardée froidement, je t'assure. Et il m'a dit de me conduire en fille sérieuse, que je manquais de retenue. Mireille a raison sur un point, Armand ne me repousserait pas, lui! Il serait bien content si j'essayais de l'embrasser sur la bouche. Peut-être que Simon ne m'aime pas!

Hermine avait quelques doutes à ce sujet, mais elle refusait d'en tenir compte.

—Il a décidé de t'épouser. Pourquoi le ferait-il s'il ne t'aime pas? Charlotte, ne prends pas ça au tragique. Joseph et Betty ont éduqué leurs trois fils de façon sévère, dans la peur du péché. Si cela peut te tranquilliser, j'aurai une conservation avec Simon. D'accord?

—Je veux bien. Mais je me marierai avec lui, même si je ne lui plais pas. Quand nous habiterons ensemble, que nous dormirons chaque nuit tous les deux, il finira par s'attacher à moi. Nous aurons des enfants, de sorte qu'il n'osera pas me quitter comme il a quitté ses autres fiancées.

—Ce n'étaient que de vagues fiancées, fit remarquer Hermine. Je connais Simon. Quand tu seras sa femme et la mère de ses petits, effectivement il ne te quittera pas. Sèche tes larmes, ma Charlotte. Conseillée par Octave, maman m'a offert des disques en provenance de France. Il faut que tu écoutes Édith Piaf, quand elle chante *Mon légionnaire.*

Afin de dérider la jeune fille et par plaisir, Hermine fredonna :

Il avait de grands yeux très clairs
Où parfois passaient des éclairs
Comme au ciel passent des orages.
Il m'a aimée toute la nuit...
Mon légionnaire!

—C'est joli, ça! remarqua Charlotte. Oh, Mimine, j'adore quand tu chantes! Tu l'apprendras, cette chanson?

—Si maman ne jette pas le disque avant! plaisanta la jeune femme. Elle était très embarrassée à cause des enfants qui écoutaient. Il y a un titre que je veux absolument reprendre, de Rina Ketty. C'est si beau, si émouvant. *J'attendrai.*

—Alors descendons vite que je puisse l'écouter, s'impatienta soudain Charlotte. Cela me changera les idées.

Elles se prirent par la main pour sortir de la chambre et dévaler l'escalier. Elles rejoignirent Laura et Jocelyn. Vives et gracieuses, les jeunes femmes étaient tout en contraste, l'une blonde et laiteuse, l'autre brune au teint mat. Dehors, la nuit était tombée et il neigeait toujours. Dans la cuisine, Mireille brassait ses casseroles, tandis qu'une bonne odeur de ragoût de porc flottait dans l'air chaud.

C'était le dernier jour de l'année 1939, le dernier jour d'une fragile quiétude entre les murs de la riche demeure.

Lundi 1er janvier 1940

Hermine tint parole. Le lendemain, en fin de matinée, elle chaussa des raquettes, s'emmitoufla et marcha jusqu'à la maison des Marois. Val-Jalbert ressemblait plus que jamais à un village fantôme, englouti sous une épaisseur de neige impressionnante. La jeune femme avait l'esprit plein de nouvelles ritournelles. La veille, après avoir couché les enfants, ils avaient encore écouté les disques de la môme Piaf, de Jean Sablon, de Rina Ketty et de Ninon Vallin.

— *Vous qui passez sans me voir, sans même me dire bonsoir...* chantonna-t-elle en jetant un regard amical à l'imposante façade du couvent-école.

Le hasard fit bien les choses. Simon déblayait le perron à coups de pelle. Il la salua d'un sourire, sans dire un mot de bienvenue.

—Bonjour, Simon! Je viens vous souhaiter la bonne année! L'année de ton mariage...

Le jeune homme posa son outil et souleva un peu sa casquette en lainage. Il la fixa d'un air affligé.

—Je crois que cette année 1940 ne sera bonne pour personne, Mimine, soupira-t-il. Et le mariage, il n'est pas encore fait.

Cela confirmait les appréhensions et les doutes de Charlotte. Hermine scruta les traits réguliers de Simon, d'une virilité affirmée.

—Tu n'as pas l'air bien gai! remarqua-t-elle. Je me demande pourquoi. Fais un effort! Si je baissais les bras, moi, je passerais mes journées à pleurer dans mon lit. Toshan est reparti et peut-être qu'il n'embarquera pour l'Europe qu'au printemps. Les bateaux ne peuvent pas quitter Québec à cause des glaces.

—Viens par là, je vais t'expliquer! marmonna Simon.

Elle le suivit jusqu'à l'étable. Enfants, ils s'y réfugiaient déjà pour élaborer quelque bêtise ou échanger des confidences. Chinook s'ébroua et poussa un hennissement. C'était sa manière à lui d'accueillir la jeune femme.

—Brave cheval! Il me reconnaît, nota joyeusement Hermine en flattant l'encolure de l'animal.

—Mimine, commença Simon, le temps des Fêtes n'est pas très joyeux, chez nous. Je ne sais pas ce qu'il y a au juste, mais tabarnouche! maman ne va pas fort. Le père n'arrête pas de la rabrouer et de l'insulter. Hier soir, j'ai cru qu'il allait la frapper. Il s'est remis à boire.

—Mon Dieu, dit Hermine, sincèrement affectée, pauvre Betty!

Joseph Marois, après avoir bu, devenait aussi menaçant qu'un orignal mâle en colère. L'ancien ouvrier était capable du pire. Ses fils en avaient fait les frais par le passé, ayant droit à son ceinturon en cuir à la moindre rebuffade.

—Et Charlotte? ajouta-t-elle. Tu l'as blessée en la repoussant, hier. Elle n'a pas à payer pour le sale caractère de Jo!

Elle nota la mine penaude du jeune homme, qui détourna aussitôt la tête.

—Je n'ai pas envie de la voir malheureuse! poursuivit-elle. Tu as le droit de rompre vos fiançailles, selon ton habitude. Elle en arrive à croire que tu n'as pas de sentiments pour elle.

—Mais c'est faux, j'ai des sentiments! s'exclama-t-il. Charlotte est ravissante, affectueuse, drôle et intelligente. Je n'aurai pas de meilleure épouse. Mais je la trouve trop hardie, comprends-tu? Ce ne sont pas des façons d'honnête fille de se jeter sur moi, de vouloir m'embrasser. Je préfère décider du moment. Et puis j'en avais gros sur le cœur, de voir ma mère en peine.

Émue, Hermine posa une main compatissante sur l'épaule de Simon. Elle le considérait vraiment comme le grand frère qu'elle n'avait pas eu.

—Je vais rendre visite à Betty, dit-elle. Toi, aujourd'hui, tu devrais venir à la maison et rassurer Charlotte. C'est le jour de l'An, tu peux lui offrir un baiser, personne ne te jugera. Emmène Marie, elle jouera avec les enfants.

—Je verrai! Je n'ose pas laisser maman seule avec le père. Armand est là, mais cet après-midi il part pour Roberval à pied. Je ne peux pas l'attacher, il va danser.

Le désarroi qui se lisait sur les traits de Simon

était sincère. La jeune femme eut à nouveau cette sensation persistante que tout allait de travers depuis un mois. Mais elle se reprocha de céder au pessimisme. Joseph Marois n'avait jamais été un mari très affectueux. Il jugeait normal d'exercer son autorité, quitte à abuser de ses prérogatives de chef de famille.

En même temps, elle se souvenait du soi-disant cousin, cet homme aux allures étranges qui semblait s'enfuir de la maison de Betty, comme un bandit après un mauvais coup. Elle était sûre aussi de l'avoir reconnu à la sortie de l'église, le soir de Noël.

—Peut-être que tes parents se sont querellés et sont encore fâchés, répliqua-t-elle gentiment. Tes frères et toi, vous n'êtes pas sans cesse avec eux. Ils finiront par se réconcilier.

Simon haussa les épaules. Dans un élan spontané d'affection, Hermine l'embrassa sur la joue. Il la serra contre lui quelques secondes avec une profonde tendresse.

—Mimine, tu ne me laisses jamais tomber, toi, ma petite sœur de cœur, dit-il avec reconnaissance.

Elle devina des larmes dans ses yeux bruns et cela l'inquiéta. Simon n'était pas du genre à pleurer et c'était bien la première fois qu'il lui témoignait son attachement.

—Qu'est-ce que tu as? demanda-t-elle. Ne me raconte pas de sottises, mais dis-moi la vérité!

—Tabarnouche! ricana-t-il en la lâchant, je n'ai rien du tout. Je suis même pressé de me marier et d'habiter sous un autre toit que mon père. Va donc souhaiter tes bons vœux à maman, elle sera contente.

Hermine n'insista pas. Elle contourna l'angle de la maison et, une fois sous l'auvent chargé de neige fraîche, elle ôta ses raquettes et frappa à la porte. Un fracas de vaisselle lui répondit. Joseph sortit immédiatement, la face cramoisie, le regard furibond.

— Bonjour, Jo! balbutia-t-elle.

— Bonjour, grogna-t-il en descendant les marches. Va donc mémérer sur mon compte avec ma femme!

Hermine entra. Un spectacle affligeant l'attendait. Marie, l'air terrorisé, s'était réfugiée dans un recoin et sanglotait. Debout près du fourneau, sa mère pleurait aussi. Des assiettes brisées jonchaient le sol.

— Mon Dieu, quel tableau! gémit-elle. Ma pauvre Betty! Viens là, Marie, ma mignonne!

La jeune femme ne supportait pas de voir un enfant effrayé ou malheureux. Elle décida de parer au plus urgent.

— Marie, tu devrais t'habiller et aller jouer avec Mukki et les jumelles, dit-elle. Tu pourras même déjeuner chez nous. Si ta mère le permet...

— Je veux bien, bredouilla Betty.

Sa mère l'encouragea par des paroles tendres :

— Eh bien, Marie, ma chérie, fais ce qu'Hermine te dit. Prends ton manteau et tes bottes et va chez elle. Ne t'inquiète pas, tout ira bien, maintenant.

— Où est Armand? interrogea Hermine. Et Edmond?

— Jo les a expédiés à l'usine nettoyer la salle de la dynamo. Un premier de l'An! J'ai eu la bêtise de donner mon avis et il a piqué une colère. Impossible de le calmer.

Marie était déjà prête. Elle embrassa sa mère et fila dehors, son joli visage meurtri par les larmes. Betty poussa alors un petit cri de désespoir.

— Mimine, je suis à bout de nerfs. Jo a commencé à boire dès son lever. Deux verres de caribou, un verre de sherry aussi. Tu sais que ça ne lui réussit pas!

— J'ai parlé à Simon dans l'étable. Il m'a dit que Joseph ne te laissait pas en paix. Mais qu'est-ce qu'il a? Betty, tu peux te confier à moi. Ce ne serait pas à cause de ton cousin?

La jeune femme, lasse de ménager les uns et les autres, avait décidé d'être directe. Mais cela troubla violemment son amie, dont les joues écarlates pouvaient passer pour un aveu.

—Mon cousin? Que vas-tu chercher? affirma-t-elle d'une voix tremblante. Il n'y a pas de souci de ce côté-là. Armand a blagué, le jour de Noël, à propos d'un homme qui m'observait pendant la messe, mais quand Jo a su que c'était mon cousin, il n'y a plus pensé.

Élisabeth Marois s'assit à la table. Elle se versa du thé dans une tasse qui avait échappé à la fureur de son mari. Hermine la regardait, perplexe. Son ancienne gardienne était encore très jolie, même si de légères rides marquaient sa lèvre supérieure et le coin de ses yeux.

« Nous avons dix-neuf ans d'écart! songea-t-elle. Betty et maman ont le même âge, à une dizaine de mois près. Et elles sont toutes les deux séduisantes. »

—Arrête de me dévisager comme ça! soupira Betty. Je ne suis pas reluisante, ces temps-ci. J'ai eu quatre enfants et je ne sais combien de faux espoirs de grossesse. Joseph aurait voulu une grande et belle famille et je l'ai déçu.

—Dans ce cas, ma mère devrait se morfondre elle aussi, fit remarquer la jeune femme. Elle n'a eu que Louis et moi. Mais un homme ne peut tout de même pas reprocher ça à son épouse!

—Jo a tous les droits sur moi, déclara Betty d'un ton exalté. Maintenant, Mimine, je voudrais préparer mon repas de midi. Je n'ai guère loisir de placoter!

Hermine pesa le pour et le contre. Elle revoyait l'expression épouvantée de Marie et la rage malsaine dans le regard de Joseph.

—Betty, Simon n'ose pas te laisser seule avec Jo! dit-elle. Je t'en prie, pense à ta fille, à Edmond qui est tellement sensible.

—Jamais mon mari ne me fera de mal!

— Si tu en es certaine, tant mieux! Vu l'état de tes assiettes, j'ai de quoi me tracasser. Mais je venais surtout te souhaiter une bonne année 1940.

Elles s'embrassaient au moment où Simon entra. Il vit tout de suite la vaisselle cassée. Sans un mot, il s'empara du balai et de la pelle et ramassa les débris.

— Mimine, dis à Charlotte que je ne viendrai pas cet après-midi, dit-il avec un soupir quand il eut terminé. Sauf si maman m'accompagne.

— Bien sûr, venez manger tous les deux! s'écria Hermine. Je vous ferai écouter mes nouveaux disques. Betty, si tu entendais la chanson de Rina Ketty, *J'attendrai*, et *Mon légionnaire*, chanté par la môme Piaf, une Française qui a une voix exceptionnelle!

Simon répondit d'un signe de tête. Hermine s'en alla, le cœur gros. Elle avait remis ses raquettes et avançait doucement au sein d'un univers cotonneux et glacé. Le ciel bas, d'un gris opaque, annonçait de nouvelles chutes de neige.

« Le bonhomme hiver paraît décidé à montrer les dents! » se dit-elle.

Un triste sourire sur les lèvres, la jeune femme se souvenait de son adolescence, lorsqu'elle évoquait ce même bonhomme hiver, la veille de Noël, pour amuser Edmond, petit garçon à l'époque. En arrivant devant la maison de ses parents, elle eut l'idée de marcher jusqu'au chenil.

« J'espère que Kute va mieux, songea-t-elle. Je me préoccupe des amours de Charlotte, des états d'âme de Betty, mais j'ai oublié mon Kute! »

Jocelyn était déjà dans l'enclos, grande silhouette sombre, un bonnet sur ses cheveux grisonnants.

— Hermine, Kute est mort, fit-il tristement. Quand le diable s'en mêle!

Elle se précipita vers son père. Le husky gisait à ses pieds, tout raide, la gueule ouverte. Une salive brune avait gelé sur ses babines.

— Oh non! gémit-elle. Non, non! On l'a tué lui aussi! Comme Duke! Papa, c'est affreux!

—Ma chérie, ne déraisonne pas! Ce chien était malade. Qui l'aurait tué ici? J'ai examiné les environs de l'enclos et il n'y a aucune empreinte!

—Ah, tu vois bien! Si tu as inspecté les abords du chenil, c'est que tu as eu des soupçons.

—J'ai fait de même hier, sans m'aventurer trop loin! répondit son père. Kute était en pleine forme. Cette race est endurante, et nous le nourrissions correctement.

Hermine s'agenouilla et caressa le crâne du chien. Les autres bêtes se tenaient à bonne distance, silencieux.

—Regarde, papa, il a beaucoup bavé, et la couleur n'est pas ordinaire. On l'a empoisonné!

—Et qui donc?

—Ceux qui ont incendié la cabane de Tala et qui ont failli abattre Chinook, assura la jeune femme avec véhémence. Ceux qui ont tué le vieux Duke, le chien de Toshan. Ils savent où nous trouver et ils ne vont pas en rester là! Je suis sûre que Tala s'est enfuie à cause de ça. Elle a voulu mettre Kiona à l'abri de ces hommes. Nous devons être très vigilants, papa!

Jocelyn l'obligea à se relever. Il la prit contre lui d'un geste autoritaire.

—N'aie pas peur, ma chérie! dit-il. Je te le répète, Kute a pu mourir d'un arrêt du cœur ou d'un problème à l'estomac. Il était goulu, il a pu avaler un morceau de bois. Mais si cela peut te rassurer, nous allons redoubler de prudence. Pour l'instant, sans preuve, inutile de prévenir la police. Et je crois qu'il va encore neiger, une grosse bordée!

—Il faut enterrer Kute! dit-elle en retenant un sanglot.

—On ne peut pas, Hermine, le sol est gelé. Rentre vite au chaud, je vais porter le corps du chien dans le cabanon du jardin. Dès que possible, je trouverai une solution.

—Alors, mets un cadenas; je ne veux pas que les enfants le découvrent ainsi.

—Je veillerai à ça, ma chérie. Et calme-toi. Tu t'affoles aussi facilement que ta mère. Le soir du réveillon, Laura était terrorisée à cause d'une panne d'électricité. J'avais beau la réconforter, elle imaginait je ne sais quoi. Le lendemain, Joseph et Armand sont venus et ils ont rétabli le courant en trois minutes. C'était un plomb qui avait sauté, une bricole de ce genre.

Hermine ignorait l'incident. Son esprit lui renvoya l'image du petit local d'où partait l'installation électrique. Elle savait pertinemment que ses parents et Mireille ne fermaient pas la porte à clef pour permettre à Armand d'y entreposer le bois nécessaire. Le jeune homme venait au moins tous les deux jours.

—Mais, papa, n'importe qui pouvait déclencher cette panne! s'indigna-t-elle.

—Dans quel but? répliqua Jocelyn. Cela n'a pas eu de conséquence dramatique.

Il repensa à ces moments avec un soupçon de gêne, car l'obscurité et la faible clarté des bougies lui avaient valu une nuit d'amour délicieuse.

—C'est surprenant! dit encore Hermine. Tala prétendait que ces hommes, Zacharie Bouchard et Napoléon Tremblay, étaient chez eux pendant le temps des Fêtes. Moi, je jurerais qu'ils rôdent encore par ici.

En guise de réponse, son père l'embrassa sur le front.

—Bonne année, ma douce et belle enfant. Ne te fais pas trop de souci, je suis là!

—Merci, papa!

Hermine lui donna un léger baiser sur la joue. Elle recula en jetant un dernier regard sur le husky inerte. Tout son instinct lui disait que ce n'était que le début d'un long cauchemar.

La Citadelle, Québec, mercredi 17 janvier 1940

Toshan s'ennuyait. Chaque jour lui paraissait interminable. Le froid rigoureux ralentissait le fonctionnement du camp militaire. Entièrement pris par les glaces, le Saint-Laurent évoquait une immensité austère et aride. Toute vie semblait pétrifiée, surtout les soirs où la neige ruisselait, comme celui-ci.

—On aurait mieux fait de s'engager au début du printemps, soupira Gamelin, son voisin de chambrée. Moi, j'avais hâte de partir pour l'Europe, histoire de voir du pays. Mais on croupit icitte! T'en penses quoi, Delbeau?

—Rien du tout, grommela Toshan.

Il mentait. Sa permission avait été si courte! Il ressassait infiniment les heures exquises passées auprès des siens. Plusieurs fois il avait eu la folle envie de quitter la garnison, de monter dans le premier train pour retrouver sa femme et ses enfants, et surtout d'atteindre par n'importe quel moyen leur maison au bord de la Péribonka. La forêt lui manquait, les grands arbres, le silence de la nature vierge.

Au fond, il ne comprenait rien à cette guerre dont on parlait du matin au soir. En Europe, l'hiver sévissait aussi, plus rude que d'ordinaire. Des nations étrangères dont il ignorait tout se livraient des combats sanglants.

«J'ai fait une grosse erreur, se répétait-il la nuit, en proie à l'insomnie. J'ai voulu devenir soldat dans l'espoir de lutter pour la justice et de protéger ma famille, mais je vais peut-être rester des mois à Québec. Pendant ce temps, Hermine se languit de moi. Si au moins j'étais parti en Europe, je me sentirais utile! Mais non, dès que la nuit tombe, c'est le vide total, l'inaction!»

Il rêvait d'elle, de sa femme coquillage à la chair nacrée, lisse et douce. Leur séparation lui pesait à la limite du tolérable.

—Hé, Delbeau, t'as des nouvelles de ta blonde? brailla Gamelin.

—De ton rossignol? plaisanta un autre soldat, un grand gars au crâne rasé.

—Fichez-moi la paix!

Il avait reçu un courrier d'Hermine, une lettre pleine de tendresse et de passion contenue. Elle lui annonçait la mort du husky, de maladie selon Jocelyn, en lui racontant les faits et gestes de Mukki, de Marie et de Laurence. Il faisait également très froid à Val-Jalbert.

> *Nous avons eu une terrible tempête de neige!* écrivait-elle. *Loin d'en être impressionnée, j'ai éprouvé un sentiment de sécurité, parce que nous étions vraiment coupés du monde. Durant ces jours où les éléments se déchaînaient comme pour nous rayer de la surface de la terre, j'ai chanté, écouté des disques et joué avec nos chers petits. Mireille a fait sauter tant de crêpes et frire tant de beignes que je vais engraisser. Mon amour, je suis désolée pour Kute. Je crois qu'à ton retour, il faudra trouver deux chiens aussi valeureux et fidèles que Duke et Kute.*

Ce passage avait intrigué Toshan. Il connaissait bien Hermine et il se demandait pourquoi elle se sentait en sécurité, coupée du monde. « Les tempêtes la rendent nerveuse. D'habitude, elle redoute toujours un accident! »

—Delbeau, on fait une partie de dés. Tu en es? lui demanda Gamelin.

—Non! Sans moi...

Toshan alluma une cigarette. Il ferma les yeux afin de se concentrer sur de précieuses images qui l'aidaient à supporter l'éloignement. Hermine, dans l'église Saint-Jean-de-Brébeuf, en robe de velours noir. Sa voix merveilleuse, les visages éblouis de leurs trois enfants. La cuisine de l'avenue Sainte-

Angèle, le sapin illuminé, le rire satisfait de Tala, penchée sur son ragoût qui mijote, les discussions paisibles, la main de sa femme dans les siennes. Et la nuit, leurs deux corps enlacés, frémissant d'un bonheur parfait, celui de l'extase amoureuse.

Soudain, après qu'il eut évoqué ces souvenirs colorés, il vit nettement Kiona. Elle le fixait de son regard doré avec une expression si tragique qu'il battit des paupières et se redressa sur son étroit lit de camp.

Son cœur battait la chamade. Toshan secoua la tête. Il avait froid et une frayeur insidieuse l'envahissait. «J'ai vraiment eu l'impression qu'elle était là, à côté de moi! songea-t-il, tourmenté. J'ai dû m'endormir une seconde.» Il eut beau se raisonner, l'air désespéré qu'avait sa demi-sœur le bouleversait.

« Demain, j'essaierai de téléphoner à Hermine! décida-t-il en son for intérieur. Peut-être que ma petite sœur est souffrante. »

Val-Jalbert, jeudi 18 janvier 1940

Le vent avait soufflé toute la nuit, et si fort que des bancs de neige s'étaient formés contre les soubassements des maisons et les troncs d'arbre. Mais depuis une heure environ les nuages s'effilochaient, laissant entrevoir des pans de ciel bleu.

—Nous aurons peut-être quelques rayons de soleil en début d'après-midi, dit Hermine à sa mère.

Laura fit la moue. Elle s'appliquait à vernir ses ongles de la main gauche.

—Si le temps vire au froid extrême, ce sera encore bien pire, répliqua-t-elle enfin. Avoue que ce serait moins triste d'habiter Roberval. L'hiver m'épuise les nerfs et le corps. Charlotte est bloquée à Chambord, Betty ne se montre pas depuis deux semaines, nous n'avons droit qu'aux visites d'Armand ou de Simon. Pour couronner le tout, ton père n'a pas pu enterrer Kute. L'idée de le savoir mort dans le cabanon me gêne. Heureusement que les enfants ont de quoi se distraire!

La jeune femme ne répondit pas. Elle se tenait devant une des fenêtres et contemplait le jardin enseveli sous des masses de neige d'un blanc pur.

« Papa avait raison, je me suis affolée pour rien. Kute devait être malade. De toute façon, personne n'aurait le courage de parcourir des milles en ce moment, même dans le but de se venger. Je me demande où sont Tala et Kiona! Sûrement chez des parents proches où elles n'ont ni faim ni froid! »

Au fil des jours, Hermine parvenait à occulter l'absence de la fillette. Elle s'imposait des activités régulières, des gammes sur le piano, des vocalises et, avant le goûter, une séance de lecture qui ravissait les enfants. Le soir était souvent consacré à des parties de dames avec son père, en écoutant Édith Piaf ou Jean Sablon. Mireille, son travail terminé, se joignait à la veillée.

—Hermine, dit Laura, sois gentille, viens mettre du vernis sur ma main droite. C'est si joli, ce rouge!

—Ton mari n'apprécie pas, maman.

—Jocelyn me taquine. En fait, il est ravi que je sois coquette. Et il faut bien s'occuper, enfermée ainsi!

—Je voudrais que Madeleine revienne, soupira Hermine. Je n'ai aucune nouvelle d'elle.

—Je dis ceci sans méchanceté, mais les Indiens ont parfois des comportements étranges, oublieux. Ta nourrice disparaît, alors que ta belle-mère et sa fille retournent dans les bois par ce froid. Quant à ton mari, il t'a abandonnée aussi et, même si j'admire son courage, je juge sa décision insensée.

Jocelyn avait fini par confier à Laura le départ de Tala et de Kiona. Elle avait joué les étonnées, mais cela l'avait en fait soulagée. Elle pouvait de nouveau se blottir contre son mari, la nuit, et ils avaient renoué des relations très tendres.

—Maman, chacun agit selon ses convictions,

Indiens ou Blancs! Voilà, tes ongles sont superbes. Je vais aider Mireille. Elle surveille les quatre petits et ce n'est pas toujours facile.

La gouvernante l'accueillit avec un sourire rassuré. Mukki, Laurence, Marie et Louis déjeunaient dans la cuisine. Il y régnait une chaleur réconfortante.

—Mes petits, le vent s'est calmé et il ne neige plus à gros flocons. Je crois même que le soleil va percer! Nous sortirons un peu, cet après-midi. Nous irons rendre visite à Betty.

Une joyeuse clameur s'éleva. La jeune femme prit place à la table. Elle picora un morceau de pomme de terre dans l'assiette de Laurence, puis un lardon grillé dans celle de Mukki.

—Il faudra bien vous couvrir, ajouta-t-elle en souriant.

—Oui, parce que le bonhomme hiver est très méchant, cette année! dit Louis en posant sa fourchette. Hein, Mine, c'est vrai, qu'il est très méchant?

—C'est vrai, mon chéri! assura-t-elle.

Louis n'était plus du tout intimidé par sa grande sœur qui, de son côté, apprenait à mieux le connaître. Elle éprouvait pour lui une tendresse profonde, un amour inconditionnel, différent des sentiments maternels qu'elle vouait à ses enfants. Louis était de son sang, un savant partage entre les origines belges de Laura et la souche française et québécoise de Jocelyn Chardin, issu d'une famille poitevine installée à Trois-Rivières depuis plus d'un siècle. Les quelques semaines qui venaient de s'écouler avaient fait prendre à la jeune femme la mesure de ses sentiments pour Louis.

—Je pourrai amener mon ours en peluche, Mine? demanda le petit garçon.

—Si tu veux, Louis, répondit gentiment Hermine.

Il la surnommait Mine comme le faisait Kiona et elle ne l'en chérissait que davantage.

Deux heures plus tard, Hermine conduisait toute sa petite troupe dehors. Elle avait jugé qu'ils pourraient se promener rue Saint-Georges sans utiliser de raquettes. Le soleil était au rendez-vous et sa lumière rendait le paysage blanc d'une brillance féerique. La neige était épaisse, assez compacte, mais cela amusait les enfants de piétiner et de créer d'étroits sentiers, marqués par leurs profondes empreintes dont le fond était de couleur bleuâtre.

—Maman, il y a les traces d'une bête, là! claironna Mukki devant le couvent-école. Une grosse bête! Peut-être un ours!

—J'en doute, mon petit! répondit sa mère. Aucun ours ne viendrait jusqu'à Val-Jalbert, et je te rappelle que les ours hibernent.

—Maman, on peut jouer sur le perron du couvent-école? supplia Laurence.

—Non, venez, nous allons rendre visite aux Marois.

Hermine regretta vite sa décision. Un énorme rouleau de nuages noirs barrait l'horizon et le vent se levait. Elle allait faire demi-tour quand Edmond sortit de la maison familiale et lui fit signe.

—Tu ferais mieux de rentrer chez toi, Mimine! Vois-tu ce qui nous arrive du lac? Encore de la neige! Simon et Armand sont partis travailler à Roberval. Ils dorment là-bas.

Edmond avait un sourire embarrassé. La jeune femme continua à avancer, accompagnée des enfants. Une bourrasque glaciale la fit frissonner.

—Je voulais juste prendre des nouvelles de Betty et de Marie, dit-elle. Ne t'inquiète pas, nous n'avons pas un long chemin à faire pour être à l'abri. Je ne vais pas traîner.

—Entre donc, alors! dit-il. Maman a bien de la misère, icitte. Le père fait la sieste. Moi, j'ai hâte d'être interne au séminaire. Si tu veux jaser un peu, je reste avec les petits.

—Merci, Ed!

Ce grand adolescent mince aux traits fins avait

hérité de la blondeur et de la grâce de sa mère. Du temps qu'elle était encore une fillette de dix ans, Hermine l'avait bercé et lui avait donné sa première bouillie. Elle eut envie de lui caresser la joue, mais elle se retint.

—Mimine! s'exclama Betty. Quelle bonne surprise! Il fait si mauvais! Tu es bien courageuse!

La jeune femme vit tout de suite l'ecchymose violacée qui marquait le visage de son amie, à hauteur de l'œil gauche. Elle en fut saisie et interrogea Élisabeth d'un regard anxieux.

—Je me suis cognée à une porte, avant-hier. Ce n'est pas beau. Mais j'ai mis de la pommade et je ne sens plus rien. Tu me connais: toujours à courir à droite et à gauche, tête baissée!

—Betty, ce n'est pas Jo qui...

—Doux Jésus, Simon et toi, vous en avez, de drôles d'idées! Mon mari est doux comme un agneau en ce moment. Et cela a porté ses fruits, Mimine. Je crois bien que je suis enceinte.

Blafarde et amaigrie, Élisabeth Marois n'avait rien d'une épouse comblée. De plus, en temps ordinaire, jamais elle n'aurait parlé de sa grossesse aussi spontanément, par souci de pudeur. Marie qui, assise à la table, coloriait un dessin, se leva et s'éclipsa dans le salon. La fillette avait à peine salué la visiteuse.

—Betty, quelque chose ne tourne pas rond dans cette maison! dit Hermine d'une voix ferme. Edmond voudrait être interne, Marie ne m'a même pas embrassée et toi tu es bizarre...

—Mais non, pas du tout! Comment se portent Laura et Jocelyn? Armand m'a dit que ton husky était mort; c'est bien dommage. As-tu des nouvelles de Toshan?

La jeune femme fit non de la tête. Elle n'osait pas insister et n'avait aucun moyen de contraindre Betty à dire la vérité. «Elle tient à sauver les apparences! songea-t-elle. Même si Joseph l'a frappée, elle ne l'avouera pas.»

—J'espère une lettre, dit-elle d'un ton neutre. Mais il a tant neigé que tout est ralenti.

—Penses-tu! Onésime a si bien bricolé sa camionnette qu'il a conduit Simon et Armand jusqu'à Roberval ce matin. Il a rajouté à son véhicule une lame à l'avant qui dégage la voie et il a mis des chaînes à ses roues. Ce gars-là aurait dû se faire mécanicien... Il y en a qui vont à pied, aussi, avec des raquettes.

La nervosité faussement enjouée de Betty désespéra Hermine. Elle préféra rejoindre ses enfants.

—Je te laisse, dit-elle. Il vaut mieux que je parte avant qu'il neige de nouveau.

La rue Saint-Georges semblait déserte. Des cris d'excitation retentissaient néanmoins en provenance du couvent-école. Elle aperçut Edmond qui avait organisé une partie de chat perché. Lambert, le fils d'Onésime, un robuste garçonnet de cinq ans, était là également. Les petits avaient tous les joues rouges de froid et les yeux pétillants de gaîté.

—On s'amuse trop bien, maman! hurla Laurence.

Hermine scruta le ciel. Le soleil avait disparu et la barre nuageuse s'étendait, menaçante. Quelques flocons voltigeaient déjà.

—Je vois ça! répondit-elle. Mais il faut vite rentrer, c'est l'heure de goûter. Ed, tu devrais raccompagner Lambert chez ses parents. Merci de les avoir gardés.

Mukki, Louis et les jumelles accoururent. Personne ne prêta attention ni à l'ours en peluche qui gisait sur le perron du couvent-école ni à un mouvement furtif derrière une des fenêtres de la vaste bâtisse.

13
Louis Chardin

Val-Jalbert, même jour, jeudi 18 janvier 1940

Mireille venait de servir le thé dans le salon. Les enfants avaient déjà mangé une collation et ils étaient montés jouer dans la nursery.

—Je tire les rideaux, madame? demanda la gouvernante à Laura. Il fera bientôt nuit.

—Oui, si tu veux!

—Attendons un peu; j'aime bien voir la neige tomber! protesta Hermine. Le vent s'est calmé. Peut-être que le froid sera moins vif.

Jocelyn adressa à sa fille un sourire complice. Elle éprouva encore cette sensation d'infinie sécurité dont elle avait parlé à Toshan dans sa lettre. Rêveuse, elle se plut à imaginer les collines, le canyon, les prairies, tout le paysage familier alentour, noyé de blanc et d'ombre, sans âme qui vive, excepté les derniers habitants de Val-Jalbert cloîtrés chez eux près du feu. Mais cela la fit penser à Betty.

—Je crois que Joseph brutalise son épouse, dit-elle, incapable de garder ses soupçons pour elle.

—Comment ça? s'offusqua Laura. Hermine, n'avance pas de pareilles accusations sans preuve.

—Notre voisin n'est pas le plus conciliant des hommes, ajouta Jocelyn. Mais je l'estime et il a souvent prouvé l'amour et le respect qu'il a pour sa femme.

Hermine posa sa tasse en soupirant. Elle regrettait déjà d'avoir exprimé ses craintes. Cela ne changerait rien, de toute façon, ses parents n'étant pas du genre à se mêler de la vie privée d'autrui.

—Simon s'est confié à moi, poursuivit-elle néanmoins. Il prétend que Joseph ne décolère pas depuis le premier de l'An et que Betty en fait les frais. Je lui ai rendu visite, tout à l'heure. Elle avait une large ecchymose au visage. Mais je me fais sans doute des idées... Elle m'a affirmé s'être cognée contre une porte.

C'était plus fort qu'elle. Tout coïncidait, l'anxiété de Simon et d'Edmond, la tristesse de leur petite sœur Marie, les paroles énigmatiques d'Edmond...

—Et c'est sûrement le cas! répliqua Laura. Tu te trompes, ma chérie. D'abord, pour quelle raison Joseph l'aurait-il frappée? C'est une épouse exemplaire, une ménagère hors pair et une mère dévouée!

—Je suis de l'avis de Laura, renchérit Jocelyn.

—Jo s'est remis à boire! reprit leur fille. Une fois ivre, et je peux en témoigner, il devient violent. Ses plus mauvais instincts se réveillent.

Ses parents échangèrent un regard sceptique. Ils appréciaient le voisinage des Marois et n'avaient aucune envie de ternir l'image de cette famille presque modèle.

—Hermine, reprit Laura, souviens-toi. Joseph évite de boire depuis ce sinistre soir où Betty a failli mourir d'une fausse couche. Mireille et moi l'avons aidée de notre mieux et le docteur Milles l'a sauvée. Jo s'en voulait tellement d'être absent, et saoul de surcroît, qu'il a amendé son comportement. C'était en septembre 1930. Simon avait même peur que son père se suicide!

Il fallut en dire davantage à Jocelyn, qui ignorait tout de ce drame.

—Nous venions d'arriver à Val-Jalbert! se rappela Laura. Mireille clamait que c'était un pays de sauvages. Les gens observaient notre emménagement avec des yeux étonnés. Il y avait tellement de caisses à décharger...

Hermine écoutait, émue, vaguement amusée. Ce retour en arrière la déridait. Elle en vint à espérer que Betty se fût bel et bien blessée par accident. Pourtant, ce n'était pas le cas et la vérité cachait une ignoble machination dont les rouages allaient se mettre en marche d'un instant à l'autre.

Personne ne vit ni n'entendit Louis descendre l'escalier en chaussettes. L'enfant marchait sur la pointe des pieds et ne faisait aucun bruit. Il tenait à la main son bonnet de laine et avait enfilé sa veste cirée, fourrée en laine. Ce qu'il avait prévu de faire lui semblait très simple et surtout passionnant.

—J'arrive, Nono! dit-il sur un ton décidé.

Nono était un personnage important dans la jeune existence de Louis Chardin. Il s'agissait de l'ours en peluche qu'il avait eu en cadeau pour Noël. C'était le frère de Duky, l'ourson de Kiona. Et Nono devait grelotter, abandonné sur le perron du couvent-école.

Le petit garçon aurait pu pleurer, crier bien fort qu'il avait oublié sa peluche dehors, mais il connaissait d'avance les réponses que les adultes lui auraient faites. Son père lui dirait qu'il neigeait, que le vent soufflait, que la nuit tombait et qu'on sortirait le lendemain matin récupérer Nono. La veille, sa mère lui avait reproché d'être trop distrait et de plus en plus capricieux. En conséquence, Louis avait choisi de résoudre son problème tout seul, sans prévenir Mukki qui refusait de lui prêter ses soldats de plomb. Depuis plusieurs jours, les grands, comme il les surnommait en secret, multipliaient les interdictions. Il était défendu de sortir sans Simon ou Armand, défendu d'aller donner du pain sec aux chiens, défendu de fouiner dans la remise à bois et quoi encore.

Aussi silencieux qu'un loup sur la piste d'un gibier, Louis trottina dans le couloir. Du salon lui parvenaient des éclats de voix. Sa mère parlait du piano et son père riait. Le fugitif hésita devant la porte d'entrée. Hermine aurait peut-être accepté de sauver Nono. Mais il se méfia. S'il posait la question à sa sœur, ses parents refuseraient de la laisser sortir, elle aussi.

Avec précaution, le cœur battant la chamade, Louis mit ses bottes, puis il réussit à tourner le verrou et à tirer le loquet, toujours sans un bruit. Il avait peur de voir Mireille surgir de la cuisine. Mais la gouvernante chantonnait en sourdine en brassant des ustensiles. Le souffle court, l'enfant se retrouva sous le grand auvent. Vite, il s'équipa de mitaines et enfonça son bonnet jusqu'aux sourcils. Il avait pris soin de ne pas refermer tout à fait la porte, certain de revenir quelques minutes plus tard. L'épais rideau brun, destiné à couper les courants d'air, camouflerait son escapade.

« Ils ne s'apercevront même pas que je suis sorti! se félicita-t-il. Et Mukki croira que je suis allé à la toilette... »

Louis s'élança en suivant sagement l'espèce de sentier creusé dans la neige qu'ils avaient tracé en milieu d'après-midi. De gros flocons lui caressaient les joues, il faisait sombre, mais rien n'aurait arrêté le petit garçon. Ce cadre lui était si familier! L'hiver précédent, Laura l'autorisait à rendre visite à Betty, même le soir.

Il grimpa bientôt les marches menant au perron du couvent-école, tout fier de son exploit, très pressé cependant de retourner chez lui, dans la lumière et la chaleur.

—Nono! se lamenta-t-il.

L'ours en peluche avait disparu. Louis eut beau regarder partout et tâter le sol à ses pieds, il ne le trouva pas.

—Lambert me l'a volé! balbutia-t-il.

Il n'aimait pas Lambert. Le fils d'Onésime était bruyant et moqueur. Louis aurait pu penser qu'Edmond avait ramassé le jouet, mais il était si déçu qu'il se mit à pleurer, l'esprit vide. Il se passa alors une chose singulière. La lourde porte double du couvent-école s'entrebâilla et un homme apparut.

—C'est ça que tu cherches? demanda-t-il en brandissant Nono.

—Oui, monsieur!

—Tu es bien Louis Chardin?

—Oui!

D'un geste preste, l'homme l'attrapa par la taille et lui couvrit la bouche de sa grosse main gantée de cuir. Ensuite, tout devint noir pour Louis, noir comme la terreur qui le paralysait et qui le rendait faible et vulnérable.

Paul Tremblay avait cru à un miracle en sa faveur en voyant approcher l'enfant qu'il savait être Louis Chardin, le fils de la très fortunée Laura Chardin. Il se cachait depuis midi à l'intérieur du couvent-école, mais pas dans le but d'enlever un gamin de cinq ans. Son père, Napoléon, qu'il tenait pour un imbécile, était en fait le fameux acolyte de Zacharie Bouchard. Celui-là, il l'estimait encore plus stupide : une brute à forme humaine.

Depuis un mois et une semaine exactement, Paul Tremblay était devenu le cerveau indispensable au désir de vengeance de ces quinquagénaires bornés et il dirigeait les opérations. Ces deux hommes-là ne parlaient que d'incendier ou d'abattre chevaux et chiens, en rossant quelques Indiens au passage. Heureusement pour eux, il s'en était mêlé. Peu lui importait de punir Tala, la vraie coupable. Il y avait mieux à faire.

« Vous n'allez pas la tuer, cette bonne femme? avait-il dit d'une voix assurée. Cela pourrait vous valoir des années de prison. Sa belle-fille, Hermine, que vous avez attaquée comme les niaiseux que vous êtes, elle est riche, et sa mère Laura Chardin est encore plus riche. L'argent lave tous les crimes! »

Le plus agréable, dans cette histoire, avait été de séduire Élisabeth Marois, qui lui avait fourni en quelques rendez-vous tous les renseignements dont il avait besoin sur la famille Chardin. Grâce à elle, il possédait la clef du couvent-école, que le maire avait confiée à Betty; elle y faisait le ménage une fois par mois, même si l'établissement était désormais inutilisé.

Paul Tremblay avait joué les amoureux transis, feignant une passion ardente. Il excellait dans l'art de séduire vite et de ne pas lâcher sa proie.

« Mettre le feu à la grande baraque des Chardin, ça ne servirait à rien! avait-il pensé quand il avait trouvé l'ours en peluche. Rien ne prouve que ça marchera! Elle est construite en briques et c'est du solide. Et ce serait idiot de brûler toutes les belles choses qu'il doit y avoir à l'intérieur. Mon père ne voit pas plus loin que le bout de son nez. Je vais me geler ici encore une nuit et demain je me présente chez les Chardin. Je demande à discuter avec Hermine Delbeau et je la fais chanter, mais d'une autre manière qu'à l'église. Elle paiera cher pour que je ne dénonce pas sa belle-mère à la police! »

Cependant, en voyant Louis approcher, il avait songé que Laura Chardin paierait encore plus cher si on la privait de son fils de cinq ans.

*

Hermine avait renoncé à parler de Betty. Laura évoquait maintenant pour son mari et sa fille ce qu'elle ressentait à l'époque où, toute de noir vêtue, elle séjournait au Château Roberval.

—Mon Dieu, Jocelyn! La première fois que j'ai vu Hermine sur l'estrade, si blonde et si menue, la première fois que je l'ai vue chanter, je pleurais derrière ma voilette. C'était ma fille, ma chère petite fille que j'avais enfin retrouvée! Et le soir où elle a frappé à la porte de ma chambre...

La sonnerie du téléphone retentit au même instant. Hermine se leva et courut jusqu'au bureau. C'était Toshan.

—Mon amour, toi, enfin! s'écria-t-elle. Je suis si heureuse!

—Je t'appellerais plus souvent si je pouvais, ma Mine chérie! répondit-il.

La voix de son mari lui paraissait toute proche, avec ses accents de tendresse et son timbre grave. Elle en aurait pleuré.

—Comment vas-tu? demanda-t-elle. As-tu reçu ma lettre? Oui! Tant mieux! Fait-il très froid aussi à Québec?

—Ne t'affole pas, nous avons un peu de temps. Ta lettre, je la garde sur moi et, oui, il fait un froid épouvantable. Le Saint-Laurent est changé en une immense patinoire. Et toi, les petits, maman, Kiona? Tout le monde est en bonne santé? Kiona?

Habituellement, Toshan semblait accorder peu d'attention à sa demi-sœur. Hermine fut donc déroutée de l'entendre insister à son sujet.

—Pourquoi dis-tu ça? s'enquit-elle.

—Ne te moque pas, je l'ai vue en rêve hier soir et elle avait une expression désespérée, un regard effrayé. Je me suis posé des questions. Est-ce que tu as rendu visite à ma mère depuis mon départ?

La jeune femme hésitait à mentir encore. Après tout, Toshan était loin et il ne saurait pas avant longtemps que sa mère s'était enfuie avec Kiona. « Ma belle-mère m'oblige à duper mon mari, songea-t-elle. Elle a tort d'avoir caché ce qui se passait à son propre fils! »

—Hermine? Qu'est-ce que tu me caches? interrogea Toshan un peu sèchement.

—Il a beaucoup trop neigé et je n'ai pas pu aller à Roberval. Mon amour, raconte-moi un peu ce que tu fais!

—Rien de très intéressant. L'entraînement au combat, le maniement des armes, je te l'ai déjà dit. Mais ici comme chez vous l'hiver paralyse un peu nos activités. Le soir, si cela me tente, Gamelin organise des parties de cartes. Je me tiens à l'écart, préférant lire ou penser à toi.

Flattée, Hermine ne put s'empêcher de sourire.

Elle murmura des mots doux à son mari. L'irruption de Mukki la fit taire.

—Maman? Je peux parler à papa?

—Oui, mais fais vite, mon chéri!

Mukki expliqua à son père qu'il jouait avec des soldats de plomb.

—Ils font la guerre, papa. Dis, quand est-ce que tu reviens?

Toshan discuta un peu avec son fils, puis il lui recommanda d'être sage et obéissant. Hermine s'impatientait. Elle récupéra le téléphone au moment où Laura entrait à son tour.

—Où est Louis? s'exclama-t-elle. Laurence prétend qu'il est allé à la toilette, mais je l'ai appelé, il ne répond pas. Et il n'est plus là, Marie a vérifié. Je parie qu'il boude quelque part.

Importunée par la présence de sa mère, Hermine dit au revoir à Toshan.

—Je t'en prie, essaie d'envoyer Simon chez Tala! insista-t-il. Ce rêve n'a duré qu'une ou deux secondes, mais il m'a marqué!

La jeune femme promit, navrée d'être obligée de mentir à l'homme qu'elle adorait. Elle raccrocha. Laura commença à fouiller le bureau.

—Louis ferait mieux de se montrer! bougonna-t-elle. Je déteste ce genre de plaisanterie! Mais c'est ta faute, Mukki. Tu aurais pu lui prêter un de tes soldats de plomb!

—Je t'assure que Louis n'est pas là, maman, la coupa Hermine. Il a dû rester à l'étage. Un jour, je l'ai trouvé sous le lit de Charlotte. Il aime bien se cacher dans les placards et les penderies.

Irrité par cette nouvelle fantaisie de son fils, Jocelyn le somma de se montrer, sous peine d'être puni. Du seuil de la cuisine, Mireille donna son avis.

—Votre petit Louis, au fond, il n'en fait qu'à sa tête. Il dit oui par devant et non dans votre dos. Tel que je le connais, il a pu se faufiler jusqu'au grenier ou, comme dit Hermine, dans la chambre de Charlotte. Je l'ai déjà surpris en train d'inspecter la coiffeuse et de toucher à tout, les flacons, le poudrier...

—Louis! appela Hermine. Louis, viens vite, sinon tu seras privé de dessert.

—Tout à fait! confirma Laura en criant. Ta sœur dit vrai, écoute-la et sors de ta cachette.

Marie et Laurence dévalèrent l'escalier en se tenant par la main. Elles avaient un air préoccupé.

—On a cherché partout, dit Marie. Louis n'est pas là-haut.

—Je monte dans le grenier, annonça Jocelyn. Cela ne m'amuse plus du tout. Mireille a raison, Laura, nous sommes trop conciliants avec notre fils. Il n'a plus l'âge des caprices!

Hermine eut alors une impression singulière. Elle se sentait oppressée, incapable de bouger. Tout le reste de sa vie, elle se souviendrait de ces minutes-là. Mireille, les poings sur les hanches, son tablier blanc moulant un ventre bien rond, les fixait d'un air indigné. En robe grise, un collier de perles à son cou, Laura affichait un visage contrarié par l'attente. Mukki était muet et immobile lui aussi, ses cheveux noirs scintillant à la clarté du lustre. Marie et Laurence se tenaient assises sur la dernière marche et fixaient un point invisible du couloir. Toutes les deux vêtues d'une robe de velours brun protégée par un tablier à carreaux orné de volants, elles offraient un tableau ravissant avec leurs frimousses rondes, leurs yeux clairs et leurs boucles châtain doré.

Un signal d'alarme vrilla le cœur d'Hermine, dont les battements s'accélérèrent. Elle pria de toute son âme.

« Dieu du ciel, faites que papa redescende avec Louis! Pourquoi a-t-il disparu? Il aime bien se cacher, surtout s'il a envie de bouder, mais j'ai peur qu'il soit en danger! »

Malgré ses bonnes résolutions, elle pensa à

Kiona et au rêve de Toshan. « Et si elle avait voulu l'alerter? se demanda-t-elle. Mais non, dans ce cas, elle me serait apparue, à moi, ou encore à Mukki. »

—Louis, Louis! criait Jocelyn dans le grenier. Louis, ça suffit, viens immédiatement!

Laura porta une main à sa bouche. Elle était blême.

—Quand même, Louis obéit toujours à son père! s'écria-t-elle d'une voix tendue. Il a disparu pour de bon! Mon Dieu, Louis, mon tout petit, mon trésor! Louis!

Elle se rua dans l'escalier en hurlant encore. Mireille lança un regard angoissé à Hermine en disant :

—Ce n'est pas normal que le petit ne réponde pas. S'il n'est pas dans le grenier, je me demande bien où il peut se cacher! Oh, il est là-bas, j'en suis sûre! Voyez un peu le rideau, il bouge!

Un merveilleux soulagement envahit Hermine. Elle retrouva l'usage de ses jambes et, mi-fâchée, mi-attendrie, elle se précipita vers le lourd pan de tissu. Un enfant de la taille de Louis pouvait se réfugier à son aise entre le battant et le rideau.

—Je t'ai trouvé, méchant garçon! dit-elle.

Un courant d'air glacé frôla ses mollets dès qu'elle écarta l'étoffe. Louis n'était pas là, mais le vent entrait. La jeune femme éprouva une déception à la mesure de la joie qu'elle avait ressentie.

—Oh non, il n'est pas là et la porte n'était pas fermée! s'écria-t-elle. Mon Dieu, serait-il sorti? C'est impossible!

Elle écarta tout à fait le rideau et avança un peu pour inspecter le perron. Des nuées de gros flocons apparurent dans le faisceau de lumière venant du couloir. Il faisait presque nuit noire, mais Hermine inspecta l'étendue neigeuse en bas des marches. Il y avait quelques traces mêlées, qui pouvaient dater de leur balade de l'après-midi.

—Louis ne peut pas être dehors! dit-elle sur

un ton où perçait la panique. Mukki, je t'en prie, cherche-le dans la maison. Il a dû trouver une si bonne cachette qu'il refuse de se montrer. Marie, Laurence, cherchez encore. Partout, vraiment partout!

Les trois enfants s'empressèrent d'obéir. Ils croisèrent leurs grands-parents sur le palier du premier étage.

—Cherchez bien, comme votre mère vous le demande! leur dit Jocelyn visiblement irrité. Nous n'avons pas pu explorer tous les fonds de placard. C'est à n'y rien comprendre!

Laura secoua la tête pour approuver les paroles de son mari. Elle commençait à s'affoler, car elle avait la certitude que Louis n'était pas dans la maison. Cela signifiait qu'il avait disparu et cette idée terrifiante lui donnait l'impression d'être au bord d'un abîme. Hermine appela du rez-de-chaussée:

—Papa, maman, la porte d'entrée n'était pas fermée. Louis est peut-être sorti; je vais voir au chenil.

Ils descendirent rapidement. La jeune femme s'équipa à la hâte en enfilant des bottes en caoutchouc, une écharpe et un manteau. Très pâle, Mireille n'arrêtait pas de se signer.

—Notre pauvre petit Louis! Doux Jésus, où est-il passé?

Jocelyn mit une veste et des bottillons. Il prit une lampe à pile dans le tiroir de la commode en disant:

—Je viens avec toi, Hermine. Dieu tout-puissant, il faut le retrouver et vite! Mais qu'est-ce qui lui a pris?

Rongée par une angoisse folle, Laura tremblait de nervosité. Elle espérait entendre à chaque seconde un cri des enfants, à l'étage. Mukki hurlerait: « Louis est là... » Et elle pourrait respirer de nouveau à son aise. Son cœur ne lui ferait plus aussi mal, à battre à grands coups sourds. Il ne pouvait en être autrement. « Nous sommes tellement heureux! pensait-elle. Nous avons une magnifique demeure, de l'argent, de belles choses. De plus, Hermine habite avec nous, les petits aussi! Je ne me rendais pas compte que nous avions tant de bonheur. »

Elle éclata en sanglots. Mireille lui tapota l'épaule.

—Allons, madame, il n'y a sûrement pas de quoi se faire du mauvais sang. Louis ne doit pas être loin. Vous le connaissez, il veut toujours prouver qu'il est aussi dégourdi que Mukki. C'est un âge où on ne veut plus être considéré comme un bébé. Il a pu se faufiler dehors sans aucun bruit et courir chez les Marois. L'an dernier, déjà, vous lui en donniez la permission!

—Tu as raison, Mireille, mon petit chéri a pu décider de faire une promenade tout seul! hoqueta-t-elle. Ils vont le ramener, dis, il faut qu'ils le ramènent, sinon je vais devenir folle!

Hermine et Jocelyn s'élancèrent dans la nuit grisâtre et neigeuse. Laura se rua sur le perron, en robe. Aussitôt, elle grelotta. La gouvernante l'obligea à rentrer et à se couvrir d'un châle, mais elle ne put empêcher sa patronne de ressortir pour se poster sous l'auvent. Hermine revint la première, la mine défaite.

—Louis n'est pas au chenil! cria-t-elle à sa mère.

—Alors, ma chérie, par pitié, cours chez Betty et Jo! Mireille croit que Louis a désobéi et qu'il a dû rendre visite à nos voisins.

—J'attends papa, il fouille la remise à bois et l'arrière-cuisine. Ce n'était pas verrouillé. Louis a pu s'y cacher!

Laura claquait des dents. Elle avait la bouche si sèche qu'elle fut incapable de répondre. Jocelyn réapparut. Il lança à sa femme un regard désespéré et leva les bras au ciel dans un poignant geste d'impuissance.

Cela faisait un peu moins de quarante minutes que Paul Tremblay avait quitté le couvent-école. Athlète endurant, entraîné aux exercices physiques dans la neige, il marchait sur la route régionale dans les traces de pneus laissés par Onésime Lapointe en début de journée. La neige les comblait lentement, mais elles demeuraient bien distinctes. Il portait Louis sur son dos comme un sac en lui maintenant les poignets d'une main. Le petit garçon, bâillonné, paralysé par la terreur, était incapable de réfléchir ou d'agir. L'homme l'avait mis en garde avec des intonations menaçantes.

—Si tu n'es pas sage, je te tranche les orteils. D'abord les orteils, ensuite une oreille. Tu as intérêt à ne pas broncher!

Louis n'avait jamais été confronté à la violence, qu'elle fût verbale ou physique. Jocelyn l'avait souvent grondé et lui avait même donné une fessée un lointain soir de printemps dont il ne se souvenait plus guère. Quant à sa mère, elle criait parfois, mais, la minute suivante, sa voix redevenait une caresse assortie à des baisers sur la joue ou à des câlins passionnés.

«J'ai désobéi et voilà!» se répétait l'enfant. C'était l'unique pensée qu'il réussissait à ordonner dans son esprit pris de panique. Ses parents, Mireille et Hermine l'avaient prévenu avec raison. Il ne devait pas désobéir ni surtout quitter la maison.

« Plus qu'une centaine de mètres et je peux filer à Chambord, songeait Paul Tremblay en accélérant encore son allure. Il pèse, ce gamin! »

Couvrir un kilomètre environ dans la pénombre l'avait réchauffé. La camionnette était garée sur la route reliant Roberval à Chambord, au bord du lac.

—On dirait que personne dans la famille ne s'est aperçu de sa disparition! marmonna-t-il à mi-voix. Je suis chanceux. J'ai pas entendu crier ni appeler!

Il fit glisser Louis au sol devant le véhicule et le secoua avec brutalité.

—Ne va pas te mettre à gigoter, une fois là-dedans! Tu as compris? Tiens-toi tranquille et je ne te ferai pas de mal!

Louis acquiesça d'un signe de tête, les yeux écarquillés par la frayeur. L'instant d'après, il était allongé sur des couvertures puantes, dans l'habitacle de la camionnette dont le moteur se mit à tourner. L'homme avait ôté le bâillon.

—Maman! gémit-il. Maman!

Il pleura à en perdre le souffle, ballotté par les cahots. Un de ces inconnus, de ces étrangers que redoutait Hermine, l'emmenait. Louis avait saisi l'essentiel de certaines discussions, depuis un mois. Il savait qu'un danger menaçait, mais il avait oublié ce fait, grâce au sapin de Noël, aux chansons et aux gâteaux, grâce à Kiona et à son ours Nono.

—Maman! J'ai perdu Nono! Maman, je veux maman!

Il se concentra sur l'image de Laura, si belle avec ses cheveux fins et blonds. Il aurait voulu se blottir contre elle et sentir son parfum. Le besoin de voir sa mère prenait toute la place dans son jeune cœur qui battait follement.

Hermine frappa chez les Marois en priant Dieu de ne pas la décevoir. Betty allait ouvrir et Louis serait là, dans la clarté et la chaleur. On s'expliquerait, il y aurait des soupirs et des discours, mais Louis serait là. La jeune femme se préparait à le serrer dans ses bras. Elle s'accrochait à ce fragile et dernier espoir.

—Frappe plus fort, ils n'entendent pas! ronchonna Jocelyn que la peur rendait hargneux.

Joseph entrouvrit la porte, méfiant. Il s'empressa de faire entrer les visiteurs.

—Qu'est-ce qui se passe? s'étonna-t-il.

Betty repassait du linge. Marie ourlait un torchon et Edmond lisait; tous deux étaient assis près du poêle.

—Louis n'est pas là? interrogea Hermine.

—Tu vois bien que non! coupa Joseph.

—Mon Dieu! dit-elle très bas, prête à sangloter. Je désirais tant le trouver ici!

Ses jambes la portaient à peine. Elle dut se cramponner au bras de son père.

—Mon fils a disparu, expliqua Jocelyn. Oui, disparu! Nous avons fouillé toute la maison, les remises et le jardin. En dernier recours, nous sommes venus vérifier chez vous, pour le cas où il aurait décidé de vous rendre visite.

—Mais où voulez-vous qu'il soit allé, ce petit? dit Betty, déconcertée. Il vous joue un de ses tours. Il s'est caché.

Un choc sourd ébranla la porte et Laura, les vêtements couverts de neige, se jeta dans la pièce, défigurée par l'angoisse. Elle était tombée à deux reprises pendant le trajet entre les deux maisons et faisait peine à voir, blafarde, échevelée, les mains rouge vif à cause du froid.

—Alors? s'écria-t-elle d'une voix aiguë. Est-ce que mon petit Louis est là? Je vous en prie, Betty, dites-moi! Hermine, Jocelyn? Il faut le chercher! Joseph, aidez-nous! À plusieurs, nous le retrouverons plus vite.

Laura avait une expression si tragique que l'ancien ouvrier en perdit contenance. Jocelyn attira sa femme contre lui. Hermine regardait ses parents, ne sachant comment les tranquilliser, éprouvant elle-même une anxiété insoutenable.

—Vous savez, les enfants ont souvent de drôles d'idées, dit Joseph. Louis a pu inventer n'importe quelle sottise. Bien sûr que je vais vous aider! Edmond, prends les lanternes et habille-toi. C'est dommage que Simon et Armand ne soient pas icitte à soir!

L'adolescent referma son livre. Hermine constata qu'il s'agissait d'une bible. Marie, qui était une fillette timide et émotive, se réfugia près de Betty.

—Ne crains rien, la rassura-t-elle, Louis ne peut pas être loin.

—Je vais quand même avertir Onésime! dit Jocelyn. Toi, Laura, tu ferais mieux de rentrer. Hermine, raccompagne ta mère. Elle tremble comme une feuille, la malheureuse!

La jeune femme pensa tout à coup à ses propres enfants, seuls avec Mireille. Mukki et les jumelles devaient être très inquiets.

—Oui, nous y allons, dit-elle doucement. Viens, maman!

—Je ne mettrai pas les pieds chez nous tant que je n'aurai pas retrouvé Louis! hurla Laura. Je veux le chercher moi aussi, je ne peux pas rester assise à attendre. Il a pu s'égarer dans le bois derrière la maison ou se briser une jambe en explorant une des maisons désertes. Nous ne serons jamais assez nombreux, je vous en prie, prévenez le maire et tous les hommes du village!

Joseph haussa les épaules.

—On va essayer, mais ça ne fera pas beaucoup de volontaires, puisque tout le monde a fichu le camp, depuis douze ans déjà[43]!

Betty se leva. Elle était livide et semblait ébranlée. Sans un mot, elle prit son manteau à une patère et tendit le sien à Marie. Ensuite, elle se chaussa et protégea sa tête d'un foulard.

—Si cela ne dérange pas, Laura, nous veillerons ensemble. Je viens avec vous.

—D'accord! répondit Hermine. C'est gentil, Betty, merci...

Ils se séparèrent au milieu de la rue Saint-Georges. Il neigeait toujours. Jocelyn, Joseph et Edmond partirent chez Onésime; les trois femmes et la fillette marchèrent en toute hâte dans la direction opposée.

—Je ne comprends pas, gémit Laura. Pourquoi

---

43. L'usine de pulpe ayant fermé en 1927, cela fait douze ans que les habitants de Val-Jalbert sont partis. Il ne demeure au village qu'une cinquantaine de personnes.

Louis est-il sorti en cachette? Il y a forcément une raison! Qu'est-ce qui lui est passé par la tête?

—Maman, je prie de toute mon âme pour qu'il nous le dise lui-même très vite, dans moins d'une heure! répondit Hermine. Quand je pense que cet après-midi ils jouaient là, autour du couvent-école, tous les quatre! Lambert aussi était là.

—Peut-être que Louis est rentré de lui-même et qu'il sera avec Mireille? fit remarquer Betty.

Elles pressèrent le pas. Laura eut le cœur serré en voyant les fenêtres illuminées de sa maison, cette belle et riche demeure où Louis était né. « L'enfant de l'amour retrouvé, l'enfant du miracle! se dit-elle, le visage inondé de larmes. Jocelyn et moi avons eu une deuxième chance. Nous étions de nouveau réunis, et Dieu nous a accordé l'immense bonheur d'être parents. Cette fois, nous avons pu profiter pleinement des premières années de notre fils, et ce soir il disparaît! Non, ce serait trop injuste, Louis va revenir, ils vont le trouver! »

Hermine se sentait totalement inutile et impuissante. Elle aurait voulu dissiper les ténèbres environnantes, arrêter l'incessante chute des flocons, voir son petit frère sain et sauf. Elle se le représenta tel qu'il était au départ de leur balade, le teint rose, ses cheveux fins et aériens, d'un châtain presque blond, emprisonnés sous un bonnet de laine. Il tenait son ours, son cher Nono.

—Oh, mon Dieu! s'exclama-t-elle à quelques mètres du perron. Je suis sûre d'une chose, maman! Quand j'ai ramené les enfants, Louis avait les mains dans les poches de son manteau; il n'avait pas son ours en peluche. Il l'avait oublié quelque part. Dans ce cas, peut-être qu'il a décidé d'aller le récupérer en prenant soin de ne pas se faire remarquer!

Laura tendit vers sa fille un visage désemparé et livide.

—Crois-tu? demanda-t-elle.

—Mais oui, je dois vérifier. Betty, conduis maman

à l'intérieur; Mireille vous préparera du thé. Et rassurez les petits! Je retourne au couvent-école. Louis a pu tomber et se blesser. Quelle idiote je suis! J'aurais dû me souvenir bien plus tôt de ce détail!

Elle s'élança, le faisceau de sa lampe balayant l'épais tapis de neige. Tout son être vibrait d'un unique désir : retrouver son frère pour le toucher, le serrer dans ses bras, le réconforter. La jeune femme se répétait qu'il ne s'était pas écoulé beaucoup de temps, que Louis pouvait pleurer de terreur dans le noir et le froid.

—J'arrive, mon chéri! Je vais te ramener chez nous, mon petit frère, mon Louis!

Mais elle parcourut en vain les environs du grand bâtiment. Elle appela en cherchant, parfois à tâtons, l'ours en peluche.

—Mon Dieu, ayez pitié! hurla-t-elle. Protégez-le! Un si petit garçon, il ne faut pas le laisser seul, perdu et malheureux! Il va neiger toute la nuit.

Elle se tut, terrifiée. Demain, Louis serait mort de froid. Cette éventualité lui arracha une plainte de bête à l'agonie.

Chambord, même soir

C'était une modeste maison en solides planches d'épinette et au toit de bardeaux, située à la sortie du village de Chambord. Un poêle vétuste chauffait une des deux pièces, encombrée de caisses et de bidons. Il y avait là trois hommes et un enfant qui reniflait, à demi hébété.

—Mais qu'est-ce qui t'a pris, Paul, crisse de cave, d'enlever ce morveux? aboya Zacharie Bouchard. Tu devais faire chanter la chanteuse, rien d'autre!

—Tu as eu les yeux plus grand que la panse, oui! maugréa Napoléon Tremblay à son fils. Ce coup-ci, on risque de finir en prison!

—C'est bien plus intelligent que de mettre le feu à la cabane de l'Indienne ou de tuer un chien! rétorqua Paul. Le meilleur moyen de se venger de ces gens, c'est de leur extorquer de l'argent, un bon paquet de piastres. Le kidnapping, ça rapporte. Vous n'avez qu'à lire les journaux! Les Chardin auront trop peur pour prévenir la police, ils vont payer ce qu'il faudra pour récupérer leur fils. Après ça, j'arrête tout et je file aux États.

Louis jetait des coups d'œil horrifiés autour de lui, tout en observant les inconnus. Il se demandait de quel chien ils parlaient, mais il comprenait vaguement ce que voulaient ces hommes. Sans avoir une conscience précise de la fortune de ses parents, il avait pu faire la différence entre une personne pauvre et une personne riche. Dans une rue de Chicoutimi, avant Noël, il avait vu un vieillard mal vêtu qui mendiait. Son père lui avait donné un billet d'un dollar.

—Torrieux, il n'est pour rien dans notre affaire, ce petit! s'écria Napoléon Tremblay. Quitte à pratiquer ton maudit kidnapping, tu aurais dû ramener le fils de Delbeau! Moi, je venge mon père, j'en veux à l'Indienne. Mais celle-là, pour la retrouver...

—Je voudrais aller à la toilette! geignit Louis.

—Toi, j'vas t'câlisser une mornifle dans' face! menaça Zacharie Bouchard, le plus rude des trois.

L'enfant recula en criant de terreur. Avec ses traits lourds sillonnés de grosses rides et ses yeux noirs, Zacharie Bouchard ressemblait aux ogres des contes.

—Fiche-lui la paix! cingla Paul. Viens là, y a un seau dans l'autre pièce. Demain, je te conduirai chez une amie, mais faut dormir icitte, et tu as intérêt à te soulager maintenant, parce que je vais être obligé de t'attacher les pieds! Et puis tu te souviens, si tu cries, si tu tentes de t'enfuir, je te coupe les orteils ou une oreille. J'ai mon couteau dans la poche!

Louis se mit à pleurer sans bruit. Il avait mouillé son pantalon.

Val-Jalbert, même soir

Hermine n'avait rien trouvé autour du couvent-école, même pas l'ours en peluche. Elle le pensait déjà enfoui sous la neige. Le cœur brisé, la gorge prise dans un étau de panique, elle dut rentrer et annoncer la mauvaise nouvelle à sa mère. Laura était assise dans le salon, livide, les yeux hagards. Betty lui tenait la main. Marie Marois, Mukki et ses sœurs n'osaient pas dire un mot, ni bouger. Ils s'étaient installés tous les quatre sur le sofa et attendaient, affolés par la disparition inexplicable de Louis.

Mireille multipliait les allées et venues de la cuisine au couloir pour fixer la porte principale, comme si le panneau de bois était l'unique coupable de la tragédie qu'ils vivaient. La gouvernante jetait aussi des regards affligés sur sa patronne. En voyant Hermine de retour, elle l'interrogea d'un signe de tête.

—Rien, il n'y a rien! répondit la jeune femme. Si seulement ce brave Duke était encore vivant, il aurait pu suivre les traces de Louis. Ce chien aimait tellement les enfants!

Elle faillit ajouter que Zacharie Bouchard était un individu sans scrupules, une brute affreuse, pour s'en prendre à un animal, mais elle se tut, envahie par un effrayant pressentiment.

« Et si ces hommes avaient fait du mal à Louis! songea-t-elle. Non, c'est de la folie, ils ne seraient pas venus jusqu'ici par un temps pareil! Non, Louis a dû s'égarer en cherchant son ours en peluche, son Nono! »

Hermine se contenait pour ne pas sangloter de chagrin. Si sa mère percevait son désespoir elle s'effondrerait.

—Courage, maman! dit-elle. Joseph, Edmond, Onésime et papa forment une bonne équipe. Ils vont le trouver.

—Mais non! Je ne reverrai jamais mon trésor! affirma Laura d'une voix lugubre. Ou on me le ramènera mort!

Mukki étouffa une plainte, puis, en larmes, il hurla :

—C'est à cause de moi! Je l'ai chicané parce qu'il essayait de me voler des soldats de plomb! Mais j'voulais pas qu'il soit mort! Maman...

Il courut vers Hermine, entoura sa taille de ses bras tremblants et cacha son visage dans l'entrebâillement de son manteau.

—Tu n'es pas responsable, mon chéri, dit-elle doucement. Vous vous querellez souvent, Louis et toi... Mukki, souviens-toi, est-ce que Louis avait son Nono quand nous sommes revenus de la promenade?

—Moi, je suis sûre qu'il ne l'avait pas, maman! s'empressa de dire Laurence.

—Alors, c'est bien ça, il a dû sortir pour le récupérer! conclut la jeune femme. Mais où est-il parti, ensuite? J'ai essayé de trouver des empreintes, mais la neige tombe si fort qu'on ne voit rien.

Laura se leva et fit les cent pas d'une fenêtre à l'autre. Elle se tordait les doigts en bredouillant des paroles inaudibles. Enfin, elle dit bien haut, d'un ton grave :

—Dieu donne, Dieu reprend! Sais-tu, Hermine, Dieu nous a punis, ton père et moi! Nous t'avons abandonnée quand tu étais toute petite et nous nous sommes contentés de ton pardon, mais je n'ai pas assez prié, pas assez remercié, et là on m'arrache mon fils, mon bébé, mon Louis! Oh non, je n'y survivrai pas...

—Maman, par pitié, ne dis pas de choses comme ça! Les enfants sont suffisamment effrayés.

—Je vais leur donner à souper, intervint Mireille qui n'était pas loin. Venez, mes petits! Toi aussi, Marie! Doux Jésus, ce n'est pas facile d'avoir deux jolies Marie dans une maison! Betty, il faudrait trouver un surnom pour votre fille, ou bien toi, Mimine!

La gouvernante eut un pauvre sourire, sachant très bien que ce n'était pas le moment d'aborder un sujet aussi superficiel.

—Et mon nom indien! s'exclama Marie Delbeau. Je désire m'appeler Nuttah[44]! Oh oui, je préfère Nuttah! Maman, tu veux bien? J'ai du sang indien et je veux être Nuttah, pas Marie!

—Oui, pourquoi pas? répondit Hermine sans réfléchir. Mais je ne veux plus rien entendre, maintenant. Grand-mère ne se sent pas bien. Je vous en supplie, soyez très sages!

La fillette suivit Mireille d'un air satisfait. La jeune femme se précipita vers Laura et l'étreignit avec tendresse.

—Maman, tiens bon! Je ne peux pas croire qu'il soit arrivé malheur à Louis. Nous allons le retrouver.

Laura se dégagea et lança un regard égaré autour d'elle. Puis elle dit tout bas, très vite :

—Et Kiona, ta Kiona? Si c'est une voyante, si elle se déplace par magie dans l'espace, fais-la venir ici qu'elle nous dise où est mon fils. Tu as compris, ma fille, elle doit nous aider!

—Kiona! répéta Hermine. Sans doute, elle aurait pu nous apparaître si Louis était en danger. Peut-être que cela signifie qu'il va très bien.

—Très bien? s'indigna Laura en levant les bras au ciel. Comment veux-tu qu'un enfant de cinq ans et demi se porte bien par ce froid et cette neige?

—Mimine a raison, il faut garder espoir, dit Betty d'une voix faible. Les enfants sont résistants, Louis plus qu'un autre. Ma chère Laura, je suis tellement désolée!

Hermine scruta les traits décomposés de leur voisine et amie. Elle commença à juger pénibles son accablement et son mutisme. « Pourquoi Betty a-t-elle proposé de nous tenir compagnie? se demanda-t-elle. On dirait un fantôme, le fantôme de ma tendre et dynamique Élisabeth. Je l'ai vue prier du bout des lèvres et se signer plusieurs fois comme si tout était perdu! »

44. En montagnais, signifie *Mon cœur*.

Des bruits à l'extérieur, sur le perron, la firent sursauter.

—Ce sont eux! dit-elle.

Sa mère se précipita dans le couloir et ouvrit la porte. Edmond entra le premier, constellé de flocons. Joseph et Jocelyn discutaient encore, à l'abri du grand auvent. Ils hochèrent la tête et entrèrent à leur tour.

—Louis! sanglota Laura. Vous n'avez pas ramené Louis? Jocelyn, notre fils...

Son mari la prit par les épaules. Hermine assistait à la scène.

—Ma Laura chérie, nous n'avons pas trouvé Louis, mais j'ai des raisons de penser qu'il est encore en vie. Tu dois te calmer; ce que je vais t'annoncer sera pénible.

—Regardez donc ce qu'on a déniché dans le couvent-école! le coupa Joseph Marois.

Il extirpa de sa veste l'ours en peluche du petit garçon. Laura poussa un cri de consternation.

—Et à ce propos faudrait que je pose une ou deux questions à mon épouse! ajouta l'ancien ouvrier. L'ours était dans une des salles de classe du couvent-école, celle où il reste des pupitres et un bureau. On a laissé le jouet exprès, bien en vue, et un message pareillement.

—Quel message? Parlez donc, Joseph ou toi, papa! supplia Hermine, survoltée.

—Oui, Jocelyn, voudrais-tu nous expliquer? implora Laura. Quel message, Doux Jésus! Dis-nous!

—Il y avait quelqu'un dans le couvent-école, mais qui était entré sans effraction, avec la clef, répondit Jocelyn. Un bout de papier était roulé et glissé sous le ruban de la peluche. Regarde, Laura, il y a écrit: « À demain. »

—On a donc enlevé Louis! s'exclama Hermine, surexcitée. Seigneur, je ne peux pas le croire! Mais qui pouvait savoir que ce soir, précisément, Louis sortirait seul?

Ils se retrouvèrent tous dans le salon, même Mireille et les enfants, alertés par l'écho des discussions. Joseph se planta devant son épouse qu'il dépassait d'une vingtaine de centimètres.

—Élisabeth, à ma connaissance, monsieur le maire t'a confié les clefs du couvent-école. Comment ça se fait qu'une tierce personne les a eues, ces clefs? C'est évident qu'un gars se cachait à l'intérieur. Si tu as remis le trousseau à une crapule capable d'enlever un de nos petits voisins...

Joseph ne disposait pas de mots assez forts pour exprimer la colère qui grondait en lui. Il serra les poings et crispa les mâchoires.

—Mais qu'est-ce que tu vas penser là, Jo? dit Betty, les joues en feu et la voix mal assurée. Je range les clefs dans un des tiroirs du buffet de la cuisine. Je n'y ai pas touché depuis le mois dernier. On a dû me les voler!

—On vous aurait volée, ici, à Val-Jalbert? s'étonna Mireille.

Laura tentait de suivre la discussion, mais elle ne retenait qu'un point: Louis avait été victime d'un kidnapping, donc, il était vivant. D'abord infiniment soulagée, elle qui redoutait le pire deux minutes auparavant, elle fut terrassée l'instant d'après par cet acte criminel, en raison de ce qu'il impliquait de terreur pour son fils.

—Quoi, s'écria-t-elle, on a enlevé mon enfant? On a pu le frapper, l'assommer... Jocelyn, que vont-ils lui faire? Ils veulent de l'argent, c'est ça? À demain! Pourquoi ont-ils écrit ça?

—Nous aurons sûrement bientôt un appel téléphonique, avança Jocelyn en grimaçant d'angoisse.

Il était transi, harassé par leurs déambulations d'une maison à l'autre. Edmond avait préconisé de ne pas pousser les fouilles trop loin. L'adolescent estimait qu'un garçon de l'âge de Louis n'avait pas pu s'écarter beaucoup du territoire qui lui était familier.

—Je peux jurer que je n'ai pas touché ces clefs! répétait Betty, larmoyante. N'importe qui, chez nous, a pu les sortir du tiroir et les perdre.

Hermine revit alors le soi-disant cousin de Saint-Félicien, en train de quitter la maison des Marois par la porte arrière. Mais elle ne fit aucune allusion, craignant d'accroître le courroux de Joseph.

Laura examinait attentivement le morceau de papier sur lequel était écrit le message. Elle le tourna entre ses doigts.

—Je n'ai plus que ça pour espérer revoir mon petit garçon, dit-elle d'une voix dure. Il faut attendre demain, mais je ne sais pas si je tiendrai le coup. Mais vous êtes tous témoins de mon serment: si on touche à mon fils, si je ne le retrouve pas vivant, ceux qui lui auront fait du mal le paieront le prix du sang!

Apeurée, Laurence éclata en sanglots et se réfugia près d'Hermine. Mukki était bouleversé lui aussi.

—Mes chéris, dit tendrement leur mère, vous devriez monter jouer dans la nursery. Je suis certaine que Louis va bien, même s'il doit avoir très peur. Je viendrai vous mettre au lit.

—Et si quelqu'un nous enlève? rétorqua Mukki. Un bandit peut escalader la façade et casser un carreau! Maman, j'ai peur, je veux rester en bas.

—Oh oui, maman! implora Marie.

—J'ai une idée! déclara Mireille. Je vous invite dans ma chambre, les petits. Nous allons écouter La Bolduc et bavarder un peu, tous ensemble.

Laura avait regagné le salon d'un pas de somnambule. Elle prit place sur le sofa, l'air absent. Jocelyn, lui, proposa un verre de whisky à Joseph et à Edmond.

—Cela nous fera du bien, certifia-t-il. Personnellement, j'ai vraiment besoin d'un remontant! Mon Dieu, si j'avais pu penser qu'un salaud rôdait dans le village et se préparait à kidnapper notre petit Louis!

Sa voix se brisa. Il vacilla au moment d'ouvrir le joli meuble en marqueterie où étaient rangés les alcools fins.

—Jocelyn, mon pauvre Jocelyn, nous sommes bien punis, n'est-ce pas? dit Laura.

—Ne dites pas ça, je vous en prie! s'exclama Betty. En quoi méritez-vous de subir une telle épreuve?

—Notre fortune n'est un secret pour personne, affirma Laura. On m'a insultée dans la rue, à Montréal, il y a deux ans. Je sortais de l'usine Charlebois. Il y a tant de misère depuis la crise qui a ébranlé le pays qu'on nous envie, nous qui sommes à l'aise. Mais je suis prête à donner tout mon argent à ceux qui ont enlevé Louis! Je préfère habiter une cabane dans les bois que de perdre mon fils!

Laura se plia en deux et pleura enfin, secouée de spasmes violents. Elle avait les mains crispées sur le tissu de sa robe et poussait des petits cris aigus.

—Maman, dit tendrement Hermine en la prenant dans ses bras, ne t'inquiète pas, je suis sûre que nous avons affaire à ces hommes qui m'ont agressée. Ils vont demander une rançon et nous reverrons Louis, je te l'assure!

—Si j'serais vous, je téléphonerais tout de suite au chef de la police, à Roberval, dit Joseph. Dans ce genre d'histoire, faut pas essayer de jouer au plus malin!

—Et s'ils font du mal à Louis, après avoir eu votre argent? avança Betty. Il y a eu des précédents! Souvenez-vous du petit Lindbergh, le fils du célèbre aviateur! Les parents ont versé une rançon, mais il a été retrouvé mort[45].

Cette réflexion parut malvenue à Hermine,

---

45. Charles Augustus Lindbergh (1902-1974) est un pionnier américain de l'aviation. Il se marie en 1929 à une riche héritière, Anne Morrow, qui lui donnera six enfants. Leur fils aîné, Charles Junior, est kidnappé le 1er mars 1932 et retrouvé mort le 12 mai malgré le paiement d'une rançon. L'affaire eut un écho international.

ainsi qu'à Jocelyn qui but d'un trait son verre de whisky.

—Es-tu niaiseuse, Élisabeth, de leur dire ça? pesta Joseph.

—Mon Dieu, j'avais oublié! dit Laura. Pourtant, j'avais suivi ce drame dans les journaux. Jocelyn, s'ils tuaient notre fils?

—Non, la situation n'est pas comparable, objecta son mari. Lindbergh était très connu. Il paraît même que deux cents personnes au moins auraient confessé être les auteurs du kidnapping. Tu as beau être riche, Laura, tu ne ferais pas la une de la presse mondiale.

—Mais Hermine est déjà célèbre! protesta Edmond.

La jeune femme fixa l'adolescent avec effroi.

—Dans ce cas, pourquoi ont-ils enlevé Louis et non pas Mukki? fit-elle remarquer.

—Ils ont pu se tromper d'enfant! soumit Joseph.

Cette éventualité bouleversa la jeune femme. Elle s'apprêtait à en discuter quand la sonnerie du téléphone retentit. Laura courut répondre. Hermine et Jocelyn la suivirent de près. Tous deux l'observèrent tandis qu'elle écoutait son correspondant. Après avoir balbutié un oui, elle éclata en sanglots et tendit l'appareil à sa fille.

—C'est Toshan, balbutia-t-elle en sortant du bureau d'une démarche vacillante. Viens, Jocelyn, laissons-la!

La jeune femme remercia Dieu en silence. Jamais elle n'avait autant eu besoin d'entendre la voix de son mari.

—Hermine, ma chérie? Est-ce que tout va bien? interrogea Toshan sans préambule. J'ai cru entendre ta mère pleurer...

—Louis a été kidnappé, expliqua-t-elle tout de suite. Ce soir! D'abord, nous avons cru qu'il se cachait pour jouer, mais non! Quelqu'un l'a enlevé. Oh, Toshan, c'est affreux! Ce petit frère si gentil! Nous sommes affreusement inquiets.

À l'autre bout du fil, Toshan accusait le coup. Il n'avait jamais vu Louis. Cependant, privé de ses propres enfants, confronté à l'univers de la garnison, il fut submergé par l'émotion et profondément surpris.

—Comment est-ce possible, une chose pareille? Que s'est-il passé exactement?

Elle s'empressa de lui raconter les circonstances de la disparition de Louis, pour finir par la découverte de l'ours en peluche et du court message.

—Excuse-moi, mais ça me paraît aberrant! s'écria Toshan. Si j'ai bien compris, quelqu'un se trouvait là, à Val-Jalbert, au cœur de l'hiver, et comme par hasard ton frère a décidé de sortir pour récupérer son jouet! Ma parole, on vous épiait... De toute façon, prévenez la police immédiatement!

Tremblante, Hermine pesa le pour et le contre. Les nerfs à vif, accablée par le drame qu'elle vivait, elle renonça à travestir davantage la vérité.

—Toshan, dit-elle d'une voix plus ferme, tu vas m'en vouloir et mal me juger. Je t'ai menti. Ta mère aussi t'a menti! Je t'en prie, tu dois m'écouter sans m'interrompre! Ensuite, tu pourras mieux juger de la situation. Je trahis la promesse que j'ai faite à Tala, mais, tant pis, cela ne peut plus durer. Il y a eu trop de silences et de secrets inutiles!

—Mais de quoi parles-tu? s'effara-t-il.

Elle entreprit d'exposer toute l'histoire. Elle évoqua sobrement le viol subi par Tala au bord de la Péribonka, des années plus tôt, quand Toshan avait l'âge de Louis. Elle cita Mahikan, le frère de l'Indienne, qui avait vengé l'honneur de sa sœur en abattant le coupable. Elle n'omit aucun détail d'importance, après lui avoir confié l'agression dont elle avait été victime, ce qui l'amena à donner des noms.

—Tout se tient, dit-elle enfin, haletante. L'incendie de la cabane, ce papier où était écrit *vengeance*, ce sont eux, Zacharie Bouchard et Napoléon

Tremblay. Je ne sais pas encore lequel des deux est apparenté à ce chercheur d'or, celui qui a violenté ta mère, mais ce sont des individus redoutables. Ils ont blessé ton cousin Chogan, ils ont tué Duke, notre brave chien, et maintenant je suis certaine que ces hommes ont enlevé mon frère. Demain, ils vont exiger une rançon et je commence à penser qu'ils se sont trompés d'enfant, qu'ils voulaient prendre Mukki pour mieux me torturer, moi, ta femme, moi, la belle-fille de Tala!

Hermine percevait la respiration saccadée de Toshan. Elle ne soupçonnait pas la tempête intérieure qui le dévastait. Ivre de rage, il fixait d'un regard noir et ardent le mur en face de lui où était accroché le combiné téléphonique.

—Toshan! dit-elle, angoissée. Je t'en prie, réponds!

—C'était stupide et bien inutile de me mentir, de me tenir à l'écart! déclara-t-il d'une voix sourde. Si j'avais su ce qui se préparait, je ne serais pas parti, je ne me serais pas engagé. Ma mère aurait dû me faire confiance! Quand je pense que ces salauds auraient pu te... Non, je ne veux pas imaginer ça! S'ils t'avaient touchée, ils auraient signé du même coup leur arrêt de mort!

—Je suis navrée, mon amour! gémit-elle. Tala m'a suppliée plusieurs fois de ne rien te dire pour t'éviter ce que tu éprouves à présent!

—J'aurais préféré ne pas ressentir autant de haine, de révolte et d'impuissance, en effet. Je suis loin et dans l'incapacité de vous aider!

Il étouffa un cri de colère et de chagrin. Elle pleura sans bruit.

—Toshan, si seulement nous pouvions revenir en arrière! assura-t-elle d'un ton vibrant de désespoir. Je me sens perdue sans toi! Et je ne sais même pas où est allée Tala! J'ai dû te mentir sur ce point également... Elle a quitté Roberval avec Kiona. Pour échapper à ces hommes.

—Kiona! répéta son mari. Elle m'est apparue dans un rêve très bref alors que je somnolais. Elle avait une expression tragique et c'est pour cette raison que j'ai appelé.

—Tu savais donc qu'elle avait ce pouvoir!

—Quel pouvoir?

—Celui de nous rejoindre comme par magie. Du moins, de projeter son image. Et de nous avertir d'un danger ou de nous consoler.

—Non, je l'ignorais! Mais cela ne me surprend pas tant que ça. Ma mère m'a raconté tant de choses quand j'étais enfant sur les dons de certains shamans, notamment mon grand-père montagnais. Cela signifie que Kiona aurait peut-être les mêmes dons! Pauvre petite! Au fond, je la plains... mais, si c'est un signe, je dois en tenir compte.

Bouleversé, Toshan alluma une cigarette. Inquiète de ne plus l'entendre, Hermine distingua des appels prononcés sur un ton de voix gouailleur.

—Hé, Delbeau, tu vas prendre racine, pendu au téléphone!

—Fiche-moi la paix, Gamelin! éructa Toshan.

—Mon amour, dit-elle, pardonne-moi! J'ai honte de t'avoir menti. Quand tu étais là, à Noël, dès que nous étions seuls dans la chambre, j'avais envie de tout te dire, mais je n'en ai pas eu le courage. J'ai cru bêtement que les choses s'arrangeraient d'elles-mêmes. Louis a payé cher mon aveuglement. J'ai tellement peur de ne plus le revoir!

Des grésillements désagréables coupèrent la communication. Après quelques secondes, Hermine devina les derniers mots de son mari.

—Je rappellerai demain...

—Toshan, implora-t-elle bien vainement, ne me laisse pas, reviens...

Là-bas, dans la Citadelle battue par l'âpre vent soufflant du Grand Nord, Toshan Clément Delbeau renouait avec une large part de son âme indienne. Il avait l'impression d'être prisonnier entre ces murs épais, parmi des étrangers. Certes, il s'était lié de sympathie avec certains soldats, venus comme lui des terres reculées, de la forêt ou des montagnes. Mais les aveux d'Hermine venaient de balayer ses velléités patriotiques, sa soif de justice et son désir de combattre pour une noble cause. Il ressentait un besoin vital. Il aurait voulu s'envoler, se retrouver dans le pays du Lac-Saint-Jean et en découdre avec les ennemis de sa mère, ceux qui avaient osé terroriser et faire souffrir la femme qu'il adorait.

Toshan se dirigea vers le mess des officiers où il savait trouver un possible allié. Il devait réussir à le convaincre, sinon il déserterait. Il lui fallait sa liberté, à n'importe quel prix.

Hermine avait regagné le salon. Elle lut sur les visages de ses parents, de Betty et de Laura la même question.

« Que pense Toshan de tout ceci? » semblaient-ils lui demander.

—La ligne était mauvaise, les informa-t-elle. Nous avons été coupés. Mais j'ai mis mon mari au courant des événements et je lui ai dit ma conviction. Ce sont ces deux hommes, Zacharie Bouchard et Napoléon Tremblay, qui ont enlevé Louis! Nous n'avons plus qu'à prier!

—Ma chérie, je voudrais que tu te trompes, s'écria Laura. Ce sont d'ignobles brutes! Mon pauvre petit Louis, il doit être terrorisé! Pourvu qu'ils ne lui fassent pas de mal, mon Dieu!

Betty répéta très bas le nom de Tremblay. Personne n'y fit vraiment attention, hormis Joseph. L'ouvrier scruta le visage blême de son épouse.

—Élisabeth, qu'est-ce que tu marmonnes? Tu as dit Tremblay? Mais dis-moi, ton maudit cousin, il porte bien le même patronyme! Regarde-moi dans les yeux quand je te parle! Paul Tremblay! Moé, ça ne me surprendrait pas qu'il soit de mèche avec ces deux maudites crapules qui ont failli tuer notre cheval.

Un silence lourd suivit les paroles de Joseph. Hermine, alertée, eut pourtant pitié de Betty dont le malaise était évident et qui se défendit maladroitement.

—Des Tremblay, par chez nous, on en compte autant que des épinettes. Mon cousin, il est honnête.

—Nous n'en doutons pas, trancha Jocelyn. Vous avez raison, ma pauvre amie, nous ne pouvons pas incriminer tous les Tremblay du Québec!

—Papa, laisse donc maman tranquille! dit Edmond, gêné. Et ça ne sert à rien de se quereller. Mimine a raison, il vaudrait mieux prier. Toute la nuit même.

—Bien sûr, mon fils! concéda Joseph. Mais on priera à la maison. Je serai là à la première heure, Jocelyn, si vous avez besoin de soutien.

Betty se leva en jetant à Hermine une œillade de bête apeurée. Mireille réapparut au même instant, entourée des enfants.

—Marie, on s'en va! tonna Joseph. Habille-toi!

—Jo, supplia Hermine, accordez-nous une faveur. Nous sommes si malheureuses, maman et moi! Betty et Marie pourraient dormir chez nous. Cela rassurerait les petits de rester ensemble. Je vous en prie, Jo! Ils vont souper en vitesse et monter se coucher.

Hermine n'agissait pas sur un coup de tête soudain. Elle tenait à garder sa voisine et amie pour la nuit, autant pour la protéger des colères étranges de son mari que pour avoir l'occasion de lui parler.

« Betty devra dire ce qu'elle sait! songeait-elle. Elle paraît plus morte que vive! Je suis presque sûre que Paul Tremblay est de la famille de Napoléon Tremblay. »

Laura insista d'une voix brisée, allant jusqu'à étreindre les mains de Joseph.

—Acceptez donc, mon cher voisin! Ma fille a eu une bonne idée. Nous pourrons prier toutes les trois pour sauver Louis, mon fils chéri!

Edmond enfila sa veste et mit sa casquette, puis il poussa un peu son père vers le couloir.

—Viens, papa! On a les bêtes à nourrir, puisque Simon et Armand ne sont pas là ce soir.

Joseph considéra son épouse d'un regard suspicieux. Il haussa les épaules après un court laps d'hésitation.

—Je suis d'accord! maugréa-t-il.

Betty n'avait pas l'air soulagée du tout. Elle demeura figée sur sa chaise, tête basse, les mains jointes sur ses genoux. Il lui avait suffi de quelques minutes pour comprendre son malheur. Paul Tremblay s'était servi d'elle, de sa naïveté, de sa joie timide de se croire aimée. Elle avait introduit le loup dans la bergerie, comme le disait sa grand-mère.

« S'il arrive quelque chose à Louis, je me tuerai, pensa-t-elle. Tout est de ma faute! »

14
Le seigneur des forêts

Val-Jalbert, jeudi 18 janvier 1940, même soir

Hermine bordait Mukki, qui était sagement allongé dans son lit, ses grands yeux sombres rivés au plafond. Une veilleuse en porcelaine qui représentait un moulin à vent prodiguait une douce clarté bleue dans la nursery. La famille nommait toujours cette pièce ainsi, même si elle servait dorénavant de chambre d'enfants.

—Maman, tu es sûre que personne ne peut entrer dans la maison? interrogea tout bas le petit garçon.

—Ne crains rien, mon chéri, grand-père a vérifié toutes les portes et fenêtres. Je viendrai dormir avec vous, tout à l'heure.

—Je voudrais que papa soit là, lui confia Mukki. Il est fort, mon père, il est courageux!

—Je sais qu'il te manque beaucoup. À moi aussi! Il faut dormir, maintenant, comme tes sœurs.

Épuisées par cette journée tragique, Laurence et Marie s'étaient assoupies à peine couchées.

—Maman, est-ce que Louis va mourir? questionna encore Mukki en saisissant la main d'Hermine. J'ai été méchant avec lui. Peut-être que si je lui avais prêté mes soldats de plomb il ne serait pas sorti!

Attendrie, Hermine caressa les cheveux lisses et noirs de son fils. Elle dit le plus gentiment du monde:

—Ce n'est pas ta faute, Mukki, je te le répète! Mais tu as un grand cœur de reconnaître tes torts et de te faire des reproches. Ne te préoccupe pas, nous allons prier Dieu de toute notre âme et Louis reviendra.

—Promis, s'il est de retour demain, je lui donnerai tous mes jouets. Papa sera content, si j'offre mes jouets, dis?

—Ne t'inquiète pas! Oui, papa sera fier de toi. Il apprécie les personnes généreuses et loyales. Il doit s'ennuyer de toi, lui aussi, et de ses forêts! Sais-tu qu'une amie, Badette...

—Je me souviens très bien d'elle!

—Eh bien, il y a longtemps, déjà, Badette a croisé ton père à Québec, dans le hall du Capitole, ce soir où tu avais couru vers moi sur la scène. Tu étais si mignon, dans tes vêtements indiens! Notre Badette qui écrit des histoires pour les grands est vite venue me dire à quel point elle avait trouvé ton papa beau et elle s'est écriée: «Un vrai seigneur des forêts!» J'y pense souvent, à ce surnom, car ton papa n'est vraiment heureux que dans ses forêts, au bord de la belle rivière Péribonka. C'est un gros sacrifice pour lui de devenir soldat, mais il le fait pour nous protéger et protéger d'autres gens.

La voix mélodieuse de sa mère berçait Mukki qui clignait les paupières. Il finit par s'endormir. Hermine le contempla quelques minutes, puis elle quitta la nursery sur la pointe des pieds, non sans avoir jeté un coup d'œil désespéré au lit de Louis.

«Où es-tu, mon petit frère? songea-t-elle amèrement. Tu dois avoir si peur! Pourvu qu'au moins tes ravisseurs te traitent bien!»

Elle éprouva de nouveau la force du lien qui l'unissait à ce petit garçon. Même si elle le connaissait peu, elle se sentait étrangement proche de lui. «Comme je voudrais le serrer sur mon cœur, lui dire que je l'aime! pensa-t-elle. Nous le retrouverons, il ne peut en être autrement, et alors je rattraperai le temps perdu. Je lui prouverai qu'il a une grande sœur prête à le chérir sa vie durant!»

Malgré la chaleur douce qui régnait dans la vaste

demeure, Hermine frissonna. L'année précédente, Laura avait fait installer à grands frais le chauffage central, mais cela ne l'empêchait pas de faire allumer le poêle de la cuisine et celui du salon.

Dans le salon, Hermine trouva Betty et Laura en prières, tête basse et mains jointes. Jocelyn, lui, avait choisi le secours du whisky.

—Quand même, c'est une histoire de fous, lança-t-il à sa fille. Si je tenais ceux qui ont osé faire ça! Crois-moi, Hermine, le revolver est chargé, et je rêve de m'en servir.

—Papa, il vaudrait mieux trouver un terrain d'entente et, avec l'aide de la police, envoyer ces bandits en prison pour de longues années. Nous ne sommes pas dans un western où on règle ses comptes sans se soucier de la loi! Tala a contraint son frère Mahikan à la venger et tu vois le résultat! Des années plus tard, nous payons pour ça. Ne fronce pas les sourcils, je sens au plus profond de moi que j'ai raison! Bouchard et Tremblay ont bien préparé leur coup. Louis, en allant jusqu'au couvent-école à la nuit tombée, a dû leur faire gagner du temps, voilà! Mais ils ont forcément un complice.

Betty tressaillit, priant de plus belle de manière saccadée. On aurait dit une plainte affolée. Hermine brûlait de l'interroger; cependant, elle ne pouvait pas s'y résigner en présence de ses parents.

—Madame, monsieur, désirez-vous que je serve à souper? demanda Mireille qui était entrée sans bruit.

—Je serais bien incapable d'avaler quoi que ce soit! rétorqua Laura. Demain! Je dois attendre demain pour avoir des nouvelles de Louis. S'il n'était pas aussi tard, je téléphonerais à mon banquier. Ils auront tout l'argent qu'ils veulent, ma fortune entière s'il le faut, ça m'est égal.

—Tu ferais mieux de prévenir le chef de la police de Roberval, affirma Hermine. Qui saura que tu es prête à débourser tout pour retrouver mon frère? Ceux qui détiennent Louis n'ont aucun moyen de l'apprendre; cela ne changera donc rien à leur plan.

—La police, c'est trop risqué! répondit Jocelyn. Demain, j'aviserai selon les exigences de ces salauds.

—Ce sont des monstres, d'ignobles crapules! reprit Laura en litanie. Nous obliger à patienter jusqu'à demain! Ils nous torturent! Et pendant ce temps, mon petit Louis souffre. Il doit être terrifié. Chaque fois que je l'imagine entre les mains de ces ordures, j'ai envie de hurler, de tout casser!

Les traits minés par l'angoisse, Mireille approuva tristement.

—Je suis dans le même état que vous, madame!

—Non, ma pauvre Mireille, sûrement pas! hurla Laura. Non et non, tu ne peux pas être dans le même état que moi, tu n'es pas la mère de Louis, que je sache! C'est mon enfant, mon fils, mon trésor, mon bébé! On me l'a pris, tu entends? On me l'a arraché!

Elle éclata en sanglots, incapable de se contenir. Jocelyn l'enlaça avec tendresse.

—Calme-toi, ma chérie! Et ne passe pas tes nerfs sur notre pauvre Mireille qui partage ta peine! Elle ne mérite pas que tu la traites si durement. Nous allons revoir notre petit garçon très vite, ne perds pas espoir. Et au fond, si ces gens en veulent à ton argent, nous n'avons pas à craindre qu'ils fassent du mal à Louis. Il devient leur monnaie d'échange.

—Je suis navrée, Mireille, reconnut Laura en tendant la main vers la gouvernante. Tu me connais, je m'emporte, mais au fond je ne suis pas si méchante!

—Vous êtes excusée, madame, balbutia la gouvernante. Et je vais quand même préparer un bouillon, cela fera du bien à tout le monde. Et puis il faut que je m'occupe, sinon je ne ferai que pleurer.

À ce moment, Betty se leva, presque pliée en deux en bredouillant:

—Je reviens, excusez-moi!

Chacun comprit qu'elle allait à la toilette. L'attitude de Betty renforça Hermine dans ses soupçons. Elle patienta un peu et décida de l'attendre devant la porte. Des hoquets caractéristiques la renseignèrent. Sa voisine et amie pleurait à chaudes larmes.

—Ouvre-moi! dit-elle à voix basse. Betty, cela te soulagerait de te confier à quelqu'un.

—Non, Mimine! Va-t'en! J'ai des nausées et la diarrhée.

—Tu n'as rien de tout ça! Ouvre!

Betty sortit, le visage ruisselant, ravagé par les larmes.

—Je rentre chez moi, dit-elle d'un ton plaintif. Je ne suis pas de taille à vous soutenir dans cette épreuve. Je viendrai chercher Marie demain matin.

—Je t'en prie, reste ici! supplia Hermine en la saisissant par les poignets.

Elle la conduisit ainsi jusqu'au bureau dont elle verrouilla la porte. Une détermination étonnante émanait de ses grands yeux bleus. Ce n'était plus la discrète adolescente de jadis, mais une femme prête à lutter pour ceux qu'elle aimait.

—Maintenant, ça suffit, Betty! Je ne t'ai pas trahie au sujet de ton prétendu cousin, mais je ne suis pas idiote! Tu te souviens, quand nous avons discuté de lui, dans l'étable, tu n'étais pas du tout à ton aise. J'ai tout de suite eu des doutes sur la nature des relations entre cet homme et toi! Joseph a dû flairer quelque chose de bizarre lui aussi, cela se devine à son comportement. Toujours à cause de Paul Tremblay! Je l'ai vu à la sortie de la messe, le soir de Noël. Il nous observait sans cesse et il a bousculé ton mari. Et la clef, oui, la clef du couvent-école! Tu prétends qu'on te l'a volée dans ta maison. Et si c'était ton amant qui l'avait prise? Cela expliquerait pourquoi on a retrouvé l'ours en peluche de mon frère dans une des classes. Désolée de te malmener, Betty, mais j'en ai assez! Pour moi, les enfants sont sacrés, et l'idée que Louis souffre, loin de nous, me rend folle. Je ne vais pas passer des heures à prier, alors que j'ai la certitude que tu as joué un rôle dans notre malheur. Nous devons sauver Louis, et si tu sais quelque chose tu as intérêt à me le dire tout de suite! Quand la police viendra enquêter, je ne pourrai plus te protéger.

Betty fixa Hermine d'un air hagard. Elle secoua d'abord la tête, comme pour nier, puis elle essaya de s'enfuir.

—Laisse-moi, tu me fais peur! balbutia-t-elle. Tu me crois vraiment capable de vous nuire, Mimine?

—Je pense que tu as été prise au piège, toi aussi, rectifia la jeune femme. Je suis même prête à te pardonner si tu n'es qu'une victime.

—Hélas, oui, je suis une victime et je vis un calvaire, gémit Betty, vaincue. Oh, ma pauvre Mimine, pardonne-moi! Tu vas me mépriser, me haïr, et tu feras bien. Mais si ton petit frère meurt, crois-moi, je me détruirai! De toute façon, j'ai piétiné toutes les valeurs auxquelles je croyais, je suis perdue…

La jolie Élisabeth tremblait convulsivement. Le regard absent, elle se mit à se frapper la poitrine. Hermine la fit s'asseoir dans un petit fauteuil et prit place à ses côtés, sur un tabouret.

—Ne t'affole pas, Betty, dis-moi ce qui s'est passé. Nous y verrons plus clair ensuite, j'en suis sûre.

—Paul Tremblay est venu à Val-Jalbert la première fois au mois de juillet, commença son amie à mi-voix. Il se promenait; moi, j'étendais ma lessive. Nous avons placoté un instant du village à l'abandon et de l'usine fermée. Je lui ai demandé ce qu'il faisait par icitte et il m'a répondu qu'il était installé depuis peu à Roberval, qu'il avait une job de mécanicien à la base aérienne et qu'il avait eu envie de visiter Val-Jalbert. Des gens lui avaient parlé du village. Cela ne m'a pas surprise. Il était très gentil et poli. Et moi, je le trouvais bel homme. Il me plaisait, ça oui! Il est revenu au bout de trois jours et la semaine suivante. Il arrivait dès que Joseph s'absentait. Cela aurait dû me paraître louche, mais non, je me disais que c'était le hasard. Et puis je ne pensais pas encore à mal, j'étais si contente de le revoir! Si tu avais entendu tous les compliments qu'il m'a faits le jour de sa deuxième visite... Et ces sourires! Il faut croire qu'il savait comment embobiner les femmes! Je ne me cherche pas d'excuses, Mimine, mais, après plus de vingt ans de mariage, Joseph ne me dit plus jamais que je suis belle et il n'est pas très tendre non plus avec moi.

—J'imagine que cela t'a tourné la tête, d'être courtisée, avança Hermine prudemment.

Malgré son impatience d'en apprendre davantage, elle ne voulait pas brusquer Betty.

—Bien sûr, je ne pensais plus qu'à Paul, poursuivit-elle, confuse. Je prenais soin de moi, de mes cheveux, de mes toilettes. Je n'avais pas honte, comme si ce n'était qu'un jeu. Je me disais que je pourrais toujours le décourager s'il se montrait plus audacieux. Cela faisait plusieurs semaines que je le voyais et, au mois de septembre, un après-midi, il m'a emmenée dans les bois du moulin Ouellet. Joseph était parti à Chambord avec Marie et Armand. Je me sentais si jeune, si jolie, je n'ai pas pu résister, Mimine! J'avais tellement besoin d'être aimée!

Betty se tut en sanglotant, les joues en feu. Apitoyée, Hermine demeura silencieuse un instant. Les mots résonnaient en elle, presque vides de sens. Elle ne parvenait pas à associer son amie à cette femme amoureuse, s'offrant à un inconnu en plein jour. Cela ressemblait si peu à la vertueuse et sage Élisabeth Marois!

—Je me suis montrée aussi sotte et naïve qu'une jeune fille, reprit Betty. Mais tout à l'heure, j'ai compris. Il ne m'aimait pas, il m'a utilisée. Je me souviens, la dernière fois qu'il m'a rendu visite, je revenais du couvent-école. J'avais les clefs dans ma poche et je les ai rangées dans le tiroir du buffet, devant lui.

—Et c'était à quelle date? questionna Hermine.

—Quand tu l'as vu sortir par la porte de la cuisine, celle de derrière, qui donne dans la cour. Je lui avais dit que je n'y retournerais pas de sitôt, à cause des Fêtes qui approchaient. Et puis il fait si froid dans cette grande bâtisse!

Elles échangèrent un regard. Éplorée, Betty baissa vite la tête, peinée par ce qu'elle lisait dans les yeux bleus d'Hermine.

—Tu me méprises, n'est-ce pas? Tu en as le droit, je me dégoûte moi-même. Pour cet homme, j'ai renié ma foi, j'ai trahi mon mari devant Dieu. Je ne vaux pas mieux que ces filles qui vendent leur corps...

—Non, Betty, je ne te méprise pas, je suis surtout étonnée, répondit la jeune femme. Ce Tremblay doit être un beau parleur! Mais réfléchis, il n'avait pas une attitude bizarre, parfois?

—Il prenait le temps de bavarder, et ça me plaisait. Avec le recul, je m'aperçois qu'il me posait beaucoup de questions sur vous, enfin, sur ta mère et sur toi. Et j'étais toute fière de lui raconter que j'étais ta gardienne, il y a quelques années, et que tu étais célèbre maintenant, que tu étais riche aussi, comme ta mère. Mon Dieu, j'ai tellement honte!

Hermine ne pouvait s'empêcher de concevoir une colère sourde. Elle avait toujours eu une immense confiance en Betty, qu'elle chérissait comme une seconde mère. Elle s'estimait trahie.

—Et Joseph? Tes fils? interrogea-t-elle plus froidement. Ils sont souvent à la maison ou dans le village. Ils n'ont rien vu, rien deviné? Comment as-tu réussi à entretenir une liaison avec cet homme sans être découverte?

— Il était très prudent, très discret! Mais j'avais peur. Si Jo découvrait l'affaire, il était capable de me tuer, Mimine! Cela aurait peut-être été préférable... S'il fallait que mes fils apprennent ce que leur mère a fait, à quoi bon vivre!

— Ne dis pas ça. Pense à ta petite Marie, qui n'a pas encore huit ans. Que deviendrait-elle sans toi? Et Edmond qui se destine à la prêtrise! Betty, comment as-tu pu tomber aussi bas, toi?

— Je n'en sais rien. C'était de la folie, j'en prends conscience à présent. Et j'ai dû donner des renseignements à Paul, sans me douter qu'il préparait quelque chose contre vous. J'étais aveuglée, je le prenais pour un héros. Il se moquait du froid et du blizzard, il disait marcher des heures sans se fatiguer!

Hermine se leva et fit les cent pas dans le bureau, indignée, les bras croisés sur sa poitrine.

— S'il t'avait volé les clefs du couvent-école, il pouvait s'y cacher et nous épier! dit-elle tout bas. Je suis sûre qu'il a empoisonné Kute, notre husky... C'est d'une lâcheté, s'en prendre aux bêtes et à un enfant innocent!

Soudain, un doute épouvantable se fit jour dans son esprit. Elle fixa Betty avec une expression horrifiée.

— Et le bébé que tu portes? demanda-t-elle dans un murmure. Qui en est le père? Joseph ou l'homme qui nous a pris Louis?

— Mimine, je prie depuis Noël pour que ce soit l'enfant de Jo.

Betty se signa, malade de honte. Elle n'osait pas avouer à la jeune femme qu'elle s'était refusée à son mari, les premiers mois de sa romance avec Tremblay. Ensuite, inquiète, elle s'était résignée à subir les étreintes rapides de Joseph.

— Si je résume la situation, dit Hermine, Paul Tremblay t'a séduite et il a obtenu des informations sur nous. Et toi, tu n'as compris ses manigances que ce soir? Est-ce qu'il t'a parlé d'un Napoléon? Ce doit être son père ou son frère?

—Non, jamais!

—Dans ce cas, pourquoi es-tu certaine que Paul Tremblay est responsable de l'enlèvement de Louis? Tu l'aimes. Tu devrais le défendre, non?

—Tout l'accuse, autant les clefs que ces questions qu'il posait sans en avoir l'air. Et il ne cherche plus à me rencontrer, comme si je ne lui étais plus utile. Mon Dieu, j'ai si mal au cœur!

D'une nature généreuse et douce, Hermine fut touchée par ce cri de souffrance. Son amie devait être malade de remords, mais aussi blessée dans sa chair et son âme. Celui qu'elle aimait au point de s'être livrée à l'adultère n'avait fait que la manipuler.

—Je te plains, Betty! dit-elle tristement. J'espère que cette affaire se réglera sans que tu sois incriminée. Je suis si proche de Simon, d'Edmond et de Marie que je voudrais leur éviter la honte, le scandale. Au fond, je ne suis pas plus avancée que tout à l'heure.

On frappa deux petits coups à la porte du bureau. C'était Mireille.

—Madame vous réclame! Le bouillon est servi.

—Nous arrivons, Mireille!

La gouvernante s'éloigna d'un pas traînant en marmonnant une réponse.

—Mimine, je t'en prie, pardonne-moi! supplia Betty.

—C'est trop tôt. Tant que je ne tiendrai pas Louis dans mes bras, je m'en sens incapable. Si tu avais eu le courage de rejeter cet homme, de te plaindre à Joseph, rien ne serait arrivé. Rien! Enfin, peut-être que si. Ces gens semblent acharnés à nous détruire. Mais au moins tu ne serais pas mêlée à ça. Il vaut mieux que mes parents ignorent tout ceci.

La jeune femme tourna le verrou et sortit. Elle ne supportait plus la vision de Betty accablée, recroquevillée sur elle-même, le visage ravagé par les larmes. Elle aurait souhaité pouvoir la consoler, mais c'était au-dessus de ses forces.

« Mon Dieu, je vous en prie, ayez pitié de mon petit frère, implora-t-elle. Veillez sur Louis, faites qu'il nous soit rendu sain et sauf! »

Chambord, même soir

Louis grelottait sous la couverture qui le recouvrait. Il faisait noir dans la pièce exiguë où on l'avait allongé sur un lit de camp. L'enfant n'était même pas attaché; la terreur suffisait à le tenir prisonnier.

—Si tu bouges, n'oublie pas, je te tranche une oreille et je l'expédie à ta mère! avait menacé Paul Tremblay.

Le petit garçon osait à peine respirer. Il avait très froid et très faim. Le monde était devenu mauvais, obscur. La seule chose que Louis parvenait à faire, c'était d'appeler sa mère tout bas, même s'il se disait confusément que plus jamais il ne reverrait ses parents. La belle maison chaude et illuminée, les câlins, les baisers sur le front, tout ça était fini.

—Maman, viens, maman!

Il gardait les yeux fermés pour échapper aux ténèbres qui le cernaient. Mais il entendait les hommes discuter de l'autre côté de la cloison de planches. Par comparaison avec l'élocution de ses parents et d'Hermine, ils avaient un accent si prononcé que les mots lui étaient le plus souvent inintelligibles.

—Maman! Viens vite!

Un bruit ténu parut répondre à sa supplique marmonnée, comme un souffle léger, suivi d'une sorte de glissement. Louis se mit à gémir. Il y avait quelque chose dans la pièce. Terrifié, l'enfant se fit le plus petit possible. Ses dents claquaient. Brusquement, il s'affola et de gros sanglots le secouèrent.

« Si je pleure, ils vont me punir! pensa-t-il. Faut pas que je pleure! » Pris de panique, Louis essaya néanmoins de se raisonner. Il enfouit son visage dans le matelas malodorant pour étouffer l'écho de ses pleurs et il évoqua ceux qui l'aimaient, ceux qui ne lui auraient jamais fait de mal. Les visages défilaient, apaisants: Mukki et ses cheveux noirs, sa peau mate, son rire aigu; Laurence et Marie, roses et gracieuses, avec leurs yeux clairs; Mireille, ses bonnes joues rouges et son sourire; Hermine, sa grande sœur si aimante; son père, grand et fort, dont il aimait la barbe brune semée de fils d'argent et la voix grave. Et enfin Laura, qui lui apparut, auréolée de ses boucles très blondes, ses lèvres bien roses tendues pour un baiser.

—Maman!

Une légère secousse sur le lit fit sursauter Louis. Une drôle de plainte s'éleva, suivie d'un ronronnement. Le chat s'approcha de la tête du petit garçon et le frôla de ses moustaches. L'enfant retint sa respiration, surpris. L'animal se frotta à ses cheveux avant de se glisser sous la couverture et de se coucher en boule contre lui.

Il avait déjà vu quelques chats errants à Val-Jalbert. Le vieux matou d'Onésime, aussi, rôdait parfois près du couvent-école. Rassuré, Louis caressa le visiteur du bout des doigts. La pauvre bête n'avait que la peau sur les os et sa fourrure était humide. Mais son ronronnement de satisfaction et sa simple présence suffirent à le calmer. Deux minutes plus tard, il s'endormit. Bientôt un rêve le fit s'agiter et rire tout bas dans son sommeil. Louis se trouvait assis près d'un beau feu de bois. À côté de lui il y avait Kiona, toute dorée par la clarté des flammes. La fillette rayonnait, nimbée de lumière. Il était si heureux de la revoir! Elle lui souriait avec cette expression douce et sereine qui n'appartenait qu'à elle.

—N'aie pas peur, Louis, disait-elle. Je voulais

venir te voir, mais je ne peux pas, je suis malade. Regarde, j'ai tes agates dans ma main; je ne les perdrai jamais.

Louis croyait répondre, mais aucun son ne sortait de sa bouche. Kiona lui tendit son ours en peluche, Duky.

—Tu as perdu Nono. Je te donne le mien. Promets que tu n'auras plus peur! Je pense à toi très fort. Mon frère va venir te chercher.

Ivre de joie, Louis s'empara de la peluche. Il la berça contre lui, émerveillé. L'excès même de cette joie le réveilla. Il distingua une vague luminosité et, penché sur le lit, un des trois hommes, le plus âgé, lui dit:

—Je te rajoute une couverture, sinon tu auras la guedille au nez demain matin. Vaut mieux te rendormir. Mon fils, il fait peur au monde, mais c'est une bolle. Y va pas t'abîmer!

C'était Napoléon Tremblay. Louis se cacha le visage dans son bras replié.

—Oui, monsieur, je dors, oui... dit-il à voix basse.

—T'es un bon petit gars!

L'homme ressortit et ferma la porte à clef. L'enfant se remit à pleurer. Il croyait tenir Duky dans ses mains, un instant plus tôt. Puis il revit Kiona telle qu'elle était dans le rêve et il essaya de répéter ce qu'elle disait.

« Qui c'est, son frère? s'étonna-t-il. Je le connais pas, moi... »

Québec, la Citadelle, même soir

Toshan faisait face à l'officier qui lui avait déjà accordé une permission pour les Fêtes. C'était un homme d'une quarantaine d'années, fort aimable, dont l'épouse se flattait désormais de posséder une photographie dédicacée de la chanteuse lyrique Hermine Delbeau.

Le dîner ne tarderait pas à être servi, mais l'entretien se déroulait un peu à l'écart des tables du mess, dans une pièce adjacente qui servait le plus souvent de fumoir.

—Je vous écoute, Delbeau! fit l'officier.

—Mon lieutenant, je ne sais pas bien comment vous présenter ma requête, mais je dois partir par le premier train! déclara Toshan d'un ton assuré. Il me faudrait donc une nouvelle permission, de plusieurs semaines cette fois. Je dois absolument régler une affaire très importante. Ma famille a besoin de moi.

Les traits de l'officier se durcirent. Il fronça même les sourcils d'un air très embarrassé.

—Je suis navré, mais ce sera sûrement impossible. Vous n'êtes pas en villégiature, Delbeau! Nous avons déjà discuté de votre engagement. Rien ne vous obligeait à intégrer ce régiment, mais maintenant c'est chose faite. Malgré toute la sympathie que vous m'inspirez et l'admiration que je porte à votre épouse en tant qu'artiste, je n'ai pas à vous accorder de faveur particulière. À moins qu'il ne s'agisse d'un décès?

Toshan fixa son interlocuteur avec insistance. Son regard sombre, velouté, ardent, avait une expression farouche.

—Si vous refusez, je déserterai. Certes, j'ai tort de vous prévenir, puisque vous pouvez me mettre aux arrêts. Mais je n'ai pas le choix. Je reconnais avoir fait une grave erreur en m'engageant au début de l'hiver. Il ne se passe rien, ici, et vous le savez aussi bien que moi. Il n'y aura aucun départ pour l'Europe avant le dégel. Le Saint-Laurent est pris par les glaces et les sous-marins allemands ne risquent pas d'approcher nos côtes. Lieutenant, c'est un service que je vous demande, et j'ai une sérieuse raison. Le jeune frère de ma femme a été kidnappé.

—Dieu tout-puissant! Un kidnapping, vraiment? s'étonna l'officier en se frottant le menton d'un geste nerveux.

—Oui, je viens de l'apprendre en téléphonant à mon épouse! Je me sens incapable de rester ici. Mes propres enfants sont menacés, tous ceux qui me sont chers. Ma mère est une Indienne montagnaise. Elle est veuve et je suis le seul à pouvoir la protéger. Je reviendrai au printemps, je vous en donne ma parole.

Le militaire hocha la tête.

—Quand on est le mari d'une célébrité, mon cher Delbeau, certains détails sont diffusés par la presse. J'étais au courant pour votre mère. Cependant, je tiens à vous dire que vos origines indiennes ne font pas de différence pour moi. Je suppose qu'il en va autrement pour vous, mais cela ne change rien au problème. Je ne peux pas vous accorder une permission de trois mois. D'autres soldats demanderont à rentrer chez eux, sous n'importe quel prétexte, dont celui que vous m'avez jeté au visage. Il ne se passe rien ici, je vous l'accorde, et nos recrues doivent se contenter de l'entraînement, qui est cependant loin d'être inutile, croyez-moi.

Toshan demeura silencieux, mais tout son être vibrait d'impatience et de détermination. Il croyait entendre la voix d'Hermine aux accents déchirants. Il revoyait aussi le visage tragique de Kiona, dont les yeux d'or l'imploraient.

—Je comprends votre réaction! dit-il sur un ton résolu. Oubliez ce que je viens de vous dire. Je vais partir. Dès que j'aurai fait ce que j'ai à faire, je reviendrai et j'assumerai les conséquences de mes actes.

—Calmez-vous, allons! Laissez-moi au moins le temps de réfléchir! Donnez-moi une heure. Un membre proche de votre famille a été enlevé; je préfère en référer à un de mes supérieurs. Je suppose qu'à votre place je réagirais de la même façon. Une chose encore, vous feriez un excellent soldat sur le terrain, Delbeau. Je vous ai observé, vous êtes endurant, discret et efficace. Je vous sens aussi capable d'initiatives rationnelles. Franchement, j'espère que vous tiendrez parole, si je réussis à négocier cette permission. Revenez me voir après le dîner.

Toshan le remercia tout bas. Avec sa faculté qu'il tenait de sa mère d'appréhender la personnalité profonde des êtres, il avait compris que cet homme comptait sincèrement l'aider. Aussi se précipita-t-il dans le quartier où il logeait. Il trouva Gamelin assis au bord de son lit, la mine sombre.

— Tu as déjà fini de souper? interrogea Toshan. Je voulais te parler. Ca tombe bien que tu sois là, et seul!

Tout en allumant une cigarette, le solide gaillard le considéra d'un œil intrigué.

— Qu'est-ce que tu veux, Delbeau! J'ai les oreilles dans le crin, à soir!

— Moi aussi, Gamelin, c'est même pire! Garderais-tu un secret? Et me rendrais-tu un grand service?

— Eh! Tu me connais, maintenant. J'suis un gars ben franc dans le manche[46]! Dis toujours...

— Ma femme et ses parents sont dans le malheur. Louis, le frère d'Hermine, a été kidnappé. Un petit de cinq ans et demi. J'ai des noms et je tiens à régler cette affaire en personne, car je suis concerné, ma mère aussi! Si j'obtiens une permission, j'aurai besoin de bons chiens et d'un traîneau solide. Je te paierai. Où as-tu laissé tes bêtes et ton matériel?

— C'est pas croyable, ça se peut pas! répondit Gamelin avec une expression abasourdie. Delbeau, t'es mon chum astheure! Mes chiens, mon traîneau, je te les prête. J'ai confié mon attelage à ma tante Berthe. Elle habite Roberval, rue Ménard. Je possède rien d'autre, mais c'est à toi ou tout comme. Et je dois bien ça à ta blonde, la plus belle du pays du Lac-Saint-Jean! Je me souviens encore, quand je l'ai conduite à Péribonka, il y a cinq ans, je crois...

46. Très honnête.

Au début, elle était emmitouflée et je voyais pas son visage. Je l'ai un peu agacée, mais, quand j'ai compris que c'était ton épouse, je l'ai respectée, tu peux me croire!

—Elle m'a tout raconté, confirma Toshan. Grâce à toi, j'ai passé un bien joyeux Noël!

Les deux hommes échangèrent une poignée de main, puis Gamelin se leva et décocha une bourrade amicale à Toshan. Ils s'étaient affrontés des années auparavant sur la glace du lac, chacun menant ses chiens pour gagner une course folle, un aller-retour entre Roberval et le quai de Péribonka. Le Métis, comme on le surnommait souvent, avait gagné. Mais à présent toute adversité était oubliée. Les jours passés à la Citadelle, loin de ce qui composait la trame de leur existence ordinaire, les avaient rapprochés. Ils partageaient le goût des grands espaces, des forêts enneigées et des expéditions sur les pistes de leur pays, rythmées par les aboiements de leurs bêtes et le souffle du vent.

Gamelin plissa ses paupières, l'air rêveur. Il se remémorait l'apparition lumineuse du Rossignol de Val-Jalbert dans ce vieux cabanon sur le quai de Roberval.

—Ta femme, c'est une vraie dame, jolie et instruite! dit-il. Et puis elle entend à rire!

Toshan approuva, ému, tout en bourrant son havresac du nécessaire. Lui aussi pensait à l'envoûtante silhouette de la femme qu'il adorait, en robe de velours noir, dans l'église Saint-Jean-de-Brébeuf.

—Je n'ai pas le choix, ajouta-t-il comme pour lui-même. Et je te remercie, Gamelin!

—Je voudrais vraiment t'accompagner, sais-tu!

—Nous embarquerons ensemble pour l'Europe! certifia Toshan en le prenant par l'épaule. Je donnerai de tes nouvelles à ta tante.

—Dis-lui que ses bonnes tourtières me manquent... Mais il te faudra une preuve que tu viens de ma part!

Attends, faut que tu saches le nom de mon chien de tête : Lino! Lino le rouge!

—Pourquoi le rouge? s'enquit Toshan, curieux.

Ce chien, c'est un tocson[47]. Dès six mois, il s'est battu avec un vieux mâle qu'il a presque saigné. Sa fourrure en était toute rouge. Je l'ai baptisé Lino le rouge! Si tu dis ça à Berthe, elle aura pas de doutes, elle saura que je suis au courant, que tu y vas de ma part. Mes bêtes, elles ont de l'endurance. Un de mes cousins devait les sortir une fois la semaine.

Son large visage éclairé d'un sourire nostalgique, Gamelin continua à louer les qualités de son attelage. Soudain, il jeta un regard interrogatif à Toshan.

—Et tes chiens à toi, tu les as vendus? s'étonna-t-il.

—Non, ça jamais! coupa le beau Métis d'un ton grave. Mais ceux qui s'en prennent à ma famille ont tué Duke, et peut-être Kute aussi, mon husky.

—C'est pas Dieu possible! dit Gamelin en grattant son crâne rasé. De si braves bêtes! Déguédine, mon Delbeau, va régler tes comptes. Et si l'officier te refuse une permission, file quand même!

—Je n'hésiterai pas, mais j'ai confiance. Viens, allons souper.

Toshan adressa un large sourire à Gamelin. L'amitié toute simple de ce grand lascar accommodant lui faisait chaud au cœur.

—Je saluerai notre lac et nos forêts de ta part, ajouta-t-il d'une voix rêveuse.

Val-Jalbert, le lendemain, vendredi 19 janvier 1940

Il était six heures du matin. Hermine avait somnolé une partie de la nuit dans la nursery, Betty et sa fille occupant sa chambre. Debout près d'une fenêtre, elle scrutait les ténèbres de l'autre côté des vitres, comme si Louis allait accourir, miraculeusement libéré.

---

47. Un dur à cuire.

« Mon Dieu! Quelle sinistre soirée nous avons passée! » songea-t-elle.

Elle revoyait ses parents arpentant le salon sous le regard affligé de Mireille. Laura sanglotait et priait, ou bien elle en voulait au monde entier et proférait des insultes. Sombre et accablé, Jocelyn tentait de consoler son épouse qui le repoussait une fois sur deux, quand elle ne se jetait pas dans ses bras.

« Et Betty pleurait en silence, livide et repentante! se souvint Hermine. J'ai été dure avec elle, mais je ne comprends pas comment elle a pu se laisser séduire par un homme de passage, dont elle ignorait tout. Et moi, je suis prise au piège. Si je raconte ce que je sais à mes parents ou à la police, je détruis la famille Marois qui est un peu ma famille... Non, je ne peux pas faire ça! »

Elle pensait à Simon, son ami de toujours, à Edmond si pieux, à la gentille Marie. Au même instant, une main se posa timidement sur son épaule. C'était Betty, les traits tirés et blafards.

—Je n'ai pas pu fermer l'œil. Si tu savais comme je m'en veux, Mimine!

—Moi, j'ai sommeillé, mais je me réveillais sans cesse et j'ai préféré descendre. Je vais préparer du café.

Son ton radouci réconforta Betty.

—Ma chère petite Mimine, dit-elle, si je pouvais réparer le mal que je vous ai fait, revenir en arrière!

—Avant que tu arrives, je me rappelais mon enfance. Joseph et toi, vous m'avez offert un foyer, je ne l'oublierai jamais. J'étais heureuse près de vous, malgré les sautes d'humeur de ton mari. Betty, du temps que nous sommes seules, nous devons trouver une solution pour dénoncer Paul Tremblay sans te causer du tort. Je n'arrive toujours pas à admettre que tu aies naïvement couru la galipote avec cet homme, comme disent les femmes d'ici, mais je ne te trahirai pas!

—Comment te remercier, Mimine? Je ne mérite pas tant de clémence, mais je te suis reconnaissante pour mes enfants!

—De quel droit te jugerais-je? rétorqua Hermine. Tu as cru à cet amour qui bouleversait ton quotidien; tu ne pouvais pas deviner que Tremblay te manipulait. Le problème, c'est que nous n'avons pas de preuve de sa culpabilité. Tout ce que nous pouvons avancer, ce sont des suppositions, des pressentiments. Comment l'accuser si tu ne témoignes pas de ses manigances? Je retourne le problème en tous sens sans trouver de solution!

Hermine prit gentiment Betty par la main et la conduisit dans la cuisine. D'habitude, à cette heure très matinale, Mireille s'affairait déjà. Mais la gouvernante avait veillé tard elle aussi et elle dormait encore. Les deux femmes travaillèrent de concert en évitant le moindre bruit. Enfin, elles s'attablèrent autour d'une cafetière fumante.

—Peut-être que tout se réglera vite, entre mes parents et les ravisseurs! nota Hermine. Dans ce cas, personne ne saura que tu connaissais Tremblay.

—Mais les clefs du couvent-école? répliqua Betty. Sur ce point, je n'ai pas menti, je ne m'étais pas aperçue qu'il les avait volées. Tu as vu la réaction de Joseph? Il me soupçonne. Mimine, j'ai peur de lui. L'autre jour, il m'a frappée. Tu avais vu juste, je ne m'étais pas cognée au montant de la porte. Il avait bu, rongé par la jalousie. Armand, le lendemain de Noël, a eu le malheur de fanfaronner en prétendant qu'un homme m'admirait, à l'église. C'était vrai, Paul me fixait avec hardiesse. Mon Dieu, quel gâchis! Surtout que je suis enceinte. Jo a déjà traité l'enfant que j'attends de bâtard!

Betty tremblait, une expression d'effroi intense sur le visage. Apitoyée, Hermine lui caressa la joue.

—Tu es suffisamment punie. Calme-toi! Je ne suis pas experte en adultère, mais tu n'as pas le choix, tu dois nier.

—Oh! Mimine, tu as une façon de parler si embarrassante! gémit la femme en rougissant. Adultère!

—Ce mot est cité dans les Évangiles, Betty. Je n'en connais pas d'autre. Jésus a pardonné à Marie-Madeleine; j'y ai pensé cette nuit.

—Par pitié, tais-toi! s'effara Betty. Si quelqu'un entendait! J'en suis réduite à ça: une créature coupable, soumise à ses plus bas instincts, moi qui étais si prude dans ma jeunesse! Cela me servira de leçon. Je me garderai à l'avenir de juger mon prochain. Je ne vaux guère mieux qu'Yvette, la femme d'Onésime. Je refusais de lui adresser la parole parce qu'elle était coureuse avant son mariage.

Hermine croqua sans envie dans un biscuit à la cannelle. Elle se revoyait dans les coulisses du Capitole, ce soir où Octave Duplessis l'avait embrassée à pleine bouche. Malgré l'amour passionné qu'elle vouait à Toshan, l'impresario avait réussi à enflammer son corps en quelques secondes. Et la déclaration que lui avait faite Pierre Thibaut, à la mi-décembre, ne l'avait pas laissée indifférente. Elle s'était sentie flattée de lui plaire autant.

—Il faut croire que les femmes sont faibles, dit-elle en souriant à Betty. Et j'imagine que la vie aux côtés de Joseph manque de romantisme et de douceur.

—Plus il vieillit, plus il devient acariâtre. Et toujours avare, mesquin et suspicieux. Quand Simon propose de me conduire à Roberval en voiture, c'est toute une histoire, comme si j'allais gaspiller son argent. En comparaison, Paul m'a paru si prévenant! Mais la dernière fois que je l'ai vu, il y avait une lueur dure au fond de ses yeux. Je ne peux pas t'expliquer cc que j'ai éprouvé. Je me suis dit: « Ça y est, Betty, il en a assez de toi, tu ne le reverras plus! » Et c'était la vérité. Il avait bien profité de moi...

Betty éclata en sanglots, le regard voilé par une détresse infinie. Hermine fut incapable de résister à ce spectacle poignant. Elle se leva, contourna la table, se pencha et étreignit son amie.

—Ressaisis-toi, lui dit-elle à l'oreille. Sinon, mes parents vont se douter de quelque chose. Sois forte pour Marie, pour tes fils. Devant Joseph, n'aie pas cet air fautif. Je crains le pire s'il vient à apprendre ce que tu as fait. Aujourd'hui, ceux qui ont enlevé Louis vont téléphoner. La situation va évoluer.

Laura les surprit ainsi. Elle les considéra d'un air accablé et s'assit près de Betty.

—Jocelyn dort. Il a pleuré dans son sommeil. Quelle épreuve, mon Dieu! J'ai l'impression que mon mari et moi sommes maudits. Nous avons dû t'abandonner, Hermine, et maintenant on nous prend notre fils.

—Maman, ne recommence pas! la coupa la jeune femme. Nous verserons à ces hommes tout l'argent qu'ils voudront et nous retrouverons notre petit Louis. J'appellerai Charlotte dès qu'elle sera rentrée au restaurant. J'aimerais qu'elle soit près de nous. Son patron lui accordera peut-être un congé!

—Fais à ton idée, répondit Laura en se servant du café. Je ne respirerai à mon aise qu'après avoir eu des nouvelles de mon enfant.

La matinée s'écoula lentement. Betty et sa fille s'en allèrent en promettant de revenir dans l'après-midi. La sonnerie du téléphone demeura muette, ce qui ne fit qu'accroître la tension qui régnait. Les enfants prirent leur petit-déjeuner sans un bruit, impressionnés par les mines graves des adultes. Mireille se remit à l'ouvrage, en reniflant souvent.

—Charlotte sera là ce soir, annonça Hermine vers midi. Un collègue la déposera sur la route régionale. J'ai enfin pu la joindre. Elle est bouleversée, bien sûr.

—Qui ne le serait pas? dit Laura. Dieu tout-puissant, je n'en peux plus! Si ces individus ne nous contactent pas, je préviens la police de Roberval.

—Nous aurions dû le faire dès hier soir, maman, rétorqua la jeune femme. Nous sommes là, malades d'angoisse, à tourner en rond, sans oser agir. C'est peut-être une erreur. Au fait, Toshan aussi a promis de rappeler. Si le téléphone sonne, ne te précipite pas dans le bureau. Il vaudrait mieux que ce soit papa qui décroche, il réussira à garder son calme.

—Non, tu t'en charges, ma fille! coupa Jocelyn d'un ton las. Si jamais il s'agit de ton mari, il sera déçu de m'entendre.

—Oh! Papa, vu les circonstances, les vieilles querelles doivent passer au second plan.

Rongée par l'impatience et une peur affreuse, Hermine continuait à réfléchir. Sans en parler à ses parents, elle décida de téléphoner à la base aérienne.

« Pourquoi n'y ai-je pas pensé plus tôt? se reprocha-t-elle. Je saurai ainsi si Paul Tremblay a vraiment un emploi là-bas. Ils ont forcément son adresse! »

Cela lui semblait trop beau pour être vrai. Elle eut bientôt un correspondant, mais sans obtenir le renseignement désiré. On lui précisa qu'effectivement Paul Tremblay avait occupé un poste de mécanicien durant six mois, mais qu'il avait rompu son contrat le 31 décembre.

—Et il devait loger dans une pension ou chez un parent, avait répondu son interlocuteur quand elle avait demandé où Tremblay habitait.

Dépitée, Hermine avait néanmoins acquis la certitude que l'amant de Betty était bien responsable de l'enlèvement.

—Dans le cas contraire, il aurait gardé son emploi, dit-elle à voix basse en quittant le bureau.

L'atmosphère dans la belle demeure silencieuse se faisait de plus en plus lourde. Plusieurs fois, Laura alla s'assurer que l'appareil téléphonique fonctionnait correctement. Jocelyn, lui, décida de marcher jusqu'au couvent-école et d'explorer de nouveau le bâtiment.

—Il y a peut-être des indices, un objet oublié... expliqua-t-il. Je ne supporte plus de rester enfermé, à brasser du vide.

—Je peux t'accompagner, grand-père? demanda Mukki. Je t'en prie, je mettrai mes raquettes et je serai sage!

—Non, mon petit! répliqua-t-il. Je ne suis plus tout jeune. Si quelqu'un te voulait du mal, je crains de ne pas pouvoir te protéger.

Hermine était peinée pour son père qui soudain avait l'air d'un vieil homme tant il courbait le dos, les traits minés par le chagrin.

—Ne dis pas ça, papa! s'écria-t-elle. Et toi, Mukki, tu es plus utile ici, dans la maison. Je te confie tes sœurs. Veille sur elles et trouve un jeu pour les distraire.

L'enfant acquiesça d'un signe de tête, l'air boudeur, avant d'entraîner les jumelles dans la nursery.

—Papa, lui, il serait assez fort pour m'emmener avec lui! bougonna Mukki. C'est un seigneur des forêts, maman me l'a dit...

Roberval, même jour, même heure

Le train poursuivait sa route, monstre de fer lancé sur les rails vers d'autres contrées enneigées. Debout sur le quai de la gare de Roberval, Toshan humait l'air froid de cette journée de janvier. Le vent glacé fouettait son visage et il serait volontiers resté longtemps à respirer le parfum âpre des montagnes dont il percevait la moindre fragrance. C'était ténu, imperceptible sans doute pour bien des gens, mais, lui, il éprouvait dans chaque fibre de son corps la caresse infime de sa terre natale, des grandes forêts de sapins et d'épinettes.

Il venait de passer plus de quinze heures dans un wagon, à somnoler ou à ordonner tout ce qu'il avait appris de la bouche même d'Hermine. Des émotions diverses l'avaient ébranlé. Il avait imaginé

Tala, jeune et trop belle Indienne, livrée à l'infâme concupiscence d'un homme. Ce viol vieux de plusieurs années l'atteignait avec autant de force qu'un événement récent. Il avait serré les poings et fumé cigarette sur cigarette.

«Je n'étais qu'un enfant; je n'ai rien vu de la souffrance de ma mère et de son humiliation. Une autre femme aurait sûrement informé son mari, mais pas Tala. Elle voulait préserver son foyer et me garder un père.» Il était plein de compassion pour sa mère éprouvée dans sa chair et sa fierté.

Il s'était alors souvenu d'Henri Delbeau, grand, fort, les cheveux et la barbe blonde, le teint sanguin. De ce personnage taciturne, honnête, dur au labeur, il avait hérité la vigueur, la loyauté, le goût de l'indépendance et de la liberté. En prime, cet homme lui avait légué des parcelles de terre au bord de la Péribonka.

Maintenant revenu dans le pays du Lac-Saint-Jean, Toshan était prêt à se battre pour démontrer à sa mère qu'il l'aimait en dépit de tout ce qui les avait opposés. D'un geste nerveux, il ajusta son sac sur ses épaules et se mit en quête de la rue Ménard.

Berthe, la vieille tante de Gamelin, le reçut fraîchement. Après l'avoir toisé des pieds à la tête, elle maugréa:

—J'te reconnais, toi! T'es le Métis, celui qui a épousé le Rossignol de Val-Jalbert! Viens te chauffer; j'ai ben de la misère, seule du matin au soir...

—Je viens de la part de votre neveu, madame, de Gamelin, qui vous transmet toute son affection! répliqua-t-il.

Toshan dut boire un café tiède et amer et avaler une tranche de gâteau aux fruits confits en racontant leur quotidien à la garnison. Berthe buvait ses paroles, ravie de la visite. Enfin, il fut question des chiens et du traîneau.

—Mon Gamelin, il est bon comme du pain de ménage! s'écria-t-elle. Tu peux atteler les bêtes, elles ont ben besoin de se dégourdir les pattes. Tu es chanceux d'avoir une permission. Je voudrais tant revoir mon neveu icitte.

—Je pense qu'il pourra venir avant le printemps, madame! assura Toshan. Mais je n'ai pas bénéficié d'une permission, je suis en service.

Sur ces mots énigmatiques, il salua la vieille femme et ressortit. Les chiens de Gamelin étaient enfermés dans un enclos grillagé. En le voyant approcher, l'un d'eux, à l'épaisse fourrure grise et aux yeux obliques, grogna avec férocité. Les crocs en avant, l'animal semblait furieux.

—C'est toi, Lino le rouge? lui dit doucement Toshan. On va devenir amis, tu verras!

Patiemment, il parla au chien en lui montrant les harnais. Ensuite, il ouvrit la porte de l'enclos. D'une petite fenêtre, Berthe l'observait en se disant qu'elle avait rarement vu un si bel homme, exception faite de son neveu, bien sûr. Elle le vit caresser Lino le rouge et les autres bêtes, au nombre de quatre.

Il fallut une heure à Toshan pour équiper le traîneau et mettre les chiens en confiance. Quand il fut sur le point de quitter la cour, la vieille femme sortit, emmitouflée dans un épais châle de laine.

—Déguédine, mon gars! plaisanta-t-elle. Ta petite femme va être bien contente, à soir!

Toshan s'élança sur la route longeant le lac, avec comme viatique le clin d'œil égrillard de Berthe. Il l'oublia vite, grisé par la merveilleuse sensation que lui procuraient le crissement des patins sur la neige gelée ainsi que l'air vif sur son front et ses joues. Un vol de corbeaux lui fit lever la tête et il adressa aux oiseaux un sourire comblé.

—Allez, Lino, file, file! cria-t-il, exalté.

Des souvenirs affluaient, tous liés à des courses semblables, sous le couvert des sapins gigantesques, sur les anciennes pistes de ses ancêtres montagnais. Dès l'âge de treize ans, Toshan avait su mener un attelage de chiens et guider un traîneau sans jamais le renverser ni l'endommager.

« Si je pouvais traverser le lac, arriver à l'auberge de Péribonka et m'enfoncer dans ma forêt! songeait-il. Avec toi, Hermine, ma petite femme coquillage, ma beauté! »

Il rêva de la découvrir assise devant lui, partageant sa joie, sa chevelure blonde s'échappant d'un bonnet rose ou bleu. « Tu n'es pas là, près de moi, mais dans moins d'une heure je pourrai te serrer dans mes bras! »

C'était le début de l'après-midi. Toshan croisa une voiture, puis une charrette tirée par un cheval. Ses pensées prirent peu à peu un tour différent. À Val-Jalbert, il y aurait Hermine, les enfants, mais aussi Jocelyn qu'il s'était promis de ne plus jamais revoir.

—Le destin en a décidé autrement! dit-il à haute voix.

Il suivait à présent la route conduisant au village. Son cœur se mit à battre plus vite. Il apercevait une partie de la masse nébuleuse de la cascade, gigantesque sculpture de glace où l'eau, invincible, se frayait cependant un passage.

—La Ouiatchouan! La rivière si chère à Hermine! Doucement, Lino!

Le chien de tête ralentit l'allure. Toshan ne pouvait plus reculer, mais, au moment d'abolir cinq ans de guerre froide avec son beau-père, il voulait puiser en lui le courage de pardonner.

Mireille faisait manger les enfants, alors que Laura et Jocelyn discutaient dans le bureau. Un homme avait téléphoné, qui s'exprimait d'une voix étouffée et rauque. Hermine en savait assez. Exaspérée, mais soulagée aussi, elle était sortie sur le perron. Trop nerveuse pour participer à la conversation de ses parents, elle fixait sans les voir les arbres du jardin ou le clocheton du couvent-école.

«Je finirai par détester ce bâtiment, aussi beau soit-il! songeait-elle. J'ai été abandonnée là, malade, alors que je n'avais qu'un an. J'y ai grandi, avec le statut d'orpheline... Et hier, mon petit frère a disparu entre ces murs; il n'a même pas pu emporter son ours en peluche... Enfin, si tout se passe bien, Louis nous sera rendu après-demain. Merci, mon Dieu, merci!»

La jeune femme prêta à peine attention à des aboiements de chien dans la rue Saint-Georges. Elle se répétait les paroles des ravisseurs. Selon leurs propos, l'enfant était bien traité et il ne lui serait fait aucun mal à condition que la police ne soit pas prévenue et qu'une rançon de cinquante mille dollars soit versée. De nouvelles consignes seraient données le lendemain.

Un attelage apparut dans l'allée. Hermine crut d'abord qu'il s'agissait de Pierre Thibaut. Mais celui qui se tenait derrière le traîneau était plus grand et il avait le teint cuivré.

—Toshan! s'écria-t-elle, stupéfaite.

Il ôta son bonnet et son écharpe et la salua d'un geste de la main. Elle comprit à quel point elle avait espéré ce miracle.

—Toshan, toi, toi! s'égosilla-t-elle en dévalant les marches, au risque de glisser.

Mais il se précipitait vers elle, les bras ouverts, et elle n'avait plus qu'à se réfugier contre lui.

—Mon amour! balbutia-t-elle, en larmes. Tu es venu! Merci, merci...

—Papa!

Mukki avait entendu un concert de jappements dans la direction opposée à celle du chenil. Avec la foi simple des enfants, il avait dit à ses sœurs que leur père arrivait. Mireille avait haussé les épaules en essayant de le retenir, mais le petit garçon s'était rué dans le couloir.

—Papa!

Toshan étreignit son fils, bouleversé. Hermine

riait et pleurait en contemplant son mari d'un air éperdu. « Mon seigneur des forêts! pensa-t-elle. Je te croyais à des centaines de milles, et tu es là, parmi nous. »

Comme en réponse à ses dernières pensées, Jocelyn sortit à son tour. En découvrant son gendre à quelques mètres de lui, il passa une main tremblante sur sa barbe. Toshan avait quitté Québec et la Citadelle pour voler à leur secours. C'était un geste d'une telle générosité, d'une telle noblesse, qu'il en demeura hébété. L'inconcevable s'était produit, l'amorce d'un pardon, d'une réconciliation.

— Soyez le bienvenu chez nous, mon gendre! déclara-t-il enfin d'un ton grave.

Puis le souffle lui manqua. Jocelyn Chardin s'écroula de tout son poids, plus pâle qu'un mort.

15
Réconciliation

Val-Jalbert, vendredi 19 janvier 1940, même jour

Hermine s'était jetée à genoux à côté de son père inanimé. Elle tentait de lui relever la tête en l'appelant sur un ton angoissé :

—Papa! Papa!

Toshan la repoussa délicatement. Il put sans grand effort redresser le buste de Jocelyn en calant sa nuque contre sa poitrine. Laura qui avait assisté à la scène de la fenêtre du bureau accourut, affolée.

—Mon Dieu, Jocelyn! s'exclama-t-elle d'une voix suraiguë. Jocelyn!

Elle avait reconnu son gendre, mais elle ne chercha pas à comprendre ce qu'il faisait à Val-Jalbert. Tremblante de la tête aux pieds, elle s'agenouilla à son tour près de son mari.

—Toshan, qu'est-ce qui s'est passé? Qu'est-ce qu'il a? Mukki, cours prévenir Mireille, qu'elle apporte de l'alcool fort. Et il faut téléphoner au docteur de Roberval, aussi! Hermine, va vite! Ton père n'a rien avalé depuis hier soir, il a bu du café, c'est tout... Mon Dieu, comme il est pâle!

—Son pouls bat faiblement, mais il bat! affirma Toshan. Ce doit être une syncope. Il faudrait le porter à l'intérieur.

—Il ouvre les yeux! s'écria Hermine, qui hésitait à s'éloigner. Papa, dis-nous quelque chose!

Jocelyn cligna les paupières et le premier visage qu'il discerna fut celui de Toshan.

—Je suis désolé, mon garçon! bredouilla-t-il avec

gêne. Je ne sais pas ce que j'ai eu, mes oreilles bourdonnaient, j'avais froid et tout s'est mis à tourner.

— Tu m'as fait une peur épouvantable, gémit Laura en lui tapotant les joues. Tu as une mine effrayante : tu es blanc comme un linge. Ne reste pas étendu par terre, dans la neige. Assieds-toi, je t'en prie.

— Attends, j'ai encore le vertige, bredouilla-t-il.

Toshan lui mit son sac sous la tête en guise d'oreiller et se releva. Hermine le remercia à voix basse. Elle prenait conscience du côté inouï de la situation. Son mari et son père venaient d'échanger quelques mots, sans aucune animosité.

La gouvernante descendait précautionneusement les marches du perron, un flacon d'une main, un mouchoir de l'autre. Mukki, lui, tenait un sachet contenant des bonbons.

— Monsieur a besoin de sucre, affirma Mireille. Je l'avais prévenu, ce matin. Avec le tracas qu'il se fait, rester le ventre vide, ce n'était pas raisonnable. Voilà le résultat! Hermine, j'ai défendu à Marie et à Laurence de sortir, mais elles savent que leur père est là. Je ne sais pas combien de temps elles vont obéir!

Elle fit boire à Jocelyn un peu de sherry, sucré par ses soins. Il toussota. Laura se laissa tomber près de son mari et posa sa joue contre lui, à l'emplacement du cœur. Elle sanglotait tout haut, cédant à une réaction nerveuse incontrôlable.

— J'ai cru que ton cœur avait lâché! Jocelyn, ne me quitte pas, jamais! Je me disais, il est mort, il a eu une attaque! C'était abominable, mon Dieu!

Jocelyn lui caressait le dos du bout des doigts, mais il grelottait, livide. Toshan observait le couple et n'éprouvait plus rien de la haine farouche qui l'avait tenu à l'écart de Val-Jalbert pendant cinq longues années. Devant cet homme vieillissant, accablé par la disparition de son enfant, le fier Métis comprenait qu'il était temps de faire la paix.

« Ma mère et Jocelyn ne pensaient pas que leur courte relation aurait des conséquences! songea-t-il. Et si le destin avait tiré les ficelles afin de donner naissance à Kiona! Hermine dit vrai : comment peut-on déplorer l'existence de cette enfant-là, toute de lumière et de bonté? »

Toshan regretta soudain d'avoir négligé sa demi-sœur à cause de son lien avec les Chardin. Maintenant, il parvenait aux mêmes conclusions que Tala et Hermine. Certes, Louis et Kiona avaient le même père, mais, si leur parenté demeurait secrète, quelle importance cela avait-il, au fond?

—Je vais vous aider à rentrer au chaud! dit-il non sans autorité à son beau-père. Laura, calmez-vous. Il s'agit d'un malaise dû à la fatigue et à la faim. Monsieur, passez ce bras autour de mes épaules. Il vous faut marcher un peu. Seul, je ne peux pas vous porter ou alors sur mon dos, ce qui serait inconfortable.

Toshan soutint fermement Jocelyn par la taille. Celui-ci, une fois debout, vacilla. Il dut prendre appui de tout son poids sur son gendre.

—Je suis vraiment navré de vous imposer ça, dit-il, très embarrassé.

—Ne vous faites pas de souci, coupa le Métis.

Ils avancèrent ainsi, étroitement enlacés, sous les regards éberlués de Laura et d'Hermine. Mireille et Mukki les suivaient de près.

Cinq minutes plus tard, Jocelyn était installé sur le sofa du salon, enveloppé d'une couverture de laine. Rassurée sur le sort de son mari, Laura prit les mains de son gendre dans un geste familier et affectueux.

—Merci pour tout, Toshan, merci d'être ici avec nous! Si vous saviez à quel point votre présence est réconfortante! C'est un peu comme si j'avais un grand fils qui aurait volé à notre secours...

—Oui, merci! renchérit Jocelyn, les yeux brillants de larmes.

—J'ai agi en mon âme et conscience! dit doucement Toshan.

Il semblait vouloir ajouter quelque chose, lorsque Marie et Laurence firent irruption dans la pièce. Elles avaient patienté de leur mieux, sachant que leur grand-père était souffrant, mais elles ne tenaient plus en place.

—Papa! s'écria Marie, la plus hardie, en courant vers son père.

Laurence hésitait à s'approcher, mais Hermine l'appela gentiment:

—Viens vite, ma chérie!

Toshan étreignit ses filles, les embrassant à tour de rôle sur le front.

—Papa, je t'ai fait plein de nouveaux dessins depuis Noël, dit doucement Laurence. Maman voulait te les envoyer, mais tu vas pouvoir les regarder, maintenant.

—Mais oui, bien sûr! affirma-t-il, ému. Un peu plus tard, d'accord?

Il revit la fillette dans leur maison au bord de la Péribonka, souvent occupée à dessiner. La plupart du temps, les jumelles semblaient enfermées dans le même cercle de jeux et de bavardages qui faisait d'elles des enfants assez sages. Mais Laurence s'en échappait parfois pour manier ses crayons de couleur, ce qui déplaisait beaucoup à Marie, débordante d'énergie.

—Je suis tellement heureux de vous retrouver, vous trois! dit-il d'une voix tendre.

Sans les lâcher, il tapota la joue de Mukki qui ne s'éloignait pas de lui une seconde. Un flot de tendresse le submergeait devant ses enfants qu'il chérissait. «Et si c'était l'un d'eux que ces hommes avaient enlevé! pensa-t-il, effaré. Je serais à demi fou de rage et de douleur!» Il plaignait d'autant plus Laura et Jocelyn qui enduraient ce calvaire. Mireille vint alors vers lui.

—Je suis bien contente de vous revoir, monsieur Toshan! dit-elle aimablement. Vous avez fait un long voyage en bien peu de temps! Voulez-vous du café, du vin ou du thé?

—Un verre d'eau suffira! répliqua-t-il en lui adressant un sourire enjôleur, car il aimait beaucoup la gouvernante.

À peine sorti de l'univers masculin de la Citadelle, Toshan était un peu déconcerté dans ce cadre luxueux dont il avait oublié la beauté et l'agrément. Mais Mukki et les jumelles le harcelèrent de questions, si bien qu'il se détendit tout à fait.

Hermine ne pouvait pas le quitter des yeux. Il était bien différent du jeune Métis aux nattes noires qui l'avait fascinée dix ans plus tôt. Il paraissait plus robuste, sans avoir rien perdu de son allure élégante. En uniforme et les cheveux courts, son mari lui plaisait infiniment. Elle décelait aussi un changement dans son caractère. Souvent intransigeant, prompt à juger, Toshan semblait disposé à se montrer plus tolérant.

—Papa, demanda Mukki, tu es revenu pour de bon? J'avais peur, sans toi. Est-ce que tu as une arme? Et les nouveaux chiens, tu les as achetés?

—Non, Gamelin, un ami, me les a prêtés! Habille-toi chaudement, tu vas m'aider à les dételer et à les nourrir.

Peu de temps après, Toshan sortait de son pas souple, silencieux, en tenant son fils par l'épaule. Perdue dans ses pensées, Hermine osait à peine bouger. Petit à petit, elle se persuadait de la présence de son mari à Val-Jalbert.

—Ma fille, chuchota Laura, tu aurais pu nous dire que Toshan arrivait!

—Je n'étais pas au courant, maman! Mais cela me touche beaucoup, qu'il ait fait de son mieux pour venir aussi vite. Il a sûrement pris un train de nuit...

—Je me sens tout à fait rétabli, déclara alors Jocelyn. Je devrais aider mon gendre à enfermer les chiens. Ces bêtes vont se battre avec les nôtres!

—Papa, repose-toi! protesta Hermine. Toshan n'aura aucune difficulté, il a l'habitude. Avale donc les beignes que Mireille t'a servis. Tu dois reprendre des forces. Ensuite, nous aurons à discuter tous ensemble, sans les enfants.

Leur unique préoccupation, leur ardente volonté de récupérer Louis le plus vite possible, regagnait la première place dans l'ordre de préséance.

—J'ai appelé mon banquier à Montréal, dit Laura à voix basse, pour ne pas être entendue de Marie et de Laurence qui s'étaient postées à une fenêtre et qui bavardaient. Il me conseille de vendre la maison des Charlebois. Mais une vente ne se négocie pas en quelques heures. Je n'ai pas toute la somme exigée en liquidités. Heureusement, je peux emprunter ce qui manque. L'argent sera disponible à la banque de Roberval lundi ou mardi. Je dois en informer monsieur Cloutier, le gérant.

—Mais nous ne savons pas comment se passera l'échange! soupira Jocelyn. Mon pauvre petit Louis, tous ces jours loin de nous, parmi ces crapules!

Hermine approuva, partagée entre l'espoir et l'appréhension. Quand Toshan revint, escorté d'un Mukki radieux, elle envoya les trois enfants jouer dans la nursery. Ils obéirent à regret.

—Ce ne sera pas long, dit-elle. Ensuite, nous monterons vous voir, papa et moi.

La gouvernante allait se retirer à contrecœur dans la cuisine, mais Laura lui fit signe de rester.

—Nous n'avons pas de secret pour toi, Mireille. Toshan, asseyez-vous; toi aussi, Hermine. Nous devons faire le point. L'homme qui a enlevé Louis a téléphoné en début d'après-midi. Notre fils est bien traité, selon lui. Nous avons demandé à lui parler, mais il a refusé. C'est un monstre! Il nous a dit de vite préparer la rançon. Cinquante mille dollars, la somme exacte que l'on réclamait aux Lindbergh! La mémoire m'est revenue quand Betty a parlé de cette tragédie. J'avais suivi l'affaire dans les journaux. Mais ces malheureux parents n'ont pas revu leur fils vivant. Un bébé de vingt mois! Dieu, quelle abomination!

Laura fut incapable de maîtriser les tremblements de sa voix. Hermine continua le récit sans omettre les détails, excepté ce qu'elle avait appris de la liaison entre Paul Tremblay et Betty et qu'elle n'avait partagé avec personne. Quand elle eut terminé, Toshan déclara d'un ton songeur :

— Cet homme a facilement pu entrer chez les Marois et voler les clefs du couvent-école!

— Sans doute par la porte de derrière, qui donne sur la cour et l'étable, prétendit Hermine, dans le souci de protéger Betty. Mais ce n'est pas très important. Nous avons le nom de ces trois individus. Paul Tremblay doit être le fils de Napoléon Tremblay. Ils habitent bien quelque part dans la région!

— Ne t'inquiète pas, Mine, la rassura Toshan. Où qu'ils soient, je les trouverai. Je suis ici pour ça. Gamelin m'a prêté son attelage et je pourrai me déplacer facilement. Je connais beaucoup de gens autour du lac susceptibles de me renseigner. Je ne laisserai personne s'en prendre à ma famille, encore moins à un enfant innocent. Pour l'instant, tenons la police dans l'ignorance de cette affaire. Ne pleurez plus, Laura, je vous ramènerai Louis. Je repars demain matin!

— Déjà? s'objecta Hermine. Tu ferais mieux d'attendre lundi; nous en saurons peut-être plus sur l'endroit où porter la rançon.

— Lundi, il sera peut-être trop tard, rétorqua son mari. Je n'ai pas confiance en ce Paul Tremblay. Pour le moment, il s'estime en sécurité et tout-puissant. Il faut le surprendre. De toute façon, Mine, tu viendras avec moi. Louis ne m'a jamais vu. Je ne veux pas l'effrayer.

Laura fixait son gendre d'un air abasourdi. Toshan semblait si sûr de lui qu'elle protesta doucement :

— Comment retrouverez-vous Louis? Vous n'avez aucune piste!

—J'ai l'habitude de chasser, de prévoir où se dirige le gibier et quelle ruse il utilise, trancha-t-il d'un ton poli.

Mireille se signa, impressionnée par l'assurance du beau Métis au regard de velours noir. Jocelyn, lui, rejeta la couverture qui l'enveloppait et s'assit au bord du sofa.

—Toshan, je vous ai causé du tort, j'en suis conscient, et je vous demande pardon, aujourd'hui, de toute mon âme. Si vous me rendez mon fils, ma gratitude vous sera éternelle. Et j'espère que Louis, si Dieu le garde en vie, deviendra plus tard un homme aussi courageux, intègre et charitable que vous.

—Souhaitons qu'il connaisse la valeur du pardon, surtout, répondit Toshan. J'ai ce défaut d'avoir la rancune tenace; vous en avez fait l'expérience. Le passé est le passé, il ne doit pas nous empêcher de forger un avenir serein pour nos enfants et ceux que nous aimons. N'est-ce pas, Mine?

Ce diminutif résonnait avec une infinie tendresse dans l'esprit de la jeune femme. Elle se blottit dans les bras de son mari, presque honteuse d'éprouver une si grande joie de le sentir là, parmi eux, alors que son petit frère Louis était entre les mains de ses ravisseurs. «J'ai bien le droit de me réjouir! songea-t-elle. Toshan a dit qu'il m'amenait. J'aurai au moins l'impression d'agir, de lutter pour Louis. Ce serait si bon de le délivrer, de pouvoir l'embrasser et le consoler...»

La discussion se poursuivit, pareille à un véritable conseil de guerre. Laura lança bientôt un argument d'une logique implacable:

—Si vous partez demain matin, tous les deux, nous n'aurons aucun moyen de vous faire connaître les exigences des ravisseurs pour la remise de la rançon.

—Je trouverai bien un bureau de poste d'où je te téléphonerai, maman, répliqua Hermine. Aie confiance en Toshan...

—Mais dans quelle direction irez-vous tout

d'abord? s'enquit Jocelyn. Le Lac-Saint-Jean est vaste. Comment deviner où il vous faut aller?

—Je me laisserai guider par mon instinct, affirma le Métis d'un ton neutre. Je tiens à sauver votre fils, mais aussi à mettre hors d'état de nuire ces trois individus. Ma mère a le droit de couler des jours paisibles avec Kiona.

Hermine fut bouleversée en entendant ce prénom bien-aimé prononcé par son mari. Elle faisait de louables efforts pour ne pas provoquer l'apparition de la fillette; cependant, l'enfant lui manquait beaucoup. « Où es-tu, ma petite sœur de lumière, ma colline dorée[48]? pensa-t-elle. Tala est une bonne mère, je n'ai pas à m'inquiéter. »

Laura et Jocelyn approuvèrent les paroles de leur gendre, même s'ils avaient du mal à comprendre l'assurance dont il faisait preuve.

—Mine, montons voir les enfants, dit tout à coup Toshan. Je voudrais me changer, aussi.

—Bien sûr! dit Laura, fébrile. Je vais demander à Mireille de préparer un bon goûter. Vous m'avez redonné courage. Merci, Toshan, merci de tout cœur!

Le jeune couple entra bientôt dans la nursery. Mukki avait disposé son armée de soldats de plomb sur le tapis.

—Regarde, papa, ils font la guerre. Les cubes en bois, ce sont des montagnes!

Marie tenait à la main un carré de laine rouge, mais Laurence brandissait ses fameux dessins. Les fillettes se précipitèrent vers leur père.

—Papa, Charlotte m'a appris à tricoter, fanfaronna Marie en bousculant sa sœur pour avoir la meilleure place. Tu vois, ça, c'est le début d'une écharpe pour toi. Au point mousse!

—Toi qui as si peu de patience, tu as réussi à tricoter! Je te félicite, ma chérie! Quand cette écharpe sera prête, je ne la quitterai plus.

48. En langue indienne, Kiona signifie *Colline dorée*.

—Et mes dessins, papa! Grand-père et grand-mère ont dit que je fais des progrès.

Toshan examina avec attention les feuilles en épais papier blanc que Laurence lui tendait. Il admira un orignal au milieu de sapins, puis un attelage de chiens tirant un traîneau.

—Les animaux sont bien représentés, commenta Hermine. Pour l'orignal, Laurence a pris modèle sur une image, mais elle a dessiné les chiens de mémoire.

—Je reconnais que, pour une enfant de six ans, tu es très douée, ma jolie. Je suis fier de toi, et de toi aussi, Marie.

—Marie-Nuttah! rectifia la jumelle. Je veux porter mon prénom indien, comme Mukki! Et quand je serai grande, il faudra m'appeler seulement Nuttah!

—C'est toi qui décides, répondit Toshan. Mais c'est joli aussi, Marie-Nuttah.

—Mukki a également une surprise! fit remarquer tendrement Hermine.

Ravi, le garçon vint se poster devant son père. Il ouvrit le livre qu'il tenait et, sans bredouiller ni hésiter, il déchiffra trois lignes à voix haute.

—Tu sais lire! s'extasia Toshan. Bravo, mon fils! Tu pourras entrer à l'école cette année.

—C'est maman qui m'apprend. Je voudrais bien que ce soit elle, mon institutrice.

Toshan prit soin d'encourager ses trois enfants dans leurs activités respectives. Il leur consacra plus d'une heure. Il avait promis à l'officier de revenir au printemps à la Citadelle et, s'il n'était plus certain de s'embarquer pour l'Europe, il craignait d'être séparé de longs mois de sa précieuse famille. Ces instants seraient plus tard autant de bons souvenirs, et il s'imprégnait des sourires aussi bien que des discours innocents et drôles de ses petits.

Attendrie, Hermine les contemplait, dominant son impatience d'être enfin seule avec son mari. Cela ne tarda pas. Toshan et elle s'enfermèrent enfin dans la chambre voisine, où ils avaient déjà partagé tant de nuits complices.

—Mon amour, susurra-t-elle, je ne pouvais pas me donner en spectacle devant mes parents, mais j'avais besoin de te sentir tout proche et de t'embrasser...

Il l'enlaça fébrilement et s'empara de sa bouche si douce, si chaude. Ses mains parcouraient les lignes de ce corps dont il connaissait la magnificence et la saveur intime.

—Oh oui, oui! gémit-elle. Je veux tout oublier, perdre la tête quelques minutes au moins, ne plus penser à rien, ne penser qu'à toi, mon amour. Toshan, je t'aime tant!

Elle se débarrassa de ses vêtements et l'entraîna sur le lit. Un peu surpris par tant de fougue, il céda aussitôt au désir qui envahissait chaque fibre de son être. Le plaisir commençait par celui des yeux. La nudité sublime de sa femme le comblait. Sans aucune pudeur, Hermine se tendait vers lui, les seins frémissants, leur pointe durcie. Il les dévora de baisers avant de plonger sa tête entre ses cuisses.

Ils étaient silencieux, obstinés à se donner du bonheur, avec l'obscur sentiment qu'ils enfreignaient les règles tacites de la correction, à faire l'amour ainsi, en plein jour, dans une maison où régnait une atmosphère tragique. Après cette étreinte rapide et passionnée, ils demeurèrent étroitement unis, étourdis, apaisés. Hermine parla la première :

—Pourvu que les enfants n'aient rien entendu! dit-elle tout bas.

—Ce serait surprenant. Et puis, ce n'est pas un péché! Il n'y a rien de plus naturel. Enfin, chez les Indiens, ce n'est pas un sujet tabou.

Elle ne répondit pas, alanguie contre lui. Il effleura son front du bout des lèvres.

—J'ai triché, ajouta-t-il soudain. Devant tes parents. En fait, Berthe, la tante de Gamelin, m'a fourni sans le savoir un renseignement très intéressant. Cette femme s'ennuie et elle doit user sa langue avec les autres vieilles de Roberval. Paul Tremblay n'est pas passé inaperçu, en ville. Il aurait interrogé madame Larouche, la mercière, sur les nouveaux habitants de la ville, mais celle-ci ignorait que Tala logeait sur l'avenue Sainte-Angèle. Elle n'a donc rien dit de précis. Ma mère a eu de la chance. Je sais aussi que cet homme, assez attirant paraît-il, s'est vanté à la boucherie d'être fiancé à une fille de Desbiens. Demain, nous irons directement là-bas.

—Le fils de Mélanie Douné y habite justement, dit Hermine. Il pourra nous aider... Toshan, j'ai un aveu à te faire, mais tu dois me promettre de garder le secret. C'est trop grave.

Elle lui raconta tout bas comment Paul Tremblay avait réussi à séduire Betty, sûrement dans le but d'obtenir des confidences sur la famille Chardin.

—Pour ma part, ajouta-t-elle, je suis sûre qu'il improvisait des manœuvres destinées à nous tourmenter : la coupure de courant la veille de Noël, qui a bien inquiété maman, et puis la mort de Kute. Je suis certaine que ce pauvre chien a été empoisonné par la main de Tremblay.

—Oui, une chose est sûre, dit Toshan, s'il pouvait s'abriter dans le sous-sol du couvent-école, il avait toute liberté d'action. Chaque fois qu'il faisait un mauvais coup, il pouvait se cacher rapidement ensuite.

Il ne semblait pas choqué par la conduite de Betty, ce qui intrigua Hermine.

—J'ai eu du mal à lui pardonner, malgré toute l'affection que je lui porte, dit-elle. Une femme aussi sérieuse et tellement pieuse!

— Une jolie femme accablée d'un époux vieillissant, ronchon, avare et porté à la boisson! rectifia-t-il. La proie idéale pour un homme qui s'y connaît en ruses et en beaux discours. Je vais t'expliquer mon idée, Mine. Au début, Napoléon Tremblay a voulu se venger de ma mère, et il a dû demander à Zacharie Bouchard de l'aider dans son entreprise. Ce sont de vieux coureurs des bois, aguerris et endurants. Ils ont incendié la cabane et placardé le message. Mais cela ne leur suffisait pas, d'où les escarmouches avec ma famille montagnaise, dont Chogan a subi les contrecoups. Paul Tremblay, qui est plus jeune que ces deux imbéciles, devait les conseiller. Je l'imagine se croyant supérieur, sans doute plus instruit, puisqu'il a pu travailler à la base aérienne.

—Je dois admettre que ceux qui m'ont agressée sur la route étaient de vrais rustres et qu'ils avaient un accent très prononcé, précisa Hermine. Et puis, tirer sur Chinook, c'était de la pure cruauté. J'ai compris qu'ils étaient quand même très dangereux. Sans l'arrivée de ce brave Onésime, je ne sais pas ce qu'ils auraient fait de moi... J'ai eu une peur épouvantable, Toshan!

Il la serra très fort en la couvrant de légers baisers au hasard, un dans les cheveux soyeux et si blonds, l'autre sur sa joue si douce.

—Dieu veillait sur toi. Ton Dieu ou le grand Esprit cher à ma mère. S'il avait fallu que j'apprenne qu'ils t'avaient violée ou frappée, là je désertais et je les cherchais d'un bout à l'autre du pays pour les anéantir.

La voix de Toshan avait une intonation déterminée et farouche. Il ne plaisantait pas. Hermine soupira.

—Je ne veux pas que tu deviennes un meurtrier, mon amour, dit-elle. C'est à la justice de les punir, pas à toi. Tes enfants ont besoin d'un père exemplaire. Promets-moi que tu ne feras aucun geste inconsidéré qui te mènerait en prison. Tu me manques tant, déjà! La nuit, le jour, je voudrais que tu sois là, toujours. Je ne te reproche pas de t'être engagé, mais je le regrette, ça oui.

—Moi aussi, je le regrette, admit-il. Si j'avais embarqué avec les troupes qui ont quitté le Canada au début du mois de décembre, tout aurait été différent. Mais, l'été dernier, je n'étais pas bien informé, même si je savais que la situation internationale se dégradait. Tu te souviens, je suis resté sur mes terres, à finir d'aménager notre nouvelle maison. Tu étais enceinte et je voulais préparer un nid douillet pour toi et le bébé. Pourtant, le 4 septembre, la Grande-Bretagne a déclaré la guerre à l'Allemagne nazie et le Canada a suivi dès le 10 septembre. Hier soir, l'officier à qui je demandais une permission m'a expliqué ce qui s'était passé à ce moment-là. C'était la période des congés annuels, au Régiment. Il y avait alors environ deux cent cinquante militaires de tous grades. Il fallait donc recruter pour atteindre l'effectif souhaité de neuf cents hommes. Après une période d'entraînement intensive à la Citadelle, ces soldats ont composé la première division canadienne au sein de la troisième Brigade et ils sont partis pour l'Angleterre à bord de l'*Aquitania*[49]. J'aurais aimé m'embarquer ce jour-là, le 9 décembre. Je me serais senti vraiment utile, investi d'une mission. Le sacrifice que j'aurais fait en me séparant de toi et des enfants aurait eu une valeur. Tandis que ces semaines passées à Québec m'ont mis les nerfs à rude épreuve.

—Mais tu aurais pu mourir, en Europe! protesta Hermine. Et moi aussi, en accouchant de Victor! Toshan, je déplore encore la perte de notre bébé, mais si tu n'avais pas été à mes côtés j'aurais souffert davantage. Maintenant, les choses sont ce qu'elles sont et je m'en félicite. Nous avons pu fêter Noël ensemble et aujourd'hui tu es là.

Toshan lui caressa la joue. Il était soulagé d'avoir pu se confier.

---

49. L'*Aquitania* était un paquebot de la Cunard line, construit par John Brown & Company en Écosse en 1913. Durant ses trente-six années de service, l'*Aquitania* a survécu aux deux guerres mondiales et a été remis en service passager après chaque guerre.

—Cet officier dont je te parlais a compris mon problème. Cet homme m'estime. Il juge que je ferai un excellent soldat, sur le terrain. C'est lui qui m'a permis de te rejoindre aussi vite.

—Est-ce l'officier qui désirait une photographie de moi dédicacée? demanda-t-elle. Il t'a accordé une permission.

—Oui, il s'agit de cet officier et je ne suis pas en permission, mais en service, Mine chérie. Attention, ma petite femme, je te livre une information grave, qui doit rester secrète[50]. Pas un mot de tout ceci à tes parents ni à Mireille. Des prisonniers allemands seront peut-être convoyés dans la région du Lac-Saint-Jean, en juillet. Dès que les eaux du Saint-Laurent seront libérées des glaces, des sous-marins ennemis pourraient approcher des côtes de la Gaspésie. Des rumeurs circulent comme quoi des espions allemands seraient déjà à pied d'œuvre, dans le but de fournir des renseignements sur les ports et les villes le long du fleuve. Bref, s'il y a des prisonniers dans les prochains mois, je dois déterminer dans quelle exploitation forestière ils pourraient travailler et prévoir des aménagements dans ce but. Je pense que ma science de coureur des bois a joué, aux yeux de cet officier, par ailleurs réfléchi et sympathique.

—Alors, nous sommes quittes, répliqua Hermine, stupéfaite. Je respecterai ton secret et toi le mien, au sujet de Betty. Et si j'ai bien compris, cela signifie que tu n'es pas obligé de repartir immédiatement à la Citadelle?

En guise de réponse, il l'embrassa avec fougue. Leur baiser fut de courte durée: on frappait à la porte de la chambre.

---

50. Fait historique: en juillet 1940, des soldats allemands, prisonniers de guerre, ont été conduits dans des camps autour du lac Saint-Jean, mais cela demeura longtemps secret. Voir *Saguenayensia*, juillet 1998.

—Maman, papa, hurla Mukki, venez! Madeleine est revenue.

—Madeleine? répéta Hermine, ébahie. Quelle joie! Toshan, dépêchons-nous! Ta cousine a peut-être des nouvelles de Tala et de Kiona.

La jeune femme se rhabilla en un éclair de façon plus appropriée, en enfilant un pantalon en lainage et un pull-over bleu. Sa longue chevelure blonde dansait sur ses épaules.

—Va, Mine, je te rejoins, s'exclama son mari. Je suis bien content de ne plus être le seul Montagnais dans la maison Chardin.

C'était une pique sans méchanceté. Hermine nota que Toshan renouait prestement avec son sang indien, loin de sa garnison. Elle eut un sourire très doux en songeant encore une fois à ce surnom de seigneur des forêts qui le caractérisait si bien.

—Ne remets pas ton uniforme, dans ce cas! lui recommanda-t-elle en sortant.

Du palier, elle entendit un véritable concert de cris d'enfants, de rires et d'éclats de voix. Marie et Laurence accueillaient leur nourrice avec fougue. Un homme était là, aussi, qui parlait fort.

« Pierre Thibaut! se dit-elle. Il a dû conduire Madeleine jusqu'ici. »

Hermine avait raison. Leur ami se tenait au milieu du salon, le teint vif, les cheveux très courts, sa veste fourrée sur le bras, sa casquette à oreillettes à la main. Il discutait avec Jocelyn. Dès qu'il vit la jeune femme, il lui adressa un sourire extasié qu'elle estima inconvenant.

—Bien content de te revoir, Hermine! dit-il. J'expliquais à ton père que je gagne des piasses à ma convenance cet hiver, en faisant traverser le lac Saint-Jean en autoneige. La glace est solide, présentement.

—Bonjour, Pierre! répliqua-t-elle d'un ton froid, en se dirigeant tout de suite vers Madeleine. Au fait, tu vas pouvoir placoter à ton aise avec Toshan, il est là!

Elle avait décidé de se montrer réservée, se souvenant très bien de la conduite inconvenante qu'avait eue Pierre dans ce même salon. Il accusa le coup, l'air franchement déçu.

— Madeleine, tu es enfin de retour! se réjouit Hermine. Quelle journée! D'abord mon mari, ensuite toi!

La nourrice tenait contre elle Marie et Laurence. Les fillettes la câlinaient, les yeux fermés, dans un paroxysme de tendresse qui aurait pu provoquer la jalousie de leur mère si elle n'avait pas été elle-même aussi heureuse de retrouver son amie.

— Mes enfants, laissez-moi un peu de place, je voudrais bien embrasser Madeleine! dit-elle d'un ton grondeur.

— Ma chère Hermine, dit la nourrice à voix basse. Je n'avais qu'un but depuis l'aube, te rejoindre. J'ai des choses à te dire, quand nous serons seules.

— Moi aussi, mais Toshan pourra t'écouter, il sait la vérité maintenant.

— C'est bien que mon cousin soit là, ajouta la jeune Indienne. Je le croyais à Québec...

—Je t'expliquerai ce qui se passe! balbutia Hermine.

Mireille pointa le bout de son nez, la taille sanglée d'un tablier blanc impeccable. Voir tout ce monde lui redonnait le moral. Laura entraîna la gouvernante à l'écart.

— Conduis vite les enfants à la cuisine, Mireille! Je préférerais que Pierre ne sache rien, pour Louis. Prépare du thé et des biscuits. Hermine et moi, nous le servirons.

— Oui, madame, j'ai compris.

Hermine avait remarqué leur aparté. Elle devina aussitôt ce qui tourmentait sa mère. Il ne fallait pas ébruiter la tragédie qu'ils vivaient.

« C'est une mesure de prudence, songea-t-elle. Il ne faut rien négliger pour que la sécurité de Louis ne soit pas compromise. Mais si Pierre croise les Marois rue Saint-Georges, il sera vite au courant. Mon Dieu, comment faire? Toshan risque d'en parler lui aussi... »

Mukki mit fin à ses tergiversations. Le petit garçon, avant de suivre Mireille, se planta devant Pierre Thibaut, qu'il considérait comme le meilleur ami de son père.

—Papa est venu nous aider, dit-il bien fort, parce que Louis a été enlevé, hier!

—Quoi! s'exclama Pierre. C'est pas croyable, ça! Je parie que tu me racontes des sottises, Mukki.

—Non, c'est vrai. Demande à grand-mère, elle arrête pas de pleurer.

Jocelyn se leva de son fauteuil. Il saisit son petit-fils par l'épaule et le secoua rudement:

—Tu aurais pu tenir ta langue, mon pauvre enfant! Nous sommes obligés d'être discrets. Je vous prie de ne pas révéler ce que vous venez d'apprendre, Pierre. Hélas, ce n'est pas une plaisanterie. Il y va de la sécurité de notre fils.

—C'est juré, craché, monsieur, et je suis vraiment désolé pour vous tous. Je ne veux pas déranger davantage. J'étais entré pour présenter mes amitiés... Ne vous faites pas de souci, madame Laura, je serai muet comme une tombe!

—Merci, balbutia Laura, livide.

Pendant ce temps, Hermine observait Madeleine. La nourrice n'avait marqué aucun étonnement. Elle gardait un silence poli.

« Elle sait déjà, pensa-t-elle, sinon elle aurait eu au moins un sursaut de surprise. Mais qui lui a dit? »

Toshan fit son apparition au même instant, vêtu d'un chandail noir et d'un pantalon de velours brun. Avec ses cheveux courts et sa montre-bracelet, il était presque méconnaissable aux yeux de Pierre.

—Ayoye! s'écria son ami. Ils t'ont changé, à l'armée! J'aurais pu te croiser à Péribonka sans te reconnaître. Je viens d'apprendre ce qui se passe icitte. Quelle histoire!

Les deux hommes échangèrent une poignée de main énergique. Toshan salua ensuite Madeleine.

—Je suis heureux de te revoir, cousine! dit-il gentiment.

Celle-ci approuva en silence, avec un sourire attristé. Pierre Thibaut se sentit vraiment de trop. L'atmosphère était lourde dans la belle demeure.

—Moé, je m'en vais, dit-il. Hermine, à la revoyure, et vous tous pareillement! J'espère que vous retrouverez vite le petit.

—Je te raccompagne, coupa Toshan. J'en profiterai pour fumer une cigarette dehors.

Les deux hommes sortirent, au grand soulagement de Laura. Elle avait eu trop d'émotions depuis vingt-quatre heures et ses nerfs la trahissaient.

—Je monte me reposer, annonça-t-elle. Excusez-moi, toute cette agitation m'a épuisée.

—Je t'accompagne, ma chérie, dit Jocelyn.

Hermine suivit des yeux ses parents qui semblaient se soutenir mutuellement en gravissant l'escalier. Elle ressentit pour eux une profonde compassion. Leur souffrance était perceptible et poignante.

«Maman n'est plus que l'ombre d'elle-même, songea-t-elle. Et papa passe de la colère au désespoir. Mon Dieu, comme je voudrais leur ramener Louis le plus vite possible!»

On lui toucha l'épaule avec délicatesse. C'était Madeleine, dont les yeux sombres brillaient d'un chagrin contenu.

—Kiona est très malade, dit-elle tout bas. Mais elle a rêvé de Louis, et ce rêve était si pénible, si effrayant, que Tala m'a envoyée vers vous.

—Oh, non! s'affola Hermine, bouleversée. Louis n'est pas mort? Et Kiona, qu'est-ce qu'elle a? Pourquoi le destin terrasse-t-il ces deux petits que j'adore et qui n'ont jamais fait de mal à personne?

La jeune femme prit les mains de Madeleine entre les siennes. Elle constata alors à quel point la nourrice avait maigri. Son visage, émacié, avait perdu son charme juvénile.

— J'avais le cœur brisé de la voir aussi faible, avoua-t-elle. J'ai prié sans relâche à son chevet. Mais elle va guérir, un shaman est venu pour la soigner. Il y a une condition à cela. Tala et lui te supplient de ne pas appeler Kiona à ton secours, même si tu es malheureuse. C'est très important. Son âme pourrait s'égarer en chemin.

Ces paroles auraient pu paraître absurdes ou inquiétantes à une personne non avertie, mais Hermine les accepta d'emblée. Elle ne voulait plus douter des dons étranges de la fillette.

— J'ai fait en sorte de protéger Kiona, je peux te le jurer, Madeleine. Et pour la sauver je suis prête à la chasser de mon esprit, mais pas de mon cœur. Je l'aime tant! Et Louis, où était-il dans ce rêve? Parle franchement, que je sois préparée au pire!

— Dans un lieu sombre, glacé, où il pleurait beaucoup. Il réclamait sa mère. Kiona a pu nous confier ce qu'elle avait vu avant de sombrer dans un profond sommeil. La fièvre la dévorait. Tala en a conclu qu'un malheur vous frappait. Et je suis venue, comme Toshan…

Hermine étreignit son amie avec tendresse. C'était le seul moyen pour elle d'éprouver un peu de réconfort, d'avoir le courage d'espérer encore.

— Demain, mon mari et moi, nous partons chercher Louis! Je m'en irai plus tranquille, sachant que tu seras avec les enfants. Ils sont très inquiets, eux aussi. Tu ignores un détail. Kiona est apparue à Toshan, toujours en rêve. Il en a déduit que c'était un signe et il m'a téléphoné de sa garnison. Et, dès qu'il a su pour le kidnapping, il s'est mis en route. Tu prieras, ma chère petite Madeleine, dis, tu prieras pour nous et pour mon petit frère?

— Oui, Hermine, je prierai. Ma foi s'est renforcée, au fond des bois, parmi les miens. Là-bas, j'ai eu comme un éblouissement, j'ai su que Dieu voulait me garder dans son troupeau et j'en ai été tellement heureuse. Un jour, je prendrai le voile, mais pas tant que tu auras besoin de moi!

—Merci, dit la jeune femme en luttant contre un flot de larmes. Au printemps, si Louis nous a été rendu sain et sauf et si Kiona est rétablie, nous irons prier au pied de la statue de Kateri Tekakwitha, à la basilique Sainte-Anne-de-Beaupré. Tu te souviens, tu m'en avais parlé, quand je pleurais mon petit Victor! Nous le ferons, Madeleine, n'est-ce pas?

—Ce serait une grande joie pour moi. Si nous pouvons toutes les deux contempler son visage, cela voudra dire que Dieu nous aura exaucées en veillant sur Louis et sur Kiona.

Toshan était entré sans bruit dans le couloir. Il avait entendu les derniers mots de sa cousine qui résonnèrent de façon mystérieuse en lui. Il se surprit à penser qu'un sort cruel avait réuni ces enfants en dépit des efforts de leurs parents pour les séparer. Cependant, il garda cette opinion pour lui.

—Nous sommes seuls, commença-t-il. Madeleine, dis-moi tout ce que tu sais, tout ce que tu as vu. Le moindre détail peut nous être précieux.

Ils s'assirent près du poêle. Dehors, le jour déclinait sur un paysage blanc et figé. L'indienne narra scrupuleusement ce dont elle avait été témoin. Son récit fit frémir Toshan de colère impuissante. Il imaginait chaque scène: son chien Duke abattu presque à bout portant par Zacharie Bouchard, ou bien, plus grave encore, son cousin Chogan attaqué lâchement, blessé, mais assez rusé et courageux pour échapper à ses agresseurs.

—Ces hommes mériteraient de connaître le même sort que ce chercheur d'or qui avait déshonoré ma mère! déclara-t-il entre ses dents. Je sais que je ne peux pas nous faire justice, mais je ne respirerai à mon aise qu'en les sachant en prison... Il nous manque un élément essentiel. Comment ont-ils su, après toutes ces années, le rôle de Tala dans cette triste histoire? Quelqu'un a parlé, mais qui?

Madeleine baissa la tête, confuse, avant d'avouer tout bas :

— C'est un des nôtres, Toshan, un Montagnais que l'alcool a rendu bavard. Napoléon Tremblay s'est interrogé des années sur la disparition de son père, Phidélias Tremblay, celui qui voulait déloger Henri Delbeau de ses terres, et qui s'en est pris à Tala. Il faut croire que Mahikan s'était vanté de l'avoir tué, ce qui était très imprudent.

— Comment le sais-tu? s'étonna Hermine.

— Je le sais parce que Zacharie Bouchard l'a hurlé assez fort, le soir où il a tué Duke. Il prétendait qu'un homme de notre peuple lui avait livré le nom du coupable. Et puisque Mahikan était mort, Tala devait payer pour son frère défunt!

Toshan approuva en silence, pensif. Il cherchait à ordonner les pièces de l'énigme. Le rôle de Paul Tremblay l'intriguait.

« Celui-là, il est retors et âpre au gain, se dit-il. Il devait être au courant des agissements de son père, Napoléon, flanqué de son complice, Bouchard. Il a dû prévoir un autre plan de vengeance, plus subtil, plus rentable! »

— Qu'en penses-tu? lui demanda Hermine. Toshan, tout ceci me semble décousu et insensé.

— Pas à moi! rétorqua-t-il. D'un simple règlement de comptes, comme il y en a eu beaucoup dans le passé entre chercheurs d'or, la situation est devenue complexe. L'argent a changé la donne. Paul Tremblay a laissé les deux autres semer la panique, mais il n'avait qu'une idée, lui : empocher le maximum de piastres. Et il a enlevé Louis, qui s'est jeté dans la gueule du loup. Ça aurait pu être Mukki, Marie ou Laurence. De toute façon, je saurai la vérité. En se rendant coupables d'un kidnapping, ils ont perdu toute chance de faire pression sur nous. Ils ne peuvent plus dénoncer Tala, car ils sont passés hors-la-loi. Je préviendrai la police quand ton petit frère sera en sécurité.

Madeleine écoutait son cousin, admirative. Toshan lui faisait l'effet d'un homme intègre, mûri par une existence parsemée d'embûches et d'épreuves. Hermine, elle, découvrait un trait de la personnalité de son mari. Sous ses airs réservés et son mutisme parfois hautain, il avait su développer une science instinctive de l'humain, une capacité de raisonnement inouïe. Intelligent, observateur et tenace, Toshan la fascinait chaque jour davantage.

Ils discutèrent encore longuement. Mireille se décida à servir le thé, agrémenté de tranches de gâteau aux fruits. Les enfants, qui s'ennuyaient ferme à la cuisine, en profitèrent pour revenir jouer dans le salon.

La nuit d'hiver bleuissait les fenêtres. Hermine se leva et tira les rideaux. Elle pria de tout son cœur pour Louis, arraché aux siens, et pour Kiona, fragile rayon de soleil que les ténèbres voulaient éteindre.

Charlotte et Simon se présentèrent à la porte une heure plus tard. La jeune fille, sachant son fiancé de retour chez ses parents, lui avait rendu visite dès son arrivée à Val-Jalbert. Profondément bouleversée par le malheur qui frappait les Chardin, elle avait éprouvé le besoin viscéral d'être consolée.

—Maman m'a mis au courant, avait dit Simon. Je comptais aller proposer mon aide à madame Laura et à Hermine.

Durant le court trajet entre les deux maisons, Charlotte s'était blottie contre le jeune homme. Conciliant, il l'avait tenue contre lui, mais sans tenter de l'embrasser.

—Entrez vite, mes petits, s'écria Mireille. Doux Jésus, quelle journée! Il y en a eu, du monde! Monsieur Toshan est là.

—Tabarnouche, jura Simon en souriant, voilà au moins une bonne nouvelle!

Toshan manifesta la même satisfaction en voyant entrer le fils aîné des Marois, qui avait su gagner sa sympathie. Au fond, ils se connaissaient peu, mais une amitié spontanée les unissait. Ils se serrèrent la main, tandis qu'Hermine étreignait Charlotte, toute tremblante de froid et d'émotion.

—Quelle catastrophe! gémit la jeune fille. Pauvre petit Louis! Je ne peux pas y croire! Comment va Laura?

—Pour le moment, elle dort. Mon père reste à ses côtés; ils sont à bout de nerfs.

—Je comprends! Et les enfants? Ils doivent être traumatisés!

—Nous les avons rassurés de notre mieux et Madeleine est avec eux, dans la nursery. Ça a été une étrange journée, ma Charlotte. Papa a eu un malaise juste après l'arrivée de Toshan et un peu plus tard c'était au tour de Madeleine de revenir. Je n'attendais plus que toi... C'est bon d'être tous ensemble! Je me répète que nous allons retrouver Louis, que bientôt ce drame ne sera qu'un affreux souvenir.

—Je l'espère, Mimine. Moi, j'ai quitté mon emploi. Je n'étais pas à mon aise, dans ce restaurant. Et je voudrais préparer mon futur logement. Si tu savais comme j'ai hâte d'être mariée! Je vois si peu Simon!

Charlotte poussa un gros soupir en ôtant son manteau et son bonnet. Hermine en fut irritée. La jeune fille lui paraissait bien égoïste, de se préoccuper de ses noces dans des circonstances aussi tragiques.

« Qu'elle se marie le plus vite possible, pensa-t-elle. Quand elle sera mère à son tour, elle comprendra combien les enfants ont d'importance! »

Mais, l'instant suivant, Charlotte fondit en larmes en regardant une photographie de Louis prise l'été précédent et que Laura avait fait encadrer pour le placer sur un guéridon.

—Pauvre petit chéri! gémit-elle. Oh! Mimine, j'ai prié pour lui toute la journée. Je faisais à peine attention à ce qui m'entourait. Et Betty m'a raconté que les ravisseurs avaient placé un message sous le ruban de son ours en peluche. Ce sont des monstres, ces hommes-là!

Hermine regretta de l'avoir jugée un peu précipitamment et, en la prenant par le bras, elle la supplia de se calmer.

—Demain, ma petite Lolotte, je pars avec Toshan, lui dit-elle. Il a la ferme intention de retrouver Louis, avant que mes parents versent la rançon. Je lui fais confiance. Maman sera contente de t'avoir à ses côtés. Et moi, je me tourmenterai moins, car mes parents ne seront pas seuls. Madeleine et toi, vous saurez sûrement les soutenir.

—J'ai l'impression d'être une fillette de huit ans, quand tu m'appelles ta petite Lolotte, nota la jeune fille. Pour une fois, je ne proteste pas, ça me fait même plaisir. J'étais si heureuse, ici, avec vous tous! Plus on grandit, plus on souffre.

Après s'être exprimée ainsi, Charlotte lança un regard plein de rancune à Simon, qui discutait avec Toshan sur un ton excité.

Desbiens, au bord du lac Saint-Jean, même soir

Paul Tremblay étendit ses longues jambes musculeuses sous la table et s'étira en bâillant. Il feignait d'être détendu et confiant en son avenir, mais, intérieurement, il cédait à un début de panique.

—Toi, tu es moins faraud que ce matin! déclara Albertine, la jeune veuve de trente ans qui était sa maîtresse. Quelle idée tu as eue de kidnapper ce petit! Je te préviens, moi, je ne veux pas d'ennuis. Déjà, j'ai ben de la misère avec toi, à t'attendre des semaines...

Il lui jeta un coup d'œil exaspéré. Albertine était une assez jolie fille aux cheveux roux, courts et frisés. Petite, ronde et vive, elle espérait se remarier bien vite avec cet homme de cinq ans son aîné. Mais Tremblay la manipulait, comme il avait fait de la naïveté de Betty. Il s'était présenté très tôt dans la journée à sa porte en lui demandant de suivre toutes ses directives sans discuter. Le moteur de sa camionnette tournait, comme s'il s'apprêtait à repartir aussitôt.

—J'ai besoin de toi, Albertine. Tu dois cacher un enfant jusqu'à lundi. Je vais t'expliquer.

L'opération n'avait duré qu'une minute. La jeune femme, debout près du véhicule, s'était emparée du petit garçon dont le capuchon était rabattu jusqu'aux sourcils et dont le bas du visage était caché par son écharpe. Ensuite, sur les conseils de son amant, elle avait conduit Louis dans une petite chambre dont elle ne se servait pas, où il y avait un lit étroit, aux montants en fer. Sans rien comprendre, effarée, elle avait vu Tremblay ficeler les poignets et les chevilles de l'enfant avec une cordelette.

Cela remontait à plusieurs heures. Le couple avait passé la plus grande partie de la journée à se quereller. Peu à peu, Albertine s'était raisonnée. Elle tentait à présent d'accepter la situation, mais ce n'était pas sans récriminer.

—Quand je suis tombée en amour avec toi, je croyais que tu étais honnête et sérieux! ajouta-t-elle. Tu faisais ton beau pour me séduire. Maintenant, je trempe dans ta combine. Et puis ce pauvre enfant, j'en ai bien pitié! Il sent mauvais et il ne fait que pleurer. Il faudrait le changer de linge, au moins.

—Albertine, tais-toi donc! la coupa-t-il. Tu me casses les oreilles et tu ne débites que des sottises. Je suis de mauvaise humeur, ça se voit pas? Mon père et ce maudit bâtard de Zacharie ont filé au diable, de peur de finir derrière les barreaux. Ils s'estiment vengés parce qu'ils ont abattu un vieux chien et fichu le feu à une cabane. Tant pis pour eux, je n'aurai pas à partager le magot. Je t'ai promis la belle vie, quand nous serons aux États. De quoi te plains-tu?

La jeune femme haussa les épaules et continua à brasser le ragoût qui mijotait sur le poêle. Paul Tremblay faisait des promesses à chacune de ses visites, mais elle se demandait s'il les tiendrait. Employée depuis une dizaine d'années comme secrétaire au moulin de pâtes et papiers créé par la Saint-Raymond Paper, Albertine aurait volontiers quitté le pays. Sa famille était venue d'Acadie pour travailler à Desbiens, un village établi au bord du lac Saint-Jean, près de la rivière Métabetchouane[51].

—Moi, je voudrais habiter en Californie, déclara-t-elle d'un ton rêveur. Je n'aurai plus jamais froid, là-bas. Et je verrai des stars de cinéma. Clark Gable, le plus bel homme de la terre! Tu lui ressembles un peu... C'est flatteur, ce que je te dis!

Comme son amant ne répondait pas, elle le regarda avec insistance. Paupières mi-closes, il fumait. Un rictus moqueur lui ôtait une bonne partie de sa séduction. Très brun, le teint pâle, les yeux perçants, il tenait surtout son succès auprès des femmes de sa voix veloutée et de sa sensualité. Il avait du charme et en abusait.

—Nous irons en Californie si tu fais ce que je te dis, bougonna-t-il enfin. Demain, je téléphonerai aux Chardin et je leur indiquerai où déposer l'argent. Il n'y a pas de risques. Quand tu enlèves un enfant, les parents se feraient couper en morceaux plutôt que de prévenir la police.

De la pièce voisine, Louis percevait les échos de la discussion sans rien comprendre. La fièvre était venue dans le courant de la journée, après un deuxième trajet en camionnette. L'enfant avait eu si froid et si peur durant la nuit passée à Chambord

---

51. En 1896, Louis Desbiens construit une scierie à cet endroit, un ancien poste de traite. L'industrie regroupe quelques familles autour du moulin et il est convenu d'appeler l'agglomération Desbiens, du nom de son principal artisan.

qu'il était tombé malade. Et une chose s'était produite, à l'aube, dont il gardait un souvenir précis et épouvantable. L'homme vêtu de noir qui l'avait emmené loin de sa mère et de sa maison était cruel et brutal.

« Pauvre petit chat! » se répétait-il quand il se réveillait quelques minutes, entre de longues phases de somnolence.

Au lever du jour, Paul Tremblay avait eu une violente querelle avec son père, Napoléon. Zacharie Bouchard s'en était mêlé. Leurs cris résonnaient dans le silence du matin glacé. Réveillé, Louis avait serré contre lui le chaton famélique qui avait dormi en boule sous la couverture.

—Vous n'êtes que des miteux! braillait son ravisseur. Vous crevez de peur! Les piasses vous passeront sous le nez. Vous me lâchez après tout le mal que je me suis donné pour vous. Tant pis! Débarrassez-moi le plancher! Allez prendre votre fichu train et que je ne vous revoie pas!

Louis avait entendu des éclats de voix et des bruits de porte. Paul Tremblay se retrouvait seul pour achever son œuvre, un kidnapping décidé sur un coup de tête qui, selon ses complices, était surtout un coup de folie. Furieux, il était entré dans la pièce où était enfermé Louis.

—Debout, on s'en va! avait-il lancé en attrapant le petit garçon par les cheveux.

Le chat s'était redressé, inquiet et surpris. Il avait bondi sur la main libre de Tremblay en le griffant.

—Maudite bestiole, d'où elle sort?

Louis ne savait pas bien comment, mais l'homme en noir avait tué le chat. Le miaulement d'agonie de la petite bête l'obsédait encore. L'enfant en avait conclu que le même sort pouvait lui être réservé. C'était si terrifiant que la fièvre l'avait pris.

Albertine lui avait rendu visite vers midi, mais il dormait. Elle n'avait pas osé le réveiller et avait remporté le bol de lait et les biscuits qu'elle avait préparés. La jolie veuve ne se doutait pas qu'il était terrassé par la fièvre.

Pour l'instant, elle écoutait avec un air exaspéré les tergiversations de son amant.

—Le plus dur à décider, disait-il en hochant la tête, c'est où procéder à l'échange. Il faut un endroit pratique, à l'écart des habitations. Le village de Val-Jalbert est presque désert, mais c'est trop proche des Chardin. Desbiens, ça ne convient pas non plus. Personne ne doit se douter que tu es dans le coup.

—Moi, à ta place, je déposerais le petit chez les frères maristes, du côté de Trompe-Souris, que tu aies la rançon ou non. Je t'en ai déjà parlé, de ces religieux. Ils cultivent de la bonne terre au bord d'un lac de la paroisse de Saint-André-de-l'Épouvante. Ma mère m'a raconté la catastrophe plusieurs fois. Le lac s'est vidé dans la rivière Métabetchouane, et un flot de vase, de troncs d'arbres et de débris est allé se déverser dans le lac Saint-Jean. Enfin, je vois bien que tu t'en moques, de mes histoires! Paul, tu peux en rester là. Conduis cet enfant chez les maristes en disant que tu l'as trouvé. Je ne suis pas tranquille. Si tu es arrêté, on saura que je suis ta complice!

Paul Tremblay se leva, déployant sa haute taille. Il toisa sa maîtresse d'un regard dur et agressif.

—Vas-tu cesser de radoter? Tu n'as rien à craindre! Je ne viens pas souvent chez toi; tu t'en plains assez. En plus, y a pas de mal à recevoir un cousin...

—Ne fais pas ces yeux-là, on dirait que tu as envie de me frapper! s'écria Albertine. Je serais contente de vivre aux États avec toi. Et on pourrait travailler là-bas, tous les deux. Nous n'avons pas besoin de tout cet argent pour être heureux. Je ne comprends même pas pourquoi tu t'es mêlé de ça. Ton père voulait se venger. Tu n'étais pas obligé de tirer les ficelles! C'est vraiment pour m'offrir la belle vie que tu as manigancé tout ça, dis, Paul?

Elle quémanda un baiser, mais il la repoussa avec rudesse.

—Bien sûr, mais c'est aussi une question de fierté, lança-t-il. J'avais dix ans quand mon grand-père Phidélias Tremblay a disparu. Du jour au lendemain, plus une trace de lui. Mon père, Napoléon, l'a cherché pendant des semaines, avec un de ses frères et Zacharie, qui était son associé, en quelque sorte. La famille en a imaginé, des choses! Ma pauvre grand-mère a usé son chapelet en espérant que Dieu lui rendrait son mari. Nous étions dans la misère et ça n'a fait qu'empirer. Au bout d'un an, tout le monde pensait que Phidélias s'était enfui en laissant les siens crever de faim. J'ai grandi avec ce lourd mystère dans le cœur et dans les oreilles les lamentations de ma grand-mère. Elle a fini par dépérir de chagrin et de honte. C'est dur de n'avoir même pas une tombe où se recueillir. Zacharie prétendait que Phidélias avait dû se noyer dans la Péribonka ou se faire dévorer par les loups.

Paul Tremblay se rassit, blême, le regard féroce. Il se servit un verre de caribou.

—Mon père a vécu avec ce doute-là qui le rongeait. Il a longtemps essayé de retrouver Phidélias, mais personne ne l'avait revu... Il y a un an, quand Zacharie a entendu un Indien éméché raconter qu'un chercheur d'or avait été abattu vingt-cinq ans plus tôt par un Montagnais nommé Mahikan, il a flairé la bonne piste. Il a fait parler l'Indien en lui payant à boire. Ce malheureux Phidélias avait été assassiné et enterré sans sacrements!

Albertine ignorait tout ça. Abasourdie, elle prit place à la table en face de Tremblay.

—Si vous connaissiez l'identité du coupable, il fallait le dénoncer à la police!

—Le coupable était mort de la tuberculose dans sa réserve. Mais sa sœur, Tala, habitait au bord de la Péribonka, avec son fils, qui était marié à une fille de Val-Jalbert. Et pas n'importe quelle fille! Une chanteuse connue à Québec, à Montréal, à New York… Et sa mère possédait une fortune.

—Ce n'était pas une raison pour enlever ce petit! s'indigna Albertine. Que veux-tu y faire? Il y a les riches et les pauvres!

—Ma famille a toujours traîné la misère avec elle, répliqua-t-il sur un ton hargneux. Je m'étais juré d'en sortir. J'ai réussi à entrer au collège, mais j'ai dû abandonner mes études pour aider mes parents. Laura Chardin, elle, pendant la grande crise, elle n'a pas souffert! Si tu voyais la maison où elle habite: la plus riche du village de Val-Jalbert, en belles briques, avec une superbe toiture de bardeaux d'asphalte vert et des lustres de cristal. Quand je les épiais, le soir, à l'heure où ils allumaient les lampes, on aurait dit un château.

—Tu exagères! protesta la jeune femme.

—Pas du tout! Et sais-tu comment elle est devenue riche, Laura Chardin? Elle n'a pas trimé dur, pour ça! Il lui a suffi d'épouser un riche industriel de Montréal, qui a vite passé l'arme à gauche en lui léguant tout ce qu'il avait. Y a pas de justice en ce bas monde, Albertine! Peut-être même qu'elle lui a donné un bouillon de onze heures, pour être débarrassée plus vite. Et maintenant, elle se tourne les pouces en se faisant livrer des marchandises depuis la France, paraît-il. Du champagne, du foie gras, des toilettes de luxe…

Les yeux sombres de Tremblay fonçaient encore, haineux. Il tapa violemment du poing sur la table, les mâchoires crispées, avant d'ajouter:

—Si elle veut récupérer son gosse, elle doit payer! Au départ, je voulais juste faire chanter sa fille. C'était mon plan, ça. La femme de Delbeau payait, sinon on dénonçait sa belle-mère, Tala, qui avait joué un rôle dans l'assassinat de Phidélias, Dieu sait lequel. Mais la chance m'a souri. Le fils Chardin s'est jeté dans mes bras. J'aurais été un idiot de ne pas sauter sur l'occasion.

Albertine se releva sans répondre. Un détail la tourmentait. Tout en disposant deux assiettes pour le souper, elle réfléchissait.

—En tout cas, déclara-t-elle enfin, tu es bien renseigné sur ces gens! Comment as-tu appris autant de choses?

—Par une voisine. Ce n'est pas très difficile de faire jaser une femme… Sers-moi donc! J'ai faim.

Paul Tremblay en avait déjà trop dit. Il venait de semer une graine de jalousie dans l'esprit de sa maîtresse. Elle n'en montra rien, cependant. Le repas terminé, Albertine décida de s'occuper de Louis.

—Couche-toi donc, Paul. Il ne faut pas rendre cet enfant à sa mère tout crasseux et affamé. Je vais le laver et lui donner du ragoût. J'y serais bien allée plusieurs fois, mais ça me brise le cœur de voir ce petit ligoté chez moi!

D'une nature méfiante, il secoua la tête.

—Je n'irai pas au lit en te laissant avec lui! On ne sait jamais, avec les femmes. Va pouponner si ça t'amuse, je t'attends. Je crois que j'ai une idée, pour l'endroit où récupérer la rançon.

Les rideaux étaient bien tirés. Dehors, il gelait fort, sous un ciel dégagé. Le noroît soufflait entre les falaises surplombant la rivière Métabetchouane. Louis, éveillé, croyait entendre les hurlements furieux de cent loups prêts à le dévorer. Tout à coup, la porte s'ouvrit sur une silhouette féminine.

—N'aie pas peur, mon mignon, déclara doucement Albertine.

Le petit garçon fut rassuré par la voix caressante et l'éclat de lumière qui brillait dans les boucles rousses de la jeune femme. Toujours en pleine confusion, il appela:

—Mine, c'est toi?

—Non, ce n'est pas Mine! Qui c'est, celle-là?

Elle s'approcha du lit et, dans un geste instinctif, elle posa sa main sur le front de Louis.

—Doux Jésus, il a de la fièvre! s'écria-t-elle. Manquait plus que ça. Il est brûlant. Paul, viens vite!

Tremblay la rejoignit. Il se pencha et toucha à son tour le front de l'enfant.

—Sûr, il est malade! Soigne-le de ton mieux!

—Je suis pas docteur! objecta-t-elle.

—Arrange-toi pour qu'il tienne debout d'ici lundi, rétorqua-t-il en sortant de la pièce.

Albertine haussa les épaules. Veuve après un an de mariage, elle n'avait pas eu le bonheur d'être mère. Son jeune mari avait été emporté par le fléau qui fauchait tant de vies depuis des années, la tuberculose. Une profonde compassion l'envahissait devant ce beau petit garçon qui respirait mal et avait les joues rouges. Durant plus d'une heure, elle s'affaira à son chevet. Elle lui fit boire de la tisane et lui ôta son pantalon et sa culotte souillés. Tendrement, elle tamponna son visage avec un linge humide dont la fraîcheur eut le don de tirer Louis de sa somnolence.

—Tu vas me ramener à maman? demanda-t-il d'une voix tremblante.

—Je voudrais bien, mon petit Jésus! lui dit-elle à voix basse.

—J'ai perdu mon Nono, gémit encore l'enfant. Et, l'homme tout noir, il a tué le chat!

De gros sanglots terrassèrent Louis. Il poussait de faibles cris de chagrin en hoquetant.

—Ne fais pas de bruit! recommanda Albertine, apitoyée. Tu vas la revoir, ta maman; et ton Nono aussi. C'est le chat, Nono?

Louis fit signe que non, mais il fut incapable de répondre. Désaltéré et réconforté par la gentillesse de l'inconnue, il replongea dans un sommeil agité. Tout de suite, il rêva de Kiona. La fillette lui souriait. Elle avait l'air d'un ange nimbé d'or et de clarté.

« Ne pleure pas, Louis! disait-elle. Je veille sur toi! »

Il vit ensuite un étranger, grand et très brun, qui

menait un attelage de chiens, perché sur l'extrémité des patins du traîneau. Cet homme n'avait rien d'inquiétant; il dégageait même une impression de force et de bonté.

« C'est mon frère Toshan, dit Kiona d'une voix flûtée. Il vient te chercher, Louis... »

Après ce songe réconfortant, l'enfant dormit mieux. Albertine éteignit la lampe et retourna dans la cuisine où Paul Tremblay fumait, un papier couvert d'écritures sous sa main droite.

—J'ai trouvé la solution, ronchonna-t-il en la regardant. Prépare une valise avec le strict nécessaire. Je t'achèterai une nouvelle garde-robe aux États. Les Chardin déposeront l'argent où je leur dirai demain. Et, leur fils, ils iront le récupérer dans le trou de la Fée. S'ils se brisent les os en voulant atteindre la caverne, tant pis pour eux.

Albertine se signa, paniquée.

—C'est pas Dieu possible! s'écria-t-elle. Tu veux sa mort, à ce petit innocent? Tu serais capable de le tuer, comme tu as tué ce chat qu'il appelle Nono. Comment as-tu fait pour l'enlever avec sa bestiole, en plus?

—Le chat, c'était une sale bête squelettique et galeuse, qui m'a écharpé la main, ce matin, à Chambord, précisa-t-il. Tu as intérêt à m'aider, Albertine, si tu veux que je t'épouse.

Au fond, il n'était pas sûr de réussir son coup et cela le rendait maussade. La jeune veuve ne savait plus si elle avait encore envie d'être mariée à un homme aussi despotique, un malfaiteur de surcroît... Ses pensées se concentraient sur cette voisine qui avait si bien renseigné Paul. Soupçonneuse, elle s'interrogeait. Une femme honnête n'adresse pas la parole à un étranger et elle ne livre pas des détails importants sur ses voisins. Elle en déduisit que la relation avait dû être plus sérieuse.

Sa vaisselle achevée, elle ouvrit une bouteille de sherry. L'alcool déliait les langues, c'était bien connu. Une heure plus tard, elle apprenait que la voisine, Betty, une blonde aux cheveux frisés, se serait jetée dans le premier lac venu pour lui. Il avait néanmoins précisé que c'était une femme mûre et sans cervelle, et qu'il se faisait passer pour son cousin afin de ménager sa réputation.

—Elle aussi? riposta sèchement Albertine. Tu en fais, un drôle de cousin, dans mon lit! Est-ce que tu as couché avec elle?

Il se contenta de ricaner sans répondre. L'alcool lui brouillait les idées, mais pas au point de lui faire dire la vérité.

—Réponds, Paul, est-ce que tu as couché avec cette Betty?

Toujours silencieux, il fixa sa maîtresse d'un air ironique, une lueur cruelle au fond des yeux. Tremblay s'était trahi. Il venait de perdre la partie.

16
Le trou de la Fée

Val-Jalbert, samedi 20 janvier 1940

Hermine, en se réveillant, vit tout de suite le profil de Toshan, qui dormait encore. C'était tellement surprenant de le trouver là, dans sa chambre, à Val-Jalbert, qu'elle eut un léger sourire ébloui. Elle s'aperçut de leur nudité et se souvint de la nuit tumultueuse qu'ils avaient passée.

« Mon bel amour, pensa-t-elle, je ne pouvais pas me rassasier de toi et, malgré ta fatigue, tu me voulais encore et toujours… »

Son sens moral reprenant le dessus, elle se reprocha d'avoir éprouvé tant de plaisir alors que son petit frère était en grand danger et ses parents, très malheureux.

« Tant pis, cela m'a donné de la force et du courage! »

Elle se rappela aussi qu'à un certain moment elle avait avoué ce sentiment de culpabilité à Toshan.

« Il m'a répondu qu'il fallait vivre chaque minute, chaque heure, comme si c'était la dernière sur cette terre, et que cela n'aiderait personne de se priver d'amour. Je crois qu'il a raison. Quoi qu'il arrive, nous n'oublierons jamais cette nuit. »

Toshan ouvrit les yeux et contempla d'un air étonné le plafond de la pièce, ainsi que les lourds rideaux en velours rose et les dentelles ornant les étagères.

—Je rêve, ou ma garnison a fait des efforts? plaisanta-t-il. Franchement, Mine, ça me change de décor. Il manque aussi la toux de Gamelin et le vacarme d'une vingtaine de soldats filant aux lavabos. Ma chérie, que ce lit est confortable, que ces draps sont soyeux! Comme ta peau... Non, moins que ta peau!

Il tendit une main vers elle et effleura un sein rond, chaud, adorable. Hermine se redressa, avant de se lever prestement.

—Mon amour, nous devons partir très tôt, lui rappela-t-elle. Je descends préparer du café et des tartines. Toi, tu dois harnacher les chiens. Simon ne va pas tarder; il t'aidera.

Toshan approuva d'un signe de tête. La veille, Mireille avait servi un souper en bonne et due forme. Comme Laura et Jocelyn avaient repris espoir, ils avaient retrouvé un peu d'appétit. Réconfortés par toute cette jeunesse qui s'activait autour d'eux, ils s'étaient même autorisé quelques timides sourires.

—Vous verrez, madame! avait déclaré Mireille au dessert, notre Louis sera bientôt avec nous, sain et sauf!

Simon, lui, avait proposé à Toshan de l'accompagner. Après s'être concertés, les jeunes gens avaient décidé d'utiliser les deux traîneaux à leur disposition, en répartissant les chiens selon leur vigueur et leur caractère respectif.

—Ne comptez pas me laisser ici, s'était récriée Hermine. Je viens aussi, comme prévu.

—Je n'avais pas l'intention de me passer de toi! avait répliqué Toshan.

À cette heure matinale, la jeune femme était plus décidée que jamais. Elle enfila un pantalon et un pull-over noir. Elle prit un anorak et ses bottes fourrées.

—Dépêche-toi! dit-elle à son mari en sortant de la chambre.

Contre toute logique, Hermine avait l'intuition qu'ils ne reviendraient pas à Val-Jalbert sans Louis. Elle comprit que sa mère était loin d'avoir le même espoir en la découvrant dans la cuisine, l'air hagard et les traits tirés, attablée devant une tasse de thé.

—Maman, tu es déjà debout? Tu as mauvaise mine; il fallait te reposer encore, lui dit-elle tendrement.

—Je ne peux pas dormir, je ne fais que somnoler. Hermine, j'ai quelque chose à t'avouer. J'avais caché une grosse somme d'argent dans ma chambre. Je voudrais que tu l'emportes. C'est une de mes manies, d'avoir un petit capital à portée de main. Je ne sais pas comment Toshan s'y prendra pour délivrer Louis, mais cela me rassurerait que vous ayez une contrepartie à proposer aux ravisseurs, si cela tournait mal. Et, je t'en prie, ne prévenez pas la police. J'ai un mauvais pressentiment; je crains de ne pas revoir mon enfant vivant. Je me suis dit que cela le sauverait peut-être si je prouve ma bonne volonté à ces hommes.

Très pâle et les traits tendus, Laura faisait peine à voir. Ses mains tremblaient et ses lèvres n'avaient plus de couleur. Hermine prit sa mère dans ses bras.

—Ma pauvre petite maman, comme tu souffres! Je t'en supplie, aie confiance. Louis ne va pas mourir. Et Toshan n'agit pas au hasard. Autant te l'avouer, nous allons à Desbiens. Berthe, la tante de Gamelin, affirme que Paul Tremblay fréquente une fille de là-bas.

—Mon Dieu, gémit Laura, pourquoi ton mari nous a-t-il caché ça? Je veux venir avec vous; ce n'est pas si loin.

—Je crois que Toshan n'a rien dit pour cette raison-là, précisément, coupa la jeune femme. Il devait se douter que papa ou toi demanderiez à nous accompagner. Mais nous devons être très discrets, et se déplacer en groupe ne passerait pas inaperçu. Maman, calme-toi. Tu seras mieux ici. Tu risquerais de tout compromettre.

Laura dévisagea sa fille avec une expression douloureuse.

—Et si c'était mon unique chance de revoir Louis en vie, de recueillir son dernier soupir! déclara-t-elle sur un ton tragique.

— Mais ne dis pas des choses pareilles! s'écria Hermine. Je suis certaine que Louis nous sera rendu en bonne santé.

— D'accord, je te fais confiance, soupira Laura sans insister davantage. J'attendrai, mais comme c'est difficile! Maintenant que je vis cette épreuve, je me demande comment j'ai survécu après avoir été séparée de toi. Deux fois on m'arrache un enfant, deux fois! Je n'en peux plus.

Sur ces mots, elle pleura sans bruit, le visage entre ses mains. Toshan entra à cet instant précis. Ce triste tableau lui poigna le cœur.

— Laura, je ferai tout mon possible pour vous ramener votre fils, affirma-t-il. Vous avez la foi? Priez comme le fait Madeleine, qui m'a dit qu'elle a veillé toute la nuit. Je veux espérer que la justice existe en ce monde. Aucune mère ne devrait endurer un tel supplice.

Jocelyn fit irruption. Ayant écouté les paroles de son gendre, il réprima un sanglot nerveux. C'était comme si ses yeux se dessillaient enfin et qu'il prenait conscience de la valeur de Toshan.

— Merci, mon fils, s'entendit-il dire. Je vous appelle ainsi, car j'aurais été fier d'être votre père. Peut-être qu'un jour, vous m'accorderez cette faveur de me prêter un peu de l'affection que vous deviez porter à Henri Delbeau.

— Peut-être... souffla Toshan.

Ce fut au tour de Charlotte d'apparaître, en robe de chambre bleue, l'air ensommeillé. Mireille, dont le domaine était envahi, se manifesta:

— Soyez gentils, sortez de la cuisine et installez-vous dans la salle à manger. Je vais servir le petit-déjeuner.

Cela coupa court à toute discussion. Toshan jeta un regard perplexe à Jocelyn et Laura prit le bras de Charlotte pour changer de pièce. Madeleine et les trois enfants descendirent presque aussitôt. La nourrice, dans sa robe grise à col blanc, ses longues nattes attachées dans le dos, semblait n'avoir jamais quitté la maison. Marie et Laurence se tenaient sagement près d'elle. Mukki courut vers sa mère.

—Maman, je sais que papa et toi vous partez chercher Louis. Tu lui donneras ce paquet de ma part. Ce sont mes soldats de plomb.

Émue, Hermine embrassa son fils.

—C'est très gentil à toi! dit-elle tout bas.

Incapable de tenir en place, Laura revenait du salon. Elle tendit l'ours en peluche de Louis à la jeune femme.

—Son Nono, murmura-t-elle. Prends-le, il le réclamera. Je suis sotte, n'est-ce pas, mais rien qu'à l'idée que tu as ce jouet avec toi, cela me console. Pourtant, Dieu sait que, sans cet ours en peluche, Louis serait là, près de nous.

Malgré la tension qui vrillait les nerfs de chacun, le petit-déjeuner fut pris dans le calme. Tout avait été dit la veille et le silence régnait. Les enfants n'osaient même pas bavarder.

Simon se présenta à l'heure convenue. Toshan et lui sortirent atteler les chiens. Hermine les aurait volontiers accompagnés au chenil, mais elle jugeait plus prudent de rester avec ses parents jusqu'au moment du départ. Fébrile, anxieuse, elle faisait les cent pas dans le couloir, son anorak sur le bras, encombrée de son écharpe et de ses mitaines.

La sonnerie du téléphone la fit sursauter. Elle se rua dans le bureau et décrocha. Une voix féminine, basse, trahissant la gêne et la crainte, débita très vite :

—Louis Chardin est chez moi, à Desbiens. Je vous en prie, venez, il est très malade. Vous le trouverez dans la maison derrière la scierie, celle qui a des rideaux roses et une cloche sous l'auvent.

—Mais qui êtes-vous? interrogea Hermine.

Elle n'obtint aucune réponse. La communication avait été coupée. Laura et Jocelyn arrivèrent sur ces entrefaites.

—Que se passe-t-il? s'enquit son père, livide. Ils

ont donné des indications pour la rançon? J'irai déposer l'argent lundi, là où ils le désirent!

— C'était une femme, papa! expliqua-t-elle. Mais elle veut nous aider. C'est un vrai miracle! Je sais où est Louis. Dieu merci! Quelle chance!

Elle n'osa pas préciser que son petit frère était souffrant. Le ton anxieux de son interlocutrice semblait sincère. « Tremblay a dû s'absenter, sinon cette fille n'aurait pas osé appeler ici! » pensa-t-elle. Mais, l'instant d'après, elle s'inquiéta. « Ou bien c'est un piège... »

Laura, incrédule, lui saisit les mains. Tout son être implorait.

— Ma chérie, hâtez-vous! Tu dis que c'est un miracle! Je vais revoir mon trésor, mon petit Louis!

— Sûrement, ma Laura, affirma Jocelyn. Tout va s'arranger. Sois courageuse. Ce soir, notre fils sera là.

La jeune femme les embrassa et, sans plus attendre, sortit pour avertir Toshan et Simon. Un quart d'heure plus tard, les traîneaux filaient sur la route régionale.

Gare de Saint-Jérôme, même jour

Personne ne prêta attention à la jeune femme rousse, en manteau gris et bottines, qui montait dans le train pour Québec. Il y avait peu de monde ce jour-là sur le quai de la gare de Saint-Jérôme, village voisin de Desbiens. Une petite valise à la main, le visage marbré d'ecchymoses, Albertine Potvin, veuve Gagnon, monta à bord d'un wagon en espérant que le départ ne tarderait pas. Elle fuyait le village où elle était née, où ses parents avaient travaillé leur vie durant avant de se retirer du côté de Sainte-Hedwige.

Ses rêves s'étaient brisés pendant la nuit. Paul Tremblay ne serait jamais son mari et elle comptait bien ne plus croiser son chemin.

« Ils ont besoin de toutes les bonnes volontés,

dans l'armée! songeait-elle. Je me rendrai utile, je travaillerai dans une usine de guerre à Québec, à fabriquer des munitions! »

Albertine était déterminée. Cette idée de soutenir l'effort de guerre de son pays lui trottait dans la tête depuis le mois de septembre. Sans l'attachement sensuel qui la liait à Tremblay, elle aurait pris sa décision bien plus tôt. Maintenant, rien ne la ferait reculer. Elle devait oublier Desbiens et la maison où elle s'était installée jeune mariée, où son époux avait agonisé. Surtout, elle voulait effacer de sa mémoire le trou de la Fée, cette caverne nichée à flanc de falaise dont l'accès était périlleux. Quelques intrépides s'aventuraient parfois dans le dédale de ses galeries, mais Albertine s'en serait bien gardée.

Le train se mit en route lentement, dans un bruit de ferraille et par secousses. Du bout des doigts, la voyageuse effleura son arcade sourcilière, sa pommette et son nez tuméfié. La douleur la fit tressaillir. « Sale brute! pensa-t-elle. Assassin! »

De grosses larmes coulèrent sur ses joues. Paul Tremblay l'avait frappée au visage de toutes ses forces. C'était le prix à payer, bien dérisoire, pour le martyre de ce petit garçon qu'elle n'avait pas su protéger.

« Je m'en remettrai, moi, mais l'enfant est mort! » se dit-elle, désespérée.

D'un geste nerveux, Albertine sortit un mouchoir de son sac et se moucha. Elle était seule dans le compartiment et cela la soulageait, car elle n'avait aucune envie de faire la conversation ni d'être observée, étant donné les traces de coup qu'elle portait.

Les yeux fermés, elle se laissa submerger par un chaos de souvenirs tout récents, épouvantables.

« Paul a continué à boire. Moi, j'étais tellement en colère! Il avait sûrement couché avec cette femme de Val-Jalbert. Il a fini par s'endormir en travers de mon lit. Et moi, je suis allée voir le petit garçon encore une fois. Mon Dieu, il délirait. La fièvre avait empiré. Alors, je me suis affolée, j'ai pleuré si fort que Paul m'a entendue, hélas! La brute, la sale brute! Je voulais courir chez le docteur, mais il m'en a empêchée. Un vrai fou! Il a failli me broyer les poignets. Il ne m'aime pas, il ne m'a jamais aimée! Ensuite, il a tourmenté l'enfant en le secouant et il l'a aspergé d'eau froide, ce pauvre bout de chou.»

Albertine entrouvrit les paupières afin de vérifier qu'il n'y avait personne. Elle s'estimait complice d'un crime odieux et cela ne l'aurait pas étonnée d'apercevoir un policier sur le point de l'arrêter.

«Non, je suis hors de danger, à présent. La police viendra à Desbiens, mais je n'y serai plus. S'il le faut, je me cacherai dans une pension de famille. J'ai un peu d'économies. Peut-être que Paul aurait été capable de me supprimer, moi aussi. En tout cas, Louis Chardin était comme mort, à trois heures du matin. Je n'ai pas pu le ranimer. Et Paul l'a emballé dans un drap, il est parti avec ce pauvre petit sur son dos, comme si c'était un paquet de linge sale.»

La jeune femme retint une plainte.

«J'aurais dû alerter des gens du village, à ce moment-là! Mais Paul m'a menacée, il a dit que si je le trahissais, il m'accuserait d'avoir tout comploté et que je terminerais ma vie en prison, ou que je serais exécutée. Le ravisseur du petit Lindbergh, il a fini sur la chaise électrique[52].»

La vie tranquille d'Albertine avait basculé dans le chaos en une journée, à cause de son coup de cœur pour un homme dont elle ignorait la véritable nature. Accablée de chagrin, elle ressassait ses erreurs. «Assassin! se répéta-t-elle en silence. Paul n'était qu'un criminel! Quand il est rentré,

---

52. Bruno Hauptmann est arrêté en 1934 et condamné pour l'enlèvement et le meurtre du fils Lindbergh à la suite d'un procès très médiatisé qualifié de «procès du siècle». Il sera exécuté sur la chaise électrique le 3 avril 1936.

j'ai compris que j'avais affaire à un monstre fait homme, sans pitié. Il m'a dit de lui préparer du café bien fort et j'ai obéi, tellement j'avais peur. Je n'osais pas demander où était l'enfant. »

La voix froide et haineuse de son amant résonnait encore dans son esprit.

—Albertine, c'est toi qui téléphoneras du bureau de poste chez les Chardin, dans la matinée. Tu leur diras de déposer l'argent lundi soir, dans la cabane à sucre de leurs voisins, les Marois. Entendre une femme, ça les rassurera. Surtout assure-les que le petit est en bonne santé chez toi et qu'ils connaîtront le lieu précis où il se trouve au prochain appel.

—Non, je ne veux pas! avait-elle crié, en larmes. S'ils viennent ici avec la police, je suis perdue!

—Idiote, tu seras loin. Il n'y aura plus personne ici. Tu prendras aussitôt le train pour Québec et tu descendras à Lac-Bouchette. Je te rejoindrai là-bas avec l'argent.

La jeune femme l'avait traité de menteur et avait ajouté :

—Lundi, leur fils sera mort, Paul! Mon Dieu, pauvres gens!

—Il est déjà mort, avait rétorqué Tremblay. J'ai planqué le corps dans le trou de la Fée. On n'y est pour rien. Tu vas quitter le village et moi, je m'occuperai de l'argent.

En revivant la scène, Albertine eut la nausée. Les doigts crispés sur son mouchoir, elle se mit à grelotter.

—C'est toi qui ferais mieux de filer! avait-elle hurlé. Pendant ton absence, et tu en as mis, du temps, je suis allée frapper chez les Rivard et j'ai utilisé leur téléphone. Les policiers arrivent, j'ai tout avoué!

Tremblay, livide, s'était jeté sur elle. Il l'avait cognée comme un fou et elle avait perdu connaissance. Il faisait jour quand elle s'était réveillée, étendue sur le plancher de la cuisine. Un profond silence régnait.

Dehors, la camionnette de son amant avait disparu. Albertine avait menti, bien sûr. Mais, se jugeant responsable de la mort du petit Louis Chardin, elle n'avait eu qu'une idée, s'enfuir le plus vite et le plus loin possible. Elle avait cependant pris le temps de téléphoner chez les Chardin, du bureau de poste. Mais c'était au-dessus de ses forces d'annoncer à cette famille la mort de l'enfant. Elle s'était contentée de les envoyer chez elle, où ils découvriraient la vérité.

« Mon Dieu, pardonnez-moi, pria-t-elle de tout son cœur. Au moins, ces pauvres gens pourront trouver le corps de leur petit! Seigneur, ayez pitié de moi. Je me rachèterai, je vous le promets! »

Elle sanglota encore longtemps, malade de remords.

Bord du lac Saint-Jean, même jour

Toshan avait arrêté les chiens à la sortie de Chambord. Un vent glacé soufflait sur le lac et le ciel n'était qu'un plafond bas de nuages gris menaçants. Hermine descendit du traîneau et fit quelques pas. Simon qui les suivait immobilisa aussi ses bêtes.

—Je crains une tempête avant ce soir, leur dit-il. Qu'en penses-tu, Toshan?

Le beau Métis scrutait le paysage sans paraître inquiet. Les colères de la nature ne l'impressionnaient pas.

—Pas d'hiver sans tempête, Simon. Nous serons très vite à Desbiens, maintenant. En fait, j'avais besoin d'une courte halte pour réfléchir.

Hermine frissonna. Malgré ses vêtements chauds d'excellente qualité, le froid la saisissait. Elle s'empressa de se réfugier sous les couvertures et les fourrures dont le traîneau était garni.

—Toshan, tu réfléchiras en chemin, s'écria-t-elle. Si cette femme dit vrai, j'ai hâte de retrouver Louis et de l'emmener. Il doit avoir si peur!

—C'est un peu trop simple, à mon avis! coupa son mari.

—Mais pourquoi? protesta-t-elle. Je suis peut-être naïve, mais je me raccroche à ce coup de théâtre inespéré. La fiancée de Tremblay a eu pitié de Louis en le voyant malade. Elle a bien dit que nous devions faire vite, sûrement parce qu'elle est seule pour la journée. Toshan, repars, je t'en supplie!

—Tu as mentionné le terme exact: c'est un coup de théâtre... J'ai tort de ne pas prévenir la police.

—Je suis là. Si nécessaire, je m'en chargerai, affirma Simon. Mais je suis de l'avis d'Hermine, ça ne sert à rien de rester là, en plein vent.

Les chiens aussi s'impatientaient. Toshan reprit les poignées du traîneau et hurla:

—Va, Lino, va!

Hermine priait à mi-voix en tenant l'ours en peluche contre elle. Ses pensées se concentraient sur Louis. Pour se conforter dans l'imminence des retrouvailles, elle s'imaginait le prenant dans ses bras et le couvrant de baisers. Ce serait si merveilleux qu'elle aurait voulu abolir les derniers kilomètres, les dernières minutes.

« Dieu de bonté, Dieu d'amour, protégez-le! Je le chérirai de toute mon âme, chaque jour de ma vie. » Contre son gré, l'instant suivant, elle évoqua sa petite sœur avec une ferveur passionnée. « Kiona, sauve-le! Par pitié, aide-nous, Kiona! »

Elle eut l'impression effarante d'avoir commis un sacrilège. Les paroles de Madeleine lui revinrent. « Qu'est-ce que j'ai fait? se reprocha-t-elle. Il ne fallait pas, j'ai perdu la tête. »

Toshan lui toucha l'épaule, soucieux. Il l'avait entendue pleurer.

—N'aie pas peur, Mine! Regarde, le pont de la voie ferrée et, là-bas, les bâtiments du Juvénat. Nous arrivons à Desbiens.

—Est-ce que tu es déjà venu par ici, Toshan? demanda-t-elle en retenant ses larmes.

—Il y a peu d'endroits que je ne connais pas autour du lac Saint-Jean, répondit-il. Après la mort de mon père, quand je cherchais des jobs sur les chantiers, j'ai parcouru toute la région.

—L'époque où tu portais de longs cheveux noirs et une veste à franges en peau de cerf! dit-elle rêveusement.

—Je suis le même, Mine, que je sois en uniforme ou en costume de ville. Il ne faut pas se fier à l'apparence. Ce lieu, à l'embouchure de la Métabetchouane, a un passé particulier. Un marchand y a ouvert un des premiers postes de traite, au dix-septième siècle[53]. Les Indiens se rassemblaient là depuis des temps immémoriaux. Ils ont dû se regrouper dans la réserve de Pointe-Bleue quand les colons ont envahi le Lac-Saint-Jean.

Hermine écoutait sans pouvoir calmer les battements de son cœur survolté. Ils entrèrent enfin dans le village, qui ressemblait à bien d'autres villages de la région avec ses maisons en bois, la masse imposante de l'usine Saint-Raymond Paper, l'église, le bureau de poste et la gare.

—Il faut aller derrière la scierie. La maison a des rideaux roses et une cloche sous l'auvent! dit Hermine.

Le site l'impressionnait. De hautes falaises bordaient le lit en partie gelé de la Métabetchouane, dont les berges sablonneuses s'ornaient de somptueux décors de glace. Alentour, des sapins et des bancs de neige. Les chiens marchaient à présent, ralentis par Toshan et Simon. La jeune femme descendit à nouveau du traîneau. Elle avançait d'un pas rapide en observant les environs.

—Il faudrait que j'interroge quelqu'un, pour savoir où habite la famille Douné, hasarda-t-elle. Ils pourraient nous guider.

—Ce n'est pas la peine, s'écria son mari, nous y sommes!

---

53. Le poste de traite a été fondé par Pierre Bécart de Granville en 1676.

Il désignait une fenêtre voilée par des rideaux roses. Une cloche se balançait au vent. Hormis la large bâtisse de la scierie, il n'y avait guère de voisins proches.

—J'entre la première, dit Hermine d'une petite voix tendue. On ne sait jamais; Simon et toi, vous pourriez effrayer cette femme.

—Nous venons avec toi, coupa Toshan. Si Tremblay nous a tendu un piège, tu ne peux pas y aller seule.

Simon approuva gravement. Hermine frappa plusieurs fois, puis, exaspérée, elle tourna la poignée. La porte s'ouvrit aussitôt sur une cuisine à l'aménagement coquet. La maison semblait déserte, mais des tasses étaient restées sur la table, ainsi que deux verres et une bouteille de sherry presque vide.

—Le poêle est éteint, dit Simon en posant la main sur la fonte. Il n'y a personne icitte: par ce froid, on entretient le feu!

Toshan s'accroupit pour examiner quelque chose sur le plancher. C'était des taches de sang. Il eut l'impression de recevoir une chape de plomb sur les épaules. Avant même qu'il ait le temps de les montrer à Hermine, celle-ci poussa un hurlement d'agonie.

—Non! Oh non! Non! Mon Dieu, non. Il est mort, Louis est mort! Mon petit frère!

Simon se précipita vers elle pour la soutenir, car elle vacillait, prise d'un malaise. D'un bond, Toshan fut là pour lui prêter main-forte. Il enlaça sa femme et la serra doucement dans ses bras.

—Lisez, lisez ça! cria-t-elle. Ce bout de papier, sur le buffet! «Le corps de l'enfant est dans le trou de la Fée. Je suis désolée. Je n'ai pas pu le sauver!»

Une colère immense la rendait à demi folle. Elle échappa à l'étreinte de son mari et tourna autour de la table en se frappant la poitrine.

—Nous avons perdu du temps, hier! s'égosilla-t-elle. Pourquoi avoir eu confiance en ces ordures, des salauds, des assassins? Avoue-le, Toshan, c'est notre faute! Berthe t'avait dit que Tremblay fréquentait une fille de Desbiens; nous aurions dû venir ici hier soir, au lieu de souper tous ensemble en se berçant de paroles de réconfort. Et surtout il fallait prévenir la police. J'ai toujours su qui était derrière tous nos malheurs. Paul Tremblay! Et il a gagné! Louis est mort, ce petit garçon innocent! Mon frère!

Elle se plia en deux, aux prises avec un spasme de douleur. Elle poussait des plaintes rauques qui lui venaient du ventre.

—Et maman, ma pauvre maman! Elle va en mourir! dit-elle encore.

—Mimine, murmura Simon, je suis tellement désolé pour vous tous! Un malheur pareil!

Le jeune homme aurait bien posé une question, mais, vu les circonstances, il patienta. Toshan relisait le court message laissé par Albertine. Même s'il n'avait jamais vu Louis, la mort de cet enfant le terrassait.

« Le crime le plus odieux qui soit! pensa-t-il. Mais le coupable paiera de sa vie, j'en fais le serment! »

Il rangea soigneusement le morceau de papier dans sa poche et entreprit de fouiller la maison. Hébétée et très pâle, Hermine le suivit, ainsi que Simon. Ils visitèrent d'abord la chambre de la maîtresse des lieux. Le lit était défait, l'armoire était béante. Tout témoignait d'une fuite affolée. Dans la petite pièce contiguë, ils trouvèrent les preuves de la présence de Louis.

—Là, son pantalon en velours, bredouilla la jeune femme. Et un caleçon. Il s'était sali, le pauvre! Comme il a dû avoir peur!

Un sentiment d'indicible horreur envahit Hermine. Elle concevait avec une acuité insupportable la torture morale qu'avait endurée son frère, arraché à son foyer, livré à la brutalité de Tremblay.

—Il a dû réclamer maman, pleurer jusqu'à l'épuisement, dit-elle d'une voix tremblante. Comment l'ont-ils tué? Au téléphone, cette femme le prétendait très malade. Mon Dieu, j'espère qu'il s'est éteint sans souffrir!

Simon se mit à pleurer, confronté à la douleur de son amie et à l'image d'un petit garçon terrifié. Il avait vu grandir Louis.

—Je l'aimais tant, mon p'tit voisin! balbutia-t-il.

Toshan fixait la table de chevet, encombrée d'un bol vide et d'une cuvette dans laquelle trempait un linge. Il aurait voulu consoler sa femme, mais il n'avait aucun moyen de le faire. L'irréparable s'était produit. La haine se répandait dans ses veines, une soif de vengeance bien supérieure à celle qu'avaient éprouvée Napoléon et Paul Tremblay.

—Je sais où se trouve l'entrée de la caverne! dit-il d'un ton ferme. Je vais chercher le corps de Louis. Simon, occupe-toi d'Hermine.

—Tu parles du trou de la Fée? interrogea la jeune femme. Je veux venir aussi. Toshan, c'est mon devoir de grande sœur. Je t'aiderai à le ramener, mon Louis... Il faudra le porter avec ménagement, lui dire notre amour même s'il ne nous entend plus.

—Mais tu le feras, ma chérie! répliqua-t-il avec une infinie tendresse. Il faudra pleurer cet enfant dont on a fauché la jeune vie pleine de promesses. Je serai délicat, ne crains rien. Mais tu ne pourras pas m'accompagner. Je suis déjà entré dans le trou de la Fée il y a quelques années. L'accès à la grotte est difficile. De toute évidence, les Tremblay connaissaient bien cet endroit, eux aussi. Ce ne sont que des lâches et je parie que les hommes de cette famille se sont planqués là-haut pour échapper à la conscription de 1914.

Hermine dévisagea son mari avec un air morne. Elle comprenait à peine ce qu'il disait.

—Le vieux charron de Val-Jalbert m'en a parlé, ajouta Simon. C'était une bonne cachette. La Gendarmerie royale ignorait l'emplacement du trou de la Fée, et il y faisait moins froid qu'au fond des bois.

— Par pitié, taisez-vous! gémit la jeune femme. Louis est mort et vous discutez tranquillement. Moi, je retourne dehors, cette maison me répugne.

Toshan la saisit à bras-le-corps. Il planta son regard noir dans le sien, bleu azur.

— Mine, pardonne-nous! Je partage ton chagrin, et je plains de tout cœur tes parents qui vont devoir enterrer leur fils, mais ne crois pas que Simon et moi discutons comme si de rien n'était. Il n'y a pas de mots pour décrire la tragédie qui vient d'avoir lieu, pas de mots pour t'apaiser. Alors, oui, on débite des choses ordinaires, parce que ça empêche de hurler de rage et de révolte. Maintenant, viens!

Dehors, ils découvrirent un début d'attroupement. Un ouvrier de la scierie les avait vus entrer chez Albertine et il s'était empressé d'alerter des voisins. Les deux attelages de chiens avaient également attiré des curieux. Une vieille femme clamait que c'était un cambriolage, mais on la détrompa.

— Qui serait assez bête pour faire ça en plein jour? Et où est-elle, Albertine?

— Quelqu'un pourrait-il alerter les policiers, leur dire qu'un criminel est en fuite, avec sa complice, Albertine? demanda Toshan avec autorité. Un enfant a été enlevé et tué. Je dois me rendre jusqu'au trou de la Fée. Son corps s'y trouverait.

Ses paroles semèrent la consternation. Sans rien ajouter, il reprit les guides du traîneau où Hermine avait pris place, pour suivre une piste enneigée le long de la rivière.

— Il y a une grande maison à sept kilomètres d'ici, dit-il à sa femme d'une voix forte. La compagnie Saint-Raymond Paper y loge les hommes qui travaillent au barrage sur la Métabetchouane. Leur famille aussi.

La jeune femme ne répondit pas, obsédée par la mort injuste de Louis. Elle leva la tête pour considérer avec amertume les falaises qui les cernaient, parsemées de rochers nappés de givre.

Au fond de la gorge que ces hautes masses de pierre formaient, grondaient les eaux furieuses de la Métabetchouane, si vives qu'elles se jouaient de l'emprise du gel.

Simon n'avait pas encore quitté Desbiens, accaparé par un homme grisonnant qui lui serra la main.

—Vous êtes le fils aîné des Marois? Vous me reconnaissez? Je suis Ulysse Douné, le fils cadet de Mélanie.

—Oui, bien sûr!

—La jeune dame, c'est bien Hermine Delbeau? s'enquit-il. Ça s'peut pas qu'un enfant soit mort icitte! Je monterai bien sur votre traîneau, si je peux me rendre utile une fois là-bas. Je connais bien les gars qui entretiennent le dynamo[54]! Il fut un temps où j'ai même habité au-dessus du bâtiment à turbine. Qu'est-ce qui s'est passé, en vérité?

Simon n'osa pas refuser de répondre. Il résuma le drame et son sinistre dénouement. Alentour, on buvait ses paroles. Plus de trente personnes de Desbiens se signèrent avec gravité quand il lança enfin son attelage sur les traces de Toshan, dans un concert d'aboiements.

Hermine perçut l'écho des jappements, mais elle demeura impassible, comme elle était insensible au vent glacé et au paysage d'une grandiose austérité. L'espoir insensé qu'elle éprouvait une heure auparavant s'était mué en une détresse incommensurable. En état de choc, elle ne pouvait même pas envisager l'instant où il lui faudrait annoncer l'atroce nouvelle à ses parents.

« Bientôt, je tiendrai Louis contre moi, le corps sans vie de mon frère! »

Une idée atroce lui vint. Kiona était peut-être morte aussi, par sa faute. Elle se mit à sangloter, terrassée par un chagrin intolérable. Le traîneau s'immobilisa bientôt à proximité d'une haute

---

54. Les gens du lieu surnommaient ainsi le barrage.

maison flanquée de bâtisses plus modestes. Lino le rouge, le grand chien de tête, se mit à grogner; un homme approchait, chaudement vêtu.

—Bonjour! s'exclama-t-il. On n'attendait pas de visite, icitte!

Toshan expliqua la situation tout bas pour ménager Hermine qui continuait à pleurer nerveusement. Elle grelottait aussi dans l'haleine glacée qui montait de la rivière.

—Soyez prudent, monsieur, dit l'ouvrier. Il vous faut d'abord descendre le grand escalier qui mène aux turbines. Ensuite vous verrez un trottoir en bois, du solide... Ce sont des madriers, équipés d'un garde-fou. Après, vous suivez le sentier sur huit cents mètres environ. La caverne s'ouvre à flanc de falaise[55].

—Je n'étais pas passé par là la première fois que je l'ai visitée, mais nous venons de Desbiens. Merci de vos conseils. Si quelqu'un pouvait abriter ma femme pendant ce temps, lui donner quelque chose de chaud à boire!

—L'institutrice se fera un plaisir de s'en occuper, répliqua l'homme. Nous sommes deux familles à loger là; Il y a ici neuf enfants à qui elle fait la classe toute la semaine.

Mais Hermine ne l'entendait pas de cette oreille.

—Non, je viens avec toi!

—Je t'en prie, attends-moi ici. Je ne serai pas long. Tremblay a dû déposer le corps de Louis dans la première salle de la grotte. Mine, je suis navré, si tu savais à quel point! Sois forte et tiens bon, le pire est à venir...

Vaincue, elle approuva en silence. Toshan s'éloigna d'un pas rapide. L'employé du barrage lui proposa de venir se réchauffer chez lui, mais elle refusa d'un signe véhément. Enfin, Simon arriva, escorté par Ulysse Douné.

---

55. D'après les aimables renseignements de la Société récréo-touristique de Desbiens.

—Madame Delbeau, dit le nouveau venu en effleurant la manche d'Hermine, je vous offre mes condoléances, pour votre frère. Je suis au courant de la tragédie. Si je me doutais...

—Merci! articula-t-elle péniblement.

—Mais êtes-vous sûre que le corps est caché dans le trou de la Fée? insista-t-il.

—Oui, oui! répondit-elle, excédée. On nous a laissé un message dans ce sens. Mon mari est parti vérifier. Il ne faut pas laisser mon petit frère tout seul dans cet endroit affreux.

Apitoyé, Simon la prit par l'épaule et l'emmena un peu plus loin, à l'écart d'Ulysse Douné.

—Du cran, Mimine! J'imagine ce que tu éprouves... Ne m'en veux pas, mais je voudrais que tu m'expliques une chose, du temps que nous sommes seuls. Depuis hier, j'entends parler de Paul Tremblay. C'est un nom bien répandu chez nous et je me trompe sans doute. Le salaud qui a kidnappé Louis, ce n'est pas ce cousin éloigné de ma mère? Celui que le père refusait soi-disant de recevoir à la maison?

La jeune femme en voulait au monde entier. Tous ceux qui avaient causé la mort de Louis, elle les maudissait, y compris Betty.

—C'est bien le même Tremblay! dit-elle entre ses dents. Et ce n'était pas le cousin de ta mère, mais son amant. Voilà, tu sais la vérité, maintenant!

—Tu me dis des menteries! bafouilla-t-il. Le chagrin te rend mauvaise. Maman, un amant! Tu la connais autant que moi, Mimine. Elle n'est pas du genre à se compromettre ni à courir la galipote!

—Je suis désolée, Simon! Tu n'auras qu'à lui demander... Oh, mon Dieu, que c'est long, attendre! Quelqu'un aurait dû accompagner Toshan. S'il tombait dans la rivière, on ne le saurait pas! Je le perdrais lui aussi.

Blême, elle claquait des dents, le regard dans le vague. Simon n'eut pas le cœur de l'accabler d'autres questions. Plus tard, il tirerait cette accusation au clair. Mais plus tard. L'idée de voir le cadavre de Louis le terrifiait.

Toshan avait réussi sa périlleuse expédition. Il se tenait maintenant à l'entrée de la caverne, une faille d'un mètre de large à peine. Une sorte de salle s'ouvrait un peu plus loin, où la clarté du jour parvenait encore. Mais, contrairement à ce qu'il prévoyait, le corps de l'enfant ne s'y trouvait pas. Il avança avec précaution, pour s'aventurer dans la galerie qui descendait dans les profondeurs de la falaise.

Il alluma son briquet en se félicitant de l'avoir rempli d'essence le matin même et avança le plus vite possible. La petite flamme dispensait une clarté suffisante. Son crâne effleura quelque chose. Il leva la tête et découvrit des chauves-souris, suspendues aux anfractuosités de la pierre, la tête en bas, leurs ailes repliées comme une cape noire.

— C'était un piège. Tremblay nous a mis sur une fausse piste, maugréa-t-il à mi-voix. Mais dans ce cas, où est Louis?

Il s'arrêta un instant et éteignit le briquet dont le métal chauffait. Un phénomène étrange se produisit alors. Toshan crut deviner une faible lueur au sein des ténèbres. Sur le qui-vive, il retint sa respiration et dégaina silencieusement le couteau de chasse qu'il avait pris soin de mettre à sa ceinture.

— Mais... qu'est-ce que j'entends?

Stupéfait, il tendit l'oreille, certain d'avoir perçu des voix et une très faible odeur de fumée. Son esprit échafaudait à toute allure l'hypothèse la plus fiable. Les ennemis de sa mère avaient pu l'attirer dans le trou de la Fée pour s'en prendre à lui. Au fond, il jugeait cela improbable. Désireux de savoir à quoi s'en tenir, il avança de nouveau, dans le plus parfait silence. Ses yeux s'étaient accoutumés à l'obscurité et la source de lumière lui suffisait pour se repérer.

« Je souhaite presque tomber sur Tremblay, pensait-il. Il devra s'expliquer. L'un de nous deux ne ressortira pas vivant de la grotte! »

Maintenant, Toshan entendait distinctement quelqu'un parler. La galerie qu'il dévalait s'élargit peu à peu et très vite il vit une petite salle. Le spectacle qui l'attendait là le cloua sur place. Deux jeunes gens blonds comme les blés et à la face poupine, chaudement emmitouflés, étaient assis de part et d'autre d'un enfant allongé sur le sol. Une lampe à huile dispensait assez de lumière.

« S'agit-il de Louis? » se demanda-t-il.

Son cœur s'emballa, car le petit garçon venait de bouger la main qui reposait sur sa poitrine. De là où il était, Toshan devinait seulement une mèche de cheveux assez claire et une joue ronde. Si c'était bien le frère d'Hermine, il était encore vivant. Sans trop oser se réjouir, il appela tout bas:

—Hé! N'ayez pas peur. Bonjour, les gars!

L'apparition de cet homme de haute taille, vêtu de brun sombre, provoqua la consternation.

—Vous êtes de la Gendarmerie royale? bredouilla l'un d'eux.

—Non, non! assura Toshan qui commençait à comprendre. Je me demandais, aussi, pourquoi il n'y avait plus de corde près de l'entrée. Vous l'avez enlevée?

—Oui, m'sieur, c'est nous. Elle est planquée par là...

Le trou de la Fée, pendant la dernière guerre, avait servi de cachette aux déserteurs et à ceux qui tentaient d'échapper à la conscription. Il éluciderait cette question plus tard. Penché sur le petit garçon, il scrutait son visage attentivement.

—Est-il de votre famille? s'enquit-il. Je recherche un enfant du même âge.

—Alors c'est sûrement lui, m'sieur! Je me présente: Grégoire Larrivée. Et voici mon frère Virgile. Ce petit, on l'a trouvé cette nuit. Je dors mal, icitte, et vers quatre heures, j'ai entendu du bruit, comme une plainte. Je me suis signé, je croyais que c'était une âme errante. J'ai secoué Virgile, je lui ai dit d'écouter et il a entendu pareillement. On est allés voir avec notre lanterne. Le petit était couché à l'intérieur de la caverne, tout près de l'entrée. Vous pensez si on a été surpris! On l'a transporté là.

Toshan remerciait en silence toutes les puissances divines, celles des Montagnais et celles des Blancs. Penché sur Louis, il détaillait ses traits et étudiait le dessin de ses sourcils et de ses lèvres pour constater, attendri, que l'enfant présentait une ressemblance évidente avec Hermine. Les cheveux étaient moins blonds, mais ondulés, légers comme ceux de sa femme. Il toucha le front très chaud de l'enfant qui paraissait profondément endormi.

—Il faut l'emmener à l'hôpital! déclara-t-il. Ce serait trop long de vous expliquer. Le plus important, c'est de le soigner.

—On s'est bien occupés de lui, m'sieur! affirma Grégoire Larrivée. Même qu'il a bu une gorgée de caribou. Ça lui a fait du bien. Il nous a même dit quelques mots.

—Il nous a regardés, puis il a demandé si l'homme noir était parti, renchérit le dénommé Virgile. Est-il de votre famille, monsieur?

—Oui, et il a été enlevé avant-hier.

—Enlevé? répéta Grégoire. C'est-y pas Dieu possible!

Il se passa alors une chose étonnante. Louis ouvrit les yeux et aperçut Toshan. Il observa ce visage doré aux prunelles de jais et chuchota:

—C'est toi, le frère de Kiona?

Une violente émotion envahit le Métis au son de cette frêle voix qui insistait sur le prénom de sa petite sœur. Toshan aurait été bien incapable d'expliquer l'envie de pleurer qui le terrassait et celle, plus forte encore, d'étreindre Louis.

—C'est moi, oui, souffla-t-il. Je suis venu te

chercher. Hermine n'est pas loin, près du barrage de la rivière. Je vais te porter, n'aie pas peur. Ensuite tu reverras ta mère et ton père. Tu n'as plus rien à craindre, Louis!

L'enfant approuva avec un sourire de pure béatitude. Virgile Larrivée éclata en gros sanglots. Grégoire lui décocha un coup de coude.

—J'y peux rien, gémit l'homme en larmes. J'aimerais tant être à la maison, moi aussi!

—Mais que faites-vous dans cette grotte? interrogea Toshan. Où habitez-vous le reste du temps?

—Une ferme près de Saint-Stanislas! répondit Virgile. Notre père nous a dit de nous cacher icitte pour pas être envoyés à la guerre. On est planqués dans le trou de la Fée depuis le premier de l'An.

—Vous n'avez pas besoin de vous cacher, il n'y a pas encore eu de conscription[56]! Vos parents devraient mieux se renseigner. Rentrez donc chez vous, les gars, vous serez plus utiles là-bas. Je suis soldat; faites-moi confiance. Ce ne doit pas être drôle, de camper dans cette grotte. Je vois que vous avez des provisions et qu'il fait moins froid que dehors, mais ça ne vaut pas le toit familial sur votre tête!

Tout en discutant, Toshan avait soulevé Louis, toujours enveloppé dans un drap. Les deux frères Larrivée l'aidèrent de leur mieux.

—Le petit était dans ce sac, quand on l'a découvert, expliqua Grégoire. J'ai trouvé ça bizarre. L'air passait quand même et ça le protégeait du vent. M'sieur, vous êtes vraiment sûr qu'on peut retourner chez nous?

—Patientez une bonne heure et filez en évitant de traverser Desbiens, où il y aura sûrement du monde, répliqua Toshan. Si l'un de vous pouvait m'éclairer jusqu'à la sortie...

Louis percevait vaguement la discussion. Il

56. L'enrôlement des hommes célibataires sera décrété le 15 juillet 1940. Cela fut à l'origine de centaines de mariages.

n'avait plus peur, car l'homme noir était parti. Encore fiévreux, la tête lourde, il savourait l'infini sentiment de sécurité qui le faisait sourire, blotti contre la poitrine de Toshan.

— Comment, encombré du petit, allez-vous marcher sur le sentier, qui est tout verglacé? s'inquiéta Virgile.

— Ce n'est pas un souci. Je pourrais faire bien pire pour vite le ramener à ma femme, qui est aussi sa sœur. Je vous remercie d'avoir veillé sur cet enfant. Et, un dernier conseil, mariez-vous bien vite si vous avez une blonde, cela vous évitera d'être conscrits et de vous terrer dans ce trou.

Sur ces mots, Toshan remonta la galerie. Son cœur chantait d'une merveilleuse allégresse à l'idée du soulagement indicible que ressentirait Hermine en sachant son petit frère bien vivant. Il se reprocha même d'avoir perdu quelques précieuses minutes à placoter, comme disait Mireille.

« Mine chérie, ne pleure pas, ne pleure plus, je te ramène Louis! » se répétait-il.

La jeune femme n'avait pas bougé. Elle était debout près du traîneau, transie, incapable de prêter attention à ce qui l'entourait. Simon l'avait prise par l'épaule pour la protéger du vent, mais il avait l'impression de serrer contre lui un corps sans âme, une statue de douleur. Ils n'étaient pas seuls; les employés du lieu attendaient eux aussi, ainsi que les épouses. L'institutrice avait gardé les enfants. Mise au courant des événements, elle préférait leur éviter un spectacle éprouvant.

Ulysse Douné, comme pour justifier sa présence, s'était hasardé au-delà de l'amenée d'eau du barrage, puis sur le trottoir de madriers tapissé d'une fine couche de glace. Il guettait le sentier en priant pour le petit garçon défunt. Il se souvenait que sa mère, la douce et piquante Mélanie, avait une grande affection pour celle qu'elle appelait le Rossignol de Val-Jalbert.

—Oh, mon Dieu! marmonna-t-il soudain. Le voilà!

Spontanément, il fit demi-tour pour courir prévenir Hermine. Elle le vit remonter le grand escalier.

—Je l'ai vu, madame, criait Ulysse. Il porte l'enfant!

Simon étouffa un juron. Il serra plus fort contre lui son amie qui semblait suffoquer, tant l'horreur de cet instant la blessait au plus profond d'elle-même. Infatigable, Ulysse repartit, escorté de l'ouvrier qui avait accueilli Toshan. Puis il y eut une clameur joyeuse, dont l'écho se répercutait entre les falaises.

—Il est vivant! Le petit est vivant! hurlait une voix.

—Tu as entendu ça, Mimine? s'égosilla Simon en la secouant par les épaules. Louis est vivant! Vivant! Tabarnouche! Ce que je suis content! Regarde, ils arrivent.

La jeune femme ne voyait que Toshan portant une forme menue blottie contre sa poitrine. Elle s'élança, encore incrédule.

—Mine, Louis est vivant, lui cria son mari. C'est un rude petit gars, ton frère!

—Louis, mon chéri! gémit-elle en s'emparant de l'enfant. Il est vivant! Quel miracle! Louis, nous l'avons retrouvé!

L'excès de sa joie l'empêchait de bien articuler et elle balbutiait en riant et sanglotant. Elle couvrit Louis de baisers, sur le front et les joues. Le contact de la peau chaude et soyeuse du petit sous ses lèvres la rassura pour de bon. L'enfant était vraiment en vie, il respirait fort, les joues rouges.

—Louis, c'est Mine, ta grande sœur! Oh, mon chéri!

La scène atteignait un tel degré d'émotion que les femmes présentes se mirent à pleurer. Simon essuya une larme. Mais, déjà, Hermine s'alarmait, parce que son frère ne répondait pas, repris de somnolence.

—Un docteur! s'exclama-t-elle. Est-ce qu'il y a un docteur à Desbiens?

—Non, expliqua Ulysse Douné. Nous avons une garde, mais elle n'est pas là ce matin. On l'a appelée pour un accouchement.

—Dans ce cas, Simon et toi le conduirez le plus vite possible à l'hôpital de Roberval, dit Toshan à sa femme. En traîneau vous y serez rapidement. Je vais téléphoner à Laura; cela mettra fin à son calvaire.

—Mais tu nous rejoindras, ensuite? demanda Hermine.

—Pas dans l'immédiat, coupa-t-il. J'ai une chose à régler. Savoure ce grand bonheur, Mine, et ne te tracasse pas à mon sujet. Je connais le chemin de Val-Jalbert.

Elle comprit que son mari avait l'intention de se lancer sur la piste de Paul Tremblay.

—Merci, mon amour. Grâce à toi, Louis est sauvé!

Tous les témoins de ce dénouement inespéré les félicitèrent. On placoterait longtemps, dans la région, de cette étrange histoire. Toshan remerciait chacun et échangeait des poignées de main.

—Nous devons retourner à Desbiens, répétait-il. L'enfant est affaibli. Nous vous donnerons des nouvelles.

Sur ces mots, il embrassa Hermine, un baiser discret qui fit néanmoins sourire la gent féminine alentour.

Simon installa la jeune femme et son frère sur son traîneau. Mireille ayant préparé une bouteille thermos remplie de thé sucré, il eut la bonne idée de leur proposer à boire.

—Je ne pensais même plus que nous avions du thé, dit Hermine. Il est tiède; je peux en donner à Louis.

Elle fit avaler une gorgée de liquide à son frère qu'elle embrassa de nouveau en caressant ses cheveux.

—Réveille-toi, mon chéri! C'est Mine qui est là!

Tu vas revoir ta maman et ton papa. Et j'ai amené ton Nono.

Les sons familiers pénétraient doucement dans l'esprit confus de Louis : maman, papa, Nono. Il entrouvrit les yeux et aperçut la peluche sous son nez. Il la serra contre lui aussitôt.

—J'ai mon Nono. Kiona me donnait le sien, mais j'ai pas pu le prendre. Maman, je veux maman...

—Oui, nous allons vite la voir, repose-toi, mon chéri. Tu as été si courageux ! Maintenant tu n'auras plus peur, plus jamais, je te le promets.

Hermine coucha Louis sur ses genoux, tandis que Simon veillait à bien les protéger du froid en les enveloppant de couvertures, sur lesquelles il disposa deux épaisses fourrures d'ours.

—Mais ce sont celles de Toshan, il en aura besoin ! protesta-t-elle. Toshan ?

—Il nous a devancés, Mimine. Monsieur Douné est reparti avec lui. Tu ne voyais que ton petit Louis.

C'était vrai. Elle ne se lassait pas de contempler les traits charmants de son frère, de guetter le moindre de ses gestes. Bien que infiniment heureuse, elle avait du mal à se libérer de la douleur morale qu'elle avait éprouvée. Ses nerfs soumis à rude épreuve lui jouaient des tours. Des élancements lui vrillaient le corps, elle avait envie de rire ou de pleurer tout son soûl. En outre, une nouvelle source d'angoisse la torturait.

« Et Kiona ? songeait-elle. Louis l'a vue. Peut-être était-ce en rêve ! Il faut que ce soit en rêve. Si elle lui est apparue, cela signifie qu'il l'a appelée... Peut-être qu'elle est morte ! Louis nous est rendu vivant, mais Kiona a pu en payer le prix. Mon Dieu, non, pas ça ! »

Ils furent acclamés par un véritable attroupement en entrant dans Desbiens. Sollicité par le maire en personne, Toshan avait annoncé la bonne nouvelle. On se pressait pour apercevoir la frêle silhouette de Louis dans les bras d'Hermine, dont le visage reflétait une sorte d'extase hallucinée.

—On a bien prié pour vous, madame, et pour votre frère! lui cria une adolescente.

—Oui, il est sauvé, répondit-elle. C'est le plus beau jour de ma vie! Je croyais qu'il était mort, j'éprouvais une souffrance insupportable et il est vivant! Mon Dieu, merci, merci! Et merci à vous tous, pour vos prières!

Toshan n'avait jamais vu Hermine ainsi. Il s'approcha et lui caressa la joue, avant d'effleurer d'un doigt timide les cheveux de Louis.

—Les miracles existent, Mine chérie! Mais dépêchez-vous, il est encore très fiévreux...

*

Simon menait les chiens à un train d'enfer sur la route régionale longeant le lac Saint-Jean. Cela empêchait toute conversation. Hermine tenta de se raisonner seule.

«Je dois garder la foi! se dit-elle. S'il y a eu un miracle, c'est que tout est possible. Si je ramenais à mes parents le corps de leur fils, ce serait tellement épouvantable! Je dois me réjouir et avoir confiance. Maman va retrouver son Louis, son trésor, et je reverrai Kiona, mon petit ange. Et elle me sourira.»

Pendant tout le trajet, elle pria avec ferveur pour ceux qu'elle chérissait. Quand ils arrivèrent devant l'Hôtel-Dieu de Roberval, le ciel gris, opaque, laissait présager des chutes de neige avant la nuit.

—Vite! cria la jeune femme à Simon. Louis est brûlant!

Elle avait à peine prononcé ces mots qu'une femme dévala les marches en pierre de l'établissement. C'était Laura, les bras un peu écartés, radieuse.

—Louis! appela-t-elle. Mon Louis! Hermine, comment va-t-il? Oh, Seigneur, que je suis heureuse!

Des religieuses sortirent à leur tour. Pendant ce temps, Laura avait pris son enfant dans ses bras et le berçait avec une infinie tendresse. De grosses larmes coulaient sur ses joues, dont elle ne semblait pas avoir conscience.

— Mon Dieu, dit-elle tout bas, quand j'ai décroché le téléphone et que Toshan m'a dit que vous aviez retrouvé Louis, j'ai cru mourir de joie. J'ai eu comme un éblouissement et Jocelyn a dû me soutenir. Notre petit chéri est bien malade, mais il est avec nous et il va guérir. Ton mari nous a conseillé de partir immédiatement pour l'hôpital. Onésime nous a conduits.

Les sœurs s'empressaient autour d'elles. Laura insista pour porter son fils à l'intérieur. Simon aida Hermine à se relever. Elle était tout engourdie.

— Et papa, où peut-il être? interrogea-t-elle à voix basse.

— Sans doute à l'administration, hasarda son ami... Tabarnouche, ce que tu es pâle, Mimine!

— Trop d'émotions en si peu de temps! Je suis à bout de force.

Elle n'osa pas lui confier ses craintes au sujet de Kiona.

— Et je suis un peu déçue que Toshan ne soit pas là, ajouta-t-elle. Il a décidé de traquer Tremblay, mais j'espère qu'il ne fera rien d'inconsidéré.

— Tu crois qu'il pourrait le tuer? chuchota Simon. Non. Moi, j'espère qu'il lui flanquera une bonne raclée avant de le livrer à la police. Mais Toshan ne fera pas justice lui-même. Il a trop le sens de l'honneur, et il sait se maîtriser. Ton mari, il a l'étoffe d'un héros, Mimine!

Il y avait tant de passion dans les propos du jeune homme qu'elle finit par sourire.

— Je suis assez fière de lui, reconnut-elle. Simon, pardonne-moi pour tout à l'heure, quand je t'ai jeté la vérité à la figure, au sujet de ta mère. J'étais dans un état second, je croyais que Louis était mort... J'avais promis à Betty de ne pas la trahir et je l'ai fait!

— Si tu veux le savoir, ça m'a choqué! avoua-t-il. Malgré cela, je n'ai pas osé mettre ta parole en doute. Mais j'ai eu le temps d'y penser, en menant les chiens. Je n'ai pas à juger maman, elle n'est guère à la fête avec le père…

—Betty a été victime des ruses de cet homme. Tremblay s'est servi d'elle. Il faut la protéger, Simon. Jo serait capable de la tuer s'il apprenait ce qui s'est passé. Ta mère souffre beaucoup, elle se sent humiliée, trahie et terriblement coupable.

—Ne t'inquiète pas, si quelqu'un dans la famille peut la comprendre, c'est bien moi, répondit Simon d'un ton amer.

La jeune femme n'eut pas le loisir de l'interroger sur son étrange remarque. Jocelyn venait de sortir de l'hôpital et lui faisait signe du haut du perron.

—Ah, voilà papa! J'y vais. Rentre à Val-Jalbert. Nous trouverons bien un moyen de transport pour revenir. Sinon, nous dormirons à l'hôtel.

—D'accord! Transmets mes amitiés à tes parents. C'est un tel soulagement pour nous tous!

Hermine courut rejoindre son père. Jocelyn semblait très affligé.

—Je ne sais pas comment vous remercier, ton mari et toi! J'ai pu embrasser Louis avant qu'on l'installe dans un lit. Le docteur l'a examiné. Il lui a donné de l'aspirine, des comprimés dilués dans de l'eau. Je crois qu'il se rétablira vite.

—Dans ce cas, pourquoi as-tu cet air désespéré? s'étonna-t-elle.

—Il y a autre chose, hélas! soupira Jocelyn. J'étais à peine entré dans l'hôpital que j'ai croisé Tala. La malheureuse était accablée de chagrin et, spontanément, elle s'est confiée à moi. Elle a pu faire transporter Kiona ici, ce matin, grâce à de l'aide qu'elle a obtenue de bûcherons. La petite est dans le coma. J'étais à son chevet… J'en ai le cœur brisé! Je n'ai pas pu me réjouir de savoir mon fils sauvé, puisque ma fille est condamnée…

Hermine n'en écouta pas davantage et se rua dans le hall.

« Elle n'est pas morte, elle n'est pas encore partie, se répétait-elle. S'il y a une justice divine, ces deux enfants seront épargnés! »

Une religieuse lui indiqua où se trouvait la fillette.

— C'est une petite salle réservée aux enfants, madame, au premier étage, la troisième porte sur la droite. Il n'y a pour l'heure qu'un garçon avec elle. On vient de nous l'amener.

— Je crois qu'il s'agit de mon frère, coupa Hermine. Merci beaucoup!

Elle ne se rendit même pas compte que Jocelyn la suivait. Son père ne montait pas l'escalier aussi vite qu'elle; il se cramponnait à la rampe, harassé.

« Kiona et Louis sont-ils vraiment réunis, tous deux ici, le même jour, dans le même lieu? songeait-elle. Mais alors, Tala et maman n'ont pas eu le choix, elles sont dans cette salle, mises en présence l'une de l'autre contre leur gré! »

Une fois encore, le destin paraissait disposer les événements à sa guise. La jeune femme entra sans frapper, bouleversée. Le tableau était tel qu'elle se le représentait. Laura au chevet de son fils, Tala au chevet de sa fille. Elles se tournaient le dos, chacune penchée sur son petit malade. Hermine marqua une brève hésitation avant de s'approcher de sa belle-mère, qui fixait obstinément le visage serein de Kiona, où fleurissait un sourire un peu distant, comme si la petite signifiait à tous qu'elle était déjà bien loin de ce monde.

— Ma chère Tala, courage! Je suis de tout cœur avec toi. De quoi souffre-t-elle? Madeleine m'avait prévenue, mais je ne pensais pas que c'était aussi grave.

— Le shaman affirme que l'âme de Kiona ne reviendra pas dans son corps, que le grand Esprit l'a appelée, expliqua l'Indienne d'une voix tremblante.

Alors, j'ai décidé de la confier aux Blancs, dont la médecine fait parfois des miracles. Je ne veux pas la perdre, tu comprends? J'en mourrais!

Un sanglot de désespoir lui échappa. Hermine posa une main apaisante sur l'épaule de cette mère brisée par la douleur.

—Je ne peux pas y croire, déclara-t-elle sur un ton où perçait la révolte. Tala, nous devons lutter, faire l'impossible pour la réveiller. Qu'a dit le docteur?

—Il a diagnostiqué une fièvre cérébrale. Je n'ai jamais entendu parler de cette maladie...

—Une infirmière qui a examiné Louis dans le couloir, au rez-de-chaussée, m'a dit la même chose, s'écria Laura en se levant de sa chaise. Enfin, elle parlait d'une commotion. Ce n'est pas surprenant après ce que mon fils a enduré! Je suis désolée pour votre fille, Tala, mais je n'ai aucune envie de veiller mon enfant en votre compagnie, dans cette salle! Dès que possible, j'exigerai une chambre privée pour Louis. Mon Dieu, j'ai cru mourir cent fois en quelques jours! Hermine n'a pas eu le temps de vous raconter notre malheur, mais ces gens qui voulaient se venger de vous, et rien que de vous, Tala, ils ont kidnappé Louis, et ils ont dû le torturer pour qu'il soit dans cet état-là, inconscient, dévoré par la fièvre. C'est à peine s'il m'a reconnue. C'est votre faute! Vous avez cru bon il y a des années vous faire justice vous-même et voyez le résultat! Ma fille a été agressée par ces brutes et mon fils a été enlevé!

—Maman, parle moins fort, intervint fermement Hermine. Tu n'as pas honte d'accabler Tala dans un moment pareil? Kiona va très mal. Je peux comprendre ta colère, mais n'oublie pas que Toshan a réparé les torts de sa mère en sauvant Louis, qui aurait pu mourir seul dans cette caverne!

—Certes! admit Laura, gênée de s'être emportée.

Jocelyn était entré sans bruit et il avait pu écouter l'essentiel de la discussion. Il redoutait d'être confronté à son épouse et à son ancienne maîtresse. Blafard, les traits tirés, il prit le parti de jouer la carte de l'autorité.

—Mesdames, allez discuter dans le couloir ou dehors! dit-il sèchement. Je resterai avec mes enfants. Hermine a raison, Laura, tu devrais avoir honte!

—Jocelyn, comment oses-tu me dire ça? Tes enfants! Tu connais à peine Kiona. Tu ne vas pas soudain réclamer tes droits sur elle!

—Je ne dis que la vérité, trancha-t-il. Ce sont mes enfants, mon sang, ma chair. Regardez-les! Tous les deux endormis... Ils sont si beaux! Tant qu'un souffle de vie animera Kiona, je prierai pour elle. Et pour Louis que Dieu nous a rendu, Laura! Est-ce bien utile de récriminer, d'accuser Tala? Est-ce sa faute si certains hommes ont l'âme noire et s'en prennent à des innocents? Seigneur, il est grand temps de faire la paix. Je vous en prie, regardez-les!

Les trois femmes se tournèrent d'un même mouvement vers les deux enfants. La similitude des lits, des oreillers blancs et de la literie, rendait plus pathétique encore la vision de ces deux petits allongés dans la même position, les yeux fermés, les mains sagement posées sur le rebord du drap. Un détail les frappa : Kiona et Louis semblaient protégés par les ours en peluche, calés contre le traversin.

— Pardonnez-moi, Tala! chuchota Laura. L'épreuve que vous subissez est bien la pire, pour une mère. Je suis à bout de nerfs, je devais m'en prendre à quelqu'un! Ce n'est pas glorieux, je l'admets...

L'Indienne hocha la tête et sortit sans un mot. Hermine se pencha sur la fillette. Elle caressa ses cheveux d'or roux, divisés en deux longues tresses.

—Mon ange, ma petite chérie, reviens! Tu ne peux pas nous quitter déjà.

Elle pleurait, terrifiée à l'idée de ne plus jamais revoir le beau sourire de sa sœur.

—J'ai eu si peur, aujourd'hui! expliqua-t-elle à

ses parents. J'ai cru que mon frère était mort. Est-ce que Toshan te l'a expliqué, maman?

—Mais non, il m'a annoncé que vous aviez retrouvé Louis, qu'il était abattu et fiévreux, et que nous devions attendre ici, à l'hôpital.

—C'est beaucoup plus compliqué! répliqua la jeune femme. Venez dans le couloir. Quelques minutes suffiront. De toute façon, je dois aussi réconforter Tala. En plus, elle ignore que Toshan est de retour.

Avant de quitter la pièce, Laura retourna au chevet de Louis. L'enfant dormait; sa respiration était régulière et ses joues étaient moins rouges.

—Je reviens vite, mon petit amour! murmura-t-elle.

Jocelyn alla embrasser son fils, puis il déposa un baiser sur le front de Kiona.

—Pauvre mignonne! marmonna-t-il. Tu as attrapé la mort à vivre dans les bois en plein hiver... Un père digne de ce nom aurait dû empêcher ça. Reviens, mon enfant, que je puisse te chérir et te voir grandir...

Hermine prit le bras de Jocelyn. Elle lui adressa un doux regard plein de compréhension et de tendresse.

—Nous la sauverons, elle aussi, souffla-t-elle.

L'instant suivant, ils parcouraient le long couloir de l'étage, tout en discutant des événements du matin. Ils virent une religieuse entrer dans la salle des enfants, puis ressortir. Elle les croisa et les salua.

—Ils se reposent, ces petits innocents, leur dit-elle tout bas. Et, pour le confort des autres patients, mesdames, monsieur, je vous demanderais de poursuivre votre conversation dans le hall, au rez-de-chaussée.

—Bien, ma sœur, répliqua Laura, exaspérée d'être dérangée. Mais dépêchons-nous, cela ne me plaît pas de laisser Louis tout seul.

Néanmoins, ils descendirent. Hermine poursuivit son récit avec empressement, pour exorciser l'horreur de ce qu'elle avait vécu. Ses parents, en l'écoutant relater le tragique épisode du trou de la Fée, passèrent par toutes les émotions imaginables.

—Mon Dieu, mon Dieu, se lamentait sa mère, tu as dû vivre un martyre, en attendant le retour de Toshan! Je n'aurais pas pu supporter ça!

—Tabarnak, jura son père entre ses dents, ces gens sont diaboliques. Abandonner Louis dans une caverne en le laissant pour mort! J'espère que Tremblay sera vite derrière les barreaux, sinon je l'étranglerai de mes mains. J'ai hâte de pouvoir remercier Toshan de vive voix. Et toi, ma grande fille, je t'admire d'avoir été aussi courageuse. Même si tu as vite été détrompée, tu as subi une épreuve affreuse!

—Oui, et cette journée me hantera pendant des années, j'en suis sûre, affirma Hermine. J'étais anéantie, à Desbiens, et ensuite j'ai cru devenir à demi folle de soulagement et de joie.

Ils s'embrassèrent, tous trois en larmes, avant de s'interroger encore sur les événements qu'ils avaient affrontés.

Pendant ce temps, au premier étage, Tala se dirigeait à pas lents vers la vaste chambre où elle avait laissé sa fille. Le mot coma ne signifiait rien pour les Indiens. Elle ignorait que ce mot d'origine grecque évoquait un sommeil profond. En proie à une pénible lassitude, elle s'était résignée. Si le docteur des Blancs s'avouait incapable de faire revenir l'âme de Kiona, si le shaman de la communauté montagnaise s'avérait impuissant lui aussi, son enfant de lumière, promise à un destin mystérieux, était perdue.

Accablée par cette évidence, Tala s'arrêta brusquement et appuya son front à la cloison. Elle ne survivrait pas à la mort de Kiona, elle le sentait dans chaque fibre de son être. Ses lèvres murmurèrent une prière. Elle invoquait les esprits de ses ancêtres et l'être suprême qui décidait du sort de chacune de ses créatures.

En ouvrant les yeux, Louis s'était d'abord demandé où il se trouvait. Les murs clairs, les fenêtres donnant sur le lac, la lumière du jour, tout ça l'avait rassuré. Il n'était plus prisonnier. Soulagé, il s'était assis au bord du lit en prenant son Nono dans ses bras. Il berça l'ours en peluche, blanc comme neige, et ce geste libéra dans sa mémoire des images, des souvenirs imprécis.

« Mine me tenait, il y avait des chiens qui aboyaient, et j'ai vu le grand frère de Kiona; il m'a porté. »

L'enfant comprit qu'il était dans un hôpital. D'une seconde à l'autre, sa mère apparaîtrait, ainsi que son père et sa sœur. Il se retourna pour chercher la porte. Tout de suite, il vit le lit voisin où était allongée une fillette qu'il reconnut aussitôt.

— Kiona! dit-il très bas.

Elle ne répondait pas ni ne bougeait. Louis se leva avec précaution, tout surpris de pouvoir marcher. Il avait passé deux jours couché, le plus souvent attaché. Sans trop de peine, il franchit la courte distance le séparant de Kiona.

— Qu'est-ce que tu as? demanda-t-il à son oreille. Tu es malade? Regarde, j'ai mon Nono. Tu peux garder le tien. Kiona?

Il effleura d'un doigt timide le nez et les yeux de verre de Duky, puis il fit de même sur le visage impassible de la petite fille.

— Kiona, ton frère est venu me chercher. C'était vrai, ce que tu disais. Je suis bien content! Je vais voir maman et papa.

Du couloir, Tala perçut des chuchotements. Intriguée, elle poussa un peu la porte et aperçut Louis, vêtu d'une longue chemise blanche. C'était un enfant charmant, avec ses boucles châtain clair, ses yeux limpides et une bouche rose charnue.

« Le fils de Laura et de Jocelyn, songea-t-elle. Comme il ressemble à Hermine! Mais que fait-il? »

Sans manifester sa présence, l'Indienne observa le petit garçon. Il serrait fort la main de Kiona, lui chatouillait le menton, faisait danser l'ours Duky sur sa poitrine. Et toujours il parlait:

—Kiona, réveille-toi! C'est Louis! Tu as mes agates? Faut pas les perdre... Kiona! Pourquoi dors-tu?

D'un ton sérieux, Louis entreprit de raconter sa mésaventure. Un homme en noir l'avait emmené loin de Val-Jalbert, il avait beaucoup pleuré, surtout quand cet homme avait tué un pauvre chat tout maigre.

Tala conçut alors, au-delà des mots simples de l'enfant, la terreur atroce qu'il avait ressentie, arraché aux siens.

—Mais toi, tu es gentille, ajouta-t-il. Tu venais dans mes rêves. Kiona, je t'en prie, réveille-toi! On jouera tous les deux!

Dépité, impatient, Louis avait haussé le ton. Tala crut bon d'intervenir. Elle entra dans la salle.

—Mon petit, il ne faut pas crier. Et tu devrais te recoucher, tes jambes tremblent, tu tiens à peine debout. Tes parents sont là, ils vont arriver. Moi, je suis la mère de Kiona et de Toshan.

Louis fixa l'inconnue avec intérêt. Fatigué, il s'apprêtait à obéir, mais il embrassa une dernière fois la fillette sur la joue.

—Madame, s'exclama-t-il, regardez, elle a ouvert les yeux!

C'était la stricte vérité. Kiona cligna des paupières encore un peu. Enfin, elle posa ses prunelles d'or sur Tala, puis sur Louis. Un large sourire vint fleurir sur ses lèvres.

—Je suis là, dit-elle simplement.

—Oh oui, tu es là, mon enfant chérie, souffla l'Indienne en caressant les cheveux de sa fille. Je suis si heureuse!

—Moi aussi, j'suis content! renchérit Louis.

Bouleversée, Tala regarda le petit garçon. Avec gravité, elle posa ses mains brunes sur ses épaules menues.

—Je te remercie, Louis, déclara-t-elle. J'ai une dette envers toi et je ne l'oublierai pas. Grâce à toi, Kiona est sauvée.

17
Vers le renouveau

Val-Jalbert, lundi 29 janvier 1940

Assise devant le piano, Hermine effleurait les touches pour le seul plaisir d'entendre les notes s'égrener dans le silence. Un grand calme régnait dans la maison bien chaude, où flottaient au gré des heures le parfum du thé à la bergamote ou celui, plus prononcé, du café, quand ce n'était pas un fumet de viande rôtie.

« Tout est rentré dans l'ordre, pensait-elle. Si seulement Toshan pouvait arriver aujourd'hui... »

Son mari avait téléphoné jeudi dans la matinée. L'appel venait du poste de police de Chicoutimi. Paul Tremblay demeurait introuvable, mais, à la suite des dépositions de Laura et de Jocelyn, Zacharie Bouchard et Napoléon Tremblay avaient été arrêtés.

« Il reste à savoir où est passée Albertine Gagnon, se dit encore la jeune femme. Son témoignage faciliterait les choses. Pourquoi a-t-elle voulu nous faire croire à la mort de Louis? Cette veuve est encore une victime de ce personnage abject. Mais si on en croit les quelques souvenirs de mon petit frère, elle s'est montrée gentille avec lui. »

Toshan avait su très vite le nom de la complice de Tremblay. Les gens de Desbiens le lui avaient volontiers révélé. La rumeur la décrivait comme une assez brave femme, qui se plaignait souvent de son veuvage.

Totalement rétabli, Louis avait raconté à sa manière tout ce qui lui était arrivé. Devant la famille rassemblée, Mireille y compris, l'enfant avait parlé de l'homme noir, du voyage dans l'habitacle de la camionnette et des deux autres hommes dont il entendait les voix.

— Mais je ne comprenais rien à ce qu'ils disaient. Et puis, moi, je faisais que t'appeler, maman.

Laura avait encore pleuré, de joie cette fois, parce que l'abominable cauchemar était terminé.

Cependant, le bruit s'était répandu à Roberval que le petit Louis Chardin, le frère du Rossignol de Val-Jalbert, avait été kidnappé. Malgré le grand froid, les chutes de neige et la lenteur des transports ferroviaires, des journalistes s'étaient aventurés jusqu'au village fantôme. Le *Progrès du Saguenay* et *Le Colon* avaient relaté l'affaire.

Toshan avait déploré la chose, quand il avait téléphoné. Selon lui, ce genre d'article pouvait inspirer un mauvais coup à des individus avides d'argent. Jocelyn avait soutenu la thèse de son gendre, dont il prononçait désormais le nom avec respect et admiration.

Perdue dans ses pensées, Hermine jeta un regard rêveur vers la fenêtre la plus proche. Il neigeait; des rideaux de flocons duveteux. Ses parents faisaient la sieste; Madeleine surveillait les enfants dans la nursery; Mireille, quant à elle, repassait du linge.

« Déjà neuf jours d'écoulés depuis ce samedi mémorable! songea-t-elle. Nous sommes tellement soulagés! Et puis Tala habite de nouveau sur l'avenue Sainte-Angèle; elle n'a plus à se cacher. Kiona est ravie. »

Inlassablement, elle revivait le moment merveilleux où la fillette l'avait accueillie en souriant, à l'hôpital.

« Nous sommes entrés dans la salle et, de leur lit, ces deux petits anges nous regardaient. Tala était transfigurée, elle rayonnait d'un bonheur immense. Papa s'est signé à plusieurs reprises en remerciant Dieu de sa bonté. Maman a fait bonne figure. Je l'avais bien sermonnée. Louis était vivant. Elle devait un peu oublier sa jalousie et partager l'allégresse générale... »

Jocelyn Chardin avait fait un petit discours à Kiona.

—Ma chère petite, je suis ton parrain et, à ce titre, je compte veiller sur toi. Je voulais que tu le saches. Un parrain, c'est presque comme un père.

Laura avait crispé ses jolies mâchoires; Tala s'était détournée, vivement contrariée. Si les deux femmes avaient un point en commun, c'était bien la volonté farouche de cacher leur parenté à ces enfants.

« Maintenant, papa a décidé de rendre visite à Kiona tous les samedis, en souvenir de ce jour où elle a repris connaissance... pensa encore Hermine. Mon Dieu, comme je voudrais que ce soit déjà le printemps et que la guerre s'achève! Vite, très vite! »

Son père entra au même instant dans le salon. Il marcha jusqu'au piano et posa ses mains sur les épaules de sa fille.

—Tu m'as l'air affligée, ma chérie! assura-t-il. Je suis sûr que tu penses à ton mari.

—C'est vrai, papa, mais je ne suis pas triste, loin de là. Quand j'ai vu Kiona et Louis tous les deux hors de danger, je me suis promis d'être plus forte à l'avenir. On ne se rend jamais bien compte de son bonheur, quand tout est simple, ordinaire. Alors, même si j'ai envie de voir Toshan, je garde ma bonne humeur. Maintenant, je n'ai qu'une envie: voir les enfants heureux sous notre aile. Oh, papa, tu te souviens, quand j'ai donné à Louis le paquet contenant les soldats de plomb de Mukki? Il était tellement surpris!

—Le plus beau, c'est qu'il a refusé de les prendre et qu'il a insisté pour que Mukki les garde, ajouta Jocelyn avec une certaine fierté. Et maintenant ils y jouent ensemble sans se chamailler. Je craignais que cette terrible épreuve marque notre cher petit Louis, mais on dirait qu'il a déjà oublié.

—Je crois plutôt que nous l'avons aidé à oublier. Depuis son retour, chacun se fend en quatre pour lui faire plaisir. Moi-même, je ne peux pas m'empêcher de l'embrasser à la moindre occasion.

Heureux d'être en tête-à-tête avec elle, Jocelyn tira une chaise près du piano. Il avait la ferme intention de savourer leur vie quotidienne et de profiter de tous ceux qu'il aimait.

—Papa, pourrais-tu m'aider? demanda la jeune femme d'un ton affectueux. En fait, je me sens vraiment en tort. J'avais proposé à sœur Sainte-Apolline et à sœur Victorienne de chanter au sanatorium, au début de ce mois. Et je n'y suis pas allée. Je ne les ai même pas prévenues. Il faut reconnaître qu'à cette date j'étais préoccupée par les menaces qui pesaient sur Tala et sur notre famille. Hier, j'ai téléphoné là-bas et j'ai promis que je donnerais un petit récital vendredi soir, avant le souper des pensionnaires. Seulement, je ne sais pas du tout quoi chanter. En plus, je n'ai pas travaillé ma voix depuis Noël. Les religieuses apprécieraient des cantiques ou des airs d'opéra, mais je préférerais interpréter des chansons plus populaires, qui distrairaient les malades.

—Son père se gratta la barbe avec une expression embarrassée, puis il éclata de rire.

—Tu ferais mieux de chercher conseil auprès de Mireille. Elle te prêtera ses disques de La Bolduc. Je suis sûr que tu aurais un franc succès!

—Oh, papa, quand même! Je n'irai pas jusque-là, et je serais bien incapable de chanter comme La Bolduc. La malheureuse, il paraît qu'elle est atteinte d'un cancer. Mais elle va partir en tournée malgré sa maladie[57].

Hermine retint un soupir. Elle craignait de ne pas remonter sur une scène avant longtemps. Jocelyn lui prit la main.

---

57. La Bolduc succomba à cette maladie le 20 février 1941, à l'âge de quarante-six ans.

—Nous allons trouver, ma chérie! assura-t-il. Et ne t'inquiète pas, tu as une si belle voix que ton public sera envoûté. Dis-moi à présent ce que tu penses de la guérison étonnante de Kiona. Le docteur était très content, mais surtout stupéfait de la voir se rétablir si vite. Deux heures après l'arrivée de Louis, elle voulait se lever et elle discutait comme si de rien n'était.

La jeune femme eut un soupir d'incompréhension.

—Papa, il faudra t'habituer, Kiona n'est pas une enfant ordinaire. Tala pense que ses dons si particuliers se sont manifestés bien trop tôt, et à cause de nous. Depuis l'automne, les drames se sont succédé, pour ne pas dire les tragédies. Il y a eu le début de la guerre, la mort de mon bébé, ensuite l'incendie de la cabane, et tout le reste. Peut-être que mon chagrin, l'angoisse de sa mère et sa rencontre avec toi ont poussé Kiona, contre sa volonté, à nous secourir et à nous consoler. Et toujours d'après Tala, cela aurait pu la tuer.

—Seigneur, si c'est vraiment le cas, comment la protéger? s'écria Jocelyn.

—Nos soucis sont terminés et les problèmes ne devraient pas se reproduire, répliqua Hermine. Si Kiona pressentait ce qui menaçait Louis, elle a réagi en conséquence. Papa, ces deux petits qui ont passé si peu de temps ensemble sont déjà très attachés l'un à l'autre.

—Je le sais bien, et ça aussi c'est très singulier, quand même! Je ne m'attendais pas à avoir un enfant avec Tala, de surcroît investi de pouvoirs surnaturels. Je préfère changer de sujet, ma chérie... Voyons, si tu chantais *Vous qui passez sans me voir*, de Jean Sablon? Et tu ne peux pas éviter *À la claire fontaine*, je t'assure...

Ils finirent par établir une liste de titres qui convenaient à Hermine. Elle les nota sur une feuille de carnet.

—Je crois que c'est un excellent choix, papa. Je

relis notre sélection : *La Chanson des blés d'or*, qui plaisait tant aux clients du Château Roberval, du temps de mes débuts, ensuite la chanson de l'arc-en-ciel du *Magicien d'Oz*, mais en anglais. Tant pis si sœur Sainte-Apolline fait la moue! Là, le titre de Jean Sablon. Et *La Paloma*, qui est si belle. J'enchaînerai avec *Parlez-moi d'amour*, de Lucienne Boyer. Et, suivant tes conseils, je chanterai aussi de l'opéra! L'aria de *Madame Butterfly* et *L'Air des clochettes* de *Lakmé*, pour finir avec *Un Canadien errant* et *À la claire fontaine*, puisque je ne peux pas faire autrement, d'après toi. Je vais commencer à répéter. D'abord, je dois écouter un ou deux disques.

Peu à peu, la grande maison reprit vie. Mireille réapparut et prépara le goûter. Madeleine descendit avec les enfants qui s'installèrent sur le tapis pour profiter de la musique. Laura ne tarda pas à les rejoindre. Tous observaient la ravissante jeune femme qui fredonnait en feuilletant des partitions ou qui faisait des gammes, ses longs cheveux blonds ruisselant dans son dos. Elle était vêtue d'une robe bleue en lainage, assortie à son regard d'azur. Gracieuse et vive, elle les éblouissait.

—Maman, tu es la plus belle des mamans! déclara enfin Mukki.

—Non, c'est la plus belle des sœurs! s'écria Louis.

Madeleine s'apprêtait à les gronder quand on frappa à la porte principale, que la gouvernante fermait à double tour désormais. Jocelyn alla ouvrir. Il revint avec une lettre bordée de noir entre les mains.

—Un courrier pour toi, Laura! dit-il d'un ton neutre.

Elle prit l'enveloppe et alla la décacheter près d'une fenêtre. Par simple curiosité, Hermine scrutait les traits de sa mère. Elle la vit retenir un cri, puis se crisper pour ne pas pleurer.

—Maman, tu as reçu une mauvaise nouvelle? interrogea-t-elle.

—De quoi s'agit-il? s'alarma son mari.

—Pardonne-moi, Jocelyn, de prononcer ce nom, mais je n'ai pas le cœur de me taire! bredouilla Laura. Hans Zahle est mort à Londres, d'une pneumonie. Le pauvre, il s'est engagé parmi les premiers et il n'a même pas eu le temps de prouver sa valeur. Mon Dieu, que je suis triste! Nous l'imaginions si peu en soldat, n'est-ce pas, Hermine! Excusez-moi, je monte dans ma chambre.

Laura sortit comme on s'enfuit, la lettre à la main. Jocelyn faillit la suivre, mais il renonça. Voyant sa fille en larmes, il ne put que hocher la tête.

—Je ne le connaissais pas autant que vous deux, dit-il à voix basse. Je suppose que c'était un honnête homme!

—Et un excellent musicien! soupira la jeune femme. J'évite de parler de lui pour ne pas te contrarier, papa, mais, tout à l'heure, quand j'étais assise au piano, je pensais à lui. Je chantais mieux lorsqu'il m'accompagnait.

Elle se tut, très affectée. La mince silhouette de Zahle s'imposa à son esprit, avec ses cheveux d'un blond pâle et son regard de myope derrière ses lunettes.

« J'étais fiancée à lui, je comptais l'épouser, mais Toshan est revenu, se souvint-elle. Ensuite, maman et lui ont vécu deux ans d'un bonheur paisible... Cher Hans, comme c'est injuste! »

Jocelyn revoyait lui aussi le pianiste. Ils s'étaient même battus en bas du perron, pour Laura qu'ils aimaient tous les deux.

« Bien sûr, Zahle était furieux, songea-t-il. Je débarquais quelques jours avant leur mariage et je détruisais tous ses beaux projets, moi, le revenant! Pauvre gars, il n'aura été chanceux en rien. Mourir d'une pneumonie alors qu'on s'est engagé... »

Hermine décida de rejoindre sa mère, dont la réaction excessive la tourmentait. Elle la trouva couchée sur son lit, secouée par de gros sanglots.

—Maman, je suis aussi triste que toi! Hans était non seulement notre ami, c'était un grand artiste. Je t'en prie, ne pleure pas si fort, tu me fais de la peine.

—Ton père est resté en bas? balbutia Laura. Il serait capable d'être jaloux d'un mort. Oh! ma chérie, je ne peux pas t'expliquer ce que je ressens. Je croyais avoir tout à fait oublié Hans, mais cette nouvelle m'a causé un choc. Il n'avait pas quarante ans, le malheureux. Et, depuis l'enlèvement, je suis bien trop émotive. Hermine, nous ne le reverrons jamais... J'ai aimé cet homme! Ce n'était pas un amour aussi fort que celui que j'éprouve pour ton père, mais je ne peux pas le renier.

—Je sais, maman. Hans a joué un rôle essentiel dans notre vie à toutes les deux, concéda la jeune femme en prenant sa mère dans ses bras. Sans la guerre, il serait demeuré ici, au Québec, et il ne serait peut-être pas tombé malade. J'espère que nous n'aurons pas d'autres êtres chers à pleurer, les mois qui viennent...

Haletante, Laura se redressa. Elle-même s'étonnait de la violence de son chagrin.

—Tu parles de Toshan? demanda-t-elle tout bas. Dieu fasse que ton mari ne franchisse pas l'océan!

—Je prie pour cela chaque soir, affirma Hermine. Je voudrais tant que notre existence soit sereine, à présent! Mais je suis sans doute optimiste. Maman, calme-toi et redescends vite. Papa doit se tourmenter.

Elle quitta la chambre avec la désagréable impression que sa mère lui cachait quelque chose. Du coup, son moral battit de l'aile.

«Rien n'est vraiment résolu, se dit-elle avant d'entrer dans le salon. Paul Tremblay court toujours, il a pu gagner les États et Toshan ne le retrouvera pas. Seule sa complice, Albertine, pourrait nous expliquer ce qui s'est vraiment passé. Cette femme a joué un rôle, mais lequel? Nous ne le saurons peut-être jamais… Et ici, ce n'est pas très joyeux. Betty n'est plus qu'une ombre, tant elle est amaigrie et voûtée, et Joseph continue à boire. Ma Charlotte a perdu sa gaîté. »

Il sembla soudain à la jeune femme que des ombres n'en finissaient pas de planer sur le pays du Lac-Saint-Jean, comme autant de menaces. « On dirait que cette lettre qui annonce le décès de Hans est venue à point pour me rappeler la prudence. Je savourais notre paix relative, mais je dois être vigilante, protéger les enfants et mes parents. »

Un autre souvenir l'envahit, celui d'un baiser que lui avait donné le pianiste, dans ce même salon. Il faisait sombre et elle voulait lui prouver son attachement. « Qu'il était timide! Et si délicat! J'ai beaucoup de peine, mon Dieu. Maman a bien le droit de le pleurer. Si papa n'était pas revenu, elle aurait épousé Hans. »

Troublée, elle renonça à répéter son récital. Taciturne, Jocelyn s'était plongé dans la lecture du journal.

—Tiens, voici quelqu'un de sensé! déclara-t-il tout haut. En France, le colonel Charles de Gaulle a envoyé à quatre-vingts personnalités politiques et militaires un mémorandum qu'il a intitulé *L'Avènement de la force mécanique*, afin de les alerter sur les dangers qu'une offensive mécanique allemande ferait courir à son pays. Cela ne fait que commencer, je vous le dis!

—Oui, monsieur, affirma poliment Mireille. Mais icitte, chez nous, les Allemands ne sont pas près d'arriver.

—Nous en reparlerons au dégel, bougonna-t-il. Le Saint-Laurent pourrait bien grouiller de sous-marins allemands!

La gouvernante haussa les épaules, mais Hermine

pensa à la mission dont était chargé Toshan. Elle frissonna, de plus en plus nerveuse.

« Où es-tu, mon amour? Reviens, par pitié! » implora-t-elle en silence.

Quand Laura réapparut, pâle et les paupières rougies, son premier geste fut de se pencher sur son mari et de l'embrasser.

—Je suis navrée, lui dit-elle à l'oreille. Ce sont mes nerfs qui me trahissent, Jocelyn! Je n'ai plus de courage, ces temps-ci!

Infiniment soulagé par sa douceur, il saisit ses mains et les couvrit de légers baisers.

—Me prends-tu pour une brute sans cœur? répliqua-t-il à voix basse. Je n'ai aucun reproche à te faire, ma Laura, moi qui t'impose mon affection pour l'enfant que j'ai eue avec une autre.

Assise près du poêle, Hermine entendit ces derniers mots et en fut réconfortée. Ses parents devenaient raisonnables. Afin de les laisser en tête-à-tête, elle rejoignit Madeleine et les enfants dans la nursery. Comme chaque fois, elle laissait ses soucis et ses frustrations sur le seuil. La grande chambre était un vrai havre de joie et d'innocence. Installée à son pupitre, Laurence dessinait avec application; Marie tricotait avec un air concentré, assise sur son lit; Louis et Mukki disputaient une partie de billes sur le tapis de laine aux couleurs chaudes. Madeleine priait, son chapelet entre les doigts, son visage cuivré baigné de ferveur.

—Nous chanterais-tu l'*Ave Maria,* Hermine? demanda la nourrice en l'apercevant. En mémoire de cet homme que vous pleurez, ta mère et toi...

—Oui, Madeleine, je vais chanter pour Hans. Je te remercie, mon amie. Sans toi, je n'y aurais pas songé.

Impatients, les enfants cessèrent toute activité. La voix de cristal du rossignol s'éleva enfin, pénétrante et vibrante d'émotion. Les mains jointes à hauteur de la poitrine, ses beaux yeux bleus brillants de larmes, la jeune femme mit dans son interprétation toute sa compassion pour le défunt, ainsi que sa foi en Dieu et en la Vierge Marie. Elle se laissait emporter par un élan spirituel qui donnait à ses intonations une sincérité bouleversante.

Quand elle se tut, une autre voix, féroce celle-là, vint hurler autour de la maison. Une tempête déferlait sur Val-Jalbert.

Roberval, avenue Sainte-Angèle, même soir

Tala sursauta quand on frappa à sa porte. Des chiens aboyaient dans la rue. Sans prendre la peine de regarder par la fenêtre dont elle avait déjà tiré les rideaux, elle courut ouvrir. Son fils se tenait sur le seuil de la maison. Il portait une casquette à oreillettes et une écharpe cachait le bas de son visage, mais l'Indienne reconnut son regard de jais perçant.

—Toshan! s'exclama-t-elle. Entre vite!

—Non, je dois mettre les chiens à l'abri. La tempête...

—Je sais, le vent soufflait fort aujourd'hui et bientôt on aura du mal à rester debout. Contourne la maison, il y a une remise où tes bêtes seront protégées.

Elle maîtrisait difficilement les tremblements de sa voix. Tala n'avait pas revu son fils depuis qu'il connaissait toute la vérité sur son passé. Plus pudique encore qu'une pieuse fermière québécoise, elle souffrait dans tout son corps à l'idée que Toshan avait pu l'imaginer soumise à la violence d'un homme.

—J'ai besoin de ton assistance, soupira-t-il. Maman, attends-moi devant ta remise, ton aide me sera précieuse.

Il respirait avec peine et faillit tomber en bas des marches du perron en reculant. Tala s'alarma.

—Qu'est-ce que tu as, mon fils?

—Je suis éreinté! lui cria-t-il en reprenant sa place derrière le traîneau.

Dix minutes plus tard, Toshan put s'asseoir dans la cuisine, près du fourneau. Kiona, son ours en peluche dans les bras, observait son frère avec intérêt.

—Bonsoir, Kiona, dit-il tout bas. Je suis très heureux de te revoir. J'ai su que tu avais été malade, Hermine me l'a dit au téléphone.

—J'aime bien le téléphone, répondit la fillette. L'autre jour, j'ai parlé à Mine dans l'appareil de l'hôpital. C'est bizarre, on entend la voix des gens dans son oreille, on a l'impression qu'ils sont à côté de vous, mais ils sont parfois très loin. Elle était à Val-Jalbert et moi ici, à Roberval.

Amusé, Toshan esquissa un sourire, puis il ajouta:

—Mais il y a des gens, aussi, qui sont dans un endroit et que l'on voit ailleurs. Ma petite sœur, notamment. N'est-ce pas?

—Chut! fit Kiona en désignant Tala qui entrait.

—J'ai donné de l'eau et de la nourriture à tes chiens, mon fils, déclara l'Indienne. Maintenant, je vais m'occuper de toi. Ôte ta veste et tes bottes, il fait très chaud.

—Il serait préférable que je m'installe dans la pièce voisine, maman. Si tu n'as rien touché depuis Noël...

—Tout est en place, le matelas et la literie. Et je chauffe le poêle, sinon c'est une glacière. Viens.

Toshan se releva, sans pouvoir retenir un gémissement de douleur. Tala le soutint par la taille.

—Sois sage, Kiona, ton frère est fatigué, dit-elle à l'enfant. Nous souperons plus tard.

La petite hocha la tête. Elle s'attabla sous la lampe et reprit son livre d'images. Les dessins représentaient les animaux de différents pays dans leur décor naturel. Au bas de la page, leurs noms étaient inscrits en jolies lettres colorées.

—Le singe, le léopard, le buffle, le lion, articula-t-elle à mi-voix. Le zèbre, l'éléphant, la girafe.

Sachant que sa mère repoussait le moment de l'envoyer à l'école, Kiona avait appris à lire toute seule grâce à un manuel défraîchi dont se servait Hermine pour leur faire la classe, au bord de la Péribonka. Personne ne s'en était encore aperçu.

Tala aida Toshan à se dévêtir. Blême, il serrait les dents. Quand elle voulut retirer son gilet de laine, il arrêta son geste.

—Je suis blessé, maman! N'aie pas peur, ce n'est pas inquiétant.

Elle insista et découvrit une large tache de sang sur sa chemise de corps.

—Que s'est-il passé? interrogea-t-elle, effarée. Hermine m'a expliqué que tu recherchais cet homme, Paul Tremblay!

—Je l'ai trouvé! affirma Toshan d'un ton grave.

—Ce que tu transportes sur le traîneau et qui est si lourd, c'est lui? Mon fils, tu ne t'es pas fait justice toi-même? Vois où cela m'a menée! J'ai causé du tort à ta femme et à sa famille.

Il ne répondit pas tout de suite, mais il s'allongea avec un évident soulagement sur le matelas.

—J'ai reçu des coups de couteau. Tu dois nettoyer mes plaies et les panser! Tu as des baumes qui hâtent la cicatrisation. Je ne peux pas me permettre de jouer les convalescents. Demain matin, je conduirai la dépouille de Tremblay au poste de police. J'espère qu'ils me croiront sur parole. C'est un accident, je t'en fais le serment, maman. Les âmes de nos ancêtres montagnais en sont témoins. Je voulais qu'il paie pour ses fautes, qu'il croupisse en prison, mais pas ça!

—Calme-toi, Toshan! intima-t-elle. J'ai besoin d'eau chaude, d'alcool et de pansements. Ne bouge pas. Je te crois, mon fils.

Tala prit le nécessaire dans le buffet de la cuisine,

ainsi qu'une cuvette en émail et une bouilloire d'eau tiède. Kiona suivait les va-et-vient de sa mère d'un œil intrigué.

—Si tu as faim, mon enfant, sers-toi un bol de ragoût, lui dit l'Indienne. Je te remercie d'être aussi raisonnable.

La petite fille opina en silence. Elle avait beaucoup appris pendant sa maladie. Malgré la fièvre et son état d'apparente léthargie, Kiona entendait les discussions qu'on tenait à son chevet, mais également les invocations plaintives du vieux shaman, les prières de Madeleine et les suppliques de Tala. Trop faible pour se déplacer par la seule volonté de son esprit, elle se réfugiait dans les rêves, qui lui permettaient de voyager dans des univers singuliers. Mais une question la tourmentait. Qui était son père? Tout le monde avait un père : Toshan était le fils du chercheur d'or Henri Delbeau, Mine et Louis étaient les enfants de Jocelyn Chardin, son parrain.

La réponse lui échappait et cela l'importunait autant que la présence du mort dans la cour. Kiona développait un nouveau don, proche de la prescience, à la différence qu'elle ressentait des événements et des faits immédiats. Sans bruit, la fillette se glissa hors de la cuisine et longea le couloir pour accéder à la remise. Les chiens de Gamelin dormaient sur la terre battue, couchés en boule, la queue sur leur museau. Lino le rouge se redressa et grogna en direction de l'intruse.

—Chut! Gentil, le chien... dit-elle tout bas en allant le caresser.

L'animal lui lécha les mains, prêt à la suivre.

—Non, reste ici! ordonna-t-elle.

Kiona sortit dans la cour. Il faisait un froid polaire, renforcé par le blizzard qui projetait des nuées de flocons très durs au gré de ses rafales forcenées. Le traîneau était déjà enseveli sous une bonne couche de neige, mais à deux pas de la porte.

—L'homme noir qui a été méchant avec Louis, déclara-t-elle en soulevant un coin de la couverture.

Un visage blafard lui apparut, marqué par une expression intransigeante. Kiona n'avait encore jamais vu de cadavre. Elle recula vite et retourna dans la cuisine, prise de panique. Son cœur battait la chamade. Elle se mit à pleurer.

« Maman m'a défendu de penser à Val-Jalbert, se disait-elle, d'avoir envie d'y aller! Pourtant, j'aimerais bien jouer dans la nursery avec Mukki, Laurence et Marie! Et Louis! »

Elle faillit arracher de sa poitrine les nombreuses amulettes dont on l'avait affublée. Les petits sachets en cuir contenaient des os d'orignal, des dents de loup, des plumes de chouette, tout ça destiné à l'empêcher d'utiliser ses pouvoirs, surtout celui de bilocation. C'était le mot qu'utilisait Madeleine. Rendre visite à ceux qu'on aime pour les secourir et les consoler, c'était de la bilocation. Le mot déplaisait à Kiona. Cependant, elle avait promis à Tala d'être sage.

—Tant pis! soupira-t-elle. Je dois obéissance à ma mère.

Dans la pièce voisine, Tala avait un autre sujet d'inquiétude. Les blessures de Toshan ne lui inspiraient pas confiance. Son fils ne se plaignait pas, mais il souffrait.

—Tu aurais dû aller à l'hôpital! le rabroua-t-elle.

—Avec un mort sur le traîneau! ironisa-t-il. Si j'avais eu de l'aide un peu plus tôt, peut-être. J'aurais dû emmener Simon.

—Tu as eu tort de te lancer seul dans cette expédition! Tu es aussi têtu que ton père, qui se croyait assez fort pour affronter les crues de la rivière, au printemps. Henri y a perdu la vie. Mon fils, je ne veux plus pleurer! Kiona et toi, vous êtes ce que j'ai de meilleur sur terre.

Toshan scruta les traits hautains, d'une beauté préservée, de sa mère. Il remarqua des mèches grises autour de son front.

—Maman, pourquoi m'as-tu menti pendant des années? Enfin, il ne s'agit même pas de mensonges, mais d'un secret qui nous a détruits à petit feu. Père avait le droit de savoir ce qui t'était arrivé, il avait le droit de te défendre et de te venger si nécessaire. Phidélias Tremblay t'avait fait subir le pire des outrages, mais, si tu avais porté plainte, cela aurait évité tous ces drames!

Brûlante de gêne, Tala termina le pansement qui entourait le torse de son fils. Elle n'osait pas le regarder en face.

—Maman, le plus grave, c'est que tu m'as élevé dans le mépris de ceux que tu surnommais les Blancs, poursuivit Toshan. Toi qui avais épousé un homme blanc et qui, un jour, en aimerais un autre, Jocelyn... Je ne pouvais pas comprendre que ta répulsion s'adressait à un individu en particulier! Sais-tu que jeudi dernier je suis venu ici, à Roberval, pour interroger les techniciens de la base aérienne? Paul Tremblay avait travaillé là-bas et je pensais obtenir des renseignements sur lui. J'ai été très bien reçu et un des pilotes m'a offert du café. Il m'a montré les avions Curtis dont la base dispose. Depuis une dizaine d'années, grâce au progrès de l'aviation, des relevés topographiques de la région ont été établis et les forêts sont surveillées. J'ai su aussi que les pilotes se rendaient utiles à notre peuple en transportant les malades jusqu'à l'hôpital, ce qui a sauvé bien des vies. Je suis un soldat, désormais, même si je ne porte pas mon uniforme. La gentillesse et la sympathie témoignées par ces hommes de la base aérienne m'ont incité à aborder autrui d'une nouvelle manière. De même, à la Citadelle, bien peu m'ont jeté mon métissage à la figure, hormis une espèce de gnochon que j'ai vite remis à sa place. C'est même un officier qui m'a permis de rejoindre Hermine. Ma femme était désespérée à cause de ce kidnapping. Je me devais de régler le problème, car au départ tu étais visée, et moi aussi.

Toshan se tut, essoufflé. Tala lui caressa les cheveux.

—Mon fils, comme tu as changé! Je regrette ton ancienne coiffure, et peut-être tes anciennes convictions.

—Maman, tu es stupide de t'obstiner ainsi! coupa-t-il, vraiment furieux. Tu te poses en victime, mais si tu avais fait confiance à la justice des Blancs les Tremblay n'auraient pas cherché à se venger.

—Tu te berces d'illusions, Toshan! tempêta Tala. D'abord, nous étions tellement isolés, ton père et moi, que ce n'était pas facile de nous rendre en ville. Je n'avais pas envie d'étaler ma honte devant des policiers qui auraient pu m'accuser de mentir, d'inventer cette histoire. Henri aurait pu douter de ma parole, lui aussi. J'avais peur qu'il me soupçonne d'avoir provoqué cet homme.

—Papa t'aimait, il t'avait épousée. Jamais il n'aurait eu des pensées pareilles à ton égard. Je te rappelle que tu menais une existence honorable, que tu étais baptisée!

Sa mère lui fit signe de baisser le ton. Avec un sourire triste, elle remonta la couverture sur Toshan, confortablement adossé à deux oreillers.

—Tu dois être affamé, dit-elle. Je vais te préparer un repas. De toute façon, il est impossible de revenir en arrière! Il faut songer à l'avenir. Ton avenir, mon fils. Tu as une femme que j'admire, courageuse, attentionnée, et trois enfants adorables. Repose-toi.

La belle Indienne sortit de son pas feutré. Toshan ferma les yeux, à bout de forces.

«Je dois pourtant lui dire tout ce que je sais avant demain matin!» songea-t-il.

Tala s'activait devant son fourneau. Kiona avait

mangé sa part de ragoût et jouait sur le lit calé dans un angle de la cuisine. La fillette avait dénoué ses nattes et sa chevelure d'or ruisselait sur ses épaules menues.

—Je vais me coucher, maman, décida-t-elle avec sérieux. Je ne te dérangerai pas, comme ça.

—Tu es gentille, mon enfant. Et tu as raison de dormir de bonne heure; tu es guérie, mais encore fragile.

Kiona regarda sa mère garnir le plateau destiné à Toshan. Ce n'était sans doute pas le moment idéal, mais elle ne put s'empêcher de poser la question qui l'obsédait.

—Dis, maman, demain, tu voudras bien me parler de mon père? Un jour, tu m'as raconté qu'il était mort avant ma naissance, mais je peux connaître son nom!

—Il est mort, Kiona! répliqua Tala doucement. Il faut laisser son âme en paix. Quand tu seras plus grande, tu sauras ce que tu dois savoir.

La petite fille s'enroula dans une large fourrure composée de plusieurs peaux de loups cousues ensemble. Elle lova son ours en peluche contre son épaule et prit quelque chose sous son oreiller. Elle contempla longuement les six agates dont la transparence irisée de volutes bleues et vertes la réjouissait. C'était le cadeau de Louis, et Kiona leur attribuait des vertus magiques.

Elle ferma les yeux en chantonnant, les billes nichées au creux de sa main gauche.

Tala contempla son fils avec satisfaction, lorsqu'il eut terminé son repas. Un verre de vin de bleuets acheva de le revigorer.

—Je rêvais d'un asile chaud et d'un bon lit, dit-il sur un ton las. Je savais que ma mère me fournirait tout ça. La tempête m'a surpris sur la route régionale. J'ai cru que je n'arriverais jamais chez toi.

—As-tu prévenu Hermine de ta présence à Roberval? s'enquit Tala.

—Non, je le ferai demain, après ma visite au poste de police. Je voudrais qu'elle vienne passer quelques jours ici; j'y suis plus à mon aise que chez ses parents, même si nous avons tenté une réconciliation... Maman, écoute-moi, à présent. J'ai deux choses à te dire et j'avais hâte de le faire. La première va te surprendre. En fait, Paul Tremblay et son père, Napoléon, ignoraient la véritable personnalité de Phidélias, cette crapule qu'ils tenaient tant à venger, celui qui a osé te toucher, te blesser dans ta chair et ta fierté de femme! Ils ont découvert que ton frère Mahikan l'avait tué il y a peu de temps, sept ou huit mois environ. Ils ont conclu à un meurtre gratuit et ils en ont jugé responsable toute la famille du coupable, donc toi, sa sœur, et moi, le neveu. Pour eux, c'était le geste sanguinaire d'un Indien pris de boisson, rien d'autre.

Sa mère poussa un petit cri d'indignation, mais elle attendit la suite.

—Ce matin, au lever du jour, j'ai surpris Paul Tremblay là où il se cachait. J'avais eu le renseignement grâce au pilote de la base aérienne. Il m'a même fourni une photographie de lui, qui m'a été très utile. Au moins, je n'ai pas eu de doute en le voyant.

—Et que t'a dit ce pilote? interrogea sa mère.

—Il m'a décrit Tremblay comme un individu taciturne, rusé et grand coureur de jupons. Il se vantait d'être mécanicien, mais, en réalité, il était chargé du nettoyage des hangars. Et il a demandé du travail à la base au début de l'été pour rompre son contrat fin décembre. Cela coïncide avec la révélation dont je te parlais. Ensuite, le père et le fils Tremblay, secondés par Zacharie Bouchard, une brute sans cervelle, ont commencé leurs manigances en agissant séparément, c'est-à-dire que Paul faisait bande à part.

Toshan soupira. Il avait promis à Hermine de ne pas révéler le rôle joué par Élisabeth Marois.

—Tu es très fatigué, mon fils. Nous poursuivrons cette conversation demain matin, protesta Tala.

—Non, je dois terminer. Donc, j'ai su où se cachait Tremblay et cela m'a sidéré! Je ne peux pas te raconter en détail mes pérégrinations. Je cherchais son camion, qu'un homme de Desbiens m'avait dépeint. J'ai visité des tavernes et des cabanes de bûcherons. C'était prétentieux de ma part de croire que j'allais le retrouver ainsi, mais j'avais besoin d'agir pour me libérer du choc que j'avais eu en croyant le petit Louis mort, tué par ce type. Enfin, le pilote de la base m'a affirmé que Paul Tremblay possédait une vieille baraque à Chambord, entre le bord du lac et la gare.

—Comment le savait-il? s'étonna Tala. Si cet homme préparait un mauvais coup, il aurait été plus discret!

—Je pense qu'au départ cela l'amusait de tirer les ficelles, d'aider son père et Bouchard. Ensuite, il a compris qu'il y avait peut-être gros à gagner. Je tiens cette précision de la bouche même de Tremblay, puisque nous avons eu une discussion avant l'accident. Cette maison de Chambord était vraiment vétuste et sale. J'ai eu la chance de pouvoir entrer dans le bâtiment où était garé le camion. De là, j'ai forcé sans bruit une porte en planches donnant sur la pièce où Louis avait dû être prisonnier, un réduit puant et glacial. Il y avait même un cadavre de chat sur le sol et un lit de camp souillé d'urine. Et Tremblay dormait dans une autre pièce, tranquille, comme si personne ne pouvait le dénicher là. Il a eu droit à un sale réveil, la lame de mon couteau sur la gorge. Je lui ai appris que son père et Zacharie Bouchard avaient été arrêtés et qu'ils avaient reporté sur lui la responsabilité du kidnapping.

—Tu aurais dû aller à Chambord accompagné

par des agents de la police, Toshan! déplora sa mère. Que pouvais-tu faire, seul?

—J'ai commis là une grave erreur, tu as raison, admit-il. J'étais tellement pressé de le voir en face et de le faire parler! Si j'avais été moins impétueux, Tremblay n'aurait pas eu à répondre de ses actes. Mais, crois-moi, je n'ai pas souhaité sa mort. Seulement, tout a basculé. Il me défiait, même avec un couteau prêt à l'égorger. J'ai senti une haine terrible en lui, ainsi que du mépris. Il m'a insulté et traité de bâtard pour me provoquer. J'ai tenu bon et, comme il prétendait que la vengeance était légitime quand un Indien assassinait un innocent chercheur d'or, je lui ai précisé la cause exacte de cet acte. Je lui ai dit ce que leur honorable Phidélias t'avait fait et lui ai rapporté les menaces dont il te harcelait. Tremblay a hurlé que c'était impossible, que jamais son grand-père n'aurait commis un viol, parce que notre race le répugnait, qu'il était pieux et fidèle à son épouse. Là, j'ai jeté mon couteau pour le saisir par le col de sa chemise et le forcer à se lever. Je l'ai cogné, la rage au ventre. Il a riposté. Nous étions de force égale, tous les deux déchaînés. Dans ce genre de situation, tout se passe vite, dans une atmosphère de chaos. Il a profité d'un instant où je reculais, sonné par un coup à l'oreille, pour ramasser mon couteau, et il m'a frappé, trois fois. Malgré la douleur, j'ai pu me dégager et le repousser. Il a trébuché sur un tabouret de traite et il est tombé de tout son poids. Son crâne a heurté les pierres bordant l'âtre et il est mort comme ça, en quelques secondes. J'ai essayé de le ranimer, mais en vain. Après, j'ai perdu connaissance. En me réveillant, j'étais incapable de me redresser. Il m'a fallu plusieurs heures pour me remettre. Cet état de faiblesse était bizarre. Enfin, j'ai réussi à sortir et à marcher jusqu'au traîneau que j'avais laissé à bonne distance. Les chiens n'avaient pas bronché; ce sont des bêtes dociles et patientes. J'ai chargé le corps que j'ai dissimulé sous une couverture et je me suis mis en route.

Effarée par ce récit, Tala hocha la tête. Elle tendit la main vers son fils et lui toucha le front.

— C'était beaucoup d'efforts après une semaine à traquer cet homme! dit-elle d'un ton préoccupé. Je suis certaine que tous ces jours tu as mal dormi et que tu ne t'es pas nourri correctement. Toshan, tu aurais pu mourir, et lui, Tremblay, se serait débarrassé de ton cadavre. Jamais nous n'aurions su, Hermine et moi, ce qui te serait arrivé. Le grand Esprit t'a protégé; qu'il en soit remercié! Le chef de la police te fera confiance et tu ne seras pas inquiété. Mais pourquoi se cachait-il si près de Desbiens, si près du trou de la Fée où il avait abandonné Louis? C'était risqué, puisque le pilote connaissait cette baraque.

—Je n'ai pas la réponse, maman. Cela me fait songer à une ruse, car le gibier que l'on pourchasse estime souvent qu'il ne faut pas fuir droit devant, mais revenir sur ses pas et se terrer à l'endroit précis où nul n'aurait idée de le chercher. Moi-même, je l'imaginais déjà loin, aux États, dans le Vermont, car la frontière peut être rejointe en trois jours. Son tort aura été d'être trop bavard à une époque où il n'avait pas encore prévu enlever Louis, le fils d'une femme très riche. Cela l'a perdu.

Sur ces mots, Toshan s'allongea de tout son long et ferma les yeux. Il trouva encore l'énergie de balbutier :

— C'est fini. Désormais, tu vas vivre en paix, maman. Hermine aussi, et Kiona, ma petite sœur...

Très touchée, Tala couvrit avec tendresse les épaules de son fils qui venait de s'endormir. Sans bruit, elle se releva et remit du bois dans le poêle. Une profonde sérénité l'envahissait, avec la certitude qu'elle n'aurait plus rien à craindre. Ce soir, dans cette maison construite par les Blancs, l'Indienne allait veiller sur le sommeil de ses deux enfants, nés de pères différents, ces hommes qu'elle avait aimés, l'un avec tendresse et dévouement, l'autre avec passion.

« Dors, mon fils, songea-t-elle. Demain, ton épouse viendra panser les blessures de ton âme et tes petits pourront jouir de ta présence. Le printemps peut fleurir au cœur de l'hiver, si le bonheur nous fait oublier le froid et les tempêtes. »

Tala quitta la chambre sur la pointe des pieds. Dans la cuisine, elle s'installa près du fourneau, à même le plancher, et se perdit dans la contemplation de Kiona.

Il était tard, maintenant. Le vent percutait les murs et secouait la cheminée sur le toit. Le pays tout entier subissait la colère démente de la nature.

À Val-Jalbert, Hermine ne pouvait pas fermer l'œil. Nichée au creux de son lit, elle percevait les hurlements du blizzard et s'affolait à chaque choc sourd dans les combles. Toutes ses pensées d'amoureuse allaient vers Toshan. « Où es-tu, mon amour, par cette nuit d'enfer? Mon Dieu, faites qu'il soit à l'abri! Dieu de bonté, protégez-le! implorait-elle. Je voudrais tant qu'il soit là, près de moi, sentir son corps contre le mien! Avec lui, je n'aurais pas peur, ni froid! »

La jeune femme se réfugia sous les draps afin d'échapper au vacarme assourdissant de la tempête. Elle parvint à s'assoupir quelques minutes, et tout de suite Kiona lui apparut, un délicieux sourire plissant ses joues dorées.

« Mine, ne crains rien, Toshan est chez nous. Demain, tu le reverras... »

Mais ce n'était peut-être qu'un rêve...

Val-Jalbert, le lendemain

Radieuse, Hermine frappa deux coups à la porte qui lui faisait face. Bien équipée pour affronter le froid rigoureux qui sévissait ce jour-là, elle tenait à la main un panier couvert d'un torchon. Charlotte lui ouvrit, un foulard noué sur ses boucles brunes, sa taille fine prise par un tablier maculé de taches.

—Bonjour, mademoiselle! s'écria la visiteuse qui paraissait de très bonne humeur. Alors, ce ménage?

—Je n'en finis pas! Entre vite! C'est gentil de venir manger avec moi. Je me sens seule dans cette vieille maison. Et je n'arrive pas à me réchauffer. Pourtant, j'ai allumé le poêle...

—Je m'en doute! répliqua Hermine. Par chance, la tempête de cette nuit n'était pas bien méchante!

La jeune femme parcourut d'un regard perplexe la pièce où elles se trouvaient. Les cloisons en planches gardaient une vague couleur jaune, mais brunie et salie par des années de cuisine et de chauffage au bois. Depuis deux jours, Charlotte nettoyait la maison dont elle avait hérité, celle de ses parents. Simon et elle y logeraient après leur mariage.

—Onésime m'a aidée à sortir le sommier de cet angle. Tu te rends compte, Mimine, il a vécu ici avec Yvette pendant plus de cinq ans, mais la maison était restée dans le même état qu'à la mort de mon père. Ils n'avaient même pas décrassé les planchers ni repeint. Moi, j'ai des projets d'aménagement. Grâce à mes économies, je vais acheter des meubles et un fourneau tout neufs.

Hermine posa son panier sur la table, couverte d'une toile cirée.

—Cela me fait tout drôle de me retrouver ici! Tu te souviens quand je venais te chercher, avec Chinook? Je voulais t'emmener en promenade, mais j'avais peur d'Onésime. Ton frère est un brave garçon, mais à cette époque on se chicanait sans cesse!

Charlotte acquiesça d'un signe de tête, sans enthousiasme, tout en balayant le fond d'un placard.

—Heureusement que tu t'occupais de moi, Mimine, dit-elle d'un ton amer. Les moments que je passais avec toi étaient mon unique consolation. Ce n'était pas gai, chez nous: maman toujours alitée, mon père parti à l'usine du matin au soir... Quand il revenait, il buvait trop. Pauvre maman! Elle a tant souffert! Et elle était si malheureuse que je sois quasiment aveugle! Elle est morte sans savoir que j'allais recouvrer la vue grâce à une opération.

Ce fut au tour d'Hermine de hocher la tête en silence. Elle revoyait Aglaé Lapointe, allongée sur son lit, impotente.

—La première fois que je l'ai rencontrée, elle m'a demandé si je voulais bien chanter. J'ai interprété *La Chanson des blés d'or*. Elle s'est mise à pleurer.

—Je sais, coupa Charlotte. Mais c'est le passé, tout ça. Je ne suis pas devenue aveugle; j'ai eu le plaisir de t'accompagner à New York et à Montréal. Ta mère et toi, vous avez été mes anges gardiens... Dis-moi plutôt pourquoi tu as cette expression réjouie!

—Toshan a téléphoné. Il est à Roberval, chez Tala. Je pars tout à l'heure. Simon m'y conduit en traîneau. Il ne fera que l'aller-retour.

—Oh non! Il devait me rejoindre ici. J'ai bien nettoyé les murs et je vais les repeindre en blanc.

—Ma Lolotte... pardon, Charlotte, tu ferais mieux d'attendre le printemps pour te lancer dans ce genre de travaux. Le mariage n'est prévu qu'au mois de mai. Rien ne presse. En plus, tu as ta chambre chez nous, qui est confortable.

Irritée, la jeune fille tapa du pied. Elle avait l'impression que personne ne la comprenait.

—Simon dit la même chose que toi; Betty aussi. Doux Jésus, je ne suis pas sotte! Je veux que mon logement soit prêt début avril, que je puisse le décorer à mon idée. Des rideaux en dentelle, un sofa rouge, des bibelots. Et un grand lit à l'étage avec des draps brodés à nos initiales, un S et un C!

Perdue dans ses rêves, Charlotte soupira, un léger sourire sur les lèvres. Attendrie, Hermine sortit un gâteau aux fruits confits de son panier, une petite bouteille de sirop d'érable et une bouteille thermos, ainsi que deux tasses en porcelaine.

—Repose-toi un peu, conseilla-t-elle à son amie. J'ai une autre nouvelle, plus grave. Paul Tremblay ne fera plus de mal à quiconque. Il est mort. Je viens de l'apprendre. C'est Toshan qui me l'a dit.

—Seigneur, il l'a tué? s'inquiéta la jeune fille. Ce n'est pas...

—Non, il s'agit d'un accident... Enfin, j'en saurai davantage ce soir. Le chef de la police a pris la déposition de Toshan sans trop sourciller. De toute façon, le témoignage de Napoléon Tremblay concordait. Il a confirmé que son fils Paul avait kidnappé Louis, quand mon pauvre petit frère a voulu récupérer son ours; et que c'était un individu violent, que rien n'arrêtait. Quand je pense que ce Paul Tremblay rôdait autour de nous! Il s'était même introduit dans la maison de mes parents, le soir de Noël, pour endommager le circuit électrique. Cela devait l'exciter d'ourdir de menues attaques avant de frapper un grand coup. Il paraît qu'au départ il avait l'idée de me faire chanter, en me menaçant de dénoncer Tala. Et Kute, notre beau husky, c'est bien lui qui l'a fait mourir, pour faire plaisir à son père Napoléon. Il lui a jeté une boulette de viande contenant du poison. S'il y a une justice, j'espère qu'on ne va pas soupçonner Toshan de meurtre!

Sur ces mots, Hermine frémit d'indignation. Charlotte se jeta à son cou.

—Mimine, c'est terminé, vous ne risquez plus rien. Notre petit Louis a échappé à un sort affreux et il faut oublier! Le renouveau approche.

—Le renouveau! répéta la jeune femme en ouvrant de grands yeux moqueurs. Nous sommes au cœur de l'hiver. Le soleil, les fleurs, la verdure, c'est encore très loin!

—Je parlais d'un autre renouveau, rétorqua Charlotte avec un air énigmatique. Pas celui de la nature! Réfléchis... Ton mari et ton père semblent réconciliés, les enfants sont en bonne santé et ils progressent chaque semaine en gentillesse et en sagesse. Ici, à Val-Jalbert, la guerre ne nous atteindra peut-être pas et moi je vais enfin avoir un foyer et une famille! Je voudrais un enfant très vite, beaucoup d'enfants à chérir. Simon aussi.

—Est-ce qu'il te l'a vraiment demandé? questionna Hermine.

—Bien sûr! Et tu seras la marraine de notre premier-né; tu chanteras à l'église pour le baptême!

—C'est promis, Charlotte!

Elles burent du thé et mangèrent un morceau de gâteau. Le vent hurlait dehors, courbant les jeunes érables au bord de la route.

—Je ne peux pas rester longtemps, dit la jeune femme. J'ai hâte de retrouver Toshan. Madeleine et maman gardent les petits. Tout le monde viendra vendredi matin à Roberval, puisque je donne un récital au sanatorium avant le souper des pensionnaires. J'espère que tu y assisteras avec ton fiancé!

—Mais oui, je suis toujours fière de me montrer au bras de Simon. Il est tellement beau! Je l'aime de toute mon âme.

Hermine caressa la joue ronde et veloutée de son ancienne protégée, devenue sa petite sœur de cœur. Comment oserait-elle lui confier ses doutes à l'égard de Simon? Il était bien rare d'entendre le jeune homme vanter les qualités de sa future femme ou s'épancher sur leur relation. Il ne paraissait guère impatient de l'épouser. «Franchement, j'aimerais bien que Simon parle de Charlotte comme il me parle de Toshan, avec un peu d'enthousiasme et d'admiration...» songea-t-elle.

Deux minutes plus tard, elle jugeait cette pensée stupide et quittait Charlotte en l'embrassant tendrement. Après avoir chaussé sa paire de raquettes, elle se dirigea vers la rue Saint-Georges, le cœur en fête. Le paysage qui l'entourait, symphonie de glace et de neige immaculée, la transporta de bonheur. Même l'alignement des maisons vides, chapeautées de blanc, n'aurait pu l'attrister.

« Mon beau pays de froidure! se disait-elle. Je ne voudrais pas vivre ailleurs, jamais! Et ce soir, je dormirai près de mon bien-aimé; nous saurons nous réchauffer, ça oui... »

*

Deux heures plus tard, Hermine arrivait sur l'avenue Sainte-Angèle. Simon avait mené l'attelage à vive allure. Comme Toshan, il appréciait ce moyen de locomotion et il commençait à s'attacher aux chiens.

—Braves bêtes! leur dit-il. On reste sages, je vais saluer mon chum et on repart. Mimine, ça ne dérange pas si j'entre un moment?

La jeune femme était descendue du traîneau et prenait la petite valise qu'elle avait emportée.

—Ne fais pas ton niaiseux! plaisanta-t-elle. Tu ne déranges jamais, Simon. Mais ne tarde pas, Charlotte compte sur toi pour repeindre votre cuisine.

—Tabarnouche, pesta-t-il, je n'y pensais plus! Ce n'est pas urgent, de badigeonner cette baraque!

—Voilà bien les hommes! se récria-t-elle. Il ne vous faut que l'agréable! J'ai de la chance, Toshan ne s'est jamais plaint, lui, d'aménager un logement digne de ce nom pour sa famille.

—S'il devait rendre avenante une maison décrépite et sale, ce serait peut-être une autre histoire, lança Simon. Il a construit du neuf pour toi avec de belles planches d'épinette et des troncs d'arbre écorcés fleurant encore bon la sève et la forêt. Si j'écoutais Charlotte, je lessiverais tous les planchers... Je veux bien labourer, jardiner, réparer le poulailler et la remise, mais je ne vais pas jouer les femmes de ménage!

La discussion coupa court. Kiona accourut sur le trottoir, escortée de deux enfants.

—Mine, je suis si heureuse de te voir! Bonjour, Simon. On faisait une bataille de boules de neige, mes camarades et moi.

Hermine salua avec un sourire radieux le petit garçon et la fillette qui demeuraient un peu en arrière.

—Ils ont le même âge que moi, ajouta Kiona. Lui, il s'appelle Ovila Morin et elle, Rose Couture. Je serai dans sa classe, à l'école Notre-Dame. J'y vais demain matin.

—Tala s'est décidée à t'inscrire? s'étonna la jeune femme.

—Oui, grâce à mon frère Toshan.

C'était un spectacle surprenant de voir Kiona au milieu de l'avenue Sainte-Angèle, vêtue de façon ordinaire, en pantalon de laine et anorak. Elle s'éloigna en gambadant, escortée de Rose et d'Ovila. Ils criaient bien fort qu'ils allaient faire un bonhomme de neige.

« Mon Dieu! Mais c'est une révolution! se dit Hermine. Et c'est très bien ainsi. Kiona n'avait pas profité de la ville; elle devait demeurer enfermée. Comme elle paraît heureuse de courir librement et d'avoir des amis! »

Tala ouvrit sa porte et invita sa belle-fille à entrer. Simon suivit le mouvement.

—Quelle joie de vivre sans peur! déclara aussitôt l'Indienne. J'ai eu plaisir à marcher le long du boulevard Saint-Joseph et à acheter du lard à la boucherie. Les gens sont bien aimables, ici.

—J'en suis ravie, s'exclama Hermine. Ma chère Tala, tu vas devenir une vraie citadine. Et Kiona m'a annoncé qu'elle irait à l'école dès demain matin.

Toshan sortit du salon qui tenait lieu de chambre. Emmitouflé dans un poncho en laine bariolé, il avait les traits tirés et l'air transi. Son regard devint brillant en se posant sur sa femme.

—Mine chérie! s'écria-t-il.

Elle se jeta à son cou et l'enlaça avec passion. Il poussa une plainte de douleur.

— Mais qu'est-ce que tu as, Toshan? Tu es malade? Dis-moi vite!

— Ne t'affole pas, je n'ai rien de grave, affirma-t-il.

Simon serra la main de Toshan, sans pouvoir cacher son inquiétude.

— C'est vrai que tu as l'air mal en point. Serais-tu tombé dans une ravine avec le traîneau? Raconte donc...

— Je me suis battu avec Tremblay, quand je l'ai trouvé à Chambord. Il a réussi à prendre mon couteau et il m'a frappé à trois reprises. Ma veste en peau m'a protégé. Disons que la lame n'a pas pu pénétrer trop profond. Comme m'a dit le chef de la police, ces blessures plaident en ma faveur. C'était de la légitime défense. Je crois que ma parole n'a pas été mise en doute. Et, en principe, les assassins ne ramènent pas le corps de leur victime aux autorités.

— Des coups de couteau! s'exclama Hermine. Mon Dieu, Toshan, tu aurais pu mourir à cause de cet homme. C'était de la folie, de le traquer seul!

Elle se réfugia dans les bras de son mari, en ayant soin cette fois de ne pas s'appuyer contre lui.

— Les héros ne meurent pas, plaisanta Simon.

— Mais ils reviennent quand même avec de belles estafilades, renchérit Tala.

Son allégresse de la veille s'était muée en un bonheur sans nuages. Leurs ennemis étaient vaincus. Elle n'aurait plus à mentir à son fils, et surtout, Kiona, l'esprit occupé par tout ce qu'elle apprendrait à l'école, serait moins tentée d'utiliser ses dons.

Ils s'attablèrent en discutant de plus belle. Tala servit son régal, du thé et des crêpes arrosées de sirop d'érable. Kiona fit irruption, affamée.

— As-tu bien joué, ma petite? interrogea Hermine.

— Oh oui! Rose est très gentille. Ovila aussi. Ils habitent au bout de la rue.

La fillette paraissait au comble de la joie. Cependant, après le goûter, elle s'isola près de la fenêtre. La présence de Simon l'oppressait et ce n'était pas la première fois. Il était beaucoup trop malheureux et il cachait si bien la cause de ce chagrin que personne ne pouvait le consoler, même pas Kiona.

Val-Jalbert, même soir

Charlotte recula un peu pour juger de l'effet produit par la couche de peinture blanche qu'elle avait laborieusement appliquée. En fredonnant le refrain de *Mon légionnaire*, une chanson qui lui plaisait beaucoup, elle jeta un coup d'œil par la fenêtre que la nuit bleuissait.

Il m'a aimée toute la nuit,
Mon légionnaire!
Et me laissant à mon destin...

—Et, bien sûr, Simon aussi me laisse à mon destin. Je suis sûre qu'il s'est attardé chez Tala ou à la taverne! bougonna-t-elle à mi-voix.

Elle portait une salopette en toile et un pull usagé en grosse laine, ce qui ne l'empêchait pas d'avoir les mains glacées.

«Je demanderai un poste de radio, comme cadeau de mariage, pensa-t-elle en ajoutant une bûche dans le poêle à bois. Et j'aimerais bien faire installer un chauffage central, même si ça coûte cher.»

Habituée à vivre sous l'aile protectrice de Laura et d'Hermine, Charlotte s'était accoutumée au confort et à l'aisance. Mais Simon la rappelait souvent à l'ordre, en tempérant ses projets d'aménagement.

—Tant pis si mon fiancé est un peu renfrogné, je l'adore! chantonna-t-elle tout haut.

Elle reprit son pinceau en soupirant. Le comportement réservé de Simon demeurait son principal souci. «Je voudrais tant qu'il me serre contre lui, quand nous sommes seuls! songea-t-elle. Et qu'il m'embrasse sur la bouche avec passion! »

La jeune fille s'imagina nue dans un lit, soumise au désir de l'homme qu'elle aimait. Ses joues s'empourprèrent et son cœur battit la chamade. Ce trouble délicieux alla de pair avec un bruit subit, étrange, pareil au souffle furieux des tempêtes. Mais cela venait de l'intérieur de la maison.

—Que se passe-t-il? s'exclama-t-elle, apeurée.

L'effrayant ronflement s'amplifiait, assorti d'une odeur de brûlé.

—Mon Dieu, le feu! s'écria Charlotte. Oh non, non!

En quelques minutes, le vieux fourneau et son tuyau étaient devenus incandescents. Des craquements résonnaient dans tout le conduit surchauffé. Onésime n'avait pas dû ramoner à la fin de l'hiver précédent.

—Au secours, mon Dieu! Au secours! bredouilla-t-elle, incapable de hurler.

Elle sortit en courant pour regarder sur le toit. Des flammes impressionnantes s'élevaient de la cheminée en projetant des gerbes d'étincelles.

—Qu'est-ce que j'ai fait! gémit-elle. La maison va prendre feu!

Épouvantée, Charlotte se rua dans la cuisine. Elle remplit un seau d'eau et en aspergea le fourneau dans l'espoir dérisoire de calmer le feu. Une vapeur opaque se dégagea après un chuintement inquiétant.

—Non, mon Dieu, non! implora-t-elle.

Prise de panique, elle recommença à lancer de l'eau sur le tuyau, mais le redoutable grondement qui semblait ébranler toutes les cloisons ne fit que croître.

Les incendies et leurs sinistres conséquences imprégnaient la mémoire collective du Québec. Petite fille, Charlotte avait entendu bien des récits terrifiants. L'église de Val-Jalbert et son presbytère avaient brûlé entièrement en 1924, l'hôtel et le premier magasin général, six ans avant, en 1918. On reconstruisait, mais le souvenir des brasiers destructeurs marquait les esprits. Il en était de même à Roberval. Le couvent des Ursulines[58], le grand Hôtel Roberval[59], l'École ménagère[60] avaient été la proie des flammes. Cela arrivait l'hiver, les soirs de grand froid comme celui-ci.

—Pitié, mon Dieu! Pitié! bégaya-t-elle en se ruant à l'étage.

Elle inspecta les deux chambres sans rien voir, mais une fumée suffocante la fit reculer.

—Le grenier!

Sous les combles, la chaleur était insupportable. Charlotte prit la fuite.

—Il faudrait sonner la cloche de l'église! gémit-elle. Mais non, il n'y a même plus d'église! Et les pompiers de Roberval arriveront trop tard...

Elle dévala les marches, en larmes, pour trouver Joseph et Armand Marois en compagnie du maire au rez-de-chaussée.

—Dès que j'ai vu les flammes sur ton toit, j'ai prévenu ton futur beau-père! déclara ce dernier. La charpente va prendre feu. Il ne faut pas rester à l'intérieur.

—Ce n'est pas sûr, coupa Joseph. La couche de neige qu'il y a sur les bardeaux évitera peut-être le pire. Ma pauvre Charlotte, ton gnochon de frère a dû oublier de nettoyer le conduit!

Charlotte tremblait convulsivement. Apitoyé, Armand la prit par l'épaule.

—Viens dehors, on sait jamais... dit-il. J'ai eu bien peur pour toi quand j'ai compris que c'était icitte que ça flambait! Surtout que ta maison est la plus à l'écart du village.

Il l'entraîna sur la route tapissée de neige

58. Cela eut lieu le 6 janvier 1897, causant la mort de sept religieuses.

59. Il est ici question de l'incendie de 1908.

60. Cet incendie eut lieu le 21 janvier 1919.

verglacée. D'autres hommes accouraient, armés de pelles. Onésime en faisait partie. Il portait une échelle à bout de bras.

—Regarde, dit Armand à la jeune fille. Voilà des renforts. Et on dirait que les flammes sont moins hautes. Tu as de la chance qu'il ait autant neigé la nuit dernière. Des braises retombent sur le toit, mais elles s'éteignent vite. Et Simon, où est-il?

—Je n'en sais rien, bredouilla-t-elle. J'étais toute seule et c'était affreux, ce bruit d'enfer... J'ai cru que tout allait brûler!

La bouche sèche, elle ne put en dire davantage. Elle observa les va-et-vient de ses voisins et de son frère qui criait beaucoup et gesticulait.

—Tiens, bois une gorgée de whisky, ça te fera du bien, fit remarquer Armand en sortant une petite bouteille plate de sa poche. Tu claques des dents.

Charlotte n'avait jamais bu une goutte d'alcool fort, mais, sans réfléchir, elle suivit son conseil. Il en fit autant.

—Tu as raison, je me sens mieux, dit-elle en toussant au point de suffoquer, les larmes aux yeux. De toute façon, je n'ai plus de père ni de mère pour me le reprocher et Simon s'en fiche bien, de ce qui m'arrive! J'étais en train de repeindre la cuisine. Il devait m'aider... J'ai passé trois ans à manier le pinceau; j'en ai le bras endolori!

—Trois ans! s'étonna Armand. En effet, c'est vraiment long! Tu as la tête à l'envers, Lolotte!

—Je voulais dire trois heures, rectifia-t-elle avec un rire nerveux.

Joseph Marois s'approcha des jeunes gens. Il avait le visage maculé de suie et de poussière.

—Il n'y a plus de danger? demanda Charlotte.

—Mais tu empestes l'alcool! rétorqua Joseph, outré. Je ne veux pas d'une belle-fille qui s'enivre, moi. Voilà comment on met le feu, à ne pas avoir les idées claires.

—Papa, je lui ai donné un remontant, rien

d'autre, coupa Armand. Et ne me fais pas la morale. Tel père, tel fils!

N'eût été la présence du maire et des autres hommes venus à la rescousse, Joseph aurait giflé son cadet. Il lui décocha un regard noir.

—Faut remercier le Seigneur, observa-t-il d'un ton froid. On a pu éteindre un début de feu dans la charpente. Mais rien ne prouve que ça ne repartira pas cette nuit.

—Il y aura du nettoyage à faire, ajouta Onésime. J'avais pourtant ramoné, l'an dernier ou c'était l'hiver d'avant... Es-tu négligente, Charlotte, d'avoir autant mis de bois dans le poêle!

—C'est ta faute! s'égosilla-t-elle. Yvette et toi, vous avez tout laissé à l'abandon.

Des aboiements de chiens tout proches les firent taire. C'était Simon. Il fut bien surpris de trouver un pareil comité d'accueil. L'air sentait une âcre odeur de suie, de fumée refroidie.

—Il était temps que tu arrives! lui cria Joseph. Le feu a pris dans le tuyau du poêle et dans le conduit de la cheminée.

Charlotte scrutait les traits de son fiancé, pendant qu'il examinait la toiture d'un regard interloqué. Enfin, il la chercha des yeux parmi l'attroupement. Elle s'avança en pleurant, dans l'espoir que Simon aurait un geste de tendresse pour la réconforter. Il lui tapota la joue et joua avec une de ses boucles brunes, sur le front.

—Ce n'était pas bien malin, aussi, de peindre en plein hiver. Tu aurais mieux fait d'attendre comme je te l'avais dit. Je suis désolé d'être en retard, mais Tala m'a invité à manger; ensuite Toshan devait retourner à l'hôtel de ville et je l'y ai mené en traîneau. Il est blessé; Tremblay l'a poignardé, tu te rends compte? C'est mon chum, je ne pouvais pas le laisser marcher, faible comme il est! Il faut me comprendre...

La jeune fille fit un pas en arrière, malade de

contrariété. Elle avait l'impression étrange d'être humiliée devant tous ceux qui les entouraient. Armand la fixait avec un air singulier, proche de la compassion.

—Bien sûr que je comprends! répondit-elle enfin d'une petite voix plaintive.

Elle mentait. Elle ne comprenait absolument pas pourquoi Simon déployait autant de bonne volonté en amitié, alors qu'il demeurait aussi froid en amour. D'une démarche incertaine, Charlotte s'éloigna en direction de la rue Saint-Georges. Elle abandonnait sa maison grande ouverte. Elle abandonnait aussi ceux qui s'étaient précipités pour l'aider sans même les remercier.

—Elle est choquée! soupira le maire.

—J'vais tout fermer, dit Onésime. Demain matin, je viendrai vérifier s'il n'y a pas d'autres dégâts.

Simon alluma une cigarette. Armand la lui arracha des lèvres et la jeta par terre. Tout bas, il lança à son frère :

—T'es qu'un minable! Charlotte, elle mérite mieux que toi! Tu la rends malheureuse parce que tu es lâche. Va lui dire que tu ne l'aimes pas, ou je m'en chargerai avant votre mariage.

—Elle souffrira bien plus si je ne l'épouse pas, répliqua Simon entre ses dents. Laisse-moi tranquille. Je n'ai pas le choix.

Armand s'en alla, furieux. Il aimait la jeune fille depuis des années. Le lendemain, le cadet des Marois quitta Val-Jalbert, quelques dollars en poche et le cœur lourd. Il avait décidé de s'engager dans l'armée. Seule sa mère pleura son départ. Betty avait le pressentiment qu'elle ne le reverrait jamais.

18
Dans le secret des cœurs

Val-Jalbert, vendredi 2 février 1940

C'était une soirée presque ordinaire qui commençait pour la famille Marois. Ils souperaient tôt et veilleraient sous la lampe. Le poêle faisait entendre le ronronnement de son foyer garni de braises rouges sur lesquelles flambait une bûche d'érable. Le tic-tac d'une pendulette, au coin du buffet, semblait marquer la mesure des soupirs de Joseph, qui était assis dans un fauteuil. Il fumait une cigarette roulée dont l'odeur âcre donnait la nausée à sa femme. Mais Betty ne protestait pas, penchée sur un ouvrage de tricot qui nécessitait de très fines aiguilles. Elle travaillait près de la table où leur fille Marie révisait sa leçon de géographie avec une expression attristée. La lumière irisait ses cheveux blond pâle.

Simon feuilletait le dernier numéro du *Progrès du Saguenay*, que Jocelyn Chardin lui prêtait en fin de journée après l'avoir lu avec soin. Le quotidien publiait des nouvelles de la situation en Europe.

—Quel calme, icitte! ironisa le jeune homme. Les niaiseries d'Armand finiront par me manquer.

—Ne parle pas comme ça de ton frère! coupa Betty. La guerre me le prendra, je le sens dans mon cœur.

—Penses-tu! Il va rester au calme à la Citadelle jusqu'au mois de mai ou bien une année de plus, sait-on jamais, rétorqua Simon. Maintenant, je dois faire sa part d'ouvrage.

—Si j'avais son âge, je m'en irais aussi, bougonna

Joseph. Au moins, je débarrasserais le plancher; il y en a une qui serait ravie. N'est-ce pas, Betty?

—Pourquoi dis-tu des sottises, Jo? protesta son épouse. Je n'ai pas envie que tu partes, alors que j'attends un petit. Je suis déjà bien affligée pour Armand.

Joseph leva les bras au ciel et déploya sa grande carcasse anguleuse. Jadis, il passait pour un bel homme, mais il avait mal vieilli. Il se tenait voûté et présentait un crâne dégarni ainsi que des yeux rétrécis. Son caractère s'était encore aigri.

—Viens avec moi, Marie, bougonna-t-il. Il faut traire la vache et la nourrir, ce brave Chinook aussi. Simon n'aime pas se salir les mains.

—Si c'était le cas, rétorqua le jeune homme, la vache et le cheval seraient morts de faim depuis longtemps. Je les soigne matin et soir, quand je suis à la maison.

La tension montait. Marie ferma vite son livre. Elle enfila une veste et chaussa ses bottes avant de suivre son père. Dès qu'il fut seul avec sa mère, Simon s'approcha d'elle et dit à voix basse :

—Maman, depuis bientôt deux semaines, je n'osais pas t'en parler, mais je n'en peux plus de te mentir. Je connais toute la vérité au sujet de Tremblay et de toi. Hermine me l'a avouée, quand elle croyait que Louis était mort. N'aie pas peur, je ne te trahirai jamais.

—Oh, non! Elle m'avait assuré que personne ne saurait, surtout pas un de mes enfants! se lamenta Betty, mortifiée. Mon Dieu, que j'ai honte! Tu dois avoir une piètre opinion de ta mère, à présent.

Il lui prit la main qu'il étreignit, plein d'une sincère compassion.

—N'aie pas honte, maman! Tu as toujours donné le meilleur de toi-même, au cours d'une existence entièrement consacrée à ta famille. Je ne te juge pas, tu entends? Mais je veux te protéger de toi-même. Tu as l'air tellement fautive que papa finira par comprendre pour de bon. Déjà, cela m'étonne qu'il ne te pose pas davantage de questions sur ton prétendu cousin...

—Chut! Il pourrait revenir, si par malheur il a oublié quelque chose.

—Je sais exactement le temps nécessaire pour traire Eugénie et remplir le râtelier de foin, la coupa Simon. Tu es d'accord avec moi, papa a lu les journaux comme tout le monde. Il a appris la mort de Paul Tremblay et son rôle dans l'enlèvement. Mais toi, maman, tu lui avais bien dit que cet homme était un cousin. Tu m'assures que papa ne t'a rien dit?

—Le jour où les Chardin ont ramené Louis ici, à Val-Jalbert, Joseph est allé les saluer. Au retour, il a juste déclaré durement que ma parenté attirait le déshonneur sur nous. Moi, j'ai pleuré, en répétant que j'étais navrée. J'ai dit aussi que les Tremblay étaient si nombreux dans le pays que ce bandit avait réussi à me berner en se faisant passer pour un cousin. Je crois que Jo s'est contenté de cette explication!

Sur ces mots, Betty essuya quelques larmes de confusion. Elle évitait le regard de son fils aîné.

—Tu dois savoir, Simon, que je ne comprends toujours pas comment j'ai pu tomber aussi bas. Surtout, ne provoque pas ton père! Malgré ses humeurs changeantes, c'est quelqu'un de loyal et de travailleur. Je n'ai jamais eu à me plaindre de lui. Il s'est montré un époux fidèle, capable d'admettre ses torts quand il en avait. Je ne le vaux pas, crois-moi! Je l'ai trahi, lui à qui j'avais promis fidélité à l'église, devant Dieu... Mais cet homme, ce Tremblay, il a su me faire rêver, me donner l'illusion que j'étais encore jeune et jolie. Quelle idiote, quelle imbécile je suis! Il se servait de moi et à cause de lui je me sens pareille à une brebis galeuse. Je suis indigne de suivre un office et de communier. Si ma famille soupçonnait la faute que j'ai commise, comme elle aurait honte! La sage et pieuse Élisabeth Marois de jadis est morte, tu m'entends? Hermine doit me haïr et Laura, si elle savait, me fermerait sa porte à jamais. Tu es bien indulgent, mon pauvre enfant, de me pardonner et de te soucier de moi.

Le jeune homme soupira, en caressant la main et le poignet de sa mère.

—J'imagine très bien ce que tu éprouves, maman, balbutia-t-il. Cette pénible impression d'être séparé du troupeau des honnêtes gens, des personnes normales qui suivent le chemin indiqué...

Betty considéra Simon d'un air perplexe. Elle se demandait pourquoi ce beau garçon en pleine jeunesse, qui avait le plus souvent agi à sa guise, prononçait de telles paroles, avec autant de tristesse.

—Mais qu'est-ce que tu as? s'étonna-t-elle. La vie te sourit, ta fiancée est charmante, vous serez chez vous dans vos meubles et tu pourras exploiter les parcelles dont Charlotte hérite!

—Bien sûr, maman, tout se passera ainsi... concéda Simon en souriant.

—Et tu me feras grand-mère, j'espère! ajouta-t-elle sur un ton faussement enjoué.

Il soupira sans répondre. Il lui était impossible de se confier davantage. Sa mère souffrait suffisamment.

—Si papa te fait des misères, dis-le-moi, supplia-t-il. Ton salut dépend de ton silence. Promets-moi de t'obstiner à crier ton innocence, pour Edmond et Marie! Ma petite sœur craint sans cesse qu'une querelle n'éclate entre le père et toi. As-tu vu comme elle tremble dès qu'il y a des éclats de voix? Marie est fine et intelligente. Le mieux serait de l'envoyer en pension...

—Seigneur, nous n'en avons pas les moyens! déplora Betty. Et puis je préfère la garder à la maison. Quand le bébé sera né, j'aurai besoin d'aide.

—L'enfant que tu portes, de qui est-il? De papa ou de Tremblay? s'enquit-il tout bas.

Sa mère pleura de plus belle. Les joues cramoisies, elle baissa la tête.

—Comment le savoir? répliqua-t-elle. Je prie toute la journée pour que ce soit l'enfant de Joseph. Sinon, je crains de ne pas l'aimer, ce pauvre petit!

On tapait du pied sur le seuil de l'arrière-cuisine, une pièce qui communiquait avec la cour. Betty lança un coup d'œil affolé vers la porte doublée d'un rideau en drap de laine.

—Les voilà! dit-elle. Tu ne pars pas pour Roberval, mon fils? C'est ce soir qu'Hermine chante au sanatorium.

—Je n'y vais pas! trancha-t-il. Charlotte est là-bas, chez Tala. Je n'ai pas envie de m'amuser.

Marie entra, grelottante. Elle se précipita près du fourneau. Joseph apparut, un pot de lait à la main, mais une lueur hargneuse au fond de ses yeux bruns.

—Alors, vous avez bien placoté, vous deux? lança-t-il. Encore en train de pleurnicher, Betty? Prépare donc le souper! J'ai faim! Et toi, grand nigaud, mets la table, puisque tu n'es bon qu'à rester dans les jupes de ta mère à vingt-cinq ans!

Simon fixa son père avec un infini mépris. Joseph Marois représentait tout ce qu'il détestait sur terre. Mais il obéit sans desserrer les lèvres. Comme Betty, il se sentait coupable et courbait le dos sous le poids de sa honte.

Roberval, avenue Sainte-Angèle,
vendredi 2 février 1940, même soir

Hermine se préparait pour le récital qu'elle allait donner au sanatorium. Charlotte la maquillait et cela leur faisait plaisir à toutes les deux. Il y avait eu tant de soirs où elles étaient réunies ainsi, dans une loge, au milieu des costumes suspendus, chatoyants, avec tout un attirail de fards et de perruques!

—Ah! C'était le bon temps! soupira la jeune fille. Surtout au Capitole. J'aimais bien Québec et toute l'équipe du théâtre. Tu te souviens comme on riait avec Lizzie? Et Octave Duplessis! Qu'il était drôle, à faire semblant de nous chicaner pour ton rouge à lèvres! Il prétendait que je choisissais mal la couleur.

—Oui, nous nous sommes bien amusées. Enfin, surtout toi, parce qu'ensuite je devais monter sur scène et le trac me rendait malade.

Elles échangèrent un regard complice. L'ancien salon de la famille Douné, aménagé en chambre, n'avait rien de luxueux, mais il y régnait une douce chaleur.

—Je me dis que ça ne reviendra plus jamais pour moi, les coulisses, les soupers dans les beaux restaurants, les soirées dans les grands hôtels! J'ai partagé tout ça avec toi, Mimine, mais je n'en aurai plus l'occasion. Même si tu signes de nouveaux contrats et que tu repars pour Québec, je serai mariée et bien obligée de rester à la maison.

Assise sur une chaise, la jeune femme tenait sa tête inclinée en arrière, pendant que Charlotte lui passait de la poudre de riz à l'aide d'une houppette.

—Personne ne t'a forcée à ces fiançailles! s'écria-t-elle. Tu ne dois pas avoir de regrets, puisque tu aimes vraiment Simon. Cela dit, réfléchis encore. Je te connais bien, je crains que tu t'ennuies à vivre toute l'année dans un village presque désert, avec un mari qui souhaite cultiver son potager, élever un cochon et traire une vache. Toi qui appréciais tant l'animation des villes, tu risques de dépérir.

Charlotte se mit à brosser l'éblouissante chevelure blonde de son amie en lui affirmant, songeuse :

—J'aurai vite un bébé, peut-être l'an prochain. Je ferai mon ménage ainsi que la cuisine et je pouponnerai!

—Mais il ne faudra plus provoquer des feux de cheminée, petite folle! répliqua Hermine. Quand maman m'a raconté tes exploits, au téléphone, cela m'a tourmentée. Enfin, ne t'inquiète pas, nous t'aiderons à t'installer. Tu es de la famille... C'est promis, nous paierons les gros travaux.

—Mais ça me gêne! protesta mollement la jeune fille. Simon ne sera peut-être pas d'accord...

—J'en fais mon affaire! Et Betty, comment va-t-elle? Je sais, toujours grâce à maman, que le départ d'Armand lui a causé un terrible chagrin.

—Celui-là, quel égoïste! se contenta de répondre Charlotte. Il aurait pu attendre pour s'engager! Comme dit Simon, Armand se moque de tout le monde, même de sa mère qui est si épuisée, à trois mois de son terme.

Hermine se redressa et examina son visage dans un miroir à main. Elle était vêtue de la robe en velours noir déjà mise à Noël et son teint laiteux s'accordait à merveille au collier de perles mis pour l'occasion. Mais ses pensées allaient bien au-delà de son apparence. La jeune femme se demandait ce qui s'était passé à Val-Jalbert le mardi soir précédent pour pousser Armand loin de chez lui. Il avait pris sa décision en quelques heures. Malgré son caractère impétueux, cela ne lui ressemblait pas.

—Moi, je ne regrette pas le début d'incendie, ajouta Charlotte. Simon s'était attardé icitte, à Roberval, et il est arrivé tard. Bien sûr, il n'a rien trouvé de mieux que de me critiquer! Je suis partie avec une grosse envie de pleurer. Mais il a dû avoir des remords, car il est venu chez tes parents et il a supplié Laura de le laisser monter dans ma chambre. La surprise que j'ai eue quand il est entré! Je sanglotais sur mon lit. Je me disais que mon fiancé ne m'aimait pas, et là...

—Et là? s'enquit Hermine, intriguée.

—Simon s'est enfin conduit en amoureux, Mimine! Il m'a consolée, il m'a embrassée, mais pas sur la joue, cette fois. J'étais tellement heureuse. Il n'y a rien de meilleur qu'un vrai baiser de celui qu'on aime! Il m'a dit des choses si gentilles...

Hermine écoutait, attendrie et surtout infiniment rassurée. «Je doutais des sentiments de Simon et je me trompais, pensa-t-elle. Peut-être qu'il est très timide, au fond? Pourtant, il a eu de nombreuses histoires de cœur!»

Charlotte se détourna, les joues roses d'émotion. Les baisers de son fiancé l'avaient comblée, mais également les caresses, ces caresses qu'elle désespérait de recevoir, sur les seins et le long de son dos.

—Laura est bien accommodante d'avoir permis à Simon de me rendre visite dans ma chambre! dit encore la jeune fille. Jocelyn, au souper, a déclaré que ce n'était pas correct, mais ta mère a répondu que j'avais eu très peur à cause du feu et que c'était à mon futur mari de me réconforter. J'aime tant Laura! Ce n'est pas Betty qui fermerait les yeux sur les convenances!

On frappa à la porte, au grand soulagement d'Hermine, qui n'avait pas envie de parler du sens moral de la malheureuse Betty. Par chance, sa liaison avec Paul Tremblay demeurait un secret bien gardé. «Joseph a semblé accepter ma version de l'affaire, se dit-elle. Quand il est venu à la maison, le soir du retour de Louis, je lui ai affirmé que ce sale individu, même s'il était un lointain cousin de Betty, avait profité de sa parenté pour rôder à Val-Jalbert sans que cela paraisse anormal et qu'il avait dû voler les clefs lors de son unique visite. Encore des mensonges, mais pour la bonne cause! Mon Dieu, je suis sûre que Jo la tuerait s'il apprenait la vérité.»

Toshan entra dans la pièce. Il avait acheté un costume en tweed gris au *Magasin Roberval*[61], une mercerie pour hommes, sous lequel il portait une chemise blanche, flambant neuve, et un gilet en satin noir.

---

61. Ce commerce appartenait à monsieur Oliva Girard et changea de nom en 1949 pour *Oliva Girard Nouveautés.*

—Que tu es distingué! s'extasia Hermine.

—Et toi, tu es sublime! répliqua-t-il.

La jeune femme le contempla, subjuguée. Avec ses cheveux courts, d'un noir de jais, son teint cuivré et son visage altier aux traits sublimés par une sérénité nouvelle, Toshan était vraiment le plus bel homme du monde, du moins à ses yeux d'amoureuse.

—Viendras-tu souper au Château Roberval après le récital? interrogea-t-elle d'un ton dubitatif. Maman a réservé une table, puisqu'ils dorment là-bas cette nuit.

—Mais oui, c'était prévu, dit-il en souriant. Tes parents ont besoin de se détendre, et nous aussi. Il faut bien fêter le fait que je sois totalement innocenté! Je crois que si je n'avais pas épousé le Rossignol de Val-Jalbert, fille d'une riche personne influente, j'aurais peut-être passé quelques semaines en prison. Au moins une dizaine de jours. Et ma belle-mère aurait remué ciel et terre pour me sortir de là...

—Décidément, tu es d'humeur taquine, fit-elle remarquer en ajustant sa cravate. Bientôt, il faudra t'appeler monsieur Clément Delbeau!

—Je vais finir par croire que tu appréciais mon allure de sauvage, plaisanta-t-il en l'embrassant.

—Et tu exagères! La police ne t'a pas inquiété parce que le légiste a conclu à une chute lui aussi. Et que tu étais blessé, mis à mal par un bandit qui avait torturé un enfant. Ne prétends pas que ta situation familiale ait un rapport! D'abord, ce ne serait pas glorieux pour nos vaillants policiers de Roberval!

Un élément important avait aussi joué en sa faveur, mais il ne pouvait pas en parler devant Charlotte: l'ordre de mission d'un haut gradé de l'armée canadienne.

Charlotte s'éclipsa discrètement afin de laisser le couple en tête-à-tête. Quelques jours auparavant, elle aurait souffert devant l'attirance et la complicité évidentes qui animaient Hermine et Toshan. C'était d'un amour comme le leur dont elle rêvait. « Eux aussi ont eu des périodes difficiles, songea-t-elle en refermant la porte. Avec Simon, je touche enfin au but. J'ai bien senti qu'il me désirait et il m'a juré qu'il n'épouserait aucune autre fille que moi! »

Hermine, elle, profitait de ce moment de solitude à deux pour se blottir contre son mari.

—Je ne voudrais rien d'autre que du bonheur, lui dit-elle à l'oreille. Dis-moi que le pire est derrière nous...

—Une page se tourne, admit Toshan. Les Tremblay sont hors d'état de nuire et j'ai encore des semaines de liberté avant de retourner à Québec. Je ne serai pas souvent là, mais il me suffira de franchir quelques milles pour retrouver ma petite femme coquillage!

—Si nous pouvions rester ici, nous coucher maintenant, dit-elle en le fixant d'un air passionné. Mais je ne peux pas décevoir sœur Sainte-Apolline. Un médecin du sanatorium doit nous prendre dans un quart d'heure, en voiture. Vite, Toshan, il me manque mon manteau de fourrure et mes chaussures. J'aurai les pieds gelés. Tant pis! Je ne vais pas chanter en bottes fourrées.

Elle éclata de rire. Elle rayonnait.

—Tu feras tenir les enfants tranquilles, recommanda-t-elle encore. Les religieuses ont été un peu surprises que certains membres de ma famille assistent au récital. Pour ne pas vous mêler aux pensionnaires, on vous installera dans une pièce contiguë, qui possède une porte double. Ainsi, vous serez aux premières loges, mais un peu à l'écart. J'aurais aimé emmener Kiona; hélas! ta mère a refusé. Je n'ai pas insisté.

Toshan alluma une cigarette. Les paupières mi-closes, il paraissait perdu dans ses pensées.

—Mine, dit-il soudain en sortant un papier de sa poche, je suis désolé. Tala et toi, vous m'avez obligé à me reposer sans arrêt pendant ces trois jours et j'ai oublié de te faire lire ce texte. Le soldat Lebrun l'a recopié pour toi, car ton jugement l'intéressait... C'est un jeune homme très sympathique. Il est cantonné à la Citadelle et il passe son temps à chanter ses propres compositions. En principe, il devrait enregistrer un disque prochainement. Je suis impardonnable!

—Avec ce drame que nous avons traversé, tu as des excuses, mon amour. *L'Adieu du soldat*[62]! Le titre est touchant, déjà.

Hermine prit la feuille et commença à déchiffrer les paroles à mi-voix.

Viens t'asseoir près de moi, petite amie
Dis-moi sincèrement que tu m'aimes
Et promets-moi que tu n'seras
L'amie de personne que moi

Aujourd'hui parents et amis
Je viens faire un dernier adieu
Je dois quitter mon beau pays
Pour traverser les grands flots bleus

Là les canons allemands grondent
Et les fusils sèment la mort
Et pour protéger notre monde
Il faut aller risquer la mort

Vous, ô, ma mère chérie

62. Chanson du soldat Roland Lebrun, qui est né à Amqui le 10 octobre 1919 au sein d'une famille de musiciens. Il enregistre son premier album en 1940 et fait vite sensation auprès du public québécois. Ses chansons parlent d'amour et de la nostalgie des soldats qui se trouvent loin de leurs familles. Sa musique est entendue sur les ondes de la station CHRC, de Québec. Les forces armées canadiennes la font diffuser aussi parmi les soldats francophones en Europe.

Pardonnez-moi tout ce que j'ai fait
Mon père, mes frères, sœurs et amis
Gardez le souvenir de moi

J'ai vécu parmi vous ici
Le plus beau séjour, mes amis
Et si Dieu me garde la vie
Je reverrai mon beau pays

Adieu, ma chère petite amie
Je pars pour un lointain séjour
Adieu, je ne reviendrai plus
Au pays où j'ai connu l'amour.

—Cette chanson me plaît beaucoup, déclara-t-elle. Elle est triste et poignante de vérité. Je ne connais pas la musique. Quel dommage! J'aurais pu la chanter ce soir! Ce serait d'actualité : beaucoup de jeunes soldats ont dû ressentir ce genre de choses.

—Une prochaine fois, peut-être! hasarda Toshan. La mélodie est assez simple, mais je ne suis pas doué pour la musique et je ne peux pas la fredonner de mémoire.

Hermine rangea le papier dans son sac pour ne pas l'égarer. Ils quittèrent la chambre pour rejoindre Tala, Charlotte et Kiona dans la cuisine, où l'ambiance était fort joyeuse.

—Ah! Mes enfants, s'écria l'Indienne, vous êtes en beauté tous les deux. Passez une bonne soirée!

—Mine, claironna Kiona, est-ce que Louis pourra venir jouer avec moi? Je voudrais tellement le voir!

—Je ne peux rien te promettre, ma chérie! répliqua la jeune femme. Mais Mukki, Laurence et Marie resteront avec nous jusqu'à lundi.

Elle caressa avec tendresse la chevelure d'or roux de la fillette et l'embrassa sur le front. Un coup de klaxon retentit dans la rue. Ce fut le signal du départ. Charlotte mit son manteau et son chapeau, ravie de la soirée à venir malgré l'absence de son fiancé.

Leur chauffeur, éminent docteur spécialisé dans le traitement de la tuberculose, s'empressa de leur faire la conversation. Il vanta surtout l'attrait du sanatorium, un modèle de confort et de modernité.

—Les pensionnaires sont impatients de vous écouter, chère madame, conclut-il en arrivant devant l'établissement dont les innombrables fenêtres étaient illuminées. Je vous remercie de leur offrir un peu de votre temps et beaucoup de votre talent! Je suis heureux de pouvoir remercier de vive voix madame votre mère, qui a fait un don conséquent à notre œuvre. La vocation du sanatorium de Roberval est de soigner dans les meilleures conditions les malades de notre région, notamment ceux que la misère accable.

—C'est tout à votre honneur, répondit Hermine. Sœur Sainte-Apolline, que j'ai eu le plaisir de rencontrer en décembre, me l'avait expliqué. Vous jouissez de plus d'un emplacement idéal, au bord du lac, face aux montagnes. L'été, les patients peuvent bénéficier d'un air vraiment vivifiant.

Toshan aida sa femme à descendre de l'automobile. Il perçut à sa mine crispée et au tremblement de sa petite main gantée qu'elle était anxieuse.

—J'ai le trac! dit-elle à mi-voix comme il la regardait d'un air inquiet. Que je sois à Québec, à Montréal ou ici, maintenant je souffre toujours du trac!

Fidèle à son rôle d'assistante, Charlotte lui donna une pastille à la menthe.

—Allons, du cran, Mimine! lui souffla-t-elle. Tu avais chanté au sanatorium de Lac-Édouard, sans aucune répétition, souviens-toi. Mukki n'était qu'un bébé.

Hermine reprit confiance dès qu'elle entra dans la grande salle où son public l'attendait impatiemment. Tout le personnel était là aussi, mais elle ne vit que les pensionnaires, assis sur des chaises disposées en demi-cercle. Sur bien des visages émaciés se lisaient épuisement, ennui et lassitude, tempérés ce soir-là par la promesse d'un divertissement. Une rumeur de satisfaction s'éleva lorsqu'elle se présenta dans l'espace qui lui était dévolu. Pour ces gens confinés entre ces murs et dont l'existence était menacée, la jeune chanteuse était l'expression même d'une santé éclatante. C'était une créature de lumière avec ses cheveux couleur de miel, ses lèvres roses et ses yeux d'un bleu pur.

Le directeur annonça sa prestation d'un ton solennel. Un musicien venu spécialement de Sainte-Hedwige prit place au piano.

« Nous avons répété ce matin, ici, songea Hermine. Sainte-Hedwige! Ovide Lafleur habite là-bas. Peut-être qu'ils se connaissent... C'est étrange, dès que j'ai pris la décision d'éviter Ovide, je ne l'ai plus croisé du tout. » Elle soupira, stupéfaite d'avoir été troublée par le jeune instituteur. Cela lui paraissait maintenant lointain et incongru. Ses pensées revinrent au musicien. « Je devrais lui demander s'il connaît la musique de *L'Adieu du soldat*. Tout à l'heure, peut-être... Il est assez doué, mais il ne remplacera jamais Hans. Pauvre Hans! C'était un artiste. Il est mort bien trop jeune. La mort frappe à sa guise. Sûrement, Paul Tremblay ignorait qu'il vivait ses derniers jours quand il a enlevé notre petit Louis! »

Non loin de là, à l'écart des pensionnaires, Jocelyn Chardin broyait lui aussi des idées noires.

« Je n'aurais pas dû accompagner Laura dans cet endroit, se disait-il. Seigneur, le cadre n'est guère différent; cela me donne l'impression d'être revenu à Lac-Édouard, du temps où je m'estimais condamné par cette saleté de phtisie. La bonne nourriture, le grand air, cela ne sauve pas tous les malades! Au plus, cela prolonge leur temps de rémission. Moi qui ai tant péché, mon Dieu, pourquoi ai-je eu la chance de guérir? »

Il se concentra sur la vision radieuse de sa fille, comme le faisaient Laura et les quatre enfants. Toshan et Charlotte s'étaient installés à leur côté, après les salutations d'usage.

Enfin, la voix sublime du Rossignol de Val-Jalbert résonna, claire, cristalline. La jeune femme chantait *La Chanson des blés d'or*, un classique du répertoire populaire français.

As-tu parfois sur la colline,
Parmi les souffles caressants,
Entendu la chanson divine
Que chantent les blés frémissants?

Laura tendit l'oreille, songeuse. Hermine avait d'instinct ce précieux talent de savoir adapter son timbre exceptionnel à ce qu'elle interprétait. Capable d'atteindre les notes les plus hautes, elle pouvait aussi apporter aux paroles une douceur inouïe, toute sa sensibilité féminine. Sur le titre de Jean Sablon, *Vous qui passez sans me voir*, ce fut encore plus évident.

Entre chaque morceau, les applaudissements fusaient, les vivats aussi.

—Jocelyn, dit Laura à l'oreille de son mari, je viens d'avoir une idée fantastique. Je vais financer le premier disque de notre fille. Elle doit absolument enregistrer cet été, à Québec. Comment n'y ai-je pas pensé plus tôt?

—Nous en reparlerons plus tard, coupa-t-il. C'est *L'Air des clochettes*, de *Lakmé*, mon préféré.

Dans la salle voisine, on écoutait avec émerveillement les prouesses vocales d'Hermine. Les religieuses étaient charmées elles aussi, surtout sœur Sainte-Apolline qui n'avait guère apprécié la chanson précédente, trop moderne à son goût.

Toshan observait sa femme avec une attention particulière. Chaque fois qu'il la voyait se produire en public, il éprouvait la singulière sensation de ne pas la connaître tout à fait. Celle qui se tenait là, en robe de velours noir, si pâle, si lumineuse, lui devenait un peu étrangère, comme si elle se détachait de lui et de leurs enfants pour se donner tout entière à son art.

« Au début, après notre mariage, ce sentiment-là m'a tourmenté, songea-t-il. J'avais peur de perdre Hermine en la laissant chanter sur scène. Et je l'ai fait souffrir avec mes exigences, mes reproches et ma volonté stupide de la dominer. Maintenant, j'ai compris la leçon. »

Son regard s'attachait au beau visage de sa jeune épouse et il avait envie de l'embrasser, de la remercier d'être restée fidèle à l'adolescente timide qui avait su le séduire, dix ans auparavant. « Pourtant, elle a mûri, se dit-il encore. Forte et fragile, dévouée et déterminée, elle suit son chemin sans se plaindre, douce, mais farouche si c'est nécessaire. »

Un flot d'amour le submergea, d'une telle force qu'il en fut presque effrayé. « Mine, ma chérie, je voudrais me retrouver semblable à celui qui t'a enlevée un matin d'hiver, avec mes cheveux longs et mes vêtements en peau de cerf, pensa-t-il. Je voudrais t'emmener au fond des bois, loin du monde et de tous ces gens, et te garder dans mes bras jusqu'à la fin de mes jours. »

Hermine s'abandonnait tout entière au plaisir de chanter. Sa voix ne la trahissait pas et cette évidence la rassurait à un point tel qu'elle jouait avec les notes les plus difficiles sans effort apparent. Ses prunelles d'un bleu limpide se posaient ici et là sur l'assistance silencieuse. Éperdue de joie, elle souriait à chaque salve d'applaudissements.

Pour les patients du sanatorium, la jeune femme représentait un peu de l'être cher qui leur manquait tant, au fil des semaines d'isolement à lutter contre la maladie. L'un se remémorait son épouse, l'autre sa fille, mais les célibataires, en dépit de la faiblesse de leur corps, se prenaient à rêver d'une blonde à l'image de cette belle chanteuse dont chaque geste paraissait imprégné de tendresse et de compassion.

Quand elle se tut, après avoir terminé son récital par l'*Ave Maria*, ce qui n'était pas prévu, bien des larmes coulaient, vite essuyées par pudeur. Sœur Victorienne n'était pas en reste.

—Quel talent a notre petite protégée! dit-elle à voix basse à sœur Sainte-Apolline.

La vieille religieuse opina en pinçant les lèvres. Soucieuse de modérer l'exaltation de l'ancienne converse, elle nota:

—Certes, mais pourquoi s'est-elle maquillée ainsi? Ce n'est pas correct!

Sœur Victorienne bougonna que c'était la mode. Pendant ce temps, Hermine prit la parole, après être allée chercher une feuille de papier sur le piano.

—Cher public, j'espère que ce soir j'ai pu vous offrir un peu de réconfort et de rêve. Votre accueil et vos applaudissements m'ont fait chaud au cœur. Dans notre pays de froidure, c'est une chose très précieuse.

Il y eut quelques rires. Elle poursuivit:

—Avant de nous quitter, je tenais à vous lire les paroles d'une chanson écrite par Roland Lebrun, qui est actuellement soldat à la Citadelle de Québec. J'en ignore la mélodie, sinon j'aurais été fière de pouvoir l'interpréter! Mais les mots sont plus importants encore, en cette période troublée, où la guerre peut d'un jour à l'autre bouleverser bien des foyers.

Elle lut dans un silence impressionnant *L'Adieu du soldat*. Puis, d'un geste, elle indiqua au pianiste la musique à jouer. Les accords du *Chant des adieux* retentirent

—Si certains d'entre vous souhaitent reprendre le refrain avec moi, qu'ils n'hésitent pas, ajouta-t-elle gentiment.

Faut-il nous quitter sans espoir
Sans espoir de retour

Faut-il nous quitter sans espoir
De nous revoir un jour?
Ce n'est qu'un au revoir, mes frères,
Ce n'est qu'un au revoir!
Oui, nous nous reverrons, mes frères
Ce n'est qu'un au revoir.

Cette fois, sœur Victorienne sortit son mouchoir. Elle se remémorait le triste soir où le couvent-école avait fermé ses portes. Les sœurs enseignantes de Notre-Dame-du-Bon-Conseil de Chicoutimi partaient définitivement de Val-Jalbert et l'émotion était à son comble dans le village ouvrier. Hermine avait adapté *Le Chant des adieux*, en remplaçant *mes frères* par *mes sœurs* de sa propre initiative, et l'écho de sa voix sublime avait longtemps vibré dans le cœur de tous.

Laura, Charlotte et Jocelyn retenaient leurs larmes également, car bien des patients, pour la plupart des hommes, entonnaient le refrain, ce qui composait une chorale improvisée, dont le meilleur atout était la ferveur et la sincérité.

—Merci, merci! s'écria Hermine en saluant.

Ce fut à cet instant précis qu'elle crut voir, entre deux rangs de chaises, la frêle silhouette de Kiona, auréolée de ses cheveux d'or roux. La fillette lui faisait des signes épouvantés. « Mais, c'est impossible! s'étonna la jeune femme. Peut-être que Tala a eu un problème de santé, un malaise! »

Aussitôt, elle se raisonna. Jamais Kiona n'aurait pu arriver seule jusqu'au sanatorium, à la nuit tombée. Instinctivement, Hermine chercha Toshan des yeux. Il perçut son anxiété et la rejoignit sur l'estrade aménagée pour le piano ayant servi de scène occasionnelle.

—Que se passe-t-il? dit-il tout bas.

—Kiona! Je l'ai vue! Elle était là-bas, mais elle n'y est plus. Pourquoi m'est-elle apparue? J'ai peur...

Elle n'eut pas le loisir d'en dire davantage. Une femme d'une cinquantaine d'années, pauvrement vêtue, se rua vers eux, l'index pointé sur Toshan.

—Assassin! hurla-t-elle, les traits crispés sous l'effet d'une indignation désespérée. Assassin! Tu n'as pas honte de faire le faraud devant tout ce monde, pendant que mon fils est raide mort? Mon petit gars, mon Paul! La police m'a dit que c'était un accident, mais ils sont faciles à berner, les agents!

Les vociférations de l'inconnue semèrent un début de panique. Effarées, les religieuses n'osaient pas s'approcher. Un infirmier tenta de s'interposer, mais Amélie Tremblay, en proie à un chagrin dément, le repoussa. Elle continuait à désigner Toshan à l'assistance, le visage déformé par des sanglots muets.

—Il a tué mon p'tit gars, mon fils! Je n'avais plus que lui. Assassin, salaud! Je veux qu'on me le rende, mon Paul, qui était un bon garçon, instruit et attentionné. Il n'avait que trente-cinq ans. Et il me l'a tué!

Hermine était transformée en statue. Le spectacle de cette femme grimaçante, la face blafarde sous une toque de feutre miteuse, qui gesticulait et lançait des clameurs de bête à l'agonie était vraiment horrible. Une jeune sœur eut un malaise. Quant à Toshan, il recevait insultes et regards haineux sans sourciller.

—Jocelyn, fais quelque chose! dit Laura. Cette folle provoque un vrai scandale!

—Que veux-tu que je fasse? déplora-t-il. Regarde, le médecin essaie de la calmer. Il faudrait surtout éloigner les enfants.

C'était déjà trop tard. Louis se mit à pleurer sans bruit, effrayé. Mukki, Laurence et Marie avaient fort bien compris que leur père était visé. Sœur Victorienne se glissa près de la famille Chardin.

—Venez, mes petits, venez vite, je vous conduis

dans un des bureaux. Cette pauvre dame a perdu la tête. Nous allons la soigner.

—Je viens avec vous, ma sœur, déclara Charlotte.

Laura vit s'éloigner les enfants avec soulagement. Elle s'empressa d'entraîner Jocelyn vers l'estrade.

—L'affaire a été étalée dans les journaux, lui dit-elle tout bas. Les gens savent bien que notre gendre est innocent! Son fils, à cette malheureuse, était un individu dangereux.

—Va expliquer ça à une mère! maugréa-t-il.

Le personnel civil faisait de son mieux afin d'isoler Amélie Tremblay, mais elle développait une énergie surprenante pour retourner devant Toshan et le traiter d'assassin, d'une voix perçante qui vrillait les nerfs des témoins.

—Saleté de Métis, tonitrua-t-elle de nouveau, tu brûleras en enfer!

—Madame, je vous en prie! s'écria enfin Hermine. C'était un accident. Mon mari n'a pas voulu ça.

Mais Amélie Tremblay l'entendit à peine. Le cours de sa modeste existence s'était brisé subitement. Napoléon, son mari, ne sortirait pas de prison avant longtemps et son fils était mort, ce fils unique dont elle était si fière.

Sa main droite plongea dans la poche de son manteau, tandis qu'elle bredouillait des plaintes incohérentes.

—Attention, elle a un revolver! brailla quelqu'un.

La détonation fit trembler les vitres. Des hurlements de terreur y répondirent, assortis d'une débandade générale. Toshan s'était jeté devant Hermine dès qu'il avait compris le danger, mais ni l'un ni l'autre n'étaient blessés. Le médecin le plus proche avait réussi à faire dévier le tir en tordant le bras d'Amélie Tremblay et la balle s'était logée dans le plafond.

—Seigneur! gémit la femme troublée. Pardon, Seigneur!

Elle s'effondra sur le plancher, terrassée par des sanglots convulsifs. Maîtrisée par une jeune religieuse et le docteur, elle fut emmenée dans le hall. Laura avait suivi le mouvement.

—Madame, vous devez m'écouter! commença-t-elle en se penchant sur Amélie, que l'on avait assise dans un fauteuil. Je conçois votre souffrance, mais ce fils que vous pleurez a failli causer la mort d'un innocent, mon petit Louis qui n'a pas encore six ans. Il l'a enlevé, malmené, affamé, pour l'abandonner ensuite brûlant de fièvre dans une caverne. Sans mon gendre, que vous osez traiter d'assassin, je n'aurais jamais retrouvé mon enfant. La douleur vous égare, mais proférer de telles accusations en public, c'est ignominieux!

—Qu'est-ce que je vais devenir? répliqua Amélie Tremblay en tremblant de tout son corps. Je n'ai plus de soutien, plus personne.

Toshan se tenait à l'écart, mais il avait tout entendu. Il surprit le regard embarrassé du médecin et le froncement de sourcils d'une religieuse. « Il en faudrait très peu pour que la balance pèse du côté de cette femme, pensa-t-il. Après tout, elle n'a pas tort. Si j'avais tué Tremblay, je m'en tirerais à bon compte! »

Hermine le rejoignit, encore très choquée par l'incident. Elle songeait qu'ils avaient eu beaucoup de chance. Toshan ou elle auraient pu mourir.

—Kiona a voulu nous avertir, dit-elle à l'oreille de son mari. Mon Dieu, nous n'avions pas besoin d'un nouveau drame!

—C'est ma faute, soupira-t-il. La mère de Tremblay a exprimé tout haut ce que d'autres pensent de moi. Une saleté de Métis peut très bien mentir, duper son monde. Au fond, je suis coupable. Je n'aurais pas dû traquer Tremblay seul. Lorsque j'ai découvert où il se cachait, il fallait que je prévienne les policiers. C'était à eux de l'arrêter et de le mettre en prison. Ils m'ont bien sermonné sur ce point. Au moins, il aurait été jugé. Je plains cette pauvre femme. Comment veux-tu qu'elle accepte la vérité? Tout le reste de sa misérable vie, elle me maudira...

Pendant ce conciliabule, Amélie, complètement anéantie, sanglotait toujours, sous la surveillance du directeur du sanatorium, du médecin et de la religieuse qui attendaient l'arrivée des policiers. Laura venait de rejoindre Hermine et Toshan.

—Partons d'ici, dit-elle d'un ton las. Je suis à bout de nerfs. Cette folle accuse maintenant Albertine Gagnon, la maîtresse de son fils. Elle m'a juré que c'était une coureuse, avide de piastres, qui rêvait de s'installer en Californie. Mes enfants, vous l'avez échappé belle. Dieu tout-puissant, si j'avais vu l'un de vous s'écrouler!

—Cela ne s'est pas produit, maman, intervint Hermine. Mais les patients et le personnel de l'établissement n'oublieront pas mon récital. Quel choc j'ai eu!

—On dirait que tu prends ça à la légère, ma chérie, s'offusqua Laura. Il faut garder sous les verrous cette famille Tremblay. J'espère qu'il n'y a pas un autre rejeton prêt à venger père et mère!

Plus bas, elle ajouta en fixant son gendre :

—Pour ma part, même si vous aviez tué cet homme, je vous féliciterais!

—Dites tout de suite que vous m'estimez capable d'un tel acte! dit Toshan entre ses dents. J'avais promis de respecter la loi, et je n'ai qu'une parole.

Il lui tourna le dos et se dirigea à grands pas vers la porte principale. Hermine le rattrapa et lui saisit le bras.

—Ce n'est pas le temps de t'enfuir, Toshan. Nous devons expliquer à nos enfants ce qui s'est réellement passé. Charlotte n'osera pas leur parler, et c'est à nous, leurs parents, de le faire. Tu as ta conscience pour toi. Ne te laisse pas impressionner!

Il capitula, ce qui prouva encore une fois à

Hermine que son mari avait appris à dominer ses impulsions. Mais il ne la suivit pas tout de suite. Au moment même où le chef de la police de Roberval faisait son entrée, Toshan se posta devant Amélie Tremblay, qui s'était levée et qui regardait autour d'elle avec une expression de terreur intense.

—Madame, je suis peut-être pour vous une saleté de Métis, mais je tiens à vous dire que je n'ai pas tué votre fils. J'ai commis une erreur lourde de conséquences, en me trouvant seul avec lui. Nous nous sommes battus, il m'a blessé de trois coups de couteau, je l'ai repoussé et il est tombé de tout son poids sur le sol. Son crâne a heurté les gros galets de l'âtre. On a dû vous le raconter, mais je vous le répète. Je suis désolé pour vous. Et j'aimerais, puisqu'un docteur est présent, que la justice considère que vous avez agi dans un état proche de la démence. Je vous demande pardon...

Les témoins de la scène étaient déconcertés, moins cependant que la malheureuse Amélie. Toshan était sincère, elle n'en doutait pas, et cette révélation la tirait d'un cauchemar dont chaque minute lui paraissait à présent absurde. Était-ce bien elle, de nature assez paisible et craintive, qui avait pris le revolver de son fils dans le tiroir du buffet, une cachette que Paul lui avait indiquée le mois dernier? Pourquoi, en lisant dans *Le Colon* que la chanteuse Hermine Delbeau donnait un récital au sanatorium, avait-elle décidé de s'y rendre en espérant que l'époux de la jeune femme serait là et qu'elle pourrait ainsi se venger?

—Je ne voulais tuer personne, bredouilla-t-elle. Mais c'était dans ma tête, là. J'avais envie de vous faire du mal, à vous, monsieur, et à vous, madame!

Elle désigna le couple du menton, avant de marmonner:

—Napoléon, mon mari, vous a tellement dénigrés! Et avec ça, il n'aimait pas les Indiens, à cause de son père, Phidélias.

—Nous connaissons l'histoire par cœur, trancha Laura. Les malfaiteurs ne sont pas forcément métis ou étrangers au pays, vous êtes bien placée pour le savoir… Mais où est Jocelyn?

Secoué par les dernières paroles d'Amélie Tremblay, Toshan se dirigea vers le chef de la police pour solliciter un entretien. Hermine entraîna sa mère vers le couloir longeant la salle. Elle préférait éviter tout ce qui suivrait. Elle devait garder son sang-froid afin de réconforter ses enfants. Entourés de Jocelyn, de Charlotte et de sœur Victorienne, les quatre petits étaient en bonne compagnie.

—Mes chéris, tout va bien, ne craignez rien, dit-elle. Papa sera là très vite.

—J'ai pris l'initiative de leur expliquer la situation, Hermine, précisa Jocelyn. Mukki était très inquiet.

—Plus maintenant, maman, s'écria le garçon. Mon père n'a rien fait de mal. L'homme qui a enlevé Louis est tombé…

—Oui, et cette dame qui hurlait des choses effrayantes avait trop de peine, elle ne pouvait plus réfléchir! dit doucement Hermine. C'est la mère de Paul Tremblay.

—J'savais pas, moi, que les méchants aussi, ils avaient des mamans, s'étonna Louis avec une mimique attristée.

Cette déclaration arracha un sourire ému à sœur Victorienne. Charlotte prit le petit garçon sur ses genoux et l'embrassa.

—Et une maman protège son enfant, même s'il fait des bêtises, de très graves bêtises, affirma-t-elle.

Hermine cajolait Laurence et Marie, qui arboraient un air confiant de fillettes heureuses. Elle avait souvent noté que ses jumelles, malgré des différences de caractère notables, se protégeaient du monde extérieur en s'enfermant dans une sorte de cercle mystérieux, l'univers gai et coloré de leurs jeux, ponctué de conversations chuchotées et de rires aigus.

—Nous allons rentrer chez Tala, annonça-t-elle. Avec papa.

Mukki vint réclamer un câlin lui aussi. Il se cramponna à sa mère qui lui effleura les cheveux.

—Je suppose que le souper au Château Roberval ne tient plus, lança Jocelyn. Ta mère s'en réjouissait. Tant pis!

—Rien ne vous empêche de prendre un bon repas avec Louis et Charlotte, répliqua Hermine. Je connais Toshan. Après ce qui s'est passé, il aura envie de calme et de solitude. Moi aussi...

Ce fut trois heures plus tard seulement que le jeune couple eut droit à du calme et à un peu d'intimité. Ils étaient allongés dans leur chambre de l'avenue Sainte-Angèle, avec comme unique source de lumière la lucarne rougeoyante du poêle et la flamme ténue d'une chandelle mourante. Enlacés, ils discutaient à voix basse de ce début de soirée mouvementé.

—Je pensais que nous pourrions partir bien plus tôt, dit Hermine. Ces policiers ont fait du zèle, à vouloir consigner sur place nos dépositions. Et maman a joué les grandes dames charitables en promettant à Amélie Tremblay de lui verser une petite rente... Pourvu que nous n'entendions plus jamais parler de ces gens!

Toshan s'étira, épuisé. Il n'était pas homme à se plaindre, mais ses blessures lui causaient encore des douleurs gênantes.

—Laura a sans doute touché un point sensible. Cette femme se voyait condamnée à la misère la plus totale du fait que son mari est en prison. Sais-tu, je comprends son geste désespéré. La haine peut détruire la raison en quelques minutes, changer la personne la plus raisonnable en furie. J'ai eu peur de la violence qui couvait en moi, parfois. Mais n'en parlons plus. Le chef de la police m'a de nouveau affirmé que j'étais bel et bien libre, lavé de tout soupçon. Je peux te le dire, à présent que nous sommes seuls. Le fait que je sois en mission en temps de guerre a eu son importance.

Ils échangèrent un baiser d'une tendresse infinie.

—Au moins, ici, nous sommes en sécurité, fit remarquer Hermine. C'est une sensation rassurante. Les portes sont bien closes et il fait chaud. Une seule chose me tourmente, c'est que nous n'avons pas dit à Tala que Kiona s'était manifestée...

—Nous avions déjà beaucoup à lui raconter et les enfants étaient affamés. Ce repas pris tous ensemble m'a réconforté. Cela n'aurait servi à rien de dénoncer Kiona!

—Comment ça, la dénoncer? s'étonna-t-elle en se redressant un peu.

—Ma mère lui a demandé l'impossible en la priant d'oublier ses dons et de devenir une enfant ordinaire. D'où son inscription à l'école primaire. Avoir des camarades, étudier le calcul, la lecture et tout le reste, c'est censé remplir l'esprit de Kiona pour l'empêcher d'avoir des visions ou de voler à notre secours. Mais ma petite sœur triche. Je la soupçonne d'agir à son idée, en développant d'autant plus ses capacités.

Le terme *petite sœur* résonna étrangement aux oreilles d'Hermine. Elle aussi pouvait appeler Kiona ainsi.

—Mais elle se met en danger? s'inquiéta-t-elle. Il ne faut pas qu'elle retombe malade! Je la reverrai toujours plongée dans le coma, si faible, si lointaine!

—Et si vite rétablie, coupa Toshan. Pour ma part, je pense que Kiona est plus forte que nous tous, sur le plan physique comme sur le plan mental. Je refusais de lui accorder trop d'importance, trop d'affection, aveuglé par mes vieux ressentiments. Maintenant, j'ai compris mon erreur. Je l'aime profondément et dorénavant je prendrai soin de l'observer et de lui parler. Je dois admettre qu'elle me fascine.

—Je suis ravie de te l'entendre dire, mon amour. Moi, je subis cette sorte d'enchantement depuis sa naissance.

Ils se sourirent d'un air complice. Après les avoir séparés, leur parenté commune avec Kiona les rapprochait. Toshan demeura silencieux un long moment avant de déclarer sur un ton grave:

—J'ai décidé de partir dans une semaine, pas un jour de plus. Je dois m'acquitter de ma tâche. J'ai prévenu la police que je devais m'absenter très bientôt... Cela m'obligera à beaucoup de déplacements et je ne peux pas perdre trop de temps. Cet officier, à la Citadelle, m'a accordé toute sa confiance. Je veux honorer cette marque d'estime. Ne t'inquiète pas, je t'ai promis de vous rendre visite régulièrement, à toi et aux enfants, mais j'aimerais que tu t'installes à Roberval. D'une part, cela m'épargnera un trajet supplémentaire jusqu'à Val-Jalbert, même si quelques milles ne me font pas peur, et, d'autre part, Mukki, Laurence et Marie sont en âge d'aller à l'école. Tu m'as écrit récemment que l'institutrice avait cessé d'exercer, dans ton village fantôme! Je tiens à ce que nos petits étudient et deviennent instruits. Tu peux à un coût minime meubler et chauffer l'étage de cette maison, où il y a trois chambres.

La jeune femme réfléchissait. Séduite par la proposition, elle l'accepta d'emblée.

—Tu as raison, c'est une excellente idée! assura-t-elle. Mes parents retrouveront leur tranquillité et nous irons les voir le dimanche. Je pourrai profiter de la vie citadine et des boutiques. Il m'arrive de m'ennuyer un peu à Val-Jalbert. Ici, j'aurai de l'occupation. Et les enfants seront ravis d'aller à l'école.

Ils scellèrent leur accord d'un nouveau baiser, moins chaste que le précédent. Toshan déboutonna la chemise de nuit d'Hermine et caressa la peau satinée de sa gorge. Elle retint un gémissement de plaisir en se débarrassant du léger vêtement.

—Tu ne regrettes pas d'avoir épousé une saleté de Métis? demanda-t-il tout à coup.

—Toshan! Oh non! Ne dis pas ça! protesta-t-elle. Jamais je n'ai regretté notre mariage, tu entends? Jamais! Pour moi, l'origine d'une personne et la couleur de sa peau n'ont aucune d'importance. Je t'aime de tout mon être. Madeleine est ma meilleure amie, au même titre que Charlotte. Comment peux-tu me poser une question pareille? Si j'ai du mépris, c'est pour ceux qui font une différence.

—J'ai donc été béni par Manitou, s'exclama-t-il. Tu te souviens de l'attitude de Joseph Marois à mon égard, lorsque je me suis approché de sa cabane à sucre? J'étais jugé d'office à cause de mon teint cuivré et de mes cheveux longs! Depuis l'enfance, je reçois des insultes parce que ma mère est une Indienne. Le racisme m'effraie, Mine! Toi, tu n'es que bonté et tolérance, mais certains hommes prêchent des idées qui me répugnent, comme Hitler. Et je n'hésiterai pas à embarquer pour l'Europe ou à me battre ici, au Québec, au nom de la justice... Il te faudra m'attendre longtemps. Promets-moi que tu m'attendras! Et si je suis porté disparu, ne te remarie pas avant d'avoir la certitude que je suis mort. Le soir, à la Citadelle, j'écoutais les uns et les autres parler. Ils avaient tous des choses à raconter sur la guerre de 1914. Nombre de Canadiens ont combattu en Europe. Certains ont été faits prisonniers par les Allemands, mais on les pensait morts au front. Je ne voudrais pas revenir et te trouver avec un autre homme. Je ne supporte pas l'idée qu'un autre que moi te touche et t'embrasse.

Hermine le dévisagea avec un air éberlué. Toshan semblait sincèrement anxieux.

—Mon amour, cela ne se produira pas, dit-elle d'une voix douce. Je t'attendrai des années.

—La vie ne tient qu'à un fil, Mine. Ce soir, quand la détonation a retenti, j'ai eu l'impression singulière d'être comme dans le brouillard, absent. Je me suis jeté devant toi, incapable de concevoir qu'une balle pouvait t'atteindre, blesser ta chair, ton corps bien-aimé. Tout s'est passé si vite!

—Tellement vite que je n'ai pas eu le temps d'avoir peur. J'ai vu le revolver et, la seconde suivante, le geste du médecin qui a forcé Amélie Tremblay à lever le bras.

—Je suppose qu'à la guerre, pendant les affrontements armés, tout va encore plus vite. On reçoit le coup fatal et tout est fini, à moins d'être blessé. Tu m'aimerais encore si je te revenais infirme, défiguré?

Hermine en aurait pleuré. Jamais elle n'avait senti son mari en proie à de telles appréhensions.

—Je t'en supplie, cesse de te torturer l'esprit! Tu n'es pas encore parti pour l'Europe, ni même pour ta mission. Nous sommes là tous les deux, et je t'aime tant qu'il ne pourra rien t'arriver. Kiona te protégera.

Ces derniers mots lui étaient venus spontanément, presque à son insu. Lui la fixait d'un regard intense. Consciente de son état de faiblesse et de ses tourments intérieurs, Hermine se dégagea de ses bras et repoussa le drap. Superbe dans sa nudité, elle se mit à genoux sur le lit. Toshan put l'admirer à son aise. Les reflets dorés de la bougie dansaient sur ses formes rondes en soulignant la finesse de sa taille, ainsi que la courbe de ses hanches et de ses seins hauts et fermes.

—Que tu es belle! murmura-t-il. Viens sur moi...

Elle s'exécuta avec délicatesse, sa longue chevelure blonde drapant ses épaules d'un voile mouvant comme un liseré d'or. Attentive à lui donner un plaisir subtil, la jeune femme s'agitait lascivement, exaltée par les soupirs et les plaintes sourdes de son mari. Il respirait de plus en plus vite, affolé de la voir ainsi, magnifique cavalière de leur bonheur partagé. Soudain, elle s'immobilisa, submergée par la violence de son extase à laquelle il répondait en quelques spasmes langoureux.

—Je t'aime, gémit-elle avant de s'allonger à nouveau près de lui.

Toshan l'étreignit, apaisé et comblé. Il déposa un baiser sur son front moite, puis sur ses lèvres chaudes.

—Peut-être avons-nous conçu un enfant, avança-t-il.

—Peut-être. Un petit garçon aussi beau et gentil que notre Mukki. Mon amour, tu m'es si précieux! Je sens que plus rien ne pourra nous séparer vraiment, même pas ton absence. Je plains les couples mal assortis, qui n'éprouvent pas des sentiments aussi forts que les nôtres...

Ce fut au tour de Toshan d'être surpris. Il scruta son beau visage avec curiosité.

—Oui, il en existe tant! déplora-t-elle. Betty n'a jamais dû être très heureuse avec Joseph. Sinon, elle ne serait pas tombée aussi facilement dans le piège que lui tendait Tremblay. Et je m'inquiète pour Charlotte. Je me demande souvent si elle ne se trompe pas en épousant Simon. Elle place tous ses espoirs en lui, elle l'adore, mais j'ai beau me raisonner, j'ai l'intuition que ce n'est pas réciproque. Excuse-moi, je suis sotte de t'ennuyer avec ça. Mais je n'ai personne à qui me confier. Mes parents approuvent cette union, les Marois aussi.

—Rien ne m'ennuie de ce qui te préoccupe, répondit-il. J'ai rarement vu Simon et Charlotte ensemble; je ne peux pas te donner mon avis. Qu'est-ce qui te tracasse vraiment?

Hermine se lova contre Toshan, savourant ces instants de parfaite entente. Ils avaient remonté drap et couvertures sur eux, et c'était délicieux de discuter tout bas.

—Quand il était plus jeune, Simon tombait

en amour dès qu'il rencontrait une jolie fille. Il nous annonçait ses fiançailles, vantait les mérites de sa blonde et, chaque fois, il rompait avant la noce. Charlotte se confie à moi. Je sais qu'elle s'est offerte à lui dans le but de précipiter les choses. Il l'a repoussée en la sermonnant! Il prétend qu'il ne faut pas brûler les étapes, qu'il la respecte trop pour cela. Mais j'ai un doute!

Intrigué et un peu inquiet, Toshan l'interrogea du regard.

—Simon n'a peut-être aucune expérience, ajouta-t-elle. Toi, tu ne me l'as pas caché, tu avais fréquenté des femmes avant moi. Je pense que Simon est intimidé, qu'il craint de ne pas savoir satisfaire Charlotte. Récemment, il l'a quand même embrassée et caressée, c'est bon signe.

Embarrassé, son mari eut un petit rire moqueur.

—Ma parole, tu prêches les relations coupables entre fiancés avant la bénédiction de l'église! Quelle moralité! Les religieuses ont raté ton éducation!

—Pas du tout, monsieur le païen! Toshan, soyons sérieux à présent. Simon a beaucoup d'amitié pour toi. S'il se confiait à toi sur ce point-là, je serais rassurée.

—Je peux essayer de le mettre sur la piste des confidences... Si nous dormions un peu! Demain, je me lève tôt pour profiter des enfants.

Elle laissa échapper un oui ensommeillé. Mais Toshan garda les yeux grands ouverts, rivés au plafond.

«Je suis la personne la moins indiquée pour parler à Simon de ces choses-là, songeait-il. Mais comment dire ce que j'ai compris à Hermine? Elle serait chagrinée et tellement déçue... Ses craintes sont fondées. Charlotte ne sera jamais aimée comme elle le souhaite.»

La respiration régulière de son épouse endormie à ses côtés berçait sa méditation. Depuis qu'il connaissait le fils aîné des Marois, Toshan le soupçonnait d'être un inverti, plus attiré par les hommes que par les femmes. Tala avait achevé de le convaincre, ces derniers jours. Dans les nations indiennes, cette catégorie d'individus n'était pas jugée ni méprisée, ce qui n'était pas le cas dans la société des Blancs.

—Je plains ce jeune homme, avait soupiré sa mère. Il est malheureux. Il s'oblige à faire semblant, il joue les fiancés auprès de Charlotte, mais elle souffrira s'il persiste à contrarier sa vraie nature.

D'un commun accord, ils avaient décidé de se taire, sachant qu'il leur était impossible d'intervenir efficacement. Toshan savait aussi de qui Simon était tombé amoureux et cela, Hermine devait l'ignorer à tout prix. « Il m'aime! pensa-t-il encore. Et pour le bien de tous, je dois le tenir éloigné de moi! »

Une bourrasque de vent, dehors, ébranla la fenêtre. Le nordet se levait, glacial. Mais l'hiver, ses tempêtes, ses glaces et ses neiges ne l'impressionnaient pas. Enfant de ces rudes contrées, Toshan redoutait bien plus la haine, la rancœur ou le chagrin, qui se cachaient si souvent dans le secret des cœurs et qui, bien plus que le blizzard, pouvaient tout balayer sur leur passage.

19
Un si beau printemps

Roberval, mercredi 12 juin 1940

Hermine et Charlotte marchaient d'un bon pas sur le boulevard Saint-Joseph. Toutes deux vêtues de robes légères en cotonnade fleurie, elles savouraient l'air tiède et parfumé du printemps enfin revenu. Les arbres se paraient de jeunes feuilles d'un vert vif ou bien d'une floraison pastel, rose ou blanche, qui était un enchantement pour la vue.

Sur le lac Saint-Jean, un friselis de vagues couronnées d'écume semblait célébrer la libération des eaux de cette véritable mer intérieure.

—Nous devons absolument aller *Au Bon Marché* avant la sortie des écoles, dit Hermine. Madame Larouche te conseillera à merveille, Charlotte. Depuis que je me suis installée ici, nous avons sympathisé. Grâce à cette charmante commerçante, j'ai découvert les joies de la couture. Le tablier de Laurence, celui que tu as admiré ce matin, c'est un modèle que m'a indiqué ma mercière.

—Et tu crois qu'elle acceptera de coudre ma robe de mariée? Laura voulait en acheter une toute faite à Chicoutimi, mais le modèle ne me plaisait pas trop. Ta mère l'avait vue dans un catalogue. C'était ordinaire, des manches courtes, la taille cintrée et une jupe à la mode assez ample. Le matériel était du satin blanc, quelque chose de sobre, trop sobre à mon goût. Je préfère une toilette à mon idée. Et je sais ce que je veux. Je parie même que cela coûtera moins cher. Imagine un corsage décolleté en pointe, de la soie brochée couleur ivoire et la jupe droite, avec une sorte de petite traîne derrière. Et un voile en dentelle.

—Je suis sûre que Thérèse acceptera volontiers. Comme elle le dit souvent, son moulin à coudre lui obéit au doigt et à l'œil. Et elle pourra t'aider à choisir le tissu et les rubans.

—Je connais un peu son magasin, au centre-ville, Mimine, mais je ne lui ai jamais trop fait la conversation.

—Eh bien, tu as eu tort. Madame Thérèse est une personne aimable et chaleureuse. Elle accouchera bientôt d'un premier enfant. Elle m'a confié qu'elle avait choisi ses deux prénoms: Viateur si c'est un garçon et Ghislaine si c'est une fille.

Charlotte hocha la tête en souriant. Elle sentait la caresse de la brise sur ses mollets nus et sa jupe voletait autant que ses boucles brunes. L'espoir vibrait dans son cœur débordant d'amour. Bientôt, elle serait madame Marois, un titre solennel qui voilait la promesse d'un lit conjugal, de baisers enfin autorisés et le mystère des corps livrés au plaisir.

La noce aurait lieu le 2 juillet, une date définitive, cette fois, Simon ayant repoussé au maximum l'échéance sous divers prétextes. Mais l'enrôlement des célibataires était décrété pour le 15 juillet de cette année 1940, si bien qu'une véritable course au mariage débutait dans tout le Québec. Beaucoup de jeunes gens pensaient que cette inscription était une étape vers la conscription. Des paroisses organisaient même des mariages de groupes[63].

Hermine poussait la porte du *Bon Marché*. Le visage de Thérèse Larouche, debout derrière son comptoir, s'illumina aussitôt d'une joyeuse expression.

—Bonjour, madame Delbeau, s'écria-t-elle.

---

63. Des centaines de couples seront ainsi mariés au parc Jarry, à Montréal, dans l'espoir de se soustraire à la Loi sur l'enrôlement obligatoire. Certains iront jusqu'à se retirer dans les bois. On les appellera, sans dérision aucune, les «patriotes».

—Bonjour, madame Larouche. Je vous amène une cliente qui a besoin de vos talents... Mon amie Charlotte voudrait une robe de mariée à sa convenance. J'ai pensé à vous!

—Bien sûr. Nous allons discuter d'un joli modèle, répliqua la mercière. Je couds surtout pour ma famille, mais cela me fait toujours plaisir de rendre service. Voyons un peu. Quelle taille fine vous avez, mademoiselle!

Les joues rouges d'émotion, Charlotte remercia d'un petit signe de tête en regardant autour d'elle. Des rouleaux de tissu de différentes couleurs étaient soigneusement rangés sur un présentoir. Des tiroirs en bois renfermaient sans doute des bobines de fil et des rubans. Le magasin était impeccable; il était très accueillant, à l'instar de la maîtresse des lieux.

—Il faut une robe qui vous mette en valeur pour le grand jour, dit Thérèse Larouche d'un air réfléchi. De l'ampleur à partir des hanches et de la longueur jusqu'aux chevilles. C'est plus convenable, à l'église. Maintenant, on montre ses jambes, mais cela ne convient pas à une mariée...

—J'avais une autre idée, dit la jeune fille, mais ce que vous me proposez est très bien aussi. Je vous fais confiance.

Toutes trois se penchèrent sur une revue exclusivement féminine qui présentait des patrons de robe. Distraite par le spectacle animé du boulevard Saint-Joseph inondé de soleil, Hermine laissa Charlotte et la mercière commenter certains modèles.

« Les derniers mois d'hiver ont été si sereins! se disait-elle. Heureusement que je logeais à Roberval. » Elle avait pris goût à accompagner matin et soir ses enfants à l'école. Kiona se joignait à la petite troupe et chaque trajet était l'occasion de bavarder et de saluer les voisins et les commerçants.

Les sœurs Garant qui s'occupaient du bureau de poste adressaient souvent un geste chaleureux à Hermine et, si elle avait du courrier, Mukki se précipitait dans le local pour le récupérer et claironner un bonjour ou un bonsoir, selon l'heure.

« Toshan est très heureux, quand il revient, de constater les progrès de nos écoliers, songea-t-elle. Et je suis assez fière de moi, puisque les leçons que j'avais données auparavant leur ont été bien utiles. »

Marie excellait en calcul, mais Laurence la battait dans l'apprentissage de la lecture. La fillette continuait à dessiner, le soir ou la fin de semaine.

— Mimine, ce n'est pas le moment de rêver, l'interpella soudain Charlotte. Nous parlons de mon voile. Je voudrais de la dentelle maintenue par des fleurs en soie, qui couvrirait le front, comme un bandeau.

— Vous auriez tort de dissimuler un si gracieux minois! dit la mercière. Ce genre de coiffure était en vogue il y a une quinzaine d'années, mais plus aujourd'hui. Le voile pourrait partir d'une couronne de fleurs. Je vais vous montrer ce que j'ai en rayon.

Ce fut un déballage de pièces de fines dentelles immaculées. Charlotte finit par suivre l'avis de Thérèse Larouche, laquelle était ravie d'avoir pu l'aider à faire son choix.

— Est-ce que vous chanterez pendant la cérémonie, madame Delbeau? demanda-t-elle en rangeant sa marchandise d'une main experte.

— Oui, je m'y suis engagée de grand cœur! J'aime cette demoiselle comme ma petite sœur. J'espère ne pas être trop émue. Le mariage sera célébré à l'église Notre-Dame.

— Vous viendrez, madame Larouche? interrogea Charlotte. Si jamais il y avait une retouche de dernière minute...

— Oh, vous ne perdez pas le nord, ma mignonne! s'esclaffa la mercière. Mais oui, je viendrai vous admirer et je ne me déplace pas sans une trousse à couture dans mon sac. Des aiguilles, du fil, et le tour est joué. Et je serai contente d'entendre chanter le Rossignol de Val-Jalbert. De bonnes nouvelles de chez vos parents, madame Delbeau?

—Ma mère profite du printemps, répondit Hermine. J'irai la voir dimanche prochain. Je reste fidèle à mon village et je me languis de la cascade. En cette saison, elle paraît colossale, furieuse, à cause de la fonte des neiges. Mais c'est un site unique qui me plaît infiniment. J'ai souvent l'impression de puiser mon énergie dans les eaux folles de la Ouiatchouan.

—C'est un beau spectacle, concéda Thérèse Larouche. Mon mari m'y a emmenée un jour, à la même période de l'année.

Hermine approuva d'un petit sourire avant d'ajouter :

—Ah, j'oubliais... Mon frère Louis fait des cauchemars, en ce moment. Maman ne sait pas comment le calmer... Comme vous m'avez déjà donné de bons conseils, je voulais vous en parler.

—C'est le petit garçon qui a été kidnappé cet hiver? Pauvre petit, ça ne m'étonne pas! Dites à madame votre mère de lui préparer des tisanes de fleurs de tilleul ou des bains où elle aurait fait infuser les fleurs. C'est souverain contre les troubles du sommeil et cela calme l'agitation nerveuse[64]. Dès le début du mois de juillet, elle pourra en cueillir.

—Je vous remercie, chère madame. À Val-Jalbert, il y a quelques tilleuls. Les gens désignent cet arbre du nom de bois blanc.

Charlotte achetait le satin de sa future robe et prenait rendez-vous pour un premier essayage, quand Hermine, qui surveillait sa montre-bracelet, poussa une exclamation :

—Nous allons être en retard à l'école, Charlotte! Si les filles manquent le passage du marchand de poissons, elles vont bouder toute la journée.

—Désolée de vous retarder encore, madame Delbeau, ajouta la mercière, mais est-ce toujours

---

64. Le bain aux fleurs de tilleul est réputé pour soigner la fatigue nerveuse, l'insomnie et l'anxiété. Il ferait des merveilles auprès des enfants irritables.

d'accord pour demain? Mon époux m'a bien dit de vous demander confirmation. Cela vous embarrassait parce que notre ami Isidore n'était disponible que le jeudi et que vous deviez demander un congé à l'école pour les enfants.

Gérard Larouche, l'époux en question, travaillait pour les Clercs de Saint-Viateur qui dirigeaient le collège Notre-Dame. Il conduisait aussi la grosse chaloupe des frères lors des pique-niques qu'ils organisaient sur l'île à Dumais, située juste en face de Roberval. Ayant assisté un matin au départ de la barque des religieux, Hermine avait eu l'idée d'offrir à ses enfants une promenade en bateau. Elle avait prié monsieur Larouche de lui trouver quelqu'un de confiance qui louerait une embarcation confortable pour plusieurs heures.

—Tout est arrangé avec le directeur du collège; il n'y a pas de changement. Et remerciez bien votre mari de ma part, c'est très gentil à lui de m'avoir recommandé une personne sérieuse. J'aurais pu m'adresser à Pierre Thibaut, un de nos amis, mais il se fait rare à Roberval. Ma gouvernante et ma belle-mère seront de la balade.

Hermine n'osait plus désigner Madeleine comme la nourrice de ses filles. Elle employait désormais le terme *gouvernante*, ce qui correspondait davantage aux fonctions de son amie. Plus personne en ville ne prêtait attention aux deux Indiennes, qui s'habillaient de façon tout à fait ordinaire et avaient vite gagné la sympathie de leur voisinage.

—C'est donc entendu. Isidore, l'ami de Gérard, attendra votre petit monde sur le quai à dix heures.

Hermine et Charlotte quittèrent le magasin *Au Bon Marché* pour courir chercher Kiona et les jumelles à l'école primaire. Mukki les rejoignit devant l'établissement.

—Tu es en retard, maman. Regarde! Il arrive!

—Allez-y vite!

Le passage du marchand de poissons, monsieur

Lizotte, était l'attraction favorite de bien des enfants de Roberval. L'homme longeait le boulevard Saint-Joseph en guidant un poney noir d'encre attelé à une petite carriole peinte en rouge. Reposant sur des énormes blocs de glace, sa pêche était proposée à la vente à chaque porte. Laurence et Marie filèrent sur les traces de leur frère, mais cette fois Kiona resta auprès d'Hermine.

—Pourquoi tu ne vas pas avec eux, ma chérie? la questionna-t-elle avec tendresse.

—Je suis trop triste! déclara Kiona, au bord des larmes. Catherine, celle qui est assise à côté de moi en classe, elle m'a volé deux agates, les agates de Louis. Il m'avait dit de ne pas les perdre. Je n'en ai plus que quatre, maintenant.

Hermine l'embrassa sur le front. Dans son uniforme à carreaux, avec ses nattes d'or roux et le col blanc de sa robe, la fillette n'aurait en rien différé de ses camarades, n'eût été son teint hâlé.

—Tu ne vas pas pleurer pour ça, protesta Charlotte. Louis te donnera d'autres agates, il en a une pleine boîte.

—Ce n'est pas pareil, rétorqua Kiona d'un ton grave. Et Catherine, elle m'a dit que mon père n'était pas mort, qu'il avait dû m'abandonner parce que ma mère est une Indienne!

—Ce sont des stupidités, s'emporta Hermine. Tu vas à l'école depuis quatre mois. Pourquoi Catherine a-t-elle attendu si longtemps pour te dire des méchancetés?

—Avant, elle n'était pas à mon pupitre, expliqua Kiona. La maîtresse ne voulait plus que Rose soit avec moi et elle a dit à Catherine de la remplacer. Et tout de suite, à la récréation, elle m'a volé deux agates. Moi, je l'ai griffée à la joue. Après, elle m'a dit ces choses...

Charlotte s'éloigna, irritée par ce qu'elle considérait comme des jérémiades d'enfant capricieuse. « Moi, à son âge, je vivais dans la misère et j'étais aveugle. Hermine ne devrait pas écouter tout ce que raconte cette petite, qui la mène par le bout du nez! »

Mais Hermine n'était pas de cet avis. Les mois qu'elle venait de passer sur l'avenue Sainte-Angèle, entre ses propres enfants et Kiona, l'avaient comblée. Sans vraiment s'en rendre compte, elle se consacrait beaucoup à sa demi-sœur, Madeleine ayant repris son rôle de seconde mère vis-à-vis des jumelles et de Mukki. Tala et Toshan ne s'en formalisaient pas.

—Il ne faut pas pleurer, ma chérie. Demain, vous ferez un délicieux pique-nique sur une île du lac. J'ai loué une chaloupe à un ami de monsieur Larouche. Et Louis sera de la promenade. Ton parrain le déposera à la maison tôt le matin.

—Et toi, tu viendras? s'inquiéta la fillette.

—Non, j'ai rendez-vous chez le docteur Brassard en début d'après-midi. Je dois absolument le consulter.

—Mine, dis-moi la vérité, pour mon père, insista Kiona. Il est vivant ou il est mort? J'ai fait des prières pour qu'il vienne dans mes rêves, mais je ne vois personne...

—Tala n'a aucune raison de te mentir, répartit Hermine. Sois patiente, un jour elle te parlera de ton père. Viens, le marchand approche. Je vais lui acheter une belle ouananiche pour le souper.

Kiona obtempéra, tête basse. Le poney noir la salua d'un bref hennissement amical, car elle lui offrait souvent des morceaux de pain sec.

—Bonjour, mesdames! claironna le vendeur en saluant Hermine et Charlotte. Avez-vous lu les nouvelles, ce matin? La menace des U-Boot se précise. Là-bas, à Québec, nos gars surveillent le fleuve, mais que voulez-vous faire contre les sous-marins que nous envoie Hitler? Ils doivent déjà remonter le fleuve, invisibles sous l'eau, pareils à des fauves qui s'approchent pour détruire nos navires.

Mukki écoutait, bouche bée. Il leva le doigt comme en classe pour interroger le marchand.

—M'sieur, vous croyez vraiment que les sous-marins peuvent arriver dans le lac Saint-Jean?

—Qui sait! Quand je suis à la pêche, sur ma barque, je prends soin de scruter les environs.

—Vous êtes un blagueur! dit Hermine avec un sourire en entraînant ses enfants. Merci bien et à la revoyure!

Il lui adressa un regard admirateur. Elle n'avait guère conscience de sa beauté éblouissante et de sa séduction. Elle se savait jolie et prenait soin de son apparence, mais c'était surtout pour ne jamais décevoir Toshan qui, à chacune de leurs retrouvailles, lui témoignait un amour passionné. Là encore, dans sa robe légère, les jambes et les bras nus, avec sa chair nacrée irisée par le soleil, elle resplendissait. Ses seins tendaient le tissu de son corsage. Sa chevelure d'un blond pur descendait en souples ondulations sur ses épaules, retenues par deux peignes derrière les oreilles.

Charlotte la chicanait fréquemment en prétendant qu'elle passait inaperçue lorsqu'elles sortaient ensemble. Cela ne manqua pas.

—On ne lutte pas contre une vedette! plaisanta-t-elle sur ton un peu agressif. Tu feras bientôt du cinéma, Mimine. Et ton beau Toshan aussi. Simon me rebat les oreilles avec ça.

—Tais-toi donc! Tu es ravissante! répliqua Hermine. Toshan est soldat, je te le rappelle, et il se moque bien des lubies de ton fiancé.

Elle pressa le pas. Depuis le début du mois de février, Toshan avait parcouru des kilomètres et des kilomètres dans la forêt, le long des rivières gelées. Il avait établi un rapport précis et détaillé des chantiers forestiers et leurs bâtiments. En avril, il était retourné à la Citadelle.

Redoutant une séparation beaucoup plus longue, le couple avait connu deux nuits de délire amoureux. La jeune femme se pensait enceinte et elle avait hâte d'en obtenir la confirmation. « Toshan serait tellement heureux si je lui annonçais la bonne nouvelle quand il reviendra! songeait-elle. Dans sa dernière lettre, il m'a écrit qu'il ferait un séjour ici vers la mi-juin. » Pour cette raison, elle évitait de s'absenter plus de quelques heures de Roberval. « Demain, il n'y aura personne à la maison, étant donné l'excursion en bateau. J'irai chez le docteur et ensuite je me ferai belle... » Elle souriait aux anges.

Leur logement de l'avenue Sainte-Angèle avait été aménagé avec soin. Malgré sa déception, Laura s'était montrée généreuse. Tout en finançant les travaux nécessaires chez Charlotte, à Val-Jalbert, elle avait tenu à payer également l'installation d'une salle de bain moderne pour Hermine et ses enfants.

—Le printemps est ma saison préférée! déclara tout à coup Marie en gambadant. Je déteste l'hiver!

—Moi aussi! affirma Laurence. Le lac Saint-Jean est si beau, maintenant! Il y a des vagues, des oiseaux et des bateaux.

Tala vit entrer la joyeuse troupe. Les fenêtres grandes ouvertes laissaient circuler un air de plus en plus chaud, mais les moustiquaires n'étaient pas encore tendues. Il fallait en profiter avant l'arrivée des mouches.

—Mettez-vous à table, les enfants, ordonna l'Indienne avec fermeté. Je vous conduirai à l'école après le repas. Dis-moi, Charlotte, tu as l'air réjoui. Madame Larouche est d'accord pour confectionner ta robe de mariée?

—Oui, je suis rassurée. Simon n'est pas là?

—Je n'ai pas l'habitude de cacher ton fiancé! rétorqua Tala en riant. Mais il a téléphoné pour te prévenir qu'il passerait te chercher plus tard que prévu. Sa mère avait besoin de lui. Quelle invention, ce téléphone! Je sursaute dès qu'il sonne et je n'ose pas décrocher tout de suite, comme si l'appareil allait me mordre.

Mukki éclata de rire, imité par les jumelles. Kiona faisait triste figure, le nez dans son assiette. La fillette ne se consolait pas d'avoir perdu deux des agates de Louis. Elle aurait bien précisé à Hermine qu'elle avait chargé les billes d'un pouvoir magique, mais c'était un secret.

D'une intelligence remarquable pour son âge, Kiona avait compris que ses dons inquiétaient et dérangeaient. Surtout sa propre mère. Toshan avait vu juste, sa sœur trichait en jouant les enfants sans histoire.

Pourtant, des images singulières hantaient les rêves de la petite fille. Elle entendait parler de la guerre par les adultes, dans la rue, à la sortie de l'école, et les scènes qui lui étaient montrées pendant son sommeil semblaient répondre à ces discours saisis au vol. Bien plus tard, Kiona pourrait se confier et mettre des dates sur les événements dont elle captait des images fugaces.

Ainsi vit-elle une torpille manquer sa cible et exploser sur les falaises de Saint-Yvon. Elle en vit une autre briser toutes les vitres d'un village, à Cap-Chat. Des voix murmuraient aussi qu'un espion allemand avait pris le train en gare de Gaspé, ou bien qu'un sous-marin était remonté à la surface entre deux barges de pêcheurs, à Cap-des-Rosiers[65]...

Val-Jalbert, mercredi 12 juin 1940, le soir

Élisabeth et Joseph Marois s'étaient couchés très tôt. Allongés sur leur lit, ils regardaient tous les deux par la fenêtre ouverte. La chambre avait vue sur les collines. Le feuillage des arbres les plus proches se découpait en noir sur le ciel d'un bleu lavande, déjà moucheté d'étoiles. L'air était d'une douceur exquise.

---

65. Ces incidents auront lieu en 1942, au début de ce que l'on nomme la bataille du Saint-Laurent.

—Quelle joie de revoir le printemps! dit Betty, les mains posées sur son ventre rebondi. Jo, notre enfant naîtra bientôt, peut-être le premier jour de l'été. Il bouge beaucoup, ce soir. Tu te souviens, quand j'attendais Simon, tu appuyais ta joue contre moi pour le sentir s'agiter. Une fois, tu avais les larmes aux yeux...

—C'est loin, tout ça! On perd ses illusions en vieillissant. Moi, je me rappelle d'une époque où je partais à la pulperie faire mon quart de travail, le plus souvent de nuit, pour nettoyer les presses. Hiver ou printemps, tu restais sur notre perron pendant que je remontais la rue Saint-Georges. Je ne me retournais pas, mais je sentais ton regard dans mon dos. J'avais tiré le gros lot, une jolie petite femme que les collègues m'enviaient! Quand il a su que je te surnommais Betty, à la maison, notre voisin Amédée m'a chicané, avec le jeune Herménégilde Morin, qui avait quatorze ans. Encore un que la phtisie a fauché!

—On s'est aimés si fort, mon Joseph! Et ça n'a pas changé. Je suis fière de te donner un petit. Ce sera un fils. Armand s'est engagé et Edmond se destine à être prêtre. Un quatrième garçon, ça me plairait. Et toi?

Timidement, elle flatta de l'index le poignet de son mari. C'était une invitation muette à la tendresse. L'ancien ouvrier ne témoignait aucun intérêt au bébé qu'elle portait. Sans l'aide de Simon, Betty n'aurait jamais pu tenir son ménage.

—Ce qui me plairait, rétorqua son mari, tu veux vraiment le savoir? Je voudrais être certain que cet enfant est bien le mien. Je tiens ma langue depuis le jour de l'An, mais ça ne m'empêche pas de penser. Tu as pu jurer tes grands dieux que je suis le père, je me demande quand et comment on l'a fabriqué, ce petit-là!

Betty dut se dominer. Elle tremblait nerveusement dès que le doute l'envahissait à ce sujet. Dix fois, vingt fois, elle avait tenté de calculer la date où elle était tombée enceinte, de se remémorer les nuits où Joseph l'avait honorée, à sa façon rude et rapide.

—Mon Jo, il fait si bon ce soir! L'air embaume. Ce sont les fleurs du printemps. Je t'en supplie, ne dis pas de choses pareilles! J'avais seize ans et demi quand tu m'as faite femme et je t'aimais de toute mon âme. Nous avons été heureux, nous deux. Tu menais tout de front: les réparations de la maison et des bâtiments, l'élevage du bétail, ton travail au moulin... Et moi, j'étais fière de t'accueillir dans un logement impeccable et bien tenu, où les repas étaient prêts à l'heure.

—Durant toutes ces années, Betty, tu ne m'as jamais parlé d'un cousin Tremblay. J'aurais préféré qu'il n'existe pas, celui-là, pour salir mon nom. Du moins, si c'est vraiment ton cousin. J'ai eu la curiosité de rendre visite à Berthe, l'autre matin, à Roberval. Elle aime placoter, cette vieille! Tu la connais, la tante de Gamelin, ce gnochon à la tignasse rousse.

Le cœur de Betty battait si fort qu'elle en avait le vertige. Elle respira profondément, ce qui alerta son mari.

—Berthe est finaude, ajouta-t-il. Ce n'est pas le genre de femme à se laisser duper. Paul Tremblay, il fréquentait une veuve de Desbiens, la fameuse Albertine, sa complice dans le kidnapping. Mais Ulysse Douné, qui revient de temps en temps à Roberval, il a rapporté à Berthe un détail qui m'intrigue. Albertine, elle racontait à ses voisins de Desbiens que c'était son cousin, Tremblay... Je trouve que ce bandit, il avait beaucoup de cousines.

Betty laissa échapper une plainte. Elle se massa à nouveau le ventre.

—Je m'étais endormie, mon Jo, et le bébé a fait un saut de carpe qui m'a réveillée. Qu'est-ce que tu disais?

—Prends-moi pour un niaiseux, aussi! tempêta-t-il. Tu as entendu, Betty! J'ai dormi plus de vingt ans à côté de toi, je sais quand tu dors et quand tu me mens!

Au supplice, la bouche sèche et paralysée par la peur, Betty se redressa sur un coude. Elle devait absolument se sortir de ce mauvais pas.

—Sans doute que je mens parce que tu me terrorises, Jo, à m'interroger comme si tu étais de la Gendarmerie royale! Je crois que Paul Tremblay n'a jamais été mon cousin, mais il m'a débité des sottises pour gagner ma confiance et me voler les clefs du couvent-école. Il a frappé une fois à notre porte et il en a dit, des menteries. Après, je craignais que les voisins médisent sur mon compte. Je te l'assure, Joseph, ce grand gaillard vêtu de noir était plus malin que le diable en personne. Je suis si niaise, parfois, que j'ai gardé ça pour moi. Je te connais bien, tu as le sang chaud. Je me répétais que tu lui chercherais querelle et qu'il risquait de te faire du mal. Ou d'en faire à Marie s'il la rencontrait un soir. La preuve, il a enlevé le petit Louis Chardin. Tu as dû remarquer combien j'étais gênée, pour l'affaire des clefs, le soir du kidnapping.

Essoufflée, elle éclata en sanglots. Maladroitement, elle colla son visage ruisselant de larmes contre la poitrine de son mari.

—Tu t'es remis à boire, l'an dernier, Jo. Et, quand tu as bu, je redoute le pire. Pardonne-moi, je t'ai menti, mais je ne t'ai pas trompé. J'aurais préféré mourir. Une union bénie par le curé, un serment fait devant Dieu, je ne suis pas capable de le renier.

Joseph Marois demeura silencieux, troublé par le contact du visage chaud de son épouse, à hauteur de son cœur endurci par l'avarice, la méfiance et l'envie. Son intérêt avait toujours primé sur ses sentiments. Betty en avait beaucoup souffert.

«Jo, tu dois me croire sur parole, pensait-elle sans s'écarter de lui. Si je te rappelais toutes les fois où j'ai eu honte de ta mesquinerie, de ton avidité à posséder sur-le-champ ce qui pouvait te rapporter un peu d'argent! Je me souviens, Jo, tu ne voulais même pas donner à Hermine les jouets cassés que nos fils n'utilisaient plus. Mais dès qu'elle a montré son talent de chanteuse, tu n'as eu qu'une idée, l'exploiter. Tu as refusé de l'adopter, mais ensuite tu tenais à la marier à Simon, contre leur volonté à tous les deux. Tu as extorqué une petite fortune à Laura, quand elle a enfin retrouvé sa fille, notre Mimine, et que tu la menaçais de je ne sais plus quoi. Dieu m'est témoin que tu ne vaux guère mieux que Tremblay! »

Elle pleura plus fort encore. « Paul... » Betty avait chuchoté ce prénom avec délectation, offerte à son amant. Peut-être qu'il se servait d'elle et qu'il n'avait aucun sentiment pour elle, mais il lui avait donné du plaisir, beaucoup de plaisir. « J'étais tombée en amour avec lui. Paul! Il est mort. Ce n'est pas lui qui viendra me dénoncer! Mais je ne le verrai plus, il ne m'embrassera plus dans le cou, là où il s'amusait avec mes frisettes... »

— Ne fais pas tant de bruit, bougonna Joseph. C'est une chance que Marie dorme chez les Chardin, sinon la pauvre petite penserait que je te torture.

— Je porte ton enfant! s'écria-t-elle. Je sens que c'est un garçon. Nous le baptiserons Sylvestre. J'aime ce prénom. Il est doux comme ce beau printemps. Nous en ferons un instituteur. Il t'aidera quand tu monteras à la cabane à sucre. Je n'ai pas pu t'accompagner, cette année, je n'en avais pas la force...

— Mais tais-toi donc, à la fin! soupira-t-il. Mon gilet de corps est trempé. Tu es une vraie fontaine!

Inexplicablement, l'orage s'éloignait. Betty le devina et se tranquillisa. Joseph la repoussa sans brusquerie. Épuisée, elle s'allongea sur le dos.

— L'abcès est vidé, chuchota-t-elle. C'est mieux. Je voyais bien que tu me boudais. Tu as souvent été cruel sans raison.

—Je croyais que tu te payais ma tête, répliqua-t-il. De toute façon, je n'étais jamais de bonne humeur. La guerre commence tout juste, Betty, nous n'en avons pas fini. Il y aura des privations, du rationnement et quoi de plus que nous ne pouvons pas prévoir. Il me faudrait un poste de radio pour suivre l'actualité. Les Chardin en ont acheté un, bien sûr. Ils roulent sur l'or, eux…

L'ancien ouvrier avait successivement renoncé à acquérir une automobile, une camionnette et une moto, incapable de dépenser un seul dollar de ses précieuses économies. Sa fierté, c'était d'être propriétaire de la maison et de plusieurs lots de terre.

—Achète-le, ce poste! Tu en rêves! dit-elle gentiment. On y passe des chansons, aussi, ça me distraira. Depuis le départ d'Armand, plus personne ne siffle les airs à la mode. Simon va se marier. J'aurai de la chance si je n'accouche pas le jour de la noce.

—Alors, j'ai ta parole, ce bébé est de moi? insista-t-il.

—Aucun autre homme ne m'a touchée, Jo, sauf mes fils quand je les nourrissais, mais tu ne peux pas me le reprocher.

Il ricana, désorienté, troublé par ce rappel ambigu. Elle avait de si jolis seins, pointus et drus. Un chien aboya dans le chenil des Chardin. Il faisait nuit noire, à présent. Joseph saisit la main de sa femme et la guida sous les draps, vers le bas de son ventre. Il ne pouvait pas la pénétrer, à cause de l'enfant, mais il y avait d'autres manières de soulager le désir.

Betty s'exécuta, terriblement lasse et triste. Elle détestait le mensonge, mais elle devait sauver son couple et sa famille.

Roberval, jeudi 13 juin 1940

Hermine sortait du cabinet du docteur Brassard.

Le médecin n'avait pas conclu à une grossesse, et elle était très déçue. Son regard bleu, assombri par la contrariété, erra sur le lac Saint-Jean. Le *Mistassini*, un splendide bateau blanc qui transportait voyageurs et touristes de Roberval à Alma, s'éloignait. Des goélands le survolaient, portés par le vent, leurs ailes blanches s'agitant à peine.

Une bourrasque tiède fit danser le bas de sa robe, serrée par une large ceinture en cuir rouge à la taille. Elle éprouvait dans tout son corps une exaltation subtile, née du printemps, du prochain retour de Toshan.

« Le docteur peut se tromper, pensa-t-elle en entrant dans la maison de l'avenue Sainte-Angèle. J'ai quand même un sérieux retard. »

Elle avait fait part de ses doutes à Tala, mais l'Indienne s'était contentée de froncer les sourcils avant de déclarer :

—Je ne crois pas que tu attendes un enfant. Ce ne serait pas le moment, puisque Toshan est soldat.

Elle décida de ne plus se poser la question. L'avenir lui donnerait la réponse. Peu à peu, elle se persuadait que son mari passerait son temps dans l'armée à courir les bois. « Dans son courrier de la semaine dernière, Toshan m'a fait comprendre que l'officier qui lui avait confié sa mission était très content de ses services et qu'il le maintiendrait dans cette fonction-là », se rassura-t-elle encore une fois.

En chantonnant le refrain de *Mon légionnaire*, elle tira les rideaux pour dispenser dans la chambre un clair-obscur agréable. Elle ôta ses chaussures en toile et, nu-pieds, courut à l'étage. Le silence la surprenait et à chaque instant elle s'étonnait de ne pas entendre Marie sautiller sur le plancher de sa chambre, ou Mukki imiter le cri d'un ours en colère.

Parvenue dans la salle de bain, Hermine se lava les mains, aspergea ses joues d'eau fraîche et déboutonna son corsage. Un bruit sourd au rez-de-chaussée la fit sursauter. Des pas pesants retentirent le long du couloir.

—Qui est là? se demanda-t-elle à mi-voix. Toshan? Non, il ne marche pas comme ça! Mais j'avais fermé à clef...

Elle remit de l'ordre dans sa tenue et alla sur le palier pour se pencher au-dessus de la balustrade en bois.

—Qui est là? interrogea-t-elle. Papa?

Seul Jocelyn pouvait, à la limite, contourner la maison et ouvrir la porte arrière de la remise à bois qui communiquait avec l'intérieur. Il avait déposé Louis le matin, mais il ne devait pas revenir aussi tôt dans l'après-midi. Une voix masculine s'éleva:

—Hermine, je passais te saluer. C'est moé, Pierre! J'ai frappé; comme personne ne répondait, je suis entré par la cour.

La jeune femme descendit, mal à l'aise, irritée. Elle avait la ferme intention de congédier ce visiteur inattendu. Ils se trouvèrent nez à nez sur le seuil de la cuisine.

—En voilà, des manières singulières, Pierre! lança-t-elle. Tu étais plus poli jadis! Si on ne t'ouvre pas la porte sur la rue, il faut repartir! Ma belle-mère aurait pu faire la sieste.

Il la toisa avec un air ébahi. Son haleine empestait l'alcool.

—Mais tu as bu! dit-elle, consternée. Je ne t'ai jamais vu ivre en pleine journée, ni même le soir. Qu'est-ce qui se passe? Tu as des ennuis?

Elle se reprochait déjà de l'avoir accueilli aussi sèchement. La mine penaude, il ne répondit rien.

—Je vais te faire du café. Quelle idée de t'enivrer autant!

—J'y ai pris goût ces derniers mois, avoua-t-il en la fixant avec insistance. Tu ne devines pas pourquoi?

Pierre s'approcha à la toucher. Elle recula par

réflexe, mais il la retint en lui saisissant le poignet droit.

—Hermine, tu le sais bien, ce que j'ai. Je ne suis pas guéri, depuis Noël... Eh oui, ça me cause des ennuis de t'aimer si fort! Je ne supporte plus d'être à la maison. Je traîne à la taverne et je bois un coup de trop.

—Lâche-moi, Pierre! protesta-t-elle. Et si tu commences à me tenir des discours de ce genre, il vaut mieux que tu sortes. Ce ne serait pas correct que tu restes une minute de plus ici. En plus je suis seule...

Il secoua la tête avec une expression si étrange qu'un signal d'alarme résonna dans l'esprit de la jeune femme. Elle s'en voulut d'avoir précisé qu'elle était seule. Pierre la détaillait à présent sans aucune gêne.

—Je ne veux pas te lâcher, cafouilla-t-il en titubant. Ce que tu es jolie!

Il fixait tour à tour ses lèvres et son cou gracile dans l'ombre de ses cheveux défaits.

—J'avais dans l'idée de te revoir, mais si je m'attendais à ça! ajouta-t-il. Tu es de plus en plus belle...

—Lâche mon poignet, Pierre! ordonna-t-elle. Je t'ai prévenu, cet hiver, ta conduite est grotesque. Je te considère comme un ami, rien de plus. Je vais te servir de l'eau, et ensuite tu t'en iras. Ce n'est pas malin de jouer les ivrognes devant moi. Tu me déçois, et Toshan aussi serait bien déçu!

—Toshan, toujours Toshan! éructa Pierre. Où est-il ton sauvage de mari? J'en suis malade, moé, de t'imaginer dans le lit d'un Métis, alors que la région est pleine d'honnêtes gars dans mon genre.

—Qu'est-ce que tu racontes? s'indigna-t-elle. Je t'interdis de parler de lui ainsi. Toshan te fait entièrement confiance, et toi, tu oses le trahir! Lâche-moi, tu m'entends!

Pierre obéit, mais ce fut pour l'encercler de ses bras tendus en lui barrant le passage. Bouffi, le teint coloré et les yeux éteints, il était presque méconnaissable.

—Tu devrais avoir honte! dit-elle d'un ton méprisant. Va-t'en! Laisse-moi tranquille!

—J'ai fait ce que j'ai pu, Mimine, rétorqua-t-il. Je m'étais juré de plus approcher de Val-Jalbert, mais, quand j'ai su que tu habitais icitte, je suis venu, c'était plus fort que moé. Me fallait du courage. Alors, j'ai bu un coup de trop, mais je suis là, avec toi!

Hermine jeta un coup d'œil vers la porte donnant sur la rue. Pierre s'en aperçut et la saisit par la taille.

—Allez, un baiser, rien qu'un baiser et je m'en vais, implora-t-il. Je pense à toi depuis des mois. Ça me rend malade. Ma femme vient d'avoir un autre bébé, le numéro cinq. Ce sera la même chose dans un an environ. Chez moi, je ne sais pas où me mettre, avec les guenilles qui sèchent et les filles qui se chamaillent. Comment tu fais, toi? Tes jumelles sont grandes! Peut-être ben que, ton Indien, il oublie le devoir conjugal?

Furieuse, elle le gifla, mais sans force, car il la serrait de trop près. Brusquement, Pierre écrasa sa bouche sur la sienne, tout en la plaquant contre la cloison. Elle se débattit, en proie à la panique. Il lui prit la tête entre ses mains, larges et calleuses, pour parvenir à mieux l'embrasser. D'abord, Hermine résista, les dents serrées, mais elle finit par subir l'assaut d'une langue dure, avide.

—Je t'aime, toi, je te veux... aboya-t-il en reprenant son souffle.

—Tu n'es qu'une sale brute! hurla-t-elle. Tu m'as fait mal avec tes grosses pattes. Laisse-moi, maintenant!

La jeune femme luttait pour ne pas pleurer. Elle n'avait jamais été confrontée au désir déchaîné d'un homme et elle croyait encore pouvoir se débarrasser de Pierre, qui était jusque-là un ami fidèle et dévoué. D'instinct, cependant, elle eut l'idée de discuter avec lui le plus calmement possible.

—Pierre, par pitié, ne gâche pas tout! Nous sommes mariés tous les deux, nous avons une famille. J'ai toujours eu de l'estime pour toi. Reprends tes esprits, il ne peut rien se passer entre nous.

Elle veilla à ne pas citer Toshan, de peur d'entendre encore des insultes qui la révolteraient.

—Réfléchis. Que penserait ton épouse si elle te voyait comme ça? On dirait un fou. Pierre, sois raisonnable, sors de cette maison. Rentre chez toi.

Il parut prêt à lui obéir, mais son regard trouble se posa dans l'échancrure de sa robe qui s'ouvrait sur la naissance de ses seins.

—C'est trop loin, chez moi, du côté du moulin de Riverbend, où j'ai fait la connaissance de ton Métis. Un rude gaillard, qui a ben de la chance. Ma chance à moé, je vais pas la rater, c'est aujourd'hui que je la prends au vol...

La lèvre inférieure pendante, Pierre bafouillait. Hermine n'arrivait pas à comprendre ce qui avait pu le changer ainsi. Comme il faisait un pas en arrière, elle se précipita vers l'escalier dans l'espoir de s'enfermer à clef dans une des chambres. Le cœur battant la chamade, elle grimpa les marches, aussi vive qu'une biche en fuite. Mais elle trébucha avant d'atteindre le palier et tomba de tout son long. Une poigne d'acier enserra une de ses chevilles.

—Fais pas ça, Hermine, ma toute belle! gronda Pierre. Je te veux pas de mal, seulement te faire du bien...

—Non! Pitié! gémit-elle en essayant de se redresser.

Terrorisée, elle se retourna comme elle put et frappa au hasard le visage de son agresseur. Il ricana, sans lâcher prise. De sa main libre, il caressait ses jambes.

—Je suis plus fort que toi, tu ferais mieux d'être sage, dit-il. Je ne mettrai pas longtemps, tu verras. Je veux te donner du bonheur, du vrai bonheur. Je m'y connais. Et comme je me suis promis de t'avoir, je t'aurai.

Une joue plaquée contre le bois de la rampe, Hermine éclata en sanglots nerveux. Pierre l'enjamba, la souleva comme un vulgaire paquet et la jeta sur le plancher du palier. Elle perçut le déclic d'une ceinture qu'on dégrafait. Cela la ramena des années en arrière, quand Joseph Marois ôtait son ceinturon en cuir afin de fouetter Simon ou Armand. Très vite, elle se revit aussi assise près de son ancien tuteur dans la calèche tirée par Chinook. Ils revenaient de Roberval où, timide adolescente de quinze ans, elle avait chanté pour la clientèle du plus grand hôtel de la ville. «Joseph avait bu lui aussi, pensa-t-elle. Il se collait à moi, il avait mis son bras autour de mes épaules et me parlait de près. J'ai eu peur de lui. Simon a prévenu le curé... Mon Dieu, je ne peux pas laisser faire Pierre! Jamais je ne trahirai Toshan, jamais!»

Mais il se coucha sur elle, rouge d'excitation et haletant. C'était devenu un homme trapu et vigoureux. Il pesa de tout son poids pour l'immobiliser et lui imposa un deuxième baiser. Sa robe retroussée, Hermine gesticulait, se démenait avec l'énergie du désespoir, égarée au sein d'un cauchemar dont elle ne pourrait pas effacer l'odieuse empreinte.

—Je t'aime, tu es si belle! déclara-t-il avant de mordiller la pointe d'un de ses seins à travers le tissu. Je t'aime depuis Val-Jalbert, j'aurais dû t'épouser, te garder rien que pour moi.

En larmes, elle le fixa de ses prunelles bleues, dilatées par la terreur.

—Pierre, Toshan te tuera quand il saura! Je lui dirai tout! C'était ton chum, souviens-toi! Que deviendront tes enfants et ta femme quand tu seras six pieds sous terre? Tu auras fait le malheur de deux familles, car mon mari ira en prison. C'est ça que tu veux?

Submergée par une colère viscérale et révoltée, elle le gifla et le griffa de toutes ses forces. Il en riait, prêt à pleurer de contrariété, parce qu'elle lui résistait. Mais cela ne l'empêchait pas de poursuivre son but. Quand Hermine perçut le contact de son sexe entre ses cuisses, elle appela au secours de toutes ses forces.

—Tais-toi! cria-t-il. Vas-tu te taire!

Elle crut entendre quelqu'un monter les marches et, d'une voix perçante, hurla plus fort. C'était Simon. Il considéra la scène d'un air hébété, puis il attrapa l'homme par les cheveux.

—Espèce de porc! Lâche-la, salaud!

Il fut abasourdi en reconnaissant Pierre Thibaut. Celui-ci, penaud, pas encore complètement dégrisé, demeura un instant à genoux, son pantalon baissé.

—Est-ce que ça va, Mimine? demanda Simon. Et toi, Thibaut, tu n'as pas honte? Et ne me raconte pas qu'elle était d'accord, vu les cris qu'elle poussait. Je ne t'aurais pas cru capable de ça. Tu n'es vraiment qu'un pauvre type. Rhabille-toi et fiche le camp!

Hermine s'était recroquevillée sur elle-même, allongée sur le côté. Elle avait rabattu sa jupe sur ses jambes et elle sanglotait sans bruit en se cachant derrière son avant-bras replié.

—Je suis navré! finit par dire Pierre. J'ai ben de la misère, de l'aimer autant... Elle est tellement belle!

Simon pointa son index en direction de l'escalier avec un regard plein de dégoût et de mépris.

—Va-t'en d'icitte et ne reviens pas! Tu ne dois pas l'aimer tant que ça, Hermine, pour lui imposer ta face d'hypocrite et vouloir la déshonorer! Allez, décampe!

Pierre dévala les marches. Aussitôt, Simon se pencha sur la jeune femme. Il caressa ses cheveux avec une profonde tendresse, toute fraternelle.

—Mimine, il est parti! Ma chère petite Mimine, je remercie Dieu de m'avoir conduit chez toi par le plus grand des hasards. Je crois que je suis arrivé *in extremis*... Ta mère dit ça souvent, *in extremis*.

Les intonations tendres de Simon et ses gestes

délicats eurent un effet apaisant. Hermine cessa bientôt de trembler.

—Courage, lui dit-il. Tabarnouche, je ne supporte pas la vanité de certains hommes! Pierre, jamais je ne l'aurais cru capable de s'en prendre à toi. C'est bien connu qu'il trompe sa pauvre épouse, plate comme une planche à laver malgré ses grossesses. Une vraie sainte-nitouche, aussi. Relève-toi, Mimine, tu me fais de la peine, couchée par terre!

Il l'aida à s'asseoir, mais elle garda la tête baissée, trop gênée pour le regarder en face.

—Qu'est-ce qui t'embarrasse? interrogea-t-il tout bas. Thibaut n'a pas pu faire ce qu'il voulait, tu es tirée d'affaire!

Simon l'attira contre lui. Elle se réfugia dans ses bras, sans parvenir à articuler un mot, malade de honte à l'idée qu'il l'avait vue à demi nue, presque écartelée par Pierre.

—Pleure un bon coup, Mimine. Je me considère comme ton frère et je suis content d'être venu à Roberval cet après-midi. Sais-tu pourquoi? Charlotte briquait le parquet neuf, dans sa maison, elle manquait de savon noir et de cristaux de soude. J'ai pris sa bicyclette en me disant que ça me ferait une bonne balade. Bien sûr, je suis passé dans ta rue. Je comptais boire un thé avec toi... Mais qu'est-ce que tu faisais, toute seule icitte? Où est ta belle-mère? Et Madeleine?

—J'ai organisé une promenade en barque pour les petits, rétorqua-t-elle. Elles les ont accompagnés. Il fait si beau, ces jours-ci! Isidore, un ami de Gérard Larouche, devait les amener pique-niquer sur une plage. Je suis allée chez le docteur Brassard. J'avais prévu me laver les cheveux et m'arranger, au cas où Toshan rentrerait ce soir... Simon, si Pierre m'avait forcée, plus jamais je n'aurais été la même, surtout avec mon mari.

Perdu dans ses pensées, il approuva d'un hochement de tête. Tout son être se révoltait lorsqu'il imaginait les conséquences d'un tel acte de violence.

—Seigneur… Viens, Mimine, nous n'allons pas rester assis sur ce palier. Je descends préparer du thé. Va te changer, pendant ce temps.

Elle se leva, soutenue par Simon. Des ecchymoses marbraient le haut de ses bras et sa joue droite était marquée d'une trace rouge.

—Quelle brute, ce Thibaut! déplora-t-il. Faut espérer que Toshan tardera encore. S'il te trouve dans cet état, il va faire un malheur.

—Je n'ai pas l'intention de lui mentir. Tant pis s'il flanque une bonne correction à Pierre. Il ne mérite pas mieux. Et toi, l'as-tu frappé?

—Non! coupa-t-il. Je ne me suis jamais battu. Mon père m'a habitué à recevoir des coups, pas à en donner. Mais, à ta place, je ne dirais rien à Toshan.

—Et pourquoi? se rebella-t-elle.

—Parce qu'il en souffrirait. Tu es sa femme et il t'aime tant… Il sera blessé dans son orgueil, même s'il fait payer cher sa faute à Pierre. Il se souviendra toujours qu'un autre homme t'a touchée et embrassée. Déjà, il peut s'embarquer d'une semaine à l'autre pour l'Europe. Inutile qu'il s'en aille loin de son pays avec du chagrin au cœur. Les Allemands ont envahi la France, Mimine. Là-bas, des gens s'enfuient de leurs maisons pour échapper à l'ennemi, il y a des enfants sur les routes, des mères comme toi qui ont trouvé la mort à cause des bombardements. Nous sommes encore bien tranquilles, au Québec, mais ça ne durera pas. Tente donc d'oublier ce qui s'est passé. Thibaut devait te désirer depuis longtemps. Là, il était ivre. Quel salaud!

Hermine ne répondit pas tout de suite. Elle suivait l'actualité grâce à la presse, sans avoir une conscience aiguë des tragiques événements qui bouleversaient le monde.

— Mais sans toi il aurait réussi… bredouilla-t-elle d'un ton plaintif. J'ai eu tellement peur! Et toi, tu me conseilles d'oublier? Je me sens sale, j'ai la nausée!

Elle se dirigea vers la salle de bain et claqua la porte. Simon alluma une cigarette et descendit lentement les marches. La vision qu'il avait eue un quart d'heure auparavant le hantait. Pierre se démenant sur Hermine, sans défense, terrifiée. Il en vint à maudire tout ce qui avait rapport à la sexualité. «Je devrais suivre la voie d'Edmond, songea-t-il. Devenir prêtre ou finir ma vie dans un monastère. Pauvre Mimine, j'exige d'elle l'impossible! Elle a été avilie, meurtrie… »

L'esprit préoccupé, il mit de l'eau à chauffer. Il n'avait pas dit la stricte vérité. Charlotte avait assez de produits de ménage à sa disposition. Il était en train de réparer une chaise quand il avait décidé de partir pour Roberval, l'esprit obnubilé par Hermine. Une petite voix intérieure lui répétait de vite se mettre en chemin. Inquiet, il avait obéi, sous le prétexte d'acheter du savon noir et des cristaux de soude. Une fois encore, Charlotte avait boudé, mais la petite voix insistait. «Je ne pouvais pas faire autrement! admit-il. Et si j'étais resté sourd à cette intuition, ce salaud de Thibaut aurait violé Hermine. La Providence veillait! »

La jeune femme le rejoignit, vêtue d'un pantalon en toile et d'une chemisette. Elle s'était lavée et relavée. Elle se sentait salie. Très pâle, elle prit des tasses dans le buffet.

— Tu as raison, Simon, je ne dirai rien à Toshan, déclara-t-elle. Là-haut, j'ai pensé à ma belle-mère. Phidélias Tremblay, lui, est parvenu à ses fins en la menaçant d'un couteau. Il comptait récidiver. Maintenant, je conçois mieux la soif de vengeance de Tala. Cet homme l'avait contrainte à trahir son époux, il l'avait souillée et avilie. Elle ne pouvait plus vivre en paix. Je ne défends pas ce genre de justice expéditive, mais à présent j'éprouve de la haine à l'égard de Pierre, moi qui avais de l'affection pour lui. Il faut croire que mon ange gardien a bien fait son travail, car le pire m'a été épargné.

Elle but une gorgée de thé. Simon fit de même en la fixant dans les yeux.

—Tabarnouche! s'écria-t-il. Crois-tu aux anges, toi?

—Oui, j'y crois, affirma-t-elle. La preuve, tu m'as sauvée. Je te remercie de toute mon âme. J'étais perdue, je ne pouvais pas lutter contre Pierre, et tu es venu.

Hermine s'aperçut alors de la lassitude qui marquait les traits de Simon. Il lui parut amaigri et abattu.

—Tout va bien chez tes parents? Betty approche de son terme.

—Le père ne la tourmente plus. Cela me laisse davantage de liberté, j'ai arrêté de jouer les chiens de garde. Ce matin, maman se plaignait de souffrir des reins. Mon Dieu, elle n'avait pas besoin de mettre un autre bébé au monde!

—On ne choisit pas! J'ai consulté le docteur; je me croyais enceinte, mais non. Je me souviens que ta mère rêvait d'une nombreuse progéniture. Les femmes ont souvent une dizaine d'enfants, dans notre province. Charlotte espère te donner une ribambelle de petits monstres!

—Un seul me suffirait largement! protesta Simon. Mais j'en aurai soin.

—Ah! Charlotte prétend que tu en désires beaucoup.

—Ma fiancée t'a raconté des menteries. Mais est-ce que tu as meilleur moral, à force de placoter? Je suis navré pour toi. Tu as eu bien assez de soucis, ces derniers mois!

—Je me sens mieux, affirma Hermine. C'est grâce à ce que tu m'as dit. Je ne dois pas gémir sur mon sort alors qu'en Europe c'est le chaos. Mais c'est bizarre, je viens de constater que je bavarde avec toi de sujets dont j'ose à peine parler avec Toshan. J'ai dû t'ennuyer. Les hommes préfèrent jaser de sport, de la guerre, des automobiles...

—Pas tous! C'est une preuve d'intelligence de s'intéresser à d'autres choses! plaisanta Simon. Et puis, nous deux, on peut parler chiens de traîneau, harnais, patins. Je me vois bien en *musher*!

—Cela se pratique uniquement l'hiver, nota la jeune femme. Que feras-tu au printemps et en été?

—Du jardinage et de l'élevage. Je vais acheter des poules et un coq.

Ils rirent calmement, mais le cœur n'y était pas. Hermine faisait semblant d'avoir retrouvé sa sérénité, mais elle ne pensait qu'au souffle aviné de Pierre sur son visage, au contact de ses mains sur son corps.

—Le destin nous joue de drôles de tours, dit-elle sur un ton mélancolique. J'étais amoureuse de Pierre, à quatorze ans, parce qu'il m'avait donné un baiser d'adieu, un soir, rue Saint-Georges. Pendant six mois, j'ai rêvé de lui comme s'il était mon prince charmant. Aujourd'hui, je n'ai vu qu'un ivrogne, une brute qui estime que toutes les femmes doivent lui céder. Moi qui étais si heureuse ce matin, et hier aussi! Le printemps me semblait d'une magnificence particulière, avec les pommiers en fleurs, la brise du lac, tant de couleurs vives après le blanc monotone de cet interminable hiver. J'avais tort d'être insouciante. Comme j'ai eu tort de ne pas me barricader dans la maison! C'est peut-être un avertissement, Simon, il faut rester prudent, faire le guet pour sentir le malheur approcher.

Il la regarda avec une expression étrange. Au moment de lui répondre, il haussa les épaules et se tut.

—Nous avons manqué de vigilance, mes parents et moi, poursuivit-elle. Louis ne serait pas tombé entre les mains de Paul Tremblay si je m'étais rendu compte que mon frère avait oublié son ours en peluche sur le perron du couvent-école. Et le soir, personne ne l'a entendu sortir. Cet enlèvement aurait pu avoir des conséquences bien plus abominables. Louis a été sauvé par miracle et Toshan a frôlé la mort de près. Sans oublier le dernier acte, au sanatorium, quand Amélie Tremblay a brandi son revolver en traitant mon mari d'assassin. Là non plus, je n'ai eu aucun pressentiment. Ce serait merveilleux, au fond, si nous possédions tous des dons et des pouvoirs paranormaux.

—Comme Kiona? remarqua Simon. Mimine, je ne suis pas idiot! Toi-même, quand elle a perdu connaissance et qu'elle s'est réveillée en annonçant qu'on avait tiré sur son cousin Chogan, tu m'as dit que les Indiens accordaient de l'importance à leurs rêves, qu'ils les considéraient comme des visions.

La jeune femme fut soulagée. Simon ignorait l'essentiel, à savoir le fameux phénomène de bilocation à la source des apparitions de Kiona.

—Ne fais pas attention à ce que je raconte! coupa-t-elle. Kiona était très nerveuse pendant son court séjour à Val-Jalbert.

—Mais Bouchard avait bel et bien tiré sur Chogan!

—Oui, admit-elle. Simon, une chose est sûre, notre avenir à tous est incertain. Je veux protéger mes enfants, j'aimerais garder Toshan ici, avec moi, mais la guerre se précise. Mon père suit les événements à la radio. Si les États-Unis entrent dans le conflit, le monde entier s'enflammera. Je crois que si j'étais célibataire je voudrais m'engager, lutter contre le nazisme. C'est un peu ridicule, mais les femmes peuvent se rendre utiles, à la Croix-Rouge, dans les hôpitaux...

Simon lui jeta un regard plein de détresse. Il alluma une autre cigarette. Ses mains tremblaient.

—Dans ce cas, dit-il, tu dois me prendre pour un lâche! Je n'ai aucune envie, moi, de me retrouver en uniforme, bardé d'armes, pour mourir en Europe, loin de chez moi. Armand a devancé l'enrôlement; ça m'a ébahi. Je l'admire, à présent. Je ne le pensais pas aussi courageux.

—Tu épouses Charlotte surtout pour ne pas être appelé? observa-t-elle à voix basse. Tu redoutes d'être soldat? Réponds franchement, Simon, je ne te jugerai pas.

—Il n'y a pas que ça. Je suis tombé en amour avec elle, je souhaite partager sa vie et la rendre heureuse. Et si je peux rester au pays en me mariant, je serais bien sot de m'en priver.

Sur ce point, il était sincère. Hermine n'insista pas. Des éclats de rire en provenance de la rue la firent tressaillir. Elle reconnut le timbre aigu d'une des jumelles.

—Les enfants arrivent; Tala et Madeleine ne doivent pas être loin.

Elle se leva précipitamment de sa chaise et posa ses mains sur les épaules de Simon.

—Merci, toi tu es mon ami, un véritable ami. Surtout, plus un mot au sujet de Pierre...

Hermine avait à peine prononcé cette recommandation que Mukki déboula dans la pièce, une plume blanche à la main.

—Maman, c'est un goéland qui l'a perdue. Je l'ai ramassée à la surface du lac!

Marie, Laurence, Kiona et Louis entrèrent à leur tour, suivis de Tala et de Madeleine.

—Nous sommes revenues un peu plus tôt que prévu, déclara la nourrice. Le vent se levait et les vagues secouaient trop fort la chaloupe de monsieur Isidore.

—Kiona était malade, en bateau, ajouta Tala. Elle ne s'est bien amusée que sur la berge, après le pique-nique.

Apparemment mal à l'aise, la fillette s'était réfugiée dans un angle de la cuisine, entre le buffet et le fourneau. Louis se tenait devant elle, comme s'il la protégeait.

—Qu'est-ce que tu as, ma chérie? lui dit Hermine. Tu n'as rien fait de mal! Bien des gens ont le mal de mer. Je vais préparer à manger.

Il régnait dans la pièce un joyeux tintamarre. Mukki tenait à raconter la balade en barque à sa mère qui s'affairait, si bien qu'il gambadait autour d'elle. Laurence et Marie s'étaient ruées dans le salon voisin, où elles avaient laissé leurs poupées.

L'agitation, les présences si familières de sa belle-mère et de Madeleine aidèrent Hermine à reprendre pied dans le quotidien, d'ordinaire si paisible. Elle disposa des biscuits sur une assiette et coupa des tranches de brioche, avant de déboucher un pot de confiture de bleuets.

—Qu'est-ce que tu as sur la joue? s'étonna Tala. Tu t'es cognée, ma fille?

—Exactement. Rien de grave. Laurence, Marie, c'est prêt.

L'Indienne continua à observer Hermine d'un œil perspicace. Elle paraissait très agitée et un peu trop gaie. « Quelque chose ne tourne pas rond, songeait Tala. Déjà, je me demandais pourquoi elle ne venait pas avec nous, aujourd'hui. Peut-être qu'elle a reçu un courrier de Toshan... » Les mystérieuses activités de son fils l'intriguaient. Il ne portait pas d'uniforme et il allait à sa guise dans toute la région du Lac-Saint-Jean, au volant d'une automobile dont il avait fait l'acquisition au mois de mars.

Durant le goûter, Kiona se montra silencieuse, presque boudeuse. Cela attrista Hermine. « Pourquoi a-t-elle changé ainsi? Son beau sourire me ferait tant de bien! Mais elle a rarement souri, ces derniers jours. Et là, on dirait que Simon l'intimide ou la dérange. »

Le jeune homme s'apprêtait à partir. Il coiffa sa casquette en toile beige sur ses épais cheveux bruns.

—Salut, la compagnie, à la revoyure! lança-t-il à la cantonade. Ma fiancée va me tirer l'oreille si je m'attarde davantage. Au revoir, les enfants. Faut être ben sages ce soir.

—Oui, Simon, répondit joyeusement Mukki.

Louis se contenta d'un signe de la main. Le garçonnet espérait en secret que Kiona avait dit vrai et qu'il pourrait dormir à Roberval. Elle lui avait affirmé que son père ne pourrait pas venir le chercher.

La fillette lança un coup d'œil discret à Simon, qui franchissait la porte de la cuisine. Il se tourna vers elle au même instant et capta son regard doré, empreint d'une infinie compassion, mais teinté aussi de gratitude. Un frisson lui parcourut le dos. Il avait la conviction que Kiona le plaignait, tout en le remerciant.

Bouleversé, il s'empressa de sortir de la maison. Dehors, le soleil de juin inondait l'avenue Sainte-Angèle, mais un vent frais soufflait du lac Saint-Jean. Un vieux pommier, dans un jardin, semait une pluie de pétales roses. « C'est vraiment un beau printemps, se disait le fils aîné des Marois, perché sur sa bicyclette. À chaque jour suffit sa peine! Demain, je construirai un poulailler et je passerai du temps avec maman. »

Il voulait oublier ce qu'il avait lu dans les yeux de Kiona.

*

Une heure s'était écoulée depuis le départ de Simon. Tala et Hermine ramassaient le linge qui avait séché dans la cour, depuis le petit matin. Sous la surveillance de Madeleine, les enfants s'amusaient de l'autre côté de la maison.

—Nous avons tous besoin de lumière et de grand air, en cette saison du renouveau, dit l'Indienne. Ma fille, je t'ai sentie préoccupée, à notre retour. As-tu des nouvelles de Toshan, de mauvaises nouvelles?

—Pas du tout, Tala. Il devrait revenir bientôt.

— S'il avait déserté, tu me l'avouerais? J'ignore de quelle façon les choses se passent dans un régiment, mais un soldat ne se promène pas comme il le fait, à mon avis.

La jeune femme lissa le torchon qu'elle tenait avant de le plier et de le ranger dans une large panière. Malgré toute sa bonne volonté, elle ne se remettait pas des violences qu'elle avait subies. La voix tremblante, les yeux embués de larmes, elle confessa :

— J'ai eu des tracas, Tala. Pierre Thibaut est entré chez nous, il a essayé de... enfin, il voulait, tu me comprends. Mon Dieu, j'ai eu peur, une peur atroce, il était ivre et il m'a brutalisée. J'avais beau essayer de le raisonner, il s'en fichait. Et moi, je me disais que j'allais trahir Toshan sous la contrainte, que notre amour serait souillé à jamais. Je suis désolée, ça doit te rappeler ce que tu as vécu. Et je te plains de tout cœur, même si bien des années ont passé. J'ai eu plus de chance que toi; Simon est arrivé à temps et il a pu intervenir. Je m'en veux d'être aussi bouleversée, puisque j'ai échappé au pire.

Hermine pleurait, le visage en feu, le regard fuyant. Tala la fixait, sidérée.

— Pierre Thibaut! balbutia-t-elle. Oh! Ma fille, ma chère fille!

L'Indienne eut alors un geste surprenant. Avec tendresse, elle prit la jeune femme dans ses bras pour la bercer doucement, comme si ce n'était encore qu'une enfant. Ses mains brunes l'effleuraient, légères et apaisantes.

— Pleure encore, ma fille bien-aimée. Libère ton chagrin, ta honte qui n'a pas lieu d'être. La beauté est un cadeau des dieux, mais à double tranchant. Elle trace pour celles qui l'ont reçue un chemin de lumière... Hélas, au bord de ce chemin, des ombres rôdent, avides de possession.

— Je n'arrive pas à effacer la scène de mon

esprit. Je me sentais si faible, je le frappais, mais il s'en moquait. Maintenant, je hais cet homme qui était notre ami. Simon pense qu'il ne faut pas en parler à Toshan et je suis de son avis. Je le vois si rarement! À quoi bon semer le trouble dans son esprit?

—C'est peut-être préférable, concéda Tala, sans relâcher son étreinte maternelle.

Elle la conduisit vers un banc sommaire, une planche posée sur des tas de briques. Quand elles furent assises, l'Indienne obligea la jeune femme à la regarder bien en face.

—Ma fille, pardonne-moi! Je n'ai pas écouté Kiona. Depuis que je vis ici, en ville, je me détourne du monde invisible où circulent tant de messages de détresse et d'avertissements. Je me laisse séduire par les distractions qu'offrent ces lieux. Les boutiques, l'animation du quai, le va-et-vient de tous ces bateaux. Kiona est trop neuve, trop pure pour perdre l'essence même de son âme, son don de vision et de perspicacité. Dès midi, elle s'est assombrie, se plaignant de nausées et me suppliant de revenir à la maison. Les autres petits s'amusaient. J'ai grondé Kiona, je l'ai sommée d'être courageuse et patiente. Ensuite, elle s'est enfermée dans un silence hostile. Je crois que j'ai fait une lourde erreur. Je lui ai demandé d'être une fillette comme les autres, d'avoir des camarades de jeux, de bien apprendre à l'école, mais, aujourd'hui, tous les malaises dont elle souffrait, je crois que c'était une façon d'exprimer la peur qui l'envahissait, une peur qui te concernait, toi.

Hermine avait cessé de pleurer. Elle secoua la tête.

—Ne te reproche rien. Tu n'as pas à me demander pardon. Je pense que Kiona était réellement incommodée par le roulis de la barque. Si elle avait senti que je courais un danger, elle se serait manifestée pour me prévenir. Je l'ai aperçue le soir du récital, dans le public, l'air affolé. Mais, cet après-midi, non, Dieu merci! Pour rien au monde je n'aurais voulu qu'elle assiste à ça. Un enfant ne devrait pas être confronté à la noirceur humaine. Louis paraît joyeux, mais il fait des cauchemars. Depuis l'enlèvement, il mouille ses draps fréquemment la nuit…

—Peut-être que je me fais des idées, mais Kiona a pu essayer de te protéger d'une autre manière, en envoyant Simon à ton secours.

—Non, il est passé ici après avoir fait une course pour Charlotte, par hasard.

—Il n'y a pas de hasard, ma fille. Oh, écoute! Le téléphone! Quelle invention! Cette sonnerie m'horripile.

—Je vais répondre, Tala. Merci! Je me sens mieux; j'avais surtout besoin du réconfort d'une mère… et je t'aime comme une mère.

En entendant ces mots, l'Indienne eut un sourire très doux. C'était un nouveau pacte signé entre elles, un cri du cœur, un aveu longuement différé. Au fil du temps, un lien s'était tissé, qui deviendrait indéfectible.

La jeune femme courut décrocher le combiné téléphonique. Jocelyn reconnut sa voix tout de suite.

—Hermine, ma chérie, peux-tu garder Louis ce soir? Cela ne te dérangera pas? L'automobile est en panne et Onésime lui-même déclare forfait. Et ta mère a décidé d'inviter Betty et Jo à souper. Elles ont tricoté ensemble toute la journée et on dirait qu'elles ne veulent plus se séparer. Maman t'accable de recommandations, mais je ne vais pas te les répéter. Ton frère ne doit pas se trouver seul un instant dans la rue ou la cour, il ne digère pas les oignons, il faut une alèse dans son lit…

—Je sais tout ça, papa, le coupa-t-elle. Ne vous inquiétez pas, maman et toi. Je garderai volontiers Louis ici.

—Et toi, toujours contente de ta vie à Roberval? Tu n'as pas de souci particulier?

—Aucun! Cette fin de printemps est si belle! Je me fais un devoir d'être heureuse.

Ces paroles un peu ambiguës lui reviendraient en mémoire, le lendemain, quand elle serait confrontée à une autre épreuve, qui l'atteindrait en plein cœur. Mais la majeure partie de l'humanité étant dépourvue de clairvoyance, le destin en profitait pour affûter ses armes.

Kiona et Louis jouaient aux billes dans le couloir.

—Je te l'avais bien dit! triompha la fillette.

20
Le chant des adieux

Val-Jalbert, vendredi 14 juin 1940

La nuit était d'une douceur exceptionnelle. Comme tous les soirs au mois de juin, Élisabeth Marois avait laissé la fenêtre de la chambre grande ouverte. Allongée près de son mari, elle contemplait le ciel où régnait la lune cernée d'un halo argenté.

—Il doit être très tard, n'est-ce pas, Jo? demanda-t-elle.

—Ou bien très tôt, répliqua-t-il d'un ton amusé. Une heure du matin. Nous sommes déjà vendredi.

—Nous avons passé une bonne soirée, n'est-ce pas? dit-elle avec une vibration joyeuse dans la voix. La radio, quelle invention!

Enthousiaste, Joseph hocha la tête. Il saisit la main de sa femme et joua avec ses doigts menus.

—C'est décidé, j'achète un poste, le même modèle que celui des Chardin. Un peu coûteux, mais de nos jours il faut se tenir au courant de la situation internationale. Sais-tu, Betty, ce que j'ai compris pendant ce souper?

—Non, je t'écoute, mon Jo!

—Il n'y a plus grand monde à Val-Jalbert... enfin, tous ceux qui restent sont propriétaires comme moi. Et nous avons de la chance d'être les plus proches voisins de Jocelyn et de Laura. Lui, c'est un homme à ma convenance, simple et honnête. Elle, je t'avoue qu'elle me tombe sur les nerfs bien souvent. Malgré ça, je l'admire. C'est une femme à l'ancienne, une pionnière. D'accord, l'argent lui facilite tout, mais je crois qu'elle mènerait les choses à la baguette même si elle n'avait plus une piasse. On n'a jamais pris de bon temps, Betty, et ça va changer. Tu n'as pas été très heureuse, avec moi. Maintenant, je vais prendre soin de mon épouse, de ma jolie petite épouse. On m'a souvent traité de gratteux, mais en vérité je me serrais la ceinture pour avoir suffisamment d'économies. Cet été, je t'offrirai une balade en train jusqu'à Chicoutimi et là-bas tu te paieras une belle robe.

Betty fondit de tendresse. Joseph s'était rarement montré aussi gentil et attentionné.

—Je n'en ai pas besoin, protesta-t-elle. Je couds mes toilettes moi-même depuis mes quinze ans et je crois que tu n'as jamais eu honte de mon allure.

—Alors tu t'offriras un bijou pour fêter la naissance du petit ou de la petite. Je préfère une fille, moi. Marie, à huit ans, t'aide déjà à tenir ton ménage... Ce que j'ai eu peur, ma Betty! Je veux dire, pour cet homme, ton faux cousin. Si j'avais eu la preuve que tu me trompais, j'aurais pu te tuer, parce que je t'aime trop fort.

Joseph eut une sorte de sanglot sec. Il attira sa femme sur son épaule et lui caressa les cheveux, qu'elle avait toujours très frisés et d'un blond foncé.

—Ensuite, je me serais pendu. Mais je suis un vieux bêta, de te dire ça.

—Jo, tu me fais de la peine. Ne parlons plus de ces stupidités. Je n'aime que toi.

Elle l'embrassa sur la joue, puis au coin de la bouche. Une douleur sourde naquit alors en bas de son ventre, suivie d'un élancement au creux de ses reins. Cependant, elle ne s'alarma pas. Ces derniers jours, cela lui arrivait souvent, le soir.

—Je me suis bien amusée chez Laura, dit-elle dans l'espoir de continuer à discuter un peu. Charlotte était bien mignonne avec ce bandeau rose sur les cheveux. Elle me plaît, notre future belle-fille. C'est une jeune fille serviable et gentille. Tu imagines, Jo, si un bébé leur vient l'an prochain, ce sera le neveu ou la nièce de l'enfant que je porte.

—On placote, nous deux, bien tranquilles dans notre lit, mais en France c'est la pagaille. Tu as entendu ce qu'ils disaient à la radio. Le gouvernement français s'est retiré loin de Paris, qui a été déclarée ville ouverte[66]. Les troupes allemandes sont en marche. Jocelyn prétend que nous serons bientôt au même régime. Le Saint-Laurent est surveillé et notre marine est sur le pied de guerre, c'est le cas de le dire.

Betty changea de sujet. Son mari et Jocelyn avaient beaucoup discuté politique pendant la soirée. Mais le vin de bleuets de Mireille, un vrai régal, avait fait son œuvre. La conversation s'était orientée vers le mariage de Simon et de Charlotte, ainsi que vers la carrière d'Hermine.

—Laura a raison, notre Mimine doit absolument enregistrer un disque, affirma Betty. Je serais tellement fière! Tu te souviens, Jo, de ce Noël où nous lui avons préparé une chambre dans le salon. Elle a reçu un électrophone en cadeau. Et ce n'était pas bon marché, à l'époque! Enfin, je suis ravie de ma soirée. Je n'ai eu qu'à me mettre à table et on m'a servie comme si j'étais une princesse.

—Dans ton état, c'est normal. Mais Simon avait l'air préoccupé. J'étais pareil avant de t'épouser; j'avais hâte de pouvoir te faire des minoucheries. Il doit patienter encore.

—Oui, il sera de meilleure humeur une fois qu'il aura passé devant le curé, plaisanta Betty. Notre petite Marie aussi était à la fête, sans Louis pour la chicaner.

Elle se mit à rire tout bas. Plus rien de mauvais ne pouvait se produire. Joseph lui avait redonné sa confiance et sa tendresse et, ce Paul Tremblay,

---

66. Les troupes allemandes sont entrées dans Paris le vendredi 14 juin 1940.

qui était bien le seul à pouvoir la trahir, voilà qu'il était mort. Ses enfants ne souffriraient pas de son coup de folie. Le dernier à naître serait un Marois, lui aussi. Plus le terme approchait, plus Betty se persuadait qu'elle avait conçu ce bébé avec son mari et personne d'autre.

—Il faut dormir, maintenant, dit Joseph. Je suis épuisé.

Il ne tarda pas à ronfler. Attentive aux bruits familiers de la nuit, Betty les identifiait un à un. Une chouette hululait, sûrement perchée dans le clocheton du couvent-école. Dans l'étable, la vache Eugénie, malgré son grand âge, agitait sa chaîne comme une génisse, et Chinook s'ébrouait.

« Merci mon Dieu! songea-t-elle. J'ai pu garder ma place sous mon toit, auprès de ma famille. »

La douleur récidivait, lente et insidieuse. Ayant accouché quatre fois, Betty s'inquiéta. Le bébé semblait gros; il pouvait très bien naître plusieurs jours en avance. Cela lui permettrait d'avoir une silhouette plus svelte pour la noce de Simon.

Elle massa son ventre, tandis que la contraction s'atténuait. Cela dura ainsi jusqu'à l'aube avec une régularité de métronome. Le coq d'Onésime Lapointe lança son cri victorieux, qui paraissait féliciter le soleil d'avoir repoussé les ténèbres.

« Je me suis assoupie de temps en temps, mais ça ne m'a pas reposée! déplora Betty. C'est sans doute une fausse alerte. Autrement, les douleurs se rapprocheraient! »

Elle se leva sans bruit et descendit préparer du café. Simon et Marie dormaient encore. En bonne ménagère, elle s'assura que tout était propre et en ordre. Dans le souci de bien organiser la journée, son esprit échafaudait divers projets.

« Je ne veux pas d'une maison sale. Je demanderai à Jo de téléphoner à mes parents. Laura m'a bien dit que nous pouvions utiliser leur appareil en cas de besoin... Ma mère a fait le déplacement pour la naissance de Marie, et j'étais bien heureuse de la voir penchée sur le berceau de ma fille.»

Elle ranima le poêle et mit la bouilloire à chauffer. Le petit matin était frais. Tout à coup, un liquide tiède ruissela entre ses cuisses, aspergeant le plancher repeint en jaune l'été précédent.

—Seigneur, j'ai perdu les eaux! balbutia-t-elle. Le bébé viendra aujourd'hui!

Son premier souci fut de nettoyer les dégâts. Elle avait à peine terminé qu'une souffrance aiguë lui tarauda le dos.

«Je n'ai jamais ressenti ça! pensa-t-elle. Il faut que je réveille Joseph. Il m'aidera à changer les draps de notre lit.»

Elle n'était pas femme à geindre ou à redouter l'épreuve qui l'attendait, mais ses accouchements avaient toujours été longs et pénibles. Pour Armand, des cris d'agonie lui avaient échappé, que ses voisins écoutaient en se signant.

—Avec un peu de chance, ronchonna-t-elle, ce petit mettra les bouchées doubles et je serai délivrée avant ce soir.

Roberval, vendredi 14 juin 1940

Hermine s'éveilla, agacée par un chatouillis sur la joue. Elle découvrit Kiona debout près de son lit. La fillette lui caressait le visage avec la plume de goéland que Mukki avait rapportée la veille du lac. La clarté du soleil se devinait à travers les rideaux en lin blanc. Elle avait dormi avec son petit frère, afin d'être parée au plus pressé s'il faisait un cauchemar.

—Quelle heure est-il, ma chérie? questionna-t-elle aussitôt. Il y a école ce matin. Es-tu déjà prête? Ne parle pas trop fort à cause de Louis.

—Il est sept heures, dit Kiona d'un ton sérieux. Tu vois bien que je suis en chemise de nuit! Mais je veux te dire quelque chose.

—Viens un peu à côté de moi, dans ce cas. Nous

avons du temps devant nous. Je suis contente que Louis n'ait pas pleuré de la nuit.

« Et il n'a pas mouillé les draps! » pensa-t-elle en tâtant la literie.

—Mine, madame Marois va avoir son bébé, affirma la fillette.

—Comment le sais-tu? s'étonna-t-elle. Simon a téléphoné?

L'enfant haussa les épaules en exhalant un gros soupir.

—Je te le dis, rien qu'à toi. C'est pas ma faute si je vois ce qui se passe chez les gens.

—Bien sûr! Pardonne-moi; je suis tout ensommeillée. Kiona, c'est une très bonne nouvelle. Tu es gentille de me prévenir. Je t'en prie, fais-moi un sourire! Tes sourires me manquent. Depuis ta maladie, tu as l'air morose, tu boudes comme une enfant capricieuse, ce que tu n'es pas. Quand tu me souriais, j'avais l'impression qu'un merveilleux soleil me réchauffait en illuminant tout ce qui m'entourait.

En guise de réponse, Kiona cacha son visage contre la poitrine d'Hermine. Elle demeura silencieuse, mais ses bras frêles cherchaient à étreindre le corps de sa belle-sœur.

—Maman m'a défendu de faire ça! énonça-t-elle depuis son refuge.

—Tala a peur que tu retombes dans cet état effarant qui t'a conduite à l'hôpital. Tu étais tout à fait absente, si vulnérable, si loin de nous!

—Mais je suis guérie! protesta l'énigmatique enfant. Tant pis, je peux pas m'empêcher de rêver aux gens ou de les voir. Et toi, je dois te protéger, Louis aussi, et Mukki, les jumelles, Toshan...

—Eh bien! tu en as du travail, à ton âge! voulut plaisanter la jeune femme. Ma petite, tu n'as que six ans! Amuse-toi, profite des leçons en classe et ne te fais pas tant de soucis.

—Je lis très bien. Je n'ai plus envie d'aller à l'école, coupa Kiona en se redressant.

Elle s'assit, les jambes croisées, adorable avec ses cheveux dénoués, ondulés par le tressage quotidien. Son regard doré qui évoquait les prunelles fauves des loups avait une intensité surprenante. « Mon Dieu! Qui est-elle vraiment? s'interrogea Hermine en son for intérieur. On dirait une fillette de dix ans! Pourquoi la traiter comme les autres? Ça ne servira à rien. Le résultat est déplorable, elle devient dure et froide. »

—Moi, je ne te reprocherai jamais de nous aider, Kiona, de veiller sur nous tous! Hier, dans la barque, étais-tu malade pour de vrai ou bien voulais-tu obliger tout le monde à rentrer ici, sur l'avenue Sainte-Angèle?

—J'ai senti un danger qui pesait sur toi, comme au sanatorium. Je ne vois pas toujours des images, Mine. Mais d'un coup je pense à toi très fort, ou à une autre personne, et parfois ça me fait tourner la tête. J'ai l'impression que je m'endors, que je vais rejoindre une silhouette brillante, peut-être le Dieu des Blancs, celui de la croix, ou Manitou...

La jeune femme prit les mains de Kiona et les serra doucement dans les siennes.

—Tu peux m'en parler, ma chérie. Cela m'intéresse. Hier, je disais à Simon que j'aimerais bien être plus clairvoyante, sentir les menaces qui rôdent. Comme toi, je pourrais ainsi protéger ma famille et mes amis. C'est un cadeau du ciel, le don que tu as.

—Du ciel?

—Oh! Le ciel représente l'endroit où nous situons Dieu, ses saints et ses anges. Les Blancs ont une religion différente de celle des Indiens. Pourtant, quand j'ai rencontré Toshan, moi qui avais été éduquée par des religieuses, j'avais grand plaisir à découvrir sa façon de considérer la nature. Il me disait que des esprits animaient les arbres, les plantes, l'eau et la terre. Il m'affirmait que des chemins invisibles sillonnent le monde, un pour chacun de nous. Ces chemins-là, nous les suivons contre notre volonté, car ils nous mènent vers ceux qui nous sont destinés, ou bien vers le lieu où nous devons être. Enfin, c'est très compliqué. Mais ne sois pas triste et, si tu te juges guérie et assez forte, agis selon ton cœur... J'entends du bruit dans la chambre des jumelles, va vite les rejoindre.

—D'accord!

Hermine décida d'accompagner elle-même les enfants à l'école. Le matin, c'était le plus souvent Madeleine qui s'en chargeait. La journée à venir exigerait certaines dispositions. Elle décida de partir pour Val-Jalbert avant midi. Le bébé de Betty serait peut-être né. Dans le cas contraire, elle pourrait se rendre utile.

—Je téléphonerai à papa de venir nous chercher dans la matinée, Louis et moi, se dit-elle tout bas.

La maison vibra bientôt de l'animation habituelle où se mêlaient les rires, les babillages et les galopades des enfants dans le couloir de l'étage, avec les rappels à l'ordre de Madeleine. Tala ouvrait toutes les fenêtres afin d'aérer les pièces et de laisser pénétrer le soleil et l'air vivifiant du lac. L'ensemble du logement avait été repeint en gris clair et en blanc ivoire, des teintes pastel assorties aux rideaux. Laura avait acheté des meubles en bois sombre, ornés de sculptures, qui apportaient une note bourgeoise. Il y faisait bon vivre, Toshan le reconnaissait à chacun de ses séjours.

Vêtue d'une robe en soie rose et d'un chapeau de paille couronnant ses cheveux coiffés en catogan, Hermine conduisit d'abord Mukki à l'école primaire réservée aux garçons, puis elle suivit les trois fillettes qui avançaient de front sur le trottoir. C'était un tableau charmant que la danse de leurs nattes nouées de rubans bleus. Elles portaient des tabliers à carreaux et leurs mollets ronds étaient soulignés par des socquettes blanches. Une fois devant la porte de l'école, elle leur dit:

—J'espère que vous serez très sages. Je vais à Val-Jalbert aujourd'hui. Madeleine viendra vous chercher.

—Maman, on peut rentrer toutes seules, protesta Marie en tapant du pied. Ce n'est pas loin. Les autres filles se moquent de nous.

—Peut-être à la rentrée prochaine. Et on ne discute pas, Marie!

—Alors, moi, je préfère qu'on retourne à l'autre maison dans la forêt. On s'amuse plus là-bas.

Laurence adressa un regard de reproche à sa sœur. Elle, leur existence quotidienne à Roberval lui convenait.

—Dépêchez-vous d'aller en classe, coupa leur mère. Toi aussi, Kiona.

Mais la fillette se laissa devancer par les jumelles. Elle prit la main de la jeune femme avant de lui confier tout bas:

—Ne sois pas fâchée, Mine. Je voudrais bien te sourire, mais je suis tellement triste...

Ces paroles causèrent un choc à Hermine. Elle luttait depuis la veille contre les images odieuses qui l'obsédaient, où leur ancien ami Pierre se dévoilait sous sa véritable nature, celle d'un homme brutal, dépassé par ses instincts de mâle. La confidence de Kiona ajoutait à son désarroi. Malgré le soleil et la nature en fête, le malheur ne déclarait pas forfait.

—Pourquoi es-tu aussi triste, ma chérie? demanda-t-elle.

—Je ne le sais pas! dit la petite à voix basse en s'éloignant.

—Tu ne le sais pas ou tu ne veux pas me le dire? interrogea la jeune femme.

Mais Kiona se rua dans le couloir, sans même se retourner.

Val-Jalbert, même jour

Betty était couchée, simplement couverte d'un drap tendu par la bosse bien ronde de son ventre.

Elle patientait, satisfaite de sa tenue, une chemise de nuit blanche au col brodé.

—C'est bien gentil à vous, chère voisine, d'être venue si vite, dit-elle à Laura qui venait de tirer les rideaux pour tamiser la lumière qui pénétrait à flot par la fenêtre.

—Il est plus de midi, déclara Joseph, assis au chevet de sa femme. Je commence à avoir l'estomac dans les talons.

—Demande à notre Marie de te préparer quelque chose, lui dit Betty. Et il y a de quoi te nourrir dans le garde-manger.

—J'ai une meilleure idée, intervint Laura. Joseph, allez donc dîner avec Jocelyn et Hermine. Emmenez Marie avec vous, elle est un peu jeune pour se rendre utile un jour pareil et Louis sera content de jouer avec elle. Mireille a préparé une tarte à la farlouche pour le dessert. Elle les réussit à merveille.

L'ancien ouvrier déplia sa longue carcasse en s'étirant. Il caressa la main de son épouse.

—Je suis calé sur cette chaise depuis un moment, ma Betty, ça me fera du bien de me dégourdir les pattes, se défendit-il. Mais ne crois pas que je t'abandonne. Aussitôt le repas fini, je reviens. Il prend son temps pour venir, ce petit!

—Ne t'en fais pas, Jo, répondit sa femme. Pour nos autres enfants, tu ne restais pas comme ça à côté du lit. Plus tard, quand les douleurs seront plus fortes, tu me gêneras. Tu ferais bien de jouer aux cartes avec Jocelyn ou de faire une promenade jusqu'à la cabane à sucre. À ton retour, je te présenterai peut-être ton fils ou ta fille.

Il fit non d'un signe de tête, sous le regard ému de Laura.

—Si je te dérange, j'attendrai en bas, dans la cuisine, assura-t-il avant de sortir.

Les deux femmes se sourirent. Elles guettèrent le bruit de pas décroissant dans l'escalier.

—Mon Dieu! constata Laura, votre mari est devenu doux comme un agneau. Vous avez de belles années devant vous, avec ce petit dernier à élever. On regrette souvent sa jeunesse, mais, croyez-moi, je vis ma part de paradis sur terre maintenant, entre Jocelyn et Louis. Cette histoire de kidnapping m'a servi de leçon. J'ai décidé de ne plus me plaindre et d'adoucir mon caractère. Nous sommes si heureux! Je ne m'en rendais pas compte.

Elle admirait la layette tricotée par sa voisine durant l'hiver, disposée sur une commode en piles régulières. Des langes confectionnés dans de vieux draps étaient également pliés.

—Tout est prêt pour le bébé, observa-t-elle. D'ici quelques mois, je vous passerai des vêtements de Louis. Je n'aurai pas d'autre enfant, j'en suis certaine.

—Pourquoi ça? s'étonna Betty.

—La nature m'a mise hors service, ma pauvre amie, deux ans après la naissance de Louis. Je ne m'en plains pas. Vous êtes bien courageuse de subir un nouvel accouchement à votre âge!

Betty se mit à rire nerveusement.

—Mais Laura, au Lac-Saint-Jean, les femmes mettent des enfants au monde tant que Dieu leur accorde cette grande joie! Et je ne suis pas si vieille, quand même. Ma grand-mère paternelle, Léodivine, a eu douze enfants, cinq filles et sept garçons. Elle a passé sa vie à filer de la laine, à la tisser, à coudre et à cuisiner, sans jamais se plaindre. C'était un exemple pour ma mère et pour moi. J'avais sept ans quand elle est morte. Oh... enfin une autre douleur!

Elle se tut en respirant profondément, les mains crispées sur le drap. Des larmes perlèrent à ses yeux.

—Seigneur, vous souffrez beaucoup? demanda Laura.

—Non, je voudrais souffrir bien davantage. Depuis ce matin sept heures, les contractions sont toujours pareilles et trop espacées. Je ferais peut-être mieux de me lever et de marcher. Cela précipiterait peut-être les choses! J'espère que ça ne va pas s'arrêter pour de bon. Maintenant, Joseph a téléphoné à mes parents. Ils arrivent demain matin par le train. Si je les ai dérangés pour rien et que c'est une fausse alerte, je ne serai pas fière. Vous devriez rentrer chez vous, Laura. Hermine est là. Profitez de votre fille.

—Ne vous inquiétez pas, j'en profiterai tout à l'heure. Je déplore souvent qu'elle soit installée à Roberval, mais elle trouve cela plus pratique. Sa belle-mère doit être aux anges!

—Seriez-vous jalouse de Tala? s'enquit Betty qui avait envie de jaser un peu. Je n'ai pas eu l'occasion de discuter avec elle ni de la voir de près. Je l'ai aperçue à l'église Saint-Jean-de-Brébeuf le soir de Noël. Cette femme m'a paru hautaine. Elle avait les traits durs. Mais sa fillette est ravissante. Ce sera une beauté plus tard. Quand Hermine l'a invitée icitte, la petite, elle m'a confié que c'était une enfant illégitime, métisse de surcroît. Le père n'a pas eu le cran de l'élever. Comme disait Joseph à ce sujet, les Indiennes ont des mœurs très libres.

Laura était au supplice. Le père en question, Jocelyn Chardin, se contentait de jouer les parrains, et c'était déjà beaucoup à ses yeux d'épouse possessive. Betty, elle, se reprochait d'avoir fait une telle remarque. «Je suis mal placée pour juger qui que ce soit! songea-t-elle. Tala s'est conduite de la même manière que moi, mais elle était veuve, au moins, et elle n'a trompé personne...»

Le souvenir de la jouissance qu'elle avait connue avec Paul Tremblay la fit frissonner contre son gré. Paupières closes, à la fois honteuse et nostalgique, elle se laissait bercer par ses pensées. «Même s'il m'a séduite pour mener son plan à bien, il ne se pressait pas, il savait me caresser où il faut et être attentif. Et ses baisers me rendaient à moitié folle de plaisir. Je ne pouvais pas lui résister!»

Ce n'étaient guère des pensées correctes pour une femme sur le point d'accoucher. Elle secoua la tête et rouvrit les yeux.

—Laura, je vais descendre boire une tisane. Si vous avez faim, il reste du gâteau d'hier. J'avais cuisiné pour Simon, mais Charlotte l'a invité à pique-niquer dans le canyon. Je n'allais pas contrarier nos amoureux.

Au moment où elle repoussait le drap, une douleur profonde et ample lui vrilla le bas-ventre. Un cri de surprise lui échappa.

—Cette fois, ça se précise! dit-elle, le souffle court.

—Voulez-vous que j'aille téléphoner à la garde de Chambord, celle qui vous a examinée le mois dernier? J'enverrai Simon la chercher avec notre voiture. Je cours à la maison et je reviens vite près de vous.

—Non, je préfère m'en remettre à madame Babin, la sage-femme de Roberval. Voilà, c'est fini, Laura. C'était plus fort. Le travail se met en route. J'ai hâte, mon Dieu!

Betty demeura allongée, le front moite de sueur. Elle priait à mi-voix, implorant la Sainte Vierge de faciliter sa délivrance.

—Il n'y a rien d'autre à faire que de souffrir, dit-elle avec résignation au bout d'une demi-heure. Tout se passe bien, à présent, mes contractions deviennent régulières, de plus en plus rapprochées.

Quelqu'un montait l'escalier. C'était des pas légers, bien différents de ceux de Joseph. On frappa et la voix d'Hermine s'éleva.

—Est-ce que je peux entrer, Betty?

—Oui, bien sûr, Mimine!

La jeune femme ouvrit la porte, mais elle se cachait derrière un bouquet de petites roses jaunes nouées d'un ruban blanc. La couleur des fleurs s'harmonisait à la chevelure blonde et au teint clair de la visiteuse.

—Je les ai cueillies dans ma cour. Les Douné

avaient le pouce vert. Avec ce beau soleil, nous découvrons des trésors le long de la palissade.

—Que c'est attentionné, Mimine! s'écria Betty. Elles vont me tenir compagnie. Je crois que ça s'annonce pour de bon. Laura, profitez-en pour aller chez vous manger un peu. Je vous remercie, vous faites une excellente infirmière.

—D'accord, je vous laisse toutes les deux. Je dirai à votre mari ce qui se passe. Mais je reviens le plus vite possible.

Hermine avait déjà monté un vase rempli d'eau qu'elle avait posé sur le palier. Elle s'occupa d'abord des roses, puis elle s'assura à son tour que la pièce était prête pour l'arrivée du bébé. Dès la naissance d'un deuxième enfant, chaque femme du pays savait parfaitement comment accueillir un nouveau-né. Mais il manquait le berceau en bois qui avait abrité successivement Simon, Armand, Edmond et Marie Marois. Nettoyé, garni d'un voile en tulle et d'une literie impeccable, il était rangé dans le grenier, à l'abri d'une toile. Joseph irait le chercher au moment voulu.

—Comment vas-tu? interrogea la jeune femme. Tu as bonne mine; cela me tranquillise.

—Je trouve le temps long, comme pour les quatre autres. Je suis soucieuse, aussi, et ça, je ne pouvais pas le dire à ta mère. Mimine, si ce petit était le portrait de Tremblay? Depuis ce matin, je ne peux pas m'empêcher de penser à cet homme. Le bébé sera peut-être affligé d'une tare, pour me punir!

—Chut! fit Hermine, déconcertée. Cet enfant est votre enfant, à Jo et à toi! Et, même dans le cas contraire, ça n'a plus guère d'importance. Personne ne le saura jamais. Il faut se tourner vers l'avenir, Betty.

—Oui, tu as raison...

Le souffle coupé, elle ne put en dire plus. La douleur était telle qu'une plainte sourde lui vint aux lèvres et que ses jambes se mirent à trembler sous le drap. Puis, ce fut l'accalmie.

—Seigneur! soupira-t-elle. Ce que je peux endurer! Rends-moi service, si Marie revient avec Jo, renvoie-la chez ta mère. Elle est sensible, ma petite, et je ne veux pas qu'elle ait peur si je crie.

—Maman a dû penser comme toi, sois tranquille. Mireille en prendra soin. Betty, il serait temps de prévenir le docteur.

—Un docteur? Et puis quoi, encore? Lors de la naissance de Simon, Annette Dupré et Céline Thibaut m'assistaient et il n'y a eu aucun problème. Quelle brave personne, Céline! On ne voit plus son fils aîné, Pierre. As-tu de ses nouvelles?

—Non, aucune! mentit Hermine. Moi, je me souviens très bien de cet après-midi d'été où Armand est venu au monde. Je m'étais enfuie de cette maison parce que tu criais à fendre l'âme. J'avais quatre ans et demi, mais je ne me doutais de rien. J'ai couru sur le chemin du moulin Ouellet et la vache des Dupré m'a barré le passage. Sœur Sainte-Madeleine, mon ange gardien de l'époque, a volé à mon secours. Ce jour-là, elle m'a parlé de son projet de m'adopter en renonçant à ses vœux. Hélas! La grippe espagnole l'a emportée comme Céline Thibaut, comme tant d'autres dans tout le pays.

Betty approuva, le visage crispé. La douleur revenait.

—Va téléphoner à la sage-femme, Mimine. Si elle n'est pas disponible, tant pis. Surtout n'appelle pas un docteur. Je ne serai pas à mon aise si un homme m'examine.

—Entendu! Je me dépêche.

Laura croisa sa fille sur le perron des Marois. Elle rapportait de chez elle une grande bassine en zinc.

—Je n'en ai pas vu dans la chambre de Betty... Où vas-tu, Hermine?

—Je dois appeler madame Babin. Merci, maman! Tu peux mettre de l'eau à chauffer.

—Je m'en occupe. Les choses avancent, alors?

—Je l'espère! Cela fait déjà plusieurs heures qu'elle a perdu les eaux. Le travail tarde à se déclencher vraiment. Si je pouvais faire apparaître grand-mère Odina, elle serait plus compétente que tous les médecins. La naissance de Mukki s'est très bien déroulée grâce à ses massages et à ses tisanes.

Irritée, Laura rétorqua sèchement:

—Grand-mère Odina, Tala, Kiona! Toujours ta famille indienne! J'ai une idée: claque des doigts et ta fameuse Odina va sûrement atterrir ici, par un phénomène de bilocation!

—Maman, comment oses-tu dire ça? Betty accouche et toi, tu débites des âneries! Au fond, tu ne t'es pas corrigée du tout.

Laura poussa un gémissement de contrariété. Elle posa la bassine et prit Hermine dans ses bras.

—Je suis désolée, ma chérie! Ton père et Joseph m'ont mise à bout de nerfs. Ils sont attablés devant une bouteille de sherry et ricanent en se promettant de monter à la cabane à sucre, s'ils peuvent encore marcher droit. Pendant ce temps, Betty subit la pire des épreuves pour une femme. Charlotte boude dans son coin parce que Simon refuse de la conduire en ville. Parfois, elle m'exaspère, à vouloir être le centre du monde.

À l'étage, un hurlement s'éleva. Laura se rua à l'intérieur. Hermine hésita à la suivre. « Non, le plus urgent est de prévenir la sage-femme! » décida-t-elle.

Betty souffrait le martyre. Cela durait depuis plus de deux heures maintenant. Les douleurs atteignaient une intensité difficilement supportable et cela, pendant plusieurs minutes, mais elles n'apportaient aucun changement notable.

—Mon Dieu, je ne peux plus endurer ça! Seigneur, aidez-moi! répétait la malheureuse, blême et épuisée.

À l'aide d'un linge humide, Laura tamponnait les joues et le front de sa voisine.

—Calmez-vous, ma pauvre amie, déclara-t-elle doucement. Simon va forcément arriver avec madame Babin. Il est parti depuis un bon moment...

—Mais oui, courage, ma Betty, renchérit Hermine. Il faut que tu respires mieux. Le bébé va finir par se présenter.

—L'enfant est trop gros, répondit-elle en sanglotant. Comme Armand. Comme Marie. Où est Joseph? Je veux qu'il vienne!

—Voyons, Betty, votre mari attend en bas, dans la cuisine, répondit Laura. Je vous l'ai déjà dit deux fois. Jocelyn lui tient compagnie. Ces messieurs avaient abusé du sherry, mais ils sont dégrisés, maintenant. Charlotte garde Marie, et Louis chez moi. Mireille vous prépare un bon bouillon de poule pour le souper. Vous serez bientôt soulagée.

Hermine avait entendu un bruit de moteur. Une portière claqua. Elle courut regarder par la fenêtre. Simon l'aperçut et lui lança un coup d'œil anxieux. Edmond et la sage-femme descendaient à leur tour de la voiture. «Pourquoi a-t-il ramené son frère? s'étonna-t-elle. Peut-être que Joseph lui a demandé de le faire...»

Bientôt, Marguerite Babin entra dans la pièce, sa sacoche à la main. Dans la cinquantaine avancée, elle était de petite taille et assez corpulente. Des cheveux gris et frisés encadraient son visage bienveillant. D'abord établie à Chambord, elle avait par la suite emménagé rue Marcoux, à Roberval.

—Bonjour, mesdames! dit-elle d'une voix ferme. Alors, ce petit mousse se fait désirer! Je vais vous examiner, madame Marois.

Laura et Hermine sortirent, soucieuses de ménager la pudeur de Betty. Elles échangèrent un sourire mi-rassuré, mi-inquiet.

Au bout d'interminables minutes, la sage-femme les rejoignit, la mine dépitée.

—Ce n'est pas pour tout de suite, expliqua-t-elle. La position du bébé me cause du souci. Mais j'en ai vu d'autres. Sans vouloir vous vexer, mes chères dames, il vaudrait mieux que je sois un peu seule avec elle.

Marguerite Babin les planta là et retourna au chevet de sa patiente. Elles l'entendirent aller et venir dans la chambre, tout en répétant des encouragements.

—Respirez bien, madame, disait-elle d'une voix forte. Ne vous crispez pas, soufflez, soufflez... Il vous en cause, de la misère, ce petit! Avez-vous choisi le prénom?

Hermine esquissa un sourire. Elle savait Betty entre de bonnes mains.

—Descendons un peu, maman. Nous n'allons pas écouter aux portes! Madame Babin connaît son métier. Je me souviens de la naissance des jumelles comme si c'était hier. Je n'ai pas eu à me plaindre de ses services. Elle est sympathique et très compétente.

—Sympathique, sympathique, c'est vite dit! ronchonna Laura. La façon dont elle nous a congédiées ne me plaît pas.

La jeune femme ne prit pas la peine de répondre. Elle dévala les marches. Dans la cuisine, un aréopage uniquement masculin attendait. Jocelyn, Joseph, Simon et Edmond étaient assis à la table devant la cafetière. Excepté l'adolescent qui se destinait à la prêtrise, ces messieurs fumaient. Ils l'interrogèrent tous d'un même regard anxieux.

—Il va falloir patienter encore, dit-elle.

—Est-ce que maman souffre beaucoup? demanda Edmond.

Hermine le dévisagea en souriant tendrement. Des trois fils Marois, c'était le plus doux et le plus affectueux. Longtemps surnommé le petit Ed, puis Ed, il adorait sa mère et vouait un attachement fraternel à Hermine, qui avait beaucoup veillé sur lui durant son enfance.

—Je ne vais pas te mentir, lui dit-elle, les douleurs sont assez fortes. Mais c'est bon signe.

Elle avait à peine dit ces mots qu'un cri aigu retentit dans la maison, suivi d'une interminable plainte. Laura se servit du café. Jocelyn lui prit la main, comme pour la réconforter.

—Les femmes sont bien courageuses d'affronter ça! dit-elle sur un ton amer.

Personne ne fit de commentaires. Le silence s'imposa, chacun étant plongé dans ses pensées. Il y eut un autre cri, puis encore un autre. Cela dura une heure.

—Il est presque quatre heures de l'après-midi, déclara Joseph. Ma pauvre Betty... Elle doit être exténuée.

Un appel affolé fit écho à sa déclaration.

—Est-ce qu'une de ces dames peut monter? Monsieur Marois aussi...

Il se rua dans l'escalier, escorté par Laura. La sage-femme se tenait sur le palier, les mains en sang.

—Quelqu'un doit la tenir, je suis obligée d'utiliser les forceps! Ce serait plus prudent de prévenir le docteur Brassard. Monsieur, je suis navré, mais je doute que votre enfant soit vivant.

—Et Betty? hurla-t-il. Comment va-t-elle?

—Elle est à bout de forces, d'où ma décision, trancha Marguerite Babin.

Joseph se précipita au chevet de son épouse, qui lui lança un regard pitoyable. Elle respirait vite, à petits coups, livide et le visage en sueur.

—Jo, je souffre tant! balbutia-t-elle. Approche-toi, je t'en prie, tiens-moi la main.

—Ma Betty, courage! Tu vas y arriver! Je reste avec toi, n'aie pas peur.

La sage-femme avait pris les forceps, qu'elle fixait d'un œil méfiant. Elle n'aimait pas se servir de ces pinces à longues branches qui pouvaient se révéler dangereuses en cas d'erreur.

—Madame Marois, tenez bon! dit-elle gravement. Criez autant que vous voulez, je dois sortir le bébé.

Un peu à l'écart du lit, Laura évitait de regarder le corps distendu de Betty. Au sang qui maculait le drap et ses cuisses, elle comprit que Marguerite Babin avait déjà entaillé le périnée afin de faciliter le passage de l'enfant. « Mon Dieu, merci de m'avoir épargnée! pensa-t-elle. Que ce soit pour Hermine ou pour Louis, je n'ai pas eu à subir un tel traitement. »

Elle occultait un autre accouchement, celui de Georges, le fils qu'elle avait eu de l'industriel Franck Charlebois. Le bébé n'avait pas survécu et Laura remisait ce triste épisode de son passé dans les souvenirs pénibles liés à ses années d'amnésie.

—Non, non, j'ai trop mal! s'égosilla Betty. Non!

La malheureuse poussa un affreux cri d'agonie. Au rez-de-chaussée, ce hurlement épouvantable provoqua la consternation.

Marie, qui jouait avec Louis dans le salon des Chardin, l'entendit et elle se boucha les oreilles. Charlotte en trembla.

—C'est maman! dit la fillette, les yeux dilatés par l'effroi.

Mireille accourut. Elle prit la petite dans ses bras et la câlina.

—Ne crains rien, ma mignonne! dit-elle avec une gaîté forcée. Ce soir, tu auras une petite sœur ou un petit frère. Les dames ne peuvent pas s'empêcher de crier.

—Mais oui, ajouta Charlotte, qui imaginait déjà le pire.

—Est-ce que je peux aller voir maman? demanda Marie en pleurant.

—Pas encore, dit la gouvernante. Tiens, voilà de la visite!

C'était Hermine qui entrait à toute allure dans le bureau pour téléphoner. Elle avait un débit haché qui trahissait un début de panique. Charlotte vint aux nouvelles.

—Il y a un problème? dit-elle à voix basse.

—Oh oui! souffla la jeune femme. Le bébé avait trois tours de cordon autour du cou. Il est mort-né. Maman était dans la chambre et elle a failli s'évanouir. Betty saigne beaucoup. Le docteur arrive immédiatement. Dieu merci, la route est praticable en cette saison. Charlotte, j'ai peur... Madame Babin a insisté, le médecin doit passer prévenir le curé.

Marie écoutait dans le couloir. Elle avait faussé compagnie à Mireille sous le prétexte d'aller à la toilette. Son petit cœur de huit ans se mit à battre follement. Elle sortit et courut droit chez elle.

*

À Roberval, les enfants quittaient la cour de l'école. Kiona vit tout de suite Madeleine et lui prit la main. Laurence et Marie traînaient un peu, accaparées par Rose Couture, leur meilleure camarade à toutes les trois.

—Madeleine, supplia la fillette, emmène-moi à l'église. Je connais mes prières, celles que tu m'as apprises. Je dois prier le Dieu des Blancs!

—Mais qu'est-ce que tu as, Kiona? s'étonna la nourrice. Tu ne vas même pas à la messe.

—C'est très important, gémit la petite. Si tu n'as pas le temps, laisse-moi y aller toute seule.

—Hermine m'a bien recommandé de ne pas vous quitter un instant. Si tu penses que c'est vraiment important, nous irons tous ensemble. Mais je crois qu'il s'agit d'un caprice...

Kiona planta ses yeux dorés dans les prunelles brunes de la jeune Indienne. Un tel chagrin se lisait dans ce regard enfantin que la nourrice céda aussitôt.

—D'accord, nous irons à l'église Notre-Dame, promit-elle. Dès que j'aurai récupéré Mukki.

Cinq minutes plus tard, ils pénétraient dans le sanctuaire, désert à cette heure de la journée.

Madeleine y venait assister aux offices du dimanche, mais elle était heureuse de retrouver ce cadre plein de sérénité qui lui était si cher. Sa foi demeurait vive, et ce fut pour elle une joie immense de contempler les vitraux, Jésus sur sa croix à gauche de l'autel, et les hauts chandeliers en cuivre garnis de cierges.

—Ne faites pas de bruit, ordonna-t-elle aux enfants.

L'exhortation ne s'adressait pas à Kiona, qui s'était déjà agenouillée sous la statue du Christ.

—Pourquoi elle fait ça? interrogea Mukki. Tala prie Manitou au bord du lac, pas ici.

—Chut! fit Madeleine. Tais-toi.

Les mains jointes sur ses genoux, Laurence admirait les belles images représentées sur les vitraux. Elle porta son attention sur le chemin de croix. « Quand je serai grande, moi aussi je ferai des dessins aux vitraux! » songeait-elle. Quant à Marie, elle balançait ses pieds d'avant en arrière, impatiente de jouer avec la balle en tissu rouge que son père lui avait offerte lors de son dernier passage. « Moi, je préfère Manitou! Je suis une Indienne, pas une Blanche. Un jour, j'aurai les cheveux noirs comme grand-mère Tala », se disait-elle avec une moue déterminée.

La nourrice observait Kiona dont la charmante silhouette paraissait figée dans une attitude d'imploration, alors que son visage était tendu vers celui de Jésus. Elle devait prier tout bas.

« Pauvre enfant! pensait Madeleine. Comment trouvera-t-elle sa place dans ce monde? Quels sont les esprits qui lui dictent ses actes et ses rêves? Dieu l'a-t-il pourvue de dons extraordinaires en prévision d'un destin particulier? Hermine m'a confié que les religieuses voyaient parfois dans ces manifestations étranges la marque du diable. Je ne peux pas le croire. Kiona a quelque chose d'un ange, mais, ces dernières semaines, elle ne sourit plus. »

Kiona se détachait peu à peu de la réalité. Elle

ne sentait plus le froid des dalles polies sous ses genoux ni le parfum capiteux de l'encens. De toute son âme, de tout son être, elle priait la Vierge Marie, Jésus et Dieu le père.

« Il ne faut pas que la dame meure, Dieu! Dites, je me suis trompée. Si elle meurt, il y aura trop de chagrin à Val-Jalbert. Hermine sera très triste; Simon et Charlotte aussi. La petite fille aussi, Marie, et puis le gentil garçon qui a une auréole blanche sur ses cheveux. Dieu des Blancs, écoutez-moi, je vous en prie... C'est moi, Kiona! »

Val-Jalbert, même jour

Marguerite Babin n'essuyait même pas les larmes qui coulaient sur ses joues. Elle donnait de petits coups de poing dans le ventre de Betty, afin de stimuler ses organes internes et de freiner l'épanchement de sang. Laura s'était chargée d'habiller le nouveau-né, un bébé d'environ quatre kilogrammes au teint bleuté. Elle l'avait allongé sur la commode, après avoir enlevé la layette désormais inutile.

La sage-femme venait de demander à Joseph de sortir de la pièce.

—Vous tournez en rond comme un ours en cage, monsieur, avait-elle soupiré. Votre épouse a besoin de repos.

Il était sorti, hagard, frappé de stupeur. Hermine, qui ne bougeait plus du palier, tenta de le rassurer.

—Le docteur saura quoi faire, Jo, assura-t-elle.

—Il viendra trop tard, gémit-il. Ma Betty se vide de son sang. Elle n'a plus la force de lever la main. Tout ça pour mettre au monde un enfant mort! C'était un beau petit gars...

Sa voix se brisa. Appuyé au mur, Joseph cacha son visage entre ses mains et sanglota sans pudeur. Assise sur la dernière marche de l'escalier, Marie se leva et s'approcha de son père.

—Papa, maman, elle ne va pas mourir? dit-elle tout bas.

—Que Dieu nous en garde! cafouilla-t-il. Retourne en bas, Marie. Tu as désobéi en venant ici... Descends, reste avec tes frères.

—Et Armand, papa? Il n'est pas là, lui?

—J'ai téléphoné à l'administration de la Citadelle, intervint Hermine. Ils n'ont pas de soldat Armand Marois dans leurs registres. Armand a sans doute intégré un autre régiment!

—Finaud comme il est, coupa Joseph, il joue sans doute les patriotes au fond des bois. Nous n'avons pas de preuve qu'il soit dans l'armée. Je suis bien servi, moi! L'aîné est paresseux, il plante des fleurs pour sa blonde; le cadet a disparu sur un coup de tête; Edmond vire à la bigoterie. Qu'est-ce que tu me feras endurer, Marie, quand tu seras grande? Tu vas te mettre à danser nue avec une parure de plumes, comme la Joséphine Baker, en France?

—Il ne faut pas lui dire des stupidités pareilles, Joseph, dit vivement Hermine, pleine de pitié pour la fillette.

—Non, papa, répondit Marie. Moi, j'entrerai au couvent, je serai religieuse et je n'aurai jamais de bébé...

Sur ces mots, elle fondit en larmes et alla se réfugier dans sa chambre.

« Mon Dieu! Faites que Betty soit sauvée! implora Hermine dans une prière qui montait du fond de son cœur. Elle m'a servi de mère, elle s'est dévouée toute sa vie pour sa famille, et particulièrement pour moi. Dieu d'amour et de bonté, elle est encore si jeune! Ses enfants ont besoin d'elle... »

Un remue-ménage au rez-de-chaussée précéda l'arrivée du docteur Brassard, sa mallette à la main. Il salua Joseph et Hermine en soulevant son chapeau.

—C'est cette porte, dit tout bas la jeune femme, blême d'angoisse.

Simon gravit quelques marches, suivi d'Edmond. Les jeunes gens semblaient en état de choc. Ils avaient pris conscience de la gravité de la situation en voyant entrer le curé de la paroisse Saint-Jean-de-Brébeuf. Hermine les rejoignit.

—Le prêtre, c'est pour le bébé? s'enquit Edmond. Maman va mieux, n'est-ce pas? Le docteur va faire le nécessaire?

—Je le suppose, répliqua-t-elle. Nous devons avoir confiance.

Son regard bleu, humide, démentait cette affirmation. Simon tapa du poing contre la cloison.

—Maman ne peut pas mourir, s'écria-t-il. Mimine, pitié, dis-moi qu'elle va s'en sortir! Ce soir, nous lui servirons un bon repas, nous serons tous réunis autour d'elle.

—Je le souhaite, Simon, répondit-elle sans pouvoir cacher ses propres craintes.

Ils entendirent alors une porte s'ouvrir et la voix grave du docteur Brassard qui parlait à Joseph.

—Monsieur, je suis désolé... Une hémorragie... Il n'y a rien à faire. Madame Marois désire voir ses enfants. Elle ne souffre plus; elle va partir tout doucement.

—Non! Non! Betty! Ma Betty! hurla Joseph. Betty!

Son pas pesant ébranla le plancher quand il alla en titubant jusqu'au lit de son épouse. Marie sortit de sa chambre, sa petite figure de cire vieillie par le chagrin. Hermine resta un instant pétrifiée. Elle refusait d'admettre l'inéluctable. Simon la bouscula pour passer, car elle était toujours à mi-chemin dans l'escalier, entre le premier étage et la cuisine. En pleurs, Laura traversa le couloir sous ses yeux. Elle allait chercher Marie.

Tout se déroulait à présent dans un calme singulier. Le curé, averti par Edmond, monta à son tour d'une démarche lente, presque solennelle. Il jugeait préférable de donner l'extrême-onction à la mourante avant de la laisser faire ses adieux aux siens.

Marguerite Babin rangeait ses instruments après s'être lavé les mains dans le cabinet de toilette du palier. Une expression de profond dépit sur le visage, la sage-femme jeta un ultime regard à sa patiente.

—Je suis bien désolée, madame Marois, balbutia-t-elle. Que Dieu vous ait en sa sainte garde...

Assis au bord du lit, Joseph dévisageait Betty d'un air effaré. Il faisait chaud dans la pièce où flottait une désagréable odeur de sang.

—Tu ne vas pas me quitter, bredouilla-t-il. Toi, ma tendre et bonne Élisabeth, ma petite Betty! Alors, c'est fini, tu nous abandonnes?

—Jo, je t'ai tant aimé... dit-elle d'une voix faible. Vite, monsieur le curé est là. Je dois me confesser. Joseph, laisse-nous. Ce ne sera pas long. Prépare nos enfants. Je ne m'en irai pas sans les avoir embrassés...

Il sortit à contrecœur en maîtrisant mal sa colère: on lui volait de précieuses minutes auprès de son épouse.

«Non, pesta-t-il intérieurement, c'est pas la peine qu'elle se confesse, ma femme. Seigneur, il n'y en aura pas de meilleure sur terre que ma Betty.»

Sur le palier, Joseph découvrit ses fils et sa fille Marie blottie contre Hermine, ainsi que Laura et Jocelyn. Livide, Charlotte se tenait à l'écart. Mireille, qui s'occupait de Louis, lui avait conseillé d'aller soutenir son fiancé dans cette cruelle épreuve.

—C'est la fin, déclara l'ancien ouvrier en reniflant. Votre mère veut vous dire adieu, mes enfants. Il manque Armand, mais comment le dénicher, celui-là? Mimine, tu attendras ton tour; je pense qu'elle voudra te voir toi aussi.

—Bien sûr, dit-elle à mi-voix.

Ils étaient tous abasourdis, assommés par l'imminence de cette mort. Personne n'osa dire un mot. De la chambre leur parvenaient des murmures confus. Le curé sortit enfin en se signant. Il toisa Joseph avec une expression étrange et prit congé en indiquant que le docteur Brassard l'attendait dans la rue pour le reconduire à Roberval.

Edmond se mit à pleurer bruyamment. Simon le prit par l'épaule.

—Du cran, petit frère! Fais un effort quand tu seras devant maman. Nous devons être dignes d'elle pendant ses derniers moments. Elle a toujours été fière de toi. Sois à la hauteur!

—Je ne pourrai jamais tenir le coup! gémit l'adolescent. Je l'aime si fort!

—Venez, leur dit Joseph, bouleversé. Elle n'en a plus pour longtemps.

Ils entrèrent en silence et se placèrent autour du lit. Betty leur parut très belle, le teint cireux, les yeux agrandis par une sorte d'exaltation mystique. Sa chevelure frisée d'un blond clair encadrait ses traits délicats.

—Marie, ma petite fille bien-aimée, approche, dit-elle d'une voix infiniment douce. Donne-moi ta main. Je veux que tu sois sérieuse et travailleuse, que tu aides ton père dans les travaux du ménage et de la cuisine. Il faut aussi que tu travailles bien à l'école. Je veillerai sur toi, ma chérie, de là-haut.

Terrifiée, Marie hocha la tête. Cela ne pouvait pas être vrai, sa mère n'allait pas mourir d'une seconde à l'autre. La fillette se mordilla la lèvre inférieure pour ne pas sangloter.

—Sois courageuse, mon enfant, honore le beau prénom que je t'ai choisi, en hommage à la très sainte Vierge Marie. Simon, mon premier-né, approche-toi aussi. Je te remercie, mon fils. Tu m'as toujours soutenue et choyée. Je te confie ta sœur, tes frères cadets et aussi ton père. Tu es plus fort que tu le crois, mon fils; n'aie peur de rien...

Betty avait du mal à parler. Elle fixa Edmond d'un air extasié.

—Mon cher petit Ed, toi, tu prieras pour l'âme

de ta mère, n'est-ce pas? Suis ta voie, mon chéri. Mon Dieu, je ne te verrai jamais en soutane…

—Si, maman! Tu me verras du ciel, protesta-t-il entre deux gros sanglots.

Elle voulut se redresser un peu, mais elle était trop faible et son corps ne lui obéissait plus. Joseph la prit dans ses bras et la maintint en position assise.

—Ma femme adorée, hoqueta-t-il, tu vas nous manquer! Je t'aime, ma Betty, je n'ai aimé que toi, depuis le jour où je t'ai aperçue, au bal du premier de l'An à Chambord.

—Jo, mon pauvre Jo, je t'abandonne en chemin… Je t'en supplie, si tu rencontres une brave femme bien douce, il faudra te remarier, que notre Marie ait une mère. Elle est si petite!

—Jamais! hurla-t-il, la face cramoisie, ivre de désespoir.

Betty fut incapable de répondre. Elle jeta un coup d'œil au bébé, tout vêtu de blanc, qui gisait sur la commode comme un poupon oublié.

—Mimine, viens vite! appela Simon. Elle passe…

La jeune femme entra en trombe, une expression d'immense chagrin sur le visage. Jocelyn et Laura se glissèrent discrètement dans la pièce.

—Betty, ma chère Betty, sanglota Hermine, je t'aime tant, de tout mon cœur! Sois en paix et repose-toi, je veillerai ma vie durant sur ta famille, cette famille qui est aussi la mienne.

Élisabeth Marois cligna des paupières; un sourire triste plissa ses lèvres décolorées. Elle rassembla ses ultimes forces pour supplier du bout des lèvres :

—*Le Chant des adieux*, ma petite Mimine…

Hermine comprit la prière de la mourante. D'une voix faible, tremblante, elle entonna le refrain qui célébrait à la fois le chagrin des séparations et l'espérance des retrouvailles, sur terre ou dans l'au-delà.

—*Ce n'est qu'un au revoir, mes frères… Ce n'est qu'un au revoir… Oui, nous nous reverrons, ma Betty, nous nous reverrons…*

Betty s'éteignit en quelques secondes, après avoir fermé les yeux. Elle fut à peine secouée d'un frémissement. Joseph, hagard, la tenait toujours contre lui. Il l'embrassa sur le front et fondit en larmes. Laura se signa. Simon poussa une plainte rauque. Edmond prit Marie dans ses bras. La fillette appelait sa maman tout bas, dans une supplique bien vaine.

Marguerite Babin était remontée sans bruit. Du seuil de la chambre, elle assista à cette scène tragique, le cœur lourd. Il lui appartenait de faire la toilette de la défunte. Charlotte, qui était restée dans le couloir, lui tapota l'épaule.

—Est-ce que madame Marois est morte? interrogea-t-elle.

—Hélas, oui, ma pauvre demoiselle. Vous ne lui avez pas fait vos adieux?

—Je n'ai pas osé, avoua la jeune fille. Mais j'ai beaucoup prié.

En proie à une réalité toute personnelle, Charlotte luttait pour se raisonner. Elle était glacée, envahie par une colère qui lui faisait honte. Certes, elle avait de l'affection pour Betty, mais son décès coupait court à son rêve le plus précieux. « Notre mariage... songeait-elle, effrayée par ses propres pensées. Simon voudra le retarder et c'est bien normal. Mon Dieu, pourquoi? J'étais si heureuse et tout s'effondre! »

Cependant, quand la sage-femme s'avança pour présenter ses condoléances, elle la suivit et rejoignit Simon.

—Mon pauvre chéri, j'ai si mal pour toi! bafouilla-t-elle, des larmes plein les yeux, en lui caressant la joue.

Il n'y fit même pas attention, fasciné par le spectacle qu'offrait sa mère. Joseph l'avait allongée. Il continuait à déposer de légers baisers sur son front. Enfin, il s'en détacha, pour aller observer le petit cadavre de l'enfant.

—Je veux que tout soit fait selon la tradition, énonça-t-il. Betty l'aurait souhaité... Ses parents arrivent demain matin. Ils nous aideront. Mon épouse sera exposée dans le salon, avec notre fils, Sylvestre Marois. Ils auront un beau cercueil, en bois verni avec des poignées argentées. J'ai des économies, et ma Betty en profitera.

—Je suis à votre disposition, Joseph, lui dit Jocelyn. Je peux m'occuper des obsèques, ou du moins me rendre utile.

—Merci, c'est bien aimable.

Madame Babin les pria de sortir. Laura insista pour la seconder dans ce qui était une autre épreuve fort pénible. Il fallait changer les draps, laver le corps et l'habiller.

Simon et Edmond durent soutenir leur père dans l'escalier. Hermine emmena Marie qui continuait à appeler sa mère.

—Attends-moi, Mimine! gémit Charlotte, en pleurs. Nous ferions mieux de retourner à la maison; il faut prévenir Mireille.

—C'est ce que je comptais faire, répliqua la jeune femme. Marie, tu dormiras chez nous, ce soir.

La fillette demanda alors si elle pouvait emporter sa poupée.

—Bien sûr! Va vite la chercher, ma chérie.

Dès qu'elle fut seule avec Charlotte, elle ajouta:

—Ce qui arrive est vraiment abominable, mais nous devons être fortes, pour Marie surtout. Moi-même, je ne peux pas l'accepter. Il me semble que tout ça est faux, que je vais me réveiller...

—Je voudrais bien que ce soit un cauchemar, renchérit la jeune fille. Moi, je peux tracer une croix sur mon mariage...

D'abord, Hermine douta de ce qu'elle venait d'entendre, puis elle éprouva du dégoût mêlé de fureur. Excédée, à bout de nerfs, elle gifla Charlotte de toutes ses forces.

—Sors d'ici, lui ordonna-t-elle. Va te lamenter

ailleurs sur ton sort! Betty t'a accueillie sous son toit pendant des mois. Ces dernières semaines, elle te traitait comme sa fille, puisque tu es fiancée à Simon. Maman a raison, tu te crois le centre du monde!

Une main sur sa joue en feu, Charlotte lui lança un regard incrédule.

—Pas du tout, riposta-t-elle, mais j'ai droit au bonheur, autant que toi qui as pu épouser l'homme que tu aimais! J'ai beaucoup de peine pour Betty, mais ça, tu t'en moques!

—Tu as surtout de la peine pour toi! Va-t'en! Je ne reconnais plus la Charlotte que j'adorais...

La jeune fille prit la fuite, effarée par la dureté de celle qu'elle considérait comme une grande sœur. Dehors, le ciel se couvrait de nuages couleur de plomb. Des coups de tonnerre grondaient au loin.

Mireille guettait l'allée, de plus en plus angoissée. Elle vit accourir Charlotte et se précipita sur le perron.

—Alors? lui demanda-t-elle. J'ai réussi à coucher Louis, il fait une petite sieste. L'orage menace.

—Betty est morte! Le bébé aussi.

—Seigneur, gémit la gouvernante, quelle horreur! Nos pauvres voisins...

—Je suis si triste! ajouta Charlotte. C'est une journée effroyable.

—Tout va de mal en pis. J'ai écouté le poste de radio de monsieur Jocelyn. Les troupes allemandes sont entrées dans Paris. J'en ai pleuré, même si je ne suis pas française. Et là, tu m'annonces ça... La mère et le petit, morts tous les deux.

La gouvernante se signa, blême, semblant sur le point de s'évanouir. À petits pas, elle alla s'asseoir dans le fauteuil à bascule de Laura, installé sous l'auvent. De gros sanglots la secouèrent, qu'elle étouffait dans son mouchoir en se balançant au rythme de son chagrin.

—Mon Dieu, s'exclama-t-elle encore, les femmes paient trop cher leur rôle de mère. Tu devrais faire comme moi, Charlotte, et rester vieille fille.

—Ne t'inquiète pas, c'est exactement ce qui risque de m'arriver! rétorqua-t-elle.

Sur ces mots, elle entra dans la belle demeure des Chardin et se réfugia dans sa chambre. De nouveau, le tonnerre ébranla l'atmosphère chargée d'électricité. Quelques minutes plus tard, il pleuvait.

Au bord du lac, à Roberval, Kiona contemplait le jeu des vagues grossies par le vent chaud. Tala était assise à ses côtés.

—Le ciel pleure, maman, observa la fillette. Le Dieu des Blancs ne m'a pas écoutée. Madame Marois est morte; son enfant aussi.

—En es-tu sûre? insista l'Indienne.

—Oui, je les avais vus en rêve, couchés dans un cercueil. Mais je n'ai rien dit parce que les rêves peuvent mentir... Maman, je veux rentrer, maintenant. Tu dois téléphoner à Mine.

—Je vais le faire, ma fille. Cette femme comptait beaucoup pour elle.

La pluie composait une douce chanson, un peu mélancolique. Kiona se leva et prit la main de sa mère.

21
Après l'orage

Val-Jalbert, même jour

Jocelyn venait de quitter la maison des Marois avec la petite Marie qui serrait sa poupée contre son cœur comme si le jouet pouvait la protéger de son grand chagrin. Hermine savait que la fillette trouverait du réconfort auprès de Mireille, qu'elle aimait beaucoup. Elle préférait rester encore un peu chez ses voisins, dans l'espoir de se rendre utile et aussi pour éviter de revoir tout de suite Charlotte. C'était la première fois qu'elles se querellaient aussi violemment.

Joseph s'était assis sur la dernière marche de l'escalier, à l'étage, incapable de s'éloigner de la chambre où Laura et Marguerite Babin poursuivaient leur triste tâche.

—Jo, je descends préparer du thé, lui dit-elle. Cela fera du bien à tout le monde.

Elle connaissait chaque détail de la maison et s'affaira dans le chant de la pluie sur le toit et sur la terre poussiéreuse de la rue Saint-Georges, en songeant que le ciel semblait célébrer à sa manière la mort de Betty. C'était pour elle un dérivatif efficace à sa douleur d'accomplir des gestes quotidiens, très ordinaires. Son cœur se serra cependant lorsqu'elle vit le gros pot en fer dans lequel Laura avait mis de l'eau à chauffer.

—Pauvre petit! murmura-t-elle.

—Oh oui, reprit Edmond, mon pauvre petit frère qui n'a pas vécu une heure sur cette terre! Je ne le connaîtrai jamais, cet enfant.

Les coudes sur la table, il releva la tête. Il avait les paupières meurtries et le nez rougi. Pleine de compassion, Hermine lui tapota l'épaule. Edmond était si grand et si sérieux qu'on oubliait facilement son âge. Pourtant, il n'avait que quatorze ans.

—Je prie pour maman, dit-il. Elle mérite sa place au ciel, avec Sylvestre...

—Ed, je suis tellement malheureuse! Qui aurait pensé qu'une tragédie pareille nous frapperait?

Il approuva en silence. Elle disposa plusieurs tasses sur la table, puis la théière et le sucrier.

—Où est Simon? demanda-t-elle.

—Il est sorti fumer une cigarette dans la cour. Il faut le laisser en paix, Mimine. Nous avons tous besoin de pleurer maman, et pas forcément devant témoin.

La remarque de l'adolescent l'accabla. La famille mettrait du temps à accepter le décès de Betty, à faire son deuil. Elle servit du thé en essuyant discrètement ses propres larmes.

—J'y pense... Simon m'a dit qu'il allait chercher Chinook et Eugénie au pré, ajouta Edmond. Le père n'aime pas que nos bêtes passent la nuit dehors. J'aurais dû l'accompagner, mais je voudrais retourner au chevet de maman, quand elle sera prête...

—Je comprends, soupira-t-elle.

Hermine sortit par la porte donnant sur la cour et les bâtiments, la poitrine prise dans un étau, la gorge nouée, tant elle se retenait de sangloter. Elle descendit les étroites marches en bois. « C'est par ici que j'ai vu sortir Paul Tremblay, au mois de décembre, songea-t-elle. Il avait tout d'un bandit qui vient de faire un mauvais coup. Ce jour-là, il avait sûrement dérobé les clefs du couvent-école... »

Le ciel se dégageait déjà. Des cohortes de nuages gris défilaient, poussés par le vent chaud. Le soleil réapparut, irisant les derniers filets de pluie. « Il est bien tôt pour rentrer les bêtes! » se dit la jeune femme en jetant un coup d'œil mélancolique sur le chemin qui menait aux deux prés des Marois. L'herbe humide scintillait, piquetée de fleurettes jaunes; les haies d'un vert vif regorgeaient d'oiseaux chanteurs.

Ce fut au pied d'un jeune érable que Kiona lui apparut. La fillette la fixait avec un air dur, le bras tendu dans la direction qu'avait dû suivre Simon. Cela ne dura qu'une seconde, si bien qu'Hermine aurait pu croire à une hallucination. Mais elle évita de réfléchir et s'élança sur le sentier. Jamais elle n'avait couru aussi vite, éperonnée par un sentiment d'urgence. Le regard doré de Kiona l'obsédait, lourd de reproches.

—Simon! hurla-t-elle. Simon!

Elle avait beau scruter le chemin et le paysage alentour, le jeune homme ne s'y trouvait pas. Mais, dans le sous-bois, sur sa gauche, elle crut deviner un éclat blanc dans un arbre. C'était lui. Sa chemise immaculée l'avait trahi.

—Simon! appela-t-elle.

Il se tenait en équilibre instable à la fourche du vieil orme où, enfants, ses frères et lui avaient construit une sorte de cabane, depuis longtemps détruite par la neige et les tempêtes. Hermine poussa un cri d'horreur.

—Non! Ne fais pas ça!

Le fils aîné des Marois avait une corde autour du cou, dont l'extrémité était attachée à une grosse branche. S'il se jetait de son perchoir, tout serait terminé pour lui. La jeune femme agita les bras en hurlant de plus belle.

—Pitié, Simon, je t'en prie! Arrête! Ne saute pas!

—Va-t'en! répondit-il d'une voix altérée par une détresse infinie. Laisse-moi, je n'en peux plus!

Il faillit trébucher et tomber vers l'avant. Désespérée, Hermine le fixait.

—Tu ne vas pas quand même pas te pendre! dit-elle en approchant de l'arbre. Simon, tu n'as pas le droit de mourir. Écoute-moi. Tu viens de perdre ta mère, je sais que c'est horrible, insupportable, mais pense à ta petite sœur, à ton père, à Ed... Tu veux ajouter à leur souffrance? Je t'en supplie, ôte ce nœud coulant de ton cou. Fais-le pour moi, au moins. Je t'aime comme un frère, Simon...

Dans un geste solennel d'imploration, elle avait plaqué ses paumes contre l'écorce rugueuse du vieil orme.

—Tu n'oseras pas te supprimer devant moi, cria-t-elle. Tu ne peux pas m'imposer cette vision-là. Simon, que dirait Betty, si elle te voyait? Peut-être même qu'elle te voit et se lamente... Avant de s'éteindre, elle t'a confié tes frères et ta sœur en t'affirmant que tu étais plus fort que tu ne le croyais! Et elle avait raison. Aie pitié de nous, enlève cette corde! Je ne m'en irai pas, ça non, je vais rester ici jusqu'à ce que tu renonces à te tuer.

Secouée de sanglots convulsifs, Hermine demeurait la tête renversée en arrière pour ne pas quitter Simon des yeux.

—Pourquoi? Mais pourquoi? hoqueta-t-elle. Et Charlotte, tu as pensé à Charlotte? Au mal que tu lui feras?

—Ce sera beaucoup mieux pour elle, rétorqua Simon. Je ne la rendrai jamais heureuse. Ma mère a eu son temps de bonheur, au début de son mariage, mais ça ne m'arrivera jamais...

Au grand soulagement de la jeune femme, il se débarrassa néanmoins de l'inquiétant collier de chanvre.

—Descends, nous allons discuter. Tu as eu un coup de folie, rien d'autre. Viens, je t'en prie!

Simon dégringola de l'arbre en glissant le long de la corde, toujours attachée à la branche. Il atterrit un peu rudement à côté d'Hermine, avec une grimace de douleur.

—Ayoye! Ma cheville! C'est ta faute, ça!

—Tu voulais te suicider et tu te lamentes pour une petite douleur à la jambe! dit-elle en souriant. Mon pauvre Simon, la peur que j'ai eue!

Elle l'étreignit, bouleversée de sentir son corps

contre le sien, bien vivant. Après sa fanfaronnade, il se mit à pleurer.

—Merci, mon Dieu! s'exclama-t-elle. Si j'étais arrivée cinq minutes plus tard ou dans une heure, j'aurais découvert un cadavre. Oh! Simon, comment as-tu pu envisager un instant de mourir toi aussi? Allons, asseyons-nous. Dis-moi ce qui t'a pris?

Hermine l'obligea à s'installer près d'elle. Comme s'il s'agissait d'un enfant malade, elle le caressait en lissant ses cheveux bruns. Vaincu par tant de tendresse, il s'allongea et enfouit son visage dans sa jupe. Le tissu de soie rose fut vite imbibé de larmes. Il changea un peu de position pour trouver refuge contre son ventre de femme doux et chaud.

—Là, là, répétait-elle, calme-toi! Je sais ce que c'est... J'ai cru devenir folle quand mon bébé est mort. Mon Victor. C'était à la fin de l'automne. J'ai réappris à vivre. Le temps apaisera ta douleur, Simon. C'est terriblement injuste que notre chère Betty soit morte si vite, si jeune. Mais tu dois honorer sa mémoire en continuant à vivre, toi...

—Ce bébé nous l'a prise, un bâtard, sans doute! maugréa-t-il en se redressant à peine. Je maudis Tremblay. C'est lui le père, j'en suis sûr. Ce salaud a souillé ma mère et, en fin de compte, il l'a tuée!

—Nous n'en savons rien, Simon. De toute façon, ce n'est pas une raison pour te pendre. Excuse-moi de te dire une chose pareille, mais bien des femmes meurent en couches. Même dans les hôpitaux. Avant la naissance de Mukki, avant celle des jumelles, j'ai songé au risque que je courais. Je me disais que c'était peut-être mon dernier jour.

Il se releva brusquement et s'assit, les jambes croisées. Il alluma une cigarette.

—Dans ce cas, les hommes qui désirent un enfant sont des assassins en puissance. Autant s'abstenir d'avoir une descendance.

Il se tourna vers elle, les traits défaits par une immense détresse, la bouche amère.

— N'exagère pas! Reconnais que, au Lac-Saint-Jean, il y a des familles nombreuses, de dix ou douze, voire de quinze enfants.

— Peu importe! Je suis trop malheureux! lança-t-il.

— C'est bien normal... Mais tu dois être courageux. Joseph aura besoin de toi à l'avenir. Il n'a pas toujours été un père accommodant, mais il t'aime.

Simon secoua la tête en pleurant de plus belle. Il jeta son mégot et se réfugia à nouveau dans les bras de la jeune femme. Hermine le berça et le réconforta de son mieux, alors qu'elle avait elle-même le cœur brisé. « Comme c'est surprenant! songeait-elle. Le contact de Pierre me répugnait, j'avais honte qu'il m'ait touchée, mais cela ne me dérange pas de tenir Simon contre moi. Si j'avais eu un frère de son âge, j'aurais sûrement ressenti ça. Mais je suis sotte! C'est vraiment mon frère, j'ai grandi avec lui. Nous nous sommes chamaillés pour un jouet et nous avons fait des bêtises ensemble... »

— Je te le répète, tu es comme mon frère, assura-t-elle avec tendresse. Hélas, je ne sais plus comment te redonner confiance. Même si je te parlais de Charlotte, qui est ta fiancée, j'ai l'impression que cela ne te consolerait pas. Je me trompe?

— Non, Mimine! articula-t-il péniblement. Je ne l'aime pas de la manière que je devrais l'aimer. Je l'aime comme je t'aime, toi. Vous êtes mes petites sœurs, mes amies. Si j'ai voulu me pendre, c'est à cause de ça. Je suis un malade, entends-tu, un sale malade!

Cette déclaration fut suivie d'un sanglot rauque. Abasourdie, Hermine crut deviner. Simon avait la réputation d'être un coureur de jupons.

« Mon Dieu! Peut-être qu'il a contracté ce mal effroyable, la syphilis, pensa-t-elle avec consternation. Quand il travaillait à Montréal, il a pu fréquenter des prostituées... »

— De quelle maladie es-tu atteint, Simon? interrogea-t-elle d'une voix tendue.

—Je suis anormal. Autant te l'avouer à toi, Mimine. Tu es peut-être la seule personne capable de ne pas me mépriser. Je m'en fiche bien que tu saches la vérité, puisque je ne vivrai pas longtemps. Tu m'as empêché de mourir, mais je recommencerai un jour ou l'autre et tu ne seras pas là. Et si je meurs, je serai damné; Dieu n'aura pas pitié de moi.

La jeune femme ne comprenait absolument pas ce qui torturait Simon. Elle en conçut une véritable inquiétude, teintée d'un début d'exaspération.

—Parle-moi franchement maintenant! soupira-t-elle. Je ne peux pas t'aider si tu ne t'expliques pas. En quoi pourrais-tu être anormal?

—Si tu crois que c'est facile à dire! lâcha-t-il en s'asseyant à nouveau. Je m'en suis aperçu au collège, même si je n'ai pas suivi les cours très longtemps... Parfois, j'avais envie de prendre un de mes camarades dans mes bras, je ressentais des choses bizarres à son égard. Je ne savais pas pourquoi j'éprouvais ce besoin, mais déjà j'avais un peu honte. Alors, j'ai fait semblant d'aimer la bagarre, je narguais les autres gars dans la rue, le vendredi soir. Ensuite, tu te souviens, je suis parti pour Montréal, ce que ta mère m'avait recommandé. J'avais dix-sept ans. Le soir, je sortais, j'allais danser et, bien sûr, je plaisais aux filles. Mais j'avais beau les serrer contre moi, au bal, cela ne me faisait rien. Ce sont les hommes, qui m'attirent, Mimine. Quand je n'ai plus eu aucun doute à ce sujet, je n'ai eu qu'une idée : me supprimer. Je me sentais indigne de vivre, je me considérais comme une sorte de monstre. Si je n'ai pas encore passé à l'acte, c'était pour ne pas causer de chagrin à maman. Mais elle n'est plus là...

Hermine resta muette d'étonnement. Elle ne parvenait pas à croire ce qu'elle venait d'entendre. Simon en profita pour la questionner :

—Je te dégoûte, n'est-ce pas?

—Non, protesta-t-elle. Je suis surtout très surprise. Je ne pensais vraiment pas à ça...

—Ne te fatigue pas, je sens à ta voix que tu es choquée. Si tu savais comme j'ai lutté contre ce mauvais penchant. Je m'entêtais à séduire le plus possible de blondes, je rencontrais leurs parents et, vite, je promettais des fiançailles et le mariage. Je ne voulais surtout pas éveiller les soupçons, ce qui aurait pu se produire si j'avais évité de fréquenter les jeunes filles. Et puis, je suis tombé amoureux d'un collègue, les quelques mois où j'ai travaillé au moulin de Riverbend, un homme un peu plus vieux que moi. Je m'arrangeais pour passer le plus de temps possible avec lui, mine de rien. Il avait l'air de m'apprécier. Un matin, je n'ai pas résisté; j'ai posé ma main sur son épaule, tout doucement comme pour une caresse. Ayoye! Il m'a cassé la figure aussi sec. Le jour même, j'ai quitté ce travail.

—Simon, je suis navrée, s'écria Hermine. Je n'ai jamais pensé que tu avais ce genre de problème. Tu nous racontais donc toutes tes amours pour donner le change?

—Le père aurait bien été capable de me réduire en bouillie, s'il avait su quel genre de fils il avait, ironisa-t-il.

La jeune femme assimilait petit à petit la confession de Simon. Elle en était profondément déroutée, mais elle était cependant, davantage qu'une autre personne, en mesure d'accepter la situation. Depuis bientôt six ans, elle fréquentait les milieux artistiques ou mondains, ce qui lui avait ouvert les yeux sur certaines réalités.

—Il y avait un jeune homme très sympathique, à Québec, qui était comme toi, dit-elle simplement. Il dessinait des modèles de costume. Lizzie, qui était une sorte de régisseur en jupons, l'adorait. Un soir, aussi, à New York, alors que je soupais dans un grand restaurant avec mon impresario, Octave Duplessis, il m'a présentée à un élégant monsieur d'une quarantaine d'années. Plus tard, il m'a révélé que cet homme vivait avec un acteur. J'en ai parlé à maman ensuite, quand je l'ai rejointe à l'hôtel. Elle m'a expliqué de quoi il s'agissait. Au début, j'étais gênée et vaguement dégoûtée, oui, mais ma mère a su me raisonner.

— Laura? s'étonna Simon que les propos d'Hermine avaient stupéfié. Ta mère connaît cette tare?

— Oui, et elle ne semble pas considérer ça comme une maladie, ni comme une tare. Il paraît que Colette, une célèbre écrivaine française, aimait les femmes et ne s'en cachait pas. Mais je t'accorde qu'ici, dans nos villages, les gens considèrent mal ceux qui ne sont pas dans la norme.

Hermine se tut, méditative. La discussion lui avait fait oublier quelques minutes la mort de Betty et la tentative de suicide de Simon. Elle décida de le protéger à tout prix.

— Il ne faut pas te supprimer parce que tu es différent, affirma-t-elle. Tu ferais mieux de partir d'ici, de chercher un job dans une grande ville. Pourquoi pas à New York? Ou bien en France, à Paris...

— Les troupes allemandes occupent Paris, Mimine. Je l'ai appris en allant à Roberval tout à l'heure!

— Ah! fit-elle. Je me demande où se trouve Octave, lui qui aimait tant la capitale, comme il disait en mettant la bouche en cœur! En somme, la guerre ne fait que commencer.

Simon hocha la tête. Il arracha des brins d'herbe et les tritura nerveusement.

— Je suis sûr qu'Armand avait compris, lui. Il ne m'a pas trahi, mais je lisais dans son regard qu'il me méprisait. C'est encore ma faute si mon frère a disparu. Il ne supportait pas de nous voir mariés, Charlotte et moi, parce qu'il savait que je ne pourrais pas la combler. Et c'est pour cette raison aussi que je ne veux pas être soldat. Je serais vite démasqué, dans l'armée.

— Mais non, voyons! Tu es taillé en athlète, tu es un sportif accompli... Je te connais depuis toujours et je n'ai jamais eu un seul soupçon.

— Vraiment? insista-t-il.

Perturbée, elle différa sa réponse. Ce trouble tenait à l'attitude de Simon vis-à-vis de Toshan. Elle revoyait des scènes récentes où son mari semblait inspirer une admiration inconditionnelle au jeune homme, et même une exaltation étrange. Du coup, elle le dévisagea avec perplexité.

— Qu'est-ce que tu as? s'inquiéta-t-il. Arrête de me fixer comme ça! Tout ce que tu viens de me raconter m'a fait tellement de bien! En plus, tu ne t'es pas enfuie en me traitant de pestiféré. Tu es si généreuse, si compréhensive. Je te jure une chose, je n'ai jamais eu de relation avec un homme. Je n'oserais jamais faire le pas...

— Simon! Est-ce que tu es amoureux de Toshan? demanda-t-elle sur un ton soucieux.

— Non, pas du tout, mentit-il. Je voudrais juste lui ressembler. Il a prouvé sa virilité si souvent... Ton mari est un homme exceptionnel, courageux, loyal et d'une beauté fascinante.

Ces derniers mots résonnaient de façon ambiguë dans l'esprit d'Hermine. Elle esquissa un sourire proche des larmes.

— Comme tu dois souffrir! observa-t-elle. Simon, il ne faut pas épouser Charlotte, dans ce cas. Elle a le droit de savoir la vérité.

— Ah, ça, non! coupa-t-il. Je l'épouserai et nous aurons un enfant. C'est l'unique moyen que j'ai de passer pour un homme ordinaire. Je t'en prie, Mimine, comprends-moi. Malgré tes bonnes paroles, je ne peux pas m'empêcher d'avoir honte. Je réussirai à me corriger. Un soir, j'ai embrassé Charlotte et je l'ai câlinée. J'arriverai à l'aimer comme elle le mérite. Et, si j'échoue, je me tuerai...

Elle le secoua par le bras, furieuse.

— La mort, toujours la mort! s'exclama-t-elle. Il y a d'autres solutions, je te l'ai dit et redit. Disparais, voyage, rencontre des gens plus ouverts d'esprit. Tu ne peux pas utiliser Charlotte ainsi, dans ton intérêt.

Simon, tu vas me faire une promesse, maintenant, une promesse sacrée en mémoire de Betty. Jure-moi que tu ne chercheras plus à te suicider, plus jamais! Si tu le fais, je m'en sentirai responsable. Cela signifiera que je n'ai pas su t'aider et te sauver.

Hermine se mit à pleurer à son tour. Elle avait l'impression de se battre avec l'énergie du désespoir pour sauver le fils de Betty, ce superbe garçon aux traits virils qui était né différent.

—Ce n'est pas ta faute, assura-t-elle. Je t'en supplie, promets-moi!

—Je te le promets! obtempéra-t-il brusquement. Tu as raison, c'est d'une lâcheté abominable, ce que j'ai voulu faire. Mais je vais devenir fou si je passe l'été icitte. Mon mariage ne se fera pas avant un an et Charlotte ne sera pas de bonne compagnie...

—Je l'ai justement giflée. Elle se plaignait de devoir tracer une croix sur ses noces. Mon Dieu! Elle m'a déçue... mais je n'aurais pas dû m'emporter.

Simon haussa les épaules. Il se saisit avec délicatesse de la main gauche d'Hermine pour la couvrir de baisers.

—Peut-être qu'elle la méritait, cette gifle! Ne t'en fais pas pour ça. Merci de m'avoir écouté sans répugnance ni colère. Sais-tu que je pense parfois à entrer dans un monastère, enfin, un ordre religieux? Je m'en sens capable, je t'assure. Dieu me pardonnera peut-être d'être un pervers, si je lui consacre ma vie entière.

—Mais tu n'es pas un pervers! dit-elle d'un ton déterminé. Et le Dieu que nous prions est un être de bonté et d'amour. Tu n'as jamais fait de mal à personne, tu n'es pas un criminel! Je ne peux pas considérer ma foi chrétienne sous cet angle. Pour moi, l'unique péché, c'est de tuer quelqu'un. Ou de se détruire quand on peut vivre encore des années.

—J'ai compris le sermon! dit-il, rasséréné, mais aussi très ému.

Hermine lui souriait, dorée par la lumière encore vive du soleil. Il la trouva très belle.

—On dirait un ange, mon ange gardien! dit-il à mi-voix.

Soudain, il fronça les sourcils, intrigué, avant d'effleurer sa joue du bout des doigts.

—Je n'avais jamais remarqué à quel point Kiona te ressemblait!

—Rien de plus naturel, c'est ma petite sœur, et j'en suis fière. Je regrette de ne pas pouvoir le dire au monde entier.

—Que de secrets, dans nos familles! déplora-t-il.

Simon se leva et lui tendit la main. Elle lança un coup d'œil consterné vers le village.

—On doit se demander où je suis partie! Je retourne chez toi. N'oublie pas ce que tu m'as promis.

—Je n'oublie pas, mais à présent je vais pour de bon chercher Chinook et notre vache. Seigneur, on pourrait se croire un soir ordinaire, mais non, maman est couchée là-bas, morte... Tout ce sang qu'elle a perdu... Cette odeur m'obsède. La malheureuse! Quelle injustice!

—Respecte la vie qu'elle t'a donnée, Simon. Je guetterai ton retour. Nous avons besoin de toi, tous.

Il s'éloigna, une cigarette au coin des lèvres. Hermine s'en remit à Dieu et au serment que le jeune homme lui avait fait. D'un pas lent de promenade, elle suivit en sens inverse le chemin bordé de fleurs jaunes. Le vent chaud, complice du soleil, séchait sur la soie de sa robe les traces laissées par les larmes de Simon. La nature alentour se parait déjà de douces couleurs et de suaves parfums pour la grande fête de l'été.

Val-Jalbert, dimanche 16 juin 1940

Il était très tôt. Hermine était seule dans le salon des Marois. La pièce était plongée dans une pénombre relative que déterminaient les rideaux tirés, doublés d'un autre tissu brun. Des chandelles brûlaient. Le cercueil où reposait Betty, son bébé lové contre sa poitrine, semblait occuper tout l'espace. La mise en bière avait eu lieu la veille, au coucher du soleil. Joseph avait dépensé sans compter. Son épouse, pour son dernier sommeil, reposait sa tête sur un joli coussin en velours blanc, assorti à la garniture tapissant les parois en érable teinté.

« Mon Dieu, quelle tragédie... songea Hermine. Ce pauvre Jo a même payé des frais d'embaumement à cause de la chaleur. »

Cela n'empêchait pas une odeur âcre, entêtante, de se dégager du corps. Incommodée, Hermine se hâtait de terminer la tâche qu'elle s'était assignée. Elle garnissait de fleurs tous les vases qu'elle avait pu rassembler. Les visiteurs allaient bientôt entrer pour rendre hommage à la défunte et à son enfant.

Le vendredi soir, seuls Jocelyn et Laura avaient participé à la veillée funèbre. Charlotte et Hermine s'étaient relayées, sans échanger un mot, au chevet de Marie. La fillette, anéantie par le chagrin, avait souffert d'une forte fièvre.

« Quelle affreuse journée et quelle soirée nous avons passées! se souvint-elle. Je ne supportais plus le visage fermé de Charlotte ni ses coups d'œil furibonds. Je lui ai demandé pardon, mais elle a fait celle qui n'entendait pas. Elle pourrait tout de même comprendre que j'étais à bout de nerfs. »

Une fois encore, elle regarda Betty. Ses traits lui parurent altérés, moins sereins. Le doux sourire qu'elle arborait dans la mort se changeait en une expression hautaine. Quant au petit Sylvestre, un voile de tulle couvrait son minuscule visage qui avait viré au mauve.

—Je n'en peux plus! s'avoua-t-elle tout bas. Qu'on en finisse! Hier, le corps était dans la chambre. Mais là, elle va rester exposée des heures.

Val-Jalbert n'avait plus d'église depuis plusieurs années. Les obsèques seraient donc célébrées à Roberval, mais l'inhumation se ferait dans le cimetière du village. Joseph n'avait pas voulu en démordre. Cela impliquait des dépenses supplémentaires, mais il s'en moquait.

—Toutes les piasses que j'avais mises de côté, répétait-il, c'était pour nos vieux jours, à Betty et à moi. Je veux qu'elle en profite.

Il faisait déjà chaud dehors. Hermine contempla la profusion de bouquets qu'elle avait pu composer à l'aube. La nature se souciait peu des conventions humaines. Dès la fin du printemps, les jardins à l'abandon du village devenaient un enchantement pour les promeneurs. Des rosiers envahissaient les façades des maisons et des remises; des lys d'un blanc velouté offraient leur parfum capiteux, tandis que des nuées de marguerites et de renoncules tapissaient les étendues d'herbe nouvelle.

« Ma chère Betty, si j'avais pu prévoir que tu nous quitterais si vite! Si tu pouvais parler, je suis sûre que tu me dirais que Dieu t'a punie pour ton péché. Mais c'est impossible, Dieu n'est pas aussi cruel. Nous savons tous le danger auquel s'expose une mère en donnant naissance à un enfant. Tes accouchements ont tous été difficiles. C'était une fois de trop. Je prierai pour toi de toute mon âme, ma Betty, chaque jour de ma vie. »

Un bruit de moteur retentit dans la rue Saint-Georges. Tout de suite, on marcha lourdement à l'étage. Joseph descendit l'escalier. Simon ramenait les parents de sa mère, qui avaient tenu à suivre l'office du matin. Le vieux couple, arrivé la veille, était très affecté par le décès brutal de leur fille unique.

—Élisabeth s'est mariée bien jeune, avait déploré sa mère, Casimira. Elle n'avait que seize ans. On ne se voyait guère depuis. Nous ne pouvions pas prendre de congé, avec la ferme à entretenir. Fernand a toujours des vaches. Notre fils Damasse a pris le relais et il nous seconde bien. Seigneur, nous n'étions pas préparés à cette perte!

Ils ne tardèrent pas à entrer dans le salon en se signant, tout de noir vêtus et la mine grave. Joseph apparut à son tour dans son costume de deuil. Hermine salua les nouveaux venus d'un petit signe de tête et prit place près du buffet pour ne pas déranger la famille. Elle éprouva alors une étrange impression d'engourdissement, comme si elle flottait dans un univers cotonneux. «Je n'ai rien mangé ce matin. Je n'ai même pas bu un thé», se reprocha-t-elle. Cependant, elle tenait à demeurer là, auprès de l'ancien ouvrier dont le chagrin lui déchirait le cœur. Simon et Edmond se présentèrent, les cheveux pommadés, portant une cravate et un chapeau.

Une autre voiture arrivait. C'était Jocelyn Chardin qui était allé à la gare de Chambord-Jonction pour ramener à Val-Jalbert deux frères de Betty, qui allèrent pleurer sans bruit devant la dépouille de leur sœur. Puis, ce furent Onésime et Yvette Lapointe qui vinrent rendre hommage à leur voisine.

Hermine se glissa dans la cuisine, de crainte d'avoir un malaise. Il faisait trop chaud et il y avait trop de monde. Elle sortit sur le perron et respira des bouffées d'air pur.

—Tu es livide, fit remarquer son père, resté près de l'automobile. Bois un verre d'eau, ma chérie.

—J'ai hâte que ce soit fini, avoua-t-elle.

Elle aperçut dans la rue sa mère qui approchait de son pas rapide, escortée de Charlotte. Toutes deux s'étaient habillées en noir.

—Nous venons dire adieu à cette chère Élisabeth, dit Laura. J'ai une requête de la part de Marie. La pauvre enfant ne veut pas voir sa maman dans le cercueil et, si Joseph l'oblige à venir, je redoute que son état de santé n'empire. Nous l'avons laissée au lit dans un état de bouleversement navrant. Mireille n'a pas pu nous accompagner; elle garde Louis et la petite.

Charlotte passa tout près d'Hermine pour entrer

dans la maison. Le visage dissimulé par une voilette, elle exprimait sa fureur par la raideur de son allure et son silence réprobateur.

—Et celle-ci nous boude! ajouta Laura. Il n'y a rien à en tirer. Elle ne fait des efforts que pour Marie. Ce n'est pas correct, de se comporter de la sorte, le jour des obsèques de cette pauvre Betty.

Le maire du village et son épouse, suivis par quelques voisins, mirent fin à la discussion. Il y eut bien des signes de croix, des condoléances murmurées, mais Hermine en manqua une bonne partie. Elle perdit connaissance sous l'auvent des Marois et se réveilla sur le sofa des Chardin, les tempes bassinées avec un mouchoir imbibé d'eau de Cologne.

—Toi, tu nous prépares un petit dernier pour l'hiver prochain! s'exclama Mireille en souriant.

—Non, c'est impossible. J'ai consulté le docteur et il m'a assurée que je n'étais pas enceinte. C'est que j'avais faim et soif; je n'avais rien pris depuis ce matin. Et puis cette odeur, dans le salon... Mon Dieu, et la cérémonie religieuse?

—Monsieur Jocelyn va t'y amener, n'aie pas peur. Tu n'es pas en retard l'assura la gouvernante en lui tapotant les joues. C'est ton père qui t'a portée jusqu'ici. Comme si nous n'avions pas assez d'émotions...

Roberval, même jour

Une foule recueillie sortait de l'église Saint-Jean-de-Brébeuf sous un chaud soleil dont la lumière vive s'accordait mal avec la tristesse générale. Ses rayons jouaient sur le noir luisant des vêtements de deuil qui avaient été nettoyés pour l'occasion. Ils servaient assez rarement et chacun s'en félicitait, en fait.

Joseph Marois était assailli de toutes parts. Bien connu dans la région et surtout à Roberval, l'ancien ouvrier recevait sur le parvis de l'église encore beaucoup de témoignages d'amitié et de compassion. Il faisait un veuf très digne, les traits tirés par le chagrin, mais droit, austère, imprégné de son rôle. Il devait à sa chère Betty de se montrer digne, poli et aimable.

Ses deux fils l'entouraient, échangeant eux aussi des paroles de circonstances et des poignées de main. Hermine, Laura et Jocelyn demeuraient près d'eux afin de bien prouver leur attachement à la famille, si durement touchée.

Un monsieur grisonnant à l'embonpoint manifeste se présenta à Joseph. Ils se dévisagèrent un long moment.

—Eh bien! mon pauvre Jo, tu ne me reconnais pas? Amédée Dupré, ton ancien voisin. J'ai appris la nouvelle hier et je suis venu. Je croyais que tu m'avais vu tout à l'heure, pendant la cérémonie. Toutes mes condoléances! Dieu, cette pauvre Élisabeth...

—Amédée! répliqua Joseph. Bien sûr que je te reconnais! Et ça me fait plaisir de te revoir. Depuis la fermeture de l'usine, je n'avais pas eu de tes nouvelles.

—J'ai travaillé dix ans à Arvida, à l'aluminerie, et je trime encore là-bas, mais dans les bureaux de l'usine. Annette n'a pas pu venir, elle est infirme, la malheureuse... Mais c'est Hermine!

La jeune femme le salua avec un aimable sourire. Petite fille, elle aimait beaucoup ce voisin jovial et toujours disposé à plaisanter. Amédée s'extasia ensuite devant Simon et Edmond.

—Et Armand, le cadet? Il est soldat, je parie, comme le mien!

La conversation porta un instant sur la guerre. Joseph se signa en faisant remarquer d'un ton amer:

—Ma chère épouse n'aura pas vu la guerre ronger les ressources et la force vive de notre Québec.

Jocelyn s'en mêla, à voix basse. Simon, agacé, s'éloigna à l'instant précis où un autre homme, coiffé d'un chapeau de feutre brun, vint tendre la main à Joseph.

—Mon pauvre ami, dit-il, je partage ta peine. Je sais ce qu'on ressent, hélas!

Hermine identifia aussitôt le nouveau venu. Il s'agissait de Marcel Thibaut, le père de Pierre. C'était déjà un homme malingre au crâne dégarni quand il travaillait à la pulperie de Val-Jalbert; il s'était encore étiolé et voûté.

—Marcel! s'étonna Joseph en retenant ses larmes. Dieu tout-puissant, si je m'attendais... Jocelyn, je te présente Marcel. Il a fait son temps à la fabrique dans mon équipe. Nous étions inséparables. Il a été veuf avant moi; sa femme Céline a succombé à la grippe espagnole. Il a perdu sa fille, Jeanne, presque le même jour. Saleté de maladie!

—Mon petit Sabin, mon aîné, en est mort en une dizaine d'heures... renchérit Amédée Dupré en serrant la main de Marcel Thibaut. Ah! Ce qu'on a ri, la nuit, au milieu des presses hydrauliques, dans ce vacarme qui nous obligeait à hurler pour jaser!

Laura secoua le bras d'Hermine, qui écoutait avec émotion les souvenirs des trois anciens collègues.

—Ta belle-mère vient vers nous avec les enfants! Et sa fille! Seigneur, Tala pourrait au moins se montrer discrète! Je suis très affectée par le décès de notre amie et je n'ai pas envie de lui parler.

—Maman, ne sois pas ridicule! Regarde, Tala se tient à l'écart. C'est moi qui lui ai demandé par téléphone de conduire les enfants ici. Je veux qu'ils dorment à Val-Jalbert cette nuit.

—Madeleine aurait pu s'en charger! répliqua Laura, qui ne capitulait jamais. Je préfère marcher un peu.

Hermine adressa un signe affectueux à Tala, qu'elle comptait rejoindre. Un mouvement de foule la repoussa en arrière. Quelqu'un lui saisit la main.

—Hermine, j'étais là, je n'osais pas t'approcher, dit Pierre Thibaut à son oreille.

Elle se retourna, prête à le gifler. Il se tenait à vingt centimètres à peine.

—Va-t'en! l'avertit-elle tout bas. Betty est morte et toi tu me harcèles encore le jour où on va la mettre en terre!

—Non, ce n'est pas ça. Mon père a fait le voyage depuis Arvida quand il a su la mauvaise nouvelle par un collègue à lui qui loge icitte, sur la rue Marcoux. Je n'ai pas bu, là, et je veux te demander pardon. J'ai bien honte de t'avoir malmenée, Hermine. Je ne sais pas ce qui m'est passé par la tête... Je te voulais...

—Tais-toi! Si on t'entendait dire ça... protesta-t-elle. Je ne veux plus te voir. C'est terminé, notre amitié et la confiance que j'avais en toi. Tu me dégoûtes! Sans l'intervention de Simon, j'aurais envie de te tuer aujourd'hui.

—Est-ce que tu vas le dire à ton mari? s'alarma-t-il.

—Tu auras la surprise! lança-t-elle d'un ton hargneux.

Il recula, l'air confus. Hermine s'en alla en courant presque, ce qui l'empêcha de capter l'éclat de rage qui brillait dans les yeux de Pierre. Ce fut un soulagement pour elle de retrouver ses enfants et de les serrer dans ses bras.

—Marie doit avoir beaucoup de chagrin, dit Laurence. Maman, je voudrais bien la consoler un peu.

—De toute façon, répondit Hermine, vous venez à Val-Jalbert. Je ne peux pas dormir dans la maison de l'avenue Sainte-Angèle et, comme je n'ai pas envie d'être privée de vous, je vous emmène.

—Moi, je vais faire cadeau de mon prénom à Marie. Je m'appelle Nuttah à partir d'aujourd'hui, maman! Dis oui, je t'en prie! Je veux porter mon nom indien!

—D'accord! acquiesça sa mère.

Kiona semblait se cacher derrière Tala. La fillette, vêtue d'une robe en cotonnade verte à pois blancs, portait aussi un ravissant petit chapeau de paille. Hermine marcha vers elle, intriguée par son attitude distante.

—Ma chérie, voudrais-tu venir avec moi dans l'église? Nous allumerons un cierge pour Betty...

—Non, je n'en ai pas envie! répliqua Kiona. Le Dieu des Blancs n'écoute pas mes prières.

Hermine l'entraîna à l'écart de Tala, impassible, qui fixait Laura, en grande conversation avec Thérèse Larouche à une trentaine de mètres de là, sur le trottoir opposé.

—Kiona, tu te trompes, affirma la jeune femme. Dieu fait ce qu'il peut. Il y a tant de gens sur terre, des millions et des millions de personnes! Et pourquoi dis-tu ça?

—Je l'ai supplié de sauver ton amie Betty et il ne l'a pas fait. Je l'avais vue en rêve, morte avec son bébé contre elle. C'était tellement triste que j'ai pleuré en me réveillant. J'ai prié à l'église, pour que ça n'arrive pas...

La jeune femme fut accablée par la profonde détresse de la fillette. Elle l'attira contre elle.

—Kiona, tu n'auras jamais le pouvoir de changer le cours du destin. Betty a toujours eu des problèmes pour mettre un enfant au monde. Il était peut-être écrit qu'elle devait mourir vendredi.

Sans en avoir conscience, Hermine s'adressait à Kiona comme si elle parlait à une femme et non à une enfant.

—Je comprends! concéda la petite. Mais qui écrit ces choses? Dieu? Ton Dieu?

—Je n'ai pas la réponse! Mais tu as sauvé une personne qui m'est très chère. Si je ne t'avais pas aperçue, rien qu'une seconde, sur ce chemin de mon village, Simon serait mort. Tu avais une expression si dure que j'ai eu un peu peur de toi...

—C'est parce que je suis en colère. Je veux m'en aller dans la forêt, chez grand-mère Odina. Maman et moi, on prend le bateau demain matin.

—Qu'est-ce qui te met en colère? Tu te plaisais à Roberval, tu es une bonne élève. Dans un mois je vais habiter de nouveau dans notre maison au fond des bois. Sois gentille, Kiona, dis-moi pourquoi tu es fâchée et, ensuite, tu me feras un de tes beaux sourires!

Les grands yeux dorés de l'enfant se remplirent de larmes. Elle répondit d'une voix plaintive:

—Je voudrais être comme les autres filles de l'école, comme Laurence et Marie. J'en ai assez de rêver à des choses qui me rendent triste. Je sens le malheur qui approche, j'essaie de te prévenir ou d'appeler Toshan, et après je suis malade. Et en plus, je sais que mon père est vivant. Mais je ne peux pas le voir en vrai. Maman ne fait que mentir à son sujet...

Un bref sanglot la fit taire. Attendrie par ces revendications bien fondées, Hermine embrassa Kiona sur le front.

—Tu as vraiment besoin d'un père? Tu as un frère très fort et courageux, Toshan, le seigneur des forêts. Tu as une mère attentive et bienveillante et tu nous as, les jumelles, Mukki, Madeleine et moi! C'est une belle et grande famille! Sans oublier grand-mère Odina, ta tante Aranck[67], qui tisse de si jolies couvertures, et cousin Chogan...

L'énumération, ponctuée d'intonations admiratives, arracha une ébauche de sourire à Kiona. Jocelyn choisit ce moment pour se poster devant elles.

—Je viens d'apprendre par ta mère, chère petite, que vous partez demain matin! Je n'ai pas souvent l'occasion de bavarder avec toi, mais, puisque je suis ton parrain, il me revient de te faire un cadeau. Il paraît que tu étudies bien et tout travail mérite récompense. Je t'offre ce pendentif et sa chaîne en or. Tu le mettras à ton cou. C'est un bijou auquel je tiens beaucoup. J'espère que tu y feras attention.

---

67. Prénom indien signifiant *Étoile*.

—Papa, ne lui donne rien si cela doit lui causer des ennuis! s'écria Hermine, contrariée. Puis-je voir ce pendentif?

Il le lui confia à regret. Cela se devinait à son expression agacée. Elle examina le médaillon qui représentait la Vierge Marie, la tête couverte d'un voile. Au dos il y avait une inscription: «Aliette Chardin».

—Qu'est-ce c'est, papa? interrogea-t-elle. Il n'y figure aucune date. Ce genre de médaille célèbre une communion ou un événement particulier.

—Je ne l'ai jamais su exactement, répliqua-t-il. D'après mes parents, mon arrière-grand-mère aurait passé commande de ce bijou chez un artisan de Trois-Rivières, alors qu'elle vivait au Québec depuis bon nombre d'années. J'en ai hérité. Et je me suis dit qu'il irait bien à ma filleule, qui suivra le catéchisme l'an prochain, sans doute...

—Je crois que ce n'est pas une bonne idée! affirma Hermine.

—Et pourquoi donc? protesta son père.

Jocelyn s'empara de la fine chaîne et du pendentif en or. Il attrapa la main gauche de Kiona et referma ses doigts menus sur le bijou.

—Je n'en veux pas! s'égosilla-t-elle en jetant le plus loin possible le fameux cadeau.

Tala accourut, alarmée par les cris de sa fille. Dès qu'elle vit sa mère, Kiona s'enfuit en direction de l'avenue Sainte-Angèle.

—Vous n'êtes qu'un imbécile, Jocelyn Chardin! tempêta l'Indienne. Quand comprendrez-vous que votre seule présence fait souffrir mon enfant?

Sur ces mots crachés avec un mépris non dissimulé, Tala s'éloigna au pas de course. Hermine chercha le bijou dans l'herbe encore rase bordant le trottoir. Elle le retrouva presque immédiatement.

—Je t'avais prévenu, papa! observa-t-elle. Si ton arrière-grand-mère était telle que tu nous l'as dépeinte, mi-sorcière, mi-voyante, je ne vois pas l'intérêt de confier à Kiona quelque chose lui ayant appartenu... Oh non! Le cortège est sur le départ, maintenant. Je voulais mettre un cierge dans l'église avec les petits. Je n'en ai plus le temps, avec tout ça.

Jocelyn se contenta de hausser les épaules.

—Un imbécile! répéta-t-il en suivant la jeune femme. Je ne suis qu'un imbécile, paraît-il!

Val-Jalbert, même jour

Joseph ne prenait même pas la peine d'essuyer les larmes qui ruisselaient sur ses joues tannées par une vie en plein air. C'était chose faite, Élisabeth reposait dans le petit cimetière de Val-Jalbert. Il se promettait de faire poser une pierre tombale. Pour l'instant, un modeste monticule de terre, surmonté d'une croix en bois, désignait l'emplacement où gisaient la mère et son bébé.

—Tant qu'elle était encore dans la maison, dit-il à l'adresse de Jocelyn, je tenais le coup. J'avais l'impression qu'elle ne nous avait pas vraiment quittés. Là, c'est fini. Au moins, je pourrai lui rendre visite tous les jours.

Simon prit son père par le bras, dans un geste spontané de réconfort. Joseph se dégagea.

—Je ne suis pas un vieillard! objecta-t-il. Edmond, arrête de pleurer. Nous n'allons pas faire honte à notre Betty. Déjà, il faudrait s'occuper d'avertir Armand. Il ignore la mort de sa mère... Ce n'est pas correct!

Il y avait au cimetière les membres de la famille d'Élisabeth, le curé et les Chardin. Mireille avait amené Louis et Marie. La fillette était très pâle, mais elle se sentait tout de même mieux. Cela ne la dérangeait pas de regarder la tombe de sa mère.

—Je viendrai porter des fleurs à maman tous les vendredis! dit-elle à Laurence, avec qui elle s'entendait bien.

Hermine surveillait l'assistance. Elle était dans un état d'agitation extrême. Charlotte continuait à l'éviter. « Qu'elle boude des jours si elle veut! songeait-elle. Mais je serai obligée de retourner à Roberval ce soir. Je ne peux pas laisser Tala et Kiona s'en aller sans leur dire au revoir. Si je racontais aux religieuses ou au prêtre ce que je sais sur Kiona, ce que j'ai vu, ils seraient capables de crier à la possession diabolique. Personne ne me croira non plus, si j'en parle à des scientifiques. Pourtant, Toshan m'a affirmé que les shamans indiens, jadis, pratiquaient eux aussi la bilocation. Mon Dieu, que ce mot est rébarbatif! En vérité, Kiona possède le don de clairvoyance et cela s'ajoute à une intelligence précoce. Mais elle est trop jeune pour porter ces facultés inouïes. Au fond, il ne faut pas qu'elle sache qui est son père. En cela, maman a vu juste. »

Laura déposait un bouquet de roses au pied de la croix avec un sourire affligé. En se relevant, elle convia les personnes présentes à venir prendre une collation chez elle. Le terme collation en surprit quelques-uns. Mireille s'empressa de tourner les talons. En passant devant Hermine, elle jeta tout bas :

— Madame n'a pas daigné m'annoncer sa fameuse collation, mais je la connais! J'ai déjà préparé le nécessaire.

—Je viens t'aider, proposa la jeune femme. Au moins, je pourrai m'asseoir un peu. Je suis exténuée.

Mukki observa sa mère qui marchait à côté de Mireille. Il donna un coup de coude à Louis.

— Tu viens? balbutia-t-il. On va se promener...

— C'est défendu, répliqua le petit garçon. On va m'enlever encore, maman me l'a dit.

— Mais non! Je te protégerai, moi. On se dépêche, personne ne regarde. On va jusqu'à l'usine et on revient vite!

Louis ne pouvait pas résister à la volonté de Mukki qu'il idolâtrait. Il approuva d'un signe du menton. Tous deux purent s'esquiver en reculant à petits pas. Dès qu'ils se crurent hors de vue, ce fut une folle galopade dans le village à l'abandon. Le chant grondeur de la cascade les guidait, ainsi que sa masse cristalline en effervescence qu'ils apercevaient entre les toits des maisons.

Ni l'un ni l'autre n'avait conscience d'être suivi. Cependant, Edmond s'était inquiété en les voyant filer dans leurs beaux costumes. L'adolescent voulait s'assurer qu'ils ne feraient pas de sottises.

—Où vont-ils? se demandait-il à mi-voix. Je parie qu'ils ont envie d'explorer la fabrique. Seigneur, j'ai intérêt à les arrêter avant.

Mais il les perdit de vue, le temps d'ôter sa veste qui le tenait trop chaud. Les garçons avaient traversé l'esplanade de la pulperie envahie de végétation avant de se faufiler près de la cheminée en briques rouges.

—Regarde, Louis, s'écria Mukki, assourdi par le fracas de la chute d'eau, les cheveux constellés de minuscules gouttelettes. On est tout éclaboussés!

Bouche bée, le garçonnet admirait la gigantesque colonne argentée que formait la Ouiatchouan.

—Louis, viens, j'ai trouvé un tunnel, claironna encore Mukki. On y va? Je suis sûr qu'on va trouver un trésor! J'ai pris un bâton. Suis-moi!

—Non, il fait noir, là-dedans. C'est dangereux!

—Poule mouillée! chantonna son idole. Moi, je n'ai pas peur, parce que je suis un Indien! Viens donc, sinon la cascade va t'avaler!

Louis se précipita sur les talons de Mukki qui avançait à quatre pattes.

*

Dans le grand salon des Chardin, Joseph dégustait un verre de vieux whisky de qualité. Assis sur le sofa, Charlotte et Simon se tenaient par la main. La jeune fille couvait son fiancé des yeux. « Mon Dieu, si elle savait la vérité! » pensait Hermine qui servait du vin de bleuets aux parents de Betty.

Marie s'était réfugiée contre sa grand-mère Casimira, une femme de soixante-quinze ans aux traits réguliers et au front auréolé de boucles grises, qui scrutait la mine affligée de son gendre dont les paupières meurtries l'apitoyaient. Son époux, Fernand, lui dit quelque chose à l'oreille. Enfin, irrité par les hésitations de sa femme, il prit la parole :

—Mon cher Joseph, nous devons prendre le train ce soir. Casimira n'ose pas vous le demander, mais nous aimerions emmener Marie. Cela lui plairait bien; elle n'est venue chez nous que trois fois. Nous en prendrons soin et cela la distraira de son gros chagrin.

—Ma fille ne bougera pas d'icitte! trancha l'ancien ouvrier. Elle va à l'école jusqu'à la fin du mois. Et, avec la guerre, je n'ai pas envie de m'en séparer.

—Papa, je voudrais bien y aller, moi! quémanda timidement la fillette.

—Réfléchissez, Joseph, intervint Laura. Ce serait peut-être préférable pour elle

Simon soupira. Hermine lui avait proposé, alors qu'ils revenaient du cimetière, de venir passer quelques semaines au bord de la Péribonka. Elle considérait que cela lui ferait du bien. Et surtout, son aide serait la bienvenue pour remplacer Toshan. Cela le tentait, mais il n'en avait pas encore discuté avec son père ni avec Charlotte. Une évidence le frappa. « Si je pars et si Marie séjourne chez nos grands-parents, papa sera seul avec Edmond cet été. Je n'ai pas le choix, je dois rester. Maman, si seulement tu étais là, près de nous... Tu étais le pilier de la famille, son cœur vaillant, plein d'amour... »

Mireille ne prêtait guère attention au débat. Elle multipliait les allées et venues de sa cuisine au salon, apportant des assiettes garnies de tranches de gâteaux aux fruits confits ou de biscuits au miel, de quoi rassasier une quinzaine de personnes. Trois théières en porcelaine embaumaient l'atmosphère d'une tenace senteur de bergamote.

—Où est Edmond? s'étonna un des frères de Betty, un robuste quinquagénaire à la moustache blanche. Je voulais le féliciter de se destiner au séminaire.

—Je pense qu'il est encore dehors avec les garçons, dit Hermine. Mukki et Louis ne sont pas là non plus. Ils doivent pourtant être affamés!

Elle trouva là un bon prétexte pour s'isoler sous l'auvent du perron. Laura avait fait de cette terrasse couverte un lieu très plaisant à la belle saison. Elle y avait disposé une banquette en osier, entourée de fauteuils assortis. L'ensemble, garni de coussins rayés, invitait au repos.

« Mon Dieu, donnez-moi la force de lutter encore. Je dois accepter la perte de Betty, implora-t-elle. Je me sens si vulnérable... Et Toshan me manque. Peut-être qu'il s'embarquera pour l'Europe cette année. Comment vivre privée de lui? Seigneur, je plains Joseph de toute mon âme. C'est horrible, d'envisager le reste de son existence sans celle ou celui qu'on aime. »

Elle étouffa un sanglot de découragement et sécha les larmes qui sourdaient contre son gré de ses beaux yeux bleus. Au même instant, Laurence la rejoignit.

—Maman, Nuttah et moi, nous étions dans la nursery. J'ai fait un dessin pour Marie avec plein de fleurs et dans le ciel il y a madame Betty qui sourit. Nuttah, elle rassemble les habits de sa belle poupée en porcelaine. Elle va l'offrir à Marie, avec sa garde-robe. Tu crois qu'elle sera moins triste?

—Cela la consolera un peu, ma chérie, et c'est très gentil de votre part!

—Je ne veux pas que tu meures, toi! s'exclama tout à coup Laurence en la serrant dans ses bras. Dis, maman, tu ne vas pas mourir quand tu auras un autre bébé!

—Ma chérie, n'aie pas peur. Si jamais cela se produisait, je ferais en sorte de rester bien vivante. Je vous aime très fort, Mukki, Nuttah et toi, et je ne veux pas vous quitter.

Il lui fallut dix minutes pour rassurer sa fille. Sous l'influence de Tala, elle élevait ses trois enfants sans trop travestir la réalité. L'Indienne prétendait qu'il valait mieux expliquer certaines choses d'une façon simple et que les silences de convenance, les mystères des adultes, causaient aux petits des inquiétudes inutiles.

Laura sortit à son tour en disant:

—Louis a disparu. Heureusement, Edmond et Mukki aussi. Je suppose qu'ils sont ensemble! Il faut les appeler. Depuis le kidnapping, je m'affole d'un rien.

—Ed a dû les emmener en balade, répliqua Hermine. Maman, la mort de Betty les a affectés et ils ont besoin de se distraire.

—Que Dieu t'entende! rétorqua Laura.

Nuttah-Marie déboula du couloir. Elle s'accrocha à la robe de sa mère.

—M'man, ça y est! J'ai offert ma poupée à Marie. Elle a pleuré, mais, quand même, elle était contente.

—Je te félicite, ma chérie. À présent, ta sœur et toi, vous allez manger, mais dans la cuisine pour ne pas déranger nos invités.

Laura poussa ses petites-filles à l'intérieur, après avoir scruté le jardin une dernière fois. Hermine rentra également en espérant se réconcilier avec Charlotte. «J'avais pris l'habitude d'être soutenue par mes amies, mes sœurs de cœur, songea-t-elle, mais Madeleine est restée à Roberval et ma fidèle Lolotte me déteste…»

Ce constat l'attrista davantage.

*

Pendant ce temps, Edmond Marois subissait une épreuve dont il se serait bien passé. Partagé entre la colère et la frayeur, l'adolescent tentait de rattraper les deux enfants dans le large tuyau où ils s'étaient aventurés. C'était une ancienne canalisation jadis reliée au barrage. L'intérieur était jonché de bouts de bois et de divers débris, y compris des squelettes de petits animaux échoués là.

—Mukki, Louis, je vous ordonne de vous arrêter et de m'attendre! s'égosilla-t-il pour la troisième fois. C'est très dangereux icitte!

Mukki s'immobilisa. La voix d'Edmond avait un accent de désespoir, et Louis se lamentait parce qu'il s'était ouvert le genou sur un caillou.

—D'accord, Ed, on bouge plus, cria-t-il. Je n'y vois vraiment plus rien.

Edmond pressa l'allure, soulagé de sentir enfin, entre ses doigts, la cheville de Louis. Le garçonnet éclata en sanglots.

—Moi, je voulais pas y aller, Ed. J'aime pas le noir...

—Je vais passer devant toi, dit doucement l'adolescent. Ne pleure pas. Mukki, où es-tu?

—Là, Ed, touche ma main. Je t'en prie, prends ma main!

—Oui. Tu joues les caïds, mais tu n'es pas si brave, à présent! ironisa Edmond. Ce serait compliqué de remonter maintenant; je vais voir où mène ce tuyau.

Il progressa encore prudemment, bien décidé à trouver une issue. Soudain, un bruit métallique retentit, comme si un courant d'air avait fait bouger une pièce du conduit, et un rayon de soleil inonda les lieux. Edmond poussa un cri d'horreur. Un trou insondable s'ouvrait à quelques centimètres. S'il continuait, c'était la chute. Les deux petits auraient pu tomber eux aussi en voulant le suivre.

—Merci, mon Dieu! s'exclama-t-il. S'il n'y avait pas eu ce coup de vent, j'étais mort! Quand je vous disais que c'était très dangereux...

Bien qu'il n'ait jamais travaillé à la pulperie, l'adolescent y venait parfois avec Armand ou Simon. Lorsque la porte battit à nouveau, il reconnut la salle des turbines. Sur sa droite, il aperçut un renfoncement assez large qui semblait se prolonger.

—Mukki, tiens Louis, recommanda-t-il. Je vais grimper sur ce rebord et ensuite je vous ferai passer un par un. On va s'en sortir, mes petits mousses!

Il ressentait pour eux une vive affection, un attachement quasiment fraternel. Le souci qu'il avait de les protéger, de les tirer de ce piège, lui faisait un peu oublier la mort de sa mère. Après encore quelques acrobaties, ils se retrouvèrent sains et saufs sur l'esplanade.

Le pantalon du costume de deuil d'Edmond était dans un état lamentable, maculé de poussière, sa chemise blanche déchirée au coude. Mukki et Louis, les cheveux sales et humides, ne valaient guère mieux. Leurs vêtements gardaient les traces de leur expédition.

—Qu'est-ce que je vais raconter à Mimine et à madame Laura, moi? se désola l'adolescent. Et à monsieur Jocelyn...

—On n'a qu'à pas le dire, dit Mukki, penaud et mal remis de la peur qu'il avait eue. Maman va me punir. C'est ma faute, Ed.

—Mon frère Armand, il faisait pire à ton âge, affirma Edmond. On peut inventer une histoire, mais à une condition. Tu vas me promettre, Mukki, de ne pas recommencer une aussi grosse sottise. Tu ne t'en iras pas de la maison sans permission et tu n'entraîneras pas Louis ni tes sœurs.

—Promis! répliqua l'enfant.

—Mon père va me faire un grand sermon, ajouta Edmond, mais on peut prétendre que vous étiez dans la remise d'une maison, à jouer avec des vieilleries. Et je vous ai dénichés. Ensuite, on a fait une partie de cache-cache.

Louis frappa des mains, apaisé, mais Mukki avait

honte. Le petit garçon se mit à pleurer. Il noua ses bras vigoureux autour du cou d'Edmond.

—Je te demande pardon, Ed. Je dirai la vérité à maman et à grand-mère.

—Non, ce n'est pas la peine, le coupa l'adolescent. Tout le monde a bien assez de chagrin et de souci. On racontera ça plus tard, quand vous serez de grands gaillards comme moi.

Il les prit par la main et ne les lâcha pas avant d'apercevoir la toiture verte de la maison des Chardin. Le soleil illuminait les jeunes feuillages et les fleurs roses des pommiers. Durant tout le chemin, Edmond Marois avait prié en silence. « Dieu de bonté, veillez sur tous les petits enfants de cette terre, épargnez-leur la souffrance et la peur! Faites que la guerre se termine, sans trop de victimes. »

Ce n'était que l'humble supplique d'un futur prêtre du pays du Lac-Saint-Jean. Les années à venir se chargeraient de le détromper.

22
Vers la fin de l'été

Bord de la Péribonka, mardi 13 août 1940

Hermine était assise sous une toile tendue entre des piquets dans la clairière qui faisait face à sa maison aux abords de la Péribonka. Elle lisait la dernière lettre de ses parents qu'avait apportée Chogan, le frère de Madeleine, celui qui l'avait jadis surnommée Kanti, celle qui chante. Cet Indien montagnais, âgé de trente-trois ans, avait acheté un cheval pour remplacer sa mule, morte de vieillesse. Très satisfait de son acquisition, il parcourait la région en rendant de menus services.

Elle délaissa un instant son courrier pour regarder autour d'elle. « Pourquoi suis-je aussi chanceuse? songea-t-elle. Je vis dans une sorte de paradis, alors que des milliers de gens, loin d'ici, endurent les conséquences de la guerre. »

—Maman, appela Marie-Nuttah, j'ai attrapé un papillon avec le filet que Simon a fabriqué.

Toute fière de sa prise, elle courait le long du mur de la remise, en short et chemisette, les mollets et les bras hâlés par le soleil. Un peu plus loin, Charlotte étendait la lessive. Elle effectuait une grande partie des tâches ménagères, mais elle boudait toujours Hermine.

—Je suis venue dans ce coin perdu uniquement pour suivre Simon, déclarait-elle à Madeleine au moins une fois par semaine. Il ne se débarrassera pas de moi comme ça.

La nourrice le répétait à Hermine qui haussait les épaules, ayant renoncé à la faire changer d'humeur.

La situation internationale était si alarmante que sa rancœur persistante passait au second plan.

—Simon, veux-tu entendre les dernières nouvelles? dit Hermine. Mon père m'en donne dans sa lettre.

Simon releva la tête de son ouvrage. Il sarclait la petite plantation de pommes de terre, dont la récolte s'annonçait prometteuse.

—J'arrive, assura-t-il. Une pause ne me fera pas de mal.

—Profitons-en pour boire le thé. Madeleine a dû le préparer.

Hermine était fort bien installée dans une chaise longue, une table à sa portée. Elle disait souvent en plaisantant que cette place de choix lui permettait de surveiller les activités de chacun. Simon posa son outil et la rejoignit. Un gilet de corps en coton blanc moulait son torse, dénudant ses bras et ses épaules musclées. Ses cheveux bruns avaient poussé et il s'était rasé la moustache.

« C'est vraiment un bel homme! se dit-elle en l'observant. Je ne peux pas en vouloir à Charlotte de faire grise mine. Elle est malade d'amour pour lui, et il continue à prêcher la chasteté jusqu'au mariage, qui n'aura pas lieu avant l'an prochain dans le meilleur des cas… Tout ça devient grotesque. »

—Raconte un peu! dit Simon en s'asseyant sur un banc.

—Mon père consacre l'essentiel de son temps à écouter son poste de radio ou bien à éplucher la presse. Il met un point d'honneur à me communiquer les informations importantes. Au moins, nous savons ce qui se passe en Europe, et ailleurs.

Elle cherchait les lignes intéressantes quand Charlotte arriva, ravissante dans sa robe jaune.

—Je ne vous dérange pas trop? ironisa-t-elle.

—Mais non, indiqua son fiancé. Mimine allait me lire l'actualité d'il y a quelques jours, vu que l'acheminement des courriers laisse à désirer, par icitte!

— Écoutez, intervint Hermine. Le premier de ce mois, Hitler a décrété que l'aviation allemande devait écraser l'aviation britannique avec tous les moyens possibles. Et le 3, soit il y a dix jours, les forces italiennes ont envahi la Somalie britannique, en Afrique. Mon Dieu, cette guerre s'étend à tous les pays du globe. Je me demande bien où est passé Toshan!

— Crois-tu qu'il a embarqué pour la France ou le Royaume-Uni? s'inquiéta Simon. Il nous préviendrait, quand même!

Le « nous » agaça Hermine, ce dont elle eut honte aussitôt. Le mot désignait toute la famille, sans doute. Elle replia la feuille de papier noircie d'une écriture serrée, penchée en arrière.

— Enfin, selon papa, ma mère et Louis vont très bien. Nous aurons peut-être leur visite dans une semaine. Ils prendront le bateau jusqu'à Péribonka. Cela me ferait tellement plaisir! Maman projette ce voyage parce que Tala n'habite pas avec nous, bien sûr. Quand je pense qu'elle a vécu dans ce lieu, à l'époque où Toshan avait huit ans... Il faudra que tu les ramènes jusqu'ici, Simon.

— Elle ne reconnaîtra rien! fit le jeune homme. Cela a dû changer, depuis tout ce temps.

Charlotte gardait un silence offensé. Madeleine s'approcha, chargée d'un plateau. Laurence la suivait, en robe et tablier. La fillette tenait un plat garni de tartelettes aux bleuets.

— Nous sommes vraiment au paradis! s'exclama Hermine. Demain matin, nous irons au bord de la rivière. Les enfants pourront jouer dans l'eau. Où est Mukki?

— Dans la maison, Hermine! répondit Madeleine. Il nourrit le chaton qu'il a recueilli.

Il s'agissait d'un petit chat famélique, surgi la veille de l'orée du bois. Les trois enfants l'avaient tout de suite adopté.

— Encore une chance que ce ne soit pas un ourson, plaisanta la nourrice.

—Je n'ai pas terminé, reprit Hermine. Il y a quelques lignes pour toi, Simon. Ton père semble reprendre le dessus. Il partage le souper de mes parents, ensuite il écoute la radio avec eux! Edmond s'occupe de la vache, de Chinook et des poules. Quant à Marie, elle est rentrée de chez ses grands-parents un peu moins abattue. Maman veille sur eux trois. J'ai bien fait d'insister et de vous amener, Charlotte et toi.

Elle effleura son ventre d'un geste machinal, comme pour s'assurer encore une fois qu'elle n'était pas enceinte. Le docteur Brassard avait fait un bon diagnostic et elle s'en félicitait. « Ce n'était pas la période rêvée pour une grossesse! pensa-t-elle encore une fois. La mort de Betty m'a trop affectée et Toshan est toujours à courir par monts et par vaux... C'est le cas de le dire! »

Son mari avait séjourné une semaine à Roberval, à la fin du mois de juin. D'abord stupéfait du départ précipité de Tala et de Kiona, il s'était consacré à ses enfants. Puis il était reparti, en promettant de les rejoindre au bord de la Péribonka dès qu'il le pourrait. Depuis, Hermine guettait son arrivée à n'importe quelle heure du jour ou de la nuit. « Toshan était tellement heureux que je passe l'été ici, sur ses terres, dans cette maison qu'il a construite de ses mains... enfin, qu'il a agrandie et embellie. Il m'a promis de venir, mais nous serons bientôt à la mi-août. »

Son regard bleu se voila d'une indicible tristesse. L'absence de Toshan lui paraissait plus pénible dans ce lieu où ils avaient vécu tant de nuits passionnées et de belles heures en famille.

—Mimine, ton thé va être froid, lui dit Simon. Tu rêves? Et de qui?

—Je ne peux rêver que d'une personne. Devine!

Charlotte se leva brusquement en lançant sa tasse de toutes ses forces sur le sol. Elle courut vers le bâtiment qui servait de réserve à provisions et en claqua la porte avec violence.

—Quelle mouche l'a piquée? s'étonna Simon. Je suis pourtant attentionné avec elle! Nous nous promenons presque tous les soirs; nous allons jusqu'à la rivière.

Madeleine et Laurence gardèrent le silence. Marie-Nuttah et Mukki vinrent à leur tour s'attabler, alléchés par les tartelettes aux bleuets.

—Bon appétit, mes chéris! leur dit Hermine. Profitez sagement de ce délicieux goûter. J'ai quelque chose à régler. Je crois que j'ai trop tardé...

Sur ces mots, elle se leva, gracieuse et élancée dans une longue tunique de mousseline rose qui dévoilait ses jambes dorées par le grand air. Simon lui adressa un coup d'œil suppliant, comme s'il redoutait qu'elle le trahisse. Elle n'en tint pas compte et lui fit signe de ne pas la suivre.

Charlotte n'avait pas mis le loquet, ce qui signifiait qu'elle aussi désirait une explication. Pour l'instant, elle se tenait les bras croisés sur sa poitrine, les traits durcis par la colère.

—Tu n'as pas à te conduire ainsi devant Laurence qui est si sensible, lui reprocha immédiatement Hermine. Plusieurs fois, je t'ai demandé pardon de t'avoir giflée, mais tu as fait celle qui n'entendait pas. Je t'ai même écrit une lettre à notre arrivée ici, que j'ai glissée sous ton oreiller. Tu es une fille intelligente, il me semble! Comment peux-tu m'en vouloir aussi longtemps? Est-ce que je dois te répéter que j'étais dans un état nerveux indescriptible, anéantie par le décès brutal d'une femme qui m'avait servi de mère? Voyons, sois franche, pourquoi gâcher nos vacances?

—Il y a des choses qu'on ne peut pas pardonner. Je m'en fiche de la gifle, je l'avais méritée. Et je me fiche aussi de mon mariage. Il ne se fera jamais, de toute façon!

Il faisait assez frais dans ce cabanon soigneusement isolé par Toshan. Hermine frissonna en demandant:

— Qu'est-ce que tu me reproches, dans ce cas? Qu'ai-je fait d'inexcusable?

— J'ai tout compris depuis la mort de Betty, et tu me dégoûtes avec tes minauderies. Tu es d'une sournoiserie effarante. Je vous ai vus, Simon et toi, au bord du chemin, à Val-Jalbert. Mon Dieu, j'ai cru en mourir de chagrin! Il était à demi allongé sur toi, il frottait son visage contre ton ventre. Toi qui te disais ma sœur, ma meilleure amie, tu le caressais, penchée sur lui. Je te jure que j'aurais pu vous tuer, si j'avais eu une arme dans les mains. C'était infâme, abominable! Je te déteste, je te hais! As-tu compris, cette fois?

Hermine eut l'impression de faire un mauvais rêve. Elle écarquilla les yeux, suffoquée.

— Mais, Charlotte, c'est faux, tu as perdu l'esprit! s'écria-t-elle en tapant du pied. Jamais je ne t'aurais fait une chose pareille.

— Tais-toi! coupa la jeune fille. Je suppose que tu aimes ton mari, que tu avais seulement besoin de consolation, mais une chose est certaine : Simon t'adore, il t'aime et il n'aime que toi. Tout s'est éclairé, ce jour-là. S'il refusait de m'embrasser sur la bouche, de brûler les étapes, alors que je le lui proposais, c'était à cause de toi, la beauté fatale, la vedette, la merveilleuse et sublime Hermine Delbeau! Tu caches bien ton jeu. Tu ne penses qu'à séduire et à écraser les autres. Mais j'imagine que tu te poses des questions à mon sujet! Puisque je savais la vérité, en quoi ai-je jugé bon de vous accompagner ici? Je voulais vous empêcher de roucouler en paix! Et je pouvais vous surveiller de près avec l'espoir de vous prendre en flagrant délit! Voilà!

— As-tu réussi, petite sotte? s'emporta Hermine, exaspérée par le ton méprisant de Charlotte. Tu aurais mieux fait de débiter tes accusations le soir même, à Val-Jalbert! J'imagine très bien ce que tu as ressenti et la douleur que cela t'a causée, et je te plains. Hélas! Tu t'es torturée pour rien. Entre

Simon et moi, il n'y a que de l'amitié, de la fraternité et un peu de tendresse.

Charlotte fit une grimace de fureur qui l'enlaidissait.

— Une tendresse bien exacerbée! dit-elle en levant les bras au ciel. Je n'oublierai jamais cette image où vous étiez tous les deux enlacés. Tu m'as déçue au-delà du possible, Hermine. Tromper Toshan et me voler l'homme que j'aime! Quelle ignominie!

La jeune femme s'approcha et saisit son amie par les poignets.

— Charlotte, tu te ronges les sangs et l'âme inutilement depuis plus d'un mois et demi. Sais-tu ce qui s'est passé cet après-midi-là? Simon était sorti, il avait dit à Edmond qu'il allait chercher le cheval et la vache. J'ai fait quelques pas dans la cour et, au début du sentier, j'ai aperçu Kiona. Elle m'était apparue afin de m'avertir et j'ai senti qu'il y avait urgence. J'ai trouvé ton fiancé perché dans le vieil orme, une corde au cou. Je lui ai crié tout ce que je croyais capable de l'émouvoir pour le sauver... Ensuite, quand il a consenti à descendre de l'arbre, je l'ai réconforté. Il a sangloté longtemps, blotti contre moi, pareil à un enfant. Ma robe était détrempée par ses larmes. Il était désespéré, il venait de perdre sa mère. Charlotte, je représentais à cet instant la petite fille qui avait grandi dans sa famille, qui avait participé à leur vie durant des années. Comment as-tu pu concevoir une seconde que nous songions à roucouler, comme tu dis, alors que Betty gisait dans ses draps souillés de sang, son bébé mort posé sur la commode? La jalousie t'a égarée, une jalousie bien dangereuse, car elle t'a rendue ingrate et stupide. Qu'est-ce que tu as dans la tête? Si tu nous as épiés, il te suffisait de nous rejoindre, de chercher à comprendre la situation!

La jeune fille avait changé d'expression. Des larmes coulaient le long de son nez mutin.

— Tu connais pourtant la force des liens qui

nous unissent, Toshan et moi! ajouta Hermine. Comment as-tu pu croire que je me moquais de tes sentiments?

—Mais j'étais humiliée et anéantie, bredouilla Charlotte. Et toi, tu étais froide, distante! J'en ai conclu que nous étions en conflit toutes les deux. En plus, je devais renoncer au mariage. Simon me priait de patienter un an au moins. Tu es sincère, il a voulu mourir?

—Je te le jure devant Dieu! Je peux te rassurer tout à fait, car Simon est vraiment décidé à t'épouser, toi et rien que toi. Il me l'a affirmé ce jour-là. Il souhaite avoir un enfant. Certaines fiançailles durent deux ans ou trois ans. C'est à toi de lui prouver que tu n'es ni égoïste ni capricieuse. Reconnais qu'il se montre attentionné et gentil, qu'il te consacre du temps. Mais il s'est déjà plaint de ta mauvaise humeur.

Hermine décida de mentir encore pour préserver le terrible secret de Simon.

—Et je peux te faire une confidence, il n'a pas d'expérience en amour. Malgré sa réputation de coureur de jupons, il appréhende la nuit des noces! Suis-je assez claire? Alors, sois patiente, ne précipite pas les choses!

—Oui... Pardonne-moi! C'était un vrai cauchemar d'être privée de ton amitié. Tu aurais dû m'obliger à vider mon sac bien plus tôt!

—J'admets que j'ai eu tort de te laisser bouder et ruminer des sottises! Mais j'avais d'autres chats à fouetter! Je m'inquiète sans arrêt pour mon mari et je veille sur l'éducation de mes enfants. Je n'avais pas le courage de te raisonner. Tout à l'heure, je me disais que nous vivions dans un petit paradis, loin de tout, dans un cadre sublime où nous avons à profusion de l'air pur et du calme. Et, par chance, nous sommes des gens aisés. Il y a dans ce bâtiment de quoi tenir un siège. Mais que se passe-t-il ailleurs? Tu y as réfléchi? Rappelle-toi les paroles de mon père, à la fin du mois de juin. Les sous-marins allemands sillonnent les eaux de l'Atlantique. Ils approchent de nos côtes pour détruire les navires que nous possédons. En juillet, deux divisions canadiennes ont été affectées à un corps de l'armée britannique pour parer à une possible invasion allemande. Armand en faisait peut-être partie, ou certains de nos anciens camarades de Roberval. Te souviens-tu au moins d'Armand qui t'aimait tant? Ou bien te moques-tu de ce qu'il est devenu?

—Mais non, protesta mollement la jeune fille.

—Toi, tu es obsédée par Simon, par ta jalousie et ton histoire d'amour. Réveille-toi! Hitler a juré d'étendre sa domination sur toute l'Europe et au-delà, je crois. Son aviation est puissante et efficace. Et la priorité de nos ennemis consiste à empêcher les États-Unis de livrer des matériaux aux nations qui luttent contre le nazisme. Voilà ce qui me tourmente, le soir, la nuit, dès que je me lève. Les glaces du Saint-Laurent ne nous protègent plus. Alors, oui, j'ai préféré t'ignorer!

—Si la situation se dégrade et, comme on ne s'est toujours pas mariés, Simon va devoir s'engager! Il me quittera sans avoir pu me donner un enfant.

Hermine ouvrit la porte, transie. Aussitôt, le soleil inonda l'entrée du bâtiment et la réchauffa.

« Pour faire un enfant, songea-t-elle, il faut coucher ensemble et, ce qui la désole surtout, c'est de ne pas découvrir ce bonheur dont elle se languit. Seigneur, j'en ai assez de mentir, de dissimuler! Je voudrais tant lui confier ce que je sais! Mais Simon en souffrirait trop... »

—Mimine, supplia Charlotte, laisse-moi t'embrasser. J'ai eu tort. Je t'en prie, pardonne-moi.

—Plus tard! Je ne suis pas prête! Tu m'as haïe sans avoir la preuve de ma culpabilité, moi qui te chéris et te protège depuis des années. Accorde-moi un peu de temps...

Elle s'éloigna sans même se retourner, cruellement meurtrie par cette conversation. « Comment a-t-elle pu me haïr, croire en cette fable idiote qu'elle a inventée pour se faire du mal? » s'étonnait-elle.

Simon était retourné sarcler les pommes de terre, alors que Laurence et Madeleine débarrassaient la table. Mukki jouait avec le chaton dans les herbes rases de la clairière. La petite bête au pelage noir et blanc faisait des bonds démesurés.

« Toshan, reviens! Mon amour, je t'en supplie! » implora Hermine en silence. Ses pas la conduisirent jusqu'au bord de la Péribonka, par le sentier si souvent foulé. La rivière scintillait, roulant des flots vifs et limpides entre ses berges sablonneuses. Avide de solitude, triste à pleurer, elle marcha encore, pour atteindre la crique tranquille où elle se baignait parfois. Là, les mains sur sa poitrine, paupières mi-closes, elle entama un chant. C'était l'aria pathétique de *Madame Butterfly*, ce vibrant credo dédié à l'amant absent dont on espère le retour. Sa voix s'éleva, de plus en plus haute, cristalline et sonore malgré le vent et le bruit de l'eau. Mais elle n'eut pas le courage d'atteindre le dernier couplet. Un sanglot lui échappa, puis elle fondit en larmes et s'étendit sur le sol chaud en enfonçant ses doigts dans le sable.

Hermine pleura longtemps, insensible à ce qui l'entourait. Elle libérait son cœur de trop de chagrins accumulés depuis l'automne précédent. La mort de Victor, ce petit être innocent, puis l'enlèvement de Louis et le coma étrange de Kiona, le décès de Betty, tout ça lui revenait à l'esprit et l'affolait. Les tourments que l'hiver avait apportés avec lui s'étaient chargés de détruire sa force d'espérance, peut-être même sa foi en Dieu. Peu à peu, elle se calma, mais avec l'intime conviction que tout ne faisait que commencer... « Au fond, ma vie ressemble à la surface du lac Saint-Jean, les jours où le vent souffle. Les vagues déferlent, comme autant d'épreuves qu'il faut surmonter sans se noyer, sans renoncer à nager. Hélas! il y aura toujours du vent et des vagues. Je voudrais tant que tu me tiennes la main, Toshan, pour m'empêcher de sombrer! »

Cette pensée l'apaisa. Elle eut même l'impression que son mari était là, tout proche. Elle sourit de soulagement. Vite, elle redressa la tête, mais seul l'immense paysage désert lui apparut. Alors, elle se releva et retourna vers la maison au bout du sentier. Lorsqu'elle arriverait dans la clairière, personne ne saurait à quel point elle avait peur de l'avenir. Mais, pour ses enfants, pour ses amis, elle trouverait de nouveau la force de sourire.

Entre Québec et la rivière Alex, samedi 31 août 1940

C'était le dixième convoi de prisonniers allemands que Toshan Delbeau escortait. Ce jour-là, il conduisait un des camions. Gamelin et d'autres soldats faisaient partie du voyage. Supervisées par des officiers anglais, ces opérations impliquaient une sévère discipline, une totale discrétion et des heures de route sur des pistes forestières parfois en très mauvais état.

Le Métis avait mené à bien sa mission d'investigation sur le terrain, mais il n'appréciait pas les derniers ordres qu'il avait reçus. Ses pérégrinations étaient terminées. Il devait désormais surveiller un des camps dont il avait facilité l'aménagement. Il ne verrait plus Hermine ni leurs enfants et déjà le manque de liberté lui pesait. Malgré le sérieux de son engagement dans l'armée, une part de lui demeurait liée à la nature, aux arbres, à cette terre encore sauvage qu'il respectait et aimait.

—Attention, Toshan, brailla Gamelin, y a un fameux trou devant nous. Si une roue se fiche dedans... Tu parles d'un chauffeur! Tu ferais mieux de me passer le volant.

Ils échangèrent un sourire. La plaisanterie revenait souvent.

—Le soleil baisse; je ne peux pas ralentir, pesta Toshan, une cigarette au coin de la bouche. Il faut arriver au camp avant la nuit. Je me demande quand je pourrai aller voir ma femme. Ça ne m'arrange pas, cette nouvelle affectation.

—Moé, j'suis ben content d'avoir quitté la Citadelle, déclara Gamelin. J'en avais ma claque de voir le Saint-Laurent d'un côté et des bâtisses en pierre de l'autre. La forêt me manquait. C'est mon tour de respirer le bon air de chez nous! Tu en as pris à ton aise, toi...

Toshan ne daigna pas répondre. Il pensait à ce jeune soldat allemand qui était assis à l'arrière du véhicule. Déjà, en gare de Québec, cet ennemi-là avait attiré son attention à cause des larmes qui brillaient dans ses yeux bleu pâle. « Quel âge a-t-il? On dirait un adolescent, mais il a sûrement plus de vingt ans. Je n'étais pas préparé à ça. Il avait l'air terrifié. Maintenant, on l'emmène à l'écart de toute civilisation. Peut-être qu'il a peur qu'on l'exécute. C'est facile, de considérer des hommes comme des adversaires quand ils ne sont pas en face de vous, désarmés de surcroît. »

Ces pensées le perturbaient depuis plusieurs heures. Il connaissait bien l'aménagement du camp de la rivière Alex[68]. Les baraquements pouvaient héberger une centaine de prisonniers. Ils étaient propres et équipés pour se laver, dormir et prendre des repas dans des conditions convenables.

«Je me tracasse pour rien, songea-t-il. Ce type va travailler sur les coupes de bois, comme je l'ai fait pendant des années. L'hiver prochain sera dur pour lui, pour les autres prisonniers aussi, mais ils pourront se chauffer. Si je comprenais leur langue, certains me raconteraient peut-être que, dans leur pays, ils étaient bûcherons également et, à tout prendre, ils sont moins en danger de mort ici que sur le front ou en mer... »

---

68. Situé précisément à Saint-Ludger-de-Milot.

Comme si Gamelin lisait dans son esprit, il dit d'un ton revanchard :

—Le gouvernement anglais est clément avec ces Boches. Il paraît qu'en France c'est comme ça qu'on les surnomme.

—Et que voudrais-tu qu'on leur fasse? interrogea Toshan. Les abattre? Un prisonnier de guerre, on ne le tue pas. Tu nous as seriné toute une veillée l'histoire de ton grand-père qui a passé deux ans dans une ferme près de Stuttgart, pendant la dernière guerre. Si on l'avait supprimé, à l'époque, tu ne serais pas né, mon vieux Gamelin. Nous avons des ordres, il faut s'y tenir. L'Angleterre ne pouvait pas garder ces hommes sur son territoire. Le Canada n'a pas eu le choix[69].

Les deux hommes n'échangèrent plus une parole. Mais après une demi-heure le neveu de la vieille Berthe revint à la charge.

—Quand même, Delbeau, ces gars qu'on trimballe, ce sont nos ennemis! Je les imaginais plus féroces. Si on demandait leur avis aux Londoniens qui ont été bombardés la nuit de jeudi à vendredi, ils ne feraient pas de sentiments.

—Je sais, mais ce ne sont pas ces hommes-là qui ont lancé des bombes sur Londres.

—Toi, mon pauvre Delbeau, tu deviens romantique. Tu as bénéficié d'un traitement de faveur, avec ta mission, mais c'est terminé. Faudra marcher au pas. Le lieutenant qui t'a laissé courir les bois pendant six mois est resté à la Citadelle. Icitte, plus personne ne te fera de courbettes rapport à ta jolie petite femme qui pousse la chansonnette!

Les doigts de Toshan se crispèrent sur le volant. Il contracta les mâchoires.

—Pour un chum, tu as la dent dure, Gamelin! Je te préviens, ne dis plus un mot sur mon épouse,

69. Fait authentique. Trente-cinq mille soldats allemands, prisonniers de guerre de tous grades, furent transférés au Canada.

plus jamais! J'ai beau porter cet uniforme, je suis encore un peu sauvage.

—Je t'agaçais! Tu blagues, là? s'alarma son ami.

Le regard noir que lui décocha le Métis prouvait le contraire. Le silence s'installa, tout relatif en raison du bruit du moteur et du grincement des essieux.

Ils arrivèrent à destination au crépuscule. Les prisonniers descendirent du camion sous la garde des soldats. L'austère beauté du paysage, son immensité aussi firent forte impression sur ces étrangers. Muets, hébétés par le trajet, ils contemplaient avec un air inquiet l'alignement sombre des sapins, la course rapide de la rivière et les baraquements où ils allaient vivre pendant des mois.

Toshan observait le jeune soldat allemand qui avait attiré son attention. Blême et tremblant, il fixait, hagard, le ciel teinté de mauve et parsemé de nuages incandescents. Ses lèvres s'agitaient comme s'il priait. Une profonde compassion envahit le cœur du Métis. Il ressentait avec acuité la détresse du malheureux prisonnier et il ferma les yeux un court instant. « Que son Dieu le protège! » pensa-t-il.

Des parfums exhalés par la terre humide et chaude lui firent se souvenir de son ancienne solitude, quand il errait en quête d'un travail, si souvent méprisé ou rejeté à cause de sa peau cuivrée et de ses cheveux longs. Il eut soudain envie de s'enfuir, de retrouver son âme indienne et la merveilleuse jeune femme qui l'avait aimé sans condition, en dépit de sa différence.

Cette nuit-là, Toshan dormit mal, importuné autant par les moustiques que par les ronflements de Gamelin. L'aube le réveilla pour de bon, et il songea à tous ceux qu'il chérissait : Hermine, Mukki, Laurence et la pétulante Nuttah, sa mère et Kiona. Il s'appliqua à les évoquer un par un, avec leurs petits défauts et leurs qualités. Il en conçut une pénible amertume. Cette année, pour la première fois, il n'aurait pas passé un seul soir auprès du feu, dans leur clairière au bord de la Péribonka.

Trois semaines s'écoulèrent pendant lesquelles le beau Métis devint ombrageux et taciturne. Il évitait de chercher parmi les prisonniers le jeune Allemand au regard si clair, mais il savait par Gamelin qu'il se nommait Hainer et qu'il était une sorte de souffre-douleur, même pour ses compatriotes, en raison de sa propension à pleurer et à appeler sa mère pendant son sommeil. Ce détail avait achevé de torturer Toshan.

Quand l'incident éclata, il fut incapable de rester à sa place et d'obéir aux ordres. C'était un petit matin de septembre. Une brume épaisse montait de la rivière Alex, qui voilait la lisière des bois de sapins. Presque tous les occupants du camp, Allemands, Anglais et Québécois, prenaient leur déjeuner, composé quotidiennement de café et de biscuits insipides.

Gamelin, Toshan et un autre soldat étaient de garde, armés d'un fusil. Soudain, quelqu'un les appela depuis le seuil d'un baraquement.

—Là-bas! Tirez!

Un prisonnier courait à perdre haleine vers l'abri des arbres, plié en deux pour échapper aux balles qui risquaient de l'atteindre s'il était découvert. Doté d'une excellente vue et d'une intuition encore plus développée, Toshan identifia le jeune Hainer à sa silhouette mince, à la forme de son crâne et à sa manière de se déplacer.

Tout de suite, Gamelin épaula son arme.

—Non, arrête ça! pesta le Métis. Il nous tourne le dos!

L'autre soldat hésitait. Il prit même le temps d'écraser son mégot de cigarette sous son talon.

—Non, éructa Gamelin, j'y crois pas! Vous n'êtes que des lavettes! Le type s'évade...

Il allait faire feu, mais Toshan l'obligea à baisser le canon du fusil.

—Aie pitié de lui. Il n'ira pas loin de toute façon et, s'il réussit à échapper aux recherches, l'hiver d'ici le tuera.

Les yeux noirs de Gamelin étincelaient, exprimant une colère extrême. Il cracha par terre.

—Pauvre crétin! Ne compte pas sur moi pour couvrir ton geste. Je dirai au caporal que tu m'as empêché de tirer sur un fugitif, un Boche!

—Raconte ce que tu veux. Moi, je ne serai jamais un bourreau.

Leur adversité de jadis ressurgissait. Ils s'étaient affrontés sur la glace du lac Saint-Jean dans une folle course en traîneau, chacun misant sur les prouesses de son attelage. Le Métis avait gagné. Cette fois encore, il remportait une victoire, mais il était le seul à l'apprécier.

Un quart d'heure plus tard, il était convoqué par le caporal. Sans doute fut-il très éloquent, un art qu'il tenait de sa mère Tala, car, au lieu de recevoir un blâme, il fut chargé de rattraper le prisonnier et de le ramener au camp dans les meilleurs délais. On lui adjoignit un soldat anglais par mesure de prudence.

Toshan le sema au coucher du soleil. Ensuite, un sourire farouche sur les lèvres, il s'enfonça dans les profondeurs de la forêt, foulant la terre qui avait vu naître et mourir tant de ses ancêtres montagnais.

Val-Jalbert, samedi 26 octobre 1940

Hermine venait d'arriver à Val-Jalbert, comme chaque samedi depuis son retour à Roberval. Elle s'était accoudée à la fenêtre du salon pour admirer le flamboiement écarlate des érablières sur les collines voisines. Les épinettes, sur ce fond pourpre et or, paraissaient d'un vert encore plus sombre.

—L'été ne veut pas mourir, avança-t-elle. Je voudrais que ces couleurs durent toujours. Mon Dieu, je redoute tant l'hiver!

Assise devant un guéridon, Laura brodait un

napperon. Elle portait des lunettes depuis la veille et cela l'exaspérait.

—Nous avons un bel été indien, ma chérie, répondit-elle enfin. Mais il ne faut pas rêver, nous sommes en automne et le temps peut changer d'un jour à l'autre. Une nuit de gel, un mauvais vent du Nord et les feuilles tomberont, puis ce sera la neige.

—Voici bien des discours de femmes! protesta Jocelyn. Nous devons souhaiter un hiver précoce, au contraire. J'ai hâte que les glaces bloquent l'accès du Saint-Laurent. Cela mettra fin à une menace qui se précise. Je suis effaré par la tournure que prennent les événements. Les U-Boot multiplient leurs attaques contre les navires marchands qui tentent de transporter des ravitaillements. Les patrouilles de notre aviation parviennent parfois à repérer les sous-marins allemands, mais un convoi de plusieurs navires a été décimé. Vingt-deux vaisseaux coulés sur trente-quatre! Un massacre! Et Hitler a décidé de bombarder les villes, en Grande-Bretagne, sans se soucier des civils. Si j'avais dix ans de moins, je m'engagerais demain.

Hermine soupira, lasse d'entendre son père récriminer. Elle avait quitté sa maison de la Péribonka à la fin du mois de septembre après avoir attendu Toshan en vain. Laura lui conseillait de téléphoner à la Citadelle afin d'obtenir des renseignements, mais elle refusait, sans pouvoir donner d'explications. Elle croyait que son mari était encore en mission et, comme il lui avait demandé de garder le secret, elle préférait ne pas commettre d'impairs.

«Je me sens si seule malgré l'affection de mes parents, malgré la tendresse des enfants et l'amitié de Madeleine, déplora-t-elle dans le secret de son cœur. Je fais des efforts pour ne pas le montrer, mais j'ai peur, tellement peur de ne jamais revoir Toshan!»

Des éclats de rire, à l'étage, semblèrent répondre à sa peine. Mukki et les jumelles jouaient avec Louis.

Les quatre petits profitaient pleinement des jours de congé, Hermine venant séjourner à Val-Jalbert jusqu'au lundi matin.

—Pourquoi te prives-tu de l'aide de ta nourrice? questionna Laura. Il y a du chahut, à l'étage!

—Maman, Madeleine reste à Roberval au cas où mon mari reviendrait. Elle pourra me prévenir aussitôt. Et elle a besoin de repos. Je te rappelle que nous gardons Louis toute la semaine pour qu'il puisse aller à l'école. Ce n'est pas toujours facile, d'avoir quatre enfants sur les bras.

—Mais Kiona ne va plus en classe, elle, fit remarquer Jocelyn. C'est bien regrettable, car elle avait des dispositions pour l'étude.

Ce prénom résonna dans le salon, irritant Laura et bouleversant Hermine.

—Je n'ai pas revu Kiona depuis le mois de juin, dit-elle à son père. Pas une fois! Son cousin Chogan m'a donné des nouvelles régulièrement. Si cela t'intéresse encore, Kiona est heureuse... Elle a remis ses vêtements en peau de cerf et elle passe ses journées à s'amuser avec les filles de sa tante Aranck. Elle est libre de courir dans les bois et d'apprendre le plus important à mes yeux.

—Et de quoi s'agit-il? ironisa Laura.

—Du respect de l'autre, qu'il soit animal, fleur ou être humain! Oui, je suis fière que Tala lui enseigne sa religion, l'amour de la vie, aussi...

Jocelyn hocha la tête avec une expression réprobatrice. Mais il trichait un peu, se souvenant d'une brève période de son existence, environ six ans plus tôt, où il avait retrouvé le goût de vivre auprès de la belle Indienne.

—Parlons d'autre chose, reprit Hermine. J'ai croisé Joseph tout à l'heure. Il m'a dit qu'Armand était bel et bien devenu soldat. Cela a dû être un choc pour lui d'apprendre que sa mère était morte au mois de juin.

—Oui, surtout d'encaisser une nouvelle pareille

au téléphone, ajouta Laura. Enfin, il a promis de venir dès qu'il le pourrait se recueillir sur la tombe de notre pauvre Betty. Armand n'a pas toujours eu un caractère facile, mais il est courageux. Quand je pense qu'il sera bientôt à pied d'œuvre dans notre marine! Et Simon va suivre l'exemple de son frère... Joseph a dû t'en parler également?

—Mais non! s'étonna la jeune femme. Simon veut s'engager? Je ne peux pas le croire! Où est Charlotte?

—Dans cette maison dont j'ai payé les travaux pour rien, répliqua sa mère. Hier soir, elle a dormi là-bas. Une autre de ses lubies, sous le prétexte de s'habituer à son futur foyer. Mais la date du mariage risque d'être repoussée indéfiniment. Et nous ne pourrons même pas louer la demeure. Qui voudrait s'installer dans un village en partie désert! Je dois te paraître aigrie, mais cette demoiselle me fait tourner en bourrique. Je la considère comme ma fille adoptive, tu le sais; cependant, je m'attendais à davantage de gentillesse et de gratitude de sa part...

Sans écouter davantage les plaintes de sa mère, Hermine sortit en courant, terriblement anxieuse. « Simon ne doit pas partir, se répétait-elle en marchant d'un pas rapide. L'armée n'a pas besoin de lui! Tout allait bien, pourtant. Charlotte et moi, nous avons fini par nous réconcilier, et lui, il semblait apaisé. »

Elle entra en trombe dans le logement de son ancienne protégée. La jeune fille était assise à sa table de la cuisine devant une tasse de thé, les paupières meurtries et un mouchoir à la main.

—Mimine, dit-elle en reniflant, tu es au courant, n'est-ce pas? Simon s'engage dans l'armée. Il a éprouvé un soudain sentiment patriotique, juste pour ne plus jamais m'approcher. Mon Dieu, que j'ai été sotte! L'homme que j'aime ne m'aimera jamais! Je ne lui plais pas, j'en ai la certitude!

—Que s'est-il passé? interrogea Hermine en prenant place en face de son amie.

—J'ai oublié tes conseils, gémit Charlotte. Avant-hier, nous avons soupé ici tous les deux. C'est si coquet, une maison refaite à neuf! La nuit était belle et nous nous sommes promenés un peu sur la route. J'ai essayé encore une fois. J'ai enlacé Simon, je l'ai embrassé et l'ai touché. Tant pis si je te choque, mais je voulais coucher avec lui. Je l'ai supplié en lui promettant que nous aurions très vite l'enfant qu'il désirait. Et là, il m'a repoussée, il m'a répondu que c'était impossible parce qu'il s'engageait. Enfin, il m'a raconté des fadaises, comme quoi il devait suivre l'exemple d'Armand afin d'honorer la mémoire de Betty. Reconnais que s'il avait une once d'amour pour moi il resterait ici!

—Il n'est pas trop tard; nous pouvons le faire changer d'avis, affirma Hermine, totalement déconcertée.

—Non, Simon est parti ce matin. Il a glissé cette lettre sous la porte. Je suis chargée de prévenir son père. Pauvre Joseph, il ne va pas comprendre, lui non plus... Tiens, lis!

Charlotte tendit une enveloppe froissée à la jeune femme qui en extirpa une feuille de papier également chiffonnée. Son amie justifia l'état de la missive en lui indiquant qu'elle l'avait d'abord jetée, puis récupérée.

—Je suis navrée pour toi!

Elle déchiffra les quelques lignes, sûrement tracées à la hâte.

Ma chère petite Charlotte,

Je ne peux plus rester à Val-Jalbert. Comme je te l'ai dit, je pars pour Québec proposer mes services à l'armée. Si on ne veut pas de moi, je chercherai une job là-bas, ou ailleurs. Tu serais gentille de faire part de ma décision à mon père et à Hermine. Tu n'es pas responsable de mon choix. Je te rends ta liberté. Je n'aurais pas su te rendre heureuse.

Simon

—Il me rend ma liberté, Mimine! Qu'est-ce que j'en ferai? J'avais tant de beaux projets, et lui aussi! Le potager, le poulailler... Et il comptait acheter une vache l'an prochain. Moi, je me voyais déjà pouponnant, tout heureuse, chez nous. Mais il n'y aura plus de *chez nous*, ni de bébé...

Sa voix se brisa. Elle pleura de nouveau avec une expression pathétique de petite fille abandonnée. Charlotte pouvait se montrer capricieuse et égoïste, mais Hermine l'aimait de tout son cœur. Elle se leva et la prit dans ses bras.

—Charlotte, tu dois m'écouter sans m'interrompre! déclara-t-elle gravement. Tu as le droit de savoir la vérité. En t'informant de ce que je sais, je trahis la promesse que j'ai faite à Simon, mais je crois qu'il me pardonnera. Je ne veux pas que tu te morfondes en brassant des idées fausses. Simon a un problème, un grave problème... J'espère que tu ne seras pas trop choquée.

Blême, la jeune fille la fixa en prenant un air affolé.

—Mais de quoi s'agit-il? demanda-t-elle. Une maladie?

—Non, ce n'est pas ça. Écoute-moi, je t'en prie.

Hermine parla longtemps. Elle prenait d'infinies précautions et pesait chaque mot. Elle insista sur la souffrance de Simon, sur sa honte d'être différent, sur son incapacité à aimer physiquement une femme. Comme elle l'avait fait avec lui, elle cita des exemples, entêtée à défendre sa cause.

—Tu n'as que vingt ans, Charlotte, conclut-elle. Tu es jolie, instruite et charmante. Il ne faut pas gâcher tes plus belles années. Tu t'es entichée de Simon encore fillette et depuis tu n'as eu qu'un but, l'épouser. Mais tu t'es trompée. Ce n'était pas du tout l'homme idéal. Ce n'est pas ta faute, ni la sienne...

Mortifiée par les surprenantes révélations qu'elle venait d'entendre, Charlotte en oubliait de pleurer. Elle avait du mal à accepter cette version des choses.

—Il m'a rejetée à cause de ça? Tu en es certaine? Ce n'est pas possible! Quelle horreur! Hermine, je ne suis pas comme toi. Ce que tu m'apprends là, ça me dégoûte. Je ne savais même pas que ça existait! Mon Dieu, comme je suis déçue!

—Je peux l'imaginer. Mais Simon a tenté de se suicider parce qu'il ne supportait plus d'être différent. Il n'y est pour rien, et j'espère qu'un jour il trouvera le bonheur. Tant pis si tu me considères folle ou trop tolérante, je l'aime comme le grand frère que je n'ai pas eu. Je t'en supplie, Lolotte, fais-moi un sourire! Réfléchis bien aux sentiments que tu éprouvais pour Simon. J'ai eu souvent l'impression que cela tenait plus de l'obsession que du véritable amour. Tu avais décidé que ce serait lui et personne d'autre, mais je t'ai rarement vue épanouie et sereine depuis vos fiançailles. Y as-tu jamais trouvé ton compte, d'ailleurs? La froideur de Simon ne t'a valu que des désillusions... Garde la foi en ton avenir. Tu rencontreras celui qui te comblera de joie. Il est peut-être déjà en route vers toi...

Charlotte eut un petit sourire désappointé. Hermine lui prit les mains et les étreignit.

—Courage! dit-elle avec ferveur. Nous devons être fortes, toutes les deux. La guerre risque de durer encore longtemps. Il faut tenir bon. Tu as perdu ton fiancé et Toshan a disparu. C'est difficile pour moi aussi...

—Je le sais! Mais pourquoi Simon ne m'a-t-il rien dit? J'aurais préféré savoir la vérité bien avant! Malgré tout ce que tu m'as expliqué, je ne comprends pas. C'est répugnant! Les hommes sont faits pour aimer les femmes...

—Ne sois pas si catégorique, Charlotte! C'était tellement difficile pour lui... Évoquer ce sujet avec toi, il en était incapable. Sans doute appréhendait-il ta réaction. Mets-toi à sa place. Il avait honte. Ne te rends pas malade avec ça, tu n'y peux rien. Et ne reste pas dans cette maison où tu as fait tant de rêves chimériques. Retourne auprès de maman. Elle paraît sévère et exigeante, mais elle a besoin de ton affection. Au fond, vous vous ressemblez. Même que les enfants t'ont réclamée. Il ne faut pas désespérer, ni toi ni moi. Ce soir, nous écouterons mes disques de France, surtout Édith Piaf que tu apprécies tant. Mireille nous fera des beignes et du thé à la bergamote.

—Tu as raison, une soirée de ce genre nous consolera un tout petit peu de nos malheurs. Merci, Mimine! Cela peut paraître bizarre, mais je suis soulagée. Je finissais par me sentir repoussante et stupide à cause de l'attitude de Simon.

—Il t'a toujours trouvée ravissante, certifia Hermine. Tu seras sans doute la jeune fille qu'il aura le plus chérie sur cette terre. Maintenant, tu vas vite rejoindre la belle demeure des Chardin, où tu es chez toi.

Le ton faussement solennel arracha un autre sourire triste à Charlotte.

—Et tu ne viens pas avec moi?

—Je voudrais me promener un peu dans le village pour m'apaiser, expliqua-t-elle. Je suis beaucoup trop nerveuse ces temps-ci et le départ de Simon n'a rien arrangé...

Elles se séparèrent près de l'esplanade où naguère se dressaient l'église et le presbytère de Val-Jalbert.

—Je vais monter jusqu'à la cascade, décida Hermine. La Ouiatchouan est comme une amie pour moi...

Charlotte l'étreignit, tremblante d'émotion. Son chagrin mettrait des semaines, voire des mois à guérir, mais elle avait appris une leçon de vie, à savoir que tout n'était pas blanc ou noir, qu'il existait aussi des gammes de gris et des parts de mystère chez les créatures humaines.

Une fois seule, Hermine respira profondément. La tension qui taraudait la moindre fibre de son corps s'atténua. Elle portait ce jour-là une robe d'une couleur sombre à la jupe ample et à la taille bien marquée. Le tissu bruissait en voletant, comme les cheveux blonds rebelles qui s'étaient libérés de son chignon. Cette toilette, achetée la veille à Roberval, lui avait plu par sa couleur automnale. « Si j'étais une feuille morte, le vent me soulèverait, et je m'envolerais très haut peut-être, très loin, vers mon amour... » se dit-elle.

C'était la saison de l'année où la chute d'eau modérait ses ardeurs fantasques, après les chaleurs de l'été. Toujours grondeuse, pareille à une resplendissante colonne de cristal qu'un invisible magicien disperserait sans cesse en des milliers d'éclats, la cascade semblait appeler Hermine de sa voix éternelle. « Viens près de moi, enfant des neiges, viens près de moi, toi, le Rossignol de Val-Jalbert... »

Elle s'arrêta, fascinée. Son cœur battait la chamade dans sa poitrine. Le paysage de pourpre et d'or, baigné d'une lumière chatoyante, lui fit songer à Kiona. « Petite sœur, j'aurais dû m'en apercevoir bien plus tôt, que le Créateur t'avait parée des merveilleuses couleurs de la fin de l'été... »

Prise de l'envie impérieuse de chanter, elle entonna un air de *Carmen*, un opéra français dans lequel elle avait joué, deux ans plus tôt. On lui avait attribué le rôle de Micaëla, une jeune fille douce et craintive qui se rend dans la montagne pour sauver son bien-aimé. Mais celui-ci préfère les charmes d'une bohémienne, la belle Carmen.

Je dis que rien ne m'épouvante
Je le dis, hélas, mais au fond du cœur
Je meurs d'effroi
Je vais seule dans ces terres sauvages...
Et j'ai peur d'avoir peur...

Hermine mit toute son âme, tout son art dans l'interprétation de cet air qui exigeait une puissance vocale prodigieuse et une grande sensibilité. Paupières mi-closes, elle n'avait pour public que la Ouiatchouan et ses sentinelles de roches. Pourtant, à la faveur d'un rayon de soleil, elle crut distinguer une silhouette entre les sapins. Un homme se tenait là-bas, immobile comme une statue. La jeune femme continua à chanter, certaine d'être victime d'une hallucination.

Mais le personnage s'anima. Il fit un geste de la main et, d'un mouvement souple, félin, il descendit la pente abrupte.

—Toshan? murmura-t-elle.

C'était improbable, impossible. L'homme avait noué autour de son front un foulard bariolé. Il était chaussé de bottes souples et avait revêtu une tunique en peau de cerf.

—Toshan! hurla-t-elle.

Il dévala un ancien sentier et elle n'eut plus aucun doute. Un bonheur indicible la pénétra tout entière et elle se mit à courir vers lui. Ils se retrouvèrent enfin, étroitement enlacés, bouche contre bouche, éblouis.

—Mon amour! gémit Hermine. J'ai cru à un rêve trop beau, mais tu es vraiment là.

—Ma petite femme coquillage, je n'en pouvais plus, je devais te revoir, te toucher, être bien certain que tu m'aimais toujours.

—Si je t'aime! claironna-t-elle. C'est de pire en pire, Toshan. Tu es devenu une part de moi. Je dépérissais, privée de ta présence et de ta force. Oh oui, je t'aime!

Il recula un peu pour mieux la contempler. Sa blondeur était magnifiée par le décor majestueux peint par la nature et sa robe lui conférait une sensualité étrange.

—Qu'ai-je fait dans une autre vie pour mériter une épouse aussi lumineuse et belle? dit-il à mi-voix.

Il posa ses lèvres sur celles d'Hermine, et leur

baiser fut tumultueux, fougueux, interminable. Il lui prit ensuite la main et l'emmena dans un sous-bois, à quelques mètres de là. Ils avancèrent en silence, comme s'ils célébraient un rite secret que tant de couples avant eux avaient célébré depuis l'aube de l'humanité.

Le désir les grisait, les rendait légers et tendres. La terre mère des Indiens, ce vaste pays de soleil et de neige, leur servit de couche et les frondaisons mordorées leur tinrent lieu de baldaquin. Leur étreinte fut muette, fébrile, semblable à une danse primitive dont l'aboutissement les enivra, dans la certitude acquise de leur union charnelle et spirituelle.

— Toshan, tu n'as pas déserté, quand même? questionna la jeune femme avec une angoisse légitime.

Il embrassa la pointe de son sein gauche et nicha sa joue au creux de son épaule.

— Je n'en sais rien encore. Mais j'ai refusé qu'un prisonnier allemand soit abattu comme une bête, d'une balle dans le dos. J'ai pu quitter le camp, chargé de rattraper ce malheureux fugitif qui avait l'air très jeune. Peut-être que le soldat anglais auquel j'ai faussé compagnie a pu le ramener... Si ce n'est pas le cas, avec l'hiver qui approche, notre prétendu ennemi a de fortes chances de succomber au froid. Comprends-moi, Hermine, je veux bien faire la guerre, défendre mon pays et lutter contre le nazisme; seulement, il n'est pas question que je sacrifie les valeurs que m'ont enseignées ma mère et mon père... Je suis allé rendre visite à ma famille montagnaise. Là-bas, j'ai quitté mon uniforme. Après des nuits sans sommeil à chercher quel chemin invisible je devais suivre, j'ai eu la réponse. Quoi que me réserve l'avenir, il me fallait revenir quelques jours vers toi.

— Et tu m'as fait le plus beau des cadeaux, dit-elle en lui caressant le visage. Mais les déserteurs sont sévèrement punis en temps de guerre. Que se passerat-il si on t'arrête? Tu ne seras pas fusillé? Toshan, dis-moi la vérité, tu n'aurais pas pris un tel risque?

—Non, on me reconduira à la Citadelle, j'écoperai d'une peine de quelques semaines ou peut-être d'un blâme. Il se peut aussi que je me présente de moi-même devant mes supérieurs et, crois-moi, je saurai justifier mes actes. Même auprès de tes parents, car je compte bien partager ton lit ce soir. Le plus important, c'est d'être là, avec toi, au moins quelques jours. La guerre des Blancs m'attendra...

—Toshan, tu es un peu fou, lui dit-elle entre rires et larmes en se blottissant dans ses bras. Mais c'est une magnifique preuve d'amour, que tu viens de me donner. J'espère que mon père le comprendra, et maman aussi. J'ai tant de choses à te dire. Mais plus tard...

Il la garda contre lui, grisé par son parfum de femme, subtil et fruité, goûtant sa chair tiède par petits baisers dans l'échancrure de son corsage.

—Je fais provision de toi, lui dit-il à l'oreille. Combien de fois j'ai eu envie de cet instant! Il m'arrivait d'hésiter, d'écouter la logique et la raison. Je me répétais que je ferais mieux de rentrer au camp de la rivière Alex. Mais chez grand-mère Odina quelqu'un m'a persuadé de défier la loi des soldats pour te revoir. Notre sœur à tous les deux...

—Kiona!

—Oui, Kiona. Un matin, elle s'est plantée devant moi, m'a regardé droit dans les yeux, les mains jointes derrière le dos, et m'a dit d'un ton farouche: « Mine est trop malheureuse! J'entends ses soupirs dans le vent, je sens ses larmes dans la pluie! Tu dois partir! » Et je suis parti.

—Elle a vraiment dit ça? Tu me parlais ainsi, quand je t'ai rencontré.

—Sais-tu pourquoi? Comme Kiona, j'écoutais nos anciens, ceux de mon peuple maternel. Ces mots-là, ils sont pleins de poésie, d'une foi différente de celles des Blancs et riches de sagesse.

Hermine ferma les yeux quelques secondes pour évoquer l'image rayonnante de Kiona, la singulière enfant qui veillait sur eux. Les événements de ce terrible hiver dernier auraient connu un dénouement sans doute bien plus tragique sans leur ange gardien aux tresses d'or roux dont les pouvoirs laissaient deviner une frontière invisible entre le monde terrestre et d'autres dimensions, peut-être célestes.

—Je n'ai plus peur de rien, mon amour, dit-elle enfin. Sauf de te perdre...

Toshan l'embrassa délicatement sur le front. Il ignorait de quoi seraient faits leurs lendemains et combien de jours il pourrait passer en compagnie de sa femme et de ses enfants, mais il saurait voler à son destin d'inestimables heures de joie. Il demeura silencieux, suivant des yeux la lente course des nuages qui dessinaient des ombres sur le bleu miroitant du lac Saint-Jean.

Tome I
562 pages; 24,95 $

MARIE-BERNADETTE DUPUY

Les Tristes Noces

Suite du roman
Le Chemin des falaises

LES ÉDITIONS JCL

Tome III
646 pages; 26,95 $

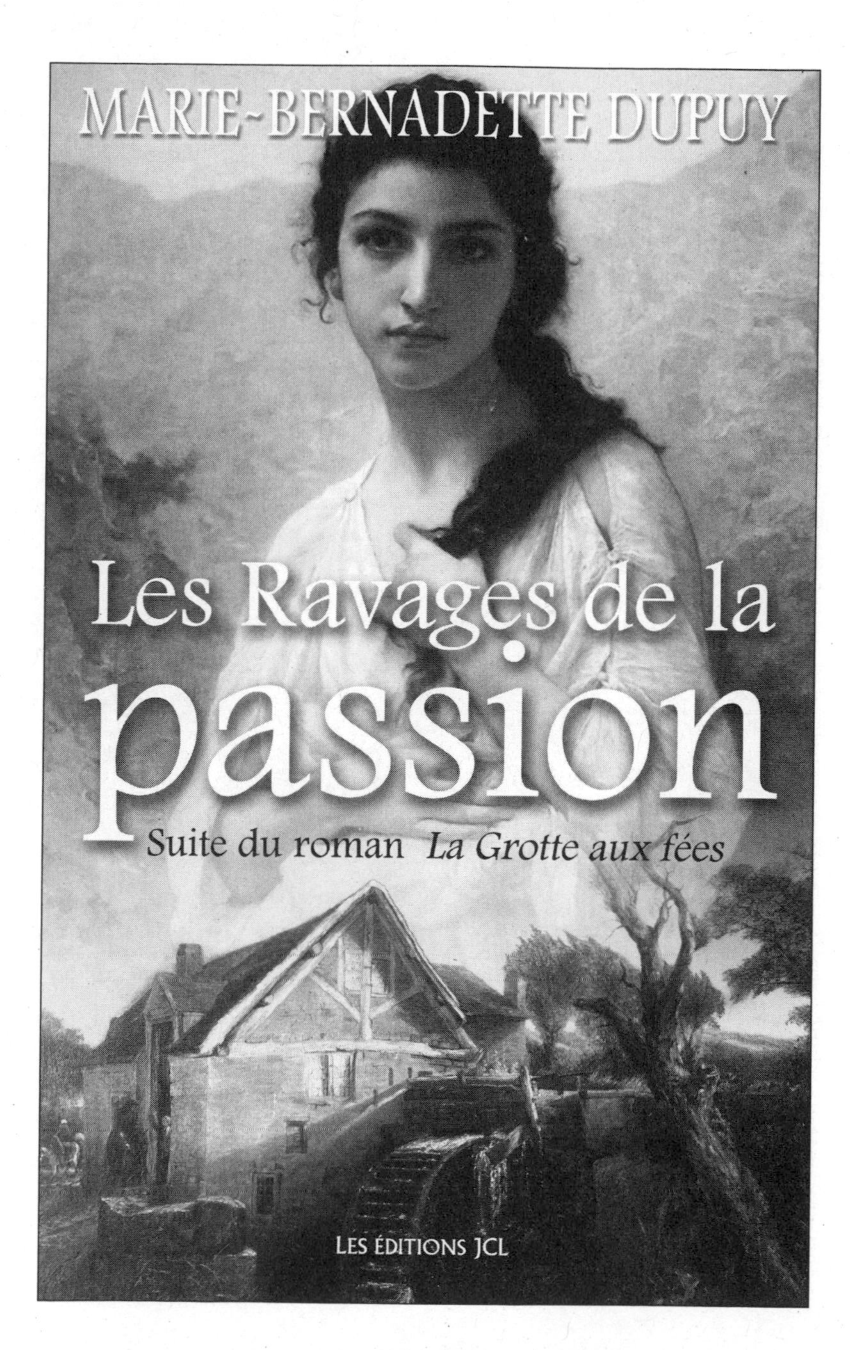

Tome V
638 pages; 26,95 $

Tome I
656 pages; 26,95 $